Eystein Hanssen

Blutgeld

atb aufbau taschenbuch

Eystein Hanssen, geboren 1965, verbringt seine Zeit mit Schreiben und Filmarbeiten. Er war bereits zweimal für den *Norwegischen Buchhandelspreis* nominiert. Hanssen lebt mit seiner Familie in Oslo.

Bisher sind auf Deutsch zwei Romane mit der Ermittlerin Elli Rathke erschienen: »Totenmaler« (atb) und »Knochen« (Rütten & Loening).

Mehr zum Autor unter www.eysteinhanssen.com

Otto Kamperud, Mitarbeiter einer Hilfsorganisation, ist zuversichtlich: Bald würde er in Uganda mit dem Rebellenführer Disciple eine Einigung erzielen, und Kindersoldaten hätten die Chance auf eine Schulbildung. Doch Disciple entscheidet sich anders und entführt Otto und seine Assistentin Charlotte. Während in der norwegischen Botschaft in Kampala eine Lösegeldforderung eingeht, wird auch der Ölingenieur Oscar Kristoffersen von Disciple erpresst. Auch er solle zahlen, sonst werde man seine illegalen Geschäfte auffliegen lassen. Mehr und mehr Personen werden in die Sache reingezogen, und am Ende versucht jeder, seine eigene Haut zu retten. Elli Rathke und ihre Kollegen in Norwegen und Uganda setzen alles daran, die Geiseln zu befreien. Dabei spitzt sich nicht nur in Uganda, sondern auch in Oslo die Lage gefährlich zu.

Eystein Hanssen

BLUTGELD

THRILLER

Aus dem Norwegischen
von Gabriele Haefs
und Andreas Brunstermann

aufbau taschenbuch

Die Originalausgabe unter dem Titel
Giftstrøm
erschien 2015 bei Cappelen Damm AS, Oslo.

MIX
Papier aus verantwortungsvollen Quellen
FSC
www.fsc.org
FSC® C083411

ISBN 978-3-7466-3208-7

Aufbau Taschenbuch ist eine Marke
der Aufbau Verlag GmbH & Co. KG

1. Auflage 2016

Umschlaggestaltung und Motiv www.buerosued.de, München
Gesetzt in der Adobe Caslon Pro durch Greiner & Reichel, Köln
Druck und Binden CPI books GmbH, Leck, Germany
Printed in Germany

www.aufbau-verlag.de

Kapitel 1

Otto Kamperud wusste nicht mehr, wie oft er den Mann, der ihm auf dem roten staubigen Weg entgegenkam, bereits getroffen hatte. Wie eine Schlange wand sich der Pfad durch die fruchtbare südsudanesische Landschaft. Disciple kam immer zu Fuß. Otto hatte ihn nie ein Fahrzeug benutzen sehen, nicht einmal ein Fahrrad, und nie trug er eine Schusswaffe bei sich.

Nur die Machete.

Jetzt war es September 2011. Seit ihrer ersten Begegnung waren fast zwei Jahre vergangen. Zu Beginn waren beide übernervös gewesen, doch das hatte sich als unbegründet erwiesen, und im Laufe der Verhandlungen hatte sich eine Art Vertrauensverhältnis entwickelt.

Otto sah in den rötlichen Himmel. Dieser Tag würde genau so warm werden wie der Tag zuvor. Nach all den Jahren in Afrika hatte er sich an das heiße Klima gewöhnt, aber dennoch war er auf große Mengen Sonnencreme angewiesen und suchte ständig nach Schatten oder einer Klimaanlage.

Sie befanden sich an der Grenze zwischen dem Südsudan und dem Kongo, und Otto hatte seine ruandische, von belgischen Offizieren ausgebildete Schutztruppe dabei. Der Anführer der Einheit war Sergeant Mertens. Die Ruander führten alle möglichen Akkreditierungsunterlagen von den lokalen und zentralen sudanesischen Behörden mit sich, mit Sicherheit auch Papiere der UN, doch in Wirklichkeit waren sie nichts anderes als Söldner.

Der Guerillaführer kam immer mit fünf Männern seiner Truppe zum Treffpunkt. Otto wurde von ebenso vielen Sicherheitsleuten begleitet sowie von seiner Assistentin Charlotte Gabon.

Otto Kamperud musterte seinen Verhandlungspartner. Guerillaführer Simon Peter Disciple hatte gesagt, sein Name unterstreiche seine Verbundenheit mit Gott, und er verlangte, ausschließlich mit Disciple angesprochen zu werden. Alles, was er tat, beruhte nach eigener Aussage auf dem Willen des Herrn. Während ihrer zahlreichen gewalttätigen Überfälle im Dreieck zwischen Uganda, dem Kongo und dem Südsudan hatten Disciple und seine Guerilla, die God's Freedom Fighters (GFF), mehr als zwanzig Jahre lang die Zivilbevölkerung vergewaltigt, gefoltert und getötet. Die sporadischen Angriffe der Guerillatruppe im Grenzgebiet der drei Länder waren bisher nicht sehr weit oben auf der Dringlichkeitsliste der UN gelandet. Daher finanzierte Norwegen die Initiativen der Organisation Human Light, für die Otto Kamperud arbeitete.

Disciple war neunundvierzig Jahre alt, dünn, nicht besonders groß und hatte eine außerordentlich ruhige Wesensart. Seine Stimme klang nasal und beherrscht. Wie immer trug er Militärkluft: eine amerikanische *jungle fatigues*-Jacke, die entsprechende Hose schien chinesischen Ursprungs zu sein. Noch immer verstand Otto nicht, wie dieser Mann für all die begangenen Grausamkeiten verantwortlich sein und dabei gleichzeitig als frommer Verkünder der Lehre Gottes auftreten konnte.

Sie begrüßten einander, und Otto führte Disciple in das am frühen Morgen aufgeschlagene Zelt. Einer von Disciples Kommandanten gesellte sich dazu, ebenso Charlotte.

Disciple setzte sich neben Otto und lächelte ihn an. »*You have air time for me, man?*«

Wie immer. Der Umschlag mit der GSM-SIM-Karte für den Guerillaführer. Otto Kamperud war vorbereitet.

»*I have, commander. Lots of air time*«, erwiderte Otto und deutete auf seine Aktentasche.

Disciple warf einen Blick darauf. »Sie enttäuschen mich nie, Otto.«

»Wir kennen uns ja inzwischen ganz gut«, sagte Otto freundlich.

Beide Männer lächelten. Otto zeigte auf das Essen, das auf dem Tisch bereitstand. »Bedienen Sie sich endlich«, sagte er und nickte Disciple und seinem Stellvertreter General Okemba zu, einem fast zwei Meter großen, beleibten Ugander.

Die Männer ließen sich Tandoorihühnchen, Reis und Bier schmecken. Otto warf einen schnellen Blick auf die Uhr. Es war 8.30 Uhr; sie hatten eineinhalb Stunden Zeit, ehe Disciple darauf beharren würde, wieder zurück in den Dschungel zu gehen. Schon jetzt spürte Otto die drückende Hitze im Zelt – die Temperatur musste bei weit über dreißig Grad liegen. Otto nahm den strengen Geruch von Schweiß wahr. Wenn sie Glück hätten, würden sie sich heute in drei oder vier Punkten einigen können.

»Carlsberg …«, sagte Disciple mit Kennermiene und nahm ein paar große Schlucke des kalten Bieres.

Diskret wurde ein Dokument vor Otto auf den Tisch gelegt. Charlotte hatte einen Ausdruck der letzten aktualisierten Informationen und Stichpunkte vorbereitet. Sie stammte aus dem nördlichen Teil Ugandas und war eine der wenigen Acholi, die in Kampala ein Studium absolviert hatten.

»Oprah ist wie immer effizient«, bemerkte Disciple.

Charlotte erinnerte nicht wirklich an Oprah Winfrey, aber Disciple hatte ihr diesen Spitznamen gegeben, weil sie eben, wie er sagte, eine Ausbildung hatte. Und wenn die GFF in Uganda erst an die Macht kam, sollte sie ihre eigene TV-Show bekommen. Disciples Blick musterte sie abschätzend. »Überlassen Sie mir Oprah, dann legen wir die Waffen für immer und ewig nieder«, sagte er und sah Otto mit ernstem Ausdruck an. Der erwiderte seinen Blick mit gleicher Miene. Dann brachen beide Männer in lautes Lachen aus.

»Frauen mit Universitätsausbildung passen nicht zu den GFF. Sie weigern sich, den Abwasch zu machen«, sagte Otto.

Wieder erscholl lautes Gelächter.

»Also, haben Sie den Umschlag für mich?«, fragte Disciple unvermittelt. *»Air time?«*

Normalerweise drängte Disciple erst gegen Ende eines Gesprächs darauf, wenn sie noch einmal zusammenfassten, worauf sie sich geeinigt hatten. Otto blickte schnell zu Charlotte hinüber. Sie tippte zweimal kurz mit dem kleinen Finger auf den Tisch. Für jeden, der das Zeichen nicht kannte, wäre die Geste unbemerkt geblieben, Otto aber verstand, dass sie ebenfalls nicht wusste, warum es Disciple so eilig hatte.

»Heute so schnell?«, fragte Otto.

»Wollen Sie nicht, dass wir weiterkommen?«, entgegnete Disciple.

»Selbstverständlich. Aber sollten wir nicht noch einmal die Punkte durchgehen, die wir beim letzten Treffen diskutiert haben? Wir hatten die Bedingungen für eine Waffenruhe fast schon geklärt, und einen Großteil des Entwurfs für den *International Criminal Court*. Darin drängen wir darauf, dass man auf die Vorladung verzichtet und Sie zu einem freien Mann gemacht werden. Aber es gibt noch einige Formulierungen und Punkte, über die wir uns einigen müssen.«

Disciple musterte Otto mit einer Selbstsicherheit, die dem Norweger von früheren Begegnungen nicht bekannt war.

»Diese Treffen folgen doch immer demselben Muster«, sagte Disciple. »Erst ein paar Höflichkeitsphrasen, dann ein wenig Hin und Her mit dem Entwicklungshilfe-*mumbo jumbo*«, fügte er hinzu und sah Otto mit schräg gelegtem Kopf fragend an, »und noch bevor sich die Diskussion um einzelne Details dreht, kommt der Umschlag auf den Tisch, so wie es immer der Fall ist. Und am Ende einigen wir uns auf ein paar weitere Punkte.«

Otto gefiel es nicht, wie sich die Unterhaltung entwickelte. Disciple wirkte aggressiv. Für gewöhnlich war er es nicht.

»Zeigen Sie mir den beschissenen Umschlag, Otto«, fauchte Disciple. »Deshalb sind wir doch hier. Ich bekomme die SIM-Karte, und Sie und Oprah erhalten zwei neue Tagesordnungspunkte für Ihr tolles Dokument.«

Disciple lächelte. Wie üblich wusste Otto nicht, ob das Lächeln spöttisch oder echt war. Er kochte innerlich, hielt seine Wut aber im Zaum. Seine Gedanken drifteten zurück zu dem Treffen in der norwegischen Botschaft vor zwei Jahren; er hätte begreifen müssen, dass nichts Gutes aus diesem Verhandlungsprojekt herauskommen würde, und hätte den Job als Vermittler ablehnen sollen.

»Glauben Sie, wir sind eine Service-Organisation?«, fragte er entnervt.

Disciple antwortete mit einem lauten Lachen. »Ich *weiß*, dass Human Light eine Service-Organisation ist. Für das Land, aus dem Sie kommen. Für all die reichen Leute, die dort leben und durch das Erdöl dick und fett werden.«

Otto ließ Disciples Worte nachklingen und begriff, dass sie keine Wahl mehr hatten. In Charlottes Gesichtsausdruck fand er Bestätigung. Sie mussten dem Ganzen ein Ende machen.

Mit demonstrativer Miene sammelten Otto und Charlotte die Papiere ein und erhoben sich. Disciple blieb sitzen und bedachte sie mit einem höhnischen Lächeln.

»Unsere Entwicklungshelfer ziehen sich also zurück? Und wohin? Nach Norwegen?«

»Sie lassen uns keine andere Wahl«, erwiderte Otto resigniert.

Disciple hob eine Hand. Dann legte er sie ans Ohr und krümmte sie, als ob er versuchte, irgendeinem Geräusch zu lauschen. »Hören Sie dasselbe wie ich?«, fragte er aufgesetzt dramatisch.

Otto lauschte. Er hörte nichts anderes als die Geräusche aus dem Busch und schüttelte unsicher den Kopf. »Nein … was denn?«

Disciple legte den Kopf schräg. »Das Schicksal. Ich höre das Geräusch des Schicksals. Wenn Sie nichts hören, liegt das vielleicht daran, dass Sie gar kein Schicksal haben?«

Die Luft im Zelt schien sich zu verdichten. Mit einem Mal begriff Otto, dass all die Arbeit, die er geleistet hatte, um ein Vertrauensverhältnis zu diesem Kriegsherrn aufzubauen – die medizinische Hilfe, der sporadische und provisorische Schulunterricht für die gerade nicht im Kampf befindlichen Kindersoldaten, ja alle auf eine Änderung von Disciples Strategie gerichteten Verhandlungen –, irrelevant geworden war. »Ich verstehe nicht, worauf Sie hinauswollen«, versuchte er es.

Wie um Entschuldigung bemüht, hob Disciple die Hände. »Mein kluger Verhandlungspartner versteht nichts?« Mit einer plötzlichen Handbewegung riss er Ottos Aktentasche an sich. Langsam und akribisch durchforstete er deren Inhalt und zog schließlich den Umschlag hervor. »Da ist er ja!«, sagte Disciple mit einem steifen Lächeln. »Jetzt gehen wir zu mir nach Hause.«

Otto blickte ihn verdutzt an. »Wo…wovon reden Sie? Sie haben doch gar kein Zuhause?!«

Disciple beugte sich zu Otto vor. »Vielleicht nicht nach Ihrem Verständnis. Aber mein Zuhause ist da, wo meine Machete und meine jüngsten Frauen sind.«

Otto war ratlos. Was hatte Disciple eigentlich vor? Sie mussten weg, das wurde ihm deutlich klar. »Lassen Sie uns den Faden wiederaufnehmen, wenn Sie bereit dazu sind«, sagte er freundlich.

»Wer sagt, dass ich nicht bereit bin?«, fragte Disciple.

Ottos Magen zog sich zusammen. Er wusste nicht, was er entgegnen sollte.

»Vielleicht möchte ich ja auch gar nicht mehr verhandeln?«, sagte Disciple.

Alles passierte sehr schnell. Erst der Schlag mit dem Kolben von Okembas Kalaschnikow auf Ottos Schulter, dann das verzerrte Bild von Charlotte, die schreiend durch das Zelt geschleift wurde. Auf dem Boden liegend hörte Otto jemanden »Stopp« rufen. Gleichzeitig spürte er zwei starke Hände, die versuchten, ihn wieder auf die Beine zu ziehen.

Eine kurze Salve wurde abgefeuert. Dann noch eine. Und eine weitere. Immer zwei Schüsse. Sie waren kontrolliert und zielgerichtet und ließen vermuten, dass Mertens und seine Männer eingegriffen hatten. Die GFF hatten keine disziplinierten Schützen, was einen Sekundenbruchteil später durch das typische Rattern der Kalaschnikow bestätigt wurde, das alle anderen Geräusche übertönte.

»*We need immediate back-up!*«, brüllte Mertens irgendwo

draußen vor dem Zelt in sein Funkgerät. Seine Leute mussten hinter dem Erdwall in der Nähe des Zelts in Deckung gegangen sein.

»*Code red! Code red!*«, rief Mertens.

Abermals hörte Otto drei oder vier schnelle Salven aus den Gewehren der Sicherheitsmannschaft.

Neben Otto schrie plötzlich jemand auf. Er drehte sich um und sah einen von Disciples Leibwächtern auf die Knie fallen. Mit enormem Druck spritzte Blut aus einer Schusswunde an seinem Hals. Der Mann stieß einen hässlichen, gurgelnden Laut aus, fiel wie ein Sack nach vorn und blieb liegen, während das Blut weiter aus seiner Vene sprudelte.

»Charlotte!«, rief Otto aus Leibeskräften, bekam aber keine Antwort.

Er hörte, wie ein paar GFF-Soldaten und Disciple einander auf Acholi etwas zuriefen, dann verschwanden sie aus dem Blickfeld der Zeltöffnung.

Irgendwo hinter Otto wurde eine weitere Kalaschnikowsalve abgefeuert. Otto rollte sich schnell nach rechts, bekam aber unmittelbar einen Stiefel ins Gesicht. Der Schmerz in der Nase war unerträglich, sie musste gebrochen sein.

Draußen waren weitere Salven zu hören, die in alle Richtungen abgegeben wurden. Otto wollte gern hinaussehen, folgte aber den Instruktionen, die vorsahen, dass er in solchen Fällen liegen blieb, bis er von Mertens' Team evakuiert wurde.

Der scharfe Pulvergeruch drang Otto in die zerschmetterte Nase. Dann wurde es plötzlich still.

Totenstill.

Hatte Mertens den Weg freigeschossen? Otto hob den Kopf und blickte auf eine Wand aus Qualm.

Der Schusswechsel hatte plötzlich aufgehört. Otto registrierte, dass, abgesehen von Disciples Leibwächter, alle überlebt hatten. Charlotte schien unverletzt zu sein, doch Disciple hielt sie dicht an sich gepresst. Draußen vor dem Zelt verhinderte der dichte Qualm die Sicht. Mertens und sein Team hatten

Rauchgranaten hochgehen lassen und die GFF so zu einer Unterbrechung der Schießerei gezwungen.

Disciple und Okemba erörterten irgendetwas auf Acholi. An ihren Gesten erkannte Otto, dass sich das Gespräch um ihn und Charlotte drehte. Für einen Augenblick erwog er loszustürmen, Charlotte mit sich zu zerren und mit ihr aus dem Zelt und in das Chaos aus Staub und Qualm zu flüchten, verwarf den Gedanken aber wieder. Denn falls sie nicht unmittelbar von Disciples oder Okembas Schüssen getroffen würden, liefen sie Gefahr, versehentlich von Mertens' Team erschossen zu werden.

Aus einer Wunde an Charlottes Kopf tropfte Blut. Disciple hielt die Machete, die er immer bei sich hatte, an ihren Hals gedrückt. Nach eigener Aussage säuberte er die Waffe nie, denn jedes Mal verging viel zu wenig Zeit, ehe sie wieder erneut mit Blut besudelt wurde.

»Charlotte«, sagte Otto und versuchte, entschlossen zu klingen. »Wir finden einen Ausweg.« Mit ruhigen Bewegungen setzte er sich auf. Seine linke Hand stützte sich auf etwas Feuchtem ab. Er drehte den Kopf und sah, dass es das Blut des getöteten Guerillasoldaten war.

»Disciple …«, begann er behutsam, »… was passiert hier gerade?«

Disciple schnitt eine Grimasse. »Das hier …«, sagte er schweratmig und fuchtelte ziellos mit seiner Machete herum, »… ist das Produkt eurer europäischen Doppelmoral.«

Disciples dunkle Augen funkelten.

»Ihr Europäer wart immer gierig. Aber Gier verursacht nur noch mehr Gier. Ich schlage vor, wir beenden diese Verhandlungen und beginnen mit neuen. Solchen, die einträglicher sind.«

Otto schüttelte den Kopf. »Sie können doch nicht einfach … Was ist mit den Kindern in Ihrem Heer, die medizinische Versorgung brauchen, Schulunterricht … Was ist mit unseren Verhandlungen über Waffenruhe … Wir sind doch schon so weit gekommen, Disciple.«

»Wie rührend. Soll ich applaudieren? Aber jetzt halten Sie die Klappe, oder ich spieße Ihre Freundin hier direkt auf!«

Disciple fuhr mit der Machetenspitze an Charlottes Hals entlang. Otto hörte sie schluchzen und sah ein paar Blutstropfen aus einer kleinen Wunde treten.

»Das ist ein neues Spiel. Und ich bestimme die Regeln.«

Wo war Mertens?, dachte Otto verzweifelt.

Draußen konnte er einen der ruandischen Soldaten erkennen, der in einer unnatürlichen Stellung vor der Zeltöffnung lag. Seine Uniformjacke war am Rücken blutdurchtränkt.

»Von jetzt an tun Sie, was ich sage!«, rief Disciple entschieden. Mit der Machete stach er in die Zeltwand hinter sich und schnitt ein Loch hinein, das gerade groß genug war, um hindurchzuschlüpfen. »Wir werden diesen Ausgang nehmen, im Schutz des Qualms. Bis zu den Bäumen sind es etwa dreißig Meter. Ich gehe mit Oprah voran, ihr anderen folgt mir dichtauf. Verstanden?«

Charlotte kniff die Augen zusammen. Otto blickte Disciple verständnislos an. »Aber dann werden Sie erschossen!«

»Mag sein«, erwiderte Disciple knapp. »Aber ein paar Risiken muss man schon eingehen.«

Disciple stellte sich mit Charlotte an der Zeltwand auf. Der übriggebliebene GFF-Soldat tat es ihm nach, dann folgten Otto und schließlich General Okemba. Gerade als sich alle in Bewegung setzen wollten, spürte Otto, wie ihm eine warme Flüssigkeit in den Nacken spritzte.

Er drehte sich um und sah Mertens' Hand, die sich auf einen Mund legte. Dann nahm Mertens die Hand wieder weg und ließ Okembas Leiche lautlos zu Boden gleiten. Otto registrierte, dass Mertens Okemba die Kehle durchgeschnitten hatte – erst ein seitlicher Stich in den Hals und dann ein gerader Schnitt, so dass die Luftröhre durchtrennt wurde.

Das Ganze hatte nur ein paar Sekunden gedauert. Dennoch hatte der Guerillasoldat vor Otto gemerkt, dass etwas nicht stimmte. Von der provisorischen Zeltöffnung aus griff er nach Otto, der aber geistesgegenwärtig zurückwich.

»Hey!«, rief der GFF-Soldat, hob die Kalaschnikow an und legte den Finger um den Abzug.

Otto nahm zwei laute Schüsse wahr. Gleich danach sah er das Blut, das sich wie eine rote Rose auf der Brust des Soldaten ausbreitete. Der Mann fiel zu Boden.

»Kommen Sie«, sagte Mertens. Sie stürzten ein paar Meter voran, glitten durch die Zeltöffnung und landeten in dem Chaos aus Qualm und Staub. Im selben Moment nahm Otto einen Lichtblitz wahr und spürte einen massiven Luftdruck. Dann folgte ein ohrenbetäubender Knall. Otto wurde von irgendeinem Gegenstand im Rücken getroffen und ging zu Boden. Verwirrt blieb er zwei Sekunden liegen und wusste plötzlich nicht mehr, ob er auf dem Bauch oder dem Rücken lag. In seinen Ohren dröhnte es infernalisch. Eine dichte Staubwolke war aufgewirbelt worden, die nun wie ein klebriger Belag in seinen Mund drang.

»Mertens!«, rief Otto hustend. Seine Stimme klang heiser und rau, das anhaltende Dröhnen in seinen Ohren übertönte sie fast vollständig. Sein Hals brannte. Er blieb noch ein paar Sekunden liegen und versuchte, sich zu orientieren. Schockgranaten. Noch immer kein Schusswechsel. Eine Hand fasste plötzlich nach ihm. Otto erschrak. Es war Mertens. »Wo sind Charlotte und Disciple?«, schrie Otto und würgte einen zähen Speichelklumpen hervor. Staub, Schleim und Blut.

»Suchen Sie uns?«

Die Stimme war unverkennbar.

Otto und Mertens drehten sich um und erkannten Disciples Silhouette. Er hatte seinen Arm fest um Charlottes Taille gelegt. Auf den staubigen Wangen der Frau zeichneten sich Tränenspuren ab.

Acht Guerillasoldaten scharten sich um Disciple und zeigten mit ihren Gewehren auf Otto und Mertens. Die GFF hatte also dieses Mal noch weitere Kämpfer in der Hinterhand, dachte Otto. Die Aktion war gut geplant. Warum schoss niemand auf sie? Dann wurde Otto klar, dass Mertens vermutlich der einzige Überlebende aus dem Sicherheitsteam war.

»Geben Sie mir Ihre Pistole«, sagte Disciple und zeigte auf Mertens, der die Waffe mit routinierten Bewegungen übergab.

»Sie haben drei meiner Männer getötet«, sagte Disciple und bohrte seinen Blick in Mertens.

Sechs der GFF-Soldaten liefen mit Otto und Charlotte im Laufschritt den Weg hinunter. Die beiden übrigen packten Mertens und blieben mit ihm neben Disciple stehen. »Wir holen euch später ein«, rief der Guerillaführer Otto nach.

Mehr als zwei Stunden waren sie gelaufen, über kleine Pfade und Wege durch das dichte Buschland, und hatten mindestens drei Flüsse durchwatet. Ottos Hals war rau wie Sandpapier, an Charlottes Räuspern hörte er, dass sie ebenfalls dringend Wasser brauchte. Endlich legten die GFF-Soldaten einen Halt ein und bedeuteten Charlotte und Otto, sich hinzusetzen. Sie bekamen eine Flasche Wasser, die sie sich teilen mussten.

»Alles wird gut!«, sagte Otto leise.

»Ich bin Acholi«, entgegnete Charlotte kaum hörbar. Beide wussten, dass ihre Chancen in der derzeitigen Lage somit nicht die besten waren. Zwar war auch Disciple Acholi, hatte aber die Strategie gewählt, sein eigenes Volk zu terrorisieren. Auf seine Widersacher in Kampala wirkte das äußerst beeindruckend. Dass er bereit war, sein eigenes Volk zu quälen, schuf das Bild eines furchtlosen Guerillaführers. Und den GFF wurde Respekt gezollt.

»Ruhe!«, unterbrach sie einer der Soldaten.

Otto atmete kräftig aus. Charlotte hatte recht, wie ihm klar wurde. Mit Frauen tat die Guerilla, was sie wollte, insbesondere mit solchen, die in der feindlichen Bastion Kampala einen Universitätsabschluss gemacht hatten.

Ein schwaches Geräusch aus der Richtung, aus der sie gekommen waren, ließ Otto aufblicken. Etwas weiter entfernt erkannte er Disciple mit den beiden GFF-Soldaten. Disciple schleppte einen dunklen, blutigen Kadaver hinter sich her.

»Mertens lässt grüßen«, sagte Disciple und grinste breit, als er näher kam.

Erst dann sah Otto, dass es sich nicht um einen Tierkadaver handelte.

Kapitel 2

Fünf junge Männer afrikanischer Herkunft hatten in der Zweizimmerwohnung nahe des Carl Berners plass in Oslo Zuflucht gefunden. Die Wohnung wurde seit sechsunddreißig Stunden beobachtet, und die Beschattung hatte gezeigt, dass die Männer zu allen erdenklichen Tageszeiten kamen und gingen.

Elisabeth Sunee Rathke und Jan Nereng saßen in einem geparkten Wagen auf der gegenüberliegenden Straßenseite, etwa fünfzig Meter vom Eingang des Hauses entfernt, wo sich die Afrikaner aufhielten. Drei weitere Teams waren in der Nähe stationiert. Sie kamen von der Polizeistation Lillestrøm, da der Fall seinen Anfang im Polizeidistrikt Romerike genommen hatte. Die Wohnung war eine mutmaßliche Distributionszentrale für Drogenhändler.

Elisabeth, die für gewöhnlich nur Elli genannt wurde, hatte sich bei der Osloer Polizei einen Ruf als eine der tatkräftigsten Ermittlungsleiterinnen erarbeitet. Darüber hinaus hatte sie ein abgeschlossenes Jurastudium, machte Karatesport und war halb Norwegerin und halb Thailänderin. Letzteres war dem Umstand zu verdanken, dass ihr verstorbener Vater vor über dreißig Jahren mit Ellis Mutter aus Bangkok heimgekehrt war.

Inzwischen war sie fünfunddreißig Jahre alt, die Mutter achtundfünfzig und Zenith, Ellis Hund, bald sechs. Ellis kleine Familie.

»Müsste da nicht bald mal was passieren?«, fragte Nereng.

»Die ticken nach afrikanischer Zeit«, sagte Elli.

»Aha – gehen die Uhren da langsamer?«

Elli lächelte. »Aus einer afrikanischen Perspektive betrachtet, ist Zeit etwas, das zu dir kommt. Sie geht nicht.«

Jan Nereng war seit einem guten Jahr bei der Osloer Polizei und hatte während der ganzen Zeit als Ellis direkter Kollege gearbeitet. Er war eins neunzig groß und durchtrainiert. Seine grünen Augen wurden von zahlreichen Sommersprossen umkränzt. Der Übergang vom Büro des Lensmanns in Dokka war plötzlich erfolgt, doch der besonnene Mann aus Oppland hatte sich schnell angepasst. Mit seiner leicht ironischen und distanzierten Art war er in Ellis Augen schon jetzt viel mehr *street smart* als viele ihrer Kollegen. Sie ergänzten sich hervorragend: Ellis kurze Lunte und Nerengs ruhiges Wesen balancierten einander aus.

Nereng war noch mit Ellis Antwort beschäftigt. »Okay – da bekommt man dann also plötzlich mehr Zeit«, sagte er nüchtern.

»Außerdem ist es so, dass man in vielen afrikanischen Kulturen gar keine Zeit verbraucht, ehe nicht alle, die an einen Ort kommen sollen, auch tatsächlich anwesend sind. Damit verschwindet auch das Problem, dass die Zeit läuft, ohne dass man ein Treffen durchführt.«

Nereng sah Elli skeptisch an. »Noch surrealistischer als in den Monty-Python-Filmen. Woher weißt du das?«

»Das Gute an diesem Job ist, dass man mitunter das eine oder andere aufschnappt«, neckte sie ihn. »Safaritour nach Südafrika vor ein paar Jahren«, erklärte sie.

»Tja, vielleicht wäre es ja eine gute Idee, die *afrikanische Zeit* bei uns auf der Polizeiwache einzuführen«, erwiderte Nereng lächelnd und dachte dabei an all diejenigen, die nicht pünktlich zu Besprechungen auftauchten.

Elli stellte die Schärfe des Fernglases ein und richtete es auf ein Fenster in der zweiten Etage. Durch die graue Gardine erspähte sie die Silhouette eines Kopfes vor einer Lampe. »Immer noch ruhig da drinnen«, sagte sie. »Bevor wir reingehen, sollten alle fünf da sein. Vorläufig sind es nur drei.«

Nereng stieß einen kleinen Seufzer aus und änderte seine Sitzposition. »So 'n Mercedes ist ja ganz nett, aber beim Beschatten ziehe ich Volvo vor.«

Elli kicherte. »War ja nicht anders zu erwarten. Unser Provinzknirps aus Dokka steht mehr auf Gangsterautos.«

Elli war schon auf einen verbalen Gegenangriff vorbereitet, aber Nereng starrte auf etwas, das sich in einiger Entfernung befand.

»Ich schätze, wir werden jetzt vollzählig«, sagte er und zeigte auf zwei Gestalten in Kapuzenpullis, die sich auf den Hauseingang zubewegten. Ellis Blick folgte ihnen über die letzten dreißig Meter. Einer der beiden zog eine Schlüsselkarte hervor, dann schlüpften die beiden Männer ins Haus.

»Jetzt geht endlich auch die afrikanische Uhr«, sagte Nereng.

Eine Minute später sah Elli zwei neue Köpfe hinter der Gardine auftauchen und drückte auf den Sendeknopf der digitalen Funksprechanlage. »Alle fünf Objekte vor Ort – ich wiederhole – alle fünf Objekte vor Ort.«

Einsatzleiter Jostein Åbrekke musste nicht lange überlegen. »Team A, B, C und D: Wir gehen rein! Ich wiederhole – wir gehen rein!«

Die Wohnungstür wurde von Team A kurzerhand mit einem Rammbock aufgebrochen. Sie gingen kein Risiko ein. »Polizei! *Police!*«, rief Elli, während sie und Nereng in den Flur stürmten, ihn durchquerten und das Wohnzimmer betraten. Gemäß der Routine bei der Durchführung einer Drogenrazzia hielten sie ihre Waffen bereit.

Im Wohnzimmer entdeckte Elli vier Männer, deren Gesichtsausdruck zwischen Verwirrung und Furcht schwankte. Zwei der Männer saßen in ihren Straßenjacken auf dem Sofa, im Fernsehen lief ein Fußballspiel aus der Champions League, die anderen beiden waren damit beschäftigt, braune Plastiktüten auf dem Wohnzimmertisch zu sortieren, der fünfte Mann war nirgends zu sehen.

»Runter auf den Boden! *Down!*«, kommandierte Elli.

Hinter Elli und Nereng kam Team B, bestehend aus Åbrekke und Nedrehaug vom Polizeidistrikt Romerike, in das Zimmer.

Resolut traten sie auf die beiden Fußballenthusiasten zu und fesselten ihnen mit Plastikstreifen die Hände hinter dem Rücken. Elli und Nereng konzentrierten sich auf die Plastiktüten auf dem Tisch.

»Okay – wo ist Nummer fünf?«, fragte Elli.

Åbrekke sprach über Funk mit Team A im Treppenhaus, danach mit Team D, das vor dem Haus Stellung bezogen hatte, aber niemand hatte den fünften Mann gesehen.

Die kleine Ablenkung nutzte einer der beiden noch ungefesselten Festgenommenen aus und versuchte, sich unter der Tischplatte wegzuducken. Allerdings war Nereng schneller und trat gegen den Stuhl, auf dem der Mann saß, so dass der Afrikaner das Gleichgewicht verlor und auf den Rücken fiel. Sein Kumpel sah seine Chance und stürzte sich auf Elli. Die hatte den Angriff jedoch vorausgeahnt, rammte dem Mann das Knie in den Magen und drückte ihn mit der Hand im Nacken nach unten. Keuchend landete er auf dem Fußboden.

Außer Atem geraten sah Elli zu Åbrekke hinüber. »Waren wir schon in allen Zimmern?«

»Team A hat zwei Schlafzimmer, Küche und Bad inspiziert«, erwiderte Åbrekke.

Elli nickte, drehte sich um und ging mit Nereng zurück in den Flur und dann in das erste Schlafzimmer. Es enthielt ein ungemachtes Doppelbett mit einem Rahmen und Beinen aus verblasstem Kiefernholz, in der Ecke einen Haufen Kleidung und einen doppelten, eingebauten Kleiderschrank an der einen Längswand. Schnell überprüften sie, ob sich jemand unter dem Bett oder im Schrank versteckt hatte. Das Zimmer hatte nur eine Tür.

Elli sah Nereng an. »Wo, verdammt, ist der Typ?«

Nereng blickte hinaus in den Flur und zeigte auf die Badezimmertür. Mit zwei schnellen Schritten hatte er den Flur durchquert und öffnete die Tür. Sie gab den Blick auf ein winziges Bad frei, mit Waschmaschine, Klosett und einer Duschkabine, wo sich unmöglich jemand versteckt halten konnte.

Elli riss die Tür des anderen Schlafzimmers auf, wo sich ein weiteres verschlissenes Doppelbett befand, außerdem noch ein Einzelbett. Alle drei schienen in Gebrauch zu sein, auf dem Boden lag ein noch größerer Haufen Schmutzwäsche. Nereng schaute unter die Betten, ohne Ergebnis.

»Das schwarze Phantom«, sagte er.

Elli blickte auf die Wand, die die beiden Schlafzimmer trennte. Dort gab es einen ebensolchen Einbauschrank wie im Nebenzimmer. Sie öffnete die beiden Doppeltüren. Der Schrank war mit Kleidung vollgestopft. Elli signalisierte Nereng, dass sie genauer nachsehen wollte, und kletterte in den Schrank hinein. Ein paar der Kleidungsstücke rochen nach Zigarettenrauch und Rasierwasser. Mit einer Taschenlampe leuchtete Elli in die tieferen Ecken des Schranks. Leer.

»Waren wir in der Küche?«, fragte Nereng.

»Hat jemand in der Küche nachgesehen?«, gab Elli die Frage über Funk weiter.

Ein paar Sekunden vergingen. »Nicht in den Schränken«, informierte Team D.

Wieso nicht?, dachte Elli und lief mit Nereng in die Küche, die ebenfalls sehr klein war, ungefähr acht Quadratmeter. Systematisch öffneten sie alle Türen der Unterschränke, doch es war für einen Menschen nicht möglich, sich darin zu verstecken.

»Irgendwie muss er hier rausgekommen sein«, sagte Elli und trat wieder in den Flur. Auf dem Weg zurück ins Wohnzimmer blieb sie plötzlich zwischen den beiden Schlafzimmertüren stehen. Dann legte sie das Ohr an die Wand und bedeutete Nereng, leise zu sein. Nach zwei oder drei Sekunden stürzte sie vor und riss die Tür des ersten Schlafzimmers auf, das sie bereits überprüft hatten.

Inmitten des Zimmers stand ein blutjunger schwarzhäutiger Mann. Er fasste hinter seinem Rücken an den Hosenbund, aber Elli war schneller.

»Runter auf den Boden!«, rief sie und richtete ihre Waffe auf den Jungen. »Sofort!«

Der Junge tat, was von ihm verlangt wurde.

Als er flach auf dem Bauch lag, zog Elli sein Hemd aus der Hose. Eine Pistole kam zum Vorschein.

»SIG Sauer«, konstatierte sie und nahm die Waffe an sich.

Nereng, der Elli ins Zimmer gefolgt war, sah aus wie ein Fragezeichen. Elli deutete mit dem Kopf auf den Wandschrank. Eine Tür stand offen, zwischen den Kleidungsstücken schimmerte Licht aus dem anderen Schlafzimmer.

»Flucht durch den Wandschrank. So was sieht man auch nicht alle Tage«, sagte Nereng.

Die Hände des Mannes wurden gefesselt. Dann wurde er Team D übergeben, das ihn über die Treppenstufen hinunterführte.

Elli und Nereng gingen wieder ins Wohnzimmer, um Åbrekke und Nedrehaug mit dem Abtransport der anderen vier Männer zu helfen. Åbrekke hielt eine Maschinenpistole in den Händen.

»Eine Uzi, verdammt«, sagte Elli und drehte sich zu den Festgenommenen auf dem Fußboden. Es lief ihr kalt den Rücken herunter. Mit der israelischen Maschinenpistole hätte es im Laufe weniger Sekunden ein Massaker geben können. Als sie die Waffe genauer betrachtete, sah sie, dass es sich um eine Micro Uzi handelte. 1250 Schuss pro Minute.

»Geladen«, sagte Åbrekke und hielt das Magazin hoch. »War unter dem Tisch festgeklebt.«

Elli konnte deutlich die Patronen ganz oben im Magazin erkennen. Plötzlich überkam sie der Drang, den Mann, den Nereng zu Boden manövriert hatte, in Stücke zu reißen, zwang sich jedoch, die Gedanken in eine konstruktive Richtung zu lenken. *Rechtes Denken. Rechtes Handeln.*

»Gut reagiert«, lobte Åbrekke Nereng. Er trat einen Schritt vor und beugte sich zu dem Festgenommenen hinunter, der sein Glück versucht hatte. »Mein Freund«, sagte er ruhig, »mit dieser Uzi, den Päckchen auf dem Tisch und all den Beweisen, die wir gegen euch haben, sieht es ziemlich schlecht für euch aus. Tu dir selbst einen Gefallen und mach nicht noch mehr Unsinn, okay?«

Der Mann blickte schnaubend zu Åbrekke auf.

»Ist die Minna bereit?«, fragte Elli.

Åbrekke bestätigte und gab über Funk die Anweisung durch, dass der Wagen vor den Eingang gefahren werden sollte.

»Und die sollen zur Polizeistation in Lillestrøm, oder?«, fuhr Elli fort.

»Ja«, antwortete Åbrekke. Er und sein Polizeidistrikt waren für den Fall zuständig.

Die anderen vier Festgenommenen wurden in den Flur und dann die Treppe hinuntergeführt.

In der Wohnung waren drei Kilo Heroin und zwei Kilo Kokain beschlagnahmt worden. Für norwegische Verhältnisse eine beträchtliche Ausbeute und wohl eine der größten für Åbrekke und seinen Distrikt. Wie so oft hatte sich der ganze Fall durch puren Zufall ergeben. Bei der Überprüfung der Besitztümer eines Bewohners im Asylbewerberheim Skedsmo waren zwei Beamte aus Lillestrøm auf eine Distributionsliste für Drogen gestoßen. Der Asylbewerber hatte die Aufmerksamkeit auf sich gezogen, weil er sich im Zusammenhang mit seinem Antrag auf Aufenthaltsgenehmigung mit einem gefälschten Pass identifizieren wollte. Die Ausländereinheit der Polizei hatte daher unter den Sachen des Mannes nach Informationen gesucht, die seine Identität klären könnten.

Elli, Nereng und Åbrekke saßen im Vernehmungsraum. Formal gesehen oblag die Vernehmung dem Polizeidistrikt Romerike, doch Elli und Nereng waren eingeladen, der Vernehmung beizuwohnen. Eine äußerst freundliche Geste, dachte Elli, vor allem, weil sie Åbrekke zum ersten Mal vor einem Jahr begegnet war, als er in einem Mordfall als Verdächtiger gegolten hatte. Zwar hatte man ihn schnell als Tatverdächtigen ausgeschlossen, aber trotz allem hätte er durchaus einen Grund gehabt, Hass gegenüber Elli zu verspüren.

»Nun …«, sagte Åbrekke und sah den Mann an, der versucht hatte, Elli anzugreifen. »Haben Sie einen Namen?«

Der Mann, der um die zwanzig zu sein schien, blieb stumm.

»Wenn Sie nicht mit uns reden wollen, dann bleiben Sie hier so lange hocken, bis wir Ihre Identität geklärt haben. Das kann dauern, und außerdem würde es negative Konsequenzen für Sie haben, wenn Sie nicht mit uns zusammenarbeiten.«

Der Mann verzog keine Miene.

Nach vier oder fünf weiteren Fragen gab Åbrekke auf.

Ein Festgenommener nach dem anderen wurde hereingeführt. Alle schienen ungefähr im gleichen Alter zu sein und reagierten auf Åbrekkes Fragen genauso wie der erste: mit Schweigen.

Der etwas schwächere Bartwuchs und der flackernde Blick ließen den fünften jünger erscheinen. Aber ebenfalls um die zwanzig, dachte Elli. Er hatte eine etwas hellere Hautfarbe als die anderen vier. Seine Hände zitterten leicht. Die anderen Männer hatten kein Zeichen von Unsicherheit erkennen lassen. Konzentriert starrte er auf einen Punkt vor sich auf dem Tisch.

Åbrekke tippte Elli auf die Schulter. »Willst du es mal versuchen?«

»Okay«, sagte Elli und sah den Jungen auf der anderen Tischseite an.

»Habt ihr den Durchgang zwischen den Schränken selbst eingebaut?«, fragte sie auf Englisch.

Schweigen.

»Hast du Angst vor den anderen?«, fragte sie. Der Junge blickte kurz auf, konzentrierte sich dann aber wieder auf die Tischplatte.

»Woher hast du die Waffe?«, fragte Elli weiter.

Er blieb stumm.

»Woher kommst du?«, probierte sie es.

Eine ganze Weile starrte der Junge weiter auf den Tisch. Schließlich murmelte er etwas kaum Hörbares.

Elli warf Åbrekke einen Blick zu und beugte sich dann zu dem Jungen vor. »Tut mir leid, das habe ich nicht verstanden.«

Nach einer weiteren langen Pause gab er dieselbe unverständliche Antwort.

»Afrika? Eine sowohl offensichtliche als auch wenig präzise Antwort«, sagte sie ironisch. »Du hilfst dir auf diese Weise ganz bestimmt nicht weiter.«

Der Junge ballte seine Hände zu Fäusten, bis die Knöchel weiß wurden. Dann atmete er ruhig aus und lockerte gleichzeitig die Hände. Die Bewegung zog Ellis Blick auf sich. An der Innenseite des rechten Handgelenks hatte er eine auffällige Narbe. Ein Brandmal? Woher hatte er das?

Er musste ihr Interesse an der Narbe bemerkt haben und zog den Arm zu sich hin.

Elli sah auf und stellte fest, dass seine Augen glänzten – als bäten sie um Hilfe.

»Uganda«, sagte er.

Kapitel 3

Die Morgensonne warf einen verführerischen goldenen Lichtschein auf die riesige Wasserfläche des Lake Albert. Der See war einer der größten in Afrika und wurde aus dem Weißen Nil mit Wasser versorgt. Wie fast überall in Uganda war die umgebende Landschaft leuchtend grün und fruchtbar. Steckte man in diesem Land irgendetwas in den Boden, so wurde gesagt, musste man nur etwas Wasser hinzugeben, und schon wuchs es.

Die Grenze zwischen Uganda und dem Kongo, zwei Ländern mit einer konfliktreichen Geschichte, verlief mitten durch den See. Zur Zeit war es ruhig, doch erst vor knapp zwei Jahren hatte es bewaffnete Auseinandersetzungen zwischen den Armeen der beiden Nationen gegeben – genau hier am Lake Albert.

Joseph Mukabi betrachtete das atemberaubende Panorama von einem Aussichtspunkt, wo der Mercedes-Geländewagen der Regierung ihn und seine Sekretärin abgesetzt hatte. Die

Aussicht war schlichtweg großartig, und deswegen wurde dort auch stets angehalten, damit Mukabi eine kleine Teepause mit seiner hübschen Mitarbeiterin einlegen konnte. Sie war siebenundzwanzig und arbeitete schnell und effizient.

Die Sonne verschwand langsam hinterm Horizont, doch noch immer hielt sich der goldene Schimmer über dem See. Ein passender Anblick. Der Lake Albert lag in Uganda im Albertine Rift Valley, und unter dem Seegrund gab es auf der kongolesischen Seite Gold und andere wertvolle Mineralien. Im Laufe der letzten Jahre hatten australische, irische und norwegische Gesellschaften allerdings auch auf der ugandischen Seite des Sees interessante Funde gemacht, die Mukabi und seinem Land eine glänzende Zukunft versprachen.

Hier gab es Erdöl – das schwarze Gold, von dem die ganze Welt abhängig war. Teils unter der Erde, teils unter dem Seegrund lag ein ganzer Strang ausbeutungsfähiger Felder auf der ugandischen Seite der Grenze.

Joseph Mukabi, der verantwortliche ugandische Behördenvertreter für eine enorme Anzahl von Bohrprojekten, kostete seine Besuchszeit aus. Seine Position bedeutete Macht. *Ethnische Kommission* nannte er die Bestechungen, die er für die Zuteilung von Explorationsflächen, für Investitionsmöglichkeiten oder verkürzte Bearbeitungszeit der Lizenzanträge verlangte.

»Zum Teufel mit Transparency International und dieser europäischen Doppelmoral«, sagte er, blickte dabei über die reiche Landschaft vor ihm und umfasste die Taille seiner Sekretärin. »Die Europäer haben diesen Kontinent über hundert Jahre lang ausgesaugt und eine kapitalistische Weltordnung geschaffen«, fuhr er fort. »Zusammen mit ihren Freunden in den USA. Also dann – schönen Tag noch!« Seine Stimme erhob sich leicht. »Wir wenden bloß dieselben Mechanismen an, die ihr erfunden habt. Und wenn sich jemand beschwert: Niemand wird gezwungen hierzubleiben. In Bejing finden wir neue Freunde in Hülle und Fülle!« Er brach in lautes Gelächter aus und verstärkte seinen Griff um die Taille der Sekretärin, die, aus Erfahrung klug, jetzt den Atem anhielt.

Auf der Ladefläche des alten Tata-Lastwagens war ein Gerät montiert, das an eine gigantische Black & Decker-Bohrmaschine erinnerte. Gleich hinter dem Lastwagen arbeitete ein Dutzend Arbeiter aus der Umgebung in orangen Overalls und mit weißen Schutzhelmen. Die Apparatur bohrte sich rhythmisch in den Erdboden. Nach und nach wurde das Bohrloch tiefer, während die Männer mit routinierten Bewegungen Rohrteile zusammenfügten.

Nils Oscar Kristoffersen, operativer Leiter von Bifrost Oil Services, einer Firma, die für die Bohrprojekte der Potentia Oil die Suche nach Öl in Uganda durchführte, betrachtete den Fortgang der Arbeiten vom Fahrersitz seines Land Cruiser.

Parzelle 7 war eine neue Explorationsfläche, die die norwegische Gesellschaft Potentia Oil am Lake Albert zugeteilt bekommen hatte. Die älteren Parzellen waren an Gesellschaften aus Irland, Kanada, Großbritannien, Bermuda und Singapur gegangen.

Ein paar hundert Meter entfernt verriet eine Staubwolke, dass ein Fahrzeug zu Kristoffersen unterwegs war. Es war halb neun Uhr morgens, und so war es wahrscheinlich Mukabi, der sich zu einer seiner unangemeldeten Inspektionsrunden aufgemacht hatte. Während Kristoffersen aus dem Wagen stieg, hörte er laute Rufe der Männer, die an dem fahrbaren Bohrturm arbeiteten. Ein breites Grinsen trat in sein Gesicht. Mukabi musste sich beeilen, wenn er noch rechtzeitig ankommen wollte.

Die fünfzig Meter bis zum Bohrturm waren in wenigen Sekunden überwunden. Unter den Helmen mit dem Bifrost-Logo erkannte Kristoffersen weiß schimmernde Zahnreihen und lächelnde Gesichter. Das Bohrgeräusch war verschwunden, und aus der Rohrleitung, die die Männer im Boden versenkt hatten, drang eine schwarze zähflüssige Masse.

»*Is that what I think it is?*«, fragte eine vertraute Stimme hinter ihm.

Kristoffersen drehte sich um und wurde von Mukabis breitem Lächeln begrüßt.

»Indeed, Mr. Mukabi, indeed.«

Kristoffersen ließ ein wenig Erdöl auf seine rechte Hand tropfen. Allein an der Viskosität erkannte er, dass es sich um Öl von hoher Qualität handelte. Geringere Raffinierungskosten. Höherer Ertrag. Win-win.

Mukabi machte ihn auf einen Ölfleck auf seiner hellen Khakihose aufmerksam. Die war gerade mal zwei Wochen alt, von Banana Republic, und auf der letzten Reise nach Houston erstanden worden. Doch nichts hätte Kristoffersen im Augenblick weniger bekümmern können. Testbohrung Nummer sieben, und schon hatten sie ein solides Ölvorkommen gefunden. Noch immer gab es etwa dreißig weitere Stellen, an denen sie Testbohrungen durchführen sollten. Und dort würden sie noch mehr Öl finden, dessen war er sich sicher. Sie standen einem Strom aus schwarzem Gold gegenüber; Geld, das direkt aus dem Boden kam.

Es war an der Zeit, den Plan umzusetzen.

Kristoffersen hielt den weißen Land Cruiser in angemessenem Abstand hinter Mukabis schwarz glänzendem Geländewagen. Der stoppte vor den fünf Holzbaracken, die das Hauptquartier für die Ölsuche auf Parzelle 7 bildeten. Drei davon dienten als Unterkunft für die Angestellten, die anderen beiden enthielten Büro und Kantine. Etwas weiter entfernt, nahe dem vier Meter hohen Zaun, der das Gelände umschloss, lagen die Baracken der Wachgesellschaft Terra Intervention Group. Fünfzehn Männer sorgten für die Sicherung der Umgebung.

Ein Weißer mit kahlrasiertem Schädel ging Mukabi entgegen, als der aus dem Wagen stieg.

Kristoffersen sprang aus dem Land Cruiser und lief schnell zu den beiden Männern hinüber. »Croukamp!«, sagte er wie zu einem alten Freund.

Michael Croukamp begrüßte ihn mit einem freundlichen Lächeln und seinem wie üblich festen Handschlag. *»Kristoffersen – the successful Norwegian, I hear?«*

Alle drei lachten herzlich.

»Ja, wir haben Öl gefunden. Schon bei Testbohrung Nummer sieben!«, sagte Kristoffersen fröhlich. »Das wird bestimmt großartig.«

Mukabi deutete mit der Hand auf die Baracke hinter ihnen. »Was meint ihr, wollen wir uns ein Nile Special gönnen?«

Croukamp und Kristoffersen ließen sich nicht lange bitten. Der einfache Besprechungsraum war mittels einer Klimaanlage angenehm temperiert. Drei taufrische Nile Special wurden von einem lokalen Bifrost-Mitarbeiter serviert.

»Und …«, Kristoffersen blickte Croukamp an, »keine Vorkommnisse?«

Croukamp schüttelte kurz den Kopf. »Nein, alles ganz ruhig. Keine Spione oder Glücksritter aus dem Kongo, keine Guerilla-Aktivitäten. Eigentlich der ruhigste Monat, an den ich mich überhaupt erinnern kann.«

»Na dann, prost!«, verkündete Mukabi entschieden.

Alle drei nahmen große Schlucke des erfrischenden Bieres. Kristoffersen sah, wie sich Croukamps Adamsapfel bewegte, als er den letzten Schluck aus der Flasche in sich hineingoss. Er war etwa eins achtzig groß, dünn und für sein Alter sehr athletisch. Ein typischer Söldner, den man sich gern suchte, wo die Sicherheit gering und das Risiko hoch war. Und solche Orte waren zahlreich in Afrika.

Croukamp stammte aus Simbabwe, war in Salisbury, dem heutigen Harare, geboren und hatte in den siebziger Jahren als Offizier einer Spezialeinheit am Bürgerkrieg teilgenommen. Sein Heimatland nannte er immer nur *the former Rhodesia*. Schon früher hatte Kristoffersen ihn von quasi militärischen Schutzaufträgen in Südafrika, Angola, Mosambik, Sambia und dem Irak erzählen hören. Vor einigen Jahren war Croukamp Teilhaber der Wachgesellschaft Terra Intervention Group (TIG) geworden.

Ursprünglich hatte er zwei Kinder gehabt, von denen aber nur noch sein Sohn Bernhard lebte. Croukamps Tochter war vor einigen Jahren bei einem Raubüberfall in Johannesburg getötet worden – nur achtzehn Jahre alt. Sein Sohn stand ihm daher sehr nahe. Auch er arbeitete für TIG und nahm an diesem Auftrag teil. Croukamps Frau lebte weiterhin in Harare. Kristoffersen vermutete, dass er nur selten bei ihr zu Hause war.

»Was glauben Sie – werden die GFF hier unten auftauchen?«

Croukamp faltete die Hände, drückte sie vom Körper weg und ließ die Fingergelenke knacken. Kristoffersen lief es bei dem Geräusch kalt den Rücken herunter.

»Nein«, erwiderte Croukamp. »Solange *wir* hier sind, bedeutet das zu viel Ärger. Die überfallen lieber ein paar wehrlose Dörfer weiter oben im Norden.«

»Vergessen Sie nicht, dass sowohl für Bifrost, die Potentia Oil als auch die ugandischen Behörden Sicherheit an erster Stelle steht«, sagte Kristoffersen und hoffte, entschieden genug geklungen zu haben.

»Ganz sicher kann man auf diesem Kontinent nie sein«, entgegnete Croukamp mit ruhiger Stimme.

Kristoffersen beugte sich über den Tisch. »Das wissen wir alle. Aber ich habe viel in das hier investiert, Michael. Ich … die Gesellschaft muss sich sicher sein, dass Terra Intervention Group ihre Arbeit gut macht.«

»Das tun wir«, sagte Croukamp. »Besser als sonst irgendwer.«

Kristoffersen sah zu Mukabi hinüber, der sich für seine Verhältnisse bisher ungewöhnlich still verhalten hatte. Jetzt nickte er. »Die TIG hat in Ostafrika einen ausgezeichneten Ruf. Sie sind …«, er kniff die Augen zusammen, während er nach dem richtigen Wort suchte, »… pragmatisch.«

Kristoffersen blickte Croukamp in die Augen. »Genau was ich brauche«, sagte er.

Croukamps Lippen verzogen sich zu einem Lächeln. »Wir finden immer die beste Lösung für unsere Auftraggeber.«

Eine Gruppe von Bewohnern aus der Umgebung hatte sich vor dem Metalltor des Geländes versammelt. Kristoffersen schätzte, dass es um die fünfzig Menschen waren, die meisten davon Mütter mit Kindern, aber auch ein paar lokale Fischer.

Voller Engagement riefen die Menschen etwas, das Kristoffersen nicht verstand.

»Was rufen sie?«, fragte er.

»Arbeit für die Dorfbewohner! Arbeit für die Dorfbewohner!«, dolmetschte Mukabi. »Wir Ugander habe eben hohe Erwartungen an unser Erdölwunder.«

Kristoffersen verlagerte das Gewicht von einem Fuß auf den anderen. »Aber haben wir nicht eine ganze Menge Ugander eingestellt?«

Mukabi lächelte. »Das weiß ich doch. Bifrost und Potentia Oil machen das schon gut. Aber wir dürfen eben nicht vergessen, dass auch die Lokalbevölkerung ihren Teil vom Kuchen haben möchte.«

Mukabi lächelte weiter, während Kristoffersen ein wenig hilflos zu Croukamp hinübersah, der den rechten Arm ausbreitete. »Beruhigen Sie sich. Das ist Afrika. Es gibt immer irgendwelche, die dabei sein und etwas verdienen wollen, aber sie haben keine Arbeitserfahrung.«

Kristoffersen nickte und registrierte gleichzeitig, dass Mukabis Lächeln nachließ. »Man kann ja niemanden dafür kritisieren, sich ein besseres Dasein zu wünschen«, sagte Kristoffersen, merkte aber gleich, dass seine Bemerkung ein wenig peinlich wirkte.

Mukabi blickte ihn an, das Lächeln war nun verschwunden, aber er sagte nichts.

Ein paar Sekunden lang betrachteten die drei Männer schweigend die kleine improvisierte Demonstration.

Mukabi unterbrach die Stille. »Nun, stellvertretend für die Republik Uganda will ich sagen, dass dieser Besuch eine ungetrübte Freude gewesen ist. Leider muss ich jetzt weiter und möchte mich bedanken.« Väterlich legte er Kristoffersen eine Hand auf die Schulter und winkte mit der anderen seinen Wagen heran.

»Nils Oscar«, fuhr er fort, »wir werden noch große Dinge zusammen erreichen.«

Kristoffersen lächelte breit. »Das werden wir.«

Mukabi setzte sich auf die Rückbank des Wagens, wo ihn seine Sekretärin lächelnd erwartete. »Win, win«, sagte er und knallte die Tür zu.

Als sich der Wagen in Bewegung setzte, konnte Kristoffersen Mukabis lautes Lachen hören.

Kristoffersen schaltete den iPod am LCD-Schirm des Land Cruiser ein und entschied sich nach einer kleinen Suche für Mariah Carey. Er sah auf die Uhr und rechnete aus, dass er knappe drei Stunden für die Rückfahrt nach Kampala benötigen würde. Sowohl was das Tageslicht anging als auch die Bedrohungen der Guerilla, mit der er ständig rechnen musste, würde es wohl gutgehen. Über zwei Jahre lebte er jetzt hier unten. Das Ausbeutungspotential der Ölfunde wurde in Berichten dokumentiert, die die Potentia Oil gemäß einer festen Routine zugesandt bekam. Diese bildeten die Berechnungsgrundlage dafür, wie viel ein Ölfeld für die Gesellschaft tatsächlich wert war. Im Prinzip gab es dieselben Konzepte, die man überall anwandte, auch daheim bei den norwegischen Ölfeldern, gleichwohl gab es in Uganda einen bedeutenden Unterschied: Mittels gewisser Maßnahmen war es möglich, Besitzanteile an einem Ölfeld zu bekommen. In Norwegen war so etwas undenkbar, dort war alles im Besitz des Staates, aber in Afrika gab es ganz andere Möglichkeiten. Nach zwei Jahren hatte er Uganda recht gut kennengelernt. Hier spielten alle Elemente in einer dynamischen kleinen Sinfonie zusammen: Geld, Möglichkeiten, Ressourcen, Politik und Menschen. Und in dieser Hinsicht war er nach einer Weile recht musikalisch geworden, dachte Kristoffersen.

Laubbäume aller Größen und Formen flitzten draußen vor dem Fenster des klimatisierten Wagens vorbei. Im Schatten des größten Baums – Mukabi hatte ihm erklärt, wie die meisten Bäume hießen, doch er hatte es vergessen – versammelten sich immer die Menschen. Wieso arbeitete die Lokalbevölkerung hier nicht etwas mehr? Dann hätten sie doch sicher ihren Lebensstandard verbessern können?

Mukabi ... seit Beginn des Projekts kannten sie nun einander. Mukabi hatte eine zentrale Position inne, besaß großen Einfluss, war sich dessen durchaus bewusst und nutzte dies zu seinem Vorteil aus. Schon nachdem er nur zwei Wochen an diesem Projekt gearbeitet hatte, war Kristoffersen in Mukabis Büro eingeladen worden. Es hatte sich als erstaunlich bescheiden erwiesen, weit entfernt von dem altmodischen und prächtigen Kolonialstil, den er eigentlich erwartet hatte.

»*Please*«, hatte Mukabi freundlich gesagt und ihm einen Platz auf dem etwas in die Jahre gekommenen Zweisitzer aus Rattan angeboten.

»Ich spüre, dass der Wind in die richtige Richtung weht, Nils Oscar«, hatte er erklärt. »Wir werden gute gemeinsame Geschäfte machen. Für Uganda. Für Norwegen. Und für uns.«

»Unbedingt«, hatte Kristoffersen erwidert. »Das Potential des Feldes ist groß. Vielleicht sogar zwanzig Millionen Fässer.«

»Wie viel wäre das nach dem heutigen Preis?« Mukabis Stimme, die fast erregt klang, war die Erwartung deutlich anzuhören gewesen.

»Ungefähr 2,4 Milliarden Dollar, aber es könnte auch gut das Doppelte sein. Und es gibt mehrere vielversprechende Felder, das wissen wir«, hatte Kristoffersen erläutert. Es war ein Zahlenspiel, das beide gut kannten und an das zu denken Spaß machte.

Mukabis Augen hatten geglänzt, als er sagte: »Und davon besitzen wir beide je zehn Prozent ... was für ein Glück!«

Am selben Abend in Kampala hatte Mukabi Kristoffersen in eine der Bars in Kabalagala ausgeführt, dem Vergnügungsviertel der ugandischen Hauptstadt.

»Wir stehen am Beginn einer neuen Ära voller Wohlstand und Möglichkeiten, Nils Oscar! Und inmitten dieser Entwicklung sitzen Sie und ich.« Mukabis Gesicht hatte gestrahlt. »Das wollen wir feiern! Kellner, Gin Tonic für alle!« Die Bestellung war in Rekordzeit ausgeführt worden, und die lieblichen Freundinnen der Sekretärin hatten sich an die Männer geschmiegt.

Draußen vor den getönten Autoscheiben verdichtete sich die Bebauung und verriet Kristoffersen, dass er auf dem Weg ins Zentrum von Kampala war. In einer halben Stunde würde er in seinem Hotel sein, demselben Hotel, wo er, Mukabi, seine Sekretärin und ihre Freundinnen den ersten Abend beschlossen hatten. Er erinnerte sich an eng sitzende Kleider, üppige Kurven, graziöse Bewegungen. Nie zuvor war er mit einem schwarzen Mädchen im Bett gewesen. Wer aus seiner Generation in Jar in Bærum hatte das schon erlebt?

Sogar jetzt, nach zwei Jahren, war ihm dieser erste Abend noch lebhaft in Erinnerung. Danach hatte es noch viele weitere Abende und noch mehr lokale Schönheiten gegeben, aber nichts war diesem ersten Abend gleichgekommen.

Am Nachmittag des übernächsten Tages ging das Flugzeug nach Oslo.

Kapitel 4

Der Junge aus Uganda hieß Ojore Okello. Er selbst vermutete, ungefähr zwanzig oder einundzwanzig Jahre alt zu sein. Er saß in der Zelle, in der er untergebracht worden war, und starrte an die Wand. Es war eine weiße saubere Wand ohne Risse. In Uganda hatte er noch nie eine Wand ohne Risse gesehen. Das Bett schien gut zu sein, die Bettwäsche war sauber, ebenso die Toilette. Ein Land, das solche Gefängnisse hatte, musste wohl lebenswert sein.

Ojore war Guerillasoldat bei den God's Freedom Fighters gewesen. In dieser ganzen Zeit hatte er sich nur eines gewünscht: eine Möglichkeit wegzukommen. Erst nach zehn Jahren war sein Wunsch in Erfüllung gegangen. Im Lager der Guerillatruppe hatte ein Fest stattgefunden, und in der folgenden Nacht hatten die meisten tief und fest ihren Rausch ausgeschlafen. Ojore mochte diese Feste nicht und hatte sich abseitsgehalten. Die Bewachung war nachlässig gewesen, einer der Kommandanten hatte mit gelöstem Patronengürtel geschlafen, und eben jener Kommandant hatte häufig Bargeld in einem der Magazinbeutel. Ojore hatte die Gelegenheit genutzt, und fünf Minuten später war er wie ein Verrückter durch den Dschungel gestürmt.

Die Reise durch den Sudan, Ägypten, Jordanien, Syrien, die Türkei und schließlich Griechenland war nicht leicht gewesen. Im Sudan hatte er sich nur nachts fortbewegt, in Ägypten war er mit Stöcken fortgejagt worden, und erst in Jordanien und Syrien konnte er sich ein paar anderen anschließen, die sich wie er auf der Flucht in ein besseres Leben befanden. Aber auch dort hatten Schlagstöcke, Peitschen, Fäuste, Vergewaltigungsversuche und hart durchgreifende Polizisten auf sie gewartet. War all das etwa vergebens gewesen? War die Chance, sich ein neues Leben, eine richtige Arbeit zu beschaffen, nun etwa verspielt?

Ojore dachte an alle, die versucht hatten, ihm das Geld zu stehlen, das er dem Kommandanten abgenommen hatte. Achttausend Dollar. Wie er nun hier auf seinem frisch gemachten Bett saß, wusste er nicht mehr, wie viele Raubversuche er unterwegs hatte erleben müssen. Doch Ojore hatte im Busch gelebt. Er wusste, was ein Nahkampf war und was er dabei tun musste. Dieses Wissen hatte ihn bis zu seiner Ankunft in Griechenland – im Schengen-Raum – am Leben erhalten.

Nach einer harten Auseinandersetzung mit der griechischen Polizei war er zusammen mit vielen anderen Afrikanern in einem Lager gelandet. Die dortigen Sicherheitsmaßnahmen waren schlecht gewesen, zusammen mit drei Jungen aus Liberia war Ojore getürmt. Nach einem einmonatigen Aufenthalt in einem illegalen Lager hatten sie sich auf einem Lastwagen nach Italien geschmuggelt und es danach mit Zug und Bus bis nach Belgien geschafft, wo seine neuen liberianischen Freunde Kontakte hatten.

Dann waren Dinge passiert, die alles verändert hatten. In Antwerpen. Marc, der Jüngste aus dem Lager, nicht viel älter als vierzehn, war von den anderen mitten auf der Straße eines üblen Viertels, wo sie zwei Wochen lang in einer Wohnung hatten übernachten können, getrennt worden. Ojore und die anderen hatten überall nach ihm gesucht – in dunklen Gassen, in Kneipen und abbruchreifen Häusern, in Parks und überall dort, wo Drogensüchtige und illegale Einwanderer die Nächte verbrachten. Sie hatten die Suche fast schon aufgegeben, als ein drogensüchtiger Junge ihnen erzählte, er habe Marc zusammen mit einem Mann zum Hafengebiet gehen sehen. Seinen Körper zu verkaufen, war für einen jungen Mann auf dem Weg in den Norden nicht ungewöhnlich. Ojore war nur aufgrund des Geldes, das er besaß, diesem Schicksal glücklicherweise entkommen. Dank Ojores Aufmerksamkeit und seiner Fähigkeit, im Dunkeln gut sehen zu können, hatten sie Marc dann doch relativ schnell gefunden. Ein paar Bewegungen in der dunklen Nacht, hinter dem glaslosen Fenster eines abbruchreifen Hauses, hatten Ojores Neugier geweckt. Und dort hatten sie Marc und seinen Kunden entdeckt. Marc war misshandelt worden, er schluchzte und blutete. Der Kunde – ein Mann um die vierzig – hatte aggressiv reagiert. Mit einem Messer. Schon oft hatte Ojore im Dunkeln ein Messer aufblitzen sehen. Das Schlimmste war gewesen, dass er gar nicht überrascht war. Gewalt schien eine treue Reisebegleiterin zu sein.

Nach einer Weile hatten Ojores neue Freunde schließlich ihren Kontaktmann in Antwerpen gefunden, einen erfolgreichen Drogenschmuggler.

»Do you want a job?«, hatte der Mann gefragt, als Ojores Kumpel berichteten, was er für Marc getan hatte. Seit diesem Tag war Ojore in der Drogenbranche. *Security* war der Name, den sie ihm gegeben hatten. Der passte. Ojore wusste, was getan werden musste. Der Drogenschmuggel war nichts, was Ojore sich gewünscht hatte. Viel zu oft hatte er gesehen, was dieser Dreck mit den Kindern zu Hause im Busch tat, aber dennoch war es eine Möglichkeit für schnelles Geld gewesen, das er so dringend brauchte, um sich selbst, seiner Mutter und seiner Schwester ein Leben zu ermöglichen.

Er blickte aus dem Fenster seiner Zelle. Hinter den Gitterstangen war der Himmel dunkelblau, fast schwarz. Die Leute sagten, bald käme der Schnee. Den wollte er zu gern einmal sehen. Gleichzeitig überlegte er, ob er dieser Polizistin erzählen sollte, was er über den Drogenhandel wusste.

Kapitel 5

Elli saß am Schreibtisch und überlegte. Was tat ein junger Mann aus Uganda, ausgestattet mit einer SIG-Sauer-Pistole, in Norwegen? Klar, er war ein Teil des Drogennetzwerkes, aber wie war er ins Land gekommen? Was hatte er hinter sich gelassen? Und wie war er in dieses Milieu geraten?

Um sich eine Aufenthaltsgenehmigung in Norwegen zu beschaffen, war es üblich, falsche Angaben über das Herkunftsland zu machen. In diesem Fall allerdings wirkte das unwahrscheinlich. Ugander bekamen keine Aufenthaltsgenehmigung in Norwegen. Nicht mehr, seit Idi Amin in den siebziger Jahren dort unten gewütet hatte.

Ellis Gedanken kehrten immer wieder zu diesem Blick zurück. Seine Augen hatten einen intensiven, fast vibrierenden Ausdruck gehabt, eine Tiefe, die Elli weder bei Opfern noch bei Tätern je gesehen hatte. Das Gefühl, dass er Hilfe wollte, dass er sie um etwas gebeten hatte, ließ sie nicht mehr los.

Formell betrachtet, gehörte der Fall zum Polizeidistrikt Romerike. Ellis Gedanken hätten sich wohl eher um den nicht kleiner werdenden Aufgabenstapel drehen sollen, den Abteilungsleiter Kurt Fjeld gewöhnlich für sie parat hielt. Die Polizeistation Grønland war schließlich kein Erholungsheim.

»Nachdenklich?«, fragte eine kraftvolle Stimme hinter Elli.

Kurt Fjeld war ein Polizeibeamter, wie ihn ein Junge in der Grundschule gezeichnet haben würde. Der standfeste, ergebnisorientierte und rechtschaffene Polizist. Zwei Dinge waren dem noch hinzuzufügen: Ein enormer Verbrauch an Snus-

Kautabak und die Fähigkeit zu alternativen Gedankengängen, wenn die Situation es erforderte. Und was Elli betraf, war das häufiger der Fall.

»Oder ist das dein Vippassara oder wie das jetzt wieder heißt?«, fuhr Fjeld munter fort und spielte dabei auf Ellis Gewohnheit an, kleine Pausen zu machen und dabei die Lotusstellung einzunehmen.

»Vipashyana. Ich finde immer noch, dass du das lernen solltest«, erwiderte sie. »Es ist nicht nur Buddhisten vorbehalten. Tatsächlich ist es eine alte indische Meditationstechnik. Das Ziel dabei ist, die Dinge so zu sehen, wie sie sind.«

»Bist du jetzt eigentlich fertig mit deinem Gastauftritt in Romerike?«, fragte Fjeld ungeduldig, ohne auf ihre Erläuterung einzugehen.

»Doch, so weit schon …«

Fjeld sah sie fragend an. »Und das bedeutet?«

»Dass sie uns bei dieser Geschichte nicht weiter um Hilfe bitten werden.«

Fjeld schüttelte vielsagend den Kopf. »Aber?«

Ein paar zaghafte Falten auf Ellis Stirn verliehen ihr einen nachdenklichen Ausdruck. »Ich kriege diesen Jungen nicht aus meinem Kopf. Da ist irgendwas. Ich kann nicht genau sagen, was, aber da steckt irgendwie mehr dahinter.«

Fjeld setzte sich an den Schreibtisch neben Elli. »Du bist ja nicht gerade sehr konkret, Elli.«

Der Blick. Und die Narbe. Aber Elli wollte es nicht sagen. Noch nicht.

»Ich hatte das Gefühl, dass er etwas auf dem Herzen hatte. Dass er darauf brannte, mir irgendetwas zu erzählen.«

»Aber dann wird er es doch sicher Åbrekke und Co. in Lillestrøm erzählen?«

»Vermutlich. Aber hör zu, ich würde heute gern noch ein paar Sachen überprüfen, dann bin ich morgen hundertprozentig wieder für Grønland da, okay?«

Fjeld kniff lange die Augen zusammen, ehe er schließlich antwortete. »Nein. Ich möchte, dass du mit der Sache direkt abschließt. Und ich will später nicht hören, dass du es nicht getan hast.«

»Natürlich nicht«, sagte Elli.

Sobald Fjeld jedoch außer Sichtweite war, begann Elli im Internet nach Narbenkunst in Uganda zu suchen. Eine halbe Stunde später hatte sie zahlreiche Bilder, Texte und Videos angeschaut. Bei der Skarifizierung spielte die Phantasie eine große Rolle, aber keine der Quellen verriet etwas über die schlangenförmige Narbe, die Elli auf dem Unterarm des Jungen aus Uganda gesehen hatte.

Kapitel 6

Georg Bahrmann saß in der Küche seiner Dachwohnung in Briskeby und aß Müsli. Die Morgennachrichten auf Kanal TV2 liefen im Hintergrund und zeigten den Wirtschaftsminister, der mit Grabesmiene erklärte, wie der norwegische Staat den Rückgang der Einnahmen aus der Ölindustrie zu spüren bekam. Im Land des Glücks machten diese Einnahmen über zwanzig Prozent des Bruttoinlandsproduktes aus. Doch nachdem die Brunnen auf dem norwegischen Festlandssockel nun auszutrocknen drohten, waren die norwegischen Gesellschaften gezwungen, hinaus in die Welt zu ziehen, um Erdöl zu finden.

Die Potentia Oil, die Bahrmann gegründet hatte und an der er durch eine Reihe von Börsenemissionen vierunddreißig Prozent besaß, arbeitete hauptsächlich im Ausland. Die Gesellschaft war mit Schulden belastet, eine gute halbe Milliarde Kronen, und würde wohl bald eine neue Kapitalspritze benötigen, sofern die Einnahmen nicht kräftig stiegen. Bahrmann hatte mit allen zur Verfügung stehenden Mitteln gegen eine weitere Emission gekämpft, weil er dadurch mit seinen Anteilen unter die Dreiunddreißig-Prozent-Marke gefallen wäre und somit die negative Kontrolle über sein Lebenswerk verlieren würde. Fünfzehn Jahre lang hatte er alle Energie und alle Mittel für die Potentia Oil aufgebracht.

Ein Signal seines Mobiltelefons lenkte Bahrmanns Aufmerksamkeit von dem an der Wand montierten Flachbildschirm ab.

Eine E-Mail. Von Nils Oscar Kristoffersen von Bifrost Oil Services, der Gesellschaft, die Bahrmann für die Durchführung der Probebohrungen am Lake Albert in Uganda engagiert hatte. Die Nachricht war kurz, doch der Inhalt enthielt genügend Informationen, die Georg Bahrmann verrieten, dass sich die Dinge langsam in die richtige Richtung entwickelten:

First Oil. Bericht in einigen Tagen. MfG, NOK.

Kapitel 7

Am dritten Tag als Geisel hatte Otto Kamperud noch immer keine Ahnung, warum er und Charlotte entführt worden waren. Er arbeitete für eine kleine, idealistische humanitäre Organisation, die weder Einfluss hatte noch große Projekte betrieb oder über Geld verfügte. Verglichen mit anderen Organisationen war Human Light ein unbedeutender kleiner Fisch im großen Meer der Entwicklungshilfe.

»Otto!«

Er drehte sich zu Charlotte. Ihre Stimme war heiser, beinahe flüsternd.

»Ich habe Bauchschmerzen«, sagte sie.

Otto betrachtete sie mit aufrichtigem Mitleid. Nie zuvor hatte er eine klügere oder loyalere Kollegin gehabt. Charlotte kam aus denselben schwierigen Verhältnissen wie alle anderen im nördlichen Uganda, hatte sich aber eine Universitätsausbildung erkämpft. Das Geld, das sie verdiente, war für ihre Mutter, die drei Schwestern sowie ein Sparkonto bestimmt. Sie führte ein äußerst bescheidenes Leben. Stets war sie gut gekleidet, hatte sich dem westlichen Stil der Entwicklungshelfer angepasst, frischte aber die Khakikleidung mit farbenfrohen afrikanischen Schals oder Kopfbedeckungen auf. Außerdem war sie atemberaubend schön. Zu Ottos großer Überraschung hatten Disciples Soldaten sie in Frieden gelassen, doch er verspürte eine nicht nachlassende Furcht davor, was sie vielleicht mit ihr anstellen könnten. Er hörte Charlotte jetzt zum ersten Mal klagen.

»Ich werde versuchen, mit Disciple Kontakt aufzunehmen«, versprach Otto.

»*Please*«, sagte Charlotte ängstlich.

Otto und Charlotte saßen gefesselt bei ein paar Schuppen, die sich etwas entfernt vom restlichen Lager befanden. Otto blickte zu den anderen Hütten hinüber. Abgesehen von zwei Bewachern, die regelmäßig vorbeikamen und ihnen gelegentlich Wasser oder ein paar Früchte gaben, bekamen sie die anderen Soldaten so gut wie nie zu Gesicht.

Plötzlich nahm Otto ein schlurfendes Geräusch neben sich wahr. Die Schritte waren unverkennbar.

Disciples Blick verriet nicht, was er über seine Geiseln dachte. Schon während der Verhandlungen war das für Otto immer ein Problem gewesen; er konnte Disciple nie durchschauen. Das Gesicht des Guerillaführers war eine männliche Ausgabe der Mona Lisa. Hass, Liebe, Angst, Wut. Alle Stimmungen schienen denselben Gesichtsausdruck hervorzurufen. Stand er unter Drogen? Vielleicht rauchte er Hasch, doch Otto glaubte nicht, dass er stärkere Mittel verwendete.

»*You want to say something?*«, fragte Disciple.

Otto schob die Verwunderung darüber, dass Disciple häufig auftauchte, wenn er ihn gerade rufen wollte, beiseite und versuchte sich darauf zu konzentrieren, wie er Charlotte helfen könnte. »Sie braucht Hilfe«, erklärte er. »Sie hat Bauchschmerzen.«

Disciple warf einen flüchtigen Blick auf Charlotte und sah dann wieder Otto an.

»Soso … unsere Entwicklungshelferin hat Bauchschmerzen?« Sein Tonfall war höhnisch.

»Habt ihr Schmerztabletten?«, fuhr Otto fort.

Disciple blickte Otto ausdruckslos an.

»Du solltest es besser wissen«, sagte Disciple ruhig. »Wir sind ein Heer. Wir ziehen für unsere Sache in den Krieg. Die wenigen Medikamente, die wir haben, müssen wir für unsere eigenen Soldaten aufsparen.«

Otto änderte seine Strategie. Er musste es ausnutzen, dass er Disciple zum Reden gebracht hatte. »Was habt ihr mit uns vor?«, fragte er und hoffte, dass in seiner Stimme keine Verzweiflung mitschwang.

Disciple musterte ihn ein paar Sekunden und ließ sich dann zu Ottos Überraschung plötzlich vor ihm nieder. »Lass uns ein wenig darüber reden«, sagte er.

Geduldig wartete Otto auf die Fortsetzung. Charlotte gab ein unterdrücktes Stöhnen von sich. Disciple zeigte keinerlei Reaktion. »Ich bin diese SIM-Karten leid«, sagte er, beugte sich vor und zeichnete einen Kreis in den Staub zwischen ihnen. Mit zwei Strichen markierte er dann ein Viertel des Kreises, wie ein Kuchenstück.

»Dieses Viertel ist die Wirtschaft Ugandas heute«, sagte er. »Der ganze Kreis ist die Wirtschaft Ugandas morgen. Wir haben Erdöl gefunden.«

Otto versuchte, den Zusammenhang zu begreifen, aber sein Gehirn arbeitete zu langsam. Er verstand nicht, welche Rolle er und Charlotte spielten. »Aber das ist doch gut, oder nicht?«, versuchte er es.

»Für wen?«, fragte Disciple.

»Für die Acholi, Charlottes und dein Volk, oder für die vom Präsidenten auserwählten Leute in Kampala? Es sollte doch gut für alle sein.«

Disciple lachte. »Du siehst ja selbst, wie gut das heute funktioniert.«

Otto musste einräumen, dass er einen wunden Punkt getroffen hatte. »Aber ich verstehe nicht, was wir damit zu tun haben«, fragte er abermals.

Disciple legte den Kopf schräg. »Wir müssen ja etwas haben, worüber wir verhandeln können.«

»Wir sind demnach Geiseln, die ihr gegen Geld eintauschen wollt? Die Organisation, für die ich arbeite, hat kein Geld«, sagte Otto resigniert. »Und das Regime in Kampala wird sich wohl kaum um zwei Entwicklungshelfer scheren.«

Disciple wischte Ottos Kommentar mit einer jähen Handbewegung beiseite. »Ich weiß, wo es Geld gibt. Folge dem Öl, und du findest Geld. Du wärst erstaunt, was für Vereinbarungen man treffen kann.« Mit leicht besorgtem Blick musterte er Otto. »Ihr alle seid involviert in diesen Strom aus Öl, Otto. Unterschätz mich nicht und tu nicht so, als ob du das nicht wüsstest.«

Otto begriff nicht, was Disciple meinte. Ihm musste die Verwirrung ins Gesicht geschrieben stehen, denn Disciple brach in Gelächter aus. »Du willst mir doch wohl nicht erzählen, dass du nicht wusstest, was da eigentlich in den Umschlägen war?«

»Eine SIM-Karte … Gesprächszeit?«, stammelte Otto.

»Ja, Gesprächszeit«, erwiderte Disciple lachend und stand auf. Als er wegging, blieb er kurz neben Charlotte stehen und strich ihr mit der Machete über den Hals, dann drehte er sich abrupt um und lief weiter zu den Hütten auf der anderen Seite des offenen Platzes.

»Charlotte«, flüsterte Otto, aber sie antwortete nicht. Otto sah, wie Tränen aus ihren zusammengekniffenen Augen hervordrangen.

Halb aufrecht sitzend und gegen die Wand gestützt, versuchte Otto, die Situation zu begreifen. Die Anfrage zur Übernahme des Auftrags war seinerzeit von der Botschaft gekommen. Die Erste Botschaftssekretärin, Linnea Brodtkorb, hatte ihn empfangen und ihr Anliegen erläutert. Über ihre Kontakte zum Programm *Öl für Entwicklung* hatte sich plötzlich eine Verhandlungsmöglichkeit aufgetan, und man brauchte schnell jemanden, der den Auftrag übernahm. Human Light wiederum brauchte dringend einen solchen, weil die finanzielle Lage äußerst angespannt war. Die humanitäre Organisation mit Basis im Kampala hatte die meisten ihrer Projekte verloren, die von westlichen Geldgebern wie Norad, Danida oder USAID finanziert worden waren. Falls sie keine neuen Projekte finanziert bekämen, wäre Human Light Gefahr gelaufen, gänzlich von der Bildfläche zu verschwinden. Otto Kamperud war ehrgeizig, und wenn sich erst einmal eine Gelegenheit bot, dann folgte er seinen Instinkten. In dieser Hinsicht ähnelte er seinem Vater.

»Hatten Sie früher schon einmal mit solchen Verhandlungen zu tun?«, hatte die Erste Botschaftssekretärin gefragt.

»Nein«, hatte er erwidert.

»Da ist es üblich, ein paar ... wie soll ich sagen ... Knöpfe und Glanzbilder zu verteilen. Disciple ist besessen von Kommunikation, und deswegen werden Sie zu jedem Treffen einen Umschlag mitnehmen. Darin befindet sich eine SIM-Karte, damit er mit Ihnen und seiner Umgebung Kontakt halten kann.«

Otto hatte Ähnliches schon früher gehört. Guerillaführer hatten häufig nicht genügend Ressourcen für regelmäßige Kommunikation. Otto nahm zu jedem Treffen einen Umschlag mit, und Disciple bekam seine SIM-Karte.

Kapitel 8

Kristoffersen feierte draußen auf der Terrasse mit einer Cohiba. Der ausgeblasene Rauch wechselte in den Lichtern des Nachtlebens im Hintergrund ständig die Farbe. Durch eine Gesellschaft, die er in Panama City gegründet hatte – einem Ort, an dem die Behörden keine schwierigen Fragen stellten –, besaß er nun einen fünfprozentigen Anteil am Ölfeld Parzelle 7 in Uganda. Die Besitzurkunde, die Mukabi freundlicherweise mit einem Boten zur Hotelrezeption hatte bringen lassen, wies alle erforderlichen Unterschriften und Stempel auf.

Nach nur wenigen Jahren in der Ölbranche hatte er begriffen, dass nur diejenigen, die direkte Investitionen tätigen konnten, auch die waren, die gutes Geld verdienten. Weder Bifrost noch deren Auftraggeber Potentia Oil gestattete, dass die eigenen Angestellten mit den Ölförderungsprojekten der Gesellschaft finanzielle Spekulationen betrieben. So etwas war streng verboten. Wer also im Spiel um das große Geld mit Öl dabei sein wollte, musste seine Investitionen im Verborgenen tätigen. Und das ließ sich dadurch bewerkstelligen, dass man eine Gesellschaft in einem Steuerparadies gründete. Kristoffersen wollte schlichtweg nicht wie ein mittelmäßig bezahlter Idiot dasitzen und darauf warten, dass er vielleicht irgendwann das Angebot bekam, Mitinhaber von Bifrost zu werden, wenn andererseits die Möglichkeiten direkt vor ihm lagen. Er wollte auch ein Investor sein.

Die eigentliche Finanztransaktion wurde von der Bank der Gesellschaft auf den Cayman Inseln durchgeführt, die wiederum das Geld in drei separaten Vorgängen auf eine Bank in Macao überführte. Von dort aus wurden die Gelder in vier verschiedenen Transaktionen über Banken in Shanghai, Dubai, Nigeria und auf den Seychellen weiterverteilt, ehe sie schließlich bei den Rechtsinhabern, der Uganda Oil Exploration Company, landeten, zu der Mukabi Verbindungen hatte und bei der er seinen Einfluss geltend machen konnte. Von den zehn Millionen Kronen, die zu Beginn bezahlt wurden, landeten neun beim Verkäufer. Die übrige Million wurde für Gebühren, Honorare und Bestechungen aufgewendet.

Joseph Mukabi hatte es so eingerichtet, dass ein gewisser Besitzanteil an den Ölfeldern am Lake Albert offen war für Investitionen von privaten Gesellschaften oder Einzelpersonen, doch man musste bereits zu einem frühen Zeitpunkt einsteigen, bevor klar war, wie viel Öl tatsächlich gewonnen werden konnte. Kristoffersen hingegen hatte eine andere Abmachung getroffen und konnte sich zu einem späteren Zeitpunkt einkaufen, wenn es schon längst keine Unsicherheit mehr darüber gab, was die Felder hervorbringen würden. Und das zu einem vorteilhaften Preis. Mukabis Konto war mit einer Gesellschaft in Dubai verknüpft, deren Besitzer er selbst war. Da Kristoffersens Transaktionen ohnehin zum Teil über Dubai abgewickelt wurden, war es somit ein Leichtes, Mukabis Kommission diskret zu entrichten.

Kristoffersen legte stets großen Wert darauf, die Chronik seines Internetbrowsers zu löschen, er verwendete das teuerste Anti-Virus-Programm und hatte ein spezielles Sicherheitsprogramm installiert, das bestimmte Dateiordner automatisch löschte, sobald jemand versuchte, sich mit einem falschen Passwort einzuloggen. Er war gut abgesichert, hatte an alles gedacht und wusste im Gegensatz zu anderen privaten Investoren, dass es in diesem Feld mehr Öl gab als in den anderen. Viel mehr. Schon jetzt hatte sich der Wert seiner Investition verdreifacht. In zwölf bis achtzehn Monaten, wenn das Feld tatsächlich bearbeitet wurde, würde der Wert das Fünffache des heutigen Niveaus erreicht haben. Grob gerechnet hieß das einhundertundfünfzig Millionen Kronen, und das allein von den Feldern, deren Größenordnung nun bekannt war.

Auf die eine oder andere Art brachte jeder seine Schäfchen ins Trockene. Was war falsch daran, ein paar lokale Abgaben zu entrichten, um dadurch selbst etwas dazuzuverdienen? Mukabi hatte sich eine hübsche Residenz in Kampala angeschafft und besaß eine Briefkastenfirma in Dubai. Seine Töchter besuchten ein Internat in London. Wenn er selbst nichts hinzuverdiente, könnte sich Mukabi das Schulgeld nicht leisten. Da war es doch nur schön, wenn man dazu etwas beitragen konnte, dachte Kristoffersen.

Am schönsten jedoch war es, an die Millionen zu denken, die seine eigenen Investitionen abwerfen würden. Alle Maßnahmen, die er getroffen hatte, würden ihn im wahrsten Sinne des Wortes zu einem reichen Mann machen. Er würde sich alles kaufen und tun können, was immer er wollte.

Eine totale Freiheit erwartete ihn. Er spürte ein Kribbeln, als er daran dachte, und blickte hinüber zum Speke Hotel auf der anderen Seite der Hafenanlage. Es war ein Abend, der gefeiert werden musste. Kristoffersen beschloss, einen kleinen Ausflug zu all den hübschen Mädchen zu machen, die dort anzutreffen waren.

Kapitel 9

Die Wohnung von Ellis Mutter in Nordstrand war in einer thailändisch-norwegischen Stilmischung eingerichtet. Wie in fast jedem norwegischen Zuhause hingen Bilder der Kinder im Wohnzimmer, doch die Rahmen hier waren prachtvoll und goldfarben. An einer der Querwände hing zudem ein Foto des thailändischen Königs, Bhumibol Adulyadej.

Dee Porntip Praphasirirat Rathke hatte einen Thai-Salat mit Mango und Chili zubereitet. Nur wenige Gerichte konnten damit mithalten.

»Híw máak«, bemerkte sie, während sie Zenith betrachtete. *Hungrig wie ein Jäger.*

»Er ist ein Hund, Mama. Er hat immer Hunger.«

Das nicht zu überhörende Schmatzen in der Küche verriet, dass Zenith gut versorgt wurde.

Ellis Blick wanderte zum Bild ihrer Schwester Anne. Dort hingen sie beide, die Schwester und sie, Seite an Seite. In vergoldeten Rahmen. Beide Fotos waren 1995 gemacht worden, dem Jahr, in dem Ellis Schwester aus dem Leben gerissen wurde.

Elli spürte die Hand ihrer Mutter auf der Schulter. »Wollen wir essen?«

Elli lächelte und setzte sich der Mutter gegenüber an den Esstisch. Erwartungsvoll hockte Zenith sich neben die Mutter.

»Zenith!«, rief Elli entschieden.

Der Hund seufzte tief, trollte sich aber auf schweren Pfoten und legte sich vor die Küchentür.

Mit großem Appetit machten sich die beiden Frauen über das Essen her. Obwohl Dee nur 1,55 Meter groß war und für gewöhnlich so viel aß wie ein Matrose, blieb sie doch aus unerklärlichen Gründen immer dünn. Sie nahm eine Flasche Singha-Bier und goss Elli davon ein.

»Und, was meinst du? Wird sich der Konflikt in Bangkok wieder aufheizen?«, fragte sie und spielte damit auf die Demonstrationen und Straßenkämpfe, die in ihrem Heimatland in unregelmäßigen Abständen aufflammten, sowie auf den im Exil lebenden, ehemaligen Ministerpräsidenten Taksin an.

»Tja … man hat einen wegen Korruption verurteilten Ministerpräsidenten, der es aus Angst vor einer Verhaftung nicht wagt, nach Hause zu fahren, stattdessen aber seine Anhänger in regelmäßigen Abständen dazu bringt, bürgerkriegsähnliche Zustände zu provozieren. Da wird die nächste Welle der Gewalt wohl kaum ausbleiben, oder?«

»Aber die Lage ist doch viel verzwickter als das, Sunee«, sagte die Mutter.

»Für die Thailänder, ja. Für alle anderen nicht«, erwiderte Elli lakonisch.

Dee schnaubte, widmete sich wieder dem Essen und würzte mit reichlich Chili. »Du bist so norwegisch geworden«, sagte sie anklagend. »Alles ist schwarzweiß.«

Elli lachte kurz auf. »Was erwartest du denn?«, fragte sie. »Geboren, aufgewachsen und ausgebildet in Norwegen. Noch dazu mit einer Arbeit. Da wird man dann eben auch ein bisschen norwegisch im Kopf.«

Ellis Mutter wischte den Einwand mit einer Handbewegung beiseite und wechselte das Thema. »Ist es zu scharf?«, fragte sie.

»Nein, in dieser Hinsicht bin ich durch und durch thailändisch«, erwiderte Elli und prostete ihrer Mutter zu.

Ellis Vater Lars hatte Dee auf einer seiner Rucksacktouren in Südostasien kennengelernt, die er immer zwischen zwei Jobs auf norwegischen Schiffen unternommen hatte. Elli und ihre Schwester hatten erfahren, dass sich die Mutter in einer schwierigen Lage befunden hatte, als sie ihrem zukünftigen Mann begegnet war. Schon in der Grundschule hatte Elli häufig überlegt, was wohl damals in Thailand für die Mutter so schwierig gewesen sein könnte, doch erst als Elli fast schon erwachsen war, hatte sie daran gedacht, dass ihre Mutter womöglich eine der Frauen in Patpong gewesen war, diesem Viertel in Bangkok, das sich neben Pattaya schon seit dem Vietnamkrieg zunehmend größerer Beliebtheit erfreut hatte. Niemals hatte sie ihre Mutter mit der Frage konfrontiert. Nachdem ihr Vater vor sieben Jahren bei einem Verkehrsunfall gestorben war, hatte Elli entschieden, das Thema so lange unberührt zu lassen, bis ihre Mutter es eventuell aus eigenem Antrieb ansprechen würde.

Nachdem sie eine Weile schweigend gegessen hatten, fragte Dee: »Glaubst du immer noch, dass du ihn kriegen wirst?«

»Ja.«

»Aber es ist lange her, Sunee, fünfzehn Jahre.« Dee legte ihre Hände auf Ellis. »Wir müssen gute Gedanken denken. Der Feindseligkeit abschwören und lieber nach Versöhnung trachten.«

»Ich tue nichts anderes, als nach Versöhnung zu trachten, Mama. Die Polizei schnappt Mörder und bringt sie hinter Gitter, so dass sie mit ihren eigenen Handlungen versöhnt werden. Zumindest für die Zeit, in der sie einsitzen.«

Ellis Blick richtete sich auf die mandelförmigen Augen der Mutter. »Er hat getötet, Mama. Vermutlich war Anne ein zufälliges Opfer. Das bedeutet, dass er sehr wahrscheinlich wieder töten wird. Vielleicht hat er es schon längst getan, vielleicht macht er es morgen, vielleicht auch erst in zehn Jahren. Ich schulde es Anne, ihn zu fassen. Wenn ich es denn kann.«

Die Mutter wandte den Blick ab. Schon viele Male hatten sie diese Diskussion geführt. Das Schweigen, das stets darauf folgte, war eine Art Ritual. Bis schließlich Elli, wie immer, ein anderes Thema anschnitt.

»Das war ein köstliches Essen, Mama«, sagte sie. Und das

aus tiefsten Herzen, denn im Vergleich zur thailändischen Küche erschienen norwegische Gerichte geradezu blass und geschmacksarm.

Mit ihrem neuen Wagen fuhr Elli ins Zentrum. ›Neu‹ war dabei vielleicht etwas übertrieben, es handelte sich um ein 2004er-Modell, aber für Elli war der Wagen neu. Der alte Toyota hatte kurz vor dem Sommer den Geist aufgegeben, und nach etlichen Recherchen auf FINN.no hatte sie sich in einen Alfa Romeo Crosswagon verliebt. Eigentlich viel zu dekadent für ihren Geschmack, geradezu völlig unvernünftig, aber sie war dem Charme dieser Mischung aus Kombi, Geländefahrzeug und Sportwagen erlegen. Und Zenith – auf einem Schafsfell – hatte ausreichend Platz auf der Ladefläche.

Unterwegs rief Elli Åbrekke in Romerike an.

»Åbrekke«, meldete er sich nach zweimaligem Klingeln.

»Hallo, hier ist Elli … du, sag mal, diese Jungs, die wir da am Carl Berners geschnappt haben … habt ihr noch was aus denen rausgekriegt?«

»Gott, arbeitest du so spät noch?«, fragte er. Elli warf einen Blick auf die Uhr am Armaturenbrett und sah, dass es bereits kurz nach elf Uhr war.

»Tut mir leid … mir will nur der letzte von denen nicht aus dem Kopf gehen. Ich habe das Gefühl, dass er etwas zurückhält.«

»Das ist wohl die Untertreibung des Jahres«, erwiderte Åbrekke. »Keiner von denen gibt auch nur einen Ton von sich. Seit wir sie hergebracht haben, sind sie stumm wie Austern. Aber da sie Informationen zurückhalten und mit einer beträchtlichen Menge Drogen geschnappt wurden, behalten wir sie eben hier. ›Waiting game‹, bis einer der Verteidiger auftaucht und Informationen gegen Strafminderung anbietet.«

»Verstehe«, sagte Elli. »Also, falls da noch was passieren sollte, rufst du mich bitte an, ja?«

»Mach ich«, versicherte Åbrekke und beendete das Gespräch.

Ellis Gedanken drifteten noch einmal zu der Narbe zurück, die Ojore Okello auf dem Arm hatte. Sie hatten bestimmt irgendeine Bedeutung für den Jungen, sonst hätte er den Arm nicht zurückgezogen. Elli musste herausfinden, was dahintersteckte, und wusste auch schon, wen sie deswegen ansprechen könnte.

Kapitel 10

Die einzigen Menschen, mit denen Ojore Kontakt hatte, waren die Vollzugsbeamten, die ihm das Essen brachten. Er erinnerte sich an die seltenen Augenblicke im Busch, in denen er hatte allein sein können, nur für sich selbst, ohne an etwas zu denken. Es waren goldene Momente gewesen. Ansonsten war er immer mit anderen zusammen gewesen. Im Dorf und im Busch. Immer mit anderen Menschen.

Jetzt saß er allein in diesem sauberen Raum, ohne einen Gesprächspartner, ohne die Gesetze und Regeln zu verstehen, die sein weiteres Schicksal besiegelten. Diese Einsamkeit war anders als jene, die er zu seltenen Gelegenheiten im Busch erlebt hatte; sie fühlte sich eher nach einer Strafe an. Er war rein zufällig hier gelandet. Als er genau darüber nachdachte, wurde ihm klar, dass er niemals die Kontrolle über sein eigenes Leben gehabt hatte. Mit Sicherheit wusste er nur, dass man etwas zum Tauschen brauchte, wenn man etwas erreichen wollte.

Noch vor drei Tagen war er in Schweden gewesen. Nach einer endlosen Fahrt waren sie am Nachmittag in Malmö angekommen. Der Fahrer war Schwede gewesen, im Wagen hatten noch zwei Liberianer gesessen, die dem Drogenring in Antwerpen angehörten. Es war Ojores erste Schmuggeltour. Sein Job war es gewesen, die Päckchen zu beschützen, die sie in Hohlräumen in Boden, Dach, Türen und Motorraum versteckt hatten. Die anderen Männer sollten die Gespräche führen.

Er erinnerte sich an die lange Brücke, die von Dänemark nach Schweden führte, die längste, die er je gesehen hatte. Eine gute Stunde später hatten sie in einer Wohnung in Malmö gesessen, in einem Viertel, in dem augenscheinlich keine Schweden lebten. Alle in der Wohnung hatten gelacht, gegessen und getrunken; die Stimmung war ausgelassen, der Schmuggel geglückt. Nach einer Weile tauchten Bekannte von seinen Reisekameraden in der Wohnung auf, darunter auch ein paar blonde schwedische Mädchen. Auf einem Tisch in der Wohnung lagen Warenproben und Nutzerbesteck. Ojore hatte sich nicht hinreißen lassen. Wenn er erst damit begann, wäre er verraten und verkauft. Gegen Abend waren die meisten so vollgepumpt oder sediert, dass das Fest in einen trägen Rhythmus aus Popmusik, gedämpftem Licht, Schlaf und Sex hinüberglitt.

Eines der schwedischen Mädchen hatte ein iPhone dabei. »Darf ich das mal ausleihen?«, fragte Ojore.

»Na klar.«

Nachdem er ein wenig Hilfe mit der Vorwahl bekommen hatte, wählte Ojore die Nummer des Kommandanten. Er hatte im Laufe des letzten Jahres schon oft probiert, ihn zu erreichen – doch immer ohne Erfolg. Er erschrak, als jemand nach zweimaligem Klingeln antwortete.

»Hier ist Ojore, Mann«, sagte er vorsichtig.

»Ojore! Du bist verrückt, Mann!«, flüsterte der Mann am anderen Ende der Leitung. Michael, einer der zahlreichen GFF-Kommandanten, war eigentlich nur ein Junge wie Ojore selbst. Vereint in ihrem Hass auf die Guerilla, hatten sie im Busch Freundschaft geschlossen.

»Sie sind hinter dir her – wenn sie dich finden, weißt du ja, was passiert. Wo bist du?«

»Weit weg«, sagte Ojore. »Ich schlage mich durch, es geht mir gut.«

»Gut, Mann. Bist du nach Nairobi gefahren?«

»Weiter. Noch viel weiter.«

»Wow, Mann. Gut!«

»Ich will mit Nabirye reden.«

»Moment.«

Ojore hörte, wie Michael das Telefon in die Tasche legte und ein paar Schritte lief. Dann wurde das Handy wieder aus der Tasche gezogen.

»Ojore, mein Lieber.«

Dass er die Stimme seiner Schwester hörte, fühlte sich gleichermaßen gut und schlecht an.

»Nabirye, Schwester, wie geht es dir?«

»Gut. Ich habe einen Sohn bekommen.«

Ojore ließ die Information sinken. Seine Schwester war vierzehn Jahre alt und schon Mutter.

»Angel?«

»Ja, er ist der Vater.«

»Ähnelt der Junge dir, Schwester?«

»Ja, sie sagen es.«

»Dann wird er ein hübscher Junge.«

Angel, der Vater, war einer der berüchtigsten Kommandanten der GFF, der sich einen Harem aus jungen Frauen hielt. Ihm hatte Ojore vor seiner Flucht das Geld gestohlen. Ojore hoffte, dass der Junge möglichst wenig Gene von seinem Vater geerbt hatte.

»Bist du gesund?«, fragte er.

Die Schwester zögerte ein wenig, was Antwort genug war. »Im Großen und Ganzen.«

Ojore krümmte sich. Geburten im Busch waren gnadenlos. Dort gab es nur andere junge Mädchen, meist selbst noch Kinder, die helfen konnten. Eine Weile sagte Ojore nichts, lauschte nur den ruhigen Atemzügen der Schwester am anderen Ende. Er spürte seine Verbundenheit mit Nabirye – einem der beiden Menschen im Leben, an denen ihm wirklich etwas lag.

»Die Stimmung hier ist gut«, sagte Nabirye. »Wir werden eine Menge Geld für den Norweger bekommen. Disciple sagt das.«

»Norweger?« Ojore erinnerte sich an den Plan: einen Unterhändler entführen, am besten einen mit blondem Haar, und

Geld für ihn verlangen. »Hat Disciple den Unterhändler entführt?«

»Ja, er ist jetzt hier im Lager. Manchmal gebe ich ihm Wasser und etwas zu essen.«

»Sei vorsichtig, Schwester. Wenn ich genug Geld verdient habe, werde ich dich und Mama holen, und dann wird es uns gut ergehen.«

Er hörte Nabirye am anderen Ende der Leitung schallend lachen.

»Ach, Ojore, du bist schon immer ein Träumer gewesen!«

Ojore spürte die Tränen in sich aufsteigen. »Mach's gut«, sagte er und gab der Schwedin das Handy zurück.

Kapitel 11

Disciple legte sich mit dem Rücken auf den großen Ast einer der zahlreichen Bäume, die das Lager umgaben. Er hatte es sich zur Gewohnheit gemacht, in den Mußestunden einen Baum auszuwählen, in dem er schlafen konnte.

Jetzt zog er Otto Kamperuds Satellitentelefon hervor. Damit es nicht geortet werden konnte, war es ausgeschaltet. Disciple konnte es für drei Gespräche benutzen, vielleicht vier, wenn sie nicht am selben Ort blieben, und musste dann die SIM-Karte wechseln, um nicht geortet zu werden. Viele Nachrichtendienste hielten Augen und Ohren offen, um herauszufinden, was die GFF beabsichtigten.

Er wählte die Nummer und lächelte, während es am anderen Ende der Leitung klingelte. Kristoffersen würde die Überraschung des Jahres erleben.

Kristoffersen wurde vom Klingeln des Telefons aus dem Schlaf gerissen. Sein Kopf dröhnte, und als er die Hand nach dem Mobiltelefon ausstreckte, entdeckte er, dass er nicht allein im

Hotelzimmer war. Verdammt! Schnell warf er einen Blick auf die Uhr. Halb acht! Wer zum Teufel rief ihn um diese Zeit an?

»*Yes*«, meldete er sich selbstsicher.

»*Mr. Kristoffersen?*«, sagte eine nasale Stimme am anderen Ende der Leitung.

»Ja, wer ist denn da?«

»Disciple. Die God's Freedom Fighters und unser gerechter Freiheitskampf dürften Ihnen ja bekannt sein?«

Kristoffersen überkam das unangenehme Gefühl, in ein Loch zu fallen. Als verschwände das Hotelbett unter seinem Hintern. Fieberhaft suchte er nach irgendeinem Zusammenhang, fand aber keinen. Was wollte Disciple, dieser Irre, bloß von ihm?

»Äh … Mr. Disciple … was wollen Sie von mir?«, fragte er vorsichtig.

»Mr. Kristoffersen, wir haben … wie soll ich es ausdrücken … gemeinsame Interessen.«

Die Stimme ließ Kristoffersen schaudern. Er wollte sich aufsetzen, war aber kraftlos.

»Ich verstehe nicht ganz, Mr. Disciple …«

Etwas neben ihm im Bett bewegte sich. Vage erinnerte er sich an die nächtlichen Aktivitäten. Die Frau streckte sich, öffnete die Augen und schenkte ihm einen desinteressierten Blick.

»Lassen Sie mich erklären«, sagte Disciple.

»Gut«, hörte Kristoffersen sich antworten, erkannte aber seine eigene Stimme kaum wieder. Es musste sich um einen bösen Traum handeln.

Die Frau stand auf, lief an ihm vorbei und steuerte auf das Bad zu. Kristoffersen nahm sie lediglich als diffusen Schatten wahr.

»Wir haben eine Geisel, Kristoffersen. Otto Kamperud.«

Was war das nur für ein Wahnsinn?

»Otto?«

»Otto Kamperud, ja. Wir wollen Geld für seine Freilassung. Zehn Millionen Dollar.«

Mit einiger Kraftanstrengung schaffte Kristoffersen es, sich aufzusetzen, doch ein massives Schwindelgefühl übermannte ihn, und er landete auf dem Fußboden. An die Hotelzimmerwand gelehnt, blieb er halb aufrecht sitzen.

»Ist alles in Ordnung, Mr. Kristoffersen?«, fragte Disciple mitfühlend.

»Ja«, stöhnte Kristoffersen. »Sie müssen die falsche Nummer gewählt haben.«

Disciple lachte. »Ich dachte mir schon, dass Sie das sagen würden. Aber wieso bin ich dann auf Ihren Namen gestoßen?«

Fieberhaft versuchte Kristoffersen, einen Ausweg zu finden, aber seine Gedanken drehten sich im Kreis. Er verstand rein gar nichts.

»Oh … enttäuschen Sie mich nicht, Mr. Kristoffersen«, fuhr Disciple fort. »Sie mögen doch Partygirls, nicht wahr?«

Party?

»Was hat das mit …«

»*Kiss and tell*«, unterbrach ihn Disciple.

»Wie?«

»Ich kenne auch ein paar Partygirls, Kristoffersen. Sie sollten nicht ausschließen, dass es dieselben sind.«

Nach der Stille ertönte ein digital klingender Ton in Kristoffersens Kopf.

»Okay, genug Gequatsche!«, bellte Disciple in den Hörer. »Ich weiß von Ihren illegalen Investitionen hier unten. Wenn Sie diese geheim halten wollen, müssen Sie mit uns zusammenarbeiten. Zehn Millionen, innerhalb von fünf Tagen. Sie können das Geld selbst organisieren oder Ihre Freunde von der Potentia Oil oder Lars Kamperud oder den norwegischen Staat darum bitten, das ist mir egal. Aber Sie werden mir helfen.«

Langsam begann Kristoffersens Gehirn, das Gesagte zu verarbeiten. Lars Kamperud, der Schiffsreeder, musste der Vater der Geisel sein. Und irgendeine der Frauen, die Kristoffersen kannte, musste etwas erzählt haben. Als er genauer nachdachte, fielen ihm so einige Möglichkeiten dazu ein.

»Ich schätze, die norwegischen Behörden oder die norwegischen Zeitungen wären bestimmt äußerst interessiert daran, etwas über Ihre Bestechungsgelder für Mukabi sowie Ihre illegalen Investitionen am Lake Albert zu erfahren«, psalmodierte Disciple.

Das durfte nicht geschehen. Dann ging alles zum Teufel.

»Sie müssen mir etwas Zeit geben«, sagte Kristoffersen resigniert.

»Aber natürlich, Partner. *Fünf* Tage, *zehn* Millionen.«

Kristoffersen bekam eine Handynummer, die er anrufen sollte, sobald er in der Lage wäre, das Geld zu transferieren. Das Besetztzeichen sagte, dass das Gespräch beendet war.

Er lief ins Badezimmer und übergab sich. Die Frau, die aus der Dusche trat, nahm er kaum wahr.

Kristoffersen lag ausgestreckt auf dem Bett. Die nächtliche Gesellschaft hatte er hinausgeschickt. Nachdem er seine Flüssigkeitsbalance mit einer Cola light wiederhergestellt hatte, grübelte er intensiv darüber nach, wie er das Problem lösen könnte.

Verflucht!

Er konnte Disciples Forderung nicht erfüllen. Er besaß keine zehn Millionen Dollar. Das waren umgerechnet fünfzig Millionen Kronen – weitaus mehr, als die Investition in das Ölfeld derzeit wert war. Außerdem wäre das Geld erst in einigen Monaten zugänglich. Er setzte sich auf. Sein Kopf dröhnte immer noch, und der Geschmack der Magensäure war intensiver als der der Cola. So elend er sich jetzt auch fühlte – eines war sicher: Nichts von alledem durfte herauskommen. Wenn das passierte, könnte ein Höllenzirkus in Gang gesetzt werden, und die Polizei würde ihn vermutlich von oben bis unten durchleuchten. Und dann käme alles ans Licht: Steuerhinterziehung, Korruption, Untreue sowie die Tatsache, dass er sich in einer finanziellen Notlage befand.

Sein Job, seine Position und der damit verbundene Status würden sich innerhalb eines Tages in Luft auflösen. Nur die Schulden, in die er sich gestürzt hatte, um die Investition am

Lake Albert zu finanzieren, würden nicht verschwinden. Er könnte zu einer Gefängnisstrafe verurteilt werden und seinen kriminellen Geldgebern immer noch zehn Millionen schulden.

Was für eine Scheiße!

Kapitel 12

Es blitzte und donnerte. Auf dem Balkon von Ellis Wohnung im Badebakken in Bjølsen war es feucht und schwül. Der Himmel dämmerte in dunklen grau-lila Farbnuancen, was Elli an die tropischen Regenschauer erinnerte, die sie bei der Familie ihrer Mutter in Thailand ein paar Mal erlebt hatte. Wenn der tropische Regen kam, dann mit enormer Gewalt. Eine totale Machtdemonstration der Natur. Als sie noch klein war, hatte sie die Regenschauer in Südostasien stets mit einer Mischung aus Angst und Freude erlebt. Wenn Kusinen, Vettern, Onkel, Tanten und eine ganze Schar von Drei-, Vier- und Fünfjährigen mit dazugehörenden Eltern, deren Verknüpfung mit ihrer eigenen Sippschaft sie nie ganz verstand, hereingestürzt kamen, um sich vor den gewaltigen himmlischen Regenduschen zu schützen, war Elli immer hinausgelaufen. Sie lief und sprang herum, stapfte durch Pfützen und planschte im Wasser. Die Mutter rief sie herein, aber Sunee hatte den tropischen Regen genossen.

Er war gewaltig. Unkontrollierbar. Und Elli hatte ihn geliebt.

In Bjølsen blieb der Regen aus. Hier gab es nur die anhaltende, drückende, elektrische Stimmung.

Elli trat vom Balkon zurück in ihre Wohnung und ließ sich mit ihrem Mac aufs Sofa fallen.

Zenith gähnte in seinem Korb, erhob sich auf müden Pfoten, drehte sich zweimal um sich selbst und legte sich wieder hin.

Das E-Mail-Programm zeigte zwei neue Nachrichten an.

In der einen wurden Termine für die bald bevorstehende Leistungsprüfung im Karateclub aufgelistet, die andere kam von einem Afrika-Experten am Norwegischen Institut für Außenpolitik, den Elli am Abend zuvor kontaktiert hatte. Die Mail hatte zwei Anhänge und beinhaltete mehrere Links zu verschiedenen Websites. Der erste Anhang war der Bericht einer französischen Hilfsorganisation, der andere ein UN-Bericht, die meisten Links allerdings verwiesen auf Nachrichtenbeiträge. Nach nur wenigen Minuten Lektüre verstand Elli, dass der Junge gute Gründe hatte, um Hilfe zu bitten.

»Warum nicht?«, hatte Åbrekke geantwortet, als sie ihn anrief und eine weitere Vernehmung des Jungen vorschlug. »Er sagt ja sowieso nichts.«

Im Vernehmungsraum starrte der Ugander Elli unverwandt an. Er trug dieselben Sachen wie beim letzten Mal; Jeans, einen schwarzen Baumwollpullover und Adidas-Joggingschuhe. Sein Blick hatte denselben suchenden Ausdruck.

»Was bringt Sie hierher?«, fragte er.

Elli sah ihn einige Sekunden schweigend an.

»Vielleicht kann ich dir helfen.«

Er hob ein wenig den Kopf. »Wie?«

»Wenn ich dir helfen soll, musst du reden. Dein Name?«

»Ojore Okello«, sagte er unmittelbar.

»Das ist dein Name?«

»Ojore Okello«, wiederholte er.

»Ist Uganda wirklich dein Heimatland?«

»Ja.«

»Was machst du in Norwegen?«

Ojore lächelte, verstummte für ein paar Sekunden, lehnte sich zurück und verschränkte die Arme hinter dem Kopf.

»Vielleicht habe ich Informationen für Sie. Vielleicht auch nicht.«

Ein Handel. Nun gut, Elli kannte das Spiel.

»Ich bin sehr interessiert an deiner Geschichte, Ojore«, sagte sie freundlich. »Wie lange warst du bei den GFF?«

Ein winziges Zucken zwischen den Augen bestätigte Ellis Vermutung.

»GFF?« Er hatte seine Fassung schnell wiedergewonnen.

»God's Freedom Fighters«, sagte Elli entschieden.

»Was habe ich mit denen zu tun?«

Elli zog eine Mappe aus ihrer Tasche. »Hier«, sagte sie, öffnete die Mappe und nahm drei Fotos heraus. »Die hier habe ich von einem Afrika-Experten bekommen.«

Die Fotos zeigten junge Soldaten in verschiedenen Posituren, sowohl Jungen als Mädchen – alle hatten eine schlangenförmige Narbe am rechten Unterarm.

»Das sind Mitglieder der Guerilla«, erklärte Elli. »Die Mitglieder bekommen eine spezielle Markierung, die eine Schlange darstellen soll. Eine Boomslang, um genau zu sein.« Elli richtete den Blick auf seinen rechten Arm. »Zieh deinen Ärmel hoch«, sagte sie in einem Ton, der keinen Raum für weitere Diskussionen zuließ.

Ojore zuckte mit den Schultern und kam ihrer Aufforderung nach.

»Leg deinen Arm auf den Tisch«, forderte Elli ihn dann auf und beugte sich vor, um die kunstvolle Ziernarbe zu betrachten. Es gab keinen Zweifel. »Boomslang«, sagte sie.

Ojore beugte sich über den Tisch. »So … der große Anführer Disciple hat es mit seiner Botschaft also bis nach Norwegen geschafft?«

Elli konnte nicht genau ausmachen, ob hinter seiner Aussage Sarkasmus oder Hass brodelte. »Nicht gerade tägliche Berichterstattung in den hiesigen Zeitungen. Nur sehr wenige Norweger wissen etwas darüber«, erwiderte sie nüchtern. »Die Schlange, die du da auf deinem Arm hast, ist das Erkennungszeichen der Guerilla. Es repräsentiert die Versuchung. Disciple, der Anführer der GFF, predigt, dass seine Soldaten ständig der Versuchung ausgesetzt sind. Die Schlange soll die Soldaten daran erinnern, der Versuchung zu widerstehen. Zum Beispiel der Versuchung, zu fliehen oder dem Feind zu helfen.«

Ojore musterte Elli. »Nicht schlecht«, sagte er. »Haben Sie sich auch über die Boomslang schlaugemacht?«

»Das ist eine kleine, äußerst giftige Baumschlange, die in der gesamten subsaharischen Region vorkommt. Es gibt sie in verschiedenen Farbvarianten, und sie fühlt sich in der gleichen Umgebung wie die Grüne Mamba wohl. Die grünen Exemplare können bis zu einem gewissen Grad mit der Grünen Mamba verwechselt werden, haben aber einen ovaleren Kopf. Das Gift ist ein Hämotoxin. Menschen, die von ihr gebissen werden, laufen Gefahr zu verbluten.«

Elli beobachtete Ojore, dessen Kehlkopf auf und ab hüpfte. Sie war unsicher, ob es an ihrem Kurzreferat über die Boomslang lag oder ob er erstaunt darüber war, dass sie seine Verbindung zu den GFF aufgedeckt hatte. Jedenfalls schien er sich unwohl zu fühlen.

»Was kannst du mir über die GFF berichten – und das Leben dort?«

Elli konnte sehen, dass er sich in sich selbst zurückzog. Sein Blick wirkte abwesend und verdunkelte sich.

»Es ist so, als lebte man in der Hölle«, sagte er. »Stellen Sie sich vor, was Sie wollen, und ich verspreche Ihnen, dass es noch schlimmer ist.«

Für einen Augenblick legte Ojore den Kopf in die Hände, ehe er schließlich den Blick wieder hob. »Wenn ich denen jemals wiederbegegne, bin ich geliefert.«

Elli versuchte, seinen Blick aufzufangen, doch er sah weg. »Ich verstehe«, sagte sie leise.

Er sah auf. »Ich glaube nicht, dass Sie das tun.« Seine Stimme hatte plötzlich an Schärfe zugenommen.

»Das mag wohl sein.« Elli legte die Arme auf den Tisch vor sich, mit geöffneten Handflächen, um nicht bedrohlich zu wirken. Die Berichte, die sie erst vor wenigen Stunden gelesen hatte, erzählten von einem grausamen Guerillakrieg, aber es hatte keinen Sinn, jetzt ihr Wissen mit seinem zu messen. »Erzähl mal … die Gang, mit der du in Oslo verhaftet wurdest, was kannst du mir über die berichten?«, fragte sie.

»Ich erzähle Ihnen alles über die. Aber Sie müssen mir einen Deal versprechen.«

Elli sah ihn verwundert an. War es etwa so einfach?

»Was für einen Deal?«

»Dass ich nicht bestraft werde«, sagte er. »Ich will hierbleiben, mir einen Job suchen, Geld verdienen, ein ganz normaler Mensch sein.«

»Strafminderung ist Sache der norwegischen Gerichte«, sagte Elli mitfühlend. Außerdem ahnte er wohl kaum, wie hoch die Strafen für Drogenkriminalität in Norwegen waren. »Aber wir werden dir einen Anwalt besorgen.«

Ojore sah Elli aufstehen und den Raum verlassen. Es war weit und breit kein Spiegel zu sehen, so wie er es in den Krimiserien gesehen hatte, die hier im Land gezeigt wurden. Nur die glatten grauweißen Wände. Aber an der Decke gab es eine Videokamera. Offenbar beobachteten sie ihn über einen Monitor in einem anderen Raum. Deuteten seine Körpersprache. Schrieben auf und analysierten.

Die Norweger wirkten etwas naiv, aber *sie* mochte er, sofern es überhaupt in Frage kam, jemanden von der Polizei zu mögen. Genau die Art von Verbündeter, die er brauchte.

Wieder zurück in der Zelle, dachte Ojore an Nabirye. Er wünschte sich so sehr, dass sie frei sein könnte. Dass die Mutter sie beide sehen und ihren Frieden finden könnte. Doch zehn Jahre Niedertracht hatten sich in seine Seele hineingefressen – würde die Mutter sich wieder mit ihm versöhnen können? Auch er hatte die Gewalt verinnerlicht. Die Reden des Anführers hatten ihn von der Notwendigkeit überzeugt, die Zivilbevölkerung zu terrorisieren, um auf diese Weise Furcht und Unruhe zu erzeugen. Unruhe, um eine Opposition gegen das Regime in Kampala ins Leben zu rufen, und Furcht, um den GFF Respekt zu verschaffen. In jedem Dorf, das sie überfielen, hackten sie Körperteile ab und brachten wahllos Menschen um. Am liebsten mit der Machete. Niemand wurde verschont.

Ojore erinnerte sich an seinen Onkel. Den Bruder seiner Mutter. Er war schnell und stark. In der Nacht, als sie kamen, gelang es ihm, sich im Busch zu verstecken. Nicht aber seiner Frau. Als Strafe dafür, dass ihr Mann entkommen war, bekam Ojore den Befehl, dafür zu sorgen, dass sie ihrem Mann keine Freude mehr bereiten würde.

Er war ein Tier gewesen. Jede Nacht kämpfte er gegen die eiserne Faust, mit der die Gewalt und der Busch ihn umklammert hielten. Manchmal träumte er sogar davon, dass er zu diesem geordneten Wahnsinn zurückkehren könnte.

Dann kamen die Erinnerungen an all die Gesichter.

Kapitel 13

Seit dem Anruf von Disciple waren zweieinhalb Tage vergangen, sechzehn Stunden hatte der Flug von Kampala über London nach Oslo gedauert. Kristoffersen wollte sich distanzieren. Er war ein Gewinnertyp, noch dazu bald ein sehr reicher. Otto Kamperud war nicht sein Problem. Das Problem lag schließlich einen ganzen Kontinent entfernt, wie er sich selbst einzureden versuchte, als er mit seinem Mercedes ML 63 AMG vor der Jar-Schule anhielt. Er drückte kurz auf das Gaspedal und spürte, wie die 510 Pferdestärken des V8-Motors den Wagen kraftvoll nach vorn rissen – beinahe so, dass die Reifen auf dem Asphalt zu quietschen begannen. Er liebte das Brüllen, das dieser kompromisslose Wagen ausstieß, wenngleich es nicht laut genug war, um das Echo von Disciples nasaler Stimme in seinem Gehörgang zu übertönen.

Kleine Grüppchen von Kindern, die auf ihre Eltern warteten oder weiter zur Nachmittagsbetreuung wollten, prägten das Bild vor der Schule. Die Jungen rauften miteinander, spielten Fußball oder waren mit iPods und Handys beschäftigt. Die Mädchen schienen in vertrauliche Gespräche vertieft zu sein.

Ein großer Junge hielt Hof mit einer Gruppe von Mädchen aus der siebten Klasse. Kristoffersen sah zu ihnen hinüber und entdeckte Julie Charlotte. Er war sicher, dass sie auch ihn gesehen hatte, aber sie machte keinerlei Anstalten, sich zu ihm herüber zu bewegen.

Er ließ die Scheinwerfer zweimal kurz aufleuchten.

Keine Reaktion.

Ein kurzes Hupen zog dann die Aufmerksamkeit zweier Jungen auf sich. Sie kamen näher, um sich das Auto genauer anzusehen. Kristoffersen ließ das Fenster herunter und beugte sich hinaus. Doch er kam gar nicht erst zu Wort.

»Verdammte Hacke«, sagte der erste Junge.

»Verdammte Scheiße«, sagte der zweite.

»Wisst ihr …«, setzte Kristoffersen an.

»… wie viel PS hat der denn?«

Kristoffersen tat, als müsse er nachdenken. »Mehr, als du zählen kannst.«

Die beiden Jungen sahen einander an. »Erzählen Sie keinen Scheiß«, sagte der erste.

»Fünfhundertzehn«, erklärte Kristoffersen.

Eine kleine Pause entstand.

»Verdammte Scheiiiiße«, riefen die Jungen im Chor.

»Okay«, sagte Kristoffersen. »Wisst ihr, wer Julie Charlotte ist?«

»Sind Sie ihr Vater?«

»Könntet ihr sie bitten herzukommen?«

Die Jungen sahen einander an und lächelten. »Klar doch!«

Dann schlenderten sie hinüber zu der Mädchenschar und sagten etwas zu Julie Charlotte. Ihre Körpersprache verriet deutlich, dass sie die beiden Grünschnäbel für Idioten hielt, doch schließlich nahm sie ihren Rucksack und ging zum Wagen hinüber.

»Wieso musst du mich unbedingt in diesem Gangsterauto abholen?«, fragte sie und setzte sich auf den hellgrauen ledernen Beifahrersitz.

»Gangsterauto? Das hier ist vielleicht das …«

»… Allerbeste an deutscher Ingenieurskunst«, ergänzte Julie Charlotte. »Ich weiß. Und trotzdem immer noch total prollig.«

»Hätte ich mir vielleicht Mamas Mini ausborgen sollen?«, sagte er mit kaum verhohlener Abscheu.

»Was auch immer«, erwiderte sie und blickte demonstrativ aus dem Fenster.

»Ich muss dich ja nicht unbedingt zum Reiten fahren«, parierte er. »Ich hab mir deswegen extra freigenommen.«

»Bla, bla. Whatever.«

Zäher als gewöhnlich zog sich der Verkehrsstrom hinauf zum Reitzentrum in Eiksmarka. Kristoffersen wusste gar nicht, wieso er das jeden Mittwoch tat. Jedes Mal war sie gleichermaßen undankbar.

Das Schweigen seiner Tochter führte ihn zurück zu seinen Gedanken und Berechnungen. Die nicht aufgingen. Der Mercedes hatte 2,3 Millionen gekostet; 2 Millionen hatte er zu diesem Zweck als Kredit aufgenommen. Der Mini Cooper seiner Frau Thea Louise hatte eine halbe Million gekostet und war zu hundert Prozent finanziert. Das Haus in Jar hatte einen Schätzwert von 11 Millionen. Der Kredit belief sich auf acht. Vorläufig. Die Kreditraten betrugen fünfzigtausend im Monat, jetzt, da die Zinsen niedrig waren.

Kristoffersen verdiente 1,7 Millionen pro Jahr und bekam rund neunzigtausend pro Monat ausbezahlt. Thea Louise verdiente mit ihrem Job als Krankenschwester etwas über zwanzigtausend. Eigentlich genug, um Schulden und Lebenshaltungskosten zu decken, doch Kristoffersen hatte noch andere Schulden.

Der Kauf der Besitzanteile am Ölfeld in Uganda war durch einen separaten Kredit von zehn Millionen finanziert worden. Ein inoffizieller Kredit, ohne jede Sicherheit. Dan Moen, ein Bekannter aus Jugendzeiten, hatte Zugang zu derartigen Beträgen. Kristoffersen wusste, dass Moen ein paar Mal verurteilt worden war, aber er lieh sich trotzdem Geld von ihm. Zu einem Zinssatz von zwanzig Prozent.

Jeden Freitagmorgen deponierte er einen braunen Umschlag in einem Postfach beim Postamt Bærum. Die Zinsen der Woche: 38 461 Kronen; pro Monat waren das 153 844, weitaus mehr, als er und Thea Louise an Einkommen zur Verfügung hatten. Die Lösung hatte bis jetzt darin bestanden, den Kreditrahmen für das Haus zu erweitern. So ließen sich die Zinsen für Dan Moen begleichen. Inzwischen war auch der erweiterte Rahmen für den Immobilienkredit ausgeschöpft, und Kristoffersen lag drei Monate mit den Abzahlungen im Rückstand. Die Mahnschreiben ließ er jedes Mal sorgfältig verschwinden. Thea Louise wusste nichts.

Nun wollten Dan Moen, die Bank und der verrückte Guerillaführer alle gleichzeitig an sein Geld. Auf kurze Sicht gab es keine Lösung. Er musste aushalten, bis die Investition in Uganda einen soliden Gewinn abwarf.

»Ich brauche zweihundert«, sagte Julie Charlotte. »Wir wollen nachher noch ins Center.«

»Wer fährt euch?«

»Weiß nicht. Das klären wir nach dem Reiten«, sagte sie und streckte die Hand aus, um zu unterstreichen, dass sie auf das Geld wartete.

Kristoffersen zog einen Zweihunderter aus der Tasche. Was für ein Glück, dass er überhaupt einen dabeihatte, dachte er.

»Mach's gut«, sagte sie und schlüpfte aus dem Wagen. »Und hol mich bloß nie wieder in diesem Gangsterauto ab«, rief sie auf dem Weg zum Reitstall. Kristoffersen hörte sie kaum, denn seine Gedanken waren bereits bei dem Treffen, zu dem er in zwanzig Minuten erscheinen sollte. Dort durften sie keinen Verdacht schöpfen.

Georg Bahrmann empfing in seinem Büro. Die ganze Führungsriege war um einen ovalen Konferenztisch versammelt. Bahrmann deutete auf Kristoffersen. »Nils Oscar hat gute Neuigkeiten. Lass hören!«

Kristoffersen postierte sich gehorsam am Ende des Tisches.

Er kämpfte dagegen an, dass seine Hände vor lauter Nervosität zu zittern begannen. Bahrmann thronte am anderen Ende des Tisches.

»Hrrm…«, räusperte Kristoffersen sich. »Lassen Sie mich zunächst festhalten, dass das Potential im Lake-Albert-Feld bedeutend ist.« Am Tisch breitete sich zufriedenes Gemurmel aus, und nach ein paar Sekunden bekam er die positive Resonanz, auf die er gehofft hatte.

»Um den genauen Umfang zu berechnen, benötigen wir noch ein paar Tage. Bis zum anberaumten Informationstreffen in der nächsten Woche liegen uns die Schätzungen vor.«

Der Applaus wischte die dringlichsten Sorgen in Kristoffersens Kopf beiseite. Der Rest der Vortrags war wie ein Verkaufspitch, bei dem das Produkt bereits veräußert war. Sie wollten Öl, und Kristoffersen gab es ihnen. Viel Öl. Mit einstudierter Gleichgültigkeit zeichnete er ein Bild der spektakulären Rentabilität, des Ausbeutungspotentials und des Cashflows.

Nach Kristoffersens Darlegungen erhob Bahrmann sich. »Kristoffersen«, sagte er, »das ist viel besser, als wir zu hoffen wagten. Stellvertretend für die Potentia Oil möchte ich sagen, dass es uns eine Freude ist, Sie und Bifrost bei diesem Projekt dabeizuhaben.«

Er dankte für das Vertrauen, und nach weiterem Applaus erhoben sich die Konferenzteilnehmer und schickten sich an, das Büro des Chefs zu verlassen.

»Kristoffersen … haben Sie zwei Minuten?«, fragte Bahrmann.

Kristoffersen erstarrte kurz, lockerte dann aber wieder entspannt die Schultern. »Natürlich.«

»Alles in Ordnung?«, fragte Bahrmann. »Sie wirken ein wenig … *tense*?«

»Alles wunderbar«, erwiderte Kristoffersen lebhaft. »Es ist vielleicht die Größe des Fundes … man wird ja förmlich mitgerissen, wenn Sie verstehen?«

Bahrmann sah ihn ruhig an, dann breitete sich ein Lächeln auf seinem Gesicht aus. »Gut, in Ordnung. Aber wenn irgendwas sein sollte, dann wissen Sie ja, wo ich zu finden bin, nicht wahr?«

»Natürlich.«

Auf dem Heimweg hielt Kristoffersen an einer Bar und nahm zwei Drinks. Ungeachtet dessen setzte er sich wieder ans Steuer, aber es war ihm egal, denn er hatte seine Nerven einfach ein wenig beruhigen müssen.

Kapitel 14

»Haben Sie meinen Mandanten vernommen, ohne dass ihm ein Verteidiger zugeordnet wurde?«, fragte Gøril Hammersborg streng.

Elli ließ ein paar Sekunden verstreichen, bevor sie antwortete. »Natürlich nicht, Frau Hammersborg.«

Gøril Hammersborg setzte sich neben ihren Mandanten, genau gegenüber von Elli und Åbrekke. Elli kannte sie von früher. Alle kannten Gøril Hammersborg, eine Person voller Gegensätze. Ihr üppiger Stil, mit Gold, teuren Kleidern, ständig wechselnden Brillentypen und großzügig aufgetragenem Parfüm, stand in Kontrast zu ihrer messerscharfen Rhetorik. Was ihre Mandanten anbetraf, übernahm sie gern öffentlichkeitswirksame Fälle, mit dazugehörenden Auftritten in Promi-Magazinen, aber auch Fälle mit Mandanten, die sich in ernsten Schwierigkeiten befanden. Ojore war keineswegs leicht in eine dieser Kategorien einzuordnen.

»*You and me are going to fix this*«, sagte Hammersborg freundlich zu Ojore.

An ihrer Selbstsicherheit war nichts auszusetzen, dachte Elli.

»Also … was haben Sie?«, fragte Hammersborg, zog einen

in Leder gebundenen Schreibblock heraus und legte ihn ordentlich vor sich auf den Tisch.

Elli nahm ihr Moleskine-Notizbuch, legte es ebenfalls auf den Tisch und blickte Hammersborg an. »Sie haben einen Mandanten, der vor fünf Tagen bei einer Drogenrazzia festgenommen wurde. Er war mit einer Pistole bewaffnet, und die Wohnung, in der er verhaftet wurde, quoll förmlich über vor Kokain und Heroin. Er sagt, er will einen Deal.«

Hammersborg sah Elli ausdruckslos an, dann richtete sie den Blick auf Åbrekke.

»Ich möchte zehn Minuten allein mit meinem Mandanten. Und vergessen Sie nicht, die Videokamera auszuschalten«, sagte sie und zeigte an die Decke.

Åbrekke und Elli standen auf und überließen Hammersborg und Ojore den Vernehmungsraum.

»Strafminderung im Gegenzug für ein volles Geständnis«, verkündete Hammersborg zwölf Minuten später.

»Ohne Prozess?«, fragte Åbrekke.

Hammersborg nickte. »Wir rechnen mit einem schnellen Verfahren.«

»Ich will eine Garantie«, fügte Ojore hinzu.

Hammersborg zuckte leicht zusammen.

Åbrekke schüttelte resigniert den Kopf. »Wir wissen doch gar nicht, was er uns bieten kann.«

Hammersborg hob abwehrend eine Hand. Dann drehte sie sich zu Ojore. »Die Polizei kann den Umfang der Strafminderung vorab nicht festlegen. Aber wir können eine Garantie bekommen, die besagt, dass Sie Strafminderung erhalten, wenn sich die Informationen für die Ermittlungen als nützlich erweisen.«

Ojore schien eine Weile zu überlegen. Schließlich nickte er Elli zu.

»Okay, Ojore, was kannst du uns berichten?«, fragte sie.

»Ich habe den Job vor ein paar Monaten bekommen«, begann er, »von ein paar Typen aus Liberia, die ich unterwegs kennengelernt habe. Eigentlich war ich auf dem Weg nach England, aber in Antwerpen hab ich einem von denen geholfen und bekam dann das Jobangebot.«

»Für wen arbeitest du?«

»Für diese Liberianer, die haben einen Drogenring.«

»Okay … erzähl uns, wie die organisiert sind.«

Ojore enttäuschte nicht. Im Laufe der folgenden Stunde beschrieb er den gut organisierten Drogenring; Namen, Transportrouten, Vertriebskontakte in Norwegen sowie Wohnungen und Läden, die zur Verfügung standen. Für die Zwischenlagerung des Stoffs wurde unter anderem eine Autowerkstatt in Skedsmo benutzt. Und dabei handelte es sich um beträchtliche Mengen, vermutlich war es die größte Transaktion, die in Romerike je vorgekommen war.

Obwohl Ojores Erklärung gefilmt wurde, schrieb Åbrekke fleißig alles mit.

Nach einer kurzen Vernehmungspause konzentrierte sich Elli auf Ojores Rolle bei der ganzen Schmuggelaktion.

»Schutz«, erklärte er.

»Von Menschen?«

»Drogen.«

»Natürlich«, gab Elli nüchtern zurück. »Was qualifiziert dich für diese Schutzmaßnahmen?«

Ojore antwortete nicht und sah stattdessen Hammersborg an. »Lassen Sie uns dabei bleiben, was tatsächlich geschehen ist«, sagte sie. »Wir sind bereit, auf Fragen zu antworten, die mit diesem Fall verbunden sind, aber wir möchten keine Hintergrundinformationen erörtern.«

Die kenne ich ohnehin schon, dachte Elli, akzeptierte aber, dass das Thema vorläufig nicht aufgegriffen wurde. Abschließend betonte sie, dass die Polizei nach Überprüfung der Informationen eventuell eine weitere Vernehmung durchführen müsse, und beendete das Gespräch.

Gerade als sie aufstehen wollte, signalisierte Hammersborg ihr, dass sie noch etwas auf dem Herzen hatte. »Wir wissen, dass Sie nicht oft an so eine Quelle herankommen«, sagte sie.

Elli sah kurz zu Åbrekke. Ein leicht gereizter Ausdruck machte sich auf seinem Gesicht breit, doch er kämpfte dagegen an. »Woran denken Sie?«, fragte er.

»Wir legen Drogenhandel und -vertrieb beiseite und einigen uns auf Drogenbesitz«, bot Hammersborg an.

Åbrekkes Gesicht war der Widerwille deutlich abzulesen, doch Elli griff ein, ehe er etwas entgegnen konnte. »Es gibt noch weitere Vernehmungen, und Ojore liefert uns die Ware. Die Polizei ist offen für eine angemessene Übereinkunft und ein Verfahren ohne Prozess«, sagte sie und hoffte auf Åbrekkes Zustimmung. Er nickte kurz und sprang auf. Elli folgte ihm zur Tür. Als Åbrekke draußen auf dem Gang war, hörte sie Ojores Stimme hinter sich.

»*Police woman!*«

Elli drehte sich um.

»*I have another story for you*«, sagte er.

Ojores Augen blickten unsicher umher. »Sie kamen am Morgen«, sagte er. »Wie immer. Ich war elf, mein Bruder Alfred dreizehn.« Er schluckte, trank etwas Wasser und fuhr mit leiser Stimme fort. »Wir wohnten mitten im Dorf, sie hatten uns umzingelt. Mein Vater konnte nicht gut laufen … meine Mutter wollte ihn nicht allein zurücklassen. Also versteckten wir uns in der Hütte.« Ojore verbarg das Gesicht in den Händen, Hammersborg legte ihm einen Arm auf den Rücken. Elli wartete kurz, dann nahm sie den Faden wieder auf.

»Es war die Guerilla, nicht wahr?«, fragte sie.

Ojore blickte auf, seine Augen waren rot umrandet. »Ja, sie nahmen mich mit.«

»Also«, fuhr Elli behutsam fort, »wurdest du von den GFF entführt?«

»Rekrutierung, so nennen sie es. So kommen sie an neue Soldaten heran. Kinder können noch geformt werden. Erst jagen sie dir Angst ein und härten dich so ab. Wenn du deine Loyalität bewiesen hast, verschaffen sie dir Zugang zu Drogen, Nahrung und Frauen. Solange du machst, was sie verlangen, sind sie auch dir gegenüber loyal.«

»Und keiner türmt? Vermissen sie nicht ihre Familien?«, fragte Elli.

»Einige hauen nach einer Weile ab, so wie ich. Aber viele haben keine Familie mehr ... es kommt häufig vor, dass man bei den Überfällen gezwungen wird, seine eigenen Leute zu töten.«

Obwohl die Berichte, die Elli gelesen hatte, die Gewalt und die traumatisierenden Auswirkungen der Guerilla auf die Zivilbevölkerung umfassend erläuterten, war sie nicht darauf vorbereitet, wie stark Ojores persönliche Schilderung auf sie wirkte. Mit einem Mal wünschte sie sich, ganz woanders zu sein. »Die eigene Familie?«, fragte sie entsetzt.

Ojore nickte.

Die nächste Frage war unausweichlich: »Was ist mit deiner Familie?«

Er zuckte wieder mit den Schultern. »Wie gesagt ... Papa konnte nicht gut laufen. Sie haben ihm die Beine abgehackt. Später habe ich gehört, dass er an Wundbrand gestorben ist ...«

»Also, ich glaube, wir beenden das jetzt hier«, warf Hammersborg ein. »Das ist ja für den Fall überhaupt nicht relevant«, sagte sie entschieden.

Eigentlich war das absolut relevant, das musste auch Hammersborg wissen, dachte Elli, spürte aber, dass es besser war, Ojore nicht weiter unter Druck zu setzen. Überraschenderweise hob Ojore die Hand und signalisierte, dass er weiterreden wollte. »Ist schon okay. Ich möchte das gern erzählen. Eigentlich ist es das erste Mal, dass jemand meine Geschichte hören will«, sagte er und drehte sich zu Elli. »Mein Bruder Alfred ... soll ich von ihm erzählen?«

Elli nickte zaghaft, spürte, dass sie es eigentlich nicht wissen wollte, nun aber zuhören musste.

»Er leistete Widerstand. Zur Strafe schlugen sie mit der Machete auf ihn ein. Er lag weinend vor mir auf dem Boden, seine Verletzungen bluteten. Mama schrie. Papa schrie – und das, obwohl er gerade beide Beine verloren hatte. Ich konnte nicht schreien. Dann baten sie Mama, mit dem Geschrei aufzuhören, aber das schaffte sie nicht. Dann stieß einer der Soldaten eine Machete in Alfreds Bauch.«

Ojore blickte auf den Tisch hinunter.

»So war das«, sagte er. »Von dem Moment an war ich Mitglied der GFF.«

Elli spürte Übelkeit in sich aufsteigen und wollte ihm eigentlich keine weiteren Fragen stellen. Doch etwas in ihr zwang sie dazu.

»Was ist dann passiert?«

»Wir marschierten los.«

»Wohin?«

»Zum Lager. Auf diesen Touren testen sie dich.«

»Testen?«

Ojore legte eine kurze Pause ein. Elli hatte den Eindruck, dass er nicht recht wusste, ob er weiterreden sollte oder nicht.

»Disciple«, begann er, »der Anführer, ist der Ansicht, man müsse die Soldaten ... *die Kinder* ... nach der Entführung auf so einem Marsch testen und abhärten. Es gibt fast immer einen, der es nicht schafft.«

»Vor Ermüdung?«

»Das kann auch passieren, aber meist werden sie von ihren Kameraden getötet.«

Elli blickte ihn entsetzt an. »Von den anderen Kindern?«

»Ja. Die Kommandanten gucken sich einen Jungen oder ein Mädchen aus, von dem sie glauben, dass es schwach ist, und dann müssen die anderen Kinder diese Person töten.«

»Und wenn sie sich weigern?«

»Dann werden sie selbst getötet.« Ojore senkte wieder den Blick. »Auf dieser Tour war ich der Junge.« Er stand unverhofft auf und zog sein T-Shirt hoch. Elli konnte zahlreiche Narben auf seinem Oberkörper erkennen; als wäre er von einem Raubtier angegriffen worden.

»Was ... was haben sie mit dir gemacht?«, fragte sie leise.

Ojore antwortete nicht, schüttelte nur leicht den Kopf.

Elli verstand, dass er diese Erinnerung nicht teilen wollte.

»Der Kommandant sagte, sie müssten mich töten. Also versuchten sie es. Aber dann dachte ich an Alfred und Papa und verteidigte mich so gut, dass Disciple sagte, ich dürfte weiterleben.«

Elli brauchte keine weiteren Details.

Aber Ojore fuhr fort. »Dann mussten wir stattdessen ein Mädchen töten«, sagte er leise.

Ein langes Schweigen folgte. Elli spürte, dass Ojores Geschichte alle juristische und polizeiliche Logik völlig durcheinanderwarf. Ojore saß aufgrund seiner Verknüpfung mit dem Drogenring tief in der Scheiße, doch wie schuldig war eigentlich ein ehemaliger Kindersoldat, dessen Verständnis von richtig und falsch in einem Alter von zwölf oder dreizehn Jahren völlig auf den Kopf gestellt worden war? War sein Verhalten nicht das Produkt der Verrohung und des Zynismus von anderen? Wenn man unverschuldet korrumpiert wurde – hörte man dann irgendwann auf, ein Opfer zu sein, und war man dann strafrechtlich zurechnungsfähig? Und wenn ja: Wann? Bei Überschreitung der Grenze nach Norwegen?

Hammersborg riss sie aus ihren Überlegungen. »Mein Mandant hat extrem traumatisierende Geschehnisse durchlebt, er braucht Betreuung und psychologische Hilfe«, forderte sie.

Elli war der gleichen Meinung.

»Darum werden wir uns kümmern«, sagte sie und wandte sich wieder an Ojore. »Wir hören bald auf, Ojore, aber … was bringt diese Guerilla dazu, sich so grausam zu verhalten?«

Ojore führte seine Finger an die Schläfen und massierte sie. »Ich habe versucht, das zu verstehen, weiß aber inzwischen, dass ich es niemals verstehen werde. Nur eines weiß ich: Er – Disciple – ist sehr religiös, und er muss verrückt sein, denn er hat niemals Skrupel und zeigt keinerlei Gefühl beim Tod oder dem Leiden anderer. Auch nicht bei Kindern.«

»Was du uns hier berichtet hast, ist ganz schrecklich«, sagte Elli mitfühlend. »Aber um die ganze Situation zu verstehen, würde ich dir gern noch eine Frage stellen: Was ist mit dem Rest deiner Familie?«

»Alfred und mein Vater, Kigongo, sind, wie gesagt, tot, meine Schwester Nabirye lebt in Gefangenschaft bei den GFF. Sie ist die dritte Frau eines der Kommandanten. Meine Mutter Achen lebt immer noch in Biliefe, unserem Dorf.«

»Danke«, sagte Elli.

»Aber worüber ich eigentlich noch erzählen wollte, ist die Entführung.«

»Hast du nicht eben gerade schon davon erzählt?«, fragte Elli verwundert.

Ojore lächelte, zum ersten Mal seit einer Dreiviertelstunde. »Der Vermittler, der mit den GFF verhandelt.«

Elli blickte Hammersborg an, die erstaunt den Kopf schüttelte.

»Pause«, befahl sie. »Zwei Stunden, mindestens.«

Kapitel 15

Otto Kamperud befand sich seit fünf Tagen in Geiselhaft. Noch immer saßen er und Charlotte, mit den Händen hinter dem Rücken und an eine Hüttenwand gefesselt, dehydriert in der brütenden Hitze. Gleich gegenüber, auf der anderen Seite der Lichtung in der Mitte des Lagers, hatte Mertens' abgeschlagener Kopf in der Sonne einzutrocknen begonnen. Zu Beginn war der Anblick entsetzlich gewesen, aber es war erstaunlich, wie das menschliche Gehirn in der Lage war, sich anzupassen. Mittlerweile observierte Otto, wie viel Haar mit jedem weiteren Tag von dem Schädel abfiel.

Charlotte war eingeschlafen, ihr Kopf war zu einer Seite heruntergesackt. Schon viele Male waren sie beide in dieser unbequemen Stellung eingeschlafen oder hatten das Bewusstsein verloren. Kopf- und Nackenschmerzen waren schrecklich, wenn man wieder erwachte.

Ein Schatten fiel von der Seite auf Ottos Gesicht. Disciple

war wieder da, im Schlepptau hatte er zwei Soldaten. »*We need a gift from you, Otto*«, sagte er nüchtern.

Ein Geschenk?

Disciple erteilte seinen Männern einen knappen Befehl.

Die norwegische Botschaft in Kampala lag an einem Abhang und bot einen guten Ausblick auf die Hauptstadt mit ihrer gesegneten Mischung aus Alt und Neu, Asphalt und Feldweg, Beton und Blattwerk. Normalerweise hatte die Botschafterin am Wochenende frei, es sei denn, dass besondere Veranstaltungen, Besuche oder Ereignisse ihre Aufmerksamkeit erforderten. An diesem Wochenende war es ruhig, doch Yvonne Sæther, die norwegische Botschafterin in Uganda, kam trotzdem in die Botschaft. Der Portier hatte sie um neun Uhr angerufen, und Yvonne Sæther war eine pflichtbewusste Dienerin des Königreichs Norwegen.

»Ich hoffe, es ist wichtig«, sagte sie, als der Angestellte der Wachgesellschaft das Gittertor öffnete und sie einließ. Er hieß Allen und war der erfahrenste Mitarbeiter des Wachdienstes. »Bitte hier hinein, in die Wachstube«, bat er sie verlegen.

»Nun, worum geht es?«, fragte Sæther ungeduldig.

Allen nickte steif und deutete auf ein kleines, in braunes Papier eingewickeltes Päckchen auf einem Arbeitspult. »Das wurde heute früh von einem Boten abgegeben.«

Sæther blickte verwirrt auf das Päckchen. »Eine Warenlieferung? Was ist denn daran so eilig?«

Sæther trat zwei Schritte auf das Päckchen zu und schickte sich an, es zu öffnen, wurde aber von Allen zurückgehalten. »Ziehen Sie diese an«, sagte er und reichte ihr ein Paar Gummihandschuhe. Mit deutlicher Skepsis zog sie sie über. »Da ist doch wohl nichts Lebendiges drin?«, fragte sie.

»Nein, jetzt nicht mehr«, entgegnete Allen.

Sæther sah das Päckchen zweifelnd an. »Nun, ich habe noch andere Dinge zu erledigen. Wollen wir doch mal sehen, was die norwegische Botschafterin an einem Sonntagmorgen zugeschickt bekommt.«

Allen hatte das Paket bereits einmal geöffnet, das Papier war leicht zu entfernen. Eine kleine Schachtel kam zum Vorschein. Sie war verschmutzt, besonders an der Unterseite, wo sie anscheinend mit einer rostbraunen Farbe in Kontakt gekommen war. Sæther nahm den Deckel ab und blickte in die Schachtel. Im ersten Moment verstand sie nicht, was sie da sah, doch nach einigen Sekunden hatte ihr Gehirn die Information verarbeitet.

Völlig schockiert sank sie auf einen der Arbeitsstühle. Allen sah sie ruhig an.

»Da ist auch ein Brief«, sagte er, zog Gummihandschuhe über und nahm eine lange Pinzette, mit der er einen zusammengefalteten Zettel herausfischte.

Apathisch blickte Yvonne auf den Zettel. »Was steht da?«

UNTIL THE GREEDY NORWEGIANS HAVE MET OUR DEMAND, WE SHALL SEND YOU A PIECE OF OTTO KAMPERUD EVERY FIVE DAYS.

Jetzt wussten sie, wem der Finger gehörte.

Kapitel 16

Linnea Brodtkorb, Erste Botschaftssekretärin an der norwegischen Vertretung in Kampala, hielt eine Bordkarte in den Händen. Der Flug nach Kampala ging über London. Dort wollte sie einen Tag bei einer Freundin übernachten und mit ihr einen Streifzug durch die Stadt unternehmen.

Brodtkorb hatte ihre berufliche Karriere als Journalistin begonnen, sich aber nach ein paar Jahren für einen Aspirantenkurs beworben, wo sie beim ersten Versuch angenommen worden war. Ihr Hintergrund als Journalistin sowie ihre Fähigkeit, sich schnell in eine Sache einzuarbeiten und das Wesentliche zu erfassen, hatte ihr dabei geholfen, die Erfolgsleiter in diesem karriereorientierten Ministerium zu erklimmen. Der gerade beendete Arbeitsaufenthalt in Oslo, mit Koordinierungstreffen und vielen Gesprächen, hatte erfordert, dass sie bis in die Nächte hinein mit Vertretern von Norad sowie des Öl- und Energieministeriums und des Norwegischen Öldirektorats zusammenarbeiten musste. Die Entwicklung des Petrosektors in Uganda machte schnelle Fortschritte, und das Programm *Öl für Entwicklung* unterstand ihr.

Eine Frau in einer British-Airways-Uniform begann ihre Arbeit am Schalter vor dem Flugsteig. Linnea Brodtkorb sah auf die Uhr. Dreißig Minuten bis zum Start.

»Frau Brodtkorb?«, erklang eine entschiedene Stimme hinter ihr.

Linnea drehte sich um und sah einen Wachmann.

»Ja?«, erwiderte sie überrascht mit ihrer charakteristischen, etwas rauen Stimme.

»Eine Frau Schonwold möchte mit Ihnen sprechen«, sagte der Wachmann und blickte auf den Zettel in seiner Hand. »Sofort. Es eilt.«

Linnea Brodtkorb zog ihr Handy hervor, änderte die Einstellung von Flugmodus auf Normalbetrieb und wählte die Nummer von Ministerialrätin Lisbeth Schonwold.

»Es gab ein ernstes Vorkommnis in Uganda«, sagte Schonwold unmittelbar.

»Was für ein Vorkommnis?«

»Eine mögliche Entführung.«

»Entführung?«

»Ja, oder eine Geiselnahme. Wir haben in fünfundvierzig Minuten eine Stabskonferenz. Sie müssen ein späteres Flugzeug nehmen.«

Die Leitung war tot, bevor Linnea Brodtkorb antworten konnte.

Das Außenministerium hatte die Nachricht von der Botschaft in Kampala kurz vor ein Uhr nachmittags erhalten.

Da es Sonntag war, war das Ministerium fast menschenleer. Dennoch hatte sich fünfundvierzig Minuten später eine kleine Krisengruppe versammelt, die von Ministerialrätin Lisbeth Schonwold geleitet wurde, einer erfahrenen Diplomatin mit fünfundzwanzig Dienstjahren im Außenministerium. Sie hatte die Kriminalpolizei informiert, und Geir Vold, ein hochgewachsener Mann aus Trøndelag, der der internationalen Abteilung angehörte, war bereits vor Ort. Darüber hinaus bestand die Gruppe aus einem stellvertretenden Ministerialrat und einem Vertreter der Abteilung für Administration.

Ministerialrätin Schonwold kam gleich zur Sache. »Glücklicherweise haben wir eine Vertreterin der Botschaft in Kampala unter uns, die Erste Botschaftssekretärin Linnea Brodtkorb. Was wissen wir über die Geisel?«, fragte sie, an Linnea gewandt.

»Ich habe erst vor einer Dreiviertelstunde von dieser Geschichte gehört, aber ich weiß, dass Kamperud für die kleine NGO Human Light arbeitet. Die verhandelt seit fast zwei Jahren mit den God's Freedom Fighters, kurz GFF. Dieses Projekt wird von Norad, der internationalen Agentur für Entwicklungszusammenarbeit in Norwegen, finanziert. Wir wissen nichts von irgendwelchen Spannungen zwischen Human Light und den GFF, die Verhandlungen basierten auf gegenseitigem Vertrauen. In Kampala müssen sie … müssen *wir* schlicht und einfach kalt erwischt worden sein.«

Schonwold richtete den Blick auf Vold von der Kripo. »Haben Sie Erfahrungen mit Uganda?«

Er schüttelte entschieden den Kopf. »Nicht dass ich wüsste. Ich habe schnell nach ein paar früheren Kontakten zwischen Norwegen und Uganda gesucht und auch Interpol-Fälle überprüft, aber nichts gefunden. Wir werden uns an Interpol wenden und eine Zusammenarbeit mit der lokalen Polizei dort unten etablieren.«

Schonwold drehte sich zu Brodtkorb. »Was glauben Sie, wie wird das in Kampala gehandhabt?«

»Militärisch«, erwiderte Linnea. »Die GFF sind der Hauptfeind der Regierungstruppen UPDF, sie werden alles daransetzen, diese Sache militärisch zu klären.«

»UPDF?«, fragte Vold.

Brodtkorb lächelte ein wenig verlegen. »*Uganda People's Defence Forces.*«

»Gibt es da Kanäle zur Führung der Guerilla?«, fragte Vold.

Brodtkorb holte tief Luft. »Bestimmt … das heißt, wir wissen aus den Medien, dass es die gibt, aber das Problem ist oft gewesen, dass die UPDF so erpicht darauf waren, die Kommandanten der GFF und besonders den Anführer – er nennt sich übrigens Disciple – zu fassen, dass sie gelegentlich andere, friedlichere Initiativen kompromittiert haben.«

»Die UPDF klingt nach einem Pulverfass, das jeden Moment losgehen kann«, kommentierte Vold.

Brodtkorb lächelte. »Eine zutreffende Beschreibung.«

Es klopfte an der Tür. Schonwold bat den Neuankömmling herein.

»Hellenes, Presse- und Informationsabteilung«, sagte der junge Mann, der Kletterschuhe und Wanderkleidung trug. »Ich komme direkt von einer Wandertour mit meiner Familie zur Ullevålseter«, sagte er und schien sich für seinen Aufzug entschuldigen zu wollen.

»Ihr Wanderdress ist gerade unser geringstes Problem«, sagte Schonwold. »Aber er ist hässlich!«

Das darauffolgende Gelächter löste die Anspannung ein wenig auf.

»Sind da irgendwelche Informationen bei den Medien in Umlauf?«, fragte Hellenes.

»Nicht dass wir wüssten«, entgegnete Schonwold.

»Und das sollten wir auch so lange wie möglich dabei belassen«, warf Vold entschieden ein. »Noch wissen wir nicht, welche Forderungen die Geiselnehmer stellen, aber solche Leute bedienen sich ja gern der medialen Aufmerksamkeit, um diese zu unterstreichen.« Er sah Schonwold an.

»Wir halten da so lange wie möglich den Deckel drauf«, bestätigte sie. Im selben Moment gab das Konferenztelefon ein

Signal von sich. »Das ist Sæther«, sagte Schonwold und schaltete die Botschafterin auf den Lautsprecher.

»Ich nehme an, dass wir hier unten schnellstmöglich ein Krisenteam zugeteilt bekommen«, sagte Sæther, nachdem Schonwold die anderen Konferenzteilnehmer vorgestellt hatte.

Begleitet von Yvonne Sæthers ergänzenden Kommentaren wurde die ganze Situation telefonisch noch einmal durchgesprochen.

»Das hört sich ja ziemlich verzwickt an«, sagte Vold. »Es gibt also noch *keine* Forderung der Geiselnehmer?«

»Bis jetzt noch nicht«, bestätigte Sæther. »Aber sie erwähnen eine Forderung.«

Mittels einer Videoübertragung konnten die Konferenzteilnehmer einen Blick auf den Drohbrief werfen. Auf dem zerknitterten Zettel aus dickem grauen, pergamentartigen Papier stand in Blockbuchstaben geschrieben:

UNTIL THE GREEDY NORWEGIANS HAVE MET OUR DEMAND, WE SHALL SEND YOU A PIECE OF OTTO KAMPERUD EVERY FIVE DAYS.

Schonwold rutschte nervös auf ihrem Stuhl herum. »Können wir nicht mit der Polizei da unten zusammenarbeiten und gleichzeitig die Regierungstruppen umgehen?«, schlug sie vor. Ein Schnauben aus der Telefonleitung verriet, was Sæther von dieser Idee hielt. Brodtkorb schüttelte skeptisch den Kopf. »Dieses Regierungsheer ist der ganze Stolz des Präsidenten – und die machen, was sie wollen. Außerdem erfüllen sie in vielen Regionen de facto die Aufgaben der Polizei.«

»Abgesehen davon«, warf Vold ein, »wenn ich das richtig verstehe, wäre es ja auch denkbar, dass die Geiseln in einem der Nachbarländer sitzen?«

»Ja, gut möglich«, sagte Sæthers Telefonstimme.

»Formal gesehen könnte also auch die Polizei im Kongo die richtige Adresse sein?«

Brodtkorb, Schonwold und Sæther blieben stumm.

Vold beugte sich über den Tisch. »Wir sind in so einer Situation in vielerlei Hinsicht zu einer international üblichen Arbeitsroutine verpflichtet«, sagte er. »Aber wir haben Leute mit Vermittlungskompetenz, und es wäre auch ganz natürlich, den Nachrichtendienst einzuschalten.«

Schonwold kniff die Augen zusammen, ihre Stirn lag in Falten. So saß sie drei oder vier Sekunden da, dann ergriff sie wieder das Wort.

»Ich rufe Jonsrud an«, sagte sie und zog ihr Mobiltelefon hervor.

»Ja«, antwortete Außenminister Arufinn Jonsrud nach nur zweimaligem Klingeln.

»Wir haben Ärger«, sagte Schonwold und erläuterte die Lage.

»Otto Kamperud?«, rief der Außenminister.

Schonwold bestätigte ungeduldig und skizzierte kurz die Situation. Dann legte sie auf und wandte sich wieder Geir Vold zu. »Außenminister Jonsrud und Lars Kamperud, Ottos Vater, sind Jugendfreunde«, erklärte sie.

»Könnte das nicht auch ein Bluff sein?«, fragte Außenminister Jonsrud. Als Schonwold anrief, hatte er sich nur ein paar Blocks entfernt in seiner Dienstwohnung befunden und war nach zehn Minuten herübergekommen.

»Wohl kaum«, sagte Vold.

Jonsrud drehte sich zu ihm. »Ich sehe keinen Anlass, Ihre Einschätzung der Sache in Zweifel zu ziehen, aber könnten Sie Ihren Standpunkt für uns etwas genauer erläutern?«

»Natürlich kann man nie sicher sein«, sagte Vold, »aber ich kann mir nur schwer einen Grund vorstellen, warum die GFF es riskieren sollte zu bluffen. Der Guerillaführer ist ein intelligenter Mann, seine Planung wird darauf beruhen, dass wir die Echtheit des Fingers umgehend überprüfen. Sollte sich dann herausstellen, dass er blufft, verliert er all seine Verhandlungskraft – und sein Gesicht. Und das will er nicht.«

Jonsrud holte tief Luft. »Okay«, sagte er, atmete wieder aus und legte das Gesicht in die Hände. Die anderen betrachteten ihn eine Weile schweigend, dann hob er wieder den Kopf. Offenbar war die Situation für ihn ziemlich delikat. »Das Ganze wirkt vorerst recht unübersichtlich. Ich hoffe, dass wir uns hier darauf konzentrieren können, unseren Widersacher zu verstehen und Lösungsszenarien zu entwickeln … und dass nichts an die Öffentlichkeit dringt.« Er legte die Handflächen aneinander und blickte Schonwold an.

»Allerdings können wir unseren Widersacher nicht kontrollieren«, sagte sie mit einer gewissen Resignation.

Außenminister Jonsrud bedankte sich und brach auf.

Schonwold rieb sich mit den Zeigefingern die Schläfen, ihr Gesicht verzog sich. »Ich verstehe nur nicht, wieso wir keine Forderung bekommen«, sagte sie in den Raum hinein. »Die drohen doch damit, einen weiteren Finger zu schicken …« Sie richtete ihren Blick auf Vold, der zustimmend nickte.

»Oder ein anderes Körperteil«, warf er ein. »Was ist eigentlich mit den Streitkräften … werden die normalerweise nicht eingeschaltet?«

»Doch, aber nur nach Bedarf. Zu Beginn unseres Treffens wussten wir ja nicht, worum es sich überhaupt dreht, aber jetzt sieht es so aus, als könnten wir die vielleicht gebrauchen.«

Brodtkorb räusperte sich. »Es gibt drei wesentliche Dinge, über die wir noch gar nicht gesprochen haben«, sagte sie.

Alle Blicke richteten sich auf sie.

»Zunächst – Human Light ist das, was wir gern als Koffer-NGO bezeichnen, das heißt, es handelt sich um eine NGO mit minimaler Besetzung, die mit dem Umfang des jeweiligen Projekts größer oder kleiner wird«, erläuterte Brodtkorb und umriss kurz, was sie über die Organisation wusste.

»Die haben demnach also nur einen kleinen Apparat?«, fragte Vold.

»Überhaupt keinen eigenen Apparat«, warf Schonwold ein und gab Brodtkorb ein Zeichen fortzufahren.

»Wir haben natürlich Kontakt zu ihnen aufgenommen«, sagte Brodtkorb. »Die einzige Angestellte in Kampala, eine Sekretärin, hat uns versprochen, nichts zu unternehmen, bis wir die Sache unter Kontrolle haben. Natürlich war sie völlig schockiert. Angesichts der Geiselsituation wäre es wohl natürlich, dass das Land, in dem sich diese abspielt, die Sache selbst in die Hand nimmt. In Zusammenarbeit mit dem Heimatland der Geisel oder der Hilfsorganisation. Doch in diesem Fall ist das kompliziert, weil die Guerilla in drei verschiedenen Ländern operiert: Uganda, Kongo und Südsudan.« Brodtkorb sah Vold fragend an.

»Ich verstehe«, sagte er. »Es ist also unklar, welches Land für unser Problem zuständig ist und wer die diplomatischen Aufgaben übernehmen könnte? Und außerdem ist fraglich, ob die Gegenseite der Geiselnehmer in Uganda zu lokalisieren ist, wo die Organisation ihren Sitz hat, oder bei uns?«

»Das Ganze ist ein diplomatisches Wespennest. Es könnte fatale Folgen haben, die Finger dort hineinzustecken«, erwiderte Brodtkorb. »Eine Zusammenarbeit mit allen drei Nationen zu koordinieren, ist praktisch unmöglich. Der Kongo und Südsudan verfügen nur über begrenzte administrative Ressourcen. Und aufgrund der Ölvorkommen im Grenzgebiet gibt es derzeit ein angespanntes Verhältnis zwischen dem Kongo und Uganda. Die Ugander werden zudem nicht von ihrer Linie abweichen und mit Sicherheit die Grenze zum Kongo oder zum Südsudan überschreiten, wenn sie glauben, dass sie eine Möglichkeit haben, Disciple zu fassen.«

»Ein Hexenkessel«, kommentierte Vold.

Brodtkorb runzelte leicht die Stirn. »Ja, die Ugander scheinen mitunter stärker von Impulsen und Rachgier gesteuert zu werden als von strategischen Erwägungen.«

»Sie haben gesagt, es gäbe drei Dinge?«, hakte Vold nach.

Brodtkorb nickte. »Das habe ich.«

Lars Kamperud war einer der absolut reichsten Männer Norwegens. In bescheidenen Verhältnissen aufgewachsen, hatte er als Schiffsreeder und Investor ein zweistelliges Milliardenvermögen aufgebaut. Der größte Teil seines Vermögens bestand aus einer Tankerflotte, die unter zypriotischer Flagge segelte. Zwar war er daran gewohnt, sich mit den norwegischen Steuerbehörden zu streiten, aber keineswegs daran, an einem Sonntagnachmittag ins Außenministerium zitiert zu werden.

Außenminister Jonsrud bot seinem Freund einen Stuhl an und setzte sich dann neben ihn.

»Wie ich schon erklärte, es gibt schlechte Nachrichten«, sagte Jonsrud und hielt dem Blick des Freundes stoisch stand. »Und weil wir eine private Beziehung haben, lege ich Wert darauf, dass unsere Bürokratie die notwendigen Einschätzungen vornimmt.«

Lars Kamperud nickte. Dann ergriff Schonwold das Wort, wiederholte, was sie wussten, und konzentrierte sich dabei ausschließlich auf die Fakten. Überraschenderweise gelang es ihr sogar, den Inhalt des an die Botschaft gesandten Päckchens auf relativ schonende Art zu vermitteln.

Nach den Erläuterungen saß Lars Kamperud eine ganze Weile schweigend da. »Aber Sie haben doch wohl einen Apparat, um das Ganze in Angriff zu nehmen?«, fragte er.

Schonwold nickte. Gleichzeitig nahm ihr Gesicht einen bekümmerten Ausdruck an. »Es gibt da ein paar weitere Faktoren, die alles etwas kompliziert machen«, erwiderte sie und bedeutete Brodtkorb fortzufahren.

»Otto Kamperud ist zypriotischer Staatsbürger«, sagte Brodtkorb, die sich deutlich unwohl dabei fühlte, die schlechten Nachrichten überbringen zu müssen. »Das ist in der Botschaft in Kampala allgemein bekannt, nicht allerdings bei Norad, da es überhaupt keine Bedeutung für die Unterstützung und das Projekt von Human Light hat.«

»Das ist richtig«, sagte Lars Kamperud, »aber er ist hauptsächlich in Norwegen aufgewachsen. Diesem Land ist er verbunden, für Zypern gilt das nur bis zu einem gewissen Grad. Er ist ein Kind der Liebe, wie man so sagt. Ja, also, seine Mutter stammt aus Zypern, sie … sie war meine Sekretärin.«

Jonsrud blickte seinen Freund an. »Wir können viel weniger tun, wenn Otto kein norwegischer Staatsbürger ist«, sagte er, ein wenig entmutigt.

Das Blut wich nahezu vollständig aus Lars Kamperuds Gesicht.

»Lars«, fuhr Jonsrud mitleidsvoll fort, »wir werden natürlich die zypriotischen Behörden bitten, sich der Sache anzunehmen. Aber was die dann tun werden, ist einzig und allein deren Sache. Formal gesehen muss Zypern unsere Unterstützung anfordern, ehe wir, eventuell, etwas tun können.«

Kamperud musste die Neuigkeiten erst einmal verdauen. Sein Gesicht war immer noch blass. Dann richtete er sich auf seinem Stuhl auf, der daraufhin ein deutliches Knirschen von sich gab. »Können Sie die Zyprioten nicht einfach bitten, eine Aktion in Gang zu setzen?«

Schonwold holte tief Luft. »Nun … lassen Sie mich offen sein, Herr Kamperud. Wir sind ganz einfach nicht befugt, jemanden zur Intervention in einer Geiselnahme mit einem ausländischen Staatsbürger zu veranlassen.«

»Das heißt also, Sie können überhaupt nichts machen?«, fragte Kamperud resigniert.

Jonsrud sah zu Vold hinüber, der deutlich signalisierte, dass dies außerhalb der Verantwortung der Kripo lag.

»Was wir eventuell tun können, muss die Krisengruppe hier noch näher erörtern«, sagte Jonsrud. »Momentan ist das alles äußerst unübersichtlich.«

»Was ist mit Sicherheitsunternehmen, äh … Freelancern, nennt man die nicht so?«, gab Kamperud zurück.

Jonsrud blickte Vold abermals hilfesuchend an. »Die gibt es natürlich«, sagte Vold. »Wir würden aber davon abraten, da jemanden zu engagieren.«

»Wieso?«, fragte Kamperud frustriert.

Vold legte die Handflächen aneinander. »Die lassen sich häufig nur schwer kontrollieren. Im schlimmsten Fall riskieren Sie, etwas in Gang zu setzen, dessen Reichweite überhaupt nicht absehbar ist.«

Jonsrud stand auf und trat zu Kamperud. Der große, wohlhabende Mann wirkte plötzlich klein und winzig.

»Lass uns bis morgen noch mal darüber nachdenken«, sagte Jonsrud. »Wir wissen immer noch nicht, was sie eigentlich fordern. Aber das wirst du sicher bald erfahren. Bis die Forderung eingeht, wird das Außenministerium mit seinem Apparat zur Verfügung stehen.« Jonsrud gab Schonwold ein diskretes Zeichen, die Besprechung abzuschließen.

Abrupt erhob sich Kamperud. »Es geht hier um meinen Sohn«, sagte er mit zitternder Stimme. »Ich werde nicht dasitzen und zusehen, wie ein verrückter Guerillaführer ihn langsam in Stücke schneidet!«

Dann drehte er sich um und trat auf die Tür zu.

»Lars«, sagte Jonsrud.

Kamperud drehte sich um.

»Wenn dir irgendwer in Zypern noch einen Dienst schulden sollte, wäre jetzt der richtige Zeitpunkt gekommen, diesen einzufordern.«

Kapitel 17

Ojore und Hammersborg wurden von zwei Beamten zurück in den Vernehmungsraum geführt. Die Pause hatte über drei Stunden gedauert.

»Bevor wir uns weiter äußern«, sagte Hammersborg, »lautet die Bedingung, dass die Informationen, die Ihnen mein Mandant gibt, bei der Absprache über Strafminderung berücksichtigt werden.«

Elli blickte zu Åbrekke, der lediglich mit den Schultern zuckte. »Wenn es nützlich ist, wird es berücksichtigt«, sagte er gleichgültig.

»Gut«, sagte Hammersborg und legte Ojore eine Hand auf die Schulter. »Okay, dann fangen wir an.«

»Dieser Vermittler, der entführt wurde, ist er Norweger?«, fragte Elli.

»Das haben sie gesagt«, erwiderte Ojore.

Elli konnte sich an keinerlei Information über kürzlich entführte Norweger erinnern. »Wenn du Kenntnis davon hast, dass ein Norweger entführt wurde, musst du uns alles erzählen«, sagte sie entschieden. »Wo ist er jetzt?«

»Bei den GFF.« Dann berichtete Ojore, was seine Schwester ihm erzählt hatte. Elli, Åbrekke und Hammersborg lauschten schweigend der kurzen und präzisen Beschreibung.

»Hat deine Schwester gesagt, wo sie sind?«, fragte Elli.

»Als ich mit ihr gesprochen habe, waren sie gerade im Kongo, aber sie ziehen bestimmt schnell wieder über die Grenze in ihre Heimat Uganda oder in den Südsudan.«

Elli wog die Informationen ab. »Warum sollten sie ihn entführt haben?«

Ojore ließ sich mit der Antwort Zeit. »Es ist nie leicht zu sagen, was Disciple denkt. Er macht einfach irgendwas. Ich glaube, es geht um Geld.«

»Aber wen sollte Disciple denn erpressen?«, fragte Elli.

»Weiß nicht. Vielleicht die, die uns die Briefe geschickt haben?«

Elli runzelte die Stirn. »Briefe?«

Ojore fuhr sich mit der Zunge über die trockenen Lippen.

»Einen Brief. Ich hörte davon, als ich im Busch war … dass er bei diesen Treffen immer einen Umschlag bekam.«

»Treffen?«

»Verhandlungen.«

»Was war in diesen Umschlägen?«

Ojore schüttelte den Kopf. »Weiß nicht genau … Ich glaube, Disciple bekam eine SIM-Karte. Am Tag nach den Treffen hat er immer mit seinen Handys telefoniert.«

»Weißt du, worum es bei diesen Telefonaten ging?«

»Nein.«

»War da noch was anderes in diesen Umschlägen?«, fragte Elli.

»Meinen Sie Bargeld?«

Elli zuckte mit den Schultern. »Zum Beispiel.«

Abermals schüttelte Ojore den Kopf. »Nein, das kann nicht sein. Das waren ganz normale kleine Umschläge, keine dicken. Ich hab jedenfalls nach diesen Treffen nie irgendwo einen Dollar gesehen.«

Elli sah zu Åbrekke, der die Geschichte nicht ganz zu glauben schien, aber auch nichts hinzuzufügen hatte.

»Ich werde das überprüfen«, sagte Elli zu Ojore. »Aber wenn du sonst noch etwas weißt, dann würde ich dir dringend raten, es jetzt zu sagen.«

Ojore senkte den Kopf. »Überprüfen Sie es. Das ist alles, was ich weiß.«

Elli stellte noch zwei weitere Fragen, aber Ojore und Hammersborg bestanden darauf, dass die Vernehmung nun beendet sei.

»Na, was konntest du dieser Séance entnehmen?«, fragte Elli Nereng, der die Vernehmung über den Monitor im Nebenzimmer verfolgt hatte. »Im Vergleich mit seiner Kindheit war meine wohl eher sorgenfrei«, sagte er trocken.

»Glaubst du ihm?«

»Ja«, sagte Nereng, »er wirkt echt.«

»Denke ich auch«, sagte Elli und dachte einen Augenblick nach. »Offenbar will er mit mir reden.«

»Er hat es aber nicht weiter ausgeführt«, sagte Nereng.

»Nein … außerdem wird er dabei ohnehin nicht ganz offen sein. Er braucht mich, oder er glaubt, mich irgendwie ausnutzen zu können. Die Frage ist nur, wie und warum?«

»Dann machen wir für heute Abend hier mal alles dicht«, sagte Åbrekke, während er zu Elli und Nereng trat. »Wir schreiben morgen eine Zusammenfassung und schauen dann mal, wie wir weiter vorgehen.«

Elli nickte Ojore zu, der vorsichtig zurücknickte.

Der Beamte führte Ojore aus der Tür und auf den Korridor hinaus. Hammersborg folgte ihnen. Als Åbrekke sich zum

Gehen anschickte, hielt Elli ihn vorsichtig zurück. Dann trat sie dicht an ihn heran, damit Ojore und Hammersborg nicht hören konnten, was sie sagte. »Das hier ist im Prinzip euer Fall, aber jetzt haben wir plötzlich zwei Sachen: die Drogen und die angebliche Entführung. Willst du die Kripo einschalten, oder soll ich in der letzten Geschichte erst mal ein bisschen herumgraben?«

Åbrekke dachte einen Augenblick nach. »Okay, die Drogensache ist ja an sich schon groß genug. Wenn du uns da etwas entlasten könntest, wäre das gut. Du hast ja bereits alle Informationen.«

»Dann sollten wir die Kripo konsultieren«, sagte Elli nach ein paar Sekunden.

»Das musst du aber dann auf morgen verschieben«, sagte Åbrekke und deutete auf eine Wanduhr, die halb eins zeigte. »Da das vorläufig nur unbewiesene Behauptungen sind, käme es wohl nicht so gut an, wenn du jetzt deren Schönheitsschlaf störst.«

Elli war zwar müde, ging aber nicht sofort zu Bett. Stattdessen rief sie das Internet auf, wo sie nach einer Weile lesen konnte, dass Norad die von der Organisation Human Light durchgeführten Vermittlungen mit den God's Freedom Fighters im Norden Ugandas finanzierte. Es gab auch einen Link, der zur Website der kleinen NGO führte. Nachdem Elli ihn angeklickt hatte, erschienen die Fotos von zwei schwarzen Frauen, Charlotte Gabon und Zesiro Ochiengo, sowie von einem nordisch wirkenden Mann namens Otto Kamperud auf dem Bildschirm. Ochiengo trug eine äußerst phantasievolle Frisur, bei der ihr Haar, zu kleinen Stängeln geformt, vom Kopf abstand und mit bunten Holzkugeln geschmückt war. Elli entdeckte die Telefonnummer des Büros in Kampala und streckte die Hand nach ihrem Mobiltelefon aus. Dort unten war es eine Stunde später als in Norwegen, aber vielleicht hatte sie ja Glück.

Nach zwölf Signaltönen gab sie auf. Dann verließ sie die Wohnung und drehte eine späte Abendrunde mit Zenith. Als sie sich eine Viertelstunde später ins Bett legte, schlief sie sofort ein.

Kapitel 18

Elli begann um acht Uhr und rief im Außenministerium an, um die Informationen zu überprüfen, die Ojore ihnen gegeben hatte. Sie wurde zu einem Programmleiter für Ostafrika durchgestellt, der darum bat, sie zurückrufen zu dürfen. Elli hinterließ ihre Handynummer und legte auf.

»Website von Norad«, kommandierte sie Nereng, als sie die Bürolandschaft betrat.

»Wonach suche ich dann?«, fragte er.

Elli erzählte ihm, was sie am Abend zuvor entdeckt hatte. Nereng schritt umgehend zur Tat.

Elli verfasste eine kurze Frageliste, wurde aber schon nach drei Minuten ungeduldig. »Findest du es nicht?«

»Äh … nein«, erwiderte Nereng leicht verwirrt.

»Herrgott«, murmelte sie und rief die Website selbst auf. Aber auch Elli konnte den Artikel nicht finden, den sie gelesen hatte.

»Der war doch gestern noch da«, rief sie. »Ich hab sogar angerufen.«

Sie fischte ihr Handy aus der Tasche und suchte die Nummer heraus, die sie bereits am frühen Morgen gewählt hatte.

»Human Light, this is Zesiro Ochiengo«, ertönte eine Frauenstimme über die knisternde Telefonleitung.

Elli stellte sich vor und bat darum, mit der Projektleitung verbunden zu werden.

»Das bin ich«, entgegnete Zesiro. »Hat die Botschaft Sie gebeten anzurufen?«

Elli stutzte. »Die Botschaft … in Kampala?«

Zesiro antwortete nicht.

Elli beschloss, gleich zur Sache zu kommen. »Wir haben einen Hinweis über eine mögliche Entführung in Uganda erhalten, und ich wüsste gern, ob Sie irgendwelche Kenntnisse davon haben.«

»Woher soll ich wissen, dass Sie von der Polizei sind?«, fragte Zesiro zögernd.

Elli spürte die Spannung steigen.

»Ich kann Ihnen eine Bestätigung per Fax oder E-Mail schicken. Was ist am besten?«

Abermals schwieg Zesiro eine ganze Weile.

»Kann ich Sie zurückrufen?«, fragte sie schließlich.

»Es wäre sehr hilfreich, wenn wir jetzt gleich darüber sprechen könnten. Ich glaube, ich kann Ihnen helfen«, probierte es Elli.

Nach einer weiteren Pause sagte Zesiro: »Ich melde mich wieder bei Ihnen.«

»Niemand will mit uns reden«, sagte Elli, während im Hörer das Besetztzeichen ertönte.

»Nachrichtendienst?«, rief Nereng, als sie im Wagen saßen. »Wollten wir nicht zur Kripo?«

»Das ist ein Schuss ins Blaue«, sagte Elli. »Aber wenn irgendjemand schon einmal mit so etwas zu tun hatte, dann doch wohl der Nachrichtendienst?! Möglicherweise auch der PST, der ja bekanntermaßen die Terrorgefahr analysiert, aber die GFF haben ja niemals zuvor mit Terror gegen die Norweger gedroht. Bis jetzt.«

»Und du hast natürlich nicht vor, die vorgeschriebenen offiziellen Kanäle zu benutzen?«

»Wir nennen das einfach ein informelles Gespräch«, erklärte Elli.

Sie stellten den Wagen ab und liefen hinauf zum markanten Bau des Nachrichtendienstes am Lutvann, der vollständig mit schräg montierten grauen Granitfliesen bedeckt war.

»Sieht aus wie ein riesiges Badezimmer, mit diesen Fliesen an der Außenseite«, sagte Nereng.

»Öffentliche Badeanstalt«, erwiderte Elli lachend.

Der Mann, der sie in Empfang nahm, war etwa eins achtzig groß, hatte einen rasierten Schädel und zwei strahlend blaue Augen. »Karl, Nachrichtendienst«, begrüßte er sie.

»Schön, dass wir gleich kommen durften«, erwiderte Elli. Sie hatte darauf bestanden, mit jemandem zu reden, der Kenntnisse über Ostafrika hatte.

Mit etwas Wohlwollen hätte Skarpnes' Gesichtsausdruck, der ansonsten wie in Hartplastik gegossen zu sein schien, als Andeutung eines Lächelns verstanden werden können. »Kidnapping in Uganda – was wisst ihr?«, fragte er und führte Elli und Nereng zu einer Sitzgruppe im Foyer.

Elli berichtete, was Ojore ihr erzählt hatte.

»Und das erzählt dieser Knabe nicht etwa, um sich wichtig zu machen?«, fragte Skarpnes.

»Wir haben ausreichenden Grund zu der Annahme, dass er die Wahrheit sagt«, entgegnete Elli und berichtete von dem Telefonat mit Human Light in Kampala.

»Habt ihr schon mit dem Außenministerium gesprochen?«, fragte Skarpnes.

»Wir haben es heute früh versucht, aber bis jetzt nichts von denen gehört. Wie schon erwähnt, wir haben diese Information erst vor ein paar Stunden erhalten.«

Elli sah Nereng an.

»Habt ihr Erfahrungen mit den GFF?«, fragte er.

»Die sind uns bekannt«, entgegnete Skarpnes, »aber um ganz ehrlich zu sein, hat Uganda für uns keine Priorität.«

»Aber ihr könnt Informationen beschaffen, vielleicht über Leute, mit denen ihr zusammenarbeitet?«, fragte Elli.

»Das können wir. Das setzt allerdings voraus, dass wir entweder eine Anfrage bekommen, zum Beispiel von der Polizei oder vom Außenministerium, oder dass wir es aufgrund allgemeiner Einschätzung für wichtig halten, Informationen einzuholen, wenn norwegische Interessen im Ausland bedroht werden.«

»Wenn meine Informationen stimmen, dürfte das ja der Fall sein«, sagte Elli nüchtern.

»Möglicherweise.«

Elli dachte ein paar Sekunden nach. »Habt ihr Leute in Uganda?«, fragte sie.

Skarpnes hielt ihrem Blick stand, antwortete aber nicht auf die Frage. Stattdessen sagte er: »Lass uns beide ein wenig nachforschen, dann reden wir morgen noch mal?«

Elli begriff, dass sie vorläufig nicht weiterkommen würde.

Kapitel 19

Otto betrachtete Disciple, der über den Platz auf ihn zukam. Der massive Schmerz in der Hand, dort, wo der kleine Finger gesessen hatte, breitete sich im ganzen Arm aus.

»Nicht noch mal«, sagte er resigniert, als Disciple die Machete hervorzog.

»Heute nicht«, sagte Disciple und schnitt Otto los. »Die Frist endet erst übermorgen.« Dann befreite er auch Charlotte.

Ottos Beine zitterten. Er stand das erste Mal seit Tagen wieder auf den Beinen. Disciple trieb die beiden hinüber zu einer der Hütten auf der anderen Seite der Lichtung. So gut es ging, stützte Otto die fast völlig kraftlose Charlotte. Die Entfernung betrug nicht mehr als höchstens dreißig Meter, war aber ausreichend genug, dass Otto ermattet zu Boden fiel, als sie die Hütte betraten.

Disciple blieb in der Türöffnung stehen und starrte die beiden an.

»Mit wem hast du Kontakt aufgenommen?«, krächzte Otto und stützte sich auf die Ellbogen.

»Mit einem Öl-Typen. Von Bifrost.«

»Die nach Öl suchen?«

Disciple nickte.

Otto schüttelte verdutzt den Kopf. »Aber was hat denn das mit mir zu tun?«

»Spiel nicht den Idioten«, knurrte Disciple.

Otto begriff nichts. Was war es bloß, das er nicht wusste?

»Ihr seid alle daran beteiligt, dass dieses Land ausgeraubt wird, dieser Kontinent«, fauchte Disciple. »Aber wir werden hier nicht länger wie die braven Lämmer herumsitzen und uns mit Knöpfen und Glanzbildern zufriedengeben.«

»Knöpfe und Glanzbilder?«, fragte Otto verwundert. »Wir haben doch Verhandlungen geführt, bei denen du am Ende als freier Mann vor die Öffentlichkeit hättest treten können.«

Disciple sah Otto mitleidsvoll an. »Eigentlich war ich für diese Verhandlungen nie sonderlich stark motiviert. Und nach zwei Jahren, die sich so gut wie gar nicht ausgezahlt haben, habe ich nun definitiv genug. Aber jetzt haben wir neue Informationen, über einen deiner norwegischen Freunde, diesen Öl-Typen, *Mr. Kristoffersen.* Da passt es eben viel besser, jetzt mit ihm und seinen Freunden …«, Disciple suchte nach den richtigen Worten, »… eine Zusammenarbeit einzugehen, während wir gleichzeitig Körperteile an die norwegische Botschaft schicken. In die Zange genommen, sagt man nicht so?« Disciple stieß ein kurzes, heiseres Lachen aus.

Otto schloss die Augen. »Du bist verrückt!«, schrie er. »Human Light hat *nichts* mit Bifrost oder irgendeiner anderen Ölgesellschaft zu tun. Woher hast du bloß diese kranken Ideen?«

Disciple betrachtete Otto für ein paar Sekunden. Sein Blick triefte vor Ironie. »Bist du wirklich so dumm«, setzte er an, »dass du dich mit leeren Taschen in diesem Projekt engagiert hast, ohne den Hintergrund der Verhandlungen zu kennen?«

Otto wurde plötzlich klar, dass Disciple womöglich recht hatte. »Was, wenn die nicht bezahlen?«, stöhnte er verzweifelt.

Disciple kam einen Schritt näher und blickte auf Ottos Hände. »Eins, zwei, drei, vier …«, flüsterte er und zählte bis neun weiter. »Irgendwann bezahlen sie schon.«

Ottos Kräfte versagten. Wortlos ließ er sich auf den Rücken fallen. Er war doch nicht einmal norwegischer Staatsbürger. Aber das zu erzählen, würde wohl kaum helfen.

Kapitel 20

Dieses Mal kam Lars Kamperud nicht allein zum Außenministerium. Er wurde von zwei Männern der Anwaltskanzlei Wettre & Cherbourg begleitet, die teure italienische Anzüge trugen. Ein Funktionär führte Kamperud zu einem Bereitschaftszimmer und begleitete danach die beiden Anwälte in einen Konferenzraum.

»Wo sind die anderen?«, fragte Kamperud, als er den Raum betrat, wo Ministerialrätin Lisbeth Schonwold ihn empfing. Auch die Erste Botschaftssekretärin Linnea Brodtkorb begrüßte ihn. Ihr Oslo-Aufenthalt war auf unbestimmte Zeit verlängert worden.

»Wie schon beim letzten Treffen erwähnt: Da Otto kein norwegischer Staatsbürger ist, spielt die Kripo in dieser Angelegenheit keine Rolle.«

Schonwold beugte sich zum Konferenztelefon vor und drückte auf einen Knopf. »Ist Botschafterin Sæther mit uns verbunden?«, fragte sie.

»Ich bin hier«, ertönte eine Frauenstimme über die Freisprechanlage.

»Dann fangen wir an«, sagte Ministerialrätin Schonwold und richtete den Blick auf Kamperud. »Sie hatten jetzt ein wenig Zeit, um über die Situation nachzudenken, in der Ihr Sohn gelandet ist. Was denken Sie darüber?«

Kamperud wechselte einen flüchtigen Blick mit Brodtkorb und wandte sich dann an Schonwold.

»Wie kann uns das Außenministerium helfen?«

Mit einer geübten, ruhigen Bewegung legte Schonwold die

Handflächen aufeinander. »Das ist eine Angelegenheit, für die wir keine großen Ressourcen aufwenden können, da es sich nicht um einen norwegischen Staatsbürger handelt. Wir sind aber bereit, Ihnen in Kampala beratend zur Seite zu stehen.« Sie deutete auf das Telefon auf dem Tisch. »Unsere Einschätzung ist dieselbe wie gestern«, fuhr sie fort, »was bedeutet, dass wir Hellenes von der Presse- und Informationsabteilung runterschicken, zusammen mit Linnea Brodtkorb. Sie sind morgen Nachmittag startbereit.«

»Und was macht dieses Team dann eigentlich?«, fragte Kamperud.

»Sie koordinieren alle Informationen und stehen in ständigem Kontakt mit dem Außenministerium.«

Kamperud zögerte einen Moment, warf einen Blick auf seine Notizen und wandte sich schließlich wieder an Schonwold. »Aber welche Aktivitäten gibt es denn hier zu koordinieren, wenn Sie gar keinen … äh, wie sagen Sie dazu … Bevollmächtigten dort hinschicken?«

Schonwold wich Kamperuds Blick aus, aber Brodtkorb kam ihrer Kollegin sofort zu Hilfe. »Das ist das, was wir anbieten können. Wir vermuten, dass sich die Entführer früher oder später mit einer Forderung an Sie wenden werden. In diesem Fall stehen wir Ihnen mit strategischer Beratung, so gut es geht, zur Seite.«

»Haben Sie sich an den zypriotischen Geheimdienst gewandt?«, fragte Kamperud in den Raum hinein.

Schonwold und Brodtkorb wechselten einen kurzen Blick. »Wenn Sie das wünschen, nehmen wir sofort Kontakt auf.«

»Ich habe getan, was der Außenminister mir geraten hat«, sagte Kamperud mit ruhiger Stimme.

Schonwold hob eine Augenbraue. »Und das wäre?«

»Sie müssten ein Fax der zypriotischen Behörden bekommen haben.«

Schonwold legte ihre Brille neben das Dokument des zypriotischen Geheimdienstes. Es sah hoch offiziell aus und war mit nicht weniger als drei Stempeln versehen. Der Wortlaut war eindeutig:

An das Königlich Norwegische Außenministerium

z. Hd. Herrn Außenminister Arnfinn Jonsrud

Mit diesem Schreiben bitten wir unsere norwegischen Kollegen um Gewährung aller erdenklichen Hilfe, die in dieser kritischen Situation für unseren zypriotischen Staatsbürger Otto Kamperud erforderlich ist. Die Republik Zypern verfügt derzeit nur über begrenzten diplomatischen und nachrichtendienstlichen Einfluss in der betreffenden Region. Wir haben bisher keine weiteren Informationen in dieser Angelegenheit erhalten, dies gilt auch für Lösegeldforderungen im Zusammenhang mit zypriotischen Bürgern oder Interessen.

Nikosia, 10. Oktober 2011
Sader Pavlou
Leiter Abteilung für internationale Beziehungen

Kamperud räusperte sich. »Ich deute das so, dass Zypern sich abmeldet.«

»Ja«, entgegnete Schonwold knapp. »Und wir können wohl festhalten, dass es sich bei den *gierigen Freunden* nicht um Zyprioten oder den Staat Zypern handelt.« Sie versuchte, mitfühlend zu wirken. Kamperud senior hingegen starrte die Ministerialrätin nur kalt an.

»Zypern hat ein Generalkonsulat in Nairobi, das auch für Uganda zuständig ist«, warf Linnea Brodtkorb vorsichtig ein. »Die haben ansonsten niemanden, den sie abstellen könnten. Und Human Light hat keinen Apparat. Die Sekretärin in Kampala arbeitet, soweit ich weiß, mit uns zusammen, was die Öffentlichkeit anbetrifft?«

»Richtig«, bestätigte Sæther. »Sie hat versprochen, keine Informationen herauszugeben.«

Lars Kamperuds Fahrer lenkte den meerblauen Bentley ruhig über den Gamle Drammensvei. Herrem saß auf dem Beifahrersitz, Kamperud und Seierstam teilten sich die bequeme Rückbank. Herrem drehte sich zu seinem Auftraggeber um. »Das Außenministerium wird diese Sache nicht mal mit der Kneifzange anfassen, so viel steht fest«, sagte er entschieden.

Kamperud blickte eine Weile in die Ferne. Unverhofft schlug er die rechte Faust gegen die linke Handfläche. Seierstam zuckte zusammen. »Und dafür bezahlen wir auch noch Steuern!«, presste Kamperud verbittert zwischen den Zähnen hervor.

»Ja, wirklich unglaublich«, zwitscherte Herrem.

»Ja, verdammt«, fügte Seierstam hinzu.

Beide Juristen wussten nur zu gut, dass Kamperud dank ihrer Erfindungsgabe in Bezug auf Unternehmensstrukturen und Steuerpläne nur einen Bruchteil der Steuern zahlte, die er hätte entrichten müssen.

»Auch wenn man im Reedereigeschäft tätig ist und in den letzten Jahren vielleicht nicht allzu viel Kontakte zu den Ministerien und dem Regierungsapparat unterhalten hat, sollte man doch wenigstens ein wenig Hilfe bekommen, wenn man in einer verzweifelten Situation steckt!«

Herrem und Seierstam sahen beide die Tränen, die an Lars Kamperuds Wangen herabliefen. *Der Riese,* so wurde er in der Wirtschafts- und Finanzpresse genannt. Der Mann, der dafür bekannt war, niemals ein Zeichen von Schwäche zu zeigen, schluchzte nun ungehemmt.

Kapitel 21

Die Vergabe der Dan-Grade erfolgte einmal im Jahr. Die Prüfung für die schwarzen Gürtel erforderte, dass der Haupttrainer des Clubs, Sakaroki Sensei, zugegen war.

Außerdem wurden die Prüfungen von zwei weiteren Trainern beobachtet und kontrolliert. Beim letzten Mal war Elli durchgefallen.

Zum Aufwärmen durchlief sie langsam alle Kata, einen Teil des Pensums, das sie beherrschen musste. Kata bestanden aus verschiedenen Karatetechniken, die nach einem bestimmten Muster ausgeführt wurden. Die längste hieß *Ku Shanko*, deren Durchführung fast eine Minute dauerte. Im Anschluss daran vollführte sie mit ruhigen Bewegungen eine Kombination von Techniken, *waza*, die sie für den Erhalt des gewünschten Grads bewältigen musste. *Zenshite jodan, renzuki chudan, maegeri, mawashigeri chudan, ushirogeri chudan, gyakuzuki.*

Elli und ein Trainingspartner nahmen an einem Ende des Dojo Seite an Seite Aufstellung. Gleich vor ihnen befand sich das Richterpult. Sakaroki Sensei saß in der Mitte. Der 65-jährige, untersetzte Japaner war einer der Gründer der Stilart *Wado Kai.*

»Renraku waza – ei!«, rief er.

Die beiden Weißgekleideten begannen mit dem ersten Kombinationsmuster. Leichte, unangestrengte Bewegungen, Rotationskraft und voller Einsatz der Schlag- und Tritttechniken. Danach sofort zurück in die entspannte Grundhaltung.

Nächste Technik.

Gesenkte Schultern.

Mawashigeri chudan. Explosiv.

Entspannen.

Ushirogeri chudan. Erneute Explosion.

Entspannen.

Alle fünf Techniken wurden zweimal durchgeführt, danach nahmen die beiden Sportler wieder die Ruhestellung ein.

In rascher Abfolge schlossen sich dann zwei neue Durchgänge mit kombinierten Techniken an.

Im Anschluss daran: *gumite* – Angriffstechniken und Blockaden.

Elli spürte beginnende Erschöpfung. Die Konzentration

war total, jede Körperbewegung musste zu hundert Prozent kontrolliert sein. Und hinter dem Richterpult musste das deutlich gesehen werden.

Dann folgten die Kata. Ellis Karateanzug war schweißdurchtränkt, ihr Mund trocken, der Kopf fast völlig leer. Die Kata waren eine Frage des Willens.

»Ku shanku!«, kommandierte Sakaroki Sensei.

Letzte Übung.

Kontrolle.

Eine Explosion der Techniken.

Eine Minute später verneigten sich Elli und ihr Trainingspartner vor dem Richterpult. Dann wurden sie aus dem Dojo heraus und auf das Podium gebeten. Elli trank einen Liter Wasser, während die Kampfrichter diskutierten und das Bewertungsprotokoll studierten. Sakaroki Sensei schüttelte mehrmals den Kopf. Dann erhoben sich die Richter und traten vor das Pult. Beide Kämpfer wurden aufgerufen. Sensei hatte nur eine Urkunde in der Hand.

Die war für Elli.

Kapitel 22

Kristoffersen bremste scharf ab. Der SUV hielt nur wenige Millimeter vor der Stoßstange des Wagens davor. Der Fahrer zeigte ihm den Stinkefinger. Kristoffersen sah, dass die Ampel an der Kreuzung Drammensveien Ecke Bygdoy allé auf Rot geschaltet hatte.

Das Geräusch des Mobiltelefons hatte ihn abgelenkt. *Unterdrückte Nummer*, ließ ihn das Display wissen.

»Ja!«, meldete er sich leicht verunsichert.

»Mr. Kristoffersen – you disappoint me«, ertönte die nasale Stimme.

»Mr. Disciple … ich brauche mehr Zeit.«

»Aber denken Sie doch an die Geisel! Und an Ihre Investitionen.«

Genau daran hatte Kristoffersen in letzter Zeit mehr gedacht als an alles andere. Er musste sich mehr Zeit kaufen.

»Solch eine Summe kann man nicht innerhalb weniger Tage beschaffen …«

»Aber Sie sind doch ein erfolgreicher Geschäftsmann«, unterbrach Disciple ihn.

»Trotzdem ist es schwierig …«

Unmöglich sollte es eigentlich heißen.

»Haben Sie von dem Päckchen gehört?«

»Päckchen?«

Kristoffersen versuchte zu verstehen.

Disciple schwieg für einige Sekunden.

»Ich bin nicht ganz zufrieden mit dem Ablauf der Kommunikation in diesem Projekt«, erläuterte Disciple. »Aber wissen Sie was? Ich schicke Ihnen ein Bild auf Ihr Handy. Dann können Sie sehen, worum es geht. Ich habe immer fünf Tage zwischen den einzelnen … *events* eingeplant, bis zum nächsten haben wir also noch zwei Tage Zeit.«

»Events?«

Kristoffersen bekam keine Antwort, die Leitung wurde unterbrochen.

Hinter ihm hupte jemand, es war grün geworden, und die Autos vor ihm waren bereits weitergefahren. Mechanisch lenkte er den Wagen über den Drammensveien und fuhr in die nächste freie Parklücke. Das Handy zeigte den Empfang einer MMS an. Widerwillig öffnete er sie. Ein Schrei entfuhr ihm, als er das Foto von Otto Kamperuds Hand sah. Vier Finger, darunter ein kurzer Text:

»suggest you talk to your friends«

»Okay, beruhige dich«, flüsterte Kristoffersen zu sich selbst. Er brauchte Hilfe. Das hier konnte er nicht allein bewältigen.

Kapitel 23

Elli und Nereng standen vor dem Eingangsbereich der Brynsallé 6, dem Hauptquartier der Kripo. Fjeld hatte durchgegeben, dass er vorausfahren wollte. Nach zwei Minuten Wartezeit wurden sie in einen Besprechungsraum geführt, wo Fjeld sie zusammen mit Geir Vold, dem stellvertretenden Leiter der internationalen Abteilung, erwartete.

Sie begrüßten einander, dann berichtete Elli unmittelbar von den Informationen, die sie von Ojore bekommen hatten.

Vold fragte nach Details. »Ihr wart nicht mit dem Außenministerium in Kontakt?«, wollte er schließlich wissen.

»Nein«, erwiderte Fjeld und sah gleichzeitig Elli fragend an, die demonstrativ den Kopf schüttelte.

Vold nickte kurz. »Die Sache ist uns bekannt.«

»Ihr wisst von der Entführung?«, rief Elli.

»Ja. Das Außenministerium ist informiert, wir haben vor zwei Tagen mit denen zusammengesessen.«

Elli, Nereng und Fjeld blickten einander erstaunt an. »Gibt es da irgendeine Aktion?«, fragte Elli.

Vold schüttelte den Kopf. »Was dein Informant nicht weiß, ist, dass Otto Kamperud kein Norweger ist, sondern Zypriote. Sein Vater, der nicht ganz unbekannte Lars Kamperud, ist allerdings Norweger.«

»Und was machen die jetzt?«, fragte Elli, noch immer überrascht.

»Um ehrlich zu sein, ich weiß es nicht. Wir haben uns da rausgezogen, als klar wurde, dass es sich nicht um einen norwegischen Staatsbürger handelt.« Vold lehnte sich auf seinem Stuhl zurück. »Aber das ist wirklich eine hässliche Sache, die da unten abläuft.«

»Inwiefern?«, wollte Nereng wissen.

»Die schicken Körperteile an die Botschaft.«

»Du meine Güte … und haben die Zyprioten jetzt übernommen, oder wie?«, fragte Elli.

»Keine Ahnung«, sagte Vold und legte einen DIN-A4-Bogen vor sich auf den Tisch. »Hier ist eine Kopie des Erpresserschreibens.«

Elli und Nereng studierten den handgeschriebenen Brief. »Aber an wen ist das denn gerichtet? Wer soll bezahlen? Wer sind diese *greedy Norwegians*?«

»Genau das versteht niemand so richtig«, sagte Vold. »Aber ich habe routinemäßig den PST informiert, für den Fall, dass da jemand auf deren Radarschirm auftauchen sollte.«

Die Frau, die im Empfangsbereich des Außenministeriums aus dem Aufzug stieg, ließ Elli daran denken, wie sie selbst aussehen könnte, wenn sie Juristin geworden wäre. Strenges Kostüm, strenge Frisur, strenger Blick.

»Linnea Brodtkorb, Erste Sekretärin an der norwegischen Botschaft in Kampala«, begrüßte die Frau sie. »Die Polizei kommt nun wahrlich nicht jeden Tag zu Besuch«, sagte sie lächelnd und führte Elli und Nereng durch ein enges Treppenhaus und in einen Besprechungsraum, der kaum größer war als eine Abstellkammer.

»Woher haben Sie diese Informationen? Weshalb ist die Polizei an der Sache interessiert?«, fragte sie, nachdem Elli und Nereng den Grund ihres Besuches genannt hatten.

»Wir haben die Information aus verschiedenen Quellen. Unter anderem von der Kripo. Und es gibt einen Zeugen. Die Polizei hat ja ein generelles Interesse an jedweder Art von Gesetzesbruch«, sagte Elli nüchtern.

»Natürlich«, erwiderte Brodtkorb.

»Was können Sie uns über die Entführung erzählen?«, drängte Elli.

Brodtkorb verharrte ein paar Sekunden schweigend, entschuldigte sich dann und verließ den Besprechungsraum. Zwei Minuten später kam sie mit einer Frau zurück, die Elli glaubte schon einmal im Fernsehen gesehen zu haben.

»Lisbeth Schonwold, Ministerialrätin«, begrüßte sie die beiden Polizeibeamten.

Elli und Nereng stellten sich erneut vor. Alle vier verteilten sich auf die Stühle am Tisch. Zwischen den engen Wänden schienen sich das Geraschel von Kleiderstoff auf Stuhlsitzen, das Geschabe von über Papier streichenden Kugelschreibern sowie die Atemgeräusche zu verstärken.

»In Uganda ist etwas geschehen«, sagte Schonwold und nickte Brodtkorb zu. »Erste Botschaftssekretärin Brodtkorb und ich befassen uns damit. Die Kripo hat allerdings schon festgestellt, dass es sich dabei nicht um eine Sache für die norwegische Polizei handelt. Es gibt keine Geschädigten aus Norwegen.«

»Wir haben schon mit der Kripo gesprochen«, sagte Elli.

Brodtkorb atmete tief durch. »In dieser Angelegenheit sind wir zu dem Schluss gekommen, dass es am besten ist, von der Botschaft in Kampala aus ein Beraterteam abzustellen.«

»Das ist alles?«, fragte Elli.

Schonwold und Brodtkorb nickten.

»Hat denn das Außenministerium keine Verantwortung? Das Projekt wird doch von Norad finanziert«, fuhr Elli fort.

»Nur bis zu einem gewissen Grad, aber in erster Linie liegt die Verantwortung bei Human Light selbst«, ließ Schonwold sie wissen.

»*Greedy Norwegians*«, warf Nereng unverhofft ein. Sogar Elli zuckte angesichts seines dabei lauten Tonfalls ein wenig zusammen. »Irgendeine Idee, um wen es sich dabei handeln könnte?«

Schonwold räusperte sich. »Weder wir noch die Kripo wissen irgendetwas darüber, aber wir sind sicher, dass das Außenministerium nicht damit gemeint ist.«

Die Gesichter von Schonwold und Brodtkorb verrieten ihren Unwillen, sich weiter zu äußern, doch Ellis Unterbewusstsein spülte eine weitere Frage an die Oberfläche. »Was war in den Umschlägen?«

»Umschläge?«, rief Schonwold und richtete den Blick auf Brodtkorb.

»Hat Ihnen die Kripo davon erzählt?«, fragte die Erste Botschaftssekretärin.

Elli erwiderte ihren Blick, sagte aber nichts.

»Ja, okay … bei diesen Verhandlungen wurden Umschläge übergeben. Die enthielten SIM-Karten, damit der Vermittler und die Guerilla zwischen den einzelnen Treffen in Kontakt bleiben konnten.«

Elli und Nereng wechselten einen schnellen Blick und erhoben sich gleichzeitig. »Nun gut«, sagte Elli.

Der nächste Halt erfolgte beim Polizeipräsidium in Grønland. Obwohl sie nicht immer einer Meinung waren, hatte Elli doch ein gutes Verhältnis zu ihrem Chef, Kurt Fjeld. Bisher zählte die Statistik allerdings zu Ellis Gunsten, denn die Kämpfe, die sie mit ihm ausgefochten hatte, hatten mehrmals zum Abschluss ungelöster Fälle geführt. Wann immer Elli Blut roch, ahnte Fjeld, was auf ihn zukam. So hatte er sich auch jetzt um die Formalitäten gekümmert, damit Elli mit den Vertreterinnen des Außenministeriums sprechen konnte.

»Was stimmt denn deiner Ansicht nach nicht an dieser Geschichte?«, fragte er jetzt.

»Wenn wir uns in die Entführer hineinversetzen, wie sieht es dann wohl aus?«, erwiderte Elli.

»Die wollen Geld«, konstatierte Nereng. »Ojore hat doch erzählt, dass die GFF Geld brauchen.«

»Aber ist das nicht das Motiv bei jeder Entführung?«, fragte Fjeld.

»Eben!«, warf Elli ein. »Aber dann entführt man jemanden, von dem man weiß, dass für ihn bezahlt wird. Wie kommen die GFF auf die Idee, mit Otto Kamperud an das große Geld zu geraten – von *gierigen Norwegern*? Wer sollen die sein?«

»Anscheinend wissen sie, wer sein Vater ist«, mutmaßte Fjeld.

»Vielleicht, aber ein Vater ist ja kein Freund, er gehört zur Familie. Und wieso haben sie dann nicht direkten Kontakt zu ihm aufgnommen? Der ist doch so reich, dass er problemlos jede Summe aufbringen könnte. Dann wäre sein Sohn schon längst wieder frei.«

Fjeld gab Elli ein Zeichen fortzufahren.

Schnell fasste Elli die Hauptpunkte von dem Treffen mit der Kripo und mit dem Außenministerium zusammen. »Human Light, wie diese Entwicklungshilfeorganisation heißt, bekommt für das Projekt Unterstützung von Norad, aber das ist alles, was es an direkten Verbindungen nach Norwegen gibt«, erläuterte sie.

»Außerdem ist es auch unüblich, dass norwegische Behörden in solchen Situationen Lösegeld bezahlen«, fügte Fjeld hinzu.

»Aber wer soll denn dann erpresst werden?«, fragte Elli.

Nereng und Fjeld blickten sie an.

»Es muss irgendjemand sein, von dem die GFF glauben – oder wissen –, dass die Person Geld hat, irgendwer, der in Uganda aktiv ist«, überlegte Elli.

»Hmm …«, sagte Fjeld, musterte Elli und schob mit der Zunge seinen Priem zurecht. »Elli«, sagte er resigniert, »ich habe keine Ahnung, warum jemand in Uganda entführt wurde, aber das Ganze gehört nicht in unsere ermittlungstechnische Verantwortung. Wenn die Kripo schon abgewinkt hat?«

Elli wollte gerade etwas erwidern, wurde aber vom Klingeln ihres Handys abgehalten.

»Ja, Rathke«, sagte sie, ohne vorher auf das Display gesehen zu haben. Als sie begriff, wer sie anrief, schaltete sie sofort die Aufnahmefunktion des Handys ein.

Kapitel 24

»*Police woman?*«, fragte Zesiro Ochiengo am anderen Ende der Leitung.

»*Yes, that's me*«, erwiderte Elli so ruhig wie möglich.
»Sie sagten, Sie könnten mir helfen.«
Elli fühlte ihren Puls ansteigen. »Ja, das stimmt.«
»Die Botschaft hat ein neues Päckchen bekommen.«
»Päckchen … mit einem Finger drin?«
»Ja«, sagte Zesiro leise.
»Hat Ihnen die Botschaft das erzählt?«
»Ja, und sie baten mich, nichts zu unternehmen«, sagte Zesiro ängstlich. »Aber jetzt ist eben noch ein Päckchen gekommen, und Sie sind von der norwegischen Polizei. Sie müssen mir helfen!«
Elli sah zu Fjeld und Nereng, die das Gespräch über die Freisprechfunktion des Handys verfolgten. Beide signalisierten, dass sie keine unmittelbaren Tipps hätten, wie die Sache nun gelöst werden könnte.
»Äh … Zesiro, wir werden versuchen, Ihnen zu helfen, aber das kann leider eine Weile dauern.«
»Okay.«
»Verraten Sie mir eins: Hat Otto viele Verbindungen nach Norwegen?«, fragte Elli.
»Wie bitte?«
»Ich denke an den Erpresserbrief. Da ist die Rede von *gierigen Norwegern*. Haben Sie eine Idee, um wen es sich dabei handeln könnte?«
Am anderen Ende der Leitung blieb es einen Augenblick still. »Keine Ahnung. Otto hat nicht so viele Freunde«, sagte sie dann.
»Was ist mit Human Light – welche Verbindungen nach Norwegen haben Sie?«
»Ich dachte, die norwegische Botschaft wäre unsere Freundin, aber jetzt bin ich mir nicht mehr so sicher …«
Elli verstand sie nur allzu gut. »Einen Augenblick bitte«, sagte sie und dachte angestrengt nach. Es musste irgendeine Verbindung geben.
»Gibt es andere Norweger, die da irgendwie involviert sind? Berater, zum Beispiel?«

»Nicht über die Botschaft hinaus«, erwiderte Zesiro.

»Okay … haben Sie eine Mobilfunknummer?«, fragte Elli.

Sie notierte die Nummer, die Zesiro ihr nannte. »Bitte behalten Sie Ihr Telefon immer bei sich. Wir müssen Sie erreichen können.«

Dann wünschte sie Zesiro alles Gute und beendete das Gespräch.

Fjeld sah Elli, die mit den Schultern zuckte, fragend an. »Wir sollten wohl mit dem Außenministerium reden.«

Nach dreimaligem Klingeln ging Schonwold an den Apparat. »Ja?«

»Rathke, Polizei Oslo – wie ich höre, ist in Kampala ein weiteres Päckchen eingetroffen?«

»Davon wissen wir nichts«, erklärte Schonwold. »Woher haben Sie das?«

»Wir haben einen Tipp bekommen.«

»Und von wem, bitte?! Sie reden hier mit dem Außenministerium.«

»Die Osloer Polizei hat im Rahmen einer Ermittlung einen Tipp bekommen, und wir geben diesen an das Außenministerium weiter, weil wir wissen, dass Sie involviert sind. Mehr kann ich momentan nicht sagen.«

Am anderen Ende der Leitung wurde es still. »Ich verstehe«, sagte Schonwold schließlich.

»Gut, ich hätte allerdings eine Frage an Sie.«

»Und die wäre?«

»Wo sind die Informationen, die auf der Website des Außenministeriums über Human Light berichten? Was ist aus denen geworden?«

Darauf hatte Lisbeth Schonwold keine Antwort.

Kapitel 25

Durch den Vorhangschlitz beobachtete Linnea Brodtkorb den Wagen, den sie erwartete. Dieser kam die ruhige Seitenstraße der Bygdøy allé heraufgefahren und hielt unmittelbar vor dem Hotel.

Linnea trat zwei Schritte vom Fenster zurück, öffnete ihren BH und legte ihn zusammen mit dem Höschen auf den einen der beiden Ledersessel. Die übrige Möblierung des Hotelzimmers bestand im Großen und Ganzen aus einem geräumigen Doppelbett; nicht mehr, als momentan erforderlich war. Das winzige Boutiquehotel war eine kleine Perle, von der nicht viele Menschen wussten. Das Außenministerium benutzte für seine Gäste und Delegationen am liebsten die großen Hotels, was bedeutete, dass nur ein kleines Risiko bestand, von Kollegen entdeckt zu werden.

Schon seit einem Jahr benutzten Linnea Brodtkorb und der Mann, den sie gleich treffen würde, das kleine Hotel für ihre Schäferstündchen. Das Hotelpersonal wusste, wie man zahlungskräftige, auf Diskretion bedachte Kundschaft behandeln musste. Es war ein sicheres Liebesnest.

Ihrer Umwelt erschien Linnea Brodtkorb als graue Maus. Ihre Haut war blass wie Porzellan, und am liebsten trug sie graue, hellblaue oder zur Not auch hellbeige Kleidung. Vor den hellen Wänden und der weißen Bettwäsche wirkte ihre zarte Haut jetzt bläulich.

Sie hörte ein Klopfen an der Tür. Ohne zu zögern, öffnete sie ihrem wohlhabenden Liebhaber. Dessen Pupillen weiteten sich beim Anblick von Linnea. Er trat ein, ging mit kontrollierten Schritten ins Badezimmer und zog sich aus. Seine Haut war um einiges brauner als ihre.

»Es ist lange her«, sagte Linnea und schmiegte sich an ihn, sowie er seine Füße auf den weichen Teppich gesetzt hatte. Die tiefe Leidenschaft, die sie für ihn empfand, war fast lähmend. Für ihre Karriere im Außenministerium hatte sie auf eine Familie verzichtet. Ohnehin waren Liebesbeziehungen mit den langen Arbeitstagen und zahlreichen Auslandsaufenthalten kaum vereinbar. Doch als sie den Mann getroffen hatte, mit dem sie jetzt zusammen war, war ihr klargeworden, dass auch ein Leben außerhalb ihrer Arbeit existierte.

»Viel zu lange«, bestätigte er.

Die Gedanken an das, was sie gleich tun würden, ließ das Blut in ihren Körpern aufwallen. Das war es, was sie verband, und sie wollte alles für ihn tun.

Als sie eine Stunde später schwitzend auf dem Bett lagen, fragte er, ob sie glaube, dass es irgendwelche Spuren geben könne, die ihn mit der Geschichte in Verbindung brachten.

»Nein«, sagte sie.

»Absolut keine?«

»Absolut keine.«

Behutsam streichelte er ihre Schläfe. »Es ist gut möglich, dass ich dich noch um ein paar Gefälligkeiten bitten muss, Linnea, falls die Situation es erfordert.«

Sie drehte sich zu ihm und lächelte.

Elli musste noch einmal mit Ojore reden. Laut Hammersborg waren beide zu einem Gespräch bereit, auch kurzfristig. Ojore war der einzige der Festgenommenen, der der Polizei Informationen gab. Er lieferte die Auskünfte, die sie brauchten, und war somit ein Joker, wenn es darum ging, ein Strafverfahren gegen die Mitglieder des Drogenrings aufzubauen. Die Vernehmungen wurden mittlerweile so organisiert, dass Elli den Entführungsfall verfolgte, während sich Åbrekke und seine Kollegen um die Drogengeschichte kümmerten.

»Es fing vor zwei Jahren an«, begann Ojore. »Zeitgleich mit den Verhandlungen. Disciple hat sofort gesagt, dass wir den Vermittler kidnappen könnten, wenn es nicht so lief, wie er wollte.«

»Es gab also die ganze Zeit eine Art Plan B?«, fragte Elli.

Ojore antwortete mit einem zurückhaltenden, schiefen Lächeln. »Die GFF machen selten Pläne. Und wenn es sie gibt, dann befinden sie sich stets in Disciples Kopf.«

»Weißt du, welche Absicht hinter der Entführung steckt?«

»Es muss um Geld gehen. Die GFF sind ständig hinter Geld, Waffen und Lebensmitteln her. Krieg ist teuer«, sagte er.

Elli nickte.

»Und Waffen gibt es überall«, fügte er hinzu. »Bei den Waffenhändlern im Sudan haben wir dreißig bis vierzig Dollar für eine AK-47 bezahlt. Zwölfhundert Dollar, um eine Truppe zu bewaffnen, drei bis viertausend für eine ganze Kompanie.«

Elli wurde klar, dass Kriege in Afrika nach westlichen Standards nicht besonders teuer waren.

»Und Lebensmittel bekommen die GFF, wenn sie Dörfer überfallen oder Hilfssendungen erbeuten – oder auf der Jagd.«

»Jagd?«

»Man braucht bloß in die Nationalparks hineinzufahren. Da gibt es massenhaft Fleisch. Antilope, Nashorn, Büffel, Strauß. *Game barbecue.*«

Elli und Hammersborg erschauderten.

»Wenn die GFF an Geld herankommen, wo fließt das dann hin?«, fragte Elli.

Ojore dachte nach. »Ich glaube … dass viel Geld in Waffen und Ausrüstung investiert wird. Bessere Ausrüstung, wie zum Beispiel Zelte. Und Panzerfäuste, um die Fahrzeuge der UPDF zu durchdringen.«

»Du glaubst also, dass es nichts anderes gibt, weswegen die Guerilla jemanden erpressen könnte? Eine Geisel gegen gefangene Guerillasoldaten austauschen, zum Beispiel?«

Ojore lachte. »In diesem Krieg gibt es keine Gefangenen. Gefangene brauchen Lebensmittel.«

Elli zog eine Kopie des Erpresserbriefs hervor, den sie von der Kripo bekommen hatte. Ojore las ihn sich genau durch.

»Weißt du etwas über den Vermittler? Hast du etwas über ihn gehört? Welche Verbindungen hat er?«, fragte Elli.

Ojore saß da und überlegte lange, so dass Elli schon glaubte, dass er keine weiteren Informationen geben könnte. Es war wie das Warten aufs Christkind, Ojore hatte Otto Kamperud ja kaum gesehen, geschweige denn mit ihm gesprochen.

»*SIM-card greetings from Otto's friends in Norway*«, sagte Ojore.

Elli blickte ihn an.

Ojore wiederholte den Satz. »Einmal, nach so einer Verhandlungsrunde, da habe ich Disciple das sagen hören. Wie immer nach diesen Verhandlungsrunden haben sie dann gefeiert, und dann haben sie wieder das mit der SIM-Karte gemacht.«

Elli lächelte. »Danke, Ojore. Vielen Dank.«

»Jetzt wollen Sie doch bestimmt nach Uganda oder in den Kongo?«, fragte er plötzlich.

Daran hatte Elli überhaupt noch nicht gedacht, war aber plötzlich aufmerksam. »Woran denkst du?«

»Meine Mutter, Achen Okello, könnte ein Kontaktpunkt für euch sein, da unten in Biliefe. Das ist im Nordwesten des Landes, in Richtung Kongo.«

Elli hob die Augenbrauen. »Okay … und was sollten wir da tun?«

»Ihr wollt doch die GFF und die Geisel aufspüren?«

»Du meinst, die GFF befinden sich in der Nähe deiner Mutter?«

»Vielleicht ja, vielleicht auch nicht. Aber es ist ein Dorf, das sie schon früher überfallen haben. Wir sind nach ein oder zwei Jahren häufig an dieselben Orte zurückgekehrt. In der Zwischenzeit hatten die Bewohner neue Häuser und Lebensmittellager gebaut, es gab neue Ernten und neue Tiere, und … und einige der Kinder waren älter geworden.«

»Verstehe«, sagte Elli nachdenklich. Wie schrecklich musste es sein, in dieser Region zu leben und nicht fortgehen zu können. Umso mehr verstand sie, dass Ojore sich entschieden hatte zu fliehen. Trotz aller Grausamkeiten, die auch er begangen hatte, gab es etwas Unschuldiges, etwas Ursprüngliches an diesem Kerl.

Als Elli den Vernehmungsraum verließ, führte sie ein kurzes Telefonat mit Linnea Brodtkorb vom Außenministerium.

Kapitel 26

»Herrgott, Elli«, hatte Fjeld gesagt, als sie ihm erzählte, was sie im Sinn hatte. »Lass den Nachrichtendienst sich darum kümmern.«

»Das ist meine Ermittlung«, hatte Elli geantwortet, bevor sie sich zusammen mit Nereng in den Dienstwagen setzte und mit eingeschaltetem Blaulicht zum Lutvann hinauffuhr. Dort waren sie in einen großen, einem Amphitheater ähnelnden Raum geführt worden, dessen eine Querwand von einem riesigen LCD-Bildschirm bedeckt war. Darauf waren verschiedene Satellitenbilder und Landkarten zu sehen. Schnell stellte Elli fest, dass es sich um Uganda handelte. Mit Ausnahme einiger Leselampen war der Bildschirm die einzige Lichtquelle im Raum.

Skarpnes und Erik Magerli, ein kräftiger Mann mit grauem Bart und schwarzbraunen Augen, musterten die beiden Polizisten mit fragendem Gesichtsausdruck. Magerli war Skarpnes' engster Mitarbeiter in der Abteilung für HUMINT-Operationen.

»Ruf die Botschaft in Kampala an«, insistierte Elli.

»Ich gehe davon aus, dass du gute Gründe für deinen Vorschlag hast?«

»Die haben ein neues Päckchen erhalten.«

Skarpnes breitete die Hände aus. »Okay.«

Das Telefonat dauerte sieben Minuten. Elli hörte nur Bruchstücke davon, verstand aber, dass die Botschaft in Uganda tatsächlich ein neues Päckchen bekommen hatte.

»Noch ein Finger«, konnte Skarpnes berichten, als das Gespräch beendet war. »Und das Außenministerium ist ziemlich irritiert, weil die Polizei diese Information von einer anderen Quelle bekommen hat.«

»Ich habe nicht mehr getan, als meine Informationen zu überprüfen«, sagte Elli.

Skarpnes hob abwehrend die Hand. »Du hast den Job übernommen, den wir eigentlich hätten machen müssen – so etwas vergessen wir nicht.«

Magerli trat ein paar Schritte vor. Seine Silhouette zeichnete sich deutlich vor dem LCD-Bildschirm ab. »Wie lautet dein Vorschlag?«, fragte er, an Elli gewandt.

»Wir graben weiter und reden mit Leuten hier bei uns und in Uganda, damit wir herausfinden können, um wen es sich bei dieser Verbindung zu Otto Kamperud handelt. Irgendwo da muss die Lösung liegen.«

»Wie wäre es, Kontakt mit der Guerilla aufzunehmen?«, schlug Magerli vor.

»Wenn sich das machen lässt, können wir die natürlich einfach fragen, wen sie da eigentlich erpressen«, erwiderte Elli mit ironischem Unterton und sah gleichzeitig hinüber zu Skarpnes.

»Wohl kaum«, sagte er. »Aber im Milieu dieser Guerilla könnte es vielleicht Leute geben, die etwas wissen. Diese Truppen haben doch immer ein Kontaktnetz, das mit der Zivilgesellschaft verbunden ist, womöglich sogar mit den Behörden.«

»Als ich beim letzten Mal danach fragte, bekam ich keine Antwort«, mischte sich Nereng ein, »aber jetzt ist die Situation eine andere: Habt ihr Leute dort unten?«

»Ich habe mit unseren Freunden in England gesprochen«, sagte Magerli. »Die haben eine Liste mit vier oder fünf Namen in Uganda. Ein gewisser Rutherford ist nach unserer Einschätzung der Interessanteste. Freelancer, Ex-SAS, über zwanzig Jahre Erfahrung in Afrika, davor war er unter anderem auch im Irak-Krieg aktiv. Er hat eine ganze Reihe von Aufträgen ausgeführt, sowohl für die CIA als auch für den MI6. Er steht zur Verfügung und erwartet unsere Anordnungen.«

»Außerdem hat der FSK einen Trupp zur Ausbildung in Kenia«, fügte Skarpnes hinzu.

Magerli zuckte mit den Schultern. »Na ja, wie man's nimmt … offiziell sind die zur Ausbildung in Kenia, aber tatsächlich sind sie da zusammen mit dem SAS auf einer Aufklärungsmission in Somalia. Sie beobachten die Landoperationen der Piraten im Golf von Aden.«

»Wie sieht es denn bei deren Operationen mit dem Zeitaspekt aus?«, fragte Nereng.

»Noch zwei Wochen, vielleicht weniger«, erklärte Magerli. »Theoretisch könnten die eingesetzt werden, wenn es die Situation erfordern sollte.«

»Rutherford … ist er ein erfahrener Mann?«, fragte Elli.

»Das ist er«, bestätigte Skarpnes. »Aber ein einzelner Akteur ist in dieser Situation nicht gut genug, wir brauchen mindestens noch einen weiteren. Für Rutherford allein ist es ein zu großes Risiko.«

»Das ist *unser* Fall«, sagte Elli entschieden. »Wir haben Ojore verhaftet, wir haben auf seinen Tipp reagiert, und wir waren so geistesgegenwärtig, dass wir Kontakt mit Human Light aufgenommen und dadurch von Finger Nummer zwei erfahren haben. Human Light hat *uns* angerufen. Wir wollen hier weiterhin dabei sein.«

Magerli betrachtete Elli mit einem kleinen Lächeln, das in seinem Mundwinkel erschien. »Wir haben tatsächlich an dich gedacht.«

Elli musterte die beiden aufmerksam, aber es schien ihnen ernst zu sein.

»Ich erkläre dir mal, was wir von unseren Akteuren erwarten«, fuhr Magerli fort. »Wenngleich wir größeres Gewicht auf Militär und Polizei legen, werden unsere Leute aus allen Bereichen rekrutiert. Wir wünschen uns Akteure, die in hohem Maße selbständig operieren können, die fähig sind, Stress und plötzliche Ereignisse zu bewältigen, die ausdauernd sind und große mentale Kapazitäten aufweisen. Weitere Pluspunkte sind multikulturelles Verständnis, Mehrsprachigkeit, höhere Ausbildung und neben den üblichen beruflichen Fähigkeiten auch Nahkampftraining und der geübte Umgang mit Waffen.«

Magerli und Skarpnes musterten Elli abermals. Sie fühlte sich ein wenig wie ein Tier im Käfig. »Wir haben natürlich deinen Hintergrund überprüft, und du passt ziemlich gut, Rathke«, fügte Skarpnes hinzu.

Elli sagte erst mal nichts, ihr war aber bewusst, dass die beiden recht hatten. Und außer der Mutter hatte Elli keine verwandtschaftlichen Verpflichtungen. Auch das hatten sie natürlich überprüft.

Plötzlich dachte sie an Zesiro von Human Light, die zurückgerufen und um Hilfe gebeten hatte. Was hätte wohl Elli in einer ähnlichen Situation getan? Noch dazu angesichts korrupter lokaler Polizeibeamter, die möglicherweise mit der Guerilla sympathisierten? Und wenn dann ein Anruf von der norwegischen Polizei einging? Doch, sie konnte gut verstehen, dass ihr das wie ein rettender Strohhalm vorgekommen war.

Otto Kamperud – irgendjemand musste ihm helfen. Und zwar schnell. Die letzte Vernehmung von Ojore ließ Elli denken, dass die Dinge langsam begannen, Form anzunehmen.

Nereng durchbrach die Stille. »Wie soll denn eurer Meinung nach diese Operation durchgeführt werden?«

Skarpnes und Magerli sahen einander kurz an, dann setzte Skarpnes zu einer längeren Darlegung an. Eineinhalb Stunden später war Elli davon überzeugt, sich nützlich machen zu können. Außerdem war das eine Erfahrung, die sie nicht missen wollte. Rutherford wirkte wie ein Mann, mit dem sie gut zusammenarbeiten könnte. Nereng sollte die Koordination zwischen dem Auftrag in Uganda und den polizeilichen Ermittlungen in Norwegen übernehmen.

Elli schickte Fjeld eine SMS und informierte ihn über die aktuelle Entwicklung.

»Das klingt nach einer reichlich unausgegorenen Operation«, sagte Fjeld aufgeregt zu Skarpnes. Wie Elli vermutet hatte, war er nach dem Empfang ihrer Nachricht sogleich zum Lutvann aufgebrochen.

»Alle unsere Operationen sind erst einmal klein angelegt«, entgegnete Skarpnes tonlos. »Da ist diese keine Ausnahme.«

»Aber … also, mit allem Respekt für Elli«, fuhr Fjeld engagiert fort und sah Elli dabei anerkennend an, »sie hat doch gar keine Erfahrung mit dieser Art von Operation.«

Skarpnes trat einen Schritt vor. »Nun, was Ellis Sicherheit angeht, so kenne ich außerhalb des Nachrichtendienstes kaum jemanden mit besserem Ausgangspunkt.«

Fjeld holte tief Luft. »Okay«, sagte er resigniert und stützte sich auf einem der Tische ab. »Die Entscheidung ist getroffen. Aber wie um Himmels willen wollt ihr diese Aktion denn durchführen?«

Skarpnes richtete den Blick auf Elli. Sie verstand den Wink. Es würde glaubwürdiger erscheinen, wenn sie alles erklärte.

»Zunächst einmal«, sagte sie, »läuft uns die Zeit davon. Die Geisel hat bereits zwei Finger verloren. Bei der Guerilla handelt es sich nicht um eine Organisation mit festgelegter Verhandlungsmethodik. Lass mich es anders ausdrücken: Es kann alles Mögliche passieren. Deshalb müssen wir irgendeinen Kontakt etablieren. Rutherford und ich werden von Kampala aus in den Norden fahren und sehen, ob wir einen Kontaktpunkt finden können.

»Und dann?«, fragte Fjeld.

»Theoretisch kann das im Laufe von ein paar Tagen geschehen«, warf Skarpnes ein. »Alternativ könnten wir überlegen, Ojore einzubinden. Hat der nicht direkte Verbindungen?«

Elli sah ihn erstaunt an. »Nein«, sagte sie. »Er würde ganz real um sein Leben fürchten müssen, wenn er wieder mit der Guerilla in Kontakt kommt.«

Skarpnes beugte sich ein wenig vor. »In unserer Welt, und da befinden wir uns nun einmal, haben alle Akteure viel zu verlieren. Und zu gewinnen. Ojore ist das typische Beispiel eines Informanten … und einer Kontaktperson. Er könnte uns in Uganda von großem Nutzen sein, weil er da unten ein Netzwerk hat. Außerdem hat er viel zu gewinnen.«

»Und genauso viel hat er zu verlieren«, erwiderte Elli.

Skarpnes schwieg eine Weile.

»Ich gehe davon aus, dass er sich eine Aufenthaltsgenehmigung in Norwegen wünscht?«, fuhr er in neutralem Tonfall fort. »Das wäre doch ein gewichtiger Verhandlungsposten.«

»Er ist für so etwas nicht bereit«, sagte Elli entschieden.

»Was machen wir, wenn der Kontakt etabliert ist?«, fragte Fjeld.

»Wir bieten Geld«, sagte Skarpnes.

Fjeld runzelte die Stirn. »Macht man das für gewöhnlich?«

»Doch, ja. Immer Geld«, erwiderte Skarpnes. »Der Gegenspieler braucht eine Mohrrübe. Wobei Geld anzubieten nur eine Sache ist, die andere ist, es auch tatsächlich zu überbringen.«

Fjeld zog seine Snus-Dose hervor und öffnete sie. »Aber was macht ihr, wenn alles total schiefgeht? Wenn Elli und dieser britische Agent gefangen genommen werden?«

»Mit diesem Risiko müssen wir leben«, sagte Skarpnes und richtete seinen Blick auf Elli. »Aber das Gute an Afrika ist, dass es dort viele Länder und viele Grenzen gibt. So gesehen haben die Kolonialmächte uns einen Dienst erwiesen. Es gibt viele Evakuierungsrouten über Kenia, den Sudan, Ruanda, Tansania oder den Kongo.«

»Und wie siehst du deine Rolle in dem Ganzen, Nereng?«, fragte Fjeld, während er sich gewissenhaft eine Portion Kautabak unter die Lippe schob.

»Ich werde den norwegischen Teil der Ermittlungen verfolgen und die Koordination mit Lutvann übernehmen.«

Fjeld sah Nereng erstaunt an. »Was ist denn eigentlich der norwegische Teil der Ermittlungen?«

»Darüber gibt es eine Theorie«, sagte Elli. »Ojore hat uns hier ein wenig auf die Spur gebracht … Er hat berichtet, dass Guerillaführer Disciple bei den Verhandlungen von *›SIM-card greetings from Otto's friends in Norway‹* gesprochen hat.«

»Aber hat er da nicht von Norwegen als Land gesprochen? Die Verhandlungen werden doch von Norad finanziert – geben die ihm nicht diese SIM-Karten?«, fragte Fjeld und hob dabei die Hände. *»SIM-card greetings?«*

Elli schüttelte den Kopf. »In diesem Drohbrief ist die Rede

von *›greedy Norwegians‹*. Disciple muss den Eindruck gewonnen haben, dass Norweger im Allgemeinen, oder zumindest die, mit denen er Kontakt hatte, gierig sind und dass er aus diesem Grund jemanden erpressen kann. Jemanden, der für Ottos Freilassung bezahlt. Und diese sogenannten Freunde müssen eine Geldforderung erhalten haben, denn Disciple sagt ja, dass *jemand* bezahlen soll – *irgendwer* muss also wissen, *was* bezahlt werden soll. Kannst du mir folgen?«

Fjeld nickte.

»Wir wissen jetzt mit Sicherheit, dass weder das Außenministerium noch die Botschaft in Kampala eine Geldforderung erhalten haben«, erläuterte Elli. »Was hat also *›SIM-Karten-Grüße von Ottos Freunden in Norwegen‹* zu bedeuten?«

Fjeld, Nereng und Skarpnes blickten Elli gespannt an. »Einfach eine SIM-Karte?«, fragte Nereng.

Ein vorsichtiges Lächeln erschien auf Ellis Lippen. »Das ist ja wohl kaum etwas, weswegen da eine große Party veranstaltet wird, oder?«

Die drei Männer schüttelten den Kopf.

Elli schob eine Hand in die Jackentasche und zog einen gewöhnlichen Umschlag heraus. »Ich habe mit Brodtkorb vom Außenministerium gesprochen. Sie hat die SIM-Karten in Kampala zur Verfügung gestellt und sie dann stets in so einen Umschlag gelegt. Und diese Umschläge hatte Otto Kamperud in Verwahrung, bis er sie dann Disciple aushändigte – was aber oft erst nach ein paar Tagen geschah. Mit anderen Worten: Er hatte also alle Zeit der Welt, neben den SIM-Karten noch etwas anderes in diese Umschläge zu legen.«

Fjeld richtete den Blick auf Skarpnes und ließ ihn dann zu Elli und Nereng weiterwandern. »Du meinst also, dass er der Guerilla etwas gegeben haben kann? Vielleicht irgendwelche Informationen, von denen die Botschaft nichts wusste? Geld?«

»Das ist absolut möglich«, sagte Elli. »Die Guerilla kann über diese Umschläge an alle möglichen Informationen geraten sein. Entweder von Otto selbst, oder er hat die Informationen von jemandem weitervermittelt, mit dem er in Verbindung steht.«

»Und der Absender – oder derjenige, der bezahlt – ist Norweger?«, fragte Skarpnes.

»Ein gieriger Norweger«, sagte Elli.

Kapitel 27

In einem Anfall von morbider Ironie dachte Otto, dass es mit dem ersten Finger am schlimmsten war. Beim ersten Mal hatte er keine Ahnung, was passieren würde. Als die große Kneifzange zum zweiten Mal auftauchte, kämpfte er dagegen an, war aber auf seltsame Art und Weise darauf vorbereitet. Er wusste, worum es ging und dass Widerstand zwecklos war.

Nach ein paar Stunden waren die Schmerzen wieder auf demselben Niveau wie vor dem Abkneifen: Ein konstantes heißes Brennen zog sich von der Wunde in den Arm hinein und breitete sich in seinem erschöpften Körper aus.

Ein Mädchen war zu ihm gekommen. Sie lächelte ihn mit strahlend weißen Zähnen an, zeigte auf einen Blecheimer mit Wasser und sagte: »Please!« Otto bedankte sich und trank in großen Zügen. Das Mädchen hatte auch einen Teller mit zwei Bündeln kleiner, süßer Bananen mitgebracht.

»Thank you«, sagte Otto und sah das Mädchen fragend an. Eine große Narbe in ihrem Gesicht verriet, dass auch sie einiges erlebt hatte. Auf dem Rücken trug sie einen Säugling in einer Trageschlinge.

»Nabirye«, sagte sie.

»Kannst du die bitte schälen, Nabirye?«, fragte Otto.

Mit der gesunden Hand nahm er eine Banane entgegen. Phantastisch süß und aromatisch, dachte er. Er trank mehr Wasser, aß noch ein wenig und dachte, dass Disciples Soldaten trotz allem nette Menschen waren. Immerhin brachten sie ihm frische, exotische Früchte.

Herrje. Er musste sich zusammenreißen. Durfte Disciple

nicht an sich heranlassen, durfte sich nicht von Disciples verdrehten Ideen auf seine Seite ziehen lassen.

Otto zeigte auf Charlotte, die sich aufzusetzen versuchte.

»Sie braucht Antibiotika«, sagte er auf Englisch. »Wir brauchen sie beide.« Seine Stimme krächzte wie mitten im Stimmbruch.

Nabirye lief drei Schritte zu Charlotte hinüber, half ihr auf und gab ihr Wasser. Charlotte trank vorsichtig und schwankte vor Erschöpfung hin und her.

Ein stechender Schmerz jagte durch Ottos nicht mehr vorhandene Finger. Er hatte schon von Phantomschmerzen gehört, aber nie geglaubt, dass sie sich so konkret anfühlen würden.

»Antibiotika – kannst du welche besorgen?«

Nabirye blickte ihn lächelnd an. Otto war nicht sicher, ob sie Englisch verstand.

»Medizin«, versuchte er es mit lauter Stimme, wurde aber sogleich mit einem Hustenanfall bestraft.

Nabirye stand auf und wollte zu ihm kommen, aber Otto winkte ab. Er musste mit jemandem reden, der Englisch verstand. »Wache!«, sagte er zu Nabirye und zeigte auf eine Stelle im Lager, wo sich Disciple und seine Kommandanten für gewöhnlich aufhielten.

Nabirye half Charlotte, sich wieder hinzulegen, dann stand sie auf und bewegte sich mit leichten Schritten in Richtung Kommandozentrale, wo sie zwischen ein paar Strohhütten verschwand.

Etwas stach Otto in die Seite. Er riss die Augen auf. Er hatte geschlafen. Gefangen. Finger. Charlotte. Medizin. Langsam führte ihn sein Gehirn zurück in die Wirklichkeit.

»Was willst du?«

Simon Peter Disciple ragte über Otto auf und blickte auf seine Gefangenen herab. »Womit kann ich helfen?« Sein Tonfall war freundlich.

»Sie braucht Medizin«, sagte Otto entschieden.

»Schon wieder? Wofür?«, fragte Disciple geduldig.

Abermals ein Hustenanfall. Als der vorüber war, hörte sich Ottos Stimme rau und heiser an.

»Sie hat die Ruhr«, sagte er.

Disciple antwortete mit einem seiner typischen lauten Lachanfälle. »Arzt bist du also auch?«

Otto schüttelte den Kopf. »Nein, natürlich nicht, aber sie hat die typischen Symptome: Übelkeit, Fieber, Durchfall, blutiger Stuhl. Sie braucht ein Antibiotikum.«

»Dann weiß ich, was wir machen«, entgegnete Disciple. »Ich lasse dich frei, und dann kannst du zur Apotheke laufen und die Medizin kaufen, die sie braucht.«

Otto begriff, dass er nicht weiterkommen würde, wollte aber nicht aufgeben. »Ich hatte gehofft, du würdest es verstehen«, sagte er.

»Aber sicher, das tue ich doch«, sagte Disciple. »Selbstverständlich bekommt sie Antibiotika.«

Otto blickte ihn überrascht an. War es so einfach?

Ein breites Lächeln erschien auf Disciples Gesicht. »Diese Diskussion hatten wir doch schon. Antibiotika gibt es nur für unsere Soldaten, nicht für die Gefangenen.«

Er drehte sich zu Charlotte und schaute sie lüstern an. »Es müsste also einen Tauschhandel geben …«

Otto versuchte, ein zündendes Argument zu finden, musste aber aufgeben. »Das kannst du doch nicht machen!«

»Nicht?«, erwiderte Disciple kühl.

Otto wollte die Arme ausbreiten, wurde jedoch von den Fesseln daran gehindert. »Nein, das kannst du einfach nicht machen.«

Eine Weile sah Disciple Otto mit kaltem Blick an. »Also … Oprah ist also zu gut für einen Buschmann? Ist es das, was du sagen willst?«

»Nein«, fauchte Otto. »Ich sage, wenn du Sex gegen lebensnotwendige Antibiotika tauschen willst, dann bist du nicht mehr als der niederträchtige Mann, den der Internationale Strafgerichtshof ausgeliefert haben will.« Otto bereute sofort, was er gesagt hatte. Er meinte es zwar aus tiefstem Herzen, wusste aber, dass es die Situation nicht verbessern würde. Er hatte versäumt, einen kühlen Kopf zu bewahren. Verstoß gegen Regel Nummer eins.

Disciple lächelte. Ein bösartiges Lächeln, dachte Otto.

»Niemand will Sex mit einer kranken Frau«, sagte Disciple. »Nennt ihr so was nicht einen Teufelskreis? Um gesund zu werden, muss sie ihre Vorzüge gegen Antibiotika eintauschen, aber keiner von uns hat Interesse an ihren Vorzügen, solange sie nicht gesund ist.« In einer übertriebenen, ironischen Denkpositur hatte Disciple das Kinn in eine Hand gelegt und hielt den Kopf schräg. *»It's a classic sick pussy dilemma«*, sagte er und lachte schallend über seinen eigenen Witz.

Ottos Nackenmuskeln fühlten sich steif an. Jeder Augenblick schien von unlösbaren Dilemmata erfüllt zu sein.

»Du hast da übrigens in Norwegen wirklich schlechte Freunde, die haben immer noch keinen Kontakt aufgenommen«, sagte Disciple.

Kapitel 28

Regen und Wind prallten lautlos gegen die Fensterscheiben von Lars Kamperuds Bentley. Still und nachdenklich saßen Kamperud und sein Jugendfreund Arnfinn Jonsrud im Fond. Das exklusive Gefährt bog auf den Festningsplass ein und fuhr weiter zu einem der älteren Gebäude der Festung Akershus. Karl Skarpnes nahm die beiden Männer an der Tür in Empfang, nickte Jonsruds Leibwächter anerkennend zu und führte die Herren in ein Kaminzimmer, das mit alten Wappen, Handfeuerwaffen und Schwarzweißfotografien aus dem Widerstand gegen die deutsche Besatzung im Zweiten Weltkrieg geschmückt war.

»Nostalgische Stube für alte Mummelgreise«, erklärte Skarpnes und trat auf eine Sitzgruppe am anderen Ende des

Raums zu. Kamperud und Jonsrud setzten sich, der Leibwächter des Außenministers hatte draußen im Gang Position bezogen.

Skarpnes legte die Hand auf seine geschwollene Lippe. »Nahkampftraining«, entschuldigte er sich und präsentierte eine Flasche Single Malt mit drei Gläsern. Die Gäste stimmten zu, Skarpnes schenkte jedem zwei Fingerbreit ein. Mit einer Handbewegung eröffnete er die Unterhaltung.

»Ich weiß es sehr zu schätzen, dass mein guter Freund, der Außenminister, dieses Treffen arrangieren konnte«, sagte Kamperud und nippte an seinem Whisky. »Ich weiß sehr wohl, dass ihr dazu nicht verpflichtet seid, hoffe aber dennoch, dass wir heute Abend offen reden können.«

Die anderen nickten.

»Alles hier geschieht *off the record*«, sagte Jonsrud.

»Ich lebe mein ganzes Leben *off the record*«, sagte Skarpnes, was von den anderen mit einem kurzen Lachen quittiert wurde.

Kamperuds Gesichtsausdruck wirkte bedrückt. »Viele in diesem Land meinen, dass ich ein gieriges Schwein bin, das all seine Geschäfte nach Zypern verlagert hat«, sagte er in einem Ton, der den Ernst der Lage unterstreichen sollte. »Das ist ihr gutes Recht. Aber ich liebe meinen Sohn, und ich will ihn aus dieser Hölle herausholen.« Er spielte ein wenig mit seinem Glas, nahm schnell einen weiteren Schluck, schien sich zu sammeln und hob dann den Kopf. »Gibt es *irgendetwas*, was ihr tun könnt?«

Pause. Kamperud sah mitgenommen aus.

Jonsrud richtete den Blick auf Skarpnes. »Wie würdet ihr euch in so einem Prozess verhalten, wenn ihr ihn selbst durchführen müsstet?«

»Wir würden unsere eigenen Leute losschicken und versuchen, Kontakt aufzunehmen.«

»Okay … was macht man, wenn man einen Kontakt etabliert hat?«, fragte Kamperud.

»Verhandeln«, entgegnete Skarpnes. »Sich einen Überblick

verschaffen. Eine geglückte Verhandlung ist natürlich das Beste, aber wenn so etwas nicht weiterführt, gibt es auch noch andere Möglichkeiten.«

Nach einer kleinen Pause fragte Jonsrud: »Woran denken wir hier?«

»Wir wissen nur wenig über diese Region, aber sie ist insofern interessant, als dass wir – also Norwegen – dort mittlerweile einige Absichten verfolgen. Die Potentia Oil ist in Uganda tätig, und verschiedene Entwicklungshilfeorganisationen und deren norwegische Angestellte befinden sich da. Wie der Außenminister sicher bestätigen kann, zeichnen sich auch die Konturen eines norwegischen UN-Kontingents in der Region ab.«

Jonsrud hob die Augenbrauen. »Man müsste sich also mehr Informationen beschaffen?«

Skarpnes nickte. »Diese Situation ist als Argument so gut wie jede andere. Wir denken zunächst an ein Zweierteam.«

Kamperud sah seine Gesprächspartner verwirrt an. »Ich verstehe das nicht ganz … war nicht das eigentliche Problem, dass man keine norwegischen Mittel einsetzen könnte?«

»Offiziell … diplomatisch, nein«, sagte Jonsrud.

»Aber inoffiziell gelten ganz andere Regeln«, sagte Skarpnes. »Das Außenministerium ist sozusagen die Fassade, die zur Straße hinausgeht, während wir unten im Keller arbeiten und die Grundmauern intakt halten. Wenn die Grundmauern Risse bekommen, wissen wir alle, was mit der Fassade passiert.«

Jonsrud zeigte ein vages Lächeln, was ihn beinahe ein wenig verlegen wirken ließ. »Schon mal über eine Karriere in der Diplomatie nachgedacht, Skarpnes?«

»Ich fühle mich im Keller am wohlsten.«

Die Männer prosteten einander zu und genossen den Whisky. Eine Weile blieb es still.

»Offiziell«, sagte Skarpnes, »handelt es sich um einen Informationsbeschaffungsprozess. Sollten wir in diesem Prozess zufällig etwas über die Entführung herausfinden, werden wir natürlich einen Einsatz in die Wege leiten.« Er drehte sich zu Jonsrud. »Wir können vielleicht die Einzelheiten erörtern, wenn Herr Kamperud uns verlassen hat?«

Jonsrud nickte.

Kamperud verstand den zarten Wink und saß nach zwei Minuten wieder draußen in seinem Bentley. Nach einer Stunde hatte Skarpnes dem Außenminister die Hauptpunkte seines Plans erläutert.

Lars Kamperud wurde zu seinem Stammplatz im Theatercafé geführt. Die Sitznische ganz hinten im Lokal war nicht einsehbar und lag außer Hörweite für andere, die mit dem üblichen Mischmasch aus Tratschgeschichten, Insiderhandel und heimlichen Stelldicheins beschäftigt waren. Er bestellte einen Lagavulin. Er brauchte jetzt etwas Starkes. Zwar gab es Hoffnung für seinen Sohn, aber auch ein großes Risiko für ein Misslingen der Operation. Lars Kamperud blieb allein sitzen und trank weiter, bis das traditionsreiche Etablissement für den Abend seine Pforten schloss.

Kapitel 29

Der Nachrichtenservice, den Kristoffersen abonniert hatte, berichtete, dass mehrere Bohrunternehmen am Lake Albert von Guerillatruppen angegriffen worden waren. Bei diesen Angriffen waren den Gesellschaften Lebensmittel, Geld und Ausrüstungsgegenstände geraubt worden. In den meisten Fällen hatte die GFF-Guerilla auch Vorrichtungen für die Probebohrungen beschädigt. In der Regel verzögerten sich die Arbeiten nach solch einem Angriff um drei bis vier Wochen.

Kristoffersen setzte sein Vertrauen in Croukamp und dessen Team. Es waren fähige Leute.

Das Display von Kristoffersens Handy zeigte »unterdrückte Nummer«. Es trieb ihn fast in den Wahnsinn, nicht zu wissen, wer ihn anrief. Es konnte Croukamp sein, oder Dan Moen, oder vielleicht der irre Guerillaführer. Mit anderen Worten, es gab also eine große Wahrscheinlichkeit für schlechte Nachrichten und weiteren Ärger. Kristoffersen wollte den Anruf am liebsten nicht entgegennehmen, aber sich selbst zu verleugnen, wäre nutzlos. Dann hätte er verloren.

»Kristoffersen«, sagte er in bemüht entschiedenem Ton, merkte aber, dass seine Stimme versagte.

»Du lässt auf dich warten«, sagte Dan Moen.

Kristoffersen sprang auf und schloss die Tür zu seinem Büro. Dan Moen war der Jugendfreund, der ihm das Geld geliehen hatte. Die Recherche bei zwei verschiedenen Auskunfteien hatte ergeben, dass Dan Moen über kein Einkommen verfügte und auch keinerlei Vermögen besaß. Dennoch war er stinkreich und demonstrierte das mit Dolce & Gabbana-Jeans, Rolex-Uhr und einem Mercedes CLS. Auf dem Beifahrersitz von Moens Wagen saß stets sein Begleiter, ein brauner kurzhaariger, großer Hund mit Namen Sconi. Benannt nach Silvio Berlusconi, den Dan Moen bewunderte.

»Ich bin bloß zwei Tage im Verzug«, sagte Kristoffersen und bemühte sich, heiter und unbeschwert zu klingen. »Nichts Dramatisches. Du weißt schon, mir bläst gerade ein kalter Wind um die Ohren.«

Aus Erfahrung wusste er, dass die Dauer der Pause, die nun folgte, ein sicheres Anzeichen für die Größe seines Problems war.

Sie dauerte acht schmerzliche Sekunden.

»Zwei Tage sind kein Problem.«

»Sehr gut!«, rief Kristoffersen.

»Erleichtert, ja?«

Mist.

»Hehe … also, nein, ich weiß ja, dass man mit dir reden kann, Dan, und dass wir beide Verständnis für unsere … äh … Positionen haben.«

»Nicht wahr?«

»Ja, genau.«

Eine neue Pause entstand, die aber glücklicherweise nur fünf Sekunden dauerte.

»Doppelter Zinssatz für die Fristüberschreitung«, sagte Dan nüchtern.

Kristoffersen versuchte den Betrag im Kopf auszurechnen, konnte sich aber nicht konzentrieren.

»Selbstverständlich«, erwiderte er resigniert.

Nachdem das Gespräch beendet war, stürzte Kristoffersen sich auf den Taschenrechner. Der Zins für Dan Moen betrug derzeit 10 958 Kronen pro Tag. Und falls er nicht bezahlte, würde es nur schlimmer werden.

»Verflucht!«, brüllte er.

»Nils Oscar?«, hörte er plötzlich Silje, die Verwaltungssekretärin der Abteilung, aus der Bürolandschft draußen rufen.

»Tut mir leid, ich bin bloß etwas frustriert wegen ein paar unfähiger Kunden«, entschuldigte er sich.

Kristoffersen blieb auf seinem Bürostuhl sitzen. Er schaffte es nicht aufzustehen. Nach der Unterhaltung mit Dan Moen zitterte er immer noch am ganzen Körper. Die Zinsen betrugen mittlerweile vierzig Prozent des gesamten Kreditbetrags, so lange, bis er sich wieder im Einklang mit dem vereinbarten Rückzahlungsplan befand. Er musste die Kontrolle zurückgewinnen und brauchte Hilfe. Und die lieber von Bahrmann als von Lars Kamperud, der ihn mit Sicherheit lebendig häuten würde, weil er sich nicht sofort mit ihm in Verbindung gesetzt hatte.

»Nils Oscar«, erklang eine sanfte Frauenstimme hinter ihm.

Er zuckte zusammen, drehte sich um und erblickte seine Kollegin Silje.

Sie lächelte ihn freundlich an. »Alles in Ordnung? Du siehst erschöpft aus.«

Kristoffersen schüttelte demonstrativ den Kopf. »Aber nein … also, doch ja! Alles in Ordnung.«

»Die letzten Berichte aus Uganda sind jetzt im Intranet verfügbar«, sagte sie. »Ich hab dich im Chat angeschrieben und dir eine E-Mail geschickt, aber da du nicht geantwortet hast, wollte ich jetzt sichergehen, dass du es mitbekommen hast.«

»Dann sehe ich mir die Nachrichten gleich mal an.«

»Okay«, sagte Silje lächelnd, drehte sich um, durchquerte die Bürolandschaft und kehrte an ihren Platz zurück. Kristoffersen musterte sie dabei eingehend, schaffte es aber nicht, einen sexuellen Gedanken für sie aufzubringen.

Bohrberichte. Schulden. Private Schulden. Gangstergeld. Kidnapper. Eine Geisel mit abgeschnittenen Fingern.

Kristoffersen kam sich vor wie ein Zombie. Vielleicht wäre es einfacher gewesen, eine Bank auszurauben?

Kapitel 30

Elli wollte Lars Kamperud, den Vater der Geisel, etwas besser kennenlernen. Wer war dieser Mann, mit all seinem Geld und seinen Schiffen? Konnte irgendetwas an Lars Kamperuds Verhalten oder seinen geschäftlichen Dispositionen nützliche Hinweise geben?

»Nicht gerade 'n Asylantenheim«, sagte Nereng, als sich das massive Gittertor vor dem Haus in Vinderen automatisch öffnete.

»Kamperud Shipping Konferenzzentrum«, sagte Elli.

Nereng lenkte den zivilen Volvo über die Allee und hinauf zu einer großen Jugendstilvilla. »Sieht eher nach einem Privathaus aus, wenn du mich fragst«, sagte er.

»Tja, sieh mal einer an«, sagte Elli leicht säuerlich. »Aber das kann es nicht sein, denn wenn man dauerhaft in Zypern lebt, darf man in Norwegen bloß eine Ferienhütte besitzen. Und deshalb ist das eben ein Konferenzzentrum.«

Nereng stieg aus dem Wagen, lehnte sich ein wenig zurück

und betrachtete das prächtige Haus. *»A man with a briefcase can steal more money than any man with a gun«*, sang er leise vor sich hin.

»Beach Boys?«, neckte Elli ihn.

Nereng grinste. »Selber Staat. Don Henley.«

In der großen Empfangshalle, wo eine breite, repräsentative Treppe nach oben führte, wurden die beiden Polizeibeamten von Lars Kamperud empfangen, der sich zu diesem Anlass einen blauen Adidas-Trainingsanzug übergezogen hatte. Kamperud führte sie nach links in einen großen Raum mit vier kleineren Sitzgruppen um quadratische Glastische, auf denen hübsche Bildbände über Schiffe, das Meer, Wale, Segelboote, Knoten und andere maritime Themen verstreut lagen. Kamperud deutete auf die größte Sitzgruppe. »Nehmen Sie doch Platz!«

Elli und Nereng ließen sich in großen, sofaähnlichen Sesseln nieder und nahmen das Kaffeeangebot dankend an.

»Palstek«, sagte Nereng und zeigte auf das Umschlagbild eines der Bände auf dem Tisch.

»Na so was«, sagte Kamperud anerkennend. »Segeln Sie?«

Nereng schüttelte vorsichtig den Kopf. »Pfadfinder«, entgegnete er.

»Eine äußerst nützliche Organisation«, kommentierte Kamperud. »Sie müssen übrigens meinen Aufzug entschuldigen, aber in einer Stunde habe ich Physiotherapie.«

Elli fühlte sich ein wenig an einen russischen Gangster erinnert.

Kamperud platzierte die Kaffeetassen auf dem Tisch. »Wie kann ich Ihnen helfen?«

»Bevor ich nach Uganda fahre, möchten wir so viele Informationen wie möglich einholen«, sagte Elli.

»Natürlich.«

»Welche Verbindungen haben Sie oder Ihre Gesellschaften zu Uganda?« Kamperud nickte. »Eine logische Frage. Wir haben uns gerade eben über die Sache unterhalten.«

Am anderen Ende des Zimmers tauchten plötzlich zwei

Männer in Anzug auf. Kamperud stellte sie als seine juristischen Berater vor: Herrem und Seierstam.

»Die Polizei möchte wissen, ob wir geschäftliche Verbindungen nach Uganda haben«, sagte Kamperud zu seinem Anwaltsduo.

»Keine«, erklärte Herrem.

»Uganda hat keine Küste«, sagte Kamperud.

»Aber Sie arbeiten doch nicht ausschließlich mit Schiffen? Was ist mit Erdöl?«, fragte Nereng.

»Doch, schon, aber nicht in Uganda.« Kamperud breitete die Hände aus. »Glauben Sie mir, wir haben all unsere geschäftlichen Aktivitäten überprüft, sowohl direkte als indirekte, und keine unserer Gesellschaften oder Tochtergesellschaften operiert in Uganda oder hat geschäftlichen Verkehr mit dortigen Gesellschaften oder Behörden.«

»Und Sie haben einen vollständigen Überblick?«, fragte Elli.

Ein kleines Zucken bei Herrem verriet, dass er den Kommentar unpassend fand, doch ungeachtet dessen setzte er an, die Untersuchungen zu erläutern, die er und sein Kollege durchgeführt hatten. »Kamperud Shipping verfügt zwar über eine Konzernstruktur«, erklärte er, »aber unsere Geschäftsfelder sind recht übersichtlich. Abgesehen davon, dass wir Schiffe besitzen und Reedereien betreiben, sind wir auf der vertikalen Ebene zudem mit Logistik, Instandhaltung, Besatzungen, Treibstoff sowie anderen Versorgungsmitteln beschäftigt. Nichts davon ist im Zusammenhang mit Uganda relevant.«

Elli und Nereng nahmen die Ausführungen zur Kenntnis. Die Befragung wurde noch eine halbe Stunde fortgesetzt, aber nichts ergab neue Spuren, auf denen irgendeine Theorie hätte aufbauen können.

»Und Sie schließen völlig aus, dass es sich bei Ottos Entführung um irgendeine Racheaktion handeln konnte?«, fragte Elli.

»Ja«, gab Herrem zurück.

»Völlig unmöglich«, sagte Kamperud.

Seierstam schüttelte bloß den Kopf.

»Wollen Sie wissen, was ich glaube?«, fragte Kamperud.

»Ja«, erwiderte Elli.

»Schauen Sie sich mal den Golf von Aden an. Weshalb werden dort Schiffe von Terroristen entführt? Weil die Schiffe und die Ladung einen hohen Wert für die Besitzer haben, während die Mannschaften wertvoll für die Nationen sind, in denen sie leben. Da hat sich eine ganze Entführungsindustrie entwickelt. Diejenigen, die so etwas machen, leben nicht schlecht von den Blutgeldern, die sie bekommen, wenn sie Schiffe wieder freigeben. Da ist es ja nicht verwunderlich, dass das einen großen Reiz auf andere in den umliegenden Regionen ausübt. Meine Theorie lautet, dass die GFF herausgefunden haben, wer Ottos Vater ist, und sich dann gedacht haben: Hier gibt es etwas zu holen.«

»Aber Sie haben bis jetzt nichts gehört?«, wollte Nereng wissen.

Kamperud, Herrem und Seierstam schüttelten den Kopf. »Nicht einen Ton«, sagte Herrem.

Nach einer Weile beugte sich Kamperud über den Tisch zu Elli.

»Frau Rathke, ich habe volles Verständnis dafür, dass Sie mir diese Fragen stellen müssen. Aber Sie müssen mir auch vertrauen. Wir geben Ihnen alle Informationen, die wir haben. Wir sind völlig offen. Ich wünsche mir bloß, meinen Sohn da herauszubekommen. Ich bin bereit, jeden Preis dafür zu bezahlen.«

Elli konnte die Verzweiflung in seinen Augen deutlich erkennen.

»Was hältst du eigentlich von Kamperud senior?«, fragte Nereng, als sie den Wagen in der Tiefgarage unter dem Präsidium in Grønland abstellten.

»Ein hartgesottener Geschäftsmann, der aber trotz allem seinen Sohn liebt«, erwiderte Elli.

Sie liefen ein paar Schritte, dann blieb Elli stehen.

»Du, hör mal …«, begann sie, »aber Zenith … er kann nirgendwohin, wenn ich nach Uganda fahren sollte. Johanne ist irgendwo auf den griechischen Inseln unterwegs und kommt erst in vierzehn Tagen zurück, soviel ich weiß. Und Mama kann ihn nicht zu sich nehmen. Er ist viel zu groß für sie.«

Johanne, die inzwischen neunzehn war, wohnte zusammen mit ihren Eltern im selben Haus wie Elli und passte auf Zenith auf, wenn Elli zu viel arbeiten musste und der Hund nicht genügend Bewegung bekam.

Nereng seufzte hörbar. »Nein … also dann fahre ich wohl besser.«

Elli sah ihn erstaunt an, aber Nereng schaffte es nicht, sich zusammenzureißen, und brach in Lachen aus.

»Verdammt. Ich hab nun mal einfach kein Pokerface«, sagte er.

»Nein, wirklich nicht. Aber kann ich das jetzt als ein Ja auffassen?«

»Aber natürlich. Ich nehme den Hund. Ist doch die beste Ausrede für lange, ausgedehnte Lauftouren.«

Elli lächelte. »Vielen Dank, Jan.«

Nachdem beide ihre Fahrräder losgemacht hatten, fragte Nereng, wie es Johanne eigentlich ging.

Im Jahr zuvor war Johanne unfreiwillig in einen Fall hineingezogen worden, an dem Elli und Nereng gearbeitet hatten. Der Serienmörder, dem sie auf der Spur gewesen waren, hatte sich als ihr vorgesetzter Kollege entpuppt. Johanne hatte knapp überlebt, aber sogar nach einem Jahr war der Expressionisten-Fall in der Abteilung noch immer ein Thema. Ellis Kollege, mit dem sie eng zusammengearbeitet hatte, war von dem Serienmörder getötet worden. Elli hatte den Kollegen bisher nie viel über Johanne erzählt, denn noch immer hatte sie ein schlechtes Gewissen, weil Johanne in dem Fall zum Opfer geworden war.

»Es geht ihr gut«, sagte Elli nachdenklich. »Sie hat keine körperlichen Schäden davongetragen, aber soweit ich weiß, geht sie alle zwei Wochen zu einem Psychologen. Die Griechenlandtour mit den drei Freundinnen ist ein gutes Zeichen.«

»Und hängt sie noch immer so an Zenith?«

»Ja, mehr denn je«, sagte Elli. »Die beiden haben denselben Mörder überlebt. Keine leichte Kost für einen Teenager«, sagte sie und ließ gleichzeitig erkennen, dass sie das Thema nicht vertiefen wollte.

Es war halb acht, als die beiden an diesem Abend in Ellis Wohnung im Badebakken in Bjølsen ankamen. Zenith begrüßte sein Frauchen überschwänglich. Besuch war natürlich eine willkommene Abwechslung, was das goldbraune Muskelpaket dadurch unterstrich, dass es seine riesigen Pfoten auf Nerengs Brustkorb pflanzte und darauf wartete, gestreichelt und getätschelt zu werden.

»Aber wie soll ich bloß Platz für dich schaffen?«, fragte Nereng vergnügt und kraulte den afrikanischen Jäger hinter den Ohren. Zenith antwortete mit einem tiefen Brummen.

Elli betrachtete die beiden. »Kannst du vielleicht einen kleinen Spaziergang mit ihm machen?«

Kapitel 31

Elli hatte drei Stunden Zeit, um das Allernötigste einzupacken. Die Gepäckstücke sollten schwarz sein und hauptsächlich solche Kleidung enthalten, die denen der Entwicklungshelfer ähnelte. Eine Freundin hatte ihr die Outdoor-Boutique *Nomaden* hinter dem Schloss empfohlen.

In Konfliktgebieten gab es einen inoffiziellen Kleidungsfarbcode: Khaki für Entwicklungshelfer, Blau für Pressevertreter. Militärs in Zivil sowie Angestellte von Sicherheitsgesellschaften schienen standardmäßig Cargopants mit Polohemd oder T-Shirt zu tragen. So etwas musste Elli vermeiden.

Sie betrachtete die Kleidung und Ausrüstung, die sie erstanden hatte. Drei Hosen, zwei blaue und eine khakifarbene, drei kurzärmelige, dezent gemusterte Hemden, je zwei T-Shirts in

Khaki und Blau, Unterwäsche, eine große schwarze Tasche und einen mittelgroßen schwarzen Rucksack, ein Leatherman-Messer, ein Erste-Hilfe-Set, ein Moskitonetz, Anti-Mücken-Öl, Malariatabletten, einen Reiseschlafsack, eine superleichte Schlafunterlage und eine einrollbare Kulturtasche. Und Sonnencreme. Immerhin hatte Elli so viel norwegische Pigmente in ihrer Haut, dass sie tatsächlich einen Sonnenbrand bekommen konnte.

Neuntausend Kronen hatte sie in dem Laden ausgegeben und darauf geachtet, für alles eine Quittung zu erhalten.

Laut Absprache sollte sie um 22.00 Uhr in Lutvann erscheinen. Sie sah auf die Uhr. Es war 21.20 Uhr.

Zenith war schon bei Nereng untergebracht. Der Hund hatte ein wenig unzufrieden gegrunzt, doch Nereng war ein vorausschauender Hundesitter und hatte mit dem Fahrrad bereitgestanden. Elli hatte ihnen hinterhergewinkt, als sie von Nerengs Wohnung in Tøyen zum Park hinaufgegangen waren.

Sie rief ein Taxi, das kurz darauf vor der Tür anhielt. Auf dem Weg nach Lutvann grübelte sie darüber nach, worauf sie sich da eigentlich eingelassen hatte.

Elli wurde von Skarpnes in Empfang genommen und in den großen, amphitheaterähnlichen Raum geführt. Der riesige Bildschirm zeigte Überwachungsbilder von Satelliten sowie Nachrichtensendungen von BBC und CNN, während die kleineren Bildschirme die übrige Kommunikation abbildeten. Elli dachte kurz darüber nach, dass jedweder E-Mail- und Mobilfunkverkehr heutzutage irgendwo gespeichert wurde und es eines riesigen Datenspeichers bedurfte, alles zu überwachen.

»Das hier ist dein wichtigstes Werkzeug«, sagte Skarpnes und unterbrach ihren Gedankengang. Er legte ein kleines unförmiges Mobiltelefon mit integrierter Tastatur und Bildschirm vor Elli auf den Tisch. »Das ist ein *Satellite CryptoKid*, ein Smartphone, das sowohl über GSM als auch Satellit funktioniert. Es ist stark verschlüsselt. Aber unsere Verschlüsselungstechnik ist mindestens genauso gut wie die der Amerikaner oder Briten.«

Skarpnes wandte sein versteinert wirkendes Gesicht Elli zu, die es für das Beste hielt, vielsagend zu nicken.

»Abgesehen von den üblichen Funktionen eines iPhones, HTCs oder Ähnlichem«, fuhr Skarpnes fort, »hat dieses ein Karten- und GSM-System mit einer Genauigkeit von einem Meter. Du kannst eine Hybridkarte mit einem Satellitenfeed in Echtzeit aufrufen oder eine reine Satellitenkarte. Sofern es eine Satellitenverbindung gibt, kannst du aus der Vogelperspektive jeden gewünschten Ort ansteuern, und das, wie gesagt, mit einer Genauigkeit von einem Meter.«

Elli sah Skarpnes erstaunt an. »Ich wusste gar nicht, dass wir in Norwegen über derartige Kapazitäten verfügen.«

»Tun wir auch nicht. Aber die USA. Wir haben unsere Lauschorgane auf den Norden ausgerichtet, und sie helfen uns dafür an anderen Stellen.«

»Genau«, sagte Elli nachdenklich. »Kann es noch mehr?«

»Aber sicher. Zehn-Megapixel-Kamera mit exquisiter Zoomfunktion, und natürlich Möglichkeit für Livefeed von Bildern und Videos.«

»Hat es eine so große Bandbreite?«

»Noch mehr norwegische Technologie. Ein Unternehmen auf Fornebu hat einen Algorithmus entwickelt, eine neue Art der Datenkomprimierung, sowie ein Sende- und Empfangsprotokoll für Ton, Bild und Video. Mit dieser Technologie können wir aus jeder noch so dünn besiedelten Gegend Daten in guter Qualität übertragen.«

»Und dann kann man vielleicht auch hineinsprechen und E-Mails damit versenden?«, fragte Elli ironisch.

»Natürlich«, entgegnete Skarpnes. »Wobei wir eigentlich keine E-Mails über dieses System versenden, sondern unsere eigenen Nachrichtenformate verwenden.«

Elli besah sich das Gerät, nahm es in die Hand und merkte gleich, dass es etwas schwerer war als ein gewöhnliches Mobiltelefon. Außerdem schien es aus einem gegossenen, harten Material zu bestehen.

»Polymerverbindung?«

»Richtig!«, erwiderte Skarpnes enthusiastisch.

»Batteriekapazität?«

»Gute Frage. Bei ständigem Gebrauch zehn Tage, zwanzig, wenn Sie ökonomisch sind. Livefeeds von Bildern und Videos fressen natürlich den meisten Strom.«

»Und das ist also meine Verbindung nach Hause?«

Skarpnes legte ihr eine Hand auf die Schulter. »So ist es.«

Elli musterte das CryptoKid eingehend, dann aber fiel ihr ein, dass sie auf der Reise noch genügend Zeit finden würde, sich mit den Funktionen des Telefons vertraut zu machen.

»Muss ich irgendwas beachten, wenn ich ein normales Handy anrufen will?«

»Nein, du telefonierst damit wie mit jedem anderen gewöhnlichen Gerät«, sagte Skarpnes.

Elli nahm die Informationen, so gut es ging, in sich auf. In ihrem Inneren meldete sich ein schwaches Gefühl, dass das alles vielleicht etwas mehr bedeutete, als das, wozu sie eigentlich bereit war, doch sie schob es beiseite. Zweifel würden nur noch mehr Unsicherheit hervorrufen. Zum Umkehren war es jetzt zu spät.

»In Kampala triffst du mit Brian Rutherford zusammen. Er war früher beim MI6 und arbeitet jetzt sowohl für den MI6 als auch für die CIA als Freelancer. Von Kampala aus berichtet er über ganz Zentralafrika. Du arbeitest mit ihm zusammen.«

»Und in Kampala nehme ich dann Kontakt zur Botschaft auf?«

»Nicht physisch, aber schick über das CryptoKid eine Nachricht an Brodtkorb.«

»Wie sieht's mit Waffen aus?«, fragte Elli. »Hat Rutherford alles Erforderliche?«

»Richtig. Wir können davon ausgehen, dass sein Lager gut ausgestattet ist.«

Elli versuchte, noch weitere Fragen hervorzubringen, hatte aber nur noch eine.

»Was passiert, wenn die Geiseln nicht in Uganda sind, sondern im Kongo?«

»In erster Linie sollst du Kontakt zu den Kidnappern aufnehmen. Und dann werden alle – das heißt du, Fjeld, das Krisenteam und ich – weiter darüber beraten, was du tun wirst, nachdem der Kontakt hergestellt worden ist. Es ist unwahrscheinlich, dass du und Rutherford die Geiseln allein befreien könnt. Aber es gibt immer Möglichkeiten. Das müssen wir dann sehen, wenn es so weit ist und wir wissen, womit wir es zu tun haben.«

Elli nickte. Die ganze Situation sowie die Handhabung derselben erschienen äußerst kompliziert.

»Das Ganze ist ziemlich unübersichtlich«, sagte sie.

»Das ist es immer.«

»Wie ein Nebel ... oder verschiedene Nebel, die ineinanderfließen.«

»Willkommen in der Welt der Nachrichtendienste.«

»Und was jetzt?«, fragte sie.

»Auf nach Gardermoen«, sagte Skarpnes.

Kapitel 32

Der dunkelblaue Geländewagen fuhr in gleichmäßig schnellem Tempo über die E6. Die Fahrt von Lutvann nach Gardermoen dauerte fünfzehn Minuten. Skarpnes bog in den militärischen Teil des Flughafens ein. Das Tor öffnete sich automatisch. Sie konnten gleich bis an die Startbahn heranfahren, wo ein Falcon Jet mit laufenden Motoren bereitstand.

Elli stieg zusammen mit Skarpnes aus dem Wagen und war froh, Nereng und Fjeld dort draußen im kühlen Herbstwetter stehen zu sehen. Ihre Gesichter reflektierten das schnell wechselnde Licht der Signalleuchten am Flugzeug, das Brummen der Motoren vervollständigte die seltsame Stimmung.

Elli trat zu den beiden Kollegen.

»Ich bin rund um die Uhr erreichbar«, sagte Nereng sofort. »Wann auch immer.«

Elli nickte. »Schön. Ich übrigens auch.«

»Verstanden«, erwiderte Nereng, der anscheinend in eine Art Militärmodus übergegangen war.

Fjeld trat einen Schritt vor und stellte sich direkt vor Elli. Seine Gestalt schirmte den Herbstwind ein wenig ab.

»Elli«, sagte er entschieden. »Viel Glück! Ich gehe davon aus, dass du mich regelmäßig über die Geschehnisse auf dem Laufenden hältst.«

Elli bedankte sich. »Da könnte aber durchaus immer ein wenig Zeit vergehen, ehe es etwas zu berichten gibt«, warnte sie ihn.

Er lächelte. »Das verstehe ich. Aber ich möchte jedenfalls das hören, was du zu berichten hast.«

»Ich werde mein Bestes tun«, sagte sie.

»Und du kommst mir in einem Stück zurück. Ich will nicht einen blauen Fleck an dir sehen«, sagte Fjeld und bemühte sich, ernst zu bleiben.

Elli nickte, verabschiedete sich von Fjeld und blieb mit Nereng zurück. Er atmete tief durch und blies die Luft durch die Nase aus.

»Geht's dir gut?«, fragte er besorgt.

»So gut, wie's eben gehen kann«, erwiderte sie nüchtern. »Aber danke, dass du fragst.« Sie trat etwas dichter an Nereng heran. »Und was meinst du? Wo fängst du jetzt an?«

Nereng hielt ihrem Blick für ein paar Sekunden stand. »Die Geldforderung«, sagte er entschieden. »Wieso haben wir bis jetzt nichts davon gehört? Wieso agieren die GFF so, als stünde bereits fest, wer hier lügt oder irgendwelche Informationen zurückhält?«

»Ja, und wenn man dann weiterdenkt – welche norwegischen Interessen existieren in Uganda? Gar nicht mal so unwahrscheinlich, dass es da irgendwas gibt, was wir bisher nicht entdeckt haben. Wir sollten da in alle Richtungen nachforschen.«

»Genau.«

Auf dem zivilen Teil des Flughafens startete eine Maschine und verursachte einen infernalischen Lärm.

»Es könnte sogar etwas sein, worüber sich nicht mal die GFF so ganz im Klaren sind«, sagte Elli, als der Lärm vorüber war.

Nereng nickte. »Ich werde noch mal mit Ojore darüber sprechen.«

Einen Augenblick sahen sich die beiden schweigend an, dann verabschiedeten sie sich voneinander, und Elli bestieg das Flugzeug.

Durch das kleine Fenster des exklusiven kleinen Jets sah Elli die Gruppe aus ihrem Blickfeld verschwinden. Die Herbstnacht war klar, die Landschaft nordöstlich vom Mjøsasee erschien als graublaue Masse und verschmolz mit dem Himmel.

In Ellis Kopf wirbelten die Gedanken an die bevorstehenden Herausforderungen wild durcheinander; sie arbeitete befristet in einem Land, das sie nicht kannte, mit einem Mann, dem sie nie zuvor begegnet war, und gegen einen Feind, den sie nicht verstand.

Skarpnes hämmerte auf seinen Mini-PC ein. Elli vermutete, dass er eine Liste der Punkte erstellte, die sie gemeinsam durchgehen mussten. Eine Weile dachte sie an all die losen Enden und ungelösten Fragen, begriff aber, dass der Auftrag umso unlösbarer erscheinen würde, je mehr sie darüber nachdachte.

Du brauchst die *richtige Konzentration*, hätte Buddha vermutlich gesagt. Die Fähigkeit, sich auf eine einzelne Sache zu konzentrieren, eine einzelne Problemstellung, und das über längere Zeit.

Ellis Leben bestand eigentlich aus nichts anderem.

Unverhofft fiel sie in einen tiefen Schlaf.

Elli erwachte davon, dass Skarpnes sie leicht rüttelte.

»Rathke.« Seine Stimme klang leise, aber wach.

Elli blinzelte ein paar Mal. Sie fühlte sich wie benebelt. Es dauerte ein paar Sekunden, ehe die Realität sie einholte.

»Guten Morgen«, sagte sie, noch immer nicht ganz wach.

»Es ist noch immer Nacht«, informierte Skarpnes sie. »Aber wir müssen noch einige Dinge besprechen.«

Elli sah auf die Uhr, es war halb fünf Uhr morgens. Sie hatte ungefähr drei Stunden geschlafen.

»Okay«, sagte sie. »Dann schieß los.«

»In Nairobi wirst du ein anderes Flugzeug besteigen. Das wird dich nach Uganda bringen. Es ist ein Charterflug der UN. Da können auch Leute von NGOs mitfliegen. Ich weiß allerdings nicht, ob noch andere Passagiere an Bord sein werden.«

Elli nickte.

»Was ist mit Rutherford?«

»Er wird sich melden, wenn du im Hotel bist. Prinzipiell ist er dein Untergebener, aber Leute wie wir arbeiten für gewöhnlich nicht in strengen Hierarchien. Draußen im Feld unterstützt man einander.«

»Damit hab ich kein Problem.«

»Wir haben einen Mann in der Botschaft in Kampala untergebracht«, fuhr Skarpnes fort. »Er heißt Jonas Mikkelsen und ist eigentlich Attaché an der Botschaft in Nairobi. Er hat dieselbe Kommunikationsausrüstung wie du.«

»Wo befindet sich das Trainingslager vom norwegischen Spezialkommando?«

»Offiziell in Dadaab, im Norden Kenias, an der Grenze zu Äthiopien.«

»Und inoffiziell …«

»… sind sie in Somalia, zusammen mit dem britischen SAS.«

Elli widerstand der Versuchung zu fragen, ob das politisch gewünscht war. Stattdessen fragte sie: »Demnach dürfte von denen keine Hilfe zu erwarten sein, wenn das erforderlich sein sollte?«

»Nicht völlig unmöglich, wie es scheint. Die sollen in ein bis zwei Wochen wieder von dort abgezogen werden.«

»Gibt es andere Befreiungsteams, die in Frage kämen?«

»Na ja. Man kann immer ein paar Freelancer anheuern, aber das ist unberechenbar, weil man die nehmen muss, die vor Ort zur Verfügung stehen. Abgesehen davon weiß ich, dass die

Franzosen und Belgier ein paar Leute in Darfur haben, aber es ist zu bezweifeln, ob wir die irgendwie miteinbeziehen können. Es ist ein zu hohes politisches Risiko. Unsere Leute sind geografisch näher dran, und in zehn bis zwölf Tagen wollen die laut Plan nach Nairobi weiter. In dieser Zeit kann in Uganda eine Menge geschehen.«

Elli nahm die Informationen zur Kenntnis. Noch immer schien es ihr, als vermische sich eine Nebelwand mit der nächsten. Sie musste ihre Gedanken unbedingt besser strukturieren.

»Es gibt also zwei Phasen: Kontakt herstellen und, wenn möglich, die Geiseln lokalisieren und danach die Erörterung der weiteren Vorgehensweise, basierend auf der Kommunikation mit den GFF. Die aktuelle Lage vor Ort und die Verfügbarkeit von Mannschaften zu diesem Zeitpunkt bestimmen weitere konkrete Aktionen.«

»Guter Plan. Aber vergiss nicht, dass ihr nur zu zweit seid und du deine eigenen Einschätzungen vornehmen musst.«

Im Laufe der folgenden zwei Stunden wurden Details, Standardverfahren und Landkarten eingehender besprochen. Außerdem wurden ein paar Tests mit dem CryptoKid durchgeführt. Langsam bekam Elli ein Gefühl für den Auftrag und annähernd einen Überblick. Gleichzeitig wusste sie, dass ein Großteil der geschmiedeten Pläne auch wieder geändert werden konnte. Die ganze Situation ließ sich schlichtweg nicht völlig kontrollieren.

Der Flugzeugwechsel in Nairobi war schnell vonstattengegangen. Elli hatte den Falcon Jet verlassen und war direkt zu dem kleinen Propellerflugzeug hinübergegangen, das mit blauen UN-Symbolen bemalt war. Sie war die einzige Passagierin im Flugzeug, das über zehn Sitze verfügte. Ihr Gepäck war unter einem Cargo-Netz im Heck des Flugzeugs festgezurrt worden. Der Flugkapitän, ein UN-Vertragspilot aus Neuseeland, schätzte die Flugzeit auf etwa vier Stunden.

Elli betrachtete die karge Landschaft, über die sie hinwegflogen. Als sie gestartet waren, hatte sie den Slum erkennen können, der sich wie ein Meer aus Wellblechhütten und engen Gassen und Winkeln am Rande Nairobis kilometerweit erstreckte. Von abertausenden Feuerstellen stieg Rauch in dünnen grauen Säulen in die Luft empor. Anscheinend ist gerade Frühstückszeit, dachte Elli. Zumindest für die wenigen Bewohner, die etwas hatten, was sie zum Frühstück bereiten konnten. Je näher sie der ugandischen Grenze kamen, desto dichter wurde die Vegetation. Die braune Landschaft wurde mehr und mehr von grünen Flecken durchzogen.

Das kleine Propellerflugzeug flog tiefer, und auf einer grünen Ebene konnte Elli grasende Antilopen erkennen.

Sie dachte an ihre neue Identität. Offiziell war sie jetzt Beatrice Tebur aus Sri Lanka. Niemals zuvor hatte sie überlegt, dass sie auch für eine Singhalesin gehalten werden konnte, aber Skarpnes war der Ansicht gewesen, dass es die perfekte Deckung war. Ihr norwegischer Pass wurde zu Hause in Lutvann verwahrt. Die norwegische Botschaft in Kampala hatte mit der Diplomatenpost drei Duplikate des Passes erhalten, mit verschiedenen Stempeln, die je nach erforderlicher Reiseroute bei der Abreise aus Uganda erforderlich wären. Die Botschaft hatte auch Otto Kamperuds neuen, norwegischen Pass.

Bei der Ankunft in Entebbe sollte sie wie eine x-beliebige Entwicklungshelferin auftreten, direkt zum Hotel fahren, sich in der Stadt orientieren und irgendwo etwas essen. Rutherford würde dann Kontakt zu ihr aufnehmen.

Nur im Notfall durfte sie physischen Kontakt zur Botschaft aufnehmen. Auch wenn der Auftrag beendet sein würde, sollte sie unter derselben Identität wieder ausreisen.

Der Co-Pilot, ein Kenianer, gab Elli das Zeichen für die bevorstehende Landung. Elli überprüfte den Sicherheitsgurt und spürte, wie sich der Luftdruck in der Kabine veränderte, als das Flugzeug den Anflug auf Entebbe begann.

Jetzt saß sie also hier, halb Norwegerin, halb Thailänderin, mit einer gefälschten Identität und einem Geheimauftrag für den norwegischen Nachrichtendienst. In Uganda.

Elli fühlte sich leer und orientierungslos.

Kapitel 33

Eigentlich mochte Kristoffersen das Theatercafé. Hier kamen mächtige Vertreter der Finanzwelt, der Ölgesellschaften und der Reedereien zusammen. Als Kristoffersen Georg Bahrmann angerufen und eine Besprechung rund um das Projekt vorgeschlagen hatte, war es Bahrmanns Idee gewesen, sich im Theatercafé zu einem informellen Mittagessen zu treffen. Kristoffersen hätte zufrieden sein sollen, doch der Druck seitens der Erpresser, seines kriminellen Jugendfreunds und der Bank bewirkten, dass er sich völlig unwohl fühlte.

»Die Prognosen«, erläuterte er Bahrmann, »liegen allein für das letzte Ölfeld bei etwa zwanzig Millionen Fässern. Die Kombination aus gestiegenem Ölpreis und der Ausweitung des errechneten Volumens bedeutet demnach, dass sich der Wert des Feldes verdoppelt hat.«

Ein Kellner der alten Schule servierte beiden Männern eine Portion Lachsmousse. Bahrmann hatte für den ersten Gang einen erlesenen Chablis gehobener Qualität bestellt.

»Wissen Sie«, sagte Bahrmann, während er den Wein in seinem Glas schwenkte und das Bukett in sich aufnahm, »die Produktion der norwegischen Ölfelder ist rückläufig. Neue, Gewinn versprechende Felder führen zu einer guten Profilierung auf dem Markt. Aufsichtsrat und Teilhaber der Potentia haben Ihren Einsatz wohlwollend zur Kenntnis genommen. Bifrosts Stern leuchtet jetzt hell, und das auch, wenn es um neue Aufträge für Probebohrungen geht.«

Kristoffersen nickte und hob das Glas zu einem Toast. Bahrmann musterte ihn lächelnd.

»Was wissen wir über die umgebenden Felder?«, fragte er.

»Keine der Gesellschaften aus Irland, Kanada oder Singapur hat irgendwelche Vorkommen entdeckt, die an die Größe unseres Feldes auch nur annähernd heranragen«, erklärte Kristoffersen.

»Und woher haben wir diese Informationen?«, fragte Bahrmann.

Kristoffersen rang sich ein Lächeln ab. »Wir haben gute Verbindungen zum Ministerium in Kampala.«

»Mündliche Informationen, will ich hoffen«, erwiderte Bahrmann gut gelaunt.

Kristoffersen lächelte. Bahrmanns Humor hob seine Stimmung ein wenig.

»Ja, natürlich mündlich.«

Der Hauptgang, ein Entenconfit, kam mit zwei Gläsern Barbaresco. Die Unterhaltung driftete zu alltäglichen Dingen ab, während die Männer das zarte Federvieh verzehrten. Kristoffersen wusste, dass sich nun der Zeitpunkt näherte, an dem er gezwungen war, die Entführung zu erwähnen. Es fiel ihm schwer, den Mut dazu aufzubringen. Als sie aufgegessen hatten, richtete sich Bahrmanns Blick auf Kristoffersen. »Und – war der Wein gut?«

Kristoffersen nahm das Weinglas und trank einen großen Schluck. Seine Hände zitterten unkontrolliert.

»Geht es Ihnen gut?«, fragte Bahrmann.

»Äh … ja … ja, nur etwas zu wenig Schlaf in letzter Zeit. Der Wein ist übrigens ausgezeichnet. In der Provence verstehen sie sich eben auf so etwas.«

Bahrmann lächelte ihn freundlich an. »Ja, das tun sie. Aber der Barbaresco kommt aus Italien.«

»Ach ja, natürlich, Toskana.«

Bahrmann hob sein Glas. »Piemont.«

Kristoffersen schüttete den restlichen Wein in sich hinein und stellte das Glas auf dem Tisch ab. »In Uganda gibt es einen verrückten Guerillaführer, der einen Mann entführt hat und uns erpresst. Er fordert zehn Millionen Dollar.«

Bahrmann blickte ihn über den Rand seines Weinglases hinweg erstaunt an. »Wiederholen Sie das.«

Kristoffersen folgte der Aufforderung.

»Wann ist das passiert?«, fragte Bahrmann.

»Vor gut einer Woche.«

Bahrmann beugte sich ein wenig vor. »Warum haben Sie das nicht schon früher erzählt?«

Kristoffersen sackte in sich zusammen. »Ich war total verängstigt.«

»Aber Sie haben die Polizei informiert?«

Kristoffersen schluckte. »Nein!« Demonstrativ schüttelte er den Kopf. »Nein … ich dachte, dass wir diese Art von Aufmerksamkeit vielleicht nicht unbedingt brauchen.«

Bahrmann nickte. »In der Tat keine Wunschsituation, aber wir müssen die menschlichen Belange berücksichtigen. Bitte erzählen Sie mir die Geschichte von Anfang an.«

Kristoffersen kam seiner Bitte nach. Es tat gut, jemandem davon erzählen zu können. Bahrmann ließ ihm Zeit und sorgte dafür, dass die Gläser stets gefüllt waren.

Nachdem Kristoffersen fertig war, dachte Bahrmann einen Augenblick angestrengt nach. »Sie hätten das schon zu einem früheren Zeitpunkt berichten müssen.«

Kristoffersen kniff die Augen zusammen. »Ja«, flüsterte er.

»Ich brauche dafür ein bisschen Zeit, Nils Oscar«, sagte Bahrmann und signalisierte dem Kellner, dass er bezahlen wolle.

Als die Rechnung beglichen war, verließen die Männer schweigend das Lokal.

»Ich melde mich bald wieder«, sagte Bahrmann, nachdem sie auf die Straße getreten waren, und verschwand in einem wartenden Wagen.

Kapitel 34

Nereng und Hammersborg trafen sich vor dem Untersuchungsgefängnis in Lillestrøm.

»Wo ist Rathke?«, fragte Gøril Hammersborg als Erstes.

Nereng dachte einen Augenblick nach. Er musste sich an

die abgesprochene Ausrede halten, doch Hammersborg war eine schlaue Füchsin.

»Sie hat Urlaub.«

»Urlaub? Das kaufe ich Ihnen nicht ab.«

»Es gab leider einen familiären Vorfall, der es Elli derzeit unmöglich macht, die Ermittlungen fortzuführen. Deshalb müssen Sie jetzt erst einmal mit mir vorliebnehmen.«

»Wann ist sie nach Uganda geflogen?«, fragte Hammersborg prompt.

Nereng war vorbereitet. »Wo Rathke sich in ihrem Urlaub befindet, ist für die Ermittlung völlig unerheblich«, sagte er überzeugend. »Aber ich kann Ihnen versichern, dass sie keine Verwandten in Uganda hat.«

Hammersborg lachte herzlich. Zu Nerengs Überraschung wirkte ihr Lachen echt.

»Wollen wir reingehen?«, fragte sie belustigt.

Nereng folgte ihr und einem Beamten zu der Zelle, wo Ojore einsaß. Hatte Hammersborg seine Lüge durchschaut? Er wurde nicht so recht schlau aus der Rechtsanwältin.

Als es an der Tür klopfte, wurde Ojore aus seinen Gedanken gerissen. Es war keine Essenszeit, und ein Besuch der Anwältin war auch nicht angekündigt.

»Okello!«, hörte er den Beamten rufen.

Erwartungsvoll stand er auf. »*Yes!*«, antwortete er in militärischem Tonfall.

Die Tür glitt auf. Hammersborg und der Partner von Elli Rathke erschienen. Der wachhabende Beamte blieb im Gang stehen.

»Besuch!«, rief er Ojore zu.

Hammersborg scheuchte den Beamten mit einer Handbewegung weg. So als wollte sie eine aufdringliche Fliege vertreiben, dachte Ojore.

»Wie geht's denn?«, fragte sie Ojore und betrat die kleine Zelle. Es gab nur einen Stuhl, doch Hammersborg ließ sich mit größter Selbstverständlichkeit sogleich auf der Pritschenkante nieder. Ojore war erleichtert und zog den Stuhl für Ellis Partner hervor, dessen Namen er nie behalten konnte, und bat ihn, sich zu setzen.

»Jan Nereng«, stellte der sich vor und streckte die Hand aus. Ojores Händedruck war fest, so wie es die Europäer gern mochten.

»Gut, Sie zu sehen«, sagte Ojore. »Haben wir einen Deal?«

Hammersborg sah ihn mitleidig an.

Ojore blickte an Nereng vorbei auf die Tür, die sich jetzt schloss. »Aber wo ist denn Elli?«, fragte er.

Nereng räusperte sich.

»Es ist nichts mit ihr passiert, aber aus privaten Gründen musste sie kurzfristig Urlaub nehmen. Deshalb werde ich jetzt übernehmen«, erklärte Nereng.

»Ich kann gern warten, bis sie wieder aus ihrem Urlaub zurückkommt«, sagte Ojore.

»Das … geht nicht. Wir müssen in der Sache weiterkommen.«

Sie hatten es also eilig. Gute Karten für weitere Verhandlungen. »Aha«, sagte Ojore und sah Nereng gespannt an. Der war anscheinend ein wenig aufgeregt, denn er senkte den Blick und zog seine Notizen aus einem Rucksack der Art, die in diesem Land offenbar weit verbreitet war. Nereng blätterte zu einer Seite vor, auf der Ojore ein paar handgeschriebene Zeilen erahnen konnte.

»Um gleich zur Sache zu kommen – uns interessiert das mit der Lösegeldforderung.«

Ojore nickte. »Die Forderung, die nicht gestellt wurde.«

Nereng zuckte mit den Schultern und warf einen Blick auf Hammersborg, die aber auch nicht mehr tun konnte, als ein paarmal mit ihren langen künstlichen Wimpern zu blinzeln.

»Ja, niemand hat irgendeine Forderung erhalten.«

Nereng sah Ojore mit freundlichem Blick an. »Ich möchte, dass du noch einmal genau nachdenkst, Ojore. Abgesehen von der Episode, die du Elli erzählt hast … gab es da irgendeine andere Situation, in der *Freunde* von Human Light oder Otto Kamperud erwähnt wurden? Andere Entwicklungshelfer? Hat Otto zu einem dieser Treffen vielleicht mal jemanden mitgebracht?«

Ojore musste eine Weile nachdenken, doch ihm fiel nichts ein.

»Laufen da noch andere Verhandlungen?«, fuhr Nereng fort. »Über Landgebiete? Politische Anerkennung?«

Ojore schüttelte den Kopf. »Wir hatten nur ein einziges Ziel: das Regime in Kampala zu stürzen … aber darüber wurde nie verhandelt. Es gab nur Krieg.«

Ojore bemerkte, dass Nereng schnell ein paar Notizen machte. »Wer könnte sonst noch von der Entführung wissen?«, fragte Nereng.

»Kommandant Kalesa. Argus Kalesa. Offiziell hat er die GFF verlassen und arbeitet mit den ugandischen Behörden zusammen. Tatsächlich arbeitet er aber noch immer für die GFF, oder vielleicht auch für beide Seiten. Möglicherweise auch nur für sich selbst. Das tun wir ja alle.«

Ojore lächelte Nereng herausfordernd an.

»Wo kommen wir an Kalesa heran?«

»In Gulu.«

»Gulu in Uganda?«

»Ja, natürlich.«

Nereng notierte. »Hast du vielleicht eine Telefonnummer, unter der man ihn erreichen kann?«

Ojore lachte schallend. »Eine Telefonnummer! Der Witz des Tages.«

»Nein, klar«, sagte Nereng versöhnlich und klappte sein Notizbuch zu.

Hammersborg, die ungewöhnlich still gewesen war, lächelte ihn an.

Kapitel 35

Das Hotel Shangri-la, das für Elli, alias Beatrice, gebucht worden war, befand sich in zentraler Lage, auf einem kleinen Hügel hinter dem Kampala Sheraton.

Es war ein einfaches, gepflegtes Hotel, dessen indischer Besitzer bei Entwicklungshelfern für seinen guten Service bekannt war. Viele zogen das kleine Hotel deshalb dem wesentlich luxuriöseren Sheraton vor.

Die Einreise in Entebbe war reibungslos verlaufen. Es gab zwei Fragen zu dem Auftrag, den Elli auszuführen gedachte, sowie ein paar halbherzige Kontrollfragen über ihre Reiseroute und Herkunft. Entsprechend den Stempeln in ihrem Pass hatte Beatrice geantwortet, dass sie von einer Konferenz in Genf komme und dann nach Kenia geflogen sei. Die Fahrt von Entebbe nach Kampala hatte eineinhalb Stunden gedauert, geprägt von Verkehrschaos und Straßenarbeiten.

Das Zimmer ging auf den Hof des Hotels hinaus, wo auch das Frühstück serviert wurde. Elli hatte Tasche und Rucksack ausgeleert und Kleidung und Ausrüstung so untergebracht, dass sie alles schnell zusammenpacken konnte, falls sie das Zimmer unverhofft wieder verlassen müsste. Elli zog das Adapterset für die landestypischen britischen Steckdosen hervor und lud ihr CryptoKid und ihre LED-Taschenlampe auf. Das Empire hatte seine Spuren hinterlassen, dachte sie. Und bald würde sie auch mit einem Briten zusammenarbeiten. Elli wusste nicht, wann er Kontakt zu ihr aufnehmen würde. Sie fühlte sich ein wenig rastlos und hoffte, dass er sich bald meldete.

Es war drei Uhr nachmittags, eine Stunde früher als in Norwegen. Wie abgesprochen schickte sie eine Nachricht an Skarpnes, Fjeld und Nereng:

Bin im Hotel angekommen, alles in Ordnung. Warte auf Rutherford. Beatrice.

Eigentlich hätte sie ein paar Stunden Schlaf gebrauchen können, aber dafür war jetzt keine Zeit. Bis Rutherford auftauchen würde, wollte sie sich ein wenig in der Nachbarschaft umsehen.

Kampalas Straßen waren voller unbekannter Gerüche und Geräusche. Einige Sinneseindrücke erinnerten Elli an die Heimatstadt ihrer Mutter in Thailand, doch das meiste erschien ihr fremd. Die Straßen in der Nähe des Hotels waren eine wilde Mischung aus asphaltierten Abschnitten und rötlichen Feldwegen. Es herrschte dichter Verkehr, der sich langsam in Richtung des dichtbesiedelten Zentrums der Stadt bewegte. Die in die Jahre gekommenen, meist japanischen Fahrzeuge verursachten dichte Wolken aus Dieselabgasen. Die Menschen bahnten sich ihren Weg an den Autoschlangen vorbei, kleine Jungen boten ihre Dienste als Scheibenputzer an. Mitten im Kreisverkehr stand ein Polizist und regelte den Verkehr. Elli konnte nicht erkennen, was er in diesem Chaos überhaupt ausrichten konnte.

Selbst auf diesem kurzen Ausflug wollte Elli kein Risiko eingehen und hatte alles Wichtige in ihrem Rucksack mitgenommen: Kleidung zum Wechseln, Pass, CryptoKid, LED-Taschenlampe, Leatherman und Erste-Hilfe-Set. Außerdem hatte sie einen Stadtplan eingepackt. Obwohl die digitalen Hilfsmittel äußerst präzise waren, konnte man sich mit einem Plan doch einen viel besseren Überblick verschaffen.

Der Fußweg zur Hauptstraße, der Kampala Road, dauerte etwas über fünfzehn Minuten. Je dichter Elli an die Straße herankam, desto stärker wurde der Gestank der Abgase. Nach zwei Blocks entlang der Hauptstraße entdeckte sie eine Niederlassung der Western Union. Elli hatte eine Reisekasse in Höhe von 20 000 Dollar und musste Geld in Ugandische Schilling eintauschen. Die nächsten zwanzig Minuten verbrachte sie in der chaotischen Warteschlange, die aus Afrikanern, Chinesen und sogar zwei Norwegern bestand. Elli tauschte 1000 Dollar in Schilling um und begab sich wieder hinaus in das Menschengewimmel.

Human Light war in einem kleineren Gebäude am Rande der Innenstadt untergebracht. Elli passierte das Gebäude, lief hundert Meter weiter, überquerte die Straße und stellte sich vor ein Ladenschaufenster. Nach ein paar Sekunden kehrte sie um und entdeckte auf der Rückseite des Gebäudes einen steil nach oben führenden Weg. Während sie in gemächlichem Tempo dem kleinen Weg folgte, blickte sie auf ein paar Bäume, die sich von der Anhöhe hinunter zu dem Gebäude erstreckten, in dem Human Light untergebracht war.

Hinter Blattwerk und Ästen entdeckte sie drei große Fenster, die den Blick auf ein spartanisch eingerichtetes Büro freigaben. Elli sah eine junge Frau am Schreibtisch sitzen und zweifelte keine Sekunde daran, dass es sich dabei um Zesiro Ochiengo handelte. Die Frau trug dieselbe charakteristische Frisur, die Elli schon auf der Website gesehen hatte.

Schnell lief Elli weiter. Sie hatte gesehen, was sie sehen musste. Human Light befand sich dort, wo es sein sollte, Ochiengo war eine reale Person, und das Wichtigste von allem: Sie war allein dort.

Einige Minuten danach stand Elli inmitten der heruntergekommenen Geschäftsräume. Sie stellte sich kurz vor, worauf Zesiro sofort begann, ihre Geschichte zu erzählen. Zwanzig Minuten später unterbrach Elli sie mit einer freundlichen Handbewegung.

»Wenn ich das richtig verstehe, dann haben Sie mit keinen anderen Norwegern als denen an der Botschaft zusammengearbeitet oder sonstige Beziehungen unterhalten, stimmt das?«

Zesiro nickte zur Bestätigung.

»Und diese Zusammenarbeit war ausschließlich finanzieller Natur, wobei die Botschaft außerdem die Umschläge mit den SIM-Karten beigesteuert hat?«

»Stimmt«, erwiderte Zesiro.

»Und Sie selbst waren niemals bei den Verhandlungen dabei?«

»Nein.«

»Haben Sie irgendwann mal die Umschläge mit den SIM-Karten gesehen?«

»Zweimal. Das waren ganz gewöhnliche braune Umschläge der kleinsten Sorte. Gepolstert.«

»Und die waren auch nicht dick?«

»Ganz flach – solche SIM-Karten nehmen ja nicht viel Platz ein.«

Ellis nächste Station war das Speke Hotel. Sowohl ihre eigenen Recherchen als auch das Briefing während des Flugs hatten ergeben, dass das Hotel ein natürliches Sammelbecken für Expatriates und lokale Akteure aus Entwicklungshilfe, Politik und Geschäftsleben war. Einige davon befanden sich mit Sicherheit auf der falschen Seite des Gesetzes. Wie überall hatten wohl auch hier ein paar Kriminelle ihre Fühler in Richtung Politik und Wirtschaft ausgestreckt.

Sowohl Fassade als auch Einrichtung des Speke Hotel hinterließen den Eindruck eines kolonialen Glanzes aus längst vergangenen Zeiten. An den Wänden hingen Bilder mit Jagdmotiven aus der afrikanischen Savanne.

Elli hatte einen Gin Tonic bestellt, der ihr unmittelbar serviert wurde. Um den Anschein zu wahren, nahm sie eine zerknitterte Ausgabe der Herald Tribune und blätterte darin. Ein sicheres Mittel, um die Gesellschaft aufdringlicher Geschäftsmänner, von denen es sicher einige gab, zu vermeiden.

Fünfzehn Minuten später hatte sie sich einen guten Überblick verschafft. Zwei Tische weiter saßen zwei Italiener und verhandelten mit einem Ortsansässigen über die Möglichkeit, Mobilfunkdienste anzubieten. Ein paar Prostituierte waren hereingekommen und mit westlichen Männern wieder gegangen. Zwei Britinnen hatten sich ganz hinten im Raum niedergelassen und diskutierten miteinander, auf dem Tisch vor ihnen lag ein Stapel Papiere mit dem Logo von OXFAM im Briefkopf.

»*May I sit down?*«, ertönte eine freundliche Stimme hinter Elli.

Sie schaffte es, ihre Instinkte im Zaum zu halten, und wandte sich entspannt und graziös um, anstatt jäh herumzufahren. Ein Mann um die fünfzig lächelte sie an. Er war schlank und braungebrannt, trug ein kurzärmeliges Hemd, Jeans und Joggingschuhe. Er wirkte durchtrainiert.

»Ja, wieso nicht?«, erwiderte Elli und deutete freundlich auf den Stuhl auf der anderen Seite des kleinen Rattantisches.

Der Mann stellte einen kleinen Rucksack neben dem Stuhl ab und setzte sich. Seine Augen funkelten auf eine Weise, die man häufig bei Menschen findet, die viel erlebt, sich das Kindliche ihrer Seele aber dennoch bewahrt haben.

»Sie sind neu hier«, stellte er fest. »Auf der Durchreise?«

»Ja. Und Sie kennen sich hier anscheinend gut aus, wenn Sie bemerkt haben, dass ich neu bin?«

Der Mann quittierte ihre Antwort mit einem kurzen Lachen. »Ja, so gut man mit einem Ort wie diesem hier eben bekannt wird. Uganda ist wie der Kontinent, auf dem es liegt: trocken und fruchtbar, hell und dunkel, arm und reich, und immer gut für eine Überraschung. Sehen Sie sich um«, sagte er und deutete mit einer alles umfassenden Armbewegung auf das sich bietende Panorama. »Das hier ist Uganda im Westentaschenformat. Das heißt natürlich, nur der Teil der Bevölkerung, der über Einfluss verfügt.«

»Und wer sind die, die nicht anwesend sind?«, fragte Elli.

»Die Bevölkerung aus dem Norden. Karimojong, Acholi, um nur einige zu nennen. Die gehören nicht zur guten Gesellschaft.«

»Wieso?«, fragte Elli. Zwar hatte sie durch Recherchen und das Briefing schon erfahren, dass die Behörden den Bevölkerungsgruppen im Norden, den Stämmen, keine Priorität einräumten und stattdessen Menschen mit demselben ethnischen Hintergrund wie dem der Regierungsvertreter vorzogen. Sie wollte aber noch mehr Informationen sammeln.

Der Mann lachte abermals. »Ach, wissen Sie, man beschützt gern seine eigenen Leute. Ich kann Ihnen ein Buch empfehlen, das ziemlich gut erklärt, wie dieser Kontinent tickt: *In the*

Shadow of the Sun von Ryszard Kapuściński. Ein polnischer Autor, der leider vor ein paar Jahren gestorben ist. Er zeichnet ein verständliches und logisches Bild dessen, was wir im Westen als unstrukturierte Anarchie auffassen.«

»Ich habe es gelesen«, erwiderte Elli und war bemüht, nicht herablassend zu klingen.

Die Uhr an der Wand zeigte beinahe fünf. Elli begriff, dass sie ins Hotel zurückkehren musste, ehe Rutherford auftauchte.

»Ich muss leider gehen«, sagte sie.

»Natürlich«, entgegnete er höflich. »Danke für die Unterhaltung.«

Elli erwiderte das Kompliment, verabschiedete sich und ging hinaus. Die Hitze hatte ein wenig nachgelassen, so dass Elli mit schnellen Schritten zum Hotel laufen konnte. Nach fünfzehn Minuten hatte sie ihr Ziel erreicht.

Der Mann, der zuvor an der Rezeption gestanden hatte, war von einer verkniffenen älteren Inderin abgelöst worden. »Sie haben Besuch«, sagte sie, als Elli auf den Treppenabsatz zutrat, wo sich der kleine Empfangstresen befand. Sie deutete auf eine Tür zu ihrer Rechten. »Draußen im Garten.«

Elli bedankte sich und lief erwartungsvoll hinaus. Gerade als sie die kleine grüne Oase betrat, wurde ihr klar, wie unerfahren und neu sie in diesem Spiel eigentlich war. Es saß bloß eine Person im Garten, und das war genau der Mann, mit dem sie sich fünfzehn Minuten zuvor im Speke Hotel unterhalten hatte.

»Brian Rutherford«, sagte er lächelnd und kam ihr mit ausgestreckter Hand entgegen.

»Elisabeth Rathke«, sagte sie ein wenig verlegen und ergriff seine Hand.

Sie setzten sich an einen Tisch im Schatten des großen Laubbaums, der den Garten dominierte.

»Ihre erste Tour, vermute ich?«, sagte Rutherford.

Aber ja doch, stoß das Messer nur noch tiefer in die Wunde, dachte Elli. Erfreulicherweise wirkte sein Blick besänftigend.

»Jeder muss irgendwo anfangen«, fuhr er galant fort. »Meine erste Tour ging … o Gott …«, Rutherford kniff die Augen zusammen und hatte offenbar etwas Mühe, sich zu erinnern, »nach Hongkong!« Er schüttelte demonstrativ den Kopf. »Es war eine Katastrophe. Mitte der Achtziger war die Stadt ja noch eine Kronkolonie. Allerdings hatte der MI6 dort einige Agenten platziert, um herauszufinden, welche Stimmung in der Bevölkerung herrschte. Anstatt weitere Informationen zu beschaffen, enttarnte ich einen wichtigen Informanten. Du meine Güte, mir wurde das Fell über die Ohren gezogen, als ich wieder in London war.«

Als hätte er es mit einem Gegenstand zu tun, musterte er Elli einen Augenblick. »Die hätten besser Sie hingeschickt!«, sagte er und brach in Lachen aus.

»So … und jetzt arbeiten Sie hier als Freelancer?«, fragte Elli.

»Das kann man wohl sagen. Mir wurde verziehen, ich führte ein paar geglücktere Aufträge aus und bekam vor zehn Jahren einen festen Vertrag. Später habe ich auch Aufträge für die CIA übernommen. Vor fünf Jahren bin ich dann abgesprungen und habe eine kleine private Sicherheitsfirma gegründet. So bin ich hier gelandet. Mit meiner Frau. Wir arbeiten jetzt von Kampala und Nairobi aus. Und die alten Kunden rufen auch wieder an, wobei jetzt ich derjenige bin, der den Preis bestimmt.«

Rutherford lächelte.

»Bier?«

»Wieso nicht?«, sagte Elli.

Während sich beide mit ihrem Tusker vergnügten, berichtete Elli kurz über ihren eigenen Hintergrund. Sie bekam den Eindruck, dass Rutherford ihr Dossier erhalten hatte, denn er stellte keine Fragen, sondern hörte nur höflich zu.

»Okay«, sagte er schließlich. »Wir haben einen Job zu erledigen. Erzählen Sie.«

Elli nickte. »Formell betrachtet sind Sie mein Untergebener, aber ich hoffe, dass wir die Formalitäten außer Acht lassen und als Team arbeiten können. So profitieren wir von den Erfahrungen des anderen.«

»Klingt wie Musik in meinen Ohren«, sagte Rutherford.

»Ich heiße übrigens Elli.«

»Brian«, erwiderte Rutherford lächelnd.

»Ein norwegisch-zypriotischer Unterhändler namens Otto Kamperud und seine Assistentin Charlotte, die hier aus Uganda kommt, wurden von den GFF entführt. Wir wissen nicht, wo sie sich befinden, und ebenso wenig, was die Kidnapper wollen.«

Rutherford wirkte ehrlich erstaunt. »Dann ist es also wahr!«, rief er. »Wir haben Gerüchte über einen Schusswechsel zwischen ruandischen Sicherheitsleuten und den GFF gehört. Und dass sie Geiseln genommen hätten. Aber alle haben das als übertrieben bezeichnet, weil die GFF so etwas zuvor nie getan haben.«

»Diesmal schon«, sagte Elli. »Wer ist übrigens ›wir‹?«

Rutherford lachte wieder. »Meine Frau und ich. Aber für unsere Branche ist Kampala eine kleine Stadt. Die Franzosen haben hier ihre Leute, ebenso die Chinesen, Russen, Kenianer und Tansanier. Und natürlich die USA. Die übrigen Nationen halten Uganda für strategisch uninteressant. Aber wie dem auch sei, Gerüchte verbreiten sich schnell. Alle wissen, wer wer ist.«

»Die GFF haben Otto Kamperuds Finger an Human Light hier in der Stadt geschickt«, fuhr Elli fort. »Und Human Light ist damit gleich zur norwegischen Botschaft gegangen.«

Rutherford stieß einen Pfiff aus. »Dann vermute ich, dass sich der Rest von Kamperud an einem anderen Ort befindet?«

Elli konnte ihr Lächeln nicht unterdrücken. »Ganz genau«, sagte sie. »Sie drohen damit, alle fünf Tage einen weiteren Finger Kamperuds zu schicken. Seit dem letzten sind zwei Tage vergangen.«

»Shit«, sagte Rutherford.

Auf dem CryptoKid zeigte Elli ihm eine Aufnahme des Briefes, der mit dem Finger gekommen war. Dann berichtete sie kurz von den Details der Entführung und erwähnte, dass bisher keine Forderung eingegangen war.

»Hmmm«, ließ sich Rutherford vernehmen. »Passt zu Disciple. Der Drecksack ist, kurz gesagt, vollkommen durchgeknallt.« Rutherford runzelte die Stirn. »Aber wer sind diese Freunde in Norwegen? Norwegische Behörden?«

»Das wissen wir nicht, aber sie müssen irgendeine Verbindung zu ihm haben. Human Light, das heißt, die einzige Person, die dort derzeit arbeitet, hat nicht die geringste Ahnung, um wen es sich handeln könnte.«

»Wer ist übrigens deine Quelle?«, fragte Rutherford.

Elli erzählte ihm von Ojore Okello und wie sie rein zufällig auf die Information über die Entführung gestoßen war.

»Okello«, sagte Rutherford erstaunt. »Da ist er also in Norwegen gelandet. Ausgerechnet.«

»Du weißt, wer er ist?«, fragte Elli überrascht.

»O ja. Er war wohl einer der jüngsten Kommandanten der GFF und führte schon fast ein privilegiertes Leben.«

»Strafreduzierung in einer Drogensache«, sagte Elli.

»Ja, das ist ein guter Motivationsfaktor. Ich weiß übrigens von zwei ähnlichen Fällen in London, bei denen ehemalige GFF-Soldaten als Sicherheitspersonal im Drogenmilieu engagiert wurden. Die sind hochgefährlich. Nach so einem Leben im Busch scheißen die auf alles – die kennen keine Hemmungen oder irgendeine Art von Furcht.«

»Dabei sind sie ebenso Opfer dieses Guerillakrieges wie die Menschen, die unter den Angriffen und Verwüstungen der Guerilla leiden mussten«, sagte Elli nachdenklich.

Rutherfords Gesichtsausdruck wurde ernst.

»Du sprichst da einen wichtigen Punkt an. Aber gleichzeitig dürfen wir nicht vergessen, womit wir es zu tun haben. Kindersoldaten sind loyal und mutig, und sie tragen keinen ethischen Ballast mit sich herum. Genau deswegen sind sie äußerst gefährlich.«

»Verstehe«, sagte Elli.

Rutherford sah sie an. »Eine Sache«, sagte er und gewann sogleich ihre Aufmerksamkeit. »In diesem Spiel gibt es nur eine Regel, und die lautet, dass es keine Regeln gibt.«

Noch immer fixierte er Elli mit seinem Blick. »*Do or die*«, sagte er.

Elli ließ Rutherfords Worte auf sich einwirken. Langsam ging ihr auf, dass das diffuse Bild, das sie von diesem Auftrag hatte, vielleicht alles war, was sie bekommen würde.

Doch ohne zu wissen warum, fühlte sie sich bereit.

Elli und Rutherford einigten sich darauf, noch am selben Abend alles in sein Auto zu packen, so dass sie am folgenden Morgen in aller Frühe aufbrechen könnten. Nach Sonnenuntergang waren die Straßen in den Norden gesperrt. Mitunter überfielen die GFF nach Einbruch der Dunkelheit auf der Fahrt befindliche Autos.

Als Elli die Tür zum Hotel öffnete, begegnete ihr wieder die Inderin von der Rezeption. Elli konnte sich nicht von dem Gedanken befreien, dass die Frau sie belauscht haben könnte, verwarf diesen dann aber wieder. Auch die Paranoia musste doch ihre Grenzen haben.

Kapitel 36

Die Straßen in der Umgebung des Hotels Shangri-la waren unbeleuchtet, was Croukamp äußerst gelegen kam. Ruhig und kontrolliert bewegte er sich vorbei an Hecken, Mauern, Autos und Häusern, um nicht als Silhouette vor den erleuchteten Häusern etwas weiter entfernt zu erscheinen. Als zwei Truppentransporter des Militärs vorbeifuhren, blieb er vollkommen still stehen, teilweise verborgen von einem Busch.

Das Stahltor vor dem Hotel war verschlossen, doch dahinter konnte Croukamp einen Geländewagen erkennen, der an der Mauer vor der Portierswohnung abgestellt war. Er zog sich zurück, kletterte über einen Maschendrahtzaun und suchte sich eine Position in einem Vorgarten gegenüber der Hoteleinfahrt. Von dort aus konnte er mit seinem Nachtsichtgerät unbehelligt die Bewegungen in der Nähe des Geländewagens überwachen.

Der Wagen hatte durchgehende Achsen mit hintereinander angebrachten Kardanwellen sowie Spiralfedern vorn und hinten. Ein Land Rover Defender.

Nach etwa fünf Minuten sah er die Füße von zwei Personen, die einen Metallkasten schleppten. Er konnte hören, dass sie miteinander redeten. Allerdings sprachen sie so leise, dass er nicht verstehen konnte, was sie sagten. Er erkannte aber, dass es ein Mann und eine Frau waren. Sie luden den Kasten in den Wagen, kehrten um und kamen sogleich mit einem neuen.

Die Beladung des Wagens so spät am Abend musste bedeuten, dass sie entweder jetzt fahren wollten oder eine frühe Abreise am nächsten Morgen planten. Wenn sie sich bald in Bewegung setzten, wäre ihr Aufbruch kaum relevant. Führen sie hingegen erst morgen ab, hieß das, dass sie in den Norden wollten und auf den Tagesanbruch warten mussten. Und Croukamp hatte ausreichend Zeit, um darauf zu warten.

Zwei Mal kamen die beiden zum Wagen zurück. Beim ersten Mal blieb die Person, die er für die Frau hielt, fast fünfzehn Minuten im Wagen sitzen, beim zweiten Mal überpüften sie den Inhalt eines weiteren Metallkastens. Danach ging die Frau zurück ins Hotel, während der Mann im Wagen verschwand.

Schlief man vor dem Hotel in seinem Wagen, hatte man dort wohl wichtige Dinge, auf die man aufpassen musste.

Dank des Nachtsichtgeräts konnte Croukamp gut erkennen, dass sich die Frau im Hotelzimmer auf die Nachtruhe vorbereitete. Erst jetzt bemerkte er, dass sie asiatisch aussah, möglicherweise kam sie tatsächlich aus Sri Lanka. Doch sie konnte genauso gut auch Norwegerin sein. Ethnische Herkunft kannte keine Grenzen mehr. Leider. Sie schien einen wohlgeformten, durchtrainierten Körper zu haben. Und sie zog sich ganz aus, ehe sie sich hinlegte. Moderne Technologie war phantastisch.

Croukamp blieb liegen und beobachtete die Szenerie bis halb sechs Uhr morgens. Langsam sickerte das Tageslicht in die Stadt. Zwar war er ganz steif geworden, nachdem er die ganze Zeit so dagelegen hatte, schwang sich aber routiniert zurück über den Zaun und lief auf die andere Straßenseite, wo er auf die Ladefläche eines alten Nissan-Pick-up kletterte. Zwanzig Minuten später wurde seine Ausdauer belohnt. Ein weißer Land Rover Defender kam aus der Toröffnung gefahren. Rutherford saß rechts auf dem Fahrersitz, die Frau links neben ihm.

Sie fuhren Richtung Norden.

Croukamp zog eines seiner drei Satellitentelefone hervor und wählte die Nummer seiner Kontaktperson in Norwegen. Nach zweimaligem Klingeln wurde abgenommen. »Sie sind jetzt unterwegs«, meldete sich Croukamp.

»Ist das bestätigt?«, fragte die Stimme am anderen Ende der Leitung.

»Kein Zweifel. Ein Informant im Hotel hat Bruchstücke ihrer Unterhaltung mitbekommen.«

»Von was für einer Art Team reden wir hier?«

»Zwei Leute. Eine Frau, etwa fünfunddreißig, sieht asiatisch aus, und ein Mann aus der Gegend, Rutherford, ehemals SAS, heute Freelancer für den MI6 oder wen auch immer. Kennst du die Frau?«

»Sie stimmt mit einer Beschreibung überein, die wir von einer hiesigen Quelle bekommen haben.«

»Und?«

Die Person am anderen Ende atmete tief durch. »Angeblich eine fähige Ermittlerin von der Polizei … mit einem gewissen Faible für Problemlösungen.«

Croukamp lächelte. »Oohhh, jetzt müssen wir aber aufpassen.«

Beide lachten. »Hier steht so einiges auf dem Spiel«, sagte Croukamps Gesprächspartner. »Die beiden in diesem Team, von dem du da redest, dürfen unter keinen Umständen mit den Geiseln in Kontakt kommen. Wahrscheinlich wissen sie zu viel.«

»Die weibliche Geisel hat in der Gefangenschaft bei den

GFF ohnehin keine große Überlebenschance, wir sollten uns eher um den Mann Sorgen machen. Wusste er ursprünglich von der ganzen Planung?«

Die Person am anderen Ende räusperte sich. »Sehr wahrscheinlich nicht – er hätte die Verhandlungen wohl abgebrochen, wenn er es gewusst hätte. Aber Disciple ist ein verrückter und nicht einzuschätzender Mann – er kann der Geisel durchaus verraten haben, wie das alles zusammenhängt. Meinst du nicht?«

»Doch, ja, und wenn auch nur, um die Geisel zur Zusammenarbeit zu bewegen.«

»Du begreifst demnach wohl, dass es äußerst ungünstig wäre, wenn das alles herauskommt. Hier stehen massive Interessen auf dem Spiel.«

Eine kurze Pause entstand.

»Kriegt ihr das geregelt?«

»Aber sicher«, bestätigte Croukamp überzeugt. »Diese Information wird nicht durchsickern.«

»Gut.«

Kapitel 37

Elli und Rutherford waren problemlos aus Kampala herausgekommen und fuhren nun auf Straßen verschiedenen Zustands in Richtung Norden.

An einigen Stellen breite, asphaltierte Strecken, anderswo Feldwege mit großen Löchern und sonstigen Schäden. In regelmäßigen Abständen musste Rutherford fast vollständig abbremsen, um Hindernisse in Form von kreuzenden Gräben oder Bächen zu überqueren. Oder große Löcher, deren Entstehung Elli nicht ganz begreifen konnte. Ganz offensichtlich gab es kein Budget für die Instandhaltung der Straßen.

Jetzt hatten sie die tiefstehende Morgensonne im Rücken.

Im Rückspiegel wirkte die Staubwolke hinter dem Wagen wie ein Glorienschein.

Am Abend zuvor hatte Elli kurz mit Nereng telefoniert und ihm den Namen der Kontaktperson durchgegeben, die Ojore bei der letzten Vernehmung erwähnt hatte. Danach hatte sie Mikkelsen und Brodtkorb an der Botschaft in Kampala angerufen, um den laufenden Kontakt zu etablieren, und eine Nachricht an Skarpnes gesandt, in der sie mitteilte, dass alles nach Plan verlief.

Rutherford wirkte okay und hatte offenbar viel Erfahrung. Abgesehen von der Ausrüstung, die sie aus Oslo mitgebracht hatte, gab es in einem der Metallkästen im Wagen so etwas wie ein kleines Feldkrankenhaus. Außerdem Lebensmittelrationen für zwei Wochen, Zelte und weitere Ausrüstung zum Übernachten.

Rutherford hatte ein ganzes Waffenarsenal bei sich. Elli hatte sich für eine Glock-17-Pistole mit zwei Zusatzmagazinen entschieden. Es war eine andere Pistole als die, die sie gewohnt war, aber im Prinzip ganz ähnlich. Ohnehin waren Pistolen nur auf kurzer Distanz von Vorteil, und da erfüllte eine den Zweck so gut wie eine andere. Elli hoffte, dass sie sie nicht brauchen würde. Rutherford hatte eine Browning High Power. Die hatte zwar weniger Patronen im Magazin, aber Rutherford hatte gesagt: »Ich habe noch nie mehr als drei Schüsse in ein und derselben Situation abgegeben.«

Weiter hatte er sich dazu nicht geäußert und es Elli überlassen, sich darüber Gedanken zu machen.

Die Munition war auf die verschiedenen Metallkästen verteilt. Darüber hinaus hatten sie einen 5.56 Colt M4A3, eine vom MI6 bevorzugte Kurzversion der Waffe, und eine MC51 mit Schalldämpfer.

»Mit dem Schalldämpfer sieht sie aus wie eine abgesägte AG3«, kommentierte Elli, als sie die letzte Waffe zu Gesicht bekommen hatte.

»Genau das ist sie auch«, erwiderte Rutherford. »Und sie treibt die Geschehnisse gut voran.«

Die Maschinenpistole sah aus wie ein Doppelgänger der Waffe, die bei der Razzia am Carl Berners plass gefunden worden war. Alles schon lange her, dachte Elli.

Im Hilton beendete Croukamp sein ausgiebiges Frühstück, trat auf die Straße und fuhr mit einem Taxi nach Entebbe, wo die Piper Club einer privaten Fluggesellschaft auf ihn wartete. Die Maschine sollte ihn nach Gulu bringen, wo drei seiner Kollegen von der Terra Intervention Group mit Ausrüstung und Fahrzeugen warteten. Der Teamleiter war Croukamps Sohn, Bernhard. Schließlich musste ja irgendwer Ordnung auf diesem Kontinent schaffen, wenn Croukamp sich eines Tages aus dem Geschäft zurückziehen würde.

Der Flug sollte fünfzig Minuten dauern. Am Ziel angekommen, würde er den beiden im Land Rover zwei bis drei Stunden voraus sein. Genügend Zeit, um sich vorzubereiten. Allzu lange würden sie wohl nicht in Gulu bleiben.

»Bist du Kalesa begegnet?«, fragte Elli.

Rutherford runzelte die Stirn. »Na ja, wie man's nimmt. Die meisten wissen, wer er ist. Es gab viel Aufmerksamkeit, als er den Busch verließ. Die Regierung hat eine große PR-Nummer aus der Sache gemacht. Ich glaube nicht, dass sie tatsächlich so viel aus ihm herausbekommen haben, was bedeutet, dass euer Informant in Oslo recht haben könnte.«

»Dass er den GFF immer noch loyal gegenübersteht?«

»Ja, oder auf zwei Hochzeiten gleichzeitig tanzt. Aber das machen die meisten hier.«

Rutherford kicherte über seinen eigenen Sarkasmus.

»Bestimmt finden wir ihn im Acholi Inn. Es wird von Major Zankawi von der UPDF geführt.«

»Als pensionierter Major?«, fragte Elli.

»Aber nein, bei der Jagd auf die GFF ist er sehr aktiv. Und er betreibt dieses Hotel, wo dann immer die Journalisten und Entwicklungshelfer wohnen, wenn sie im Zusammenhang mit den Kindesentführungen der GFF nach Gulu kommen.«

»Das heißt, er verdient Geld an einem Konflikt, an dem er selbst beteiligt ist?«

»Willkommen in Afrika«, sagte Rutherford nüchtern.

»Solche Probleme gibt es nicht nur in Afrika«, erwiderte Elli.

Rutherford warf ihr einen Blick zu und nickte. »Da hast du allerdings recht.«

Als er wieder nach vorn sah, musste er bremsen, um ein paar größe Löcher auf der Straße zu passieren. Ein Lastwagenwrack am Straßenrand verriet, dass dieser Wagen es nicht unbeschadet überstanden hatte. Der Land Rover schaukelte kräftig hin und her, als Rutherford ihn über die Bodenlöcher manövrierte. Elli musste sich am Armaturenbrett festhalten, um sich nicht den Kopf am Seitenfenster zu stoßen.

»Bist du sicher, dass da keiner mehr in dem Lastwagen war?«, fragte sie.

»Das ist schon eine Weile her«, sagte Rutherford. »Der hiesige Verkehr ist gnadenlos. Haftpflichtversicherungen gibt es auch nicht immer. Wenn du hier irgendwo in einem Dorf jemanden anfährst, kann es mitunter richtig gefährlich sein anzuhalten.«

»Um dem zu helfen, den man da angefahren hat?«

»Genau. Es gibt eine Menge Geschichten von Leuten, die dann Probleme mit der Lokalbevölkerung bekamen.«

»Sind die dann auf die Fahrer losgegangen?«

Rutherford nahm einen Schluck aus der Wasserflasche, die am Armaturenbrett befestigt war. Ein paar Tropfen liefen aus seinen Mundwinkeln und über seinen Hals. »Die haben einen getötet«, sagte er. »Sie wissen genau, dass sie niemals eine Entschädigung bekommen werden. Besonders wenn es sich um einen erwerbstätigen Elternteil oder um ein Kind handelt, reagieren einige mit Wut und Verzweiflung. Die Menschen hier haben alle nicht viel, und wenn sie dann einen Hauptverdiener wie Mutter oder Vater verlieren, oder ein Kind, das den Ruhestand der Eltern absichern könnte, hat so etwas Konsequenzen.«

Elli dachte, dass Rutherford eine Menge wusste, aber auch ein wenig zynisch wirkte. Aber so wurde man wohl, wenn man einen Job wie seinen machte.

Als es kurz nach acht Uhr war, kamen sie zu einem Checkpoint der UPDF. Elli erinnerte sich an das Briefing mit Skarpnes und wusste daher, dass überall dort, wo die Guerilla operierte, mit solchen Kontrollen zu rechnen war.

»Pass«, sagte Rutherford.

Ein Soldat in abgetragener Uniform, mit einer nicht mehr neuen AK-47 über der Schulter, trat an der Fahrerseite ans Autofenster und streckte die Hände nach den Papieren aus. Rutherford gab ihm die Pässe, die der Soldat routiniert überprüfte, während er Ellis und Rutherfords Gesichter musterte. Nach dreißig Sekunden schien er zufrieden, gab die Pässe zurück und winkte die beiden weiter.

»Das war ja einfach«, sagte Elli.

»Hier gibt's nur selten Probleme. Die interessieren sich hauptsächlich für Kollaborateure der GFF.«

Nach ein paar hundert Metern fiel die Straße zu einem großen, majestätischen Wasserfall hin ab. An der schmalsten Stelle führte eine Brücke darüber hinweg.

»Die Gerüchte besagen, dass Idi Amin sich an dieser Stelle gern unliebsamer Personen entledigt hat«, sagte Rutherford, als der Wagen über die Brücke rollte.

Elli blickte auf den wilden Strom hinab. Die Wassermassen waren gewaltig. Niemand würde hier einen Sturz überleben.

»War er nicht dafür bekannt, seine Widersacher aufzuessen?«, fragte sie.

Rutherford lächelte. »Er selbst hat sich als *Conqueror of the British Empire* bezeichnet. Aber das mit dem Kannibalismus ist wohl übertrieben. Er hat sich mit Folter und äußerst kreativen Verstümmelungen begnügt.«

»Ich habe gelesen, dass unter seiner Herrschaft zwischen drei- und fünftausend Menschen getötet wurden«, sagte Elli.

»Das stimmt. *The Last King of Scotland*, das war so ein anderer Titel, den er sich gegeben hat. Der Mann war alles andere als bescheiden. Er hat übrigens auch die Acholi, eine stetig verfolgte Bevölkerungsgruppe, terrorisiert, so wie heute die GFF.«

Elli warf einen Blick auf die Landkarte und sah, dass sie sich nun in der Nähe des Murchinson-Falls-Naturreservats befanden. Ein paar Monate zuvor hatten die GFF dort eine Hilfslieferung überfallen und ausgeraubt.

Um halb zehn kamen sie in Gulu an. Hier gab es noch mehr Stroh- und Lehmhütten und eine beträchtliche Zahl an Fahrradfahrern und Fußgängern. Ein Ortsschild mit der Aufschrift ›Gulu‹ hing schief unter einem Carlsberg-Werbeplakat mit einer schäumenden Bierflasche darauf.

Die Stadt bestand aus einem Zentrum mit heruntergekommenen Backsteingebäuden sowie einem umgebenden Gürtel mit einfachen Häusern und Hütten. Die meisten Stadtbewohner wohnten in solch einfachen Quartieren, erklärte Rutherford. An einem Kreisverkehr fiel Elli eine Mutter mit einem Kind in einer Trageschlinge auf dem Rücken auf. Ihr Gesicht war stark entstellt. Wo die Ohren gewesen waren, gab es jetzt nur noch Fleischknorpel, und ihre Lippen waren zu zwei dünnen Strichen reduziert, die sich über den perlweißen Zähnen nicht mehr ganz schließen ließen. Auch die Nase war verstümmelt, nur noch ein Rest der Nasenwurzel war erkennbar. Elli erschauderte bei dem Gedanken, was dieser Frau wohl widerfahren sein musste.

»Sie ist hier wohl nicht die einzige«, sagte Elli.

»*Afraid not*«, entgegnete Rutherford. »Verstümmelungen mit der Machete sind eine der Hauptdisziplinen der GFF.«

Das Hotel Acholi Inn, wo sie Kalesa zu finden hofften, lag auf der anderen Seite der Stadt. Es dauerte zehn Minuten bei langsamer Fahrt, um den Ort zu durchqueren. Rutherford hielt direkt vor dem Hoteleingang an. Elli sprang aus dem Wagen und betrachtete das gelbe zweistöckige Backsteingebäude. Ein rascher Blick auf die anderen Geländewagen vor dem Hotel machte deutlich, dass Vertreter vom Roten Kreuz, von der Flüchtlingshilfe, von OXFAM, Danida und der UN entweder im Hotel wohnten oder sich aus einem anderen Grund hier aufhielten.

Am äußersten Rand der flachen Landschaft schien sich das Buschland unendlich am Horizont fortzusetzen. Irgendwo hier befand sich vielleicht Otto Kamperud.

Kapitel 38

Das Acholi Inn bestand aus drei Flügeln unterschiedlicher Zimmerqualität. Elli und Rutherford vermuteten, dass Kalesa ein Zimmer im luxuriösesten Teil belegt hatte, entschieden sich jedoch, zunächst im Hotelgarten etwas zu trinken. Dort würden sie die Situation im Hotel besser überblicken können.

Unter ein paar niedrigen Laubbäumen saß eine Gruppe von zwölf, vielleicht fünfzehn Ortsbewohnern, die sich angeregt unterhielten. Elli nahm an, dass es Angestellte des Öffentlichen Dienstes oder einer Hilfsorganisation waren. Drei Europäer, zwei junge Frauen und ein Mann in mittleren Jahren, saßen mit ihrem Tee an einem anderen Tisch. Die blauen Porta-Brace-Taschen und die Fernsehkameras verrieten deutlich, womit die drei beschäftigt waren. Etwas weiter entfernt saßen zwei Männer, deren Akzent sie als Amerikaner identifizierte, und unterhielten sich lebhaft mit vier Frauen aus der Gegend. Einige Fetzen des Gesprächs drangen bis zu Elli vor, so dass sie verstehen konnte, dass sie über ein Rehabilitierungsprogramm für Kindersoldaten sprachen, bei dem der Glaube an Gott eine zentrale Rolle spielen sollte. Die Christianisierung Afrikas war anscheinend noch nicht abgeschlossen.

Ein todernstes Mädchen im Teenageralter brachte Elli und Rutherford Tee und Limonade.

»Wir haben zwei Weltkriege gewonnen, weil wir Tee trinken«, sagte Rutherford. »Die Deutschen trinken Kaffee. Aber darin sind keine Nährstoffe. Im Tee gibt es Proteine. Außerdem enthält er mehr Antioxidantien und ein paar Vitamine. Kaffee ist … nun ja, Kaffee.« Elli sah ihn beleidigt an. »Nur ein Brite könnte wohl auf die Idee kommen, eine Halbasiatin über Tee zu belehren.«

Rutherford quittierte Ellis Kommentar mit einem Lachen und nahm einen großen Schluck des heißen Getränks. Als er die Tasse wieder abstellte, deutete er mit dem Kopf auf den Rezeptionsbereich des Hotels. »Zankawi.«

Elli sah einen korpulenten Ugander in UPDF-Uniform, der die Tür zum Empfangsbereich durchschritt. Ein schwarzer Toyota Land Cruiser war gleich neben dem Empfangsbereich abgestellt worden. Elli hörte das knatternde Geräusch des Motors, der im Leerlauf lief. »Hört sich so an, als käme der Hotelbesitzer nur mal schnell vorbei.«

Ihre Vermutung bestätigte sich, als Zankawi nach weniger als einer Minute mit einem weiteren Uniformierten wieder herauskam.

Rutherford lächelte zufrieden. *»The plot thickens …«*

Elli blickte ihn fragend an.

»Kalesa.«

»Wieso trägt er Uniform?«

»Er hat einzig und allein seine militärische Identität – von der Guerilla. Nimmt man ihm die weg, ist er eine Null. Es heißt, Zankawi habe ihn zum Leutnant ernannt, um ihn milde und kooperativ zu stimmen.«

»Sie fahren weg«, rief Elli und war schon aufgestanden.

Rutherford erhob sich ebenfalls und folgte ihr.

Der schwarze Land Cruiser hob sich in den Straßen Gulus deutlich sichtbar hervor. Der restliche Verkehr bestand überwiegend aus weißen Geländewagen von diversen Hilfsorganisationen, örtlichen gelben und blauen Hiace-Taxis sowie Ziegen, Fußgängern und Radfahrern. Elli und Rutherford konnten dem Land Cruiser in sicherer Entfernung problemlos folgen.

Nach zehn Minuten bog der Wagen mit Kalesa und Zankawi nach rechts ab, in ein Wohngebiet mit traditionellen Hütten. Rutherford brachte den Land Rover im Schatten einiger Verkaufsbuden und großer Bäume, deren Äste und Laub quer hinüber bis auf die andere Straßenseite reichten, zum Stehen. An den Warenständen wurden Stoffe, Obst, Gemüse und Konservendosen feilgeboten.

Elli öffnete die Tür und stieg aus. Ein paar Ortsbewohner sahen kurz zu ihr hin, doch ihr Interesse verlor sich schnell. Offenbar waren sie an Entwicklungshelfer gewohnt, Ellis und Rutherfords Tarnung schien zu funktionieren. Zwischen den Bäumen entdeckte Elli einen kleinen Pfad.

»Ich schaue mich hier mal um«, sagte sie zu Rutherford. »Passt du solange auf den Wagen auf?«

Rutherford nickte. »Verhalte dich unauffällig«, sagte er.

Der Pfad führte durch einen Streifen dichter Vegetation und mündete auf einer Grasebene, die eine Ansammlung von Lehmhütten umschloss. Zehn bis fünfzehn Hütten, die durch kleine offene Plätze voneinander getrennt waren. Elli nahm den Geruch von brennendem Holz wahr, die Geräuschkulisse wurde von Ziegen, Hühnern, Kindern sowie Frauen geprägt, die in einem Mörser Korn zu Mehl zermalmten.

Frauen in langen Gewändern, mit und ohne Kopfbedeckung, liefen zwischen den Hütten umher. Ellis Khakibekleidung stach deutlich hervor.

Fünf Minuten später kehrte Elli von einer der Marktbuden an dieselbe Stelle zurück, trug jetzt aber ein rostrotes Kleidungsstück, das den ganzen Körper bedeckte, und ein schwarzes Stoffstück als Kopfbedeckung. Sie lief zwischen den Hütten umher und beschloss, zunächst nach dem Toyota Land Cruiser Ausschau zu halten.

Das ganze Areal bestand aus einem Wirrwarr von kleinen Pfaden und Feldwegen. Auf Ellis Weg lagen eine improvisierte Bar, ein kleiner Gemüseladen und ein Ziegengehege. Nachdem sie ein paar Minuten gelaufen war, kam sie zu einer Gegend mit größeren Hütten. Ein paar Kinder hatten Elli bemerkt, folgten ihr eine Weile kichernd, verschwanden dann aber glücklicherweise in einer kleinen Gasse. Das Geräusch eines startenden Automotors ließ Elli erschrecken. Das labyrinthische Netz aus Pfaden, Wegen und Gassen erschwerte es, den Ursprung des Geräuschs zu orten, aber es war ganz in der Nähe. Der große Geländewagen tauchte plötzlich nur ein paar Meter vor Elli auf. Zum Glück bog er in die entgegengesetzte Richtung ab und folgte einem schmalen Feldweg. Doch Elli hatte genug gesehen. Neben Kalesa saß jetzt auch ein junger Mann auf dem Rücksitz. Zankawi und sein Fahrer saßen vorn.

Elli brauchte vier Minuten, um wieder zurück zu Rutherford zu gelangen. Zweimal hatte sie die falsche Richtung eingeschlagen, erreichte schließlich aber wieder den Rand des Hüttenfelds, lief darum herum und kam zurück zum Ausgangspunkt.

»Die haben einen Mann mitgenommen«, berichtete Elli atemlos.

Rutherford startete den Wagen, lenkte ihn zurück auf die Straße und fuhr in Richtung des kleinen Dorfs, aus dem Elli gekommen war. »Da, wo ich stand, sind sie nicht vorbeigekommen, sie müssen weiter in die andere Richtung gefahren sein«, sagte er. »Haben die einen lokalen Ortsbewohner mitgenommen?«

»Sah so aus«, erwiderte Elli und überdachte schnell die Situation. Kalesa war lediglich als Quelle interessant, doch sie mussten mit ihm reden, ohne dass andere dabei waren oder überhaupt wussten, dass sie Kontakt zu ihm aufgenommen hatten. Und Kalesa durfte seinerseits anderen gegenüber nicht erwähnen, dass er mit Elli und Rutherford gesprochen hatte. Demnach musste er hinters Licht geführt oder zum Schweigen gezwungen werden. Elli glaubte nicht an irgendein *gentlemen's agreement.*

Wo er jetzt wohl hinwollte? Elli sah auf die Uhr, es war kurz nach eins. Sie musste sich bei dem Kontaktmann in der Botschaft und in Lutvann melden.

»So eins wie das hätte ich auch gern«, sagte Rutherford, als sie ihr CryptoKid hervorholte. »Aber der MI6 ist ziemlich geizig, was die Ausrüstung von Freelancern betrifft.«

Elli lächelte und schickte eine SMS los.

Ank Gulu 1100, folgen Kalesa, melde mich nach Vernehmung

Zu spät fiel ihr ein, dass es sich gar nicht um eine Zeugenvernehmung handelte.

Die nach Westen führende Straße wurde schmaler. Die Anzahl der Löcher und Hindernisse stieg deutlich an. Elli konnte ein wenig roten Staub erkennen, der durch die Luft wirbelte.

»Könnte von ihnen stammen«, sagte sie.

»Wahrscheinlich«, erwiderte Rutherford und verringerte nach einer Kurve die Geschwindigkeit. Der Weg führte jetzt durch einen Abschnitt mit dichter Vegetation. Die Bäume formten ein Dach über der Straße. Um dem anderen Fahrzeug nicht allzu nahe zu kommen, fuhr Rutherford nur langsam weiter.

Elli überlegte, wie sie mit Kalesa in Kontakt kommen könnten. »Hinterhalt? Direkt zu ihnen hinfahren? Irgendwelche Vorschläge?«

Rutherford spähte durch die Frontscheibe. »Schauen wir mal.«

Die Straße bog scharf nach links ab und führte dann steil bergab. Die dichte Vegetation ließ nach und wurde ein paar hundert Meter vor ihnen von einer leuchtend grünen Ebene abgelöst. Wie ein roter Strich setzte sich die Straße durch diese Ebene fort. Mindestens zwei Kilometer, dachte Elli.

Rutherford hielt an und stellte den Motor ab. Hinter dem konstanten Zirpen der Heuschrecken war das Geräusch des Land Cruiser zu hören, dessen Dieselmotor hochtourig aufheulte.

»Die haben die Ebene da unten fast erreicht«, sagte Rutherford. »Er hält den Fuß auf der Bremse.«

Eine halbe Minute später konnten sie den schwarzen Wagen entdecken, der wie ein Käfer auf einem grünen Teppich wirkte. Elli nahm ein Fernglas aus der geräumigen Ablage unter dem Armaturenbrett. Kein Zweifel, es war der richtige Wagen, er fuhr zügig weiter.

»Wo endet die Straße?«, fragte sie.

Rutherford blickte auf das Navigationsgerät, das er oberhalb der Gangschaltung montiert hatte. »In aller Kürze: Erst der Dschungel, dann der Nil und schließlich der Kongo.«

Elli schaltete die GPS-Funktion des CryptoKid ein und erhielt eine noch detailliertere Karte als die auf Rutherfords Navi. Auf der hochauflösenden Hybrid-Karte folgte Elli dem Straßenverlauf über die Ebene; der Weg schien in einem kleinen Dorf zu enden.

Ein Icon auf dem Bildschirm verriet, dass sie in vierzehn Minuten eine Verbindung zu einem über sie hinwegziehenden amerikanischen Satelliten bekommen würde.

»Die kommen jetzt erst mal nicht weiter«, sagte sie. »Es lohnt sich wohl, auf den Satelliten zu warten.«

»Unbedingt«, gab Rutherford zurück und holte seine Thermoskanne mit Tee hervor.

Der Satellit, der das Gebiet zweimal täglich überflog, war ein Keyhole-12, der visuelles Material mittels einer Kombination aus hochmodernen Digitalkameras und Infrarottechnik abbilden konnte. Bei Tageslicht konnten beliebige Objekte bis auf zehn Zentimeter genau beobachtet werden.

Fünf Minuten nachdem der Satellit vorbeigeflogen war, bekamen Elli und Rutherford das detaillierte Bild von vier Männern, die neben dem abgestellten Land Cruiser auf Klappstühlen saßen. Sie hatten ungefähr auf halber Strecke durch die Ebene angehalten, und es war deutlich zu erkennen, dass sie sich unterhielten.

»Ich vermute, dass diese vierte Person ein Informant der GFF ist und dass sie ihn hierhergebracht haben, um in Ruhe reden zu können«, sagte Rutherford.

»Und Kalesa trägt sozusagen zur Qualitätssicherung bei?«

»So ähnlich. Es ist für den Informanten viel schwieriger, die anderen zu täuschen oder sich herauszureden, wenn ein ehemaliger Kommandant der GFF dabeisitzt.«

Elli trommelte mit dem Finger auf ihrem CryptoKid herum. »Tja … wie ehemalig wird er wohl sein?«, sagte sie. »Nun, die Zeit wird knapp. Wollen wir hier abwarten, ob sich auf dem Rückweg eine Gelegenheit ergibt?«

Rutherford sah sie an und lächelte. »Du hast wirklich Talent für dieses Spiel.«

Eine halbe Stunde hatten sie mit dem alten, trockenen Baumstamm herumhantiert, als Elli bemerkte, dass der Land Cruiser sich wieder in Bewegung setzte. Der Baumstamm lag nun in einer Position, die es ihnen ermöglichte, ihn innerhalb von zwei oder drei Minuten mitten auf die Straße zu zerren. Rutherford manövrierte den Land Rover zwischen ein paar Büsche, etwa dreißig Meter oberhalb der Straße.

»Außer Zankawi ist wahrscheinlich auch der Fahrer bewaffnet«, sagte Rutherford. »Mit einer Pistole, aber vielleicht haben sie auch eine AK-47 im Wagen. Kalesa ist nicht bewaffnet, der Informant ebenfalls nicht. Die haben den bestimmt gründlich überprüft.«

»Okay«, sagte Elli. Sie hatte die Glock eingesteckt, Rutherford hatte seine Browning dabei, sich die M4 an einem Riemen über die Schulter gehängt.

Nachdem sie den Baumstamm auf die Straße bugsiert hatten, legten sie sich rechts und links am Straßenrand in Position.

Elli hörte das Geräusch des schweren Dieselmotors immer näher kommen. Sie spürte, dass ihr Puls anstieg; all ihre Sinne waren geschärft. Es gibt für alles ein erstes Mal, dachte sie, als der Wagen ungefähr hundert Meter entfernt auftauchte. In den Stoff, den sie zuvor als Kopfbedeckung verwendet hatte, hatte sie nun Löcher für Augen und Mund geschnitten und ihn sich wie eine Skimaske übers Gesicht gezogen. Rutherford hatte ebenfalls eine entsprechende Verhüllung ausgewählt.

Der Land Cruiser stoppte zehn Meter vor dem Baumstamm. Nach ein paar Sekunden öffnete sich die Tür auf der Fahrerseite. Der Fahrer, ein kräftiger Mann, sagte etwas auf

Acholi und ging auf den Baumstamm zu. Als er ihn erreicht hatte, schlug Rutherford zu.

»*Freeze!*«, schrie er, trat mit der gezückten M4 auf den Fahrer zu und zielte damit auf seine Brust. Der Fahrer versuchte, etwas unter seinem Hemd hervorzuzerren, doch Rutherford war schneller. Er schoss zweimal dicht an der linken Schulter des Fahrers vorbei, der sich daraufhin auf den Boden fallen ließ.

Elli sprang auf die Beifahrerseite zu, wo Zankawi gerade aussteigen wollte. Wie vermutet, war er bewaffnet. Nicht mit einer Pistole, aber mit einer Uzi.

»*Down!*«, brüllte Elli und zielte mit der Glock auf Zankawis Herz. Der Abstand zwischen ihnen betrug nur drei Meter.

Zankawi machte keine Anstalten, es seinem Fahrer gleichzutun, wich dagegen katzengleich zur Seite hin aus und riss die Uzi in die Höhe.

Wenn Elli jetzt schoß, könnte er sterben.

Sie entschied sich anders, stürzte vor, vollführte einen perfekten Fallrückzieher und versetzte Zankawis rechtem Arm einen heftigen Tritt. Die Uzi fiel zu Boden.

Zankawi reagierte seinerseits mit einem Tritt. Elli spürte einen jähen Schmerz, als sein Stiefel mit voller Wucht in ihrem Nierenbereich landete. Sie wich instinktiv ein Stück zurück. Anstatt seinen Angriff fortzusetzen, drehte sich Zankawi plötzlich um und versuchte, in die Büsche zu entkommen. Ellis Schmerzen waren durch das Adrenalin gedämpft, also stürzte sie ihm nach und schaffte es gerade noch, sein Bein zu umklammern. Zankawi verlor das Gleichgewicht, seine Knie gaben nach. Elli landete neben ihm auf dem Bauch, rollte sich herum, musste aber ein paar heftige, verzweifelte Schläge von Zankawi einstecken, die auf ihren Kopf, Bauch und Unterleib zielten. Mit dem linken Arm wehrte Elli die Schläge auf ihren Kopf ab und zog ein Knie an, um ihren Bauch zu beschützen. Mit der rechten Hand konnte sie schließlich seinen linken Arm fassen und benutzte das Knie als Hebel, um seinen Arm nach oben zu pressen und seinen ganzen Körper gleichzeitig herumzureißen. Er stürzte zur Seite, Elli war sofort über ihm und verpasste ihm mit dem Handrücken einen Schlag auf die Nase. Zankawi schrie auf, fasste sich mit einer Hand an die Nase und versuchte gleichzeitig, Elli mit dem anderen Arm abzuwehren. Elli blockierte seine Bewegungen, griff den Arm mit beiden Händen und zwang Zankawi gänzlich auf den Boden, indem sie den Arm entgegen der natürlichen Bewegungsrichtung seines Ellbogengelenks drückte.

Zankawi gab auf.

»Alles unter Kontrolle?«, rief Elli Rutherford zu.

Der bestätigte und warf ihr gleichzeitig eine Rolle Duct tape zu. Zwei Minuten später war Zankawi an Händen und Füßen gefesselt. Elli lief zum Land Cruiser und riss die hintere Tür auf, hinter der Kalesa völlig ungerührt saß. Die vierte Person, ein blutjunger Mann, lag in Embryostellung zwischen den Sitzen.

»Raus!«, kommandierte Elli.

Beide gehorchten wortlos.

Ein paar Minuten später waren alle vier Reifen des Land Cruiser mit einem Messer aufgeschnitten. Auch die Benzinleitung im Motorraum war an mehreren Stellen durchtrennt. Zankawi saß gefesselt auf dem Beifahrersitz, der Fahrer lag im Kofferraum und der Junge auf der Rückbank, beide ebenfalls gefesselt. Elli und Rutherford hatten allen dreien im Land Cruiser Wasser dagelassen. In spätestens vier oder fünf Minuten würden sie sich befreit haben.

Rutherford lenkte den Land Rover zurück auf die Straße. Elli saß hinten und hielt Kalesa mit der Glock unter Kontrolle.

»Duct tape versagt nie«, sagte Rutherford. »Übrigens eine beeindruckende Vorstellung«, fügte er hinzu und blickte Elli im Rückspiegel an.

»Werde ich sterben?«, fragte Kalesa.

»Wir wollen bloß mit dir reden«, sagte Elli. »Es dürfte nicht allzu lange dauern.«

Rutherford hatte Kalesa die Augen verbunden, so dass Elli und er selbst ihre Masken abnehmen konnten. Jetzt saßen sie zusammen mit Kalesa auf drei Klappstühlen.

Nach dem geglückten Angriff aus dem Hinterhalt waren sie direkt nach Gulu zurückgefahren und hatten den Wagen hinter ein paar baufälligen Lagerschuppen abgestellt, wo er nicht ohne weiteres zu sehen war. Von ihrem Standort aus konnten sie außerdem gut beobachten, ob sich Fahrzeuge in die Richtung bewegten, wo der havarierte Land Cruiser stand.

Elli musterte Kalesa. An der Innenseite des rechten Arms hatte er eine ähnliche Narbe wie Ojore: Eine Boomslang wand sich mit dem Kopf voraus auf die Handfläche zu. Es musste weh getan haben, als er sie verpasst bekommen hatte, dachte Elli.

»Wir brauchen ein paar Informationen«, sagte sie.

»Wieso sollte ich euch Informationen geben?«

»Wenn sie nützlich sind, bezahlen wir dafür.«

Kalesas Schultern regten sich. »Wie kommt ihr darauf, dass ich käuflich bin?«, entgegnete er.

Aber die kleine Bewegung hatte ihn schon verraten: Natürlich war er käuflich.

»Jeder hat seinen Preis«, sagte Rutherford.

»Und wenn ich nicht will?«

Rutherford stand auf, trat hinter Kalesa und presste ihm die Browning fest auf den Nacken. Kalesa zuckte bei der Berührung mit dem kalten Stahl zusammmen.

»Dann bist du wertlos für uns«, sagte Rutherford mit ruhiger Stimme.

Elli bedachte Rutherford mit einem scharfen Blick, der sagen sollte: *Geh sparsam mit deinen Mitteln um.*

Rutherford riss die Augen auf und legte die Stirn in Falten. *Angsthase,* schien sein Blick auszudrücken.

»Okay!«, rief Kalesa. »Okay … was wollt ihr wissen? Was bekomme ich dafür?«

Elli sah, dass er zitterte. So viel zum Thema *knallharter Guerillakommandant.* Elli schob die Einwände gegen Rutherfords Machtdemonstration beiseite und wandte sich an den zitternden Gefangenen. »Wir wollen vier Dinge wissen. Du bekommst dreihundert Dollar für jede Antwort.«

»Ihr Norweger seid ganz schön tough, wenn's um Zahlungsmodalitäten geht.«

»Wie kommst du darauf, dass wir Norweger sind?«

Kalesa schüttelte nonchalant den Kopf. »Die Geisel ist doch Norweger. Der Mann, meine ich.«

Elli beschloss, mit den Geiseln anzufangen.

»Was weißt du über die Geiseln?«, fragte sie.

»Sie sind am Leben, aber die haben Kamperud zwei Finger abgeschnitten. Ich glaube, die Frau hat die Ruhr.«

»Die Assistentin?«, fragte Elli.

Kalesa nickte.

»Woher hast du diese Information?«

»Von dem Informanten, mit dem wir heute gesprochen haben«, sagte Kalesa. »Den ihr freundlicherweise gefesselt habt. Er bekommt seine Informationen von einem Verwandten. Zankawi verhört ihn immer an irgendeinem Ort, wo niemand anderes hinkommt. Ich bin als Berater dabei, sozusagen.«

»Weißt du, was sie mit der Geiselnahme bezwecken?«

Kalesa schien genauer nachzudenken.

»Ich weiß nicht genau, was Disciple sich dabei denkt. Bürgerkrieg zu führen, kostet viel Geld. Die GFF haben immer Bedarf an Finanzmitteln.«

Elli musste wieder daran denken, dass Disciple irgendwo gesehen oder gehört haben musste, dass jemand bereit war, für die Sicherheit von Otto Kamperud zu bezahlen.

»Welche Norweger haben Disciple Geld gegeben?«, fragte Elli.

Kalesa drehte den Kopf zu Elli, als könnte er durch seine Augenbinde hindurchsehen. »Ich weiß nicht, wer bezahlt hat. Ihr dürft mich nicht in diese Sache hineinziehen!«

»Worauf willst du hinaus?«

»Die Umschläge. Bei den Verhandlungen. Ich hab die niemals angerührt.«

Wieder die Umschläge. War etwa doch Geld in den Umschlägen gewesen? Das Problem war doch gerade, dass kein Geld im Spiel war.

»Was weißt du über die Umschläge? Woher hast du diese Information?«, bedrängte sie ihn.

Auf Kalesas Stirn wurde ein leichtes Runzeln sichtbar. Er gewann seine Fassung schnell zurück, aber es war klar, dass er etwas wusste.

»Ich glaube, ich habe da etwas missverstanden …«

Elli stand auf, ging zu Kalesa hinüber und hockte sich vor ihn hin.

»Kalesa, wir haben wenig Zeit. Ich habe überhaupt kein Interesse daran, hier zu sein. Aber ich habe an deinem Gesicht gesehen, dass du etwas über die Umschläge weißt. Du musst es uns erzählen.«

Kalesa zuckte mit den Schultern. »Ich weiß nur, dass es Geld war.«

Elli verstand gar nichts, musste aber weitermachen und die Chance nutzen.

»Okay, die Umschläge wurden also bei den Treffen übergeben?«

»Soweit ich weiß«, sagte Kalesa widerwillig. Er zitterte immer noch. »Was wollt ihr noch wissen?«

Elli ließ sich nicht auf seinen versuchten Themenwechsel ein. »Ihr wurdet bezahlt. Wofür?«

Kalesa reagierte trotzig. »Um zu verhandeln, vermute ich.«

»Ist das so üblich?«

»Ich habe keine Ahnung, was üblich ist«, fauchte er. »Wir führen hier einen Krieg.«

»Hast du jemals Geld gesehen? War es viel?«

»Ich hab nicht die geringste Idee, wie viel es war«, sagte er resigniert. »Es waren so ganz normale flache Briefumschläge.«

»Und du hattest nichts mit den Verhandlungen zu tun?«

»Nein, ich war kein Mitglied des Teams. Außerdem habe ich mich der UPDF gestellt, kurz nachdem die Verhandlungen angefangen haben.«

Elli begriff, dass Kalesa wohl kaum weitere Informationen darüber geben konnte. Sie beschloss, das Thema zu wechseln.

»Droht Disciple damit, die Geiseln zu töten?«

»Ja«, gab Kalesa sofort zurück. »Und zwar auf ausgeklügelte Weise.«

Er hob den Kopf und nahm eine arrogante Haltung ein. »Das waren jetzt vier Fragen«, ließ er sie wissen.

Rutherford sah Elli an. Sie schüttelte den Kopf. Aber Rutherford presste Kalesa die Pistole zwischen die Rippen.

Er schrie auf.

»Vier Informationen, nicht bloß vier Fragen«, sagte Elli. »Zustand der Geiseln, Pläne und Forderungen der Geiselnehmer, drohen die GFF, die Geiseln umzubringen, und wo befinden sie sich? Auf die letzte Frage haben wir noch keine Antwort bekommen, aber du solltest sie uns jetzt geben.«

Kalesa stöhnte auf, als Rutherford die Pistole wegnahm.

»Die GFF operieren in Uganda, im Südsudan und im Kongo. Der springende Punkt ist, dass sie sich häufig in kleinere Einheiten zerstreuen. Sie können also zur selben Zeit in allen drei Ländern sein.«

»Die Geiseln können also entweder im Südsudan oder im Kongo oder in Uganda sein?«, fragte Elli.

»Ja.«

Rutherford tippte Kalesa mit dem Finger auf die Schulter.

»Und was vermutest du?«

»Kongo«, sagte er.

»Wie können wir mit ihnen in Kontakt treten?«

Kalesa wiegte den Kopf langsam hin und her. »Wenn ich das verrate, bin ich erledigt.«

»Wenn du es nicht sagst, bist du sofort erledigt«, sagte Rutherford und blickte Elli gleichzeitig entwaffnend an.

Nein, ich habe nicht vor, ihn zu töten.

Kalesa blies resigniert die Luft aus. »Ich glaube, sie halten sie gleich hinter der Grenze zum Kongo gefangen. Auf ugandischer Seite gibt es auch noch eine Einheit. Die verhalten sich tagsüber ruhig und gehen weiter, sowie die Sonne gesunken ist. Der Verwandte unseres Informanten gehört zu diesem Trupp.«

Kalesa erläuterte detailliert, wo die besagte GFF-Abteilung

vermutlich zu finden war. Elli und Rutherford verglichen seine Beschreibung mit den Informationen auf der Satellitenkarte. Kalesa schien zumindest ein konkretes Gebiet zu beschreiben. Elli warf einen Blick auf die Uhr. Es war zwanzig nach zwei. »Wir müssen los«, stellte sie fest.

Rutherford gab Kalesa zwölfhundert Dollar und wies ihn an, noch fünf Minuten ruhig sitzenzubleiben, falls er nicht erschossen werden wollte. Dasselbe galt, wenn er jemanden von der Unterhaltung erzählte.

Kalesa vernommen. Hinweis auf Objekte in DRK. Weitere Untersuchungen folgen.

Die Nachricht war um 16.07 Uhr an die Botschaft, an Nereng sowie nach Lutvann abgegangen. Jetzt hatten Elli und Rutherford noch zwei Stunden Tageslicht zur Verfügung, ehe es dann sehr schnell stockdunkel werden würde. Rutherford vermutete, dass sie die von Kalesa erwähnte Gegend noch im Hellen erreichen könnten.

»Wird Kalesa dichthalten?«, fragte Elli.

»Wahrscheinlich«, erwiderte Rutherford. »Er hat Geld bekommen und dafür fremden Akteuren Informationen geliefert. Zankawi und seine Kompanie würden das sicher nicht zu schätzen wissen.«

Elli schloss die Augen und spürte, wie erschöpft sie war. Dennoch musste sie Rutherford die Grenzen des Auftrags aufzeigen.

»Rutherford …«, begann sie.

»Ruth. Alle nennen mich Ruth.«

»Okay, Ruth … wir bringen auf dieser Tour niemanden um«, sagte sie.

Rutherford antwortete nicht sofort. »Ich hoffe, die GFF haben dieselbe Philosophie«, sagte er nach einer Weile.

Elli drückte sich anders aus. »Solange wir uns nach unserer Philosophie richten …«, begann sie, kam aber nicht recht weiter.

»Do or die«, sagte Rutherford schließlich.

Elli begriff, dass sie ihm die Antwort schuldig bleiben musste. Unzählige Gedanken schwirrten durch ihren Kopf. Würden sie die Geiseln retten können? Wieso gab es keine Lösegeldforderung? Wie schnell würde eine Befreiungseinheit zu Hilfe kommen können? Würden sie überhaupt mit den GFF reden können, oder würde die Guerilla versuchen, noch weitere Geiseln zu nehmen?

Elli öffnete eine Tüte mit Nüssen. Sie hatten Lebensmittelvorräte für zwei Wochen bei sich. Hoffentlich wären sie nicht gezwungen, alles aufzuessen.

Kapitel 39

Otto erwachte von einem lauten Stimmengewirr. Charlotte und er waren in eine Hütte gebracht worden. Darin gab es Strohmatten zum Liegen und zwei Zinnkrüge, aus denen sie trinken konnten. Zwei GFF-Soldaten hielten draußen unentwegt Wache. In der kugelförmigen Strohhütte gab es nur eine Öffnung, aber Otto hatte ganz unten an der Wand einen Schlitz entdeckt, der Aussicht auf den offenen Lagerplatz bot. Vorsichtig stand er auf, um nicht Charlotte zu wecken, die nach der Entführung zum ersten Mal die Nacht durchgeschlafen hatte. Es ging ihr sehr schlecht, Otto befürchtete, dass sie es nicht schaffen würde, aber Disciple war nicht bereit, ihnen beiden ein Antibiotikum zu geben.

Als er an Charlotte vorbeischlich, verlor er das Gleichgewicht und war gezwungen, sich mit der linken Hand abzustützen. Der Schmerz, der dabei durch seinen Arm fuhr, war nahezu unerträglich. Es war so, als hielte er eine explodierende Granate in der Hand.

Otto wollte schreien, konnte sich aber mit aller Macht beherrschen.

Er kniff die Augen zusammen. Hinter den Augenlidern sah er nur Rot. Eine Weile blieb er so sitzen, bis der Schmerz etwas nachgelassen und er wieder die Kontrolle über seinen Körper zurückgewonnen hatte. Als er die Augen öffnete, war immer noch alles rot.

Verschwommene, laute Kinderstimmen.

Er musste sehen, was vor sich ging. Vorsichtig kroch er zu dem Schlitz, legte sich flach auf den Bauch und blickte mit dem rechten Auge durch die kleine Öffnung. Im Mondschein konnte er draußen etwa zwanzig Kinder erkennen, die Aufstellung genommen hatten. Fünf Soldaten hielten sie beiläufig unter Beobachtung. Direkt vor den Kindern stand Disciple. Er redete mit seiner leise flüsternden, kaum hörbaren und für Otto unverständlichen Stimme auf sie ein. Doch Otto verstand genau, worum es ging. Es waren erst vor kurzem entführte Kinder, die nun zum ersten Mal ins Lager gekommen waren. Wahrscheinlich hatte man sie dazu benutzt, Lebensmittel oder Ausrüstung hierherzuschleppen.

Besonders ein Kind, ein kleiner Junge, der nach Ottos Einschätzung zehn oder elf Jahre alt war, wirkte äußerst erschöpft. Er konnte seinen kleinen Körper gerade eben noch aufrecht halten. Doch schließlich ließen die Kräfte nach, er sackte in sich zusammen.

Eines der anderen Kinder beugte sich sogleich hinunter, um dem Kleinen zu helfen, doch mit der Präzision und Geschwindigkeit einer Schlange war Disciple zur Stelle. Er packte den älteren Jungen, der sich hinuntergebeugt hatte, bei den Haaren und zog ihn in die Mitte des Lagerplatzes.

Was dann folgte, war etwas, von dem Otto wünschte, es niemals gesehen zu haben.

Die erschrockenen Kinder beobachteten mit ängstlichen Blicken, wie Disciple den wehrlosen Jungen, der nur hatte helfen wollen, auf den Boden drückte.

»Soldat bei den GFF zu sein, bedeutet Disziplin«, sagte Disciple. »Disziplin gegenüber unserem Herrn, dem allmächtigen Gott, amen, und seinen Dienern und Jüngern auf Erden, den Kommandanten der GFF.«

Langsam ließ er den Blick über die verängstigten Kinder gleiten. Er ignorierte den kleinen Jungen, der benommen auf dem Boden saß.

»Disziplin bedeutet zu fragen, bevor man etwas tut. Dieser Soldat hat nicht gefragt«, fuhr er fort und trat mit dem Fuß nach dem Jungen vor ihm auf dem Boden.

»Ungehorsam wird hart bestraft. Die Strafe muss hart sein, denn wenn sie es nicht ist, haben wir keine Disziplin.«

Zunächst verstand Otto nicht genau, was Disciple sagte. Der Junge saß in der Mitte, die anderen Kinder kamen schrittweise näher. Ihre Körpersprache verriet, dass sie das gar nicht tun wollten, dennoch gingen sie weiter auf ihn zu. Nach ein paar Sekunden begriff Otto, was Disciple ihnen befohlen hatte.

Otto wollte nicht hinsehen, er wollte sich abwenden, aber irgendetwas zwang ihn, die abscheuliche Szene zu beobachten. Es gab nichts, was er tun konnte. Wie hypnotisiert starrte er auf die Szenerie, die sich vor seinen Augen abspielte. Er sah die verzweifelten Kinder, die mit irgendwelchen Gegenständen auf ihren Kameraden einschlugen, sah, wie sie sich angesichts ihres eigenen Tuns übergeben mussten, sah, wie Disciple und seine Kommandanten daneben standen, ohne eine Miene zu verziehen.

Schließlich scheuchten die GFF-Soldaten ihre neuen Rekruten vom Lagerplatz. Die Kinder bewegten sich jetzt wie Maschinen. Wie Zombies. Was immer sie an Selbstwertgefühl und Einfühlungsvermögen besessen haben mochten, hatten sie nun auf dem Platz zurückgelassen.

Dort lagen auch die beiden Jungen. Otto war klar, dass der größere Junge tot sein musste. Und niemand hatte es für nötig erachtet, den Zustand des kleinen Jungen zu überprüfen. Wie gelähmt blieb Otto liegen und blickte auf die beiden kleinen Körper da draußen. Er spürte Wut in sich aufsteigen. Und Ohnmacht. Er hatte nichts tun können.

Er wusste nicht mehr, wie lange er so dagelegen hatte,

doch es war noch dunkel, als schließlich die Hyänen kamen. Es waren drei Tiere, die die toten Körper routiniert mit sich schleppten.

Otto hörte die Wachen. Sie lachten. Eines war ihm jetzt völlig klar. Er und Charlotte würden nicht lebend hier herauskommen.

Otto erwachte abrupt, als ihm jemand auf die Wangen schlug. In der Dunkelheit dauerte es einen Moment, bis seine Augen das ausdruckslose Gesicht Disciples erkannten. Die schrecklichen Beobachtungen ließen Otto vor Angst erschaudern.

»*Up!*«, kommandierte Disciple.

Otto setzte sich mühsam auf und blieb einen Augenblick in dieser Position. Benebelt, verwirrt und voller Angst.

Disciple gab jemandem vor der Hütte ein Zeichen. Zwei kräftige Soldaten kamen herein und zerrten Otto grob hinaus in das Morgenlicht. Er schrie und wehrte sich, doch sein Körper war durch Unterernährung und Infektionen völlig geschwächt.

»Deine norwegischen Freunde sind etwas langsam«, sagte Disciple mit ruhiger Stimme. »Deshalb müssen wir den Ernst der Lage ein wenig unterstreichen.«

Otto wusste, was ihn erwartete. Sein letztes bisschen Mut begann zu schwinden; voller Fatalismus dachte er, dass Disciple ihm nun immerhin erklären könnte, wie das alles zusammenhing.

»Disciple?«

»Ja, mein Freund?«

»Erzähl mir, warum soll Bifrost etwas für mich bezahlen?«

Disciple blickte lange auf Otto herab und brach dann in lautes Lachen aus. »Du arme Seele, hast du das immer noch nicht begriffen?«

Otto schüttelte resigniert den Kopf. »Nein«, flüsterte er.

Schließlich bekam Otto doch noch eine Erklärung. Mit einem Mal wurde ihm klar, dass die Verhandlungen von Anfang an als Deckmantel hatten herhalten müssen.

Die beiden Soldaten legten Otto auf den Boden und spreizten seine Arme und Beine. Dann setzten sie sich auf ihn, so dass er vollständig gelähmt war. Ein kleines Brett wurde unter seine linke Hand geschoben. Aus dem Augenwinkel sah er, wie sich Disciples Machete in den Himmel hob – wie in Zeitlupe.

Ein gewaltiger Schmerz jagte durch Ottos linken Arm. Er sah Sterne vor den Augen, schrie aus vollem Hals, konnte seine eigene Stimme aber nicht mehr hören.

Kapitel 40

Rutherford hatte während der letzten Stunde geschlafen. Elli saß am Steuer. Nur ein einziges Fahrzeug war ihnen auf der Strecke entgegengekommen, ein Motorrad mit drei Personen. Das CryptoKid vibrierte, Elli fuhr an den Straßenrand, um den Anruf anzunehmen.

»Rathke.«

Es dauerte ein paar Sekunden, bis Zesiro reagierte. »Ich habe wieder eins bekommen.«

»Gleiche Art?«

»Ja.«

»Machen Sie es wie beim letzten Mal«, instruierte Elli sie. »Fahren Sie damit direkt zur norwegischen Botschaft.«

Zesiro antwortete nicht.

»Zesiro«, sagte Elli. »Ich verstehe, dass es Ihnen nicht leichtfällt, aber Sie müssen stark sein. Wissen Sie noch, dass wir darüber gesprochen haben? Sie sind eine starke Frau, die sich für ihre Mitmenschen einsetzt. Ich werde alles tun, was möglich ist, aber auch Sie müssen das Ihrige tun, damit wir diesen Irrsinn beenden können.«

»Ich fahre zur Botschaft«, sagte Zesiro.

Elli warf einen Blick auf Rutherford, der während des Gesprächs seelenruhig weitergeschlafen hatte. Sie rüttelte ihn wach. »Ein neues Päckchen«, sagte sie.

»Fuck.«

Die Botschaft hatte neue Maßnahmen ergriffen. Aufgrund der Ereignisse wurden Päckchen und Briefe nun mit einem hochentwickelten, tragbaren Röntgengerät gescannt, das von einer amerikanischen Sicherheitsgesellschaft geliefert worden war. Die Wachmannschaft war tagsüber um zwei Männer auf das Doppelte verstärkt worden, abends und nachts patrouillierten zwei Wachmänner am Botschaftsgebäude. Alle Autos und Personen in der Nähe wurden von einem CCTV-System erfasst.

Wachmann Allen betrachtete das Röntgenbild eines Päckchens, das am Morgen eingetroffen war. Es erinnerte an die vorherigen Päckchen, war aber etwas größer. Nach dreimaligem Röntgen war er sich sicher. Er wählte die Nummer der Botschafterin.

»Sæther«, meldete sie sich.

»Wir haben wieder ein Päckchen bekommen«, sagte Allen.

Ministerialrätin Schonwold führte Nereng und Skarpnes in einen Besprechungsraum des Außenministeriums.

Auf der Leinwand am Ende des Konferenztisches war Yvonne Sæther zusammen mit zwei stattlichen, uniformierten Afrikanern und dem versammelten Krisenteam zu sehen: Linnea Brodtkorb, Hellenes vom Presse- und Informationsstab sowie Sicherheitsattaché Jonas Mikkelsen.

»Da wären wir ja dann wohl vollzählig«, sagte Sæther nüchtern.

»Uns ist Ihre unangenehme Lage durchaus klar«, sagte Skarpnes und beugte sich zu dem Mikrophon auf dem Konferenztisch vor. »Mikkelsen?«

»Hier!«

»Rathke und Rutherford sind bereit«, erklärte Skarpnes. »Können Sie sie dazuschalten?«

»Okay«, sagte Mikkelsen und verschwand aus dem Bild.

Nach fünf Sekunden tauchte ein neues Bild auf – ein Video in einem Video –, auf dem Elli vor dichtem Dschungel im Hintergrund zu erkennen war.

»Hier Feldteam«, sagte sie nüchtern und gab die Koordinaten ihres Standorts durch.

Elli und Rutherford hatten den Land Rover an einem Flusslauf mit niedrigem Wasserstand abgestellt, zweihundert Meter entfernt von der Straße, die an der ugandischen Grenze entlangführte. Rutherford hatte sich eine Stelle mit trockenem, niedrigen Gras ausgesucht, um deutliche Reifenspuren zu vermeiden.

Mit einem USB-Kabel war eine kleine Digitalkamera mit dem CryptoKid verbunden, und auf dem Bildschirm des Satellitentelefons konnten sie die anderen Konferenzteilnehmer in Oslo und Kampala erkennen. Elli und Rutherford waren bereit für die Videokonferenz.

»Laut euren Koordinaten seid ihr im Kongo«, hörte Elli Skarpnes sagen. Seine Stimme klang metallisch.

»Beinahe«, erwiderte Elli. »Wir sind an der Grenze zwischen Uganda und dem Kongo. Im Norden.«

Es dauerte ein paar Sekunden, bis eine neue Stimme erklang. Elli erkannte Ministerialrätin Schonwold.

»Wir haben hier eine Eskalation der Lage«, begann sie. »Daher sind wir mit Kampala verbunden, vertreten durch Botschafterin Sæther, Brodtkorb, Hellenes und Mikkelsen.«

»Kampala hat ein neues Päckchen erhalten«, fuhr Schonwold fort. »Bitte sehr!«

Die ganze Situation erinnerte Elli an eine direkt übertragene TV-Nachrichtensendung mit Live-Reportern auf verschiedenen Außenposten. Auf dem Videobild aus Kampala konnten sie Botschafterin Sæther und zwei Uniformierte sehen, die zögernd ein Päckchen öffneten.

»Wir wissen ja mit ziemlicher Sicherheit, was sich hierin befindet …«, sagte Botschafterin Sæther. Elli konnte hören, dass ihre Stimme beinahe versagte. Nachdem sie das Packpapier entfernt hatten, kam eine kleine Pappschachtel zum Vorschein.

Sæther öffnete auch diese und hielt sie in die Kamera. Trotz des winzigen Bildschirms konnte Elli klar erkennen, was die Schachtel enthielt.

Der Röntgenscan hatte eindeutig zwei Körperteile gezeigt. Ungeachtet dessen war es für alle Beteiligten ein Schock, in die Schachtel zu blicken, worin ein Finger und ein Zeh lagen. Die Schnittstellen waren uneben und zerfasert. Yvonne Sæther konnte Knochenstücke aus beiden Körperteilen herausragen sehen. Ihr wurde sofort übel und schwindelig.

»Einen Augenblick bitte«, stammelte sie, verließ den Tisch und legte sich am anderen Ende des Raums auf eine kleine Liege.

Mikkelsen nahm ihren Platz ein. Er hielt sich die Hand vor den Mund und räusperte sich zweimal.

»Wir haben …«

Abermals räusperte er sich.

»Wir haben … offenbar einen Finger und einen Zeh. Sieht aus, als seien sie ganz grob und brutal abgetrennt worden …«

»Gibt es einen Brief?«, unterbrach Skarpnes in Oslo.

Widerwillig blickte Mikkelsen erneut in die Schachtel. Nach ein paar Sekunden nahm er eine Pinzette vom Tisch, führte sie in die Schachtel und zog einen verdreckten Papierzettel heraus, den er umständlich neben die Schachtel auf den Tisch legte. Er signalisierte einem der Wachmänner, der ebenfalls Plastikhandschuhe trug, ihm dabei zu helfen, den Zettel festzuhalten. Dann faltete er ihn vorsichtig auseinander.

»Hier steht … *We are running out of patience. Tell your Norwegian friends to pay.*«

Mikkelsen ließ die Mitteilung auf die Anwesenden der Multimediakonferenz wirken.

»Das ist doch völlig absurd«, rief Schonwold. »Wer in Norwegen hat eine Forderung erhalten?«

»Äh … Frau Schonwold«, sagte Elli.

Schonwold blickte auf die Leinwand, auf der ihr eigenes

Gesicht neben dem von Mikkelsen erkennbar war. Daneben war Elli zu sehen, mit zerzaustem Haar und Schweißperlen auf der Oberlippe.

Schonwold beugte sich zu der kleinen Kamera im Konferenzraum vor. »Bitte, Frau Rathke.«

»Wir hatten gestern ein … Gespräch mit Kommandant Kalesa. Ein Abtrünniger der GFF.«

»Okay. Und was haben Sie aus ihm herausbekommen?«

»Unsere Informationen besagen, dass sich die Geiseln im Kongo oder dicht an der Grenze befinden können. Wir verfolgen diese Spur«, sagte Elli.

»Ist das nicht ziemlich riskant?«, fragte Schonwold.

Elli übersetzte für Rutherford, der daraufhin die Augen verdrehte.

»Wenn damit kein Risiko, verbunden wäre, wären wir wohl kaum hier«, sagte er leise.

Schonwold hielt sich die Hand hinters Ohr. »Das habe ich nicht verstanden.«

»Wir minimieren das Risiko, so gut es geht«, erklärte Elli.

Einen Augenblick später kam die Antwort aus Oslo. »Gut!«

»Okay, allerdings kam hier wieder etwas zur Sprache, was im Zusammenhang mit den *norwegischen Freunden* interessant ist«, fuhr Elli fort.

Elli glaubte zu erkennen, dass sich die Konferenzteilnehmer in Oslo weiter über den Tisch beugten, was insbesondere auf Nereng zuzutreffen schien.

»Ja?«, sagte Schonwold erwartungsvoll.

»Kalesa hat auch von diesen Umschlägen gesprochen, die bei den Verhandlungen an die Guerilla übergeben wurden.« Elli ließ die Information einen Augenblick in der Luft hängen und fuhr dann fort: »Er meinte, in denen könnte Geld gewesen sein.«

Schonwold blickte direkt in die Kamera. »Brodtkorb – hatten wir dieses Thema nicht schon mal?«

Sæther, die in Kampala inzwischen an den Tisch zurückgekehrt war, überließ Brodtkorb ihren Platz. Elli konnte die

Abscheu auf Brodtkorbs Gesicht erkennen, als sie kurz die Schachtel auf dem Tisch streifte.

»Wie ich schon sagte«, begann sie und setzte sich, »waren SIM-Karten in diesen Umschlägen und kein Geld. Human Light bekommt für die Verhandlungen selbstverständlich Geld von Norad, aber das deckt gerade mal Löhne und Ausgaben für die Logistik.«

»Wir haben da kurz eine Theorie verfolgt, nach der Human Light eigene Pläne hatte, bei denen Geld eine Rolle spielt – kann es hier vielleicht einen Zusammenhang mit den *norwegischen Freunden* geben?«, fragte Elli.

Oslo und Kampala blieben still. Auf dem kleinen Handy-Bildschirm konnte Elli sehen, dass die Konferenzteilnehmer einander anblickten.

»Das ist wohl eine Frage, die Sie Otto Kamperud stellen müssen, sobald sie ihn wieder in Sicherheit gebracht haben«, sagte Botschafterin Sæther.

Sehr geschickt, dachte Elli. Das eigentliche Thema wird abgewürgt, und gleichzeitig werden die Erwartungen an uns noch einmal verdeutlicht. Sie musste später unbedingt mit Nereng allein sprechen.

»Okay«, sagte sie. »Wir werden sehen, was passiert. Sowohl der Inhalt der Schachtel als auch der Wortlaut des Briefes deuten darauf hin, dass Disciple den Druck erhöht. Wir müssen uns beeilen.«

Elli sah und hörte, dass die Konferenzteilnehmer in Oslo und Kampala derselben Meinung waren.

Rutherford spähte durch das Fernglas. »Wankers!«

»Wer?«, fragte Elli.

»TIG.«

»Die Sicherheitsfirma?«

Rutherford deutete auf die flache Landschaft und reichte Elli das Fernglas. Nach ein paar Sekunden sah sie zwei beige Land Cruiser in hohem Tempo auf sie zukommen. Die Entfernung betrug ungefähr einen Kilometer.

»Die wirken ja ziemlich zielbewusst«, sagte sie.

Rutherford nickte. »Offenbar gibt es ein Problem. Ich frage mich, was die hier tun …«

Elli drehte sich zu ihm. »Das heißt, dass die normalerweise hier nicht aktiv sind?«

»Die TIG arbeitet dort, wo jemand Werte oder Interessen schützen will und bereit ist, für diesen Schutz zu bezahlen. Aber so weit im Norden gibt es weder Infrastruktur für Ölförderung noch andere Werte, die man beschützen müsste. Weswegen sind sie also hier?«

»Könnten sie vielleicht im Auftrag der Regierung hier sein? Irgendeine Aufgabe, die das Regime in Kampala am liebsten nicht selbst erledigen will?«, schlug Elli vor.

Rutherford sprang in den Land Rover. »Aber in jedem Fall ist es besser, wenn sie von unserer Anwesenheit nichts wissen«, sagte er, nachdem Elli ebenfalls eingestiegen war. »Wenn wir jetzt wieder auf die Straße zurückfahren, entdecken sie uns. Ich schlage vor, dass wir weiter am Fluss entlangfahren und den Kontakt vermeiden.«

Elli nickte und rief das satellitengesteuerte Navigationssystem auf dem CryptoKid auf, um nachzusehen, wohin sie das Flussbett führen würde. Nach ein paar Kilometern schien es einen kreuzenden Feldweg zu geben, aber die Vegetation war so dicht, dass das Satellitenbild nicht zeigen konnte, wohin der Weg führte.

Rutherford steuerte den Wagen vorsichtig am Flussufer entlang, wo es einen schmalen Grasstreifen gab. Nach ungefähr fünfzig Metern lenkte er den Land Rover in das Flussbett hinein. Elli war erstaunt, dass der Motor weiterlief, obwohl die Motorhaube vollständig in das Wasser eintauchte. Nach einigen Sekunden stand der Wagen bis zur Hälfte im Wasser. Rutherford lenkte den Land Rover in ruhigem Tempo weiter, wodurch sich vor der Motorhaube eine kleine Welle bildete. Der Fluss vollführte eine Biegung, so dass es unmöglich war, den weiteren Verlauf zu erkennen, doch Rutherford fuhr einfach weiter.

»An der nächsten Straße haben wir bessere Chancen. Die müssen denselben Weg zurückfahren, und da sollten wir ihnen besser nicht begegnen.«

»Ist die TIG vielleicht an uns interessiert?«, fragte Elli.

»Der Gedanke ist mir auch schon gekommen … Ich hatte gehofft, du hast eine Antwort darauf.«

Elli schüttelte den Kopf. Vorläufig erschien alles unübersichtlich, aber Elli beschlich das Gefühl, dass es in dieser Geschichte irgendeinen Zusammenhang gab, den sie noch nicht entdeckt hatten. Irgendjemand in Norwegen hatte eine Lösegeldforderung erhalten – aber wer? Was hatte es mit den Umschlägen auf sich – allzu viel Geld konnte ja nicht darin gewesen sein? Und was taten die Söldner einer Sicherheitsfirma hier draußen – suchten sie tatsächlich nach ihnen?

Ganz zu schweigen davon, dass sie einen hochrangigen Offizier im Regierungsheer der UPDF überfallen und lächerlich gemacht hatten. Elli dachte, dass sie nach dieser Exkursion wohl besser nicht nach Uganda zurückkehren sollte.

»Sieh mal!«

Rutherford zeigte zum linken Ufer, wo drei Krokodile lagen und vor sich hin dösten. Sie ließen sich von dem vorbeifahrenden Land Rover nicht im Mindesten stören.

Kapitel 41

Nach der Konferenz, auf der sie mit den weiteren abgeschnittenen Körperteilen konfrontiert worden waren, fuhr Nereng direkt nach Hause. Er brauchte eine kleine Pause, musste sein Gehirn für eine Weile abschalten. Er las eine SMS von Elli; sie und Rutherford wollten die Suche nach einem Kontakt zu den GFF fortsetzen. Die Uhr tickte, die Bedrohung wuchs. Früher oder später konnte ein neuer Finger in der Botschaft landen.

»Elli geht es gut«, ließ er Zenith wissen, der es sich auf dem

Sofa in Nerengs Wohnung bequem gemacht hatte. Am Abend zuvor und früh am Morgen war Nereng auf Fahrradtour gegangen und hatte Zenith mitgenommen. Nereng hatte den Eindruck bekommen, dass Zenith die ständige Herumfahrerei zu viel war. Ungeachtet dessen wirkte er aber ziemlich zufrieden, wie er mit halb geöffneten Augen dalag und ruhig atmete.

Nereng hatte noch immer nicht genügend Informationen über die GFF gesammelt und verbrachte daher die nächsten zwei Stunden im Internet. Britische Medien hatten einiges über die GFF geschrieben. Schließlich stieß er auf einen aktuellen Artikel im *Guardian*, der über das Interesse der Guerilla an der wachsenden ugandischen Ölindustrie berichtete. Offenbar überfiel die Guerilla in regelmäßigen Abständen die Einrichtungen der Ölgesellschaften. Dabei waren einige Menschen auch ums Leben gekommen, aber es blieb unklar, ob es sich um GFF-Soldaten oder Angestellte der privaten Sicherheitsgesellschaften handelte. In dem Artikel wurde die Terra Intervention Group als eines der Unternehmen erwähnt, die für die Sicherheit der Ölgesellschaften in Uganda zuständig waren.

Nereng suchte nach der Website der Sicherheitsgesellschaft. Die war leicht zu finden, war aber so gut wie ohne Inhalt. Es gab lediglich eine Telefonnummer in Südafrika und ein paar diffuse Phrasen, die verrieten, dass die TIG jedes Sicherheitsproblem in jeder Region oder jedem Winkel der Erde lösen könne. Darüber hinaus wurden ein paar weitere Gesellschaften als Partner genannt, mit denen die TIG zusammenarbeitete. Nereng rief die Websites einiger dieser Firmen auf, die sich allerdings in Bezug auf Qualität und Informationswert stark voneinander unterschieden.

Konnte die TIG womöglich etwas über die GFF wissen? Nereng leitete den Link nach Lutvann weiter, so dass sie von dort aus die IP-Adresse verfolgen und eventuell weitere Verbindungen überprüfen konnten. Er machte sich keine großen Hoffnungen. Vermutlich lag die Website auf einem Server in irgendeinem Steuerparadies mit fragwürdigen Datenschutzbestimmungen.

Der Bescheid aus Lutvann am nächsten Morgen war kurz und knapp: *Neue Informationen. K. S.* Karl Skarpnes, wie Nereng folgerte.

Abermals hatte Nereng überlegt, ob er Zenith zu Hause lassen sollte, sich dann aber doch entschieden, ihn mitzunehmen. Schließlich war unklar, wie lange er wegbleiben würde.

Da Nereng nur ein kleines Auto fuhr, hatte Zenith sich auf dem Beifahrersitz niedergelassen.

»Jetzt brauchst du aber zumindest den Sicherheitsgurt«, hatte Nereng insistiert.

Mit größter Selbstverständlichkeit saß Zenith nun also angeschnallt auf dem Beifahrersitz und blickte aus dem Seitenfenster auf die Autos, die sie auf der E6 überholten.

»Ihr kommt ja heute wieder in Doppelbesetzung«, stellte Skarpnes fest, als er im Eingangsbereich auf Nereng und Zenith stieß.

»Ich nehme meinen Job als Hundesitter eben äußerst ernst«, erwiderte Nereng mit einem Lächeln.

Skarpnes führte sie in einen Besprechungsraum, setzte sich an einen PC und deutete auf den Flachbildschirm am Ende des Konferenztisches.

»Schon mal was von Echelon gehört?«, fragte er.

Nereng musste gestehen, dass er keine Ahnung hatte.

»Das ist ein überaus effizientes Überwachungssystem, mit dem die USA und ein paar Commonwealth-Länder arbeiten«, erklärte Skarpnes. »Das System nutzt Satellitentechnik und überwacht Internetverkehr, Telefonleitungen und unterseeische Kommunikationskabel – auf der ganzen Welt. Die Kapazität umfasst drei Milliarden elektronische Nachrichten pro Tag.«

»Mit anderen Worten also das meiste, was gesagt oder geschrieben wird«, kommentierte Nereng.

»So gut wie. Die Briten und Amerikaner gewähren uns Zugang zu den Echelon-Informationen«, fuhr Skarpnes zufrieden fort, »weil wir ihnen einen guten Nachrichtendienst im Norden bieten können. Die MS Marjata, unser norwegisches

Spionageschiff, liefert der NATO wertvolle Informationen über Bewegungen auf der russischen Seite. Wir tauschen also eine Information gegen die andere.«

»Und die Briten überwachen die GFF?«, fragte Nereng.

»Ja, die überwachen deren Telefonate und sonstige Kommunikation. Das Problem ist, dass die GFF nur selten dieselbe SIM-Karte öfter als zweimal benutzen. Und häufig sind das gestohlene SIM-Karten aus anderen Ländern. Es ist also eine ziemliche Puzzelei.«

»Aber habt ihr was gefunden?«, fragte Nereng gespannt.

»Vielleicht. Wir haben das von den Briten bekommen«, sagte Skarpnes und zeigte auf eine Audiodatei auf dem Bildschirm. »Ein über Satellitentelefon geführtes Gespräch aus dem Grenzgebiet zwischen dem Kongo und Uganda vor ein paar Tagen.«

Skarpnes öffnete die Datei. Nereng spitzte die Ohren. Eine heisere, unangenehm insistierende Stimme war zu hören.

»Das ist die Stimme von Disciple, dem Anführer der GFF«, sagte Skarpnes.

»Und das weißt du genau?«

»Der MI6 weiß es genau. Stimmenerkennung – so haben sie dieses interessante Gespräch jedenfalls herausgefischt.«

»Teufel auch … und wer stottert da am anderen Ende der Leitung so nervös rum?«

»Das ist in der Tat interessant. Disciple spricht nämlich mit jemandem in Kampala.«

Nereng befeuchtete seine Lippen.

»Und wissen wir, wer das ist?«

Skarpnes grinste. »*Oh yes*. Nils Oscar Kristoffersen, Operational Manager von Bifrost Oil Services, Lake Alberta Project.«

»Das ist ja zu schön, um wahr zu sein.«

Ein paar Falten erschienen auf Skarpnes' ansonsten eher ausdrucksloser Stirn. »Aber – es gibt immer ein Aber … Leider hatten wir Pech und haben nur ein paar Bruchstücke der Unterhaltung bekommen.«

Skarpnes reichte Nereng eine Abschrift. »Das ist das, was wir vorläufig haben.«

Disciple: *Mr. Kristoffersen* (?)

Kristoffersen: (undeutlich) … *talking to* (?)

Disciple: *Disciple. You know God's Freedom Fighters and our good* (undeutlich)

Kristoffersen: *Äh … Mr. Disciple, how can I help you* (?)

Disciple: *Mr. Kristoffersen, we have … how shall I put it … mutual interests*

(1 Min. 13 Sek. undeutlich)

Disciple: (undeutlich) … *stash* (möglicherweise »hostage«)

(48 Sek. undeutlich)

Kristoffersen: (undeutlich) … *lar* (möglicherweise »Dollar«)

»Eine Möglichkeit ist, dass Disciple ihn anruft und erzählt, dass sie gemeinsame Interessen haben, dass sie eine Geisel haben und dass sie Geld wollen, *dollar.* Aber wir können nicht sagen, ob die GFF Kristoffersen oder sie gemeinsam einen Dritten erpressen«, fasste Skarpnes zusammen.

»Aber wir wissen jetzt, wer etwas weiß«, sagte Nereng.

Schnell ließ er im Kopf ein entsprechendes Szenario ablaufen. Alles war unübersichtlich. »Können wir da noch mehr Information herausbekommen?«

»Ja, aber das wird dauern. Wir arbeiten jetzt im Audiolabor mit Digitalfiltern und Rekonstruktionswerkzeugen. Ich werde mal sehen, was ich sonst noch aus den Briten herauskriege.«

Nereng stand auf. Zenith, der während der Unterhaltung geschlafen hatte und jetzt mit einem Grunzen erwachte, tat es ihm nach. Sie folgten Skarpnes zum Ausgang, wo er die beiden verabschiedete. Dann kehrte Skarpnes zurück in das große, undurchdringlich wirkende Gebäude.

Die Ermittlungsarbeit konnte in zwei Epochen aufgeteilt werden: vor und nach Facebook.

Alle Menschen haben Freunde, das gilt auch für Verbrecher.

Angesichts eines so narzisstischen Forums wie Facebook sind selbst hartgesottene Kriminelle hin und her gerissen zwischen der Möglichkeit, sich bedeckt zu halten oder als erfolgreich darzustellen. Den ins Netz gestellten Fotos können viele Informationen entnommen werden. War eine Person stolz auf ihre Kinder? Ihr Auto? Gab es viele Bilder von Reisen, die jemand mit seinen Kumpels in südliche Gefilde unternahm? Gab es Bilder des Partners? Zeigte das Bild eine Person des anderen oder des gleichen Geschlechts?

Die Bildserie »Zu Hause in Jar« erzählte eine ganze Menge über Nils Oscar Kristoffersen. Es waren insgesamt fünfundzwanzig Fotos. Nereng brauchte sich nicht mehr als die Hälfte davon anzusehen, um ein aussagekräftiges Profil von Kristoffersen zu erstellen. Er war verheiratet, hatte eine Tochter, wohnte in einem Haus, das mindestens zehn oder zwölf Millionen Kronen gekostet haben musste (außer Reichweite für jeden Polizeibeamten), die Tochter trug teure Markenkleidung, die Frau war Krankenschwester, hübsch (zumindest auf den Bildern) und hatte mit Sicherheit eine Brustvergrößerung hinter sich (sie lag in einem Bikini im Garten, die Brüste waren straff nach oben gerichtet), die Familie hatte teure Autos, eine Trippelgarage, das PIN-Code-Display der Alarmanlage war gleich unter einem kleinen Fenster im Flur angebracht (auf einem Foto der Tochter, die auf dem Weg zu einem Schulball in der geöffneten Eingangstür stand, war es im Hintergrund erkennbar; ein Leckerbissen für potentielle Einbrecher, die ein Loch in das Fenster bohren und somit die Auslösung des Alarms durch Aktivierung des Sensors an der Tür umgehen konnten), Kristoffersen rauchte Zigarren, mochte Malt-Whisky und ging regelmäßig joggen, die Tochter nahm Reitstunden, und gemeinsam fuhr die Familie häufig in den Urlaub. Sieben Alben hatten Überschriften wie »Herbstferien 2010 New York«, »Mallorca Juli 2009« oder Ähnliches. Nachdem er sich ungefähr hundert verschiedene Motive aus dem glücklichen Leben Nils Oscar Kristoffersens angesehen hatte, musste Nereng eine Pause einlegen.

Er verließ die Facebook-Seite und rief die öffentlich zugängliche Steuerliste der Finanzbehörde auf. 2010 hatte Kristoffersen ein Einkommen von 1157653 Kronen zu versteuern gehabt. Das war zweifelsohne viel Geld, doch Nereng entdeckte, dass das bei Dagens Næringsliv veröffentlichte Einkommen brutto 1708341 Kronen betrug. Bei einem Abzug von über einer halben Million musste Kristoffersen demnach viele Schulden haben. Zusammen mit dem Einkommen seiner Frau lag das Haushaltseinkommen bei etwa zwei Millionen.

Nicht gerade an der Armutsgrenze.

Nereng dachte kurz daran, dass einige Menschen wohl nie genug bekamen, doch seine Neugier trieb ihn weiter. Gier war überall zu finden.

Es hatte knapp fünf Minuten gedauert, die Informationen zu sammeln. Jetzt kam der wirklich spannende Teil der Recherche: Kristoffersens Freunde. Er hatte seine privaten Fotos auf Facebook nur »Freunden von Freunden« zugänglich gemacht, die Freundesliste an sich war jedoch von jedem Besucher einsehbar.

Bezeichnenderweise hatte Nereng einen Freund, der bei Statoil arbeitete und mit einem von Kristoffersens Kontakten befreundet war. Nach einem kurzen Anruf durfte sich Nereng mit der ID des Freundes einloggen. Wenn sie sich beim nächsten Mal auf ein Bier in der Stadt trafen, würde er die Rechnung übernehmen.

Kristoffersen hatte 479 Freunde. Nereng speicherte zunächst Screenshots der nacheinander auf dem Bildschirm dargestellten Freunde, was ingesamt fünfundzwanzig Dokumente ausmachte, und begann dann mit der mühsamen Arbeit, jeden einzelnen Kontakt aufzurufen. Auch hier sah er sehr verschiedene Grade von Privatsphäre und dem, was Menschen öffentlich zu teilen bereit waren. Nachdem er ungefähr eine Stunde die Freundesliste durchforstet hatte, war er auf mehrere interessante Personen gestoßen. Er beschloss, die komplette Namensliste durch die Polizeiregister zu jagen.

Nereng arbeitete fünfzehn Minuten mit dem Texterkennungsprogramm und hatte schließlich alle Namen von Nils Oscar Kristoffersens Facebook-Freundesliste in einem Dokument zusammengefasst. Elli hatte ihm beigebracht, wie er die kleinen Suchscripts verwenden musste, die sie selbst programmiert hatte, um Namenslisten mit verschiedensten Polizeiregistern abzugleichen. Nach wenigen Sekunden hatte er drei Treffer. Ein Bekannter von Kristoffersen war vor ein paar Jahren wegen Steuerhinterziehung zu drei Monaten Gefängnis auf Bewährung verurteilt worden, eine junge Frau hatte vor fünf Jahren eine Strafe wegen Kokainbesitzes verbüßen müssen, und ein weiterer Freund hatte vor sieben Jahren eine dreimonatige Bewährungsstrafe wegen Versicherungsschwindels bekommen. Alles ziemlich gewöhnliche Straftaten, dachte Nereng. Keiner der drei schien in dieser ganzen Geschichte eine Rolle zu spielen.

Zu Kristoffersens Freunden gehörte auch Georg Bahrmann, Hauptaktionär der Potentia Oil. Nereng wunderte sich ein wenig, glaubte sich dann aber erinnern zu können, dass Bahrmann als Vertreter einer der großen norwegischen Ölgesellschaften ein recht aktives öffentliches Profil hatte und somit wohl auch viele Facebook-Freunde.

Nachdem er Kristoffersens Facebook-Profil noch etwas genauer durchforstet hatte, zwang Nereng sich, die restlichen Fotos durchzusehen, die Nils Oscar gepostet hatte. Von den fast dreihundert Fotos waren noch gut einhundert übrig, die Nereng sich ansehen musste. Auch hier stammten die meisten von diversen Festen und Urlaubsreisen, nichts, was in irgendeiner Form kompromittierend war. Zwei Bildserien waren anscheinend in einem luxuriösen Autosalon aufgenommen worden, wo teure Importfahrzeuge verkauft wurden. Auf einem der Bilder stand Kristoffersen neben einem Mann, der wie geschaffen schien für die Rolle des Verkäufers teurer Luxusautos. Im Hintergrund konnte Nereng mehrere Mercedes, Jaguare, Aston Martins und einen Maserati erkennen. Ganz offensichtlich ein Ort für Liebhaber teurer Fahrzeuge.

Auf einem stahlgebürsteten Schild ganz hinten im Autosalon konnte Nereng die Buchstaben »opist« erkennen. Google hatte sogleich eine Antwort darauf: Autopista.

Nereng hatte nichts anderes vor, warum also nicht sich ein paar Luxusautos ansehen? Wer waren wohl die Kunden dieses Geschäfts?

Autopista war in Billingstad zu finden. Ein jüngerer Mann im Anzug begrüßte Nereng in den Ausstellungsräumen und stellte sich als Seniorverkäufer vor. In einem Büro mit Glaswänden ganz hinten im Geschäft konnte Nereng auch den Mann entdecken, der zusammen mit Kristoffersen auf dem Foto abgebildet war.

»Ich möchte mich nur ein bisschen umsehen«, sagte Nereng.

»Aber natürlich«, sagte der Seniorverkäufer. »Sagen Sie einfach Bescheid, wenn ich Ihnen helfen kann.«

Nereng lächelte und betrachtete die kleine Ansammlung luxuriöser Autos. Wer konnte sich solche Wagen eigentlich leisten? Nils Oscar Kristoffersen hatte es anscheinend gekonnt. Nereng war davon überzeugt, dass er seinen Wagen hier gekauft hatte. Er trat zu einem feuerroten Maserati Quattroporte, der ganz hinten im Laden stand, so weit wie möglich von der Eingangstür entfernt, und ließ sich mitreißen von den dynamischen italienischen Linien, der Innenausstattung aus schwarzem Leder und dem beeindruckenden Emblem, das wie eine dreizackige Krone aussah. Den zu fahren, war wohl ein feuchter Traum, dachte er.

Dann ging er zu einem Range Rover Sport hinüber, der in der anderen Ecke des Ladens stand. Im Seitenspiegel konnte er den Seniorverkäufer und eine jüngere Frau sehen, die neben einem BMW Cabrio standen. Die Frau war enthusiastisch; offenbar stand ein Verkauf kurz bevor. Nereng setzte seine Untersuchung des britischen Luxuswagens fort, als die Eingangstür geöffnet wurde. Der neue Kunde nickte kurz dem Paar neben dem BMW zu, durchquerte den Laden und verschwand in dem gläsernen Büro.

Das Interessante war, dass Nereng den Mann erkannte.

Als er auf den Ausgang zutrat, blickte der Seniorverkäufer ihn über die Schulter der Kundin hinweg an und lächelte. »Heute kein Maserati?«

»Nein, danke – ich fürchte, der Hund hätte nicht genügend Platz«, sagte Nereng mit einem Lächeln.

Dan Moen war ein bekannter Krimineller der Osloer Unterwelt. Ein Mann, der gern im Fahrwasser größerer Fälle auftauchte, ein Mann, der alles organisieren konnte: Logistik, Waffen, Drogen, Geld. Nereng hatte Moen aus dem Autosalon herauskommen sehen, nachdem der eine halbe Stunde mit dem Verkäufer in dem Glaskasten zugebracht hatte. Dan Moen konnte eine ganze Menge Verurteilungen in den verschiedensten Disziplinen vorweisen: tätlicher Angriff auf einen Polizeibeamten, Drogenbesitz, Handel mit Amphetamin, sexueller Verkehr mit Minderjährigen, Beteiligung an einem Bankraub, versuchte Scheckfälschung, Autodiebstahl und Veranstaltung illegaler Hundekämpfe.

Das Polizeiregister verriet im Übrigen, dass Dan Moen sich zunächst für eine militärische Laufbahn entschieden und für das Telemark-Bataillon beworben hatte. Zu jenem Zeitpunkt war er noch nicht vorbestraft gewesen und tatsächlich aufgenommen worden. Doch nur nach zwei Monaten Dienstzeit waren ungesunde Haltungen und Interessen an die Oberfläche gekommen. Dan Moen musste seine Sachen packen und hatte anschließend seine Karriere im kriminellen Milieu fortgesetzt.

Außerdem hatte er unzählige Inkassoverfahren am Hals und besaß offiziell kein Auto. Der teure Mercedes, in dem er seinen kurzhaarigen, kräftigen braunen Hund spazieren fuhr, befand sich im Besitz von Autopista.

Nereng betrachtete Dan Moens Archivbild. Es konnte natürlich ein Zufall sein, aber dass Nils Oscar Kristoffersen seinen Wagen in einem Geschäft gekauft hatte, wo Dan Moen so ohne weiteres ein und aus ging und Luxusfahrzeuge ausleihen konnte, war schon interessant. Nereng hatte keine Ahnung, was diese Verbindung womöglich bedeuten könnte, beschloss aber, Dan Moen ausfindig zu machen.

Zu Hause in Jar starrte Kristoffersen auf sein Handy. Er konnte diese Anrufe mit unterdrückter Nummer nicht mehr ertragen. Er wollte einfach nur sein Leben zurück.

»Ja«, knurrte er in den Hörer.

»You sound like a boer«, sagte Disciple.

Aha, ich klinge also wie ein Wildschwein, dachte Kristoffersen.

»Die Uhr tickt«, fuhr Disciple fort.

»Ich brauche etwas mehr Zeit«, sagte Kristoffersen und hoffte darauf, dass Bahrmann schon bald alle Probleme lösen könnte.

»Das haben Sie beim letzten Mal auch schon gesagt. Und deshalb reden Sie jetzt am besten mal mit Ihrem Freund Otto.«

Ein paar raschelnde Geräusche verrieten Kristoffersen, dass das Telefon an eine andere Person weitergereicht wurde. Völlig entsetzt hörte er jemanden laut stöhnen und mit krächzender Stimme sagen: »Bitte – bezahlt ihn. Ihr habt das Ganze doch in Gang gesetzt.«

Eine Sekunde später war wieder Disciple am Apparat. »Was für ein Mann sind Sie eigentlich, Mr. Kristoffersen? Lassen Sie einen Freund derart leiden?«

In diesem Moment passierte etwas mit Kristoffersen. Er war genauso sehr ein Opfer wie dieser Otto, dem er nie begegnet war.

»Hören Sie gut zu, Mr. Disciple«, sagte Kristoffersen. »Zwei Dinge, die Sie wissen sollten. Erstens: Ich kenne Otto nicht. Was mit ihm geschieht, ist also nicht mein Problem. Und zweitens: Wenn Sie den norwegischen Behörden von meinen steuerfreien Dispositionen in Uganda erzählen, bin ich geliefert. Ich verliere alles, und Sie verlieren die Möglichkeit, auch nur irgendetwas zu bekommen.«

Kristoffersen holte tief Luft und dachte an die Unterhaltung mit Bahrmann. »Geduld, Mr. Disciple. Das Geld kommt.«

»*Five days*«, erwiderte Disciple und legte auf.

Kapitel 42

Rutherfords Idee, mit dem Land Rover durch das Flussbett zu fahren, hatte in den ersten zwanzig Minuten ausgezeichnet funktioniert. Zwei Kilometer hatten sie bis jetzt zurückgelegt. Dann hatten sie den Wagen auf eine Sandbank gelenkt und sich einige Mühe gegeben, die Gegend nach Nilkrokodilen abzusuchen. Sicherheitshalber saßen sie auf dem Autodach, auf das Rutherford ein kleines Zelt montiert hatte.

»Wie weit noch?«, fragte er und deutete auf das Crypto-Kid.

»Wir haben schon über die Hälfte geschafft«, sagte Elli.

Rutherford biss ein Stück von seiner Energieschokolade ab und trank einen ordentlichen Schluck Tee, den in Windeseile zu bereiten, er meisterhaft verstand. Elli begnügte sich mit Wasser, sah sich die Satellitenkarte genauer an und wechselte zu einer Hybridansicht. »Die Straße, die wir suchen, verläuft ein ganzes Stück parallel zur Grenze. Der Karte nach zu urteilen, beträgt die Entfernung zum Kongo auf einer Strecke von drei oder vier Kilometern nicht mehr als zweihundert Meter. Und ein kürzerer Abschnitt scheint nur fünfzig oder maximal hundert Meter an der Grenze entlangzuführen.«

Rutherford beugte sich vor und spähte auf den Bildschirm. Noch immer strömte er den Geruch von Rasierwasser aus, vermischt mit Diesel, Staub und Schweiß. Ein durch und durch maskuliner Duft, dachte Elli.

»Wenn ich ein GFF-Soldat wäre, würde ich in diesem Bereich über die Grenze gehen«, sagte er. »Erst die Flanken abdecken, und wenn die Luft rein ist, können die anderen die

Grenze überqueren und sich dann seitwärtsbewegen, entweder zu der kreuzenden Straße im Norden oder südlich auf den Fluss zu, wo wir jetzt sind.«

»Aber bewegen die sich nicht normalerweise über ein Wegenetz im Busch?«

»Doch … aber die Grenzüberschreitungen sind kritisch. Da will man dann so schnell und so weit wie möglich weg von irgendwelchen Kreuzungspunkten. Da steckt ein gutes Stück Psychologie dahinter. Ich würde definitiv die Straße benutzen, um Abstand zu gewinnen, und mich dann in den Busch zurückziehen.«

Elli nickte. »Wenn die so denken, dann könnten wir mit anderen Worten überall auf sie stoßen – und zwar schon bald.«

»Yep.«

»Haben wir einen Plan?«, fragte sie und merkte, wie unangenehm es ihr war, womöglich keinen zu haben.

Rutherford sah sie an. »Wir wollen nur mit ihnen reden. Vielleicht wollen sie auch mit uns reden, vielleicht aber auch nicht.«

»Und wenn sie es nicht wollen?«

»Dann halten sie sich weiter versteckt. Oder sie greifen uns eventuell irgendwo an, um uns davon abzuhalten, anderen zu verraten, wo sie sich aufhalten.«

»Wir sind also wie *sitting ducks* auf dem Fluss«, sagte Elli.

»Es scheint nicht viele andere Alternativen zu geben«, sagte Rutherford nüchtern. »Wir müssen weitermachen. Wenn wir jetzt umkehren, riskieren wir, irgendwelchen Söldnern zu begegnen. Da sind mir die GFF schon lieber. Falls wir überhaupt einen Kontakt herstellen können, dann verhalten wir uns ruhig und freundlich und bitten um eine Unterredung.«

»Und wenn sie uns nicht mögen?«

»Dann kehren wir um. Wenn sie uns feindlich begegnen, müssen wir ihnen einen Schrecken einjagen. Dann schnappen wir uns den Anführer, bringen ihn im Land Rover oder auch zu Fuß weg und kappen die Verbindung mit der Resttruppe.

Wenn wir zu Fuß verschwinden müssen, dann müssen wir irgendwann wieder zurück und den Wagen holen. Das bedeutet zusätzliche Schwierigkeiten.«

Es war inzwischen früher Nachmittag geworden. Elli glaubte erkennen zu können, dass die gnadenlose Sonne wieder zu sinken begann. Sechs Stunden waren seit der Videokonferenz vergangen, bei der Finger Nummer drei und Zeh Nummer eins aus der Schachtel geholt worden waren. Ehe sie jetzt weiterfuhren, wollte Elli Nereng anrufen.

Nereng meldete sich direkt. Als Erstes erkundigte sich Elli nach Zenith. Nereng erschien ihr in Bezug auf den Hund ungewöhnlich zurückhaltend, aber sie musste sich darauf konzentrieren, schnell Antworten zu bekommen. Disciple wartete mit Sicherheit nicht auf sie. Elli sprach abermals die Umschläge mit den SIM-Karten an.

»Das Außenministerium hat versichert, dass nur Otto SIM-Karten bekommen hat«, erklärte Nereng. »Und wir haben diskutiert, ob er vielleicht etwas anderes in die Umschläge gelegt haben könnte, nachdem er sie von der Botschaft erhalten hat.«

»Da lautet dann die Frage: Warum sollte er das getan haben?«

»Ja, warum?«, wiederholte Nereng. Seine Stimme klang über die Satellitenverbindung erstaunlich klar. »Hat er vielleicht eine Nachricht verfasst? Aber was für eine Nachricht, und für wen?«

Elli hatte nicht die Zeit, sich in die Materie zu vertiefen, doch ihr Bauchgefühl sagte ihr, dass sie sich wohl auf der richtigen Spur befanden. »Ich weiß nicht …«, sagte sie. »Aber lass uns mal nachdenken: Wir haben also eine Verhandlungssituation zwischen Human Light und der Guerilla, finanziert von Norwegen mit Mitteln von Norad. Wir – also Norwegen – finanzieren das, weil wir es vorher, unter UN-Flagge, nicht geschafft haben, eine Einigung mit den GFF zu erzielen. Sind wir uns da einig?«

Nereng bestätigte.

»Und dann haben wir also das mit den *norwegischen Freunden*«, fuhr Elli fort.

Nereng sagte nichts.

»Bist du noch da?«, fragte Elli.

»Wir haben da eine Verbindung gefunden«, sagte er.

Nereng berichtete von dem Telefonat zwischen Disciple und Kristoffersen von Bifrost sowie von Dan Moen, der ebenfalls in der Geschichte aufgetaucht war, wenn auch nur am Rande.

»Dann muss es eine Verbindung zwischen Human Light und Bifrost geben!«, sagte Elli. »Vielleicht sind das die *norwegischen Freunde*.«

Sie dachte zurück an das Gespräch mit Zesiro Ochiengo von Human Light. Die junge Frau hatte deutlich gemacht, dass die Organisation, abgesehen von der Botschaft, über keine Verbindungen mit Norwegern verfügte.

»Vielleicht besteht die Verbindung zwischen Otto und Bifrost? Oder diesem Kristoffersen?«, fragte Elli.

»Aber wenn wir davon ausgehen, dass Otto etwas in die Umschläge gelegt hat, wie kommen dann Bifrost oder Kristoffersen ins Spiel?«

Elli blieb einen Moment lang still. »Ich muss darüber nachdenken. Momentan wirkt das alles völlig unverständlich.«

»Vielleicht geht es ja tatsächlich um Geld?«

»Nein«, sagte Elli. »Kalesa, Ojore und Zesiro haben von gewöhnlichen Briefumschlägen geredet. Darin kann sich schlicht und einfach kein größerer Geldbetrag befunden haben.«

»Welcher Gegenstand von großem Wert fände denn sonst Platz in einem normalen Briefumschlag?«, überlegte Nereng.

»Irgendeine Art von Information.«

Elli dachte eine Weile nach.

»Weißt du was? Ich glaube, ich weiß jetzt, wie die GFF an die Information herangekommen sind.«

»Sag schon.«

»Das ist so einfach, dass es genial ist: die SIM-Karten.«

Nereng dachte einen Moment nach. »Das ist ja wirklich scheißgenial!«, rief er schließlich.

»SIM-Karten sind ein Speichermedium. Da passt zwar nicht allzu viel auf so eine Karte, aber eine gewöhnliche Dokumentendatei ginge auf jeden Fall. Es könnte sich um irgendwelche geheimen Absprachen drehen, eine Bestätigung eines Geldbetrags. Vielleicht Aktien?«

Nereng stieß einen Pfiff aus. »Könnte es sein, dass dieser ganze Verhandlungsprozess nur eine Farce ist? Dass es sozusagen Verhandlungen hinter den Verhandlungen gibt?«

Elli überlegte. »Ich weiß es nicht«, sagte sie dann. »Aber wir müssen hier auf alles Mögliche vorbereitet sein. Hier unten herrschen nicht gerade norwegische Rechtsstandards.«

»Nein, davon könnt ihr ausgehen«, sagte Nereng.

»Wann schnappst du dir Kristoffersen?«, fragte Elli.

»Ich dachte mir, dass wir ihn und Dan Moen noch ein paar Tage lang beobachten. Ich weiß nicht genau, welche Beziehung zwischen ihnen besteht, aber es ist zweifelsohne irgendetwas Geheimnisvolles. Vielleicht hat es etwas mit der Geiselnahme zu tun.«

»Wir haben noch fünf Tage, bevor Otto Kamperud den nächsten Finger oder Zeh verliert. Oder beides. Du musst diesen Kristoffersen vernehmen. Bring ihn zum Reden!«

»Morgen?«, fragte Nereng.

Elli kniff die Augen zusammen. In ihr breitete sich plötzlich das Gefühl aus, als hätte die Zeit mehrere Ebenen dazubekommen. Sie versuchte, sich zu konzentrieren, aber alles flog davon – in alle möglichen Richtungen.

»Gut, morgen«, sagte sie. »Aber dann muss er singen wie ein Kanarienvogel.«

»Okay«, sagte Nereng.

Morgen.

Rutherford hatte während Ellis Gespräch an seinem Earl-Grey-Tee genippt und schluckte den letzten Tropfen herunter.

»Was Neues?«

Elli berichtete ihm das Wichtigste.

»Wir sollten aufbrechen«, sagte Rutherford unvermittelt.

Ellis Gesicht verzog sich angesichts des abrupten Themenwechsels. Rutherford lächelte und deutete über ihren Kopf hinweg nach hinten. Schon bald würde sich der Himmel verdunkeln. »Der Wasserstand könnte ansteigen«, sagte er. »Das wird zu mühsam.«

Zwei Minuten später waren sie wieder inmitten des Flussbettes unterwegs. Beide hatten ihre Pistolen nah am Körper. Die M4 und die MC51 lagen zwischen den Vordersitzen. Beide Waffen hatten volle Magazine, je ein Zusatzmagazin war mit Duct tape an ihnen festgeklebt.

Die Sonne war untergegangen. Elli und Rutherford konnten das vage Donnern eines Gewitters irgendwo hinter sich hören. Das im CryptoKid integrierte Navigationssystem zeigte einen kreuzenden Weg in etwa 500 Metern Entfernung.

Die GFF konnten überall im Hinterhalt liegen.

Und Ellis polizeiliche Befugnisse waren in diesen Breitengraden völlig wertlos.

Kapitel 43

Nach etwa zwanzig Minuten hatten sie die kreuzende Straße erreicht. Elli verspürte eine gewisse Erleichterung, als sich der Land Rover wieder auf festem Grund befand, wenngleich der Boden ziemlich aufgeweicht war. Begleitet von Donnern, war der Regen mit gewaltiger Kraft heruntergekommen, so wie Elli es aus Asien kannte.

Die Straße war von rötlichem lehmartigen, nassen Sand bedeckt. Die Wagenspuren anderer Fahrzeuge verliefen in wildem Zickzack, mit ruckartigen Bewegungen fuhr der Land Rover darüber hinweg. Rutherford hielt das Lenkrad lose zwischen den Händen, ohne es gänzlich zu umfassen. Die groben Stöße könnten sich auf die Lenkradspeichen übertragen und ohne weiteres Rutherfords Daumen brechen.

Im Laufe der letzten Minuten wurde das Donnern immer stärker. Vielleicht konnten sie deshalb nicht den ersten Schuss hören, der die linke Aluminiumschürze durchschlug und sich dann in die Felge des linken Vorderrads bohrte.

Der zweite Schuss allerdings durchschlug die Frontscheibe genau zwischen Elli und Rutherford.

»Fuck!«, schrie Rutherford, rammte den Fuß auf die Bremse und legte den Rückwärtsgang ein. »Runter!«

Elli ging in Deckung und hörte einen weiteren Schuss, der ebenfalls die Scheibe durchbohrte und über ihre Köpfe hinwegsauste. Der Motor heulte auf, als Rutherford aufs Gaspedal drückte.

Elli griff nach der M4, zählte bis drei, setzte sich schnell auf und feuerte drei schnelle Salven durch die Frontscheibe. Dort, wo Ellis Projektile die Scheibe durchschlugen, bildeten sich Löcher und Risse, die das Glas milchweiß verfärbten. Elli drehte die Waffe um und schlug die Reste der Scheibe mit dem Kolben aus dem Rahmen. Vielleicht würden die Salven ihre Angreifer ja so weit aufhalten, dass sie und Rutherford größeren Abstand gewinnen konnten.

Als sie wieder in Deckung ging, wurde der Wagen heftig durchgerüttelt, so dass Ellis Kopf seitlich gegen irgendein Metallteil knallte. Sie spürte sogleich, dass sie mehr als nur eine kleine Schnittwunde an der Wange davongetragen hatte, doch das Adrenalin unterdrückte die Schmerzen.

»Wir müssen wenden!«, brüllte Rutherford.

Elli begriff, dass es nun ihre Aufgabe war, nach der erstmöglichen Wendemöglichkeit Ausschau zu halten. Rutherford hatte genug damit zu tun, den Wagen auf der Straße zu halten. Die Entfernung zu der Stelle, wo sie beschossen worden waren, betrug jetzt drei- bis vierhundert Meter. Die Straße machte eine sanfte Biegung. Der Wagen würde beim Wenden ein viel größeres Ziel abgeben, doch wenn sie schnell machten, könnte das Manöver gelingen. Und wenn es die GFF waren, die sie beschossen hatten, dann waren die mit Sicherheit zu Fuß unterwegs.

Plötzlich sah Elli einen kleinen Grasfleck zwischen Bäumen und Gebüsch.

»Links – jetzt!«, schrie sie.

Rutherford riss das Lenkrad herum, manövrierte rückwärts auf den kleinen Spalt zu und ließ die Vorderräder über den weichen Untergrund rutschen. Das Manöver gelang perfekt, Rutherford schaltete in den ersten Gang, dann fuhr der Wagen vorwärts in dieselbe Richtung weiter. Schnell gewannen sie wieder an Fahrt.

Plötzlich wurde alles gelbweiß.

Der Wagen bekam einen massiven Schlag von der Seite, die hinteren Fenster wurden hinausgeblasen, winzige Glasstückchen flogen durch die Luft.

»Panzerfaust«, rief Rutherford. Für Elli verliefen die Geschehnisse wie in Zeitlupe.

Rutherford blieb erstaunlich ruhig, gab wieder Gas und trieb den schwer geprüften Geländewagen weiter.

»Das war knapp«, sagte Elli und hörte ihre Stimme wie durch einen Filter.

Rutherford sah zu ihr und hielt den Blick auf ihre linke Wange gerichtet.

Elli blutete und zuckte vor Schmerz zusammen, als sie die Wunde mit dem Finger betastete.

»Darum kümmern wir uns später«, sagte Rutherford.

Der Land Rover wurde jetzt etwas schneller. Der Regen peitschte den beiden Passagieren durch die zerbrochene Scheibe ins Gesicht. Elli kniff die Augen zusammen.

»Wir sollten wieder den Fluss kreuzen«, rief sie.

»Ja. Wir müssen hier weg und herausfinden, wie wir verflucht noch mal mit denen in Kontakt treten können. Momentan scheinen sie zweifelsohne ja nicht mit uns reden zu wollen.«

Elli zog ihr CryptoKid hervor. »Die nächste Furt kommt in zwei Kilometern.«

»Okay. Bei diesem Tempo und mit diesem Wrack sind das fünf bis sieben Minuten.«

Es dauerte vier Minuten.

Rutherford lenkte den Wagen vorsichtig in den Fluss. Auf der anderen Uferseite schien der Weg vom dichten ugandischen Busch verschluckt zu werden. Offenbar war es auf beiden Seiten gleichermaßen matschig.

Nach zwei Minuten fuhren sie auf der anderen Seite in den Busch hinein. Nach ein paar Kilometern kamen sie zu einer Lichtung, wo sie anhielten, um die Schäden zu begutachten.

Elli hatte eine fünf Zentimter lange Schnittwunde und eine ordentliche Schwellung an der linken Wange. Rutherford versorgte die Wunde schnell und fachmännisch und sprühte ein wenig Betäubungsspray darauf.

»Jetzt fehlt nur noch Make-up«, sagte er.

Elli lächelte. Es tat weh.

Dann untersuchten sie schnell den Wagen. Die Sprengkraft der Panzerfaust hatte den rechten Kotflügel und die Hecktür eingedrückt. Die Scheiben gab es nicht mehr. Die Tür ließ sich nicht mehr öffnen. Sie mussten mit der Reparatur warten, bis sie ein sicheres Lager gefunden hatten.

Der linke Vorderreifen war getroffen worden, doch die Reifen waren aus derart hartem Gummi, dass man in langsamem Tempo eine Weile weiterfahren konnte.

Sie setzten sich wieder hinein, Rutherford legte einen Gang ein und lenkte den Wagen zurück auf die Straße. Ungefähr eine halbe Stunde folgten sie dem Verlauf der Grenze. Der Regen fiel mit unveränderter Intensität vom Himmel. Jeder Tropfen schien einen kleinen Krater in dem zähen, matschigen Sand zu hinterlassen.

Niemand war zu sehen, nur ein paar Wildschweine rannten ein Stück vor dem Wagen über die Straße.

Elli zeigte auf die Satellitenkarte. »Wir nähern uns dem markierten Gebiet.«

Rutherford nickte.

Plötzlich befanden sie sich auf einer kleinen Anhöhe. Die Landschaft faszinierte Elli. Nirgendwo gab es etwas anderes als dichten Busch. Die Straße war in beide Richtungen nur etwa zweihundert Meter weit zu überblicken, danach übernahm die Vegetation das Kommando. Wollte man sich hier irgendwo verstecken, würde man von niemandem gefunden werden.

Elli gab Rutherford ein Zeichen anzuhalten.

»Hier haben wir gute Aussicht in beide Richtungen«, sagte sie.

Rutherford fuhr an den Straßenrand, schaltete den Motor aus und drehte sich zu Elli um.

»*Tea?*«

»*But of course*«, erwiderte Elli mit einem Lächeln.

Rutherford fegte die Glassplitter von dem Kasten mit der Küchenausrüstung, stellte den Gaskocher auf und hatte nach wenigen Minuten eine Kanne an einem Haken darüber angebracht. Elli blickte konzentriert auf die Satellitenkarte. Abgesehen von der Stelle, wo sie beschossen worden waren, gab es zwei weitere Kreuzungspunkte – Orte, an denen Elli versucht hätte, die Grenze zu überqueren.

Rutherford stellte eine Tasse vor Elli hin. »Zwei Löffel Zucker, nicht wahr?«

Elli nickte und nippte an dem heißen Getränk.

»Sieh mal hier«, sagte sie und zeigte auf den Bildschirm. Es gab drei Stellen, wo die Grenze dicht an der Straße entlangführte, über die sie gekommen waren. »An einer dieser Stellen würde ich rübergehen.«

Rutherford betrachtete die von Elli markierten Punkte. »Okay. Das ist nicht unwahrscheinlich. Du warst anscheinend auch mal beim Militär, oder wie?«

Elli musste lachen. »Nein, ich bin eigentlich Juristin.«

Die Überraschung auf Rutherfords Gesicht wirkte echt. »In deinem Dossier hieß es, du wärst bei der Polizei. Juristen sind doch eher Bürohengste, oder?«

»Na ja, ein paar von uns *Hengsten* machen sich eben gern auch mal die Hände schmutzig. Ich hab übrigens mal einen Kurs im Ausbildungslager Rena absolviert. Manchmal bieten sie da was für Polizisten an. Häuser stürmen, Waffentraining, Terrorsituationen.«

»Da war ich auch mal. Mit dem SAS. Der FSK hat fähige Leute. Beim Wintertraining haben sie uns glatt geschlagen.«

»Das kann ich mir gut vorstellen.«

»Ein Jahr danach sind sie mit uns nach Borneo gekommen. Da haben wir uns dann revanchiert.« Rutherford grinste.

Elli sah auf die Uhr. »Halb vier …«

»Ja, wir brauchen einen Plan. Wenn sie freiwillig kein Gespräch mit uns wollen, dann müssen wir uns eben aufdrängen.«

»Das war auch meine Schlussfolgerung«, sagte Elli. »Ich schätze, wir müssen uns eine Stelle aussuchen, uns dort in den Hinterhalt legen und zusehen, ob wir uns einen oder zwei von denen schnappen können. Dann nichts wie weg und einen ruhigen Ort suchen, wo man mit denen reden kann.«

Rutherford nickte anerkennend. »Könnte funktionieren.«

»Was ist mit dieser Patrouille von vorhin? Folgen die uns vielleicht?«

»Mag sein, aber das Risiko ist gering. Die GFF haben bisher nur wenige Ausländer aus dem Westen getötet, und das waren reine Raubüberfälle. Die werden wohl nicht ihre Energie verschwenden und uns zu Fuß verfolgen.«

Elli sah Rutherford an. »Fakt ist, dass sie einen Mann aus dem Westen entführt haben.«

Er zuckte mit den Schultern. »Garantien gibt es nicht. Wir müssen auf alles vorbereitet sein.«

»Außerdem haben sie schon ein paarmal Leute angegriffen, die für die Ölgesellschaften gearbeitet haben.«

»Ja, schon. Aber das entspricht dem, wogegen sie kämpfen. Die ungleiche Verteilung der Ressourcen in Uganda. Da greift man schon mal die Kooperationspartner des Feindes an.«

Elli nickte und legte den Finger auf einen Punkt auf der Landkarte. »Ich schlage vor, dass wir uns hier in den Hinterhalt legen. Wenn es fünf oder mehr sind, lassen wir sie vorbeiziehen. Unsere Chancen ständen dann eher schlecht, es sei denn, wir erschießen ein paar von denen. Aber das wollen wir nicht.«

Sie blickte Rutherford an, der lässig signalisierte, dass er verstanden hatte.

»Das Gelände hier sieht gut aus, die Straße macht eine Biegung, und wir haben auf beiden Seiten eine Rückzugsmöglichkeit. Wobei ich allerdings diese Seite hier bevorzuge. Die Patrouille, die uns angegriffen hat, könnte sich immer noch auf der anderen Seite befinden.«

Eine Weile studierte Rutherford die Landkarte eingehend. »Sieht gut aus. Wir haben einen Plan«, sagte er, öffnete die Fahrertür und setzte sich hinter das Lenkrad.

Die Stelle, die Elli sich ausgesucht hatte, lag zweihundert Meter von der kongolesischen Grenze entfernt. Es war unklar, ob die GFF in der Nacht genau dort vorbeikommen würden, aber eine bessere Idee hatten Elli und Rutherford vorerst nicht. Elli fragte sich, ob Kalesa den GFF vielleicht erzählt haben könnte, dass sie ihnen auf der Spur waren, und dass sie deshalb beschossen worden waren, schob die Spekulationen aber beiseite. So oder so konnten sie nichts daran ändern. Jetzt galt es, ein paar der GFF-Soldaten zum Reden zu bringen.

Ein ganz anderer Punkt war, dass sie keinen der Angreifer gesehen hatten. Elli wurde klar, dass es sich genauso gut auch um Männer der TIG gehandelt haben konnte.

Der Regen hatte jetzt etwas nachgelassen, das Gewitter war weiter in den Westen gezogen, in Richtung Kongo.

Elli und Rutherford lagen etwa fünfzehn Meter voneinander entfernt an einer Wegbiegung. Rutherford befand sich fünf Meter neben der Straße, verborgen in einer kleinen Senke, Elli hatte sich auf der anderen Straßenseite hinter einem umgestürzten Baum versteckt. Überall herrschte dichte Vegetation. Beide hatten sich Erde und grüne Tarnfarbe ins Gesicht und auf die hellen Stellen der Kleidung geschmiert, hatten Nachtsichtgeräte dabei und eine Funkverbindung mit Ohrhörern hergestellt. Elli hatte die M4 mitgenommen, Rutherford die MC51. Fünfzig Meter entfernt stand der Land Rover, unter Buschwerk verborgen und auf die entgegengesetzte Fahrtrichtung ausgerichtet.

Zwanzig Minuten hatten sie so dagelegen, als plötzlich

Stimmen zu hören waren. Die Personen kamen überraschenderweise von hinten, aus der Richtung, aus der sie selbst eben gekommen waren.

»Hörst du das?«, fragte Elli über Funk. Rutherford bestätigte.

Um besser sehen zu können, drehte sich Elli so leise wie möglich um. Die Stimmen wurden lauter, je näher sie kamen. Elli war etwas verwirrt. Würden sich die GFF nicht möglichst lautlos bewegen?

Als sie durch das Nachtsichtgerät sah, bekam sie eine Antwort.

»UPDF«, flüsterte sie.

Ein siebenköpfiger Trupp bewegte sich ganz entspannt über die Straße. Sie schienen sich locker zu unterhalten. Offenbar bestand die Taktik darin, gesehen und gehört zu werden und die GFF dadurch von einer Grenzüberschreitung vom Kongo nach Uganda abzuhalten.

Elli ließ sieben oder acht Minuten verstreichen, ehe sie wieder mit Rutherford Kontakt aufnahm.

»Da kommen doch bestimmt noch weitere Patrouillen?«

»Kaum«, erwiderte er. »Normalerweise nehmen die sich für jede Nacht nur einen Grenzabschnitt vor.«

»Roger.«

Eine Militärtruppe weniger, dachte Elli. Nach einer Weile bemerkte sie, dass das heruntertropfende Wasser um sie herum von dem üppigen Blätterdach über ihr stammte. Inzwischen hatte es aufgehört zu regnen. Sie änderte ihre Position. Ihre Kleidung war völlig durchnässt. Obwohl es über zwanzig Grad warm war, fror Elli. So reglos dazuliegen und zu warten, war auf die Dauer äußerst unangenehm.

Nachdem sie mindestens noch eine, vielleicht sogar zwei Stunden ausgeharrt hatte, hörte sie, dass sich links von ihr etwas bewegte. Sie schätzte die Entfernung auf dreißig bis vierzig Meter. Noch immer bestimmte das tropfende Wasser die nächtliche Geräuschkulisse, aber Elli hörte deutlich, dass sich jemand bewegte.

Für den Fall, dass jemand zu hören war, hatten Elli und Rutherford abgesprochen, über Funk zwei lange Klicksignale mit Pause dazwischen abzugeben, dann ein Signal für Richtung links oder entsprechend zwei schnelle Signale für rechts. Elli gab zwei lange und ein kurzes Signal durch.

Rutherford antwortete seinerseits mit einem Klicken.

Verstanden.

Ungefähr eine Minute später sah sie, wie sich eine Gestalt langsam und geschmeidig zwischen den Bäumen hindurchbewegte. Dann entdeckte sie drei weitere dahinter, mindestens eine Person war eine Frau. Oder ein Mädchen. Sie bewegten sich in Pyramidenformation.

»Vier, AK-47«, gab Elli flüsternd durch.

Ein einfaches Klicksignal folgte.

Die vier Personen kamen von der Seite auf Elli zu. Sie vermutete, dass der Trupp in ungefähr fünfzehn Metern Entfernung an ihr vorbeigehen würde. Je nach weiterer Richtung musste entweder sie oder Rutherford die Initiative ergreifen.

Fünfundvierzig Sekunden später war klar, dass Elli diese Rolle zufiel.

Die vier Soldaten bewegten sich in entgegengesetzter Richtung der UPDF-Patrouille. Elli wurde klar, dass sie und Rutherford Glück gehabt hatten. Der kleine Guerillatrupp musste sich irgendwo verborgen gehalten haben und hatte die UPDF-Patrouille passieren lassen. Erst dann hatten sie sich wieder hinausgewagt. Elli und Rutherford hatten also ganz offensichtlich das Zeitfenster dazwischen erwischt.

Elli robbte sich bis an den Straßenrand heran, zählte bis zehn und gab sich zu erkennen.

»*Stop!*«, brüllte sie.

Drei der jungen Soldaten erstarrten sofort zu Salzsäulen, während sich der vierte seitwärts in die Büsche schlug.

Verflucht, dachte Elli.

»*Face down, now!*«

Die drei taten, wie ihnen geheißen. Alle hatten verschiedene Militäruniformen an, die verdreckt und schweißdurchtränkt waren.

Im Augenwinkel sah Elli, dass Rutherford dem vierten hinterherstürmte, und trat die Waffen der drei Soldaten mit dem Fuß außer Reichweite.

»Hände über den Kopf!«, befahl sie. Dann zog sie ein paar Kabelbinder aus der Tasche und hockte sich neben den ersten Soldaten. Als sie die Hände des Guerillasoldaten ergriff, merkte sie, dass es sich um ein Mädchen handelte. Für eine Sekunde fühlte sie sich versucht, die Fesseln liegen zu lassen, besann sich dann aber anders.

Nach wenigen Minuten lagen alle drei gefesselt nebeneinander mitten auf der Straße. Wo war Rutherford? Nicht ein Laut war von ihm zu hören. Elli blickte in nördliche Richtung über die Straße, aber nichts bewegte sich. Dann tastete sie schnell die drei auf dem Boden ab. Als sie sich wieder umdrehte, um den südlichen Teil der Straße abzuscannen, blickte sie plötzlich direkt in die Mündung einer AK-47.

Der Soldat, der die Waffe auf sie richtete, war jung, allerdings nicht so jung wie die drei anderen. Bestimmt der Anführer, dachte Elli. Seine Augen glänzten, die Pupillen waren erweitert. Menschen mit solchen Augen hatte Elli schon viele Male auf den Straßen Oslos gesehen. Amphetamin.

Der Finger des Soldaten krümmte sich um den Abzug. Der Blick durch das grüne Sichtfeld des Nachtsichtgeräts ließ alles sehr nüchtern und kühl wirken. Wie eine Art Science-Fiction-Film. In ihrem Innern spürte Elli plötzlich eine seltsame Leere.

Dann hörte sie zwei dumpfe Geräusche. Elli konnte gerade noch sehen, wie zwei kleine Löcher in der Brustpartie des Soldaten auftauchten, als er auch schon in sich zusammensackte.

Verfluchte Scheiße.

»Keine Schüsse, hab ich gesagt!« Ellis Stimme zitterte vor lauter Frustration. »Das sind doch noch Kinder …«

»Der hier nicht«, sagte Rutherford und trat dem jungen Soldaten, den er gerade erschossen hatte, grob in die Seite. »Der ist bestimmt schon zwanzig.«

Elli schloss die Augen und versuchte, ihr mentales Gleichgewicht zurückzugewinnen. Wie waren sie bloß in die Lage geraten, einen jungen Mann töten zu müssen? Wie war *sie* dort hineingeraten?

»*Remember – do or die*«, sagte Rutherford lakonisch und riss Elli aus ihren Gedanken. »Herrgott, Elli, er wollte dich erschießen!«

Elli drehte sich abrupt um. Rutherford hatte abermals die Waffe gehoben. Sie stellte fest, dass die drei Gefangenen die verworrene Situation ausgenutzt hatten und aufgestanden waren. Keiner der drei konnte älter als vierzehn sein.

Die beiden Jungen blieben hinter dem Mädchen stehen.

»Nehmt uns mit«, sagte die Kleine mit angsterfülltem Blick.

Die drei Kindersoldaten der GFF wurden in den Land Rover verfrachtet. Elli setzte sich mit dem Rücken zum Armaturenbrett auf den Beifahrersitz und hielt die drei unter Beobachtung. Rutherford war noch einmal zurückgegangen, um die Leiche zu verstecken.

»Sprichst du Englisch?«

»Etwas. Meine Mutter war Lehrerin.«

Elli nickte. »Wie heißt du?«

»Celicia«, erwiderte das Mädchen. Sie war die Einzige der drei, die etwas Englisch sprechen konnte.

Elli atmete tief durch. »Das ist nicht so ganz wie geplant gelaufen …«, setzte sie an.

»Er war böse.«

»Aber er hat den Tod nicht verdient«, sagte Elli.

Celicias Ausdruck wirkte ernst. Elli versuchte sich vorzustellen, was das Mädchen im Busch wohl erlebt haben mochte. Was war geschehen, dass sie diesen leeren, traurigen Blick bekommen hatte?

Die Kleine saß regungslos da. Elli fragte sich, ob sie wohl an einer Art Narkolepsie litt. Noch nie zuvor hatte sie jemanden so still und ruhig dasitzen sehen. Wie ein heiliger Mann in Indien, mit totaler Kontrolle über die Atmung und einem Puls von achtzehn bis zwanzig Schlägen pro Minute.

»Ich hab gesehen, wie er meine Schwester getötet hat«, sagte sie tonlos.

Elli wusste nicht, was sie antworten sollte.

»Sie war schwanger«, fuhr Celicia fort und sah Elli an. »Er hat es verdient zu sterben. Auch wenn ich so was vor Gott nicht sagen darf.«

Elli wollte am liebsten laut schreien. Auf etwas einschlagen. Oder jemanden schlagen. Doch so schlimm das alles auch war, schlimmer noch war der Verbrecher am anderen Ende der Befehlskette. Irgendjemand unterstützte all diese Gewalt, und das nur, um Geld zu verdienen. Diese Leute würde Elli noch finden müssen. Sie atmete tief durch und konzentrierte sich.

»Ist euer Lager weit von hier entfernt?«, fragte sie freundlich.

»Zwei Stunden.«

Zwei Stunden zu Fuß. Also mindestens fünf, vielleicht sogar zehn Kilometer. Sie waren schnelle Läufer, dachte Elli.

»Woher kommst du?«, fragte sie.

»Meine Freunde sind aus Obongi«, sagte Celicia und deutete auf die beiden Jungen. Beide saßen mit gesenkten Köpfen da und schienen sich zu schämen.

»Ich komme aus Kilak.«

»Wir werden euch nichts tun«, sagte Elli. »Ich will nur Informationen über die Geisel, die von den GFF entführt wurde. Wisst ihr etwas darüber?«

»Bringt uns nach Hause, dann erfahrt ihr es.«

»Nach Hause? Nach Obongi? Kilak?«

»Ja! Zu unseren Familien.«

Obongi lag mitten im Busch, an einer kleineren Straße, östlich der Region, wo sie sich jetzt befanden. Kilak war noch weiter entfernt und lag nördlich von Gulu, in Richtung Sudan. Eine Fahrt dorthin kam nicht in Frage, dachte Elli. Es würde sie viel zu viel Zeit kosten und ihr Auftrag käme zu kurz.

»Lass uns einen Deal machen«, sagte Elli. »Wir nehmen euch mit nach Kampala, und ich bezahle euch das Busticket nach Hause. Einverstanden?«

Celicia konferierte kurz mit ihren Freunden. Obwohl Elli

vier Sprachen beherrschte, reichte keine davon aus, um auch nur ein einziges Wort auf Acholi verstehen zu können. Ein völlig anderes Sprachuniversum.

»Sie sagen, sie wollen ein Stück mitkommen und dann in den Norden weiterfahren. Ich komme mit nach Kampala«, sagte Celicia.

Elli lächelte. »Schön. Sag ihnen, dass es in Ordnung geht.«

Rutherford war jetzt schon über fünfzehn Minuten weg.

»Ruth – bist du da?«, fragte sie über Funk.

Es dauerte eine Weile, bis er antwortete. »Yep. Bin gleich fertig, aber es gibt Ärger.«

»Was für Ärger?«

»In Form von Autos. Hol die drei Soldaten aus dem Wagen und bring sie auf der anderen Seite der Straße in den Busch hinein. Wenn die Neuankömmlinge den Wagen sehen, werden sie zuerst auf dieser Seite suchen. Ich verstecke mich hinter dem Wagen.«

Elli wurde klar, dass ihr Auftrag immer kniffliger wurde. Sie warf einen Blick auf Celicia.

»Ich bringe dich nach Kampala, aber jetzt gerade haben wir ein Problem. Wir müssen uns eine Weile verstecken.«

»Kommt da jemand?«, fragte Celicia.

»Ja, mit einem Wagen.«

»Das sind Vertragsarbeiter.«

»Hm?«

»Die arbeiten für die Ölleute. Wir sehen die oft.«

Elli war gespannt, was das Mädchen außerdem zu berichten hatte. Sie würden später weiterreden.

Kapitel 44

Croukamp saß auf dem Beifahrersitz im ersten der beiden Land Cruiser. Er verfluchte den glitschigen Boden, Afrika im

Allgemeinen und Uganda im Besonderen, vor allem aber die beiden Objekte, die entkommen waren. Nach dem Schusswechsel hatten sie alles zusammengepackt, um die Verfolgung aufzunehmen, aber der eine Wagen war auf dem elenden Weg in eine Senke gestürzt und bis zum Bauch im Schlamm steckengeblieben. Auf der seifenglatten Fahrbahn hatte der andere Wagen nur mit großer Mühe genug Halt gefunden, um ihn herauszuziehen, und zu allem Überfluss hatte das Team nicht die Aluminiumschienen eingepackt, die sie als Keile unter den Rädern brauchten, damit die Reifen Griff fänden. Sechs Stunden hatte sie das gekostet.

Der Sohn, Bernhard, hatte noch immer eine Menge zu lernen. Die Norwegerin und Rutherford konnten jetzt bereits über alle Berge sein.

Die Lichtkegel der Scheinwerfer und die beiden Strahler auf dem Dachgestell erhellten den Weg vor ihnen wie Flutlicht einen Fußballplatz. Auf beiden Seiten ragte der grüne undurchdringliche Busch auf wie eine Wand.

Bei sechs Stunden Vorsprung wusste er, dass die Chancen, die anderen einzuholen, nur gering waren, aber er hatte seine Vorkehrungen getroffen. An den Straßensperren, die er bei Arumva weiter im Süden bestellt hatte, würden sie nicht vorbeikommen, und wenn die Objekte kehrtmachten, würden sie direkt in die Falle gehen.

Andere Straßen, die aus dieser Gegend hinausführten, gab es nicht.

Elli hatte die drei Jugendlichen in einer Bodensenke untergebracht. Sie konnte sich nicht erinnern, jemals in einer solchen Situation gewesen zu sein, wo sie Gefangene bewachen und sich zugleich verstecken musste. Sie selbst lag so, dass sie alle drei sehen und zugleich die Wegbiegung im Auge behalten konnte.

Rutherford lag auf der anderen Seite, zwischen Auto und Straße. Die Strahlen der kräftigen Autoscheinwerfer, die sich jetzt näherten, warfen ein flackerndes Licht durch das dichte, triefnasse Laub. Ausgehend vom Motorengeräusch vermutete sie, dass die Wagen zwei- bis dreihundert Meter entfernt waren.

»Siehst du was?«, fragte sie Rutherford.

»Negativ. Aber ich höre klar und deutlich.«

»Ich sehe Licht. ETA fünfzehn Sekunden.«

»Roger.«

Sie verließen sich darauf, dass die vorüberfahrenden Autos den Land Rover nicht entdecken würden. Der war hinter einem dichten Gebüsch versteckt, teilweise geschützt durch die Beschaffenheit des Terrains, und Rutherford hatte fünf Minuten gebraucht, um ihn mit einem Camouflagenetz zu überziehen, das er im Kofferraum aufbewahrte. Zwei Wagen bedeuteten mindestens zwei Personen, aller Wahrscheinlichkeit nach aber vier oder mehr. Und wenn diese sich als private Sicherheitsleute – Söldner – entpuppten, würden sie gut ausgerüstet und taktisch geschult sein.

Ein zu großes Risiko, um sich mit ihnen auf einen Schusswechsel einzulassen.

Die ersten Lichtkegel kamen auf sie zu, mit durchschlagender Wirkung im grünen, körnigen Universum der Nachtsichtbrillen. Elli merkte, wie ihr Körper sich anspannte, als die Wagen auf die Passierstelle zuhielten. Sie kamen nur langsam näher, und das Knattern der Dieselmotoren verriet, dass sie einen hohen Gang eingelegt hatten.

Der erste Land Cruiser war jetzt weniger als hundert Meter von ihr entfernt. Sie erkannte die Wagen, die sie und Rutherford am Vormittag durch das Fernglas beobachtet hatten.

»Halt!«

Michael Croukamps kräftige Stimme war für den am Steuer sitzenden Bernhard Croukamp durch das Motorendröhnen deutlich zu hören.

»*Gotta take a piss*«, teilte er mit, als sein Sohn auf die Bremse trat.

Michael Croukamp sprang auf der linken Seite aus dem

Auto. Der Schlamm hier war sehr glatt, und er wollte nicht Gefahr laufen, beim Pissen zu fallen. Er lief um den Wagen herum auf die Fahrerseite, wo es tatsächlich zwei Steine gab, auf denen er stehen konnte.

Während er sich erleichterte, ließ Croukamp seine grünen Augen durch den Busch wandern. Er wurde jetzt langsam zu alt dafür. Vielleicht war es an der Zeit, in Rente zu gehen und Bernhard übernehmen zu lassen. Er selbst hatte Geld genug. Und dieser Auftrag würde ihm ein weiteres hübsches Sümmchen einbringen. Er hatte den Auftrag in der Tonspur seines Satellitentelefons gespeichert. Man musste immer aufnehmen, was man in dieser Branche mit der Kundschaft besprach.

Er blieb stehen und witterte. Der menschliche Geruchssinn wurde unterschätzt. Im rhodesischen Buschkrieg hatte er gelernt, ihn einzusetzen.

In diesem Moment konnte er Diesel, Pisse, Waffenöl und verbrannte Kupplung riechen. Regen und Erde. Schweiß. Den Schweiß weißer Männer.

Aber war da nicht auch ein Anflug von Afrikanerschweiß?

Er kniff die Augen zusammen und schaute in den Busch.

Elli und Rutherford hatten über Funk Beschwörungen ausgetauscht, als der erste Land Cruiser sein Tempo drosselte und schließlich ganz zum Stillstand kam.

Der Mann, der aus dem Auto stieg, war unbekannt, aber etwas an ihm, an seiner Erscheinung, wirkte dennoch nicht fremd.

Elli hatte nun das zweifelhafte Vergnügen gehabt, durch das entlarvende Licht der Nachtsichtbrille zu sehen, wie dieses Mannsbild fünf oder sechs Meter von ihr entfernt seine Notdurft verrichtete.

Plötzlich blieb der Kerl ganz ruhig stehen. Er schien zu horchen. Verdammt.

Sie konnte jetzt auch nicht mit Rutherford sprechen. Aus dieser Nähe würde der Mann trotz des Motorendröhnens ihre Stimme hören.

Der Mann drehte sich um und fuhr sich mit der Hand über die Kehle.

Beide Automotoren verstummten.

Der Mann starrte immer weiter in den Wald. Elli legte den Finger auf den Druckpunkt am Abzug der M4 und hoffte, nicht schießen zu müssen.

Wenn man lange genug lauschte, konnte man Menschen im Busch immer hören. Croukamp starrte in die smaragdgrüne Dunkelheit. Seine Nase hatte ihn davon überzeugt, dass dort jemand war. Hier auf der Straße stellte er eine lebende Zielscheibe dar. Er hätte schon erschossen sein müssen, wenn das hier die GFF waren. Die UPDF konnte es nicht sein, die hätten sich zu erkennen gegeben. Croukamp hatte mit der UPDF keine Probleme.

Es war nichts zu hören. Und jetzt schien auch der Geruch verschwunden zu sein. Vielleicht hatte es am Wind gelegen, vielleicht hatte er auch nur seinen eigenen Fahrer gerochen. Croukamp drehte sich um, winkte zum Weiterfahren und sprang in den Wagen.

Elli sah die beiden Autos weiter nach Süden fahren und merkte erst jetzt, wie angespannt sie gewesen war. Trotz des Trainings, das sie gelehrt hatte, die Ruhe zu bewahren und sich darauf zu konzentrieren, ihre Muskeln zu entspannen, war sie vollständig verkrampft.

»Zwei Minuten?«, fragte sie über Funk.

»Drei«, antwortete Rutherford.

Elli war froh, seine Stimme zu hören.

Drei lange Minuten später sahen sie Rutherford über ihnen am Straßenrand auftauchen. Elli nahm Celicia und die beiden Jungen mit und trat auf die Straße hinaus.

»Michael Croukamp«, fauchte Rutherford.

»Hm?«, fragte Elli.

»Der Chef – der gepisst hat. Der Fahrer in dem einen Wagen war Bernhard Croukamp, sein Sohn.«

»Woher kennst du sie?«

Er grinste. »Nach einigen Jahren hier in der Gegend kennt man die meisten. Ich kann das mal so sagen: Diese Jungs können wir jetzt nicht gebrauchen.«

»Noch ein Grund, dass wir hier wegkommen«, folgerte Elli. »Denselben Weg zurück?«

Rutherford spähte im Dunkeln die Straße entlang, auf der Croukamp weggefahren war. »Ja. Wir fahren in die Gegenrichtung, nach Norden. Wenn der Wagen das mitmacht.«

Kapitel 45

Nach einigen kleineren Problemen war der Land Rover wieder angesprungen. Sie brauchten eine halbe Stunde bis zu der Kreuzung am Fluss.

Vor sich hatten sie die UPDF-Patrouille, vermutlich war die in die Nähe von Kutuba verlegt worden, das etwa fünfundzwanzig Kilometer entfernt war. Mit etwas Glück war sie bereits dort eingetroffen.

»Ich glaube nicht, dass unser Landy in diesem Zustand eine weitere Tour schafft«, sagte Rutherford. »Irgendwas stimmt da nicht. Eine Leckage im Turbo oder in der Luftzufuhr. Wenn da Wasser reinkommt, während wir den Fluss durchqueren, ist Schluss.«

Das entschied die Sache.

»Wir fahren ohne Licht und mit den Nachtsichtbrillen weiter, dann werden wir wenigstens nicht aus der Ferne gesehen.«

Elli nickte. Sie stellte die Nachtsichtbrille genauer ein, überprüfte ihre Waffe und konzentrierte sich darauf, Ausschau zu halten.

In der nächsten Stunde schwiegen sie weitgehend. Rutherford bugsierte das Auto durch, über und um eine endlose Menge von Hindernissen in Form von Gruben, Überschwemmungen, abgebrochenen Ästen und Tierkadavern. Es war inzwischen drei Uhr morgens, und Elli verspürte Erleichterung, als sie sich der Straße näherten, die das verdunkelte Fahrzeug wieder nach Süden bringen konnte, in Richtung Kampala. Die Nacht wollte noch immer nicht weichen, aber der Busch war dort draußen, und das waren auch Menschen, Tiere und irgendwo die Söldner, die GFF und Otto Kamperud.

Elli merkte, dass sie erschöpft war und sich nach Ruhe sehnte. Sie ließ sich im Sitz tiefer sinken und schrieb eine Mitteilung an Nereng.

kontakt mit guerilla, heftiges feuer, jetzt okay, morgen nach biliefe

Nach zwei Minuten kam eine Antwort von Nereng:

vorsichtig! will keinen neuen partner

Elli lächelte kurz, ehe ihr Gehirn weiterraste. In Oslo hatten sie Beweise dafür, dass Disciple Kontakt zu Kristoffersen aufgenommen hatte. Disciple hatte den Ausdruck »*mutual interests*« verwendet. Vermutlich wollte er von Kristoffersen Geld erpressen, aber dafür hatten sie bisher nur Bruchstücke von Beweisen. Elli überlegte, während ihr Körper mit den Bewegungen des Autos hin und her wogte. Sie versuchte, sich in Disciples Denkweise hineinzuversetzen. Was trieb ihn an? Der Wunsch, das Regime in Uganda zu stürzen? Macht, Einfluss, Position, Aufmerksamkeit? Dazu brauchte er Geld, und er hatte sich entschieden, eine Geisel zu nehmen und Lösegeld zu verlangen. Aber warum Otto Kamperud? Der arbeitete für eine Organisation, bei der kein Geld zu holen war.

Anders sah es bei Bifrost aus, der Firma, für die Kristoffersen tätig war. Wieder wirbelten Elli die Fragen durch den Kopf: Wer stand hier mit wem in Verbindung? Wer waren die *norwegischen Freunde*? Die *gierigen Freunde*?

Es ging ganz eindeutig um Geld. Wer verdiente in Uganda viel Geld? Die Ölfirmen. Bifrost war so eine Firma. Und was war mit Lars Kamperud, dem Vater der Geisel? Aber Disciple hatte ihn nicht angerufen, Kamperud hatte mit der Sache also nichts zu tun.

Öl, Geld, Gier.

Sie ließ eine Zeitlang ihre Blicke schweifen, wo die Wassertropfen auf dem Glas vor dem Hintergrund der Nacht dunkel und schwarz aussahen. Langsam, aber sicher setzte sich bei ihr der Gedanke fest, dass es einen Zusammenhang zwischen der Entführung und den Ölströmen aus Uganda hinaus geben müsse.

Elli entschloss sich zu einem neuen Versuch, aus Celicia mehr Informationen herauszuholen. Sie mussten mehr über Otto Kamperuds Schicksal erfahren, ehe sie sich nach Kampala aufmachten. Sie und Rutherford hatten beschlossen, noch eine Dreiviertelstunde zu fahren, bevor es dann wieder Richtung Osten ins Landesinnere gehen sollte, um dort das Lager für die Nacht aufzuschlagen. Ojore Okello hatte erzählt, dass seine Mutter noch immer dort in der Gegend wohnte. Ihre Lage war angespannt, ein bisschen Lokalkenntnis könnte ihnen dabei behilflich sein, sich zu verstecken. Ojores Mutter war ihre einzige Kontaktperson in der Umgebung.

Sie mussten damit rechnen, dass die TIG Straßensperren aufgestellt hatte, und am helllichten Tag würden Elli und Rutherford in dem ramponierten Land Rover auffallen wie Ku-Klux-Klan-Mitglieder bei einem Soulkonzert.

Auf dem CryptoKid sah Elli einen Viehpfad, der nach Osten abbog.

»Der führt offenbar mehrere Kilometer in den Busch. Ich kann vereinzelte Höfe am Weg sehen, aber es sind nicht besonders viele.«

»Das reicht mir aber«, sagte Rutherford.

Sie mussten einen Lagerplatz finden, ehe es hell würde. Rutherford wurde langsamer. Nach drei Minuten waren sie auf dem Weg nach Osten, weg von der Hauptstraße, hoffentlich zu einem sicheren Lagerplatz. Aber Elli hatte ihre Zweifel. Bisher hatte Uganda sich nicht von seiner gastfreundlichen Seite gezeigt.

Sie wollte feststellen, ob weiter vorn Sperren errichtet worden waren, und sie sah auf dem CryptoKid, dass sie um 10.47 und um 13.19 Uhr neue Satellitenüberflüge haben würden. Erst dann konnten sie mit neuen Bildern rechnen.

Nach zwanzig Minuten fand Rutherford eine kleine Lichtung. Sie waren bisher erst an einem kleinen Hof vorbeigekommen, der aus zwei Hütten und einigen Kühen in einem Pferch bestand.

Fünfzehn Minuten später hatten sie ihr Lager aufgebaut. Rutherford spannte die Tarnplane hinter dem Auto auf wie ein Vorzelt. Die Plane schützte sie vor dem Wetter und erleichterte den Zugang zur Küchenausrüstung hinten im Wagen.

Elli drehte sich zu Celicia um, die auf der von Elli erhaltenen Liegeunterlage saß.

»Celicia«, sagte Elli vorsichtig.

Das Mädchen blickte auf.

»Ich muss mehr über die Geiseln wissen«, sagte Elli.

»In Kampala.«

»Nein, vor Kampala. Ich verspreche, dass wir euch nach Kampala mitnehmen, aber wir sind hergekommen, um mit den GFF Kontakt aufzunehmen und die Geiseln zu befreien.«

Elli blickte Celicia an, die die Lage zu durchdenken schien.

»In Kampala«, sagte Celicia noch einmal.

Elli biss die Zähne aufeinander. Sie verstand sehr gut, dass Celicia keinen Grund sah, ihnen zu helfen, ehe sie selbst bekommen hatte, was sie brauchte. Elli hätte in ihrer Situation genauso gedacht. Weder Celicia noch die beiden Jungen hatten irgendeinen Grund, ihr zu vertrauen. Nur im Kreise ihrer Familie fühlten sie sich sicher. Ihnen war jegliche Möglichkeit einer Jugend genommen worden, und sie waren in einer Hölle aus Gewalt, Unterdrückung und Erniedrigung gelandet.

Elli versuchte zu lächeln. »Celicia … ich kann dich verstehen. Warum solltest du uns vertrauen? Aber ich muss einfach wissen, wie ich mit den GFF und Disciple Kontakt aufnehmen kann. Wir müssen die Geiseln befreien.«

»Was ist denn so wichtig an diesen Geiseln? Wir sind doch allesamt auch Gefangene«, sagte Celicia ruhig.

Mehr als zwanzigtausend in den letzten zehn Jahren, dachte Elli. Kinder, von ihren Müttern weggeholt, gezwungen, ihre eigenen Freunde und Verwandten zu töten, zu verstümmeln, zu schänden …

»Sie haben uns zu all diesen … bösen Taten gezwungen«, sagte Celicia.

Elli nickte vorsichtig.

»Dinge, die niemals verschwinden, die jeden Morgen da sind, jeden Tag, jeden Abend«, sagte Celicia leise. »Und das gilt für uns alle. Warum kommt ihr erst jetzt?«

Celicias Frage traf Elli wie ein Stich.

»Ich habe auf deine Frage keine gute Antwort, Celicia …«

Elli hielt dem Bick der anderen stand. Sie hoffte, dass Celicia sehen könnte, wie sehr ihr die Situation zu schaffen machte.

»Aber ich versuche, das hier richtig zu machen.«

Celicia schloss die Augen. Tränen traten in ihre Augenwinkel. Elli legte den Arm um sie. Celicia leistete keinen Widerstand.

»Versuch zu schlafen«, sagte Elli und wischte ihr die Tränen von der Wange. Dann erhob sie sich, und Celicia legte sich hin.

Rutherford hatte einige Meter weiter weg gestanden und zugesehen. Elli ging zu ihm hinüber.

»*Going native?*«, fragte er.

Elli widerstand der Versuchung, Rutherford einen Ellbogen zwischen die Zähne zu rammen. Sie ließ seinen Kommentar unbeantwortet.

Sie ging zum Primuskocher, um sich einen Tee zu machen.

»*Ma'am.*«

Elli drehte sich um. Celicia hatte sich wieder aufgesetzt, die Knie unters Kinn gezogen, und wiegte sich langsam hin und her.

»Ja?«

»Er ist in Kampala.«

Elli ging zu ihr hinüber und setzte sich neben sie.

»Wer? Disciple?«

»Ja. Und die Geisel.«

»Sie haben die Geiseln nach Kampala geschafft?«

»Nur den Mann. Die Frau ist im Lager geblieben, sie war sehr krank. Und sie ist von hier, für sie kriegen sie also nichts.«

Zwei Stunden bevor Elli und Rutherford ihr Lager aufgeschlagen hatten, erreichte Croukamp die von ihm bestellte Straßensperre. Den Auftrag hatte eine Gruppe von Männern aus der Gegend ausgeführt, die von Arua hergefahren waren, wo die TIG in Kontakt zu einer kleinen Wachgesellschaft stand.

Croukamp musterte den Anführer der Gruppe misstrauisch. »Ihr habt sie nicht gesehen?«

»Nein. Hier ist überhaupt kein Fahrzeug vorbeigekommen«, antwortete der Anführer.

»Aber zum Teufel – die sind doch keine Gespenster! Sie müssen hier durchgekommen sein!«

Der Anführer zuckte mit den Schultern. »Gespenst hin oder her – hier waren sie nicht. Können sie sich nicht im Busch versteckt haben, bis ihr vorbei wart, um dann nach Norden zu fahren und nicht hierher nach Süden?«

Der Mann könnte recht haben.

Croukamp musste an den kurzen Zwischenstopp und den fremden Geruch denken, den er dabei wahrgenommen zu haben glaubte. Er hatte sich offenbar doch nicht geirrt. Sicher hatten sie das Auto in einem Gebüsch versteckt.

Er wollte einige Sachen mit seinem Auftraggeber klären und wählte dessen Nummer, obwohl es mitten in der Nacht war.

»Ja?«, stöhnte eine schlaftrunkene Stimme.

»Hier liegt eine gewisse Entwicklung vor«, sagte Croukamp.

»Negativ?« Nun klang die Stimme am anderen Ende hellwach.

»Äh … wir haben versucht, sie aufzuhalten, aber ich muss dir zustimmen, wir haben es mit Leuten mit einer gewissen Fähigkeit zum Lösen von Problemen zu tun.«

»Dann müsst ihr vielleicht etwas wirksamere Mittel einsetzen?«

Croukamp unterdrückte ein Stöhnen und fragte: »Hast du etwas über die Geisel gehört?«

»Ich? Nein, wieso denn?«

»Die fahren wieder nach Süden.«

»Der Nachrichtendienst?«

»Ist hier, um die Geisel im Busch ausfindig zu machen, aber sie fahren nach Süden. Irgendeine Vorstellung, warum?«

Am anderen Ende der Leitung blieb es mehrere Sekunden lang still. »Bist du noch da?«, drängte Croukamp.

»Ja, ja. Keine Ahnung. Ich hab nichts gehört.«

Croukamp holte tief Luft, ehe er sagte: »Wenn wir die Sache weiterhin unter den Teppich kehren wollen, müssen die Geisel und diese beiden Einsatzkräfte neutralisiert werden. Es besteht schon ein zu großes Risiko, dass Informationen durchsickern.«

»Tu, was du für richtig hältst«, sagte sein Auftraggeber. »Aber ... ich wollte dich eigentlich aus einem anderen Grund anrufen.«

»Hm?«

»Es gibt auch etwas, das wir in Oslo in Ordnung bringen müssen.«

»Ach?«

Zehn Minuten später war Croukamp über die norwegische Seite des Problems im Bilde, und der Auftrag durch die TIG war um einiges erweitert worden. Die Kosten für eine Problemlösung auf diesem Niveau landeten schnell auf der Nordseite einer Million, aber der Auftraggeber hatte ohne weitere Diskussionen akzeptiert. Eine unerbittliche Konsequenz der Informationen, die er nun erhalten hatte, war, dass er auch seinen anderen Auftraggeber eliminieren musste, Nils Oscar Kristoffersen. Er musste zugeben, dass diese Norweger durchaus nicht so langweilig waren wie ihr Ruf. Nur wenige Auftraggeber gaben ihm solche Vollmacht und solches Vertrauen.

Nachdem er das Gespräch beendet hatte, konzentrierte sich

Croukamp wieder auf die bevorstehende Verfolgungsjagd. Er faltete die Karte auf der Motorhaube auseinander und studierte sie im Licht einer Xenon-Taschenlampe. Die beiden im Land Rover hatten offenbar eine östlichere Route eingeschlagen. Sie würden aber wohl kaum weiterfahren, solange es hell war.

Croukamp blickte zum Himmel auf, der jetzt einen ganz schwachen Grauton angenommen hatte. In drei, spätestens vier Stunden würde er sie gefunden haben. Und diesmal würde er richtige Arbeit leisten.

Kapitel 46

Nereng war Kristoffersen von dessen Wohnung in Jar und zur Schnellstraße nach Billingstad gefolgt. Jetzt behielt er Nils Oscar Kristoffersen und Dan Moen aus einem älteren, zivilen Ford-Mondeo-Kombi, der bei einem Kiosk auf der anderen Straßenseite stand, im Auge. Durch ein Fernglas sah er, dass die beiden in eine Diskussion vertieft waren, bei der Dan Moens Körpersprache andeutete, dass er in dieser Situation der Stärkere war.

Zwei Minuten lang schien Kristoffersen in die Offensive gehen zu wollen. Jetzt schien er einen gewissen Enthusiasmus zu zeigen, als ob er Dan Moen etwas verkaufen wollte. Nereng gab die Erpressungstheorie auf, die Sache hier verlief zu ausgeglichen.

Nach ungefähr zehn Minuten setzte sich Nils Oscar Kristoffersen in seinen SUV und fuhr in Richtung Schnellstraße. Dan Moen blieb noch einige Minuten und ließ seinen Hund herumlaufen. Nereng stellte eine Ähnlichkeit mit Zenith fest. Selbe Art, nur größer.

»Na … was meinst du?«, fragte er an Zenith gewandt, der vom Hundekäfig aus alles mit schönen wachen Augen beobachtete. Zenith drehte sich zu Nereng um und legte den Kopf schief.

»Ja, nicht wahr?«, sagte Nereng.

Dann schauten sie gleichzeitig zurück zu Dan Moen hinüber. Sie konnten gerade noch sehen, wie er den goldbraunen Hund in den Wagen springen ließ, ehe er ebenfalls einstieg und losfuhr.

Nereng trat aufs Gaspedal.

Er hielt hundert Meter Abstand zu Dan Moens Mercedes. Das war kein Problem, solange sie der E6 nach Norden folgten, aber als Dan Moen bei Olavsgård abbog und nach Gjelleråsen hochfuhr, musste Nereng näher an ihn heran. Bei Gjelleråsen bog Dan Moen nach Nittedal ab, fuhr dann weiter in Richtung Hagan, um am Ende auf einen von dichtem Birkenwald umgebenen Seitenweg abzubiegen. Nereng hielt sich weit auf Distanz und verlor den Mercedes mehrere Male aus den Augen. Nach ungefähr zehn Minuten ging der Weg steil nach oben. Nereng ließ den Wagen rollen, bis er von selbst anhielt, kurbelte das Seitenfenster hinunter und machte den Motor aus.

In dem stillen Wald konnte er Dan Moens Auto hören, und sein Verdacht, dass der sich einem Hof oder einer Hütte näherte, verstärkte sich.

Gleich vor Beginn der Steigung hatte Nereng eine kleine Haltebucht vor einem Tor gesehen. Er ließ den Wagen dorthin zurückrollen, hielt an und öffnete die Heckklappe. Er sah Zenith an, der seinen Blick vom Hundekäfig aus erwiderte. Zenith war nicht als Polizeihund ausgebildet, aber Nereng hatte das Gefühl, dass Dan Moens Hund nicht zu unterschätzen war und dass es besser wäre, wenn Zenith mitkäme. Nereng suchte ein kariertes Reflexhalsband mit der Aufschrift »Polizei« hervor.

»Bei diesem Auftrag bist du ein Beamter im öffentlichen Einsatz«, erklärte er Zenith. Dieser wedelte mit dem Schwanz.

Ein kleiner Weg führte auf der Südseite der Straße vorbei.

Nereng folgte dem Weg, nicht der Straße, wo ihnen leicht jemand begegnen konnte. Das Terrain war steiler, als er auf den ersten Blick erwartet hatte.

Nach ungefähr einer Viertelstunde flachte der Boden ab, und sie erreichten eine wechselnde Vegetation aus Laub- und Nadelbäumen. Zwei Minuten später entdeckte er den Mercedes. Auf einer Lichtung im Wald konnte er ein rotes Haus ausmachen, und als er noch einige weitere Meter zurückgelegt hatte, erahnte er außerdem eine Scheune mit der typischen grauen Patina, teilweise überwuchert von Schlingpflanzen und Gebüsch.

Nereng merkte, dass Zenith stehenblieb. Seine Nasenlöcher arbeiteten heftig, einatmen, ausatmen, einatmen, ausatmen … Die Ohren bewegten sich hin und her, als ob sie verschiedenen Geräuschen folgten. Dann hob Zenith den Schwanz, und Nereng sah, dass sich Zeniths Rückenhaare sträubten. Es folgte ein kurzes Brummen.

»Was gefällt dir hier denn nicht?«, flüsterte Nereng und streichelte Zeniths Seite.

Der Hund starrte weiterhin die Scheune an.

Nereng bewegte sich einige Meter vorwärts. Die Entfernung zur Scheune betrug jetzt etwa fünfzig Meter. Zenith starrte noch immer die Scheune an, und jetzt knurrte er. Nereng ging auf, dass es vielleicht doch nicht so klug gewesen war, ihn mitzunehmen, hatte er doch nicht gelernt, sich still zu verhalten.

Mehr konnte er nicht denken, ehe der Angriff erfolgte.

Der braune Hund legte ein gewaltiges Tempo vor. Er war ganz still, bis er Zenith mit einem fauchenden Knurren ansprang.

Zenith reagierte blitzschnell, aber der Hund hatte ihn schon am Nackenfell gepackt. Zenith wand sich, warf den Kopf hin und her, aber der andere ließ nicht los. Jetzt sickerte Blut zwischen den Zähnen des anderen Hundes hervor. Nereng konnte nicht sehen, ob Zenith am Nacken verletzt war. Zenith fauchte und knurrte und gab sich alle Mühe, um den Angreifer abzuschütteln. Nereng machte sich jetzt an seiner Dienstwaffe zu schaffen.

Er hörte ein Geräusch und sah zwischen Tannenzweigen und goldgelbem Laub, dass Dan Moen in die Scheunentür getreten war.

»Sconi!«, rief Dan Moen.

Nereng wollte keine Konfrontation mit Dan Moen, und er überlegte für einen kurzen Augenblick, ob er schießen sollte, aber Zenith kam ihm zuvor. Mit einer gewaltigen Kraftanstrengung stellte er sich auf die Hinterbeine, ließ sich rückwärts fallen und kam auf seinem Angreifer zu liegen.

Und endlich ließ der andere Hund Zeniths Nacken los.

Zeniths Instinkte waren erbarmungslos, und innerhalb von drei oder vier Sekunden hatte der Angreifer eine Wunde am Hals, ein stark verletztes rechtes Auge und eine beschädigte Vorderpfote. Aber das schien ihn nicht zu entmutigen. Im Gegenteil.

»Scooooni!«, hörte Nereng Dan Moen abermals rufen, jetzt mit einer gewissen Besorgnis in der Stimme. Dem Knurren und Kläffen hatte er längst entnehmen können, dass Sconi in einen Kampf verwickelt war. Der unebene Boden und die Bäume verbargen sie noch, aber es war nur eine Frage der Zeit, bis Nereng Dan Moen von Angesicht zu Angesicht gegenüberstehen würde.

Die Lösung brachte Zenith. Der braune Hund war jetzt schwächer und langsamer in seinen Bewegungen geworden. Zenith betrachtete ihn offenbar nicht mehr als Gefahr und kehrte zu Nereng zurück.

Nereng packte ihn sofort am Halsband, drehte ihn zum Auto um und lief los. Hinter sich, irgendwo zwischen den Bäumen, hörte er Dan Moen laut fluchen.

Blut sickerte aus der Wunde in Zeniths Nacken, aber es schien nicht so schlimm zu sein. Er hätte den Hund zu Hause lassen müssen, Elli würde toben. Aber darum würde er sich kümmern, wenn er beim Tierarzt gewesen war.

Als Nereng an Gjelleråsen vorbeikam, rief Skarpnes an. »Wir haben aus dem einen Gespräch etwas mehr herausholen können«, sagte er. Nereng fuhr sofort einen Umweg über Lutvann.

»Hier«, sagte Skarpnes und zeigte ihm einen längeren Ausdruck.

Nereng beugte sich über den Tisch.

Disciple: *Mr. Kristoffersen (?)*

Kristoffersen: (undeutlich) … *talking to* (?)

Disciple: *Disciple. You know God's Freedom Fighters and our good* (undeutlich)

Kristoffersen: *Äh … Mr. Disciple, how can I help you* (?)

Disciple: *Mr. Kristoffersen, we have … how shall I put it … mutual interests.*

(1 Min. 13 Sek. undeutlich)

Disciple: (undeutlich) … *stash, Kristoffersen. By name of Otto* (möglicherweise »hostage«)

(37 Sek. undeutlich)

Kristoffersen: (undeutlich) … *lion dollar.*

(56 Sek. undeutlich)

Disciple: (undeutlich) … *own investment down here, aye.*

»Otto ist natürlich Otto Kamperud, und wir wissen jetzt, dass die Forderung mindestens eine Million Dollar beträgt.«

»Und dass hier irgendeine Form von Investition mit im Spiel ist«, fügte Nereng hinzu.

»Kann Disciple investiert haben? Oder Kristoffersen?«, fragte Skarpnes.

»Das werde ich Kristoffersen mit Vergnügen fragen.«

»Vielleicht hat er da unten etwas unternommen, das er besser gelassen hätte?«

»Sehr wahrscheinlich«, antwortete Nereng.

»Übrigens – das Gespräch wurde von Otto Kamperuds Satellitentelefon aus geführt«, teilte Skarpnes mit.

Kapitel 47

Otto Kamperud wurde unter der Plane auf dem Pick-up hin und her geschleudert. Anfangs war es unter dem grünen Kunststoff unerträglich heiß gewesen, aber jetzt war die Temperatur gesunken, entweder weil sie schneller fuhren und deshalb mehr Durchzug hatten oder weil die Sonne tiefer stand.

Vielleicht war aber auch beides der Grund.

Er hatte Wasser bekommen, einen halben Liter, und zwei Bananen. Er hatte nur eine hinuntergebracht.

Soweit er sich erinnern konnte, war er jetzt seit über zehn Tagen in Gefangenschaft. Aber wirklich sicher war er nicht. Es konnten auch elf sein, oder acht oder zwanzig. Er war verwirrt, schwach, und die Schmerzen in Armen und Beinen hatten ein Niveau erreicht, das ihn schon mehrmals zu der Überlegung gebracht hatte, er müsse einen Wächter angreifen, um niedergeschossen zu werden und damit diesen endlosen Qualen ein Ende zu bereiten.

Aber eins stand fest: Er war nicht freigelassen worden, und das musste eine weitere Verstümmelung bedeuten. Disciple würde den Druck aufrechterhalten wollen, so gut kannte er seinen Gegner.

Vage und nach und nach war ihm eingefallen, was er in jungen Jahren im Erste-Hilfe-Kurs beim Roten Kreuz gelernt hatte. Vor Beginn des Projektes in Nord-Uganda hatte er dieses Wissen zudem in Vorbereitungskursen auffrischen müssen.

So gut er konnte, hatte er zusammen mit Charlotte versucht, die Blutung aus dem Stumpf zu stoppen. Sie hatten einige russische Verbandspäckchen zugeworfen bekommen, Druckverbände verwendet und Arm und Beine hochgelegt. Die Arterien hatten sich auf die typische Weise zusammengezogen, mit denen der Körper reagierte, um Blutungen zu stoppen, dennoch hatte Otto schrecklich viel Blut verloren.

Die erste Wunde, am linken kleinen Finger, heilte jetzt

langsam, und er konnte den Verband vorübergehend lösen, war aber wegen der Infektionsgefahr sehr vorsichtig. Die Schmerzen aber, die der linke Ringfinger und der Mittelfinger verursachten, machten ihm klar, dass es bereits zu spät war. Disciple schien das egal zu sein, Otto hatte immer wieder vergeblich um Antibiotika gebeten.

»Das können die Ölscheichs am Nordpol machen«, hatte Disciple gesagt und herzlich über seinen Witz gelacht.

Otto verspürte pochende Schmerzen, wann immer der Pick-up über Unebenheiten, Steine oder andere Hindernisse auf der Straße fuhr. Der Bereich um die Wunden war gerötet und empfindlich. Langsam wurde es immer schlimmer. Hinzu kam, dass nun außerdem die linke Hand stank. Er wusste nicht, wie es mit dem Zeh aussah. Er wagte nicht, sich so weit vorzubeugen.

Als Nächstes würden eine Blutvergiftung und Kalter Brand folgen.

Seine Lage war ziemlich hoffnungslos.

Charlotte hatten sie im Lager behalten. Er wagte es nicht, sich ihr Schicksal vorzustellen, aber er hatte sich mit dem Gedanken abgefunden, dass er sie wohl nicht mehr wiedersehen würde.

»Otto!«

Er fuhr aus dem Schlaf hoch. Zu seiner Überraschung stand der Wagen still. Es war dunkel und kühl. Offenbar war er eingeschlafen. Oder ohnmächtig geworden.

»Otto!«, sagte Disciple noch einmal. »Endstation.«

Die Plane wurde weggerissen. Vor Otto standen Disciple und noch zwei Männer, der eine war ihm unbekannt, den anderen kannte er gut. Angel, einer von den wirklich berüchtigten Kommandanten. Die beiden Wächter von der Ladefläche des Pick-up waren nicht mehr zu sehen.

Im Hintergrund hörte er Geräusche: Autos, Menschen, das Rauschen der Stadt. Er sah sogar einige Lichtquellen.

»Willkommen in deinem neuen Zuhause«, sagte Disciple nun und zog ihn von der Ladefläche. Otto sank wie ein Sack in sich zusammen, sein unversehrtes Bein war eingeschlafen und konnte das Gewicht seines abgemagerten Körpers nicht tragen.

Das Trio lachte spöttisch über ihn.

»Hoch«, befahl Angel. Seine Hand fühlte sich an wie Stahl. Er musste an die zwei Meter groß sein, vermutete Otto, während er wieder auf die Beine gezogen wurde. Er stützte sich auf den Wagen und konnte sich nur mit Mühe aufrecht halten. Er schaute sich kurz um und sah ein Lagerhaus.

»Komm«, sagte Disciple kumpelhaft. »Hier wirst du jetzt wohnen, bis wir mit diesem … Projekt fertig sind.«

Projekt?

»Okay«, stöhnte Otto. Er wollte nur von den Schmerzen befreit werden.

Disciple führte ihn und die beiden Männer durch eine Tür aus brüchigen Spanplatten. In dem Raum dahinter brannte kein Licht, aber einer der Komplizen hatte eine Taschenlampe und richtete den Strahl auf eine verdreckte Matratze an der Wand ganz hinten im Raum. Otto konnte außerdem einige Pappkartons, zwei alte Fahrräder und etliche Abfallhaufen erkennen. Es stank nach Exkrementen.

Das war allerdings sein geringstes Problem. Die verdreckte Matratze würde seine Infektion jedenfalls nicht besser machen. »Die Matratze ist schmutzig«, sagte er vorsichtig. »Ich habe eine Entzündung …«

Er wurde mitten im Satz unterbrochen und von Angels Stahlhänden auf die verdreckte Schlafstätte gestoßen. Otto spürte, wie der Schmerz durch das verletzte Bein und den Arm jagte, konnte aber einen Schrei unterdrücken. Das ersparte ihm Schläge und Tritte.

»Otto!«

Disciples Stimme war tonlos und eiskalt.

»Klo.«

Der Lichtstrahl zeigte auf einen verrosteten Eimer einige Meter neben dem Bett.

Otto nickte, schloss die Augen und legte sich auf den Rücken. Er wusste, dass dieser ganze Dreck seine Lage noch verschlimmern würde, aber er hatte keine Kraft, um Widerstand zu leisten. Jedenfalls nicht jetzt. Und morgen würde es ihm wohl kaum bessergehen.

Aber vielleicht würde jemand kommen und ihn retten. Wer immer das sein könnte. Der Lagerraum war warm und stickig, Otto jedoch fror schrecklich, so dass er nicht schlafen konnte.

Kapitel 48

Nereng hatte eine Videokamera mitgenommen. Er war davon überzeugt, dass die Treffen zwischen Dan Moen und Nils Oscar Kristoffersen für den Fall von Bedeutung waren, und deshalb brauchten sie Beweise.

Dan Moen war ziemlich leicht zu beschatten, da er fast immer mit seinem großen Mercedes unterwegs war. In den vergangenen Tagen war er allerdings viel zu Hause geblieben. Nereng hatte sich zwei Kollegen vom Streifendienst zu Hilfe geholt, um die Wohnung im Auge zu behalten. Aber an diesem Morgen war er wieder zur Stelle. Dan Moen war Frühaufsteher. Zuerst ging er kurz mit seinem hinkenden und verbundenen Hund spazieren, ehe die beiden ins Auto sprangen und losfuhren, gefolgt von Nereng in einem alten Golf.

Zenith blieb zu Hause. Die Wunde in seinem Nacken war mit zwei Stichen genäht worden. Der Tierarzt hatte gesagt, es bestehe kein Grund zur Besorgnis. Alles werde gutgehen. Nereng hatte Elli noch nichts gesagt. Er machte sich Sorgen um sie, und da wollte er sie nicht auch noch unnötig wegen des Hundes beunruhigen.

Sconi war ein Tosa Inu, wie Nereng inzwischen einem Buch über Hunderassen entnommen hatte. Das war ein japanischer Kampfhund, der anderen Hunden oder Eindringlingen gegenüber recht aggressiv werden konnte. Da hatten Nereng und Zenith Glück gehabt, wie ihm jetzt aufging.

Außerdem war Tosa Inu eine in Norwegen verbotene Hunderasse. Gut, einen Grund zur Festnahme von Dan Moen zu haben, falls die Situation das erfordern sollte.

Kristoffersen ärgerte sich über den Stau bei der Einfahrt in die Stadt auf dem Bærumsvei. Der Stillstand im Verkehr gab ihm Zeit zum Nachdenken. Wenn er sich selbst gegenüber ehrlich sein wollte, dann hatte er eigentlich Angst. In seinen düstersten Augenblicken sah er keinen Ausweg, nur Elend und Finsternis. Sein Mobiltelefon riss ihn aus diesen Gedanken. Das Klingeln ließ ihn zusammenzucken. Es war seine Tochter, Julie Charlotte.

Er drückte auf den Bluetoothknopf am Lenkrad. »Ja?«, meldete er sich kurz.

»Ich brauche sofort Geld!«, sagte Julie Charlotte unmittelbar.

Kristoffersen konnte ihrer Stimme entnehmen, dass sie kurz vor der Verzweiflung stand.

»Wozu?«, fragte er ruhig.

»Wir müssen bis heute für unsere Klassenfahrt bezahlt haben ... nach London! Sonst kann ich nicht mitfahren!«, schrie seine Tochter.

»Ich werde mit der Schule reden«, sagte Kristoffersen. »Das kläre ich schon.«

Er legte auf und suchte im Adressbuch die Nummer der Klassenlehrerin, Sigrid Skaret. Am Telefon kam er sofort zur Sache. »Hallo, ich bin der Vater von Julie Charlotte. Es geht um den Beitrag zur Fahrt nach London, die Frist war wohl bis heute ...«

Er ließ einige Sekunden verstreichen, damit die Klassenlehrerin sich ins Gespräch einbringen konnte.

»Ja?«, sagte sie mit tonloser Stimme.

Kristoffersen hasste tonlose Stimmen. Die waren unangreifbar, kein Gefühl, das man ausnutzen konnte.

»Ich habe vergessen, meiner Tochter das Geld zu geben. Es tut mir leid. Morgen wird sie es dabeihaben.«

»Die Frist läuft heute aus, wir müssen die Reise morgen bezahlen, wenn wir sie zu dem Preis haben wollen, den wir mit den Eltern ausgemacht haben.«

Verdammte Beamtenseelen. Keine Flexibilität. Er merkte, dass sich sein Puls beschleunigte, aber er konzentrierte sich, um nicht laut zu werden.

»Das verstehe ich natürlich. Nur sitze ich im Auto und bin auf dem Weg zu einer Besprechung. Sie wird leider recht lange dauern.«

»Es reicht, wenn Ihre Tochter das Geld heute Nachmittag vorbeibringt. Dann kann sie mitkommen«, sagte die Klassenlehrerin mit gleichbleibend tonloser Stimme.

Kein bisschen Flexibilität!

»Mein Arbeitstag ist wohl später zu Ende als der Tag in der Schule«, sagte er pikiert.

»Dann müssen Sie sich eine Stunde freinehmen«, sagte die tonlose Stimme.

»In dieser Bürokratenhölle gibt es verdammt noch mal nie eine Spur von Flexibilität!«, sagte er mit viel zu lauter Stimme. »Und dabei bezahlen ich und andere wie ich euer Gehalt. Aber dafür kriegen wir nur diesen formalistischen Scheiß zurück.«

Und dann ging ihm auf, dass am anderen Ende der Leitung das Besetztzeichen erklang.

Die Hundewiese im Frognerpark wurde von der tiefstehenden, scharfen Herbstsonne beschienen, die die knallbunten Laubbäume aussehen ließ, als ob sie jederzeit im LCD-Sucher von Nerengs Videokamera Feuer fangen könnten.

Dan Moen, diesmal mit einer kleinen grauen Tasche über der Schulter, Sconi und Kristoffersen fielen gar nicht auf zwischen den übrigen Hundebesitzern und deren vierbeinigen Freunden. Sconi war noch immer angeschlagen nach der Begegnung mit Zenith und hinkte langsam am Rand der Wiese neben seinem Herrchen. Eigentlich verdiente Dan Moens Hund einen Orden für Ausdauer und Tapferkeit. Nereng musste auch zugeben, dass Dan Moen und Kristoffersen geschickt im Aussuchen von passenden Treffpunkten waren.

Nereng war zuerst auf der gegenüberliegenden Seite an der Wiese vorbeigegangen, wo ein Kiosk lag. Dann war er in Richtung des Friedhofs abgebogen und hatte sich hinter einer Hecke versteckt. Von hier aus hatte er einen guten Ausblick, ohne andere störende Elemente in der Blicklinie als ab und zu einen Radfahrer oder Fußgänger. Ihm fiel auf, dass die beiden diesmal offenbar nicht so viel zu besprechen hatten.

Kristoffersen musterte Sconi, der an einem Auge, am Hals und an einer Pfote verbunden war. Um den Hals trug der Hund einen trichterförmigen Kragen.

»Was ist mit dem Hund passiert?«, fragte er.

»Das war ein Wolf«, sagte Dan Moen wütend. »Scheißraubtier, schleicht da im Wald rum.«

»Wolf? Hier im Wald?«

Dan Moen stellte sich breitbeinig hin, als ob eine wütende Diskussion bevorstände. Sconi legte sich brav neben ihn.

»Ja, verdammt«, sagte Dan Moen selbstsicher. »Sconi lief ins Gebüsch, hinter ein Haus, wo ich … ja, ist ja auch egal, im Wald jedenfalls, und dann habe ich ein Fauchen gehört, und als ich dazukam, sah er so aus.«

Er schaute liebevoll zu Sconi hinunter. Kristoffersen dachte, dass diese Zuneigung nicht so ganz zu seinem Eindruck von Dan Moens Persönlichkeit passte.

»Großer Gott«, sagte Kristoffersen mechanisch, vor allem, um überhaupt etwas dazu zu sagen. Von Hunden und Wölfen war er gleichermaßen unbeeindruckt.

Nach einigen Sekunden andächtigen Schweigens, die Sconi galten, zeigte Dan Moen durch eine Handbewegung, dass er weitergehen wollte.

»Die Sicherheit wird jetzt schlechter eingestuft, Nils Oscar. Die Zinsen sind gestiegen«, teilte Dan Moen mit der Selbstsicherheit eines leitenden Bankmannes, der sich im Fernsehen über die Entwicklung auf dem globalen Finanzmarkt äußerte, mit. Kristoffersen merkte, wie sein Blut in Wallung geriet. Er selbst hatte diese Möglichkeit doch gesehen. Dan Moen müsste dankbar dafür sein, sich an der Ernte beteiligen zu können. Stattdessen traf Kristoffersen auf groben Opportunismus. Nicht dass er nicht selbst auch opportunistisch wäre, aber Dan Moen erwies sich als noch zynischer.

»Wie viel?«, fragte Kristoffersen mit straffen Lippen.

»Zwei.«

»Prozent?«

»Ja.«

Kristoffersen dachte, damit könnte er leben, es war ja nur für kurze Zeit.

»Pro Woche«, fügte Dan Moen hinzu.

»Pro Woche?«, fauchte Kristoffersen. »Das sind doch hundertvier Prozent pro Jahr.«

Dan Moen zuckte mit den Schultern. »Angebot und Nachfrage.«

Kristoffersen blieb stehen. Er musste das erst sacken lassen, und er merkte, dass er am liebsten dankend abgelehnt hätte. Aber sein Konto war leer, und die Kreditkarten von American Express und MasterCard waren bedrohlich nahe an der Grenze von jeweils hundertfünfzigtausend Kronen. Und Julie Charlotte wollte auf Klassenfahrt nach London.

»Du ruinierst mich«, sagte er resigniert.

Dan Moen lächelte. »Deine Investition ist doch bombensicher, sagst du, und wird einen märchenhaften Profit abwerfen. Und dann sind diese Bedingungen doch nicht so abschreckend?«

Wo zum Teufel nahm dieser Schwachkopf Dan Moen bloß diese Ausdrücke her? Kristoffersen verdrängte seinen Frust und rang sich ein Lächeln ab.

»Stimmt schon, Dan«, sagte er munter.

Er brauchte das Geld.

Durch den Videosucher sah Nereng, dass die beiden sich auf eine Bank am Ende der Hundewiese setzten. Sie plauderten vielleicht noch fünf Minuten, dann standen sie auf und verschwanden in unterschiedliche Richtungen. Nereng war zu weit entfernt, um hören zu können, was gesagt wurde, und das Mikrophon seiner Kamera fing auch nichts ein.

Aber was er sehen konnte, war interessant. Und Nereng hatte die ganze Zeit die Kamera laufen lassen.

Kapitel 49

Fjeld, Skarpnes und Nereng hatten sich soeben Nerengs Videoaufnahmen von Kristoffersen und Dan Moen angesehen.

»Der Sack wechselt den Besitzer, das steht mal fest«, erklärte Fjeld.

Skarpnes machte mit der Hand eine Drehbewegung in Richtung auf Nereng. »Kannst du noch mal zusammenfassen, was du über Kristoffersens Finanzen rausgefunden hast?«

»Mit Vergnügen. Er hat für Autos und Haus an die zehn Millionen Schulden, dazu fast zweihundertfünfzigtausend über seine Kreditkarten. Die normalen Raten sind wohl fünfzigtausend im Monat, aber er liegt überall im Rückstand, und die Zinsen auf die Kreditkarten betragen fünfzehn- bis zwanzigtausend. Bei den Lebenshaltungskosten samt Haushalt und Versicherungen landet er schnell bei über fünfundzwanzigtausend im Monat.«

Nereng warf einen Blick auf den vor ihm liegenden Ausdruck.

»Er bekommt im Monat etwa neunzigtausend ausbezahlt … das reicht gerade, um den Betrieb am Laufen zu halten, aber das geht nicht mehr lange gut.«

Fjeld stöhnte. »Neunzigtausend im Monat ausbezahlt! Wir haben uns einwandfrei den falschen Beruf ausgesucht.«

»Ist er vorbestraft?«, fragte Skarpnes.

»Nein, aber in seinem Bekanntenkreis habe ich einen Facebook-Freund gefunden, der vor fünf oder sechs Jahren wegen Rauschgiftbesitz verknackt worden ist, und dann haben wir natürlich Dan Moen, der sein Leben lang ein schlechter Staatsbürger war. Er hat Vorstrafen für so gut wie alles, außer Mord und Zuhälterei.«

Nereng legte einen Ausdruck mit Dan Moens Vorstrafen auf den Tisch. »Aber das kommt schon noch«, fügte er hinzu.

Skarpnes nickte zur Bestätigung. »Und Rathke sagt, dass ihr bitte Kristoffersen auf einen kleinen Plausch holen sollt, vor allem über Briefumschläge und dann ganz allgemein über sein Verhältnis zu den GFF.«

»Stimmt«, sagte Nereng. »Die Zeit ist knapp, und wir müssen herausfinden, in welcher Beziehung Kristoffersen zur GFF steht.«

»Hmmmmmm«, sagte Skarpnes.

Nereng und Fjeld warteten gespannt, aber Skarpnes blieb stumm.

»Hmm?«, fragte nun Nereng.

»Wir müssen ihn holen«, sagte Fjeld.

Skarpnes blickte auf. »Ein Tipp: Wenn ihr ihn holt, macht es diskret. Möglicherweise wird er noch von anderen überwacht.«

Nereng und Fjeld trugen Blaumänner und hatten Ausweise, die bestätigten, dass sie für den Stromlieferanten Hafslund arbeiteten. Bei diesem Einsatz mussten sie mindestens zu dritt sein, deshalb hatten sie noch dazu Kommissar Sigurdssønn vom Gewaltreferat mitgenommen.

Um Viertel vor acht Uhr morgens herrschte in der Gegend, in der Kristoffersen wohnte, hektische Aktivität. Nereng stand auf der Ladefläche eines weißen Chevrolet-Lieferwagens mit dem Logo von Hafslund bereit, Fjeld war Chauffeur. Sigurdssønn saß hinter dem Lenkrad eines weißen Mitsubishi L 200 Pick-up und hielt zweihundert Meter weiter die Straße hinunter.

Ihr Plan war einfach. Es war eine Einbahnstraße, und Nils

Oscar Kristoffersen musste auf dem Weg zur Arbeit an ihnen vorbei. Sigurdssønn würde Kristoffersens Mercedes ML fünfzehn Sekunden ehe der den Standplatz des Pick-up erreichte, im Rückspiegel sehen. Sie hatten jede Menge Zeit.

Um sieben vor acht kam der Mercedes. Als er an Sigurdssønn vorbeifuhr, sagte er per Funk Bescheid und nahm die Verfolgung auf. Zugleich ließ Fjeld den Chevrolet an, fuhr langsam auf die Straße hinaus und blockierte sie vollständig.

Nils Oscar Kristoffersen trat genervt auf die Bremse. Er hupte. Keine Reaktion. Verdammte Kabelzieher. Er wollte wieder hupen, erschrak aber, weil jemand an sein Seitenfenster klopfte. Er fuhr herum und blickte in die Visage eines weiteren Versagers im Hafslund-Anzug.

Kristoffersen beschloss, den Trottel zur Rede zu stellen, schaltete in den Leerlauf, öffnete die Tür und stieg aus.

»Ihr könnt doch nicht einfach so die Straße absperren. Ist das mit der Stadt abgesprochen?«

»Nein«, antwortete der Typ im Blaumann.

Danach begriff Kristoffersen nur noch, dass der Mann im Hafslund-Anzug auf furchtbar schmerzhafte Weise sein Handgelenk packte und ihn wie einen Hund zu dem vor ihnen stehenden Lieferwagen zerrte. Die eine Hecktür öffnete sich, und er wurde hineingezogen, auf den Boden gedrückt und mit Plastikstreifen gefesselt.

»Entführung!«, schrie er.

»Stimmt«, sagte der Mann im Lieferwagen. Auch er trug einen Blaumann mit dem Hafslund-Logo auf dem Rücken. Kristoffersen wusste nur eins: Diese Männer waren nicht von Hafslund.

Nereng musterte den Mann, der auf dem Boden des Lieferwagens lag. Der Typ war ganz einfach durch und durch unsympathisch.

»Wisst ihr, wer ich bin?«, schrie Kristoffersen. »Meine Anwälte werden euch gewaltig die Hölle heißmachen.«

»Ja, bestimmt«, sagte Nereng.

Auf dem Boden wurde es still. Der Wagen schlängelte sich durch den kurvenreichen Vollvei, und Nereng setzte sich mit dem Rücken zur Wand, um nicht auf Kristoffersen zu fallen.

»Ist … hat Dan euch geschickt? Ich habe doch mit ihm gesprochen, jetzt ist alles in Ordnung.«

Kristoffersen klang schon kleinlauter.

»Es ist nicht alles in Ordnung«, teilte Nereng ihm trocken mit.

»Aber …«

Kristoffersen hatte offenbar seine Lage verstanden, denn jetzt hielt er erst einmal den Mund.

Nereng merkte, dass der Wagen zum Stillstand kam. Er schaute aus dem Fenster und erkannte die Straße, in der er wohnte. Die Schiebetür an der Wagenseite ging auf, und Sigurdssønn stieg ein.

»Es dauert nur zwei Minuten«, sagte Nereng und sprang hinaus. Sigurdssønn zog die Tür hinter sich zu.

»Zehntausend«, bot Kristoffersen mit verzweifelter Stimme an. »Wenn Sie mich rauslassen.«

Sigurdssønn gab keine Antwort.

»Zwanzig?«

Sigurdssønn sagte noch immer nichts.

Nach einigen Sekunden glitt die Seitentür abermals auf, und Zenith tauchte auf, dicht gefolgt von Nereng. »Okay, dann hab ich die Sache im Griff«, sagte Nereng und nickte zu Zenith hinüber. »Das lange Alleinsein tut ihm nicht gut.«

»Ja, dann ist das hier doch nette Gesellschaft«, kommentierte Sigurdssønn und schlüpfte wieder aus dem Wagen.

»Wo ist Dan?«, fragte Kristoffersen unsicher und starrte Zenith an. »Ich erkenne doch seinen Hund.«

»Falscher Hund«, sagte Nereng.

Zenith hatte sich vor Kristoffersen hingelegt und schnupperte an dessen Stirn.

»Warum macht der das?«

»Er kann Angst riechen«, sagte Nereng.

Für die restliche Fahrt hielt Nils Oscar Kristoffersen den Mund.

Kristoffersen saß mit einem Glas Wasser am Tisch im Vernehmungsraum, während Nereng und Skarpnes ihm gegenüber Platz genommen hatten. Zenith lag in einer Ecke und ließ Kristoffersen nicht aus den Augen.

»Ihr könnt mich doch nicht so einfach verschleppen«, fauchte Kristoffersen. »Was wird mir vorgeworfen?«, schimpfte er dann weiter. »Und warum bedroht ihr mich mit diesem Hund? Das sind doch Polizeistaatmethoden.«

Nereng musterte Kristoffersen so lange schweigend, bis der anfing, auf seinem Stuhl hin und her zu rutschen.

»Sitzen Sie nicht gut, Kristoffersen?«

Kristoffersen schüttelte mechanisch den Kopf.

»Haben Sie in letzter Zeit große Schulden gemacht?«, fragte Nereng.

Ein winziges Zucken im Augenwinkel verriet ihm, dass er ins Schwarze getroffen hatte, aber Kristoffersen riss sich rasch wieder zusammen.

»Was geht die Polizei meine Schulden an? Ich will jetzt sofort einen Anwalt haben.«

Er ließ sich zurücksinken und schlug die Arme übereinander.

»Warum haben Sie nichts über die Geisel gesagt?«, fragte Skarpnes.

Kristoffersen starrte vor sich hin. Nereng fand, dass er schon fast wie besiegt aussah.

»Anwalt«, stotterte Kristoffersen.

»Sie bekommen ja einen Anwalt«, erwiderte Nereng und beugte sich dabei über den Tisch. »Passen Sie jetzt gut auf, Kristoffersen.«

Nereng sah, dass Nils Oscar Kristoffersen zusammenzuckte.

»Wir wissen von der Entführung, wir wissen, dass Sie nicht bezahlen können, und wir wissen, dass Sie Kontakt zu der Guerilla haben, die Otto Kamperud entführt hat. Also spielen

Sie hier nicht das Unschuldslamm, sondern tun Sie sich einen großen Gefallen und arbeiten Sie mit uns zusammen.«

Kristoffersen sah einen Moment lang unsicher aus. Oder war das Frustration? Nereng war sich nicht sicher, aber er nahm an, dass der arrogante Bursche sich nun endlich seiner Lage bewusst war.

»Ich hatte das Gefühl, dass mich das nichts angeht«, sagte Kristoffersen zaghaft.

»Es ist Ihnen also scheißegal, dass eine Guerillagruppe in Uganda oder im Kongo eine Geisel genommen hat, dass über die Freilassung verhandelt werden soll und dass Sie als Einziger davon wissen?«

Kristoffersen gab keine Antwort.

Nereng erhob sich und lief im Zimmer auf und ab. Nervös beobachtete Kristoffersen ihn.

»Was ist Ihre Rolle in diesem Spiel?«, fragte Nereng dann mit harter Stimme. »Welche Interessen teilen Sie mit dem Guerillaführer?«

Kristoffersen sagte nichts, wurde aber bleicher.

»Erpresst ihr jemanden? Werden Sie erpresst? Erpresst ihr Lars Kamperud?«

Kristoffersen starrte lange vor sich hin, dann hob er den Blick. Nereng glaubte zu sehen, dass ein wenig Farbe in seine Wangen zurückkehrte.

»Erzählen Sie mir das doch. Sie haben ja offenbar in meinem Mobilfunkverkehr herumgeschnüffelt«, sagte Kristoffersen.

Nereng verfluchte sich, weil er diese Vernehmung festgefahren hatte, aber er musste weiter angreifen.

»Was wissen Sie über die Briefumschläge?«, fragte er unvermittelt.

»Briefumschläge?«

Nereng fauchte, als er diese Gegenfrage hörte.

»Ehrlich gesagt«, sagte Kristoffersen frustriert, »von Briefumschlägen habe ich keine Ahnung. Was ist denn los? Sind Briefe hierhergeschickt worden? Erpresserbriefe?«

»Ist Ihnen klar, in welcher Lage Sie sich hier befinden?«, fragte Skarpnes mit scharfer Stimme.

Eine kleine Kopfbewegung war Kristoffersens einzige Antwort. Jähe, plötzliche Bewegungen sahen sie oft bei Menschen, die etwas zu verbergen hatten.

»Sie stehen nachweislich über Mobiltelefon mit den Entführern in Verbindung«, sagte jetzt Skarpnes. »Und Sie weigern sich, wichtige Informationen weiterzuleiten.«

»Das ist Beihilfe zum Menschenraub«, fügte Nereng hinzu und versuchte zugleich, Blickkontakt zu Kristoffersen aufzunehmen. Der wich aus. Stattdessen protestierte er abermals gegen diese Behandlung und drohte mit tatkräftigen Anwälten. Nereng musterte ihn einige Sekunden lang, wechselte einen Blick mit Skarpnes und kam zu dem Schluss, dass er jetzt genug hatte. »Sie werden in den Arrest überführt, Kristoffersen.«

Fünfzehn Minuten später sank Kristoffersen in sich zusammen.

Nereng kam sich blöd vor, als er zusammen mit Skarpnes die Arrestabteilung des Polizeigebäudes in Grønland verließ. Er hatte die Sache versiebt und die Vernehmung in eine Richtung gelenkt, bei der er Kristoffersen die Möglichkeit gegeben hatte, zu begreifen, dass sie nicht genug wussten, um seine Beziehungen zur GFF zu durchschauen.

»Das kann doch dem Besten passieren«, sagte Skarpnes, als sie sich trennten.

Nereng glaubte sogar, dass das ehrlich gemeint war.

Kristoffersen lag in der Kahlzelle auf dem Boden. Er konnte nichts tun, aber er sah Möglichkeiten. Die Polizei kannte offenbar nicht die wirklichen Zusammenhänge. Wenn sie die ermittelten, würde die Hölle losbrechen, denn dann würde früher oder später die Wahrheit über die Transaktionen ans Licht kommen, und das Kartenhaus würde einstürzen. Aber sie hatten anscheinend einen Teil der Telefongespräche verpasst.

Wenn er das richtig verstanden hatte, hatten sie nicht viel gegen ihn in der Hand. Er könnte doch einfach behaupten, keinen Namen gehört zu haben.

Er bereitete sich auf eine Nacht in der Kahlzelle vor. Wenn die Ermittler noch mehr hätten und einen Pflichtverteidiger anböten, würde er auf seinem eigenen Anwalt bestehen. Wenn nicht, würde er morgen wieder auf freiem Fuß sein.

Dass Dan Moen und Disciple ihn dermaßen unter Druck setzten, hinderte ihn am klaren Denken. Er steckte so tief im Dreck, dass er auf rasche ökonomische Erfolge hoffen musste. Und darauf, dass Bahrmann sich bald melden und mitteilen würde, dass er das Lösegeld bezahlen wollte.

Er blieb einige Sekunden still sitzen und versuchte, seine Gedanken zu sammeln, aber es störte ihn, dass seine Hände zitterten. Er kniff sich energisch in die eine Hand, konnte aber das Zittern nicht stoppen.

Kapitel 50

Es war früher Nachmittag, als sich Nereng bei Elli meldete. Sie und Rutherford hatten am Vormittag gar nicht schlecht geschlafen. Weder Fahrzeuge noch Menschen waren an ihrem Lager vorübergekommen.

Celicia hatte auf einem Feld in der Nähe Cassavawurzeln gefunden und ein lokales Gericht zubereitet, *gwana,* das aus gekochten Wurzeln mit Erdnussbutter bestand. Es roch süßlich. Elli fühlte sich an den Geruch von Kartoffeln erinnert, nur weniger intensiv.

Das CryptoKid vibrierte.

»Nereng hier. Alles in Ordnung?«

»Wir hatten Kontakt zu einigen GFF-Soldaten. Alles Kinder, aber sie wussten so einiges. Habt ihr mit Kristoffersen gesprochen?«

»Ja. Er sagt bisher nur wenig, das wir brauchen können, und außerdem hab ich mich blamiert.«

Nereng erklärte kurz, was Nils Oscar Kristoffersen ihnen früher an diesem Morgen gesagt hatte.

»Verdammt«, rief Elli. »Irgendwas muss er doch wissen, immerhin ruft Disciple ihn an.«

»Klar weiß er etwas, aber wir haben nicht genug gegen ihn in der Hand. Wir müssen weitergraben und ihn im Auge behalten.«

Elli hatte gedacht, sie würden einen Zusammenhang entdecken, der sie einen Schritt weiterführen könnte, aber das war natürlich zu optimistisch gewesen.

»Was ist mit Ojore Okello? Du kannst ihm doch ein Bild von Kristoffersen zeigen und fragen, ob er den kennt, oder nach Briefumschlägen oder so – vielleicht fällt ihm ja etwas ein?«

»Gute Idee.«

»Und … wie geht es Zenith?«

»Dem geht es gut, und er hat bei der Festnahme und Vernehmung von Kristoffersen vorbildlich mitgewirkt.«

Als Elli sich Zenith an der Seite der Ermittler vorstellte, lächelte sie. »Denk dran, dass er kein Polizeihund ist.«

»Sicher.

Sie beendeten das Gespräch. Danach hatte Elli das Gefühl, dass Nereng ihr etwas in Bezug auf Zenith verschwieg.

Sie schickte der Botschaft in Kampala einen kurzen Bericht.

Der Satellit, der sie um 10.47 Uhr überflogen hatte, hatte ihnen klare Bilder des Straßennetzes im Süden geliefert. Straßensperren waren keine zu sehen. Aber Sperren konnten verlegt werden, und Elli wollte in zwei Minuten noch einmal nachsehen. Das Letzte, was sie wollten, war, mit dem Wagen voller Kindersoldaten von der GFF in eine Sperre zu fahren. Erstens hatten diese Kinder schon längst genug gelitten, und zweitens war es schwer zu erklären, warum sie sich im Auto befanden, ohne dass der Auftrag gefährdet würde.

Sie schaltete sich in den Satellitenfeed ein, damit sie und Rutherford ihn über die aktuellen Gegenden fliegen sehen konnten. Auf der Straße nach Maracha waren keine Straßensperren zu sehen, und auch nicht im Süden von Maracha in Richtung Arua und weiter zu den Nationalparks Ajai und Kabarega.

»Sieht gut aus«, kommentierte Rutherford das Bild. »Wir halten Ausschau nach schräg am Straßenrand stehenden Autos, und solche sind nicht zu sehen. Wir sehen auch keine Vorbereitungen. Aber wir können nicht fahren, solange es noch hell ist, dann würde unsere Karre zu große Aufmerksamkeit erregen. Und ehe es dunkel wird, können ja wieder TIG-Sperren aufgestellt worden sein.«

Elli überlegte, wie dieses Problem gelöst werden könnte. »Hast du hier irgendwelche Kontakte?«, fragte sie.

»Um einige Tage in Deckung zu gehen, meinst du?«

»Nein. Um vor uns herzufahren.«

Rutherford lächelte. »Clever. Wir schicken jemanden vor uns her, der auf jeden Fall durchgelassen wird, und der kann uns dann über Sperren informieren?«

Elli nickte.

»Das muss zu machen sein«, sagte Rutherford. »Hier gibt es doch viele, die ein Fahrrad haben.«

Sie hatten sich in einem landwirtschaftlich genutzten Gebiet niedergelassen, wo es kleine Felder umgeben von üppiger Vegetation gab. Auf den Satellitenbildern sahen sie die grünen und beigen Flecken, die sich kilometerweit in alle Richtungen dahinzogen, nur unterbrochen durch kleine Hausansammlungen und Flüsse. Natürlich gab es hier irgendwo einen radelnden Bauern.

Nach einer Stunde hatten sie einen Kandidaten. Celicia hatte gedolmetscht. Für dreißig Dollar, ein kleines Vermögen in dieser Gegend, würde Muto, ein Vater von fünf Kindern, einige Kilometer vor ihnen herfahren und über die Straße nach Maracha berichten. Danach würde er die Wahl haben, ob er für neue Zahlungen weitermachen oder mit einem Sammeltaxi mit dem Rad auf dem Dach nach Hause fahren wollte.

Er war daran gewöhnt, im Dunkeln zu fahren, und lehnte das Angebot einer Taschenlampe deshalb ab. Die Kommunikation sollte über ein einfaches Mobiltelefon stattfinden, von dem Rutherford mehrere Exemplare aus Kampala mitgebracht hatte.

Elli sah, wie Muto in der kompakten Dunkelheit losfuhr. Sie musste einfach darüber staunen, wie er die Straße sehen konnte. Nur eine seltene Öllampe an den Hütten am Straßenrand leuchtete in der afrikanischen Nacht.

Sie hatten bei ihm mit einer Geschwindigkeit von zehn Stundenkilometern gerechnet, sahen aber bald ein, dass er mehr schaffen würde. Nach einer Viertelstunde rief er an. Celicia teilte mit, dass die Luft auf den nächsten vier Kilometern rein sei. Rutherford ließ den Land Rover an.

Die Stafette ging in gleichmäßigem Tempo weiter, und sie erreichten Marache eine Stunde früher als erwartet.

Elli, Rutherford und Celicia sahen im Schein der Parklichter Muto an. Dem bereits etwas älteren Mann war nicht anzusehen, dass er auf seinem alten Rad mehr als dreißig Kilometer durch stockfinstere Nacht gefahren war. Es war Celicia zu verdanken, dass sie jetzt hier waren. Und natürlich dem Geld, das sie besaßen, um es Muto für seine Hilfe anzubieten.

Celicia erklärte auf Ellis Anweisung hin, dass sie sich über seine Hilfe freuten und dass sie ihm gern auch das Mobiltelefon geben wollten, als Dank für seinen Einsatz. Muto strahlte und bedankte sich höflich. Elli fühlte sich unwohl angesichts des Machtgefälles, das entstand, wenn man aus einem reichen Land in ein armes Dorf in Afrika kam. Uganda war dabei noch nicht einmal das ärmste Land Afrikas … Der Boden hier war fruchtbar, und es bestand kein Mangel an Wasser oder Lebensmitteln.

Mit Geld und Mobiltelefon in der Tasche machte Muto sich auf den Weg zurück nach Hause. Elli bezweifelte, dass er Geld für ein Taxi ausgeben würde.

Rutherford fuhr nun weiter nach Süden. Sie hatten sich für

einen kleinen Umweg entschieden, um die Gefahr einer Entdeckung zu verringern. Der Weg führte in Richtung Wandi, danach nach Osten zu einem Rhino-Camp am Albert-Nil, um dann wieder nach Süden in Richtung Pakwach abzubiegen, wo sie den gewaltigen Strom überqueren und die Fahrt nach Osten fortsetzen könnten. Um Gulu nicht zu nahe zu kommen, wo sie vermutlich nicht gerade freundlich empfangen werden würden, mussten sie den Kabarega-Nationalpark durchqueren und am südlichen Ende wieder verlassen. Mit etwas Glück konnten sie als westliche Safaritouristen durchgehen.

»Das ist ein ehrgeiziger Plan«, kommentierte Rutherford.

Elli zuckte mit den Schultern. »Die Alternative wäre, in den Kongo zu fahren. Aber da sehe ich noch mehr Schwierigkeiten.«

Rutherford lachte laut. »Du bist wie gemacht für diese Branche.«

»Für welche Branche?«

»*Black ops.*«

Elli wollte gar nicht zu sehr darüber nachdenken, dass sie an einer *Black op* beteiligt war – diese sogar leitete.

»Ich bin dafür gemacht, meine Arbeit zu tun. Und die besteht darin, eine Geisel zu finden – und zu befreien.«

Rutherford zuckte mit den Schultern. In den nächsten Minuten herrschte Schweigen im Wagen.

»Wie hieß noch das Dorf, in dem Ojore Okellos Mutter wohnt?«, fragte Rutherford dann.

»Biliefe«, antwortete Elli.

»Fünf Minuten«, teilte Rutherford mit.

Kapitel 51

Achen Okello, Ojores Mutter, war eine hochgewachsene schöne Frau. Sie strahlte eine Ruhe und ein Gleichgewicht aus, wie

Elli sie bei Menschen im Westen nur selten fand. Die Sonne wanderte über die Strohdächer der Hütten und zeichnete orange Streifen auf ihre dunkelgoldene Haut. Obwohl sie am frühen Morgen ohne Vorwarnung aufgetaucht waren, reagierte Achen mit stoischer Ruhe. »Mein Sohn ist in Norwegen, haben Sie gesagt?«

Elli erzählte etwas mehr über Ojore, erwähnte jedoch nichts von seiner Festnahme.

»Wir brauchen einen Ort, wo wir uns einige Stunden ausruhen können, solange es hell ist«, erklärte Elli.

Celicia übersetzte. Die Runzeln in Achens Gesicht berichteten von einem harten Leben, aber ihr Gesicht war freundlich und offen.

»Die GFF ist unser Fluch«, sagte sie. »Gott straft uns hart. Wir wissen alle, wie es ist, ihnen zum Opfer zu fallen. Tochter, Sohn, Mutter, Vater – alle kennen Menschen, die verschleppt worden sind. Wer sich von ihnen befreien kann, wird von uns aufgenommen. Ihr seid willkommen.« Sie wies mit einer sanften Bewegung auf Celicia und die Jungen, um ihren Worten besonderes Gewicht zu geben.

Elli antwortete mit einem tiefen, respektvollen *wai.*

Celicia saß allein im Schatten einiger Bäume. Sie merkte, dass sich ihr jemand näherte, und schaute zu Achen auf.

»Hat sie dich gut behandelt?«, fragte Achen und nickte zu Elli hinüber, die zusammen mit Rutherford die Ausrüstung im Auto durchsah.

»Ja, aber sie ist sehr energisch. Ich habe eine Abmachung mit ihr getroffen«, antwortete Celicia.

Achen setzte sich neben sie. »Ist es eine gute Abmachung?«

Celicia nickte.

»Wie lange warst du im Busch?«, fragte Achen vorsichtig.

»Vier Jahre«, sagte Celicia. »Vielleicht ist es jetzt vorüber.«

»Es ist vorüber«, sagte Achen. »Wir sitzen ja beide hier.«

»Aber viele werden wieder gefasst«, sagte Celicia unsicher.

Achens sanftes Gesicht sah jetzt sehr entschieden aus. »Du

musst an die Zukunft glauben, statt dich an das zu klammern, was war.«

Dann schwiegen sie beide eine ganze Weile.

»Es war mutig von Ojore wegzulaufen«, sagte Celicia. »Viele im Busch haben ihn deshalb bewundert.«

Achen lächelte zaghaft.

»Disciple hasst ihn gewaltig«, fuhr Celicia fort. »Ojore war sein jüngster Kommandant. Durch seine Flucht hat Disciple sein Gesicht verloren.«

»Disciples böse Arme reichen nicht bis Norwegen«, sagte Achen nachdenklich. »Aber Ojore ist für mich dort ebenso verloren wie hier im Busch. Ich hoffe, er wird in Norwegen ein gutes Leben haben.«

Celicia nickte.

Achen blickte zu Boden, dann ließ sie ihren Blick durch die Umgebung wandern und richtete ihn dann schließlich wieder auf Celicia, die sah, dass Ojores Mutter noch weitere dringende Fragen hatte.

»Nabirye, meine geliebte Tochter …«

Celicias Hand, die sich sanft auf ihren Arm legte, unterbrach sie.

»Sie kommt nicht zurück.«

Aus der Entfernung beobachtete Elli Achen und Celicia, die unter den Bäumen saßen. Sie hörte vage, dass Achen anfing zu weinen. Nicht heftig, eher wie eine Reaktion auf etwas, das sie schon längst gewusst hatte. Und das kann nur eins sein, dachte Elli.

Etwas später, als Celicia sich zurückgezogen hatte, um Achen mit ihrer Trauer in Ruhe zu lassen, erfuhr Elli von ihr die ganze Geschichte. Die Guerilleros waren vor kurzem an der Grenze zum Kongo auf dem Weg von einem Lager ins andere gewesen, als sie von einem Trupp des ugandischen Regierungsheeres angegriffen wurden. Es gab mehrere Tote, zu ihnen gehörte auch Nabirye. Was aus dem neugeborenen Kind geworden war, wusste Celicia nicht.

Elli schaute zur Hütte von Achen hinüber, die mit mehreren anderen Frauen davorsaß. Alle waren bemüht, mit großen Gesten Trost zu spenden. Das ist sicher gut so, dachte Elli. Sie wusste ja nur zu gut, wie weh es tat.

Kapitel 52

Vergeblich versuchte Nereng, Hammersborg zu erreichen. Er hatte sie schon dreimal angerufen. Obwohl es erst acht Uhr morgens war und sie wohl kaum schon ins Gericht gefahren sein konnte, meldete sich niemand.

Er beschloss, es mit dem Arrest in Lillestrøm zu versuchen. Vielleicht war sie bei Ojore.

»Arrest«, meldete sich eine monotone Stimme.

Nereng stellte sich vor und fragte nach Hammersborg.

»Nein, die ist nicht hier. Aber sie hat hier auch gerade keine Mandanten.«

»Doch, Ojello«, sagte Nereng irritiert.

»Der ist gestern verlegt worden«, erklärte die monotone Stimme.

»Verlegt? Wohin denn?«

»Nach Ullersmo. Hammersborg war mit dem für die Verlegung Zuständigen hier.«

»Und wer ist das?«, fragte Nereng wütend. Er hörte, dass der Mensch am anderen Ende in Papieren blätterte und einen Namen nannte.

»Okay, danke«, sagte Nereng, legte auf und lief mit großen Schritten hinüber in Fjelds Büro.

»Wie deutest du das hier?«, fragte er, nachdem er rasch und im Stakkato über die unangemeldete Verlegung berichtet hatte.

»Es kann ja Platzgründe haben«, meinte Fjeld. »Aber schnapp dir Åbrekke, vielleicht weiß der, was da los ist.«

Åbrekke meldete sich nach dreimaligem Klingeln.

»Nereng – was zum Teufel treibt ihr da eigentlich?«, fauchte Åbrekke.

»Das wollte ich gerade dich fragen«, gab Nereng zurück.

Åbrekke schwieg. Nereng fand, dass die Zeit drängte, und ging in die Offensive.

»Soll das heißen, dass nicht ihr Ojore verlegt habt?«

»Nein, das haben wir nicht. Aber das Problem hier ist ja nicht die Verlegung in eine andere Justizvollzugsanstalt.«

»Sondern?«, fragte Nereng.

Abermals schwieg Åbrekke.

»Bist du ganz sicher, dass du keine Ahnung hast?«, fragte er dann.

»Nein, verdammt, wir haben keine Ahnung, was passiert ist oder wo Ojore jetzt sein kann.«

»Na, dann sind wir schon zu zweit.«

Nereng merkte, wie seine Verwirrung wuchs. »Ich könnte mir denken, was hier los ist«, sagte er dann mit schroffer Stimme und legte auf.

Fjeld sah ihn fragend an. Nereng schüttelte den Kopf und gab die Nummer von Skarpnes ein.

»Warum zum Teufel habt ihr uns nicht vorher gefragt? Wir brauchen mehr Informationen von ihm!«, platzte es sofort aus ihm heraus, als Skarpnes sich meldete.

Skarpnes schwieg für einen Moment, dann fragte er: »Von wem?«

»Ojore.«

»Und warum könnt ihr nicht mit ihm reden?«

»Ihr habt ihn rausgeholt, vorbei an den offiziellen Kanälen. Ich dachte, wir könnten uns hier aufeinander verlassen.«

»Darüber weiß ich nichts«, sagte Skarpnes pikiert.

»Wer zum Teufel kann es dann …«

Nereng suchte andere Erklärungen, fand aber keine. Skarpnes riss ihn aus seinen Gedanken.

»Wir treffen uns in zwanzig Minuten in Lillestrøm, dann sehen wir ja, was die notiert haben.«

Zwei Minuten später saß Nereng im Auto. Mit Blaulicht brauchte er zehn Minuten für diese Strecke.

Ein dunkelblauer Geländewagen fuhr gleichzeitig mit Nereng vor der Polizeistation in Lillestrøm vor. Skarpnes sprang heraus, nickte Nereng zu und lief direkt zum Eingang.

Åbrekke wartete schon auf sie und ging sofort mit ihnen zur Rezeption. »Hier sind sie«, sagte er und zeigte auf ein Bild, das Hammersborg mit einem Mann von Mitte dreißig zeigte, der eine Sonnenbrille trug.

»Wer ist das?«, fragte Nereng wütend.

»Der hatte die Papiere für Okellos Verlegung. Sein Ausweis war täuschend echt, und der wachhabende Kollege fand nichts Ungewöhnliches an der Verlegung. Allein schon, weil Okello seit mindestens zwei Wochen hier gesessen hat, und dann ist es üblich, dass man eine dauerhaftere Lösung für eine U-Haft in Ullersmo findet.«

»Er hatte einen Ausweis?«

»Echte Person, falsches Bild. Von SecureTrans, die die Gefangenentransporte hier in Romerike übernehmen.«

»Ein Profi …«

Skarpnes beugte sich zum Bildschirm vor. »Ich glaube nicht, dass das Bild deutlich genug ist, um das Gesicht zu identifizieren. Die Brille ist so dunkel, da können wir die Augen nicht mit Sicherheit beschreiben. Wir müssen das Verhältnis zwischen Augen und Mund kennen, unter anderem, um in den zugänglichen Bilderbanken einen Treffer zu suchen.«

Nereng sah ihn an. »Total hoffnungslos?«

Skarpnes zögerte. »Wir können immer Alternativen finden, aber dann kann die Liste schrecklich lang werden.«

»Alles klar. Wisst ihr übrigens irgendwas über Hammersborg? Ich kann sie nicht erreichen.«

Åbrekke schüttelte den Kopf. »Wir haben es heute Morgen auch schon einige Male versucht, aber wir haben ebenfalls nur den Anrufbeantworter erreicht. Und sie ist nicht im Gericht, das haben wir überprüft.«

»Dann fahren wir zu ihrer Kanzlei«, sagte Nereng. »Entweder ist sie auch an der Nase herumgeführt worden, oder sie weiß etwas, das wir nicht wissen.«

Die Rezeption der Kanzlei Baldangrud & Hammersborg hatte Schiffsboden und einen Empfangstresen aus gebürstetem Metall. Nereng und Skarpnes wurden von einer Sekretärin empfangen. Die blonde Frau trug einen formellen hellgrauen Hosenanzug.

»Wie kann ich der Polizei behilflich sein?«, fragte die Frau. Ihr Namensschild verriet, dass sie Kaja Ferding hieß.

»Wir möchten mit Frau Hammersborg sprechen«, sagte Nereng. »So schnell wie möglich.«

Ferding starrte die beiden zwei Sekunden lang an. »Das möchten wir auch.«

Nereng hob die Augenbrauen. »Und das bedeutet?«

»Dass wir keine Ahnung haben, wo sie steckt. Seit zwei Tagen ist sie wie vom Erdboden verschluckt.«

Kapitel 53

»*Fuckin' fucker's fuckin' fucked!*«

Elli betrachtete gelassen Rutherfords zappelnde Beine, die unter dem Auto hervorragten.

»Englisch gilt ja als besonders wortreiche Sprache«, sagte sie.

»Schrotthaufen!«, erklärte Rutherford.

Er schob sich mit der LED-Lampe im Mund unter dem Land Rover hervor. »Die Kühlflüssigkeit läuft aus. Hab nur ein kleines Stück Schlauch mit Klemmer, reicht bei weitem nicht.«

»Abgerissen?«, fragte Elli.

»Sieht so aus. Kann auch sein, dass wir etwas gestreift haben …« Rutherford schnaubte irritiert. »Diese Mühle kommt jedenfalls nicht weiter, solange wir die Leckage nicht abgedichtet haben. Ohne Kühlflüssigkeit hält der Motor nicht viele Kilometer durch.«

Es war schnell tiefdunkel geworden, aber der Himmel leuchtete noch immer feuerrot. Wenn auch der dunkel wäre, wäre die Zeit zum Aufbruch gekommen. Sie hatten keine Zeit für Reparaturen.

Elli schaute zu Celicia hinüber. »Irgendein Vorschlag?«

»Ziegendarm.«

»Ziegendarm?«

Auch Rutherford schaute zu Celicia hinüber, doch die zuckte mit den Schultern. »Wir nehmen Ziegendarm statt eines Gummischlauchs.«

Eine Stunde darauf hatten sie eine provisorische Lösung, die im wahrsten Sinne des Wortes wasserdicht aussah. So konnten sie es noch schaffen, im Schutze der Dunkelheit den Nationalpark zu durchqueren.

Sie waren offenbar seit längerem beobachtet worden. Timing und Überraschung waren perfekt. Zuerst die Schockgranate, dann die darauffolgende Verwirrung und schließlich die auf Elli und Rutherford abgegebenen Schüsse.

»Schüsse von Süden!«, schrie Rutherford und griff nach den Waffen zwischen den Vordersitzen. Elli wusste nachher nicht mehr, wie die M4 in ihre Hände geraten war, aber die tiefe Dunkelheit sorgte dafür, dass die Waffe ohne Nachtsichtbrille bis auf weiteres keine große Hilfe war.

»Licht aus!«

Elli versetzte der Arbeitslampe, die Rutherford neben das Auto gestellt hatte, einen Tritt und rollte sich dann hinter das Vorderrad. Rutherford lag beim Hinterrad. Aus den vierzig oder fünfzig Meter entfernt gelegenen Hütten hörten sie leises Murmeln.

»Okay?«, flüsterte Elli.

»Ja«, flüsterte Rutherford zurück.

»Siehst du was?«

»Nein, es ist zu dunkel.«

Noch zwei Minuten der Stille folgten. Das gab ihnen Zeit, ihre Lage zu durchdenken, ehe weitere Schüsse in der Nähe des Wagens in den Boden einschlugen.

Plötzlich spürte Elli, wie etwas sie am Hosenbein zupfte. Sie warf sich mit der M4 herum, und der Lauf zeigte auf das Gesicht von Celicia, die hinter ihr auf dem Boden lag.

»Komm«, flüsterte Celicia.

Elli gab Rutherford ein Zeichen. Dieser nickte. Mit den Fingern zeigte Elli den Countdown an, eins, zwei, drei, dann krochen sie, so schnell sie konnten, hinter Celicia her. Nach einigen Sekunden, einer Ewigkeit, wenn man dem Feind den Rücken zukehrt, erreichten sie ein Gestrüpp, das durch eine längslaufende Senke führte. Celicia kroch vielleicht dreißig Meter vor ihnen her, dann bog sie nach rechts ab. Elli war klar, dass sie im Kreis um die Angreifer herumkrochen. Nach zwei Minuten gab Celicia ihnen ein Zeichen, sich zu setzen, aber Elli und Rutherford krochen auseinander, um die Umgebung zu untersuchen. Ihre Augen hatten sich jetzt an die Dunkelheit gewöhnt, aber sie konnten nichts Verdächtiges entdecken und kehrten zu Celicia zurück.

»Habt ihr sie gesehen?«, fragte die leise.

Elli schüttelte den Kopf. »Das sind weder Heer noch Guerilleros. Sie schießen nicht mit AK-47. Das sind M16.« Sie schaute zu Rutherford hinüber, und der nickte zur Bestätigung.

»Terra Intervention Group«, sagte Rutherford mit leiser Stimme. »Die müssen das sein.«

Sie standen also sechs bis acht erfahrenen, gut ausgerüsteten Männern gegenüber. Elli begriff nicht, wie die TIG-Leute sie gefunden haben konnten.

»Wir kommen hier erst weg, wenn wir sie ausgeschaltet haben«, sagte Elli. Sie schaute mit zusammengekniffenen Augen in die Dunkelheit, konnte aber nichts sehen.

»Irgendein Vorschlag?«

Die Frage war an Rutherford gerichtet. Sie musste für Celicias Sicherheit sorgen. Denn egal, über wie viel Kriegserfahrung die auch verfügte, sie war eben doch noch ein sehr junges Mädchen.

»Wir brauchen das Auto, um alle nach Kampala zu schaffen«, sagte Rutherford. »Das wissen die Angreifer, und deshalb haben sie das Auto nicht aus den Augen gelassen.«

Elli nickte. »Die Nachtsichtbrillen ... die müssen wir holen.«

Nach kurzer Beratung beschlossen sie, dass Rutherford versuchen sollte, an die Brillen zu kommen. Elli würde die Aufmerksamkeit des Feindes auf sich lenken, wenn es zu weiteren Schüssen käme. Celicia sollte still liegenbleiben.

Elli und Rutherford robbten durch das Gras zu ihren unterschiedlichen Zielen. Während Elli sich hinter einige Steine legte, kroch Rutherford weiter zum Auto.

Elli blieb still liegen und lauschte zwei Sekunden lang, dann fing sie an, zu ihrem Ausgangspunkt zurückzukriechen.

Als Rutherford zurückgekehrt war, reichte er Elli ihre Nachtsichtbrille. Elli setzte sie auf und entdeckte in ihrer Umgebung sofort mehrere bessere Positionen.

In Heckenschützenhaltung zu liegen, ist eine gewaltige Belastung für den Körper. Jede Bewegung kann verräterisch sein, weshalb noch die geringste Stellungsänderung unendlich langsam vor sich gehen muss.

Nach zwei Stunden waren Ellis Glieder steif. Sie vermutete, dass es Rutherford nicht anders ging. Sie hatten beschlossen, erst einmal abzuwarten, und hofften, dass die Gruppe, die vermutlich der TIG angehörte, sich früher oder später zurückziehen würde.

Die Landschaft sah durch die Nachtsichtbrillen aus wie die Kulisse eines Horrorfilms. Elli hatte bisher nicht eine einzige Bewegung wahrgenommen. Nicht im Wäldchen auf der Anhöhe hinter dem Auto, von wo aus die Schüsse gefallen waren, und auch nicht im Gelände zwischen ihr und dem Auto.

Während die Augen wie auf Autopilot geschaltet die Umgebung absuchten, versuchte Elli die gegenwärtige Situation zu analysieren. Warum wurden sie von Söldnern gejagt? Für wen arbeiteten die? Nils Oscar Kristoffersen in Oslo? Das war unwahrscheinlich. Es musste andere Gründe haben.

Und welche Verbindung bestand zwischen der GFF und der Entführung von Otto Kamperud?

Während Elli in ihre Überlegungen vertieft war, bewegte sich fünfzig Meter rechts von ihr, im Schutz des Terrains, eine Person. Langsam und vorsichtig, um kein Geräusch zu erzeugen.

Der Busch war Croukamps Tummelplatz. Uganda war fruchtbarer und feuchter als Rhodesien, aber Busch war Busch. Der Geruch von Erde, Staub, Vegetation und Tieren war derselbe.

Und die Dunkelheit. Schwarz und total.

Er hatte Bernhard und die beiden anderen in einem weiten Kreis ausgesandt, damit sie die Gegner aufhalten konnten, falls sie sich weiter zurückziehen wollten. Als Letztes hatten sie gehört, die Geisel sei zypriotischer Staatsbürger. Croukamp ging dennoch davon aus, dass Rutherford und die Frau für den norwegischen Nachrichtendienst arbeiteten.

Sie hatten ihren Auftrag, was die Geisel und diese beiden Leute in norwegischen Diensten anging. Jetzt würden sie die beiden bald ausgeschaltet haben.

Croukamp schlich sich noch einige Meter weiter vor. Er spürte, dass er nicht mehr weit von seinem Ziel entfernt war, und er hielt abermals inne, um zu horchen.

Hatte er da nicht ein leises Scharren gehört? Er blieb mäuschenstill liegen und horchte. Da! Das Geräusch war nicht zu verkennen. Jemand bewegte sich.

Elli musste abermals ihre Stellung ändern. Wie in Zeitlupe verlagerte sie ihr Körpergewicht auf die andere Seite. Bei diesem Manöver knirschten ihre ausgelatschten Dschungelstiefel auf dem Sand. Das Geräusch dürfte aber nur wenige Meter weiter zu hören gewesen sein, dachte sie.

Der Angriff kam plötzlich und von oben. Elli registrierte einen kräftigen Körper und etwas Spitzes, das durch die Nachtsichtbrille grün aufblitzte. Instinktiv rollte sie sich von dem Angreifer weg, so dass sie auf dem Rücken lag, als er schwer auf ihr landete. Sie spürte, wie ihr der Sauerstoff aus der Lunge gepresst wurde, und rang um Atem. Der Angreifer, der auf ihrer Brust saß, versuchte jetzt mit aller Kraft, mit seinen Knien ihre Arme auf den Boden zu pressen. Er war muskulös, kam ihr aber nicht allzu schwer vor, und sie konzentrierte sich darauf, wütend um sich zu schlagen und zu treten, damit er sie nicht festhalten könnte. Dann spürte sie einen Stich. Ein langes und scharfes Stilett ritzte ihren Hals. Sie verstand, was er vorhatte: dort zuzustechen, wo die Weste sie nicht beschützte, und direkt aufs Herz zu zielen. Wenn er sie traf, würde sie in Sekundenschnelle tot sein. Ihre einzige Chance war, mit aller Kraft den Stich zu parieren. Sie riss die linke Hand in einer rotierenden Bewegung hoch und traf den Unterarm des Angreifers. Das Stilett verfehlte ihren Hals und traf neben ihr den Boden. Er durfte nicht noch einen Versuch machen können. Mit einer gleitenden Verlängerung der Blockade packte sie das rechte Handgelenk des Angreifers und zog es so nach unten, dass sein Schwerpunkt für einen kurzen Moment nach vorn verlagert wurde. Zugleich ließ sie ihren rechten Arm in seine linke Achselhöhle schnellen, zog das rechte Bein an und trat mit allen Kräften zu.

Der Angreifer ging zu Boden. Sie machte sich über ihn her, als er sich umdrehte, und griff nach dem Arm mit dem Messer. Sie presste seinen Ellbogen mit aller Kraft auf ihr Knie, in die Gegenrichtung der natürlichen Bewegung, während sie dem Angreifer zugleich das Handgelenk umdrehte.

Das Stilett fiel leise klirrend zu Boden, der Angreifer aber konnte diesen Augenblick nutzen, um eine Pistole hervorzuziehen. Sie sah, dass die Pistole mit einem Schalldämpfer versehen war.

Er bewegte die Hand in einem Bogen von links her. Elli sprang vorwärts und über seinen Kopf. Der Angreifer drehte sich zu ihr um und gab einen Schuss ab. Elli hatte keine Ahnung, in welche Richtung der Schuss gegangen war, aber sie stellte fest, dass sich der Kopf des Mannes in Reichweite befand. Im Liegen trat sie, so fest sie konnte, nach seinem Kinn. Und traf. Sein Stöhnen verriet ihr, dass das nicht ausreichte, aber dass er etwas von seinem Orientierungssinn verloren hatte. Sie ließ weitere Tritte folgen. Der Angreifer verlor das Bewusstsein.

Nachdem sie ihm Pistole und Messer abgenommen und die Waffe in sichere Entfernung gebracht hatte, konnte sie kaum Atem holen, als sie auch schon aus der Gegenrichtung eine plötzliche Bewegung hörte.

Der nächste Angreifer hatte das Handgemenge offenbar mitbekommen. Er bewegte sich mit erhobener Waffe auf sie zu, den Finger am Abzug.

Sie durfte nicht in Gefangenschaft geraten. Sie durfte nicht verletzt werden. Die Pistole, die sie dem ersten Angreifer abgenommen hatte, würde sie von hier aus nicht erreichen können, und ihre eigene aus dem Schulterholster zu nehmen, würde zu viel Zeit in Anspruch nehmen.

Also warf sie sich hinter den Mann, den sie soeben besiegt hatte. Die Chance, dass der Angreifer nicht auf seinen eigenen Kollegen schießen würde, war groß.

»Halt!«, rief er, schoss aber nicht. Ihr Plan ging auf, für wenige Sekunden. Sie begriff noch immer nicht, warum diese Söldner es auf sie abgesehen hatten, aber sie war davon überzeugt, dass die Männer sie selbst und Rutherford umbringen wollten.

Der Mann kam direkt auf sie zugelaufen. Elli konzentrierte sich darauf, ihn unschädlich zu machen, ehe er sie erreicht hätte.

Sie schoss, sah, dass sie seinen Bauch getroffen hatte, er sackte zusammen, hielt aber weiterhin die Waffe vor sich.

Noch ein Schuss, in die Herzregion. Er fiel zu Boden. Elli ging auf ihn zu, die Waffe auf den Angreifer gerichtet, den Körper in totaler Anspannung und voller Adrenalin. Mit zitternden Fingern tastete sie nach seinem Hals. Kein Puls.

Ihr Erster.

Das mit dem Karma müsste sie später klären. Sie faltete die Hände und stieß einen kurzen Eulenschrei aus, das Signal, das sie und Rutherford für solche Situationen als Entwarnung verabredet hatten.

Dann untersuchte die die Angreifer. Der zweite war knapp dreißig, und er hatte ein M16-Angriffsgewehr. Khakikleidung, Dschungelboots, durchtrainiert. Sie nahm seine Waffe und ging weiter zum ersten. Der war um die fünfzig, weiß, und ebenfalls durchtrainiert, ungefähr eins achtzig groß. Ähnliche Züge. Gleiche Kleidung. Die Kleider wiesen keine besonderen Merkmale auf, sogar die Waschzettel waren abgetrennt worden. Aber er hatte ein Mobiltelefon. Das nahm sie, zusammen mit den Waffen. Das Stilett sah handgemacht aus, die Pistole aber erkannte sie. Es war eine Vektor Z88, hergestellt in Südafrika.

Sie überprüfte noch einmal den Puls des ersten Angreifers. Der schlug regelmäßig. Sie fesselte ihn an Händen und Beinen und lief dann los. Sie mussten so schnell wie möglich machen, dass sie wegkamen.

Elli kroch langsam zurück zum abgemachten Treffpunkt. Die Nachtsichtbrille machte es ihr leichter, sich im Terrain zu orientieren. Nach ungefähr zehn Minuten erreichte sie eine Stelle, wo ihr nichts anderes übrig blieb, als durch ein Gestrüpp zu kriechen.

Die Dornen des Gestrüpps bohrten sich in Ellis Hand. Die Schmerzen verrieten ihr, dass sie einige Stiche und allerlei Schrammen davontrug, aber sie wollte lieber die Zähne zusammenbeißen, als sich einen anderen Weg zu suchen.

Plötzlich spürte sie einen scharfen Schmerz durch ihren linken Arm jagen. Zuerst dachte sie, sie sei an einem kräftigen Dorn oder einer Zweigspitze hängengeblieben, aber dann hörte sie das Zischen. Durch die Nachtsichtbrille sah sie die beiden kleinen perlförmigen Augen wie zwei weiße Punkte über dem zusammengerollten Rumpf.

Instinktiv zog sich ihr Körper zusammen. Die Schlange war nur zwei Meter von ihr entfernt und bereit zu einem weiteren Angriff. Diese Schlangenart war ihr unbekannt.

Elli zielte mit der Pistole, die sie ihrem Gegner abgenommen hatte, mit ungeheuer langsamer Bewegung auf den Kopf der Schlange.

Nein.

So ruhig sie konnte, ließ sie die Pistole sinken. Dann wartete sie. Nach einigen Minuten zog die Schlange sich zurück.

Rutherford und Celicia waren nicht allein. Sie hockten neben einem Mann, der mit einer Socke im Mund und auf den Rücken gefesselten Händen dalag und aus einer Wunde an der Schläfe blutete. Elli musterte den Gefangenen und erkannte seine Kleidung.

»Der ist uns mehr oder weniger voll in die Arme gekrochen«, erklärte Rutherford. »Und Celicia war mir eine gute Hilfe.«

»Gut gemacht.«

Dann nahm sie Rutherford beiseite, außer Hörweite erzählte sie ihm von dem Angriff und dessen Ausgang.

»Mir blieb nichts anderes übrig«, sagte Elli.

»Ist schon klar. Von mir hörst du keinen Vorwurf. Wollen nur hoffen, dass es nicht sein Sohn war.«

Daran hatte Elli noch nicht gedacht.

Sie zeigte das Telefon und die Vektor-Z88-Pistole, die sie dem Mann abgenommen hatte. Das Gewehr des Mannes, den sie erschossen hatte, legte sie auf den Boden.

»Z88 … Ab und zu kriegen wir so eine zu sehen«, sagte Rutherford. »Die anderen beiden hatten M16. Aber das Telefon ist interessant, meinst du nicht?«

»Doch«, erwiderte Elli. »Wir werden sie in Kampala auseinandernehmen.«

Rutherford nickte. »Was ist mit deinem Arm?«

»Ich bin gebissen worden.«

»Doch nicht von einer Schlange?«

»Doch.«

Rutherford musterte sie entsetzt. »Was für eine Art?«

»Durch das Nachtsichtgerät wirkte sie grün. Wie alles andere auch. Und sie war gemustert.«

»Elli«, sagte er, jetzt verzweifelt. »Hast du sie erledigt?«

»Nein, sie hatte doch nichts verbrochen.«

»Sie hat dich gebissen.«

»Das tun Schlangen eben. Ich habe sie überrascht, und sie hat sich in ihrer Angst verteidigt.«

»Großer Gott, Elli, das kann dein Tod sein. Du hättest sie töten und mitbringen müssen, damit wir sehen können, welcher Art sie ist und welches Gegengift wir brauchen.«

»Ruth, es bringt jetzt nichts zu diskutieren. Fakt ist, ich hab sie nicht«, fauchte Elli. »Und dieser Biss tut verdammt weh.«

»Okay, okay … es besteht ein großer Unterschied zwischen diesen Schlangenbissen … war das eine Kobra?«

Elli wusste, wie Kobras aussahen. Sie kannte sie aus den Geschichten ihrer Mutter aus deren Heimat. Sie hatte zudem einige Male eine gesehen.

»Nein, kleiner, mit einem deutlichen Muster auf dem Rücken.«

»Puffotter?«

»Nein, nicht so dick.«

»Nicht knallgrün?«

»Nein, ich denke nicht, dunkler Grund, Muster auf dem Rücken, das grün sein kann, vielleicht aber auch gelb … Durch die Nachtsichtbrille sehen wir ja nur Grüntöne.«

»Verdammt«, sagte Rutherford.

»Ist es eine Mamba?«, fragte Elli ruhig. Dann blieb ihr nicht mehr viel Zeit. Sicher geschah ihr nur recht. Sie hatte soeben einen Menschen getötet.

»Nein. Ich vermute, es könnte eine Boomslang gewesen sein.«

Elli hatte zwar von dieser Schlangenart gehört, wusste aber nicht mehr über sie. »Wie schlecht ist diese Nachricht?«

Rutherford rieb sich das Kinn. »Zeitmäßig ist es eine gute

Nachricht, denn es ist ein langsam wirkendes Gift. Aber was das Gegengift angeht, ist es eine schlechte.«

Elli fühlte sich unbeschreiblich müde.

Kapitel 54

Elli wurde zusammen mit Celicia auf der Rückbank untergebracht und sollte sich ruhig verhalten. Rutherford setzte sich nach vorn. Celicia hatte einen von Rutherford erhaltenen elastischen Verband um die Bissstelle gelegt und überzeugte sich nun davon, dass sie einen Finger zwischen Ellis Arm und die Bandage schieben konnte, damit der Arm Platz zum Anschwellen hätte.

Die beiden Jungen hatten beschlossen, auf eigene Faust weiterzuziehen. Sie würden ohne den Umweg über Kampala schneller zu Hause sein. So, wie sich diese Reise entwickelte, brachte Elli keine Einwände vor. Zum Abschied bekam jeder Junge hundert Dollar für die Heimreise.

Die Waffen der TIG-Soldaten lagen hinten im Wagen. Elli ging davon aus, dass die Söldner Zugang zu Nachschub hatten, aber vielleicht würde es sie lange genug aufhalten, um den Land Rover den Nationalpark durchqueren zu lassen. Danach wären es nur noch zwei Stunden bis Kampala.

Rutherford startete den Motor.

»Was ist mit den Leuten aus dem Dorf?«, fragte Elli benommen.

»Die haben sich ein Stück weiter entfernt versteckt, für den Fall, dass sich diese TIG-Jungs willkürlich rächen wollen.«

Elli hoffte, dass sich der Ziegendarm als stark und zäh entpuppen würde, als der Land Rover auf den schlechten Wegen losschaukelte. Celicia hatte ihre Nachtsichtbrille übernommen.

»Wie schlimm ist der Schlangenbiss?«, fragte Elli Rutherford.

»Du musst dich ausruhen«, lautete seine Antwort.

»Ich will wissen, was Sache ist.«

Rutherford zögerte mit der Antwort. Das konnte nur eine schlechte Nachricht bedeuten. Entweder war die Lage sehr ernst, oder er wusste es nicht, und auch das wäre ein ernstes Problem.

»Elli … ich werde dir die Stichwörter geben, aber du musst ganz ruhig bleiben. Ruhe ist das Beste, um das Gift am Arbeiten zu hindern.«

»Okay.«

»Das Gift einer Boomslang senkt die Gerinnungsfähigkeit des Blutes und führt zu inneren und äußeren Blutungen. Es kann an die vierundzwanzig Stunden dauern, bis man die Wirkung des Giftes spürt. Erste Symptome sind Übelkeit, Kopfschmerzen, dann auch Schwindel und Halluzinationen.«

Ausgerechnet ein Schlangenbiss sollte also ihr Ende sein. Sie konnte sich nicht so recht vorstellen, dass sie in vierundzwanzig Stunden vielleicht schon tot sein würde. Bei dem schlechten Karma, das sie jetzt hatte, würde sie garantiert in eine niedrigere Existenz geschickt werden.

Menge. War da nicht etwas mit der Giftmenge? Ellis Mund war trocken, und sie nahm einen Schluck aus ihrer Wasserflasche. »Was ist eine tödliche Dosis?«

»Fünf Milligramm. Die Boomslang gibt nicht immer Gift ab, aber wenn, dann fünf bis acht Milligramm.«

Elli versuchte, die Wahrscheinlichkeit dafür auszurechnen, dass sie eine tödliche Dosis abbekommen hatte, gab aber schnell wieder auf. »Gegengift?«, fragte sie und war nicht sicher, ob sie die Antwort hören wollte.

»Innerhalb von vierundzwanzig Stunden. Du brauchst ein monovalentes Gegengift – das heißt ein Gegengift, das nur bei Boomslangbissen hilft.«

Elli fiel sehr bald der Teil der Information ein, den er ihr bisher nicht geliefert hatte.

»Wie weit ist es noch bis Kampala?«

Auf diese Frage gab Rutherford keine Antwort.

Croukamp erwachte mit heftigen Kopfschmerzen. Sein Kiefer fühlte sich an wie gebrochen oder angeknackst. Er wollte sich an den Kopf fassen, aber dann ging ihm auf, dass er an Händen und Füßen mit Plastikstreifen gefesselt war.

Diese verdammte Scheißfotze!

Er schwor bei allen bösen Geistern dieses finsteren Kontinents, dass er diese Frau mit Genuss in kleine Teile zerlegen würde, wenn sie ihm noch einmal über den Weg liefe. Er war gedemütigt worden. Von einem Frauenzimmer!

Aus dem heller werdenden Himmel im Osten schloss er, dass es jetzt um die sechs Uhr sein musste. Dann lag er seit drei Stunden hier. Wenn die Sonne aufging, durfte er nicht liegenbleiben. Croukamp versuchte, auf irgendeine Weise ins Sitzen zu kommen, aber die Kopfschmerzen waren so überwältigend, dass er den Versuch aufgab. Durst hatte er auch. Einen tierischen Durst.

Nach einigen Minuten hatte sich das schlimmste Dröhnen in seinem Schädel gelegt. Langsam, ganz langsam machte er einen weiteren Versuch, sich aufzusetzen, und diesmal gelang es ihm. Nun bemerkte er den Menschen, der einige Meter weiter lag. Instinktiv begriff er, wer das war, und er kämpfte verzweifelt gegen seine Fesseln an. Vor seinen Augen tanzten rote und schwarze Punkte, für einen Moment verlor er fast wieder das Bewusstsein. Deshalb sah er auch nicht die beiden Teamkollegen, die ein Stück entfernt durch das Unterholz gingen.

Wieder kam er zu sich. »Aiii«, röchelte er verzweifelt in einer Mischung aus Trauer, Hass und Verzweiflung. Der eine Kollege hörte ihn, drei Minuten später waren Croukamps Arme und Beine befreit. Er stürzte hinüber, nur, um sich bestätigen zu lassen, dass dort Bernhard lag, sein Sohn.

Michael Croukamp hatte noch nie geweint. Männer, die den Buschkrieg durchgemacht haben, weinen nicht. Auch in dieser Situation weinte Croukamp nicht. Stattdessen nahm er den Kopf seines Sohnes in die Hände und schwor Rache.

Er blieb einfach sitzen, apathisch, während der Hass in ihm

wuchs. Die beiden Kollegen hielten sich auf Distanz, konnten ihm aber irgendwann etwas Wasser einflößen und ihm erzählen, dass die Frau von einer Boomslang gebissen worden war. Der vierte Mann hatte ein Gespräch zwischen der Frau und Rutherford belauscht, hatte es aber nicht gewagt, es allein mit allen dreien aufzunehmen.

»Afrika nimmt, und Afrika gibt«, erklärte Croukamp mit gepresster Stimme. Er und die Boomslang gehörten nach Afrika. Die Frau aus Norwegen war hier ein fremdes Element, aber sie könnte dennoch überleben, wenn er seine Sache jetzt nicht richtig machte.

Sie hatten noch immer eine Aufgabe zu erledigen. Sie mussten die Geisel in Kampala finden und eliminieren. Das würde er schaffen, und dann würde er sich um die Frau kümmern.

Ihm war jetzt klar, dass das hier sein letzter Auftrag war. Wenn er seinen Sohn gerächt hatte, würde er aufhören.

Er sah zu den anderen auf.

»Ich habe einen Kontakt in Kampala«, sagte Croukamp. »Der kann Bernhard nach Hause bringen. Nach Rhodesien.«

Die nordwestliche Einfahrt zum Kabarega-Nationalpark bestand aus einer Schranke und einem Wachhäuschen. Dahinter lag ein endloser Waldgürtel. Es war halb sieben Uhr morgens, die Morgensonne spielte zwischen den Baumwipfeln, aber der Wächter schlief tief, als Rutherford ihn schüttelte.

»Du musst uns reinlassen«, sagte er.

Der Wächter gähnte. »Welche Lodge habt ihr gebucht? Ich muss euch ankündigen.«

»Wir möchten einfach durchfahren«, sagte Rutherford.

Der Wächter schüttelte den Kopf. »Ihr müsst in einer Lodge wohnen, wenn ihr nicht zu einer organisierten Safarigesellschaft gehört. So sind die Regeln hier im Park.«

Rutherford versuchte, mit offenen Karten zu spielen.

»Habt ihr Gegengift für Boomslangbisse?«

»Großer Gott … ich nicht, aber vielleicht eine Lodge. Ich frag mal.«

Er griff nach einem Walkie-Talkie und rief eine Lodge nach der anderen an. Beim vierten Versuch hatte er Glück.

»Die Paraa Lodge im Bugungu Game Reserve hat fünf Dosen. Wer ist gebissen worden?«

»Eine Frau, etwa siebzig Kilo«, teilte Rutherford mit. Das Gewicht entschied über die benötigte Menge Gegengift.

»Okay, sie sagen, sie haben genug«, sagte der Wächter, nachdem er die Nachricht weitergegeben hatte. Er reichte Rutherford eine Karte das Nationalparks und gab in der Lodge Bescheid, sie sollten das Serum bereithalten.

Rutherford fuhr, so schnell er nur konnte, durch den Nationalpark.

»Es geht ihr sehr schlecht«, sagte Celicia auf dem Rücksitz und sah Elli an, die zwischen den Sitzen auf den Boden gesunken war.

»Versuch sie wieder aufzurichten«, befahl Rutherford. »Die Zeit wird jetzt knapp.«

Celicia wog kaum mehr als fünfundfünfzig Kilo, aber mit großer Mühe gelang es ihr, Elli auf den Sitz zu hieven und dort in die Liegeposition zu bringen. Ihr Körper war schlaff. Celicia sah, dass an einer Stelle ihres Arms kleine punktuelle Blutungen auftraten. Das Gift war dabei, Ellis Adern zu zerstören.

Als Rutherford durch das Tor zur Paraa Lodge fuhr, waren seit dem Biss fünfzehn Stunden vergangen. Die nächtliche Dunkelheit hatte abermals die Herrschaft über den Busch an sich gerissen, und die Gegend sah fast menschenleer aus. Nur einige weit auseinander angebrachte Laternen, in denen Kerzen brannten, wiesen auf Leben im Lager hin.

Rutherford bremste den Land Rover und wollte hupen. Die Hupe war tot. Er sprang aus dem Wagen und lief einem Wächter in die Arme.

»Ruhig«, sagte der kräftige Mann. »Seid ihr das mit dem Schlangenbiss?«

»Ja«, sagte Rutherford ungeduldig.

Noch zwei Männer und eine Frau tauchten aus der Dunkelheit auf. Der Wächter erteilte ihnen einen Befehl, zeigte auf das Auto, und eine Minute später lag Elli auf einer Trage und wurde zu einem der Häuser gebracht. Das enthielt ein kleines Krankenzimmer mit einem Bett, auf das sie gelegt wurde. Die Frau brachte ein Tablett mit Ampullen.

»Wir müssen zuerst testen, ob sie auf das Gegengift reagiert«, sagte die Frau, während sie eine kleine Dosis mit Wasser mischte. Die Mischung nahm im Licht von zwei Öllampen unter der Decke eine bläuliche Färbung an. Die Frau packte eine Injektionsnadel aus, steckte sie auf eine Kanüle und zog eine kleine Menge Gegengift hinein. Danach injizierte sie die Mischung direkt unter Ellis Haut.

»Eine halbe Stunde«, sagte sie dann und lehnte sich gelassen zurück. Die ganze Zeit ließ sie eine Hand auf Ellis Herzen liegen. Die anderen verließen die Krankenstube, nur der Wächter blieb.

Rutherford gab der Frau die Hand. »Hallo«, sagte er. Die Frau war Mitte dreißig, und er nahm an, dass sie aus dem Norden kam.

»Dr. Chloé«, sagte sie.

»Da haben wir Glück«, sagte Rutherford lakonisch.

Dr. Chloé lächelte. »Und Sie haben keinen Namen?«

Rutherford blickte sie gelassen an. »Brian.«

»Nur Brian?«

»Brian reicht.«

Chloé hob eine Augenbraue.

»Wird sie überleben?«, fragte Celicia auf Acholi.

Chloé drehte sich zu Celicia um. »Vermutlich … wenn sie das Gegengift verträgt«, sagte sie in derselben Sprache. »Wie heißt sie?«

»Beatrice«, antwortete Rutherford.

»Nur Beatrice, vermute ich?«

Rutherford lächelte.

»Sie sind in geheimer Mission«, sagte Celicia auf Acholi. Chloé nickte ihr verständnisvoll zu. Rutherford ließ einen nervösen Blick von einer zur anderen wandern, zuckte aber nur mit den Schultern.

Rutherford und Celicia starrten auf eine Digitaluhr, die die Ärztin eingeschaltet hatte. Die zeigte siebenundzwanzig Minuten.

»Sieht gut aus«, sagte Dr. Chloé und fing an, eine neue Dosis vorzubereiten. Als die Uhr dreißig Minuten anzeigte, wiederholte sie die Prozedur.

»Muss das Gegengift nicht intravenös gegeben werden?«, fragte Rutherford.

»Doch, aber bei Boomslangbissen fangen wir vorsichtig an«, antwortete Dr. Chloé. »Wenn diese beiden kleinen Injektionen gleich unter der Haut die Blutungen nicht stoppen, dann geben wir in einer halben Stunde eine größere Dosis intravenös.«

Elli lag noch immer bewusstlos auf dem Bett. Ihre Haut sah feucht und bleich aus, und auf ihren Armen und ihrem Bauch zeigten sich blutende kleine Wunden. Dr. Chloé musterte ihre Patientin aus freundlichen Augen. »Sie waren gerade noch rechtzeitig hier«, sagte sie nachdenklich.

In der nächsten halben Stunde saß Celicia bewegungslos an Ellis Bett, obwohl die Ärztin gesagt hatte, sie könne da nichts tun. Stattdessen solle sie schlafen. Celicia aber ließ nicht mit sich reden.

Rutherford stand jetzt vor der Hütte. Sie mussten damit rechnen, dass die Bande von der TIG sie verfolgen würde. Ihr Anführer würde seinen Auftrag jetzt sicher auch persönlich nehmen. Rutherford ging zum Auto und holte die Nachtsichtbrille. Als er anschließend durch sie das Gelände überblickte, konnte er nichts Verdächtiges entdecken.

Nach fünfundzwanzig Minuten ging er zurück in die Krankenstube. Elli war noch immer nicht bei Bewusstsein.

»Wie sieht es aus?«, fragte er Chloé.

»Ihr Zustand ist stabil, aber die Blutungen haben nicht aufgehört. Ich gebe ihr jetzt eine volle Dosis intravenös«, sagte sie und griff zu einer vollständig gefüllten Kanüle.

Ein kräftiges Husten ließ alle vier zusammenzucken. Ellis Kopf bewegte sich krampfhaft, und sie griff sich an den Hals. Wieder hustete sie.

»Helft mir«, befahl Dr. Chloé und zeigte dabei auf das Bett. Sie halfen Elli beim Aufsetzen, während Chloé versuchte, ihr ein wenig Wasser einzuflößen. Das meiste lief aus den Mundwinkeln heraus, aber einige armselige Tropfen schienen es doch durch die Kehle nach unten zu schaffen.

»Jetzt wieder stabile Seitenlage«, befahl die Ärztin. Sofort danach gab sie ihr die ganze Dosis. »Jetzt hoffe ich, dass das hilft«, sagte sie.

Kapitel 55

Nereng starrte Zenith an, der auf der Decke, die Nereng in seiner Wohnung bereitgelegt hatte, ein Grunzen ausstieß.

»Elli meldet sich nicht«, sagte er zu dem Hund, der nur ein wenig eine Augenbraue hochzog, als er Frauchens Namen hörte.

Nerengs Gedanken wirbelten wild durcheinander: Kidnapping, Erpressung, afrikanische Guerilla, Verschwinden, falsche Papiere und Gefangenentransporte. Die Elemente dieses Falls wirkten jedes für sich sinnlos, und sie konnten keinen Zusammenhang entdecken.

Er schlürfte seinen Morgenkaffee, zog Schuhe und Jacke an und füllte Zeniths Wassernapf. »Wir gehen heute Nachmittag raus«, versprach er, dann war er verschwunden.

Für den Weg zum Polizeigebäude brauchte er selten mehr als sieben Minuten. Fjeld und Skarpnes warteten bereits auf die Koordinierungsbesprechung, wie Fjeld das nannte.

»Die Maschinen haben etwas gefunden«, sagte Fjeld, als Nereng das Besprechungszimmer betrat.

»Die Maschinen?«

»Eine Software, die Bilder von Gesichtern vergleicht«, erklärte Skarpnes.

»Und?«

Nereng hatte noch nie einen Fall bearbeitet, in dem solche Software zur Anwendung gekommen war, obwohl die inzwischen als Ermittlungswerkzeug durchaus bekannt war. Google, Facebook und andere leicht zugängliche Suchmaschinen für den Konsumentenmarkt boten diese Möglichkeit; eine algorithmusbasierte Analyse von Augen, Nase, Wangenknochen, Kiefer, Ohren und Mund bildete den Ausgangspunkt zur Erkennung einer Person auf anderen Bildern. Wenn jemand irgendwo abgebildet war, konnte der Betreffende vielleicht auf einer anderen Datenbank ausfindig gemacht und identifiziert werden. Aber eine Bildsuche nach einem Menschen in öffentlichen Bilderregistern, Internet und sozialen Medien war eine größere Aufgabe, die avanciertere Mittel erheischte.

»Die Kripo ist dafür nicht gut genug ausgerüstet, deshalb haben wir bei den Briten nachgesehen«, erklärte Skarpnes.

»Und was machen die – sehen die durch seine Sonnenbrille?«, fragte Nereng.

»Gewissermaßen. Eine andere Software zeigt aufgrund der übrigen Informationen auf dem Bild ein wahrscheinliches Gesicht. Und schwupp, schon haben wir ein Gesicht ohne Brille.«

Skarpnes legte einen Fotopapierausdruck auf den Tisch. Das Bild zeigte den Mann, der zusammen mit Hammersborg Ojore abgeholt hatte, jetzt aber ohne Brille. Der Mann auf dem Bild war um die vierzig, vermutlich 1,80 bis 1,84 groß, seine Augenfarbe wahrscheinlich blau oder grün. Die Haare an seinen Schläfen und sein Pony, soweit der unter der Schirmmütze hervorlugte, wiesen auf einen dichten Schopf hin.

Nereng betrachtete das Bild einige Sekunden lang. Hatte er diesen Mann schon einmal gesehen? Er verwarf diesen Gedanken. Der Mann auf dem Bild ähnelte Tausenden von Norwegern, die im Sommer wie besessen Rad fuhren und im Winter lange Skitouren machten.

»Er macht es uns nicht gerade leicht«, sagte Nereng trocken.

Skarpnes lächelte. »Er sieht ziemlich gewöhnlich aus, ja. Keine besonderen Kennzeichen. Aber wir müssen es versuchen.«

»Und wo können wir suchen? In welchen Registern?«, fragte Nereng.

»Hier zu Hause oder ein bisschen … äh, breiter gestreut?«

Nereng erwog diese Möglichkeit. »Wenn wir am entgegengesetzten Ende anfangen – wer ist diese Person aller Wahrscheinlichkeit nach? Dann wissen wir eher, wo wir suchen sollen, oder nicht?«

Skarpnes nickte. »Stimmt.«

»Er weiß also, was er tut, und er hat ausreichend Beziehungen, um sich gefälschte Papiere von Polizei und Wachgesellschaft zu beschaffen und sich den Gefangenen aushändigen zu lassen. Er tarnt sich zudem vor den Kameras, und er hat möglicherweise Hammersborg zur Mitwirkung überredet. Oder schlimmer.«

»Gibt es da etwas Neues?«, fragte Skarpnes.

»Nein, sie ist noch nicht wieder aufgetaucht.«

»Was ist mit ihrer Familie?«

»Da gibt es nicht viel Familie … Einzelkind, Eltern tot. Hammersborg ist um die fünfzig, keine Kinder … aber sie hat eine Beziehung.«

»Zu einer Frau?«

Nereng nickte.

Fjeld erhob sich, wie er es oft in schwierigen Erörterungen und Diskussionen tat. Er nutzte die Gelegenheit, um sich einen neuen Priem zu holen.

»Das sieht inzwischen gar nicht mehr gut aus«, sagte Nereng zu Fjeld. »Wir müssen herausfinden, ob Hammersborg etwas zugestoßen ist.«

Fjeld lutschte schmatzend an dem neuen Priem. »Hat Romerike keine Streife zu ihrer Adresse geschickt?«

»Doch, die waren da, aber es war niemand zu Hause«, teilte Nereng mit. »Sie haben eine Runde um das Haus gedreht, aber nichts Verdächtiges entdeckt.«

»Hmmm«, sagte Fjeld.

»Ja, hmmm«, sagte Nereng zustimmend. »Ich fahr nachher mal hin, vielleicht sehen wir etwas, das die anderen gestern bei dem Regenwetter verpasst haben … Zurück zur Bildersuche: Das hier ist jemand, der in der Sicherheitsbranche aktiv gewesen sein kann, vielleicht auch bei einer kriminellen Organisation, aber ich glaube nicht, dass wir es mit einem Durchschnittsverbrecher zu tun haben.«

»Meine Worte«, sagte Skarpnes.

Nereng ärgerte sich wieder darüber, dass Skarpnes niemals selbst einen Vorschlag machte, sondern nur den Überlegungen der anderen zustimmte. Aber so tickten die wohl oben in Lutvann.

»Wir suchen da, wo wir Zugang haben«, entschied Skarpnes nun.

»Und dann müssen wir ja wohl die Erlaubnis bekommen, Nils Oscar Kristoffersen abzuhören?«

»Ich werd's versuchen«, sagte Fjeld.

Skarpnes stand auf. »Wir haben da ein paar Abkürzungen. Ich sehe mal, was ich in die Wege leiten kann.«

Nereng erinnerte sich vage an etwas, was er auf der Polizeischule über Rechtssicherheit gehört hatte, verkniff sich aber einen Kommentar.

Die Anwältin Gøril Hammersborg wohnte in der Hattemakerlia in Brånåsen, einer gepflegten Villengegend mit Blick auf Hellerudsletta. Skarpnes fuhr wie immer einen der dunkelblauen Dienstwagen mit Allradantrieb.

»Warum passiert in diesem Fall das, was passiert? Was läuft hier eigentlich ab?«

Skarpnes schaute zu Nereng hinüber.

»Es macht mir – uns – zu schaffen, dass wir keine Verbindung zwischen den vielen Geschehnissen sehen, und wir müssen großer und freier denken, um sie zu finden. Wir müssen diese grundlegende Verbindung finden – die Motivation –, ehe wir die restlichen Zusammenhänge sehen können.«

Die Abfahrt nach Brånåsen war bei Skedsmokorset.

»Vielleicht kann Hammersborg uns etwas sagen«, sagte Skarpnes.

»Das wollen wir hoffen.«

Sie fuhren an einer Kindergartengruppe auf Ausflug vorbei, alle Kinder trugen Reflexwesten mit dem Logo der Verkehrspolizei und der Verkehrserziehung. Die Kinder hielten einander pärchenweise an den Händen, und die Erwachsenen gingen vor, neben und hinter ihnen. Ein Militärtrupp hätte nicht besser organisiert sein können.

»Norwegen ist eine gut organisierte Gesellschaft«, kommentierte Nereng.

»Und unsere Aufgabe ist es, dafür zu sorgen, dass keine Unordnung entsteht«, sagte Skarpnes.

Nereng lachte. Skarpnes nicht. Nereng fragte sich, ob Skarpnes überhaupt Humor besaß. Vielleicht war er nur sarkastisch. Vielleicht auch ganz einfach reaktionär.

Der Mercedes bog in die Hattemakerlia ab.

»Na, hier sieht's ja fesch aus«, kommentierte Nereng. Hohe neue Häuser lagen hinter Tujahecken und mit Schiefern belegten Mauern.

»Nicht gerade Hütten, nein. Hier haben sich hart arbeitende Norweger angesiedelt.«

Das muss doch sarkastisch gewesen sein, dachte Nereng.

»Gøril und Klara«, stand neben der Klingel.

Nereng schellte, und aus dem Haus erklang ein deutliches Ding-dang-Geräusch. Sicherheitshalber schellte er noch einmal. Nach zwei Minuten wussten sie, dass niemand aufmachen würde. Nereng ahnte Schlimmes. »Das gefällt mir ganz und gar nicht.«

Skarpnes runzelte die Stirn, trat zwei Schritte zurück und musterte das Haus.

»Dann wollen wir uns mal umsehen. Wir müssen doch durch die Fenster die meisten Zimmer überprüfen können.«

Sie teilten sich auf. Das Haus lag an einem Hang und wies

die typische Sockellösung auf. Nereng ging nach links, wo er zuerst in die Kellerfenster schaute. Hinter den beiden ersten befand sich eine große Diele, mit Marmorfliesen auf dem Boden. Nicht ganz Nerengs Stil, aber ihm war schon klar, dass das teuer gewesen war. In der Diele sahen sie ein Paar Hausschuhe und ein Paar teure dänische Gummistiefel. Hinter den mit Spiegeln besetzten Schranktüren hingen sicher Kleider, ansonsten herrschte in der Diele peinliche Ordnung. Hinter den nächsten beiden Fenstern sah er eine Waschküche, auch diese ungeheuer ordentlich.

Er ging über einen Weg aus Schieferplatten eine mit Kiefern bepflanzte Böschung hoch. Der Weg führte ihn auf die Terrasse, die an die hundert Quadratmeter groß sein musste. Im Süden sah er Hellerudsletta und die E6.

Das Wohnzimmer sah aus, wie man es bei einer Anwältin erwarten konnte: Schieferkamin, klassische Kunst, tiefe Sofas und ein langer Tisch aus dunkler Eiche. Einige Zeitschriften und Prachtbände lagen auf einem gläsernen Couchtisch bei der Sofagruppe.

Eine große doppelte Glastür neben den Panoramafenstern im Wohnzimmer führte vermutlich in ein Schlafzimmer. Helle Lamellenvorhänge mit unregelmäßigem Muster waren geschlossen.

Nereng betrachtete die Vorhänge. Hier stimmte etwas nicht. Er trat näher.

Das Zimmer hatte nur dieses eine Fenster, deshalb half ihm das Licht von draußen nicht bei dem Versuch, im Zimmer etwas zu erkennen. Aber als er sich die Vorhänge genauer ansah, begriff er, dass das auf den Vorhängen gar kein Muster war.

»Wir arbeiten ja gern etwas anders als ihr«, sagte Skarpnes als Kommentar auf Nerengs Wunsch, sich an die Regeln zu halten und bei der Polizei von Romerike anzurufen, ehe sie das Haus betraten.

»Ist mir schon klar«, sagte Nereng und wählte Åbrekkes Nummer. »Aber da Hammersborg als vermisst gelten muss und hier offenbar etwas passiert ist, muss das hier schon als Fall betrachtet werden.«

Åbrekke meldete sich sofort. Nereng erklärte die Situation, und Åbrekke brauchte nur wenige Sekunden, um sich zu entscheiden.

»Geht rein und seht euch die Lage an, und dann meldet ihr euch sofort.«

Nereng und Skarpnes gingen zurück zum Hauseingang. Das Schloss ließ sich relativ leicht aufstochern. Dreißig Sekunden später standen sie vor der Tür, die sie für die Schlafzimmertür hielten. Nereng drückte die Klinke vorsichtig hinunter und öffnete die Tür ein wenig. Durch den größer werdenden Spalt sahen sie immer mehr vom Zimmer – wie in einer Filmszene. Die Klinke traf mit leisem Knall gegen die Wand. Gøril Hammersborg und ihre Lebensgefährtin Klara Berg lagen beide im Doppelbett. Sie waren vollständig bekleidet, ihre Hände auf dem Rücken gefesselt. Gøril lag mit angezogenen Knien mit dem Rücken zum Fenster. Klara lag auf dem Rücken auf der anderen Seite. Das Blut auf dem Lamellenvorhang schien von Gøril zu stammen. Ihr Oberkörper war vollständig mit Blut verschmiert. Vermutlich hatte sie sich gewehrt. Klara schien weniger Blut verloren zu haben. Nereng nahm den metallischen Geruch wahr, der Mordstätten immer kennzeichnete und für ihn der Geruch des Todes war.

Die klaffenden Wunden quer über den Kehlen, wo Nereng die grauen, durchtrennten Luftröhren sehen konnte, verrieten, wie die beiden getötet worden waren.

»Das war kein Amateur«, sagte Skarpnes zu Åbrekke und Nereng, als sie eine halbe Stunde später vor dem Haus standen, während die Kriminaltechniker im Schlafzimmer an der Arbeit waren.

»Offenbar nicht«, antwortete Nereng nachdenklich. »Die Schnitte. Die sind komplett identisch. Dieser Mörder hat bereits häufiger getötet.«

Skarpnes nickte. »So was hab ich schon länger nicht gesehen, aber ich kenne das unter anderem aus dem Kosovo. Es ist eine sichere Methode, geht aber nicht gerade lautlos vor sich. Viel Röcheln und Kreischen, ehe das Opfer an Sauerstoffmangel stirbt.«

Nereng schaute sich um. Die Häuser der Nachbarschaft waren etwa dreißig Meter voneinander entfernt. »Der Täter konnte ziemlich sicher sein, dass niemand ihn hören würde.«

Nereng fischte eine Packung Halstabletten aus der Tasche und bot sie Skarpnes an, der aber ablehnte. »Trockener Hals«, erklärte Nereng und räusperte sich.

»Weißt du, was ich glaube?«

Skarpnes sah ihn mit gehobenen Augenbrauen an.

»Es waren mehrere Täter. Sie sind sicher reingekommen, als beide zu Hause waren, dann haben sie Klara als Geisel genommen und gedroht, sie zu töten, wenn Gøril ihnen nicht hilft, die Verlegung von Ojore Okello zu arrangieren. Als Gøril zurückkam, hat sie sich gewehrt, weil ihre Partnerin getötet worden war.«

Skarpnes nickte langsam. »Klingt plausibel. Das erklärt, wieso sie zu unterschiedlichen Zeitpunkten umgebracht worden sind.«

Nereng war aufgefallen, dass das Blut der beiden Opfer einen unterschiedlichen Gerinnungsgrad aufwies. Klaras war bereits trocken, Gørils noch immer feucht und klebrig.

Die Haustür wurde geöffnet, und Åbrekke erschien in einem weißen Schutzanzug.

»Verdammt, ist das übel«, sagte er verbissen.

Nereng nickte. »Ja, total grausig.«

Åbrekke atmete in der frischen Herbstluft zweimal tief durch. »Die Kollegen befragen jetzt die Nachbarschaft. Ihr könnt von mir aus los, ich sage Bescheid, sowie wir etwas wissen.«

Nereng wurde von neuen Fragen gejagt: Wer, warum, in welchem Zusammenhang standen Drogenfall, die Entführung und Nils Oscar Kristoffersen?

»Ich muss an Ojore Okello denken«, sagte er. »Wo zum Teufel steckt der jetzt?«

»Glaubst du, er kann dahinterstecken?«, fragte Åbrekke.
»Ich glaube gar nichts«, sagte Nereng.
»Solange er verschwunden ist und wir hier zwei Leichen haben, könnt ihr wohl gar nichts ausschließen«, überlegte Skarpnes. Nereng und Åbrekke sahen ihn an.
»Kann Ojore mit dem falschen Gefangenentransporteur unter einer Decke stecken?«, fragte Skarpnes.

Kapitel 56

Elli wurde von ihrem eigenen Schrei aus dem Schlaf gerissen. Sie war schweißnass, ihr war kalt, heiß, ihr linker Arm schmerzte. Sie kannte das Bett nicht, in dem sie lag, eine Art Himmelbett mit weißen Laken. Ihr Blickfeld war an den Rändern verschwommen, als ob an den Seiten ihrer Augäpfel Tränen liefen, nicht aber in der Mitte.

Ihre Augen gewöhnten sich langsam an das schwache, vorsichtig flackernde Licht. Nach einer Weile konnte sie sich besser konzentrieren und sah, dass das Weiße, das das Bett umgab, ein Mückennetz war. Das Zimmer war mit rustikalen Holzmöbeln eingerichtet, an der Wand hingen Speere, Schilde und Tierköpfe. Antilope, Kudu, Wildschwein.

Das Krokodil, das nach ihrem Bein geschnappt hatte, existierte zum Glück nur im Traum.

»Beatrice …«, sagte eine fremde Stimme. Mild, warm … aber fremd.

Sie drehte sich zu der Stimme um. Erst jetzt sah sie die Frau, die ruhig auf einem Stuhl neben der Tür saß. Die Frau war dunkelhäutig, hatte die Haare hochgesteckt und mit einem roten Stück Stoff umwickelt. Ihre Gesichtszüge waren rein und schön, sie trug typische Safarikleidung.

»Beatrice«, sagte die Frau wieder.

Wer war sie?

»Ich heiße Chloé«, sagte die Frau freundlich. »Ich bin Ärztin, und ich habe Sie behandelt.«

Elli nickte, konnte aber nichts sagen. Ihre Kehle war total ausgedörrt.

Chloé erhob sich, ging zum Nachttisch, goss aus einer Karaffe Wasser ein und bot es Elli an, die gierig trank. Zuerst brannte es in ihrem Hals, danach stellte sich langsam ein Gefühl der Linderung ein. Sie trank mehr. Und noch mehr.

»Danke«, brachte sie dann heraus.

Chloé setzte sich auf die Bettkante. »Sie haben zehn Stunden geschlafen. Wir haben Ihnen intravenös Flüssigkeit zugeführt, damit sie nicht dehydrieren. Das Schlangengift ist neutralisiert, und ich vermute, in drei, vier Stunden werden Sie sich wieder normal fühlen. Aber Sie brauchen noch einen Tag Ruhe.«

Chloé hob die Stimme nicht, ließ aber keinen Zweifel daran, dass es sich hier um einen ärztlichen Befehl handelte.

»Wie spät?«, fragte Elli und merkte, dass ihre Stimme schon stärker war.

Chloé lächelte und zeigte eine perfekte Reihe von Perlzähnen. »Warten Sie noch mit der Zeit. Sie sollten lieber etwas essen.« Sie verschwand auf der Veranda vor der Hütte und kehrte mit einer Obstschüssel zurück. Elli entschied sich für eine kleine Banane, biss vorsichtig hinein und genoss den unglaublich süßen Geschmack, den die Bananen in Norwegen nie boten.

»Mmmm …«

Chloé streichelte ihre Schulter. »Essen Sie – und ruhen Sie sich aus.«

Trotz ihrer Erschöpfung spürte Elli die Energie aus Chloés sanfter Hand auf ihrer nackten Schulter. Es war ein gutes Gefühl.

Rutherford kam auf die Veranda vor der Hütte, trat in die Türöffnung und schaute herein. Elli und Chloé schliefen. Er schlich sich zu Ellis Sachen, die bei einer ledernen Safarikommode standen. Elli war vor zwei Tagen gebissen worden, und mit ihrem Auftrag war sie lange genug nicht vorangekommen.

Er zog das CryptoKid hervor und sah, dass mehrere Meldungen eingelaufen waren, alle von »JN«. Er stupste Elli vorsichtig an. Keine Reaktion. Erst beim dritten Versuch zuckte Elli zusammen.

»Was?«

Rutherford hob abwehrend die Hände. »Ganz ruhig … du hast Post. Alles ist in deiner Gebirgssprache. Müssen wir irgendwas unternehmen?«

Er reichte ihr das CryptoKid, Elli las drei Mitteilungen – alle von Nereng:

Elli, melde dich!

Bist du da?

Elli – du MUSST dich melden!

»Ja, offenbar müssen wir etwas unternehmen«, sagte sie mit tonloser Stimme, aber noch hatte sie keine Kraft.

Kapitel 57

Nereng starrte hinaus auf Grønlandsleiret. Draußen war es dunkel, und der Wind peitschte den Herbstregen in Wellen gegen die Fenster des Besprechungszimmers. Straßenlaternen, Autos und Verkehrsampeln glitten hinter den Wassermengen zu einem knallbunten Brei ineinander.

Fjeld schaute zu Nereng hinüber. »Weißt du, wenn das Ministerium nicht unbedingt alles Mögliche privatisieren wollte, dann würde es eine eigene Stelle geben, die alle Gefangenentransporte unter sich hätte. Dann wäre das hier nicht passiert.«

Nereng zuckte mit den Schultern. »Wir können natürlich auch den Wachhabenden kritisieren, aber die Beschreibung des Transportauftrags war plausibel. Es bestand kein Grund, misstrauisch zu werden.«

Fjeld hob das Kinn, wie immer, wenn etwas nicht geregelt verlief. »Aber im Prinzip wurde bei diesem Transport vom üblichen Verfahren abgewichen. Eine Festnahme aufgrund von Drogen und Waffenbesitz ist so schwerwiegend, dass zwei Begleitpersonen dabei sein müssen.«

Nereng nickte. »Im Prinzip ja. Da hatte der, der dahintersteckt, ganz einfach Schwein.«

Im Besprechungsraum saßen auch Åbrekke, der in Romerike für Mordermittlungen und Drogenvergehen zuständig war, und Skarpnes. Åbrekke räusperte sich. »Habt ihr schon irgendein Ergebnis von der Bildsuche?«

»Nein«, sagte Nereng nachdenklich. »Kein Treffer.«

Nereng schaute zu Åbrekke hinüber. »Und ihr? Irgendwelche Zeugenaussagen aus der Umgebung von Hammersborgs Haus?«

»Nur Hammersborgs eigener Wagen, ein BMW mit getönten Fensterscheiben, hinten. Zwei Nachbarn haben ihn fahren und kommen sehen, aber ansonsten ist niemandem etwas Besonderes aufgefallen. Wir haben eine Theorie, dass der Täter auf dem Rücksitz gesessen und sie dirigiert hat.«

Nereng stand auf und ging ans Ende des Tisches, wo er einen Ordner aufschlug. Er verteilte Unterlagen an die anderen. Dann hob er die erste Seite hoch.

»Das ist eine Kopie des Transportauftrags, den Hammersborg und der falsche Angestellte von SecureTrans vorgelegt haben, ein gewisser Magnus Jackberg. Die Unterlagen sind in jeder Hinsicht echt, nur ist der Auftrag nie erteilt worden, und der echte Magnus Jackberg sieht ganz anders aus.«

Fjeld schwenkte die Blätter, die ihm vorgelegt worden waren. »Und die Unterschrift?«

»Gefälscht. Einfach hineinkopiert. Solche Papiere werden ja digital als PDF hergestellt.«

Die Anwesenden blätterten eine Weile in den Unterlagen. Dann fragte Åbrekke: »Das müssen ja Leute mit sehr guten Beziehungen sein.«

»Zweifellos.« Skarpnes rutschte in seinem Sessel ein wenig tiefer. »Um das hier zu schaffen, muss man sich in das Computersystem einhacken können.«

»Nicht unbedingt«, sagte Nereng.

»Nein … die Alternative ist natürlich, dass man drinnen Verbündete hat«, sagte Skarpnes. »Aber nichts hier weist auf einen Insiderjob hin, da der Mann, der mit Hammersborg zusammen war, einen gefälschten Ausweis vorgelegt hat.«

Nereng nickte und ging zur Tafel. »Seht mal«, sagte er und fing an, eine lange Liste zu erstellen.

»Falscher Transportauftrag … falscher Angestellter von SecureTrans … gehacktes Computersystem … hat sich genau über das Vorgehen bei Gefangenentransporten informiert … auf dem üblichen Weg aufgrund einer falschen Bestellung alles in die Wege geleitet … Anwältin wird zur Mitwirkung gezwungen … und …« Nereng beendete seine Aufzählung mit einer Schneidebewegung vor seinem Kehlkopf.

»Doppelmord.«

»Das riecht nach organisierter Kriminalität«, sagte Åbrekke.

»Kann ein fremder Nachrichtendienst damit zu tun haben?«, fragte Skarpnes.

»Vielleicht«, sagte Nereng.

»Aber wo ist der Zusammenhang?«, fragte Fjeld. »Drogen – ist diese Liga so leistungsfähig? Oder hat Ojore ihnen den Tipp zur Entführung gegeben? Oder ist es noch was anderes?«

Nereng rieb sich das Kinn. »Du bist sicher nahe dran. Wir müssen Elli ausfindig machen.«

»Kannst du sie nicht einfach über dieses Dingsda erreichen?«

»An sich schon, aber sie meldet sich nicht.«

Eine drückende Stille senkte sich über das Besprechungszimmer. Es verging einige Zeit, bis sie von Nereng gebrochen wurde.

»Wie wäre es, Kristoffersen laufenzulassen? Dann lassen wir ihn beschatten und überwachen ihn elektronisch. Sein Telefon, seine E-Mails, sein Zimmer – das dürfen wir doch, wenn Drogen, Mord und Entführung im Spiel sind?«

Fjeld schnalzte mit der Zunge. »Wie viele Leute?«

»Vier müssten zum Beschatten reichen. Sigurdssønn und Kvale, zum Beispiel. Kristoffersen ist ja nicht gerade ein Profi.«

»Wir können auch etwas dazu beitragen«, sagte Skarpnes.

Fjeld drehte sich zu ihm herum. »Pfuscht ihr da nicht dem PST ins Handwerk, da das hier auf norwegischem Boden vor sich geht?«

Skarpnes verzog bei dieser brisanten Frage keine Miene. »Es kommt auf die Betrachtungsweise an. Wo ist dieser Fall eigentlich angesiedelt? In Uganda? Dann ist das unser Ressort. Ich versuche, lösungsorientiert zu denken.«

Fjeld schüttelte langsam den Kopf. »Nein … nein, wir müssen uns an die Regeln halten. Wir übernehmen die Beschattung, aber ihr könnt vielleicht helfen, die Auslandskommunikation zu verfolgen?«

Skarpnes nickte. »Hervorragender Vorschlag.«

Nereng ging zu seinem Schreibtisch. Dort lag Zenith und nagte an einem Fleischknochen, den Nereng von einem Schlachter in Grønland mitgenommen hatte. Anfangs hatte ihm das Geräusch von Zeniths Zähnen, die sich in den Knochen bohrten, eine Gänsehaut bereitet, aber inzwischen hatte er sich daran gewöhnt. Ein kräftiges Knacken erinnerte ihn daran, welche Kräfte sich in Zeniths Kiefer verbargen.

Er öffnete sein Postfach, von Elli gab es noch immer kein Lebenszeichen. Er hatte mehrmals versucht, sie anzurufen und ihr über das Satellitensystem eine Nachricht zu schicken, hatte aber keine Antwort bekommen. Und noch einmal wählte er ihre Nummer.

Kapitel 58

Elli saß nach einem längeren Aufenthalt unter der Freiluftdusche eingehüllt in ein Frotteehandtuch vor der behaglichen Safarihütte. Der Duft der Naturseife haftete noch immer an ihrer Haut. Im Fluss gleich unterhalb der Terrasse sah sie eine Gruppe von Nilpferden, die es sich gutgehen ließen. Schöne Tiere, mit ihren runden, speckigen Formen, dachte sie.

Das Zittern auf dem Tisch kündigte ein Gespräch an. Das erste seit drei Tagen. Wieder im Dienst.

»Elli«, sagte sie und fand, sie höre sich träge an.

»Wie geht es? Wo habt ihr gesteckt?«, hörte sie die vertraute Stimme Nerengs fragen.

»Wir waren ganz schön beschäftigt«, antwortete sie, ehe sie die Strapazen der vergangenen zweiundsiebzig Stunden in chronologischer Reihenfolge durchging, nur unterbrochen von Nerengs Reaktionen wie »verdammt« und »verflucht« und »ja, zum Henker«.

»Wir brechen heute Nachmittag nach Kampala auf. Chloé, die Ärztin hier, sagt, ich sei jetzt geheilt.«

»Wenn ich das richtig verstanden habe, dann seid ihr in den vergangenen drei Tagen also zweimal angegriffen worden, in eine lebensgefährliche Situation mit den Kindersoldaten geraten, habt hochrangige Offiziere des ugandischen Heeres kompromittiert, und du wärst um ein Haar an einem Schlangenbiss gestorben. Hab ich noch irgendwas vergessen?«

Elli lächelte. »Das Wichtigste war immerhin dabei.«

Eine kurze Pause, dann sagte Nereng: »Hammersborg ist ermordet worden.«

»Was?!«

Jetzt war Nereng an der Reihe zu berichten, und er fasste die jüngsten Entwicklungen kurz und bündig zusammen. Elli musste sich alle Mühe geben, die Einzelheiten zu verarbeiten. Was Nereng berichtete, kam ihr unwirklich vor. Zumindest schärften diese neuen Informationen ihre Sinne. Nereng skizzierte zudem die Theorien, die sie aufgestellt hatten, aber ohne konkrete Spuren waren auch die eben nur Spekulationen.

»Wir brauchen Ojore und seine Version, aber das ist wohl wie die Suche nach der Nadel im Heuhaufen.«

»Wenn er reden kann«, sagte Elli.

»Wie meinst du das?«

»Den können sie doch auch ermordet haben.«

Elli beugte sich über den Beifahrersitz und legte ihre Tasche in das Mittelfach im Land Rover, der jetzt eine neue Windschutzscheibe und neue Seitenfenster hatte, während die Fensterscheibe in der Hecktür provisorisch mit durchsichtiger Plastikfolie geflickt war. Die sonstigen Löcher und Beulen waren noch vorhanden.

»Noch immer Ziegendarm?«, fragte sie Rutherford.

»Ha ha – nein, neues Gummi.«

Elli drehte sich zu Chloé und zwei Wächtern um, die sich zum Abschied eingefunden hatten.

Elli verneigte sich zu einem tiefen *wai.* »Sie haben mir das Leben gerettet«, bedankte sie sich bei Chloé.

»Nein, das waren Ihre Freunde«, sagte Chloé und lächelte. »Ich habe nur ein paar Spritzen gesetzt.«

Elli ging zu ihr und umarmte sie. »Ich hoffe, wir sehen uns wieder«, sagte sie.

»Das hoffe ich auch«, sagte Chloé.

Dann sprang Elli auf den Vordersitz, Celicia nahm hinten im Wagen Platz. Rutherford verschwendete keine weitere Zeit und fuhr sofort los.

»*Kampala, dear?*«

»Kampala.«

Kapitel 59

Nach seiner Freilassung setzte sich Nils Oscar Kristoffersen ins Auto und fuhr hoch nach Grefsenkollen, hielt dort an und rief Dan Moen an. Bei dem Gespräch ging es vor allem darum, dass Darlehenszinsen auch dann weiterliefen, wenn man in Untersuchungshaft saß. Kristoffersen war klar, dass er dringend eine Lösung finden musste. Noch hatte er nichts von Bahrmann gehört, und er wagte nicht zu drängen. Er wägte Für und Wider ab und beschloss, noch einen Anruf zu tätigen.

»Yeah.«

»Croukamp?«

Kurze Pause.

Scheiße.

Keine Namen, erinnerte sich Kristoffersen jetzt. Niemals bei Gesprächen mit der Sicherheitsfirma eigene Namen benutzen. Kristoffersen rutschte unruhig auf dem Mercedessitz hin und her. Er war dermaßen gestresst, konnte sich einfach nicht an alles erinnern.

»Ich habe einige Fragen«, sagte Kristoffersen.

»Okay.«

»Haben Sie von der Entführung gehört?«

»Was?«

»Von der *Entführung*. Von Otto Kamperud.«

Kristoffersen hörte, dass Croukamp sich am anderen Ende der Leitung bewegte, er schien weiterzugehen.

»Der Unterhändler? Wer soll den denn entführt haben?«, fragte Croukamp.

»Die Guerilla.«

»Die GFF hat den Unterhändler entführt? Nein, wir haben hier alle nichts gehört«, sagte er nach einigen Sekunden. »Aber wir werden das natürlich überprüfen.«

Das kann nicht stimmen, dachte Kristoffersen. Croukamp weiß alles.

»Sie brauchen sich um die Sicherheit von Bifrost keine Sorgen zu machen«, sagte Croukamp jetzt beruhigend. »Wir haben hier unten die Sache im Griff.«

»Natürlich«, entgegnete Kristoffersen.

Kurze Pause.

»Ich bin verhaftet worden«, rutschte es Kristoffersen heraus.

»Verhaftet?«

»Ja, von der Polizei. Die wissen von der Entführung, und sie haben mein anderes Mobiltelefon abgehört.«

»Moment mal!«, fiel ihm Croukamp ins Wort. »Sie sind verhaftet worden?«

»Ja, verhaftet und wieder auf freien Fuß gesetzt.«

»Fuck.«

»Ja, nicht wahr?«

»Reißen Sie sich zusammen. Das ist überhaupt nicht gut. Und wir dürfen am Telefon nicht darüber reden.«

»Das war das andere Telefon …«

Aber die Verbindung war schon unterbrochen. Er sank auf dem Sitz in sich zusammen. Er fühlte sich allein. Er wählte die Nummer seiner Frau.

Nereng war direkt nach Lutvann gefahren, als er von Skarpnes informiert worden war.

»Wir haben schon so einiges zu tun«, teilte der mit, als Nereng eintraf. »Und unser Kristoffersen hat so einiges zu bedenken«, lachte er.

»Ach?«

»Er benutzt im Auto eine andere Nummer und bildet sich offenbar ein, dass wir da nicht auch mithören. Hör mal zu«, sagte Skarpnes und ließ ein Gespräch zwischen Kristoffersen und Dan Moen ablaufen. Das dauerte nur zwei Minuten, aber in dieser Zeit hatte Kristoffersen gebettelt und gefleht, die Zinsen für irgendein Darlehen nicht bezahlen zu müssen, während Moen ihm nicht einmal mit einem freundlichen Wort entgegengekommen war.

»Das kommt davon, wenn man von Schurken Geld leiht«, sagte Nereng.

»Genau. Er hat sich wirklich in eine teuflische Klemme gebracht.«

»Kannst du den Satz mit der Investition noch mal laufen lassen?«

»Ich bin auf dem Laufenden und kann in wenigen Monaten über den ganzen Ertrag aus meiner Investition verfügen. Dann ist alles in Ordnung. Ich brauch nur solange Zeit«, sagte Kristoffersen mit flehender Stimme.

»Zeit haben wir genug, aber die Zinsen ticken«, war Dan Moens zynische Antwort.

Nereng schaute zu Skarpnes hinüber. »Kristoffersen hat also von Dan Moen Geld geliehen, das er irgendwo investiert hat, wahrscheinlich in irgendeinem illegalen Unternehmen in Uganda. Ich schätze mal, das ist Geld aus einem Banküberfall – daran hat sich Dan Moen beteiligt, und Teile der Beute sind nie wieder aufgetaucht.«

Skarpnes lächelte. »Es wird noch besser«, sagte er und öffnete eine weitere Datei. Nereng hörte voller Interesse zu, wie Kristoffersen mit jemandem sprach, der, wie Nereng glaubte, einen australischen Akzent hatte.

»Nicht australisch«, korrigierte Skarpnes. »Südafrika oder da so irgendwo rum. Vielleicht Simbabwe.«

»Könnt ihr den anderen ausfindig machen?«

Skarpnes lächelte, was bei ihm einen dramatischen Effekt verursachte. »Wir können – und wir wollen. Und jetzt wird die Sache gut.«

»Ja?«

»Aber ja doch. Kristoffersen hat ein Satellitentelefon angerufen, das auf eine Sicherheitsfirma registriert ist: Terra Intervention Group.«

»Ja, verdammt. Und wo?«

»Ob du's glaubst oder nicht: Uganda.«

Nereng stieß einen Pfiff aus. »Dem Himmel sei Dank für Idioten.«

»Und er nennt ja auch seinen Namen: Croukamp.« Skarpnes' Gesicht lag jetzt wieder in Falten.

»Wir müssen Elli fragen, ob sie weiß, wer das sein kann«, sagte Nereng aufgeregt. Er tippte eine Mitteilung und schickte sie ab.

Croukamp merkte, dass der Stresspegel bei diesem Auftrag stieg. Sowie das Gespräch mit Kristoffersen beendet war, wählte er eine neue Nummer. Er gab sich alle Mühe, um seine Rachsucht nicht den Auftrag ruinieren zu lassen. Er würde sich schon noch rächen, der Auftrag ging vor.

»Hallo?«

»Ärger«, teilte Croukamp mit. »Er ist von der Polizei vernommen worden, und die wissen von seiner Verbindung zu Disciple.«

»Verdammt. Das kommt zu nah … das muss sofort geklärt werden.« In der Stimme war einsetzende Verzweiflung zu hören.

»Außerdem ist das jetzt eine persönliche Angelegenheit.«

Croukamp erklärte wieso.

Nach einigem Überlegen war die Antwort: »Machen wir doch gemeinsame Sache. Die Geisel und die Polizistin müssen verschwinden. Wir können uns da gegenseitig helfen. Aber wir müssen das klar im Blick haben: Zuerst die Geisel, der Mann weiß zu viel.«

»Zuerst die Geisel«, wiederholte Croukamp und beendete das Gespräch.

Kapitel 60

Elli war erleichtert, als sie sich Kampala näherten. Es war ihr Entschluss, zur Botschaft zu gehen. Rutherford hielt das nicht für einen klugen Zug, aber Elli bestand darauf. Das Hotel, in dem sie zuletzt gewohnt hatten, konnten sie nicht als sicheren Ort betrachten. Deshalb fuhr Rutherford mit dem geschundenen Land Rover vor der norwegischen Botschaft vor. Der Wächter wollte sie zunächst nicht einlassen, aber nachdem sie ihn überredet hatten, in der Rezeption der Botschaft anzurufen, und erklären konnten, wer sie waren, öffneten sich die Tore.

Sowie sie auf dem Botschaftsgelände stand, kam Elli sofort zur Sache. »Wir müssen mit Brodtkorb oder Sæther sprechen.«

Der Mann hinter dem Schalter, ein förmlich aussehender Mittdreißiger, sah sie misstrauisch an. »Wir können doch nicht einfach …«

Elli fiel ihm ins Wort. »O doch, das können Sie. Und ich an Ihrer Stelle würde dafür sorgen, dass die beiden augenblicklich hier auftauchen.«

Der Mann an der Rezeption schien sich nicht so schnell geschlagen geben zu wollen. Elli kniff die Augen zusammen, um positive, verständnisvolle Energie zu finden. Sie fand aber keine. »Holen Sie jetzt sofort die Botschafterin! Für Ihre Karriere wäre das nur von Vorteil!«

Dreißig Sekunden später standen Sæther und Brodtkorb an der Rezeption. »Was haben diese Personen hier zu suchen?«, fragte Sæther und nickte zu Celicia und Rutherford hinüber.

»Die gehören zu mir«, teilte Elli mit und ging die Treppe zum ersten Stock hinauf, ohne um Erlaubnis zu fragen. Sie winkte die anderen hinter sich her.

»Sie können doch nicht einfach …«, rief Brodtkorb, gab dann aber auf und lief hinterher.

Elli sah einen Besprechungsraum hinter einer Glaswand, wo ebenfalls ein Mann saß. »Mikkelsen«, sagte sie sofort.

»Hm?«

»Rathke«, sagte sie leise und setzte sich. »Die Situation hat sich ein bisschen entwickelt.«

Sæther und Brodtkorb kamen hereingestürzt, gefolgt von Rutherford und Celicia. »Holt Hellenes«, sagte Brodtkorb in das Tischtelefon.

Celicia blieb hinten im Zimmer stehen, bei der Glaswand mit der Tür, die anderen setzten sich an den Tisch. Der Mann aus der Rezeption kam herein und stellte ein Tablett mit Mineralwasserflaschen auf den Tisch.

»Warum sind Sie hier?«, fragte Sæther.

»Das werde ich erklären«, sagte Elli und wechselte ins Englische über, damit auch Rutherford alles verstand. Dann fasste sie für das Krisenteam der Botschaft die Ereignisse der letzten Tage zusammen. »Hotels sind in dieser Situation kein sicherer Aufenthaltsort«, sagte sie abschließend. »Die Terra Intervention Group hat garantiert ihre Spitzel, die uns schnell entdecken würden.«

Brodtkorb schien die Situation überhaupt nicht zu gefallen, aber Sæther ließ sich wenigstens nicht anmerken, ob es ihr Probleme machte, auf dem Botschaftsgelände zwei Aktive des Nachrichtendienstes sowie eine Kindersoldatin zu beherbergen.

»Sollten Sie sich nicht erst mal ausruhen?«, fragte Brodtkorb.

Elli musterte Linnea Brodtkorbs diskret geschminktes, makelloses Gesicht. Sie begriff einfach nicht, wie diese Dame ins Bild passte.

»Das klingt verlockend, aber Otto Kamperud hat noch immer sieben Finger, und ich glaube, wir werden uns erst entspannen, wenn wir sicher sind, dass er davon so viele wie möglich behalten darf.« Elli erhob sich, ehe Brodtkorb antworten konnte. »Aber wir haben auch wichtige Informationen über Otto Kamperud«, fügte sie hinzu, was ihr die Aufmerksamkeit des Krisenteams sicherte. »Celicia«, sagte sie und bot ihr ihren Stuhl an. »Kannst du ihnen dasselbe sagen, was du mir erzählt hast?«

Celicia ging langsam zum Stuhl und ließ sich vorsichtig darauf nieder. Vermutlich war sie noch nie in einem solchen Zimmer gewesen.

»Disciple hat die Geisel hergebracht«, sagte sie mit zaghafter Stimme.

»Nach Kampala?«, fragte Sæther.

»Ja.«

Alles schwieg, während diese neue Information verarbeitet wurde.

»Woher weißt du das?«, fragte Brodtkorb.

»Ich war im selben Lager und habe sie losfahren sehen. Und das haben sie gesagt.«

»Wer sind *sie*?«, fragte Brodtkorb jetzt.

»Disciple und einige Kommandanten. Unter anderem ein gewisser Angel. Der ist böse.«

Celicia nahm ihr Wasserglas und trank einen Schluck.

Brodtkorb sah sie an. »Aber woher weißt du, dass das stimmt?«

»Das weiß ich nicht, aber warum sollten sie lügen? Wir Soldaten gehen ja nirgendwohin, und sie konnten doch nicht wissen, dass ich noch in derselben Nacht von Elli und Rutherford befreit werden würde.«

Brodtkorb und Sæther wechselten einen Blick. Elli konnte ihn nicht deuten, aber sie schienen den gleichen Gedanken zu haben.

»Unser Auftrag war, Kontakt zur Guerilla aufzunehmen. Das ist nicht ganz nach Plan gelaufen, und stattdessen haben wir eine ganz neue Situation, da die Geisel sich aller Wahrscheinlichkeit nach ganz in der Nähe befindet. Wir können ihn jetzt vielleicht befreien, aber wir müssen schnell handeln und brauchen ein bisschen Hilfe.«

Sæther stöhnte. »Wenn die Ugander dahinterkommen, dass wir die Botschaft als Basis für eine nachrichtendienstliche Operation benutzt haben, wird es einen Höllenärger geben.« Brodtkorb und Sæther nickten einander übertrieben zu.

»Werden Ihnen keine abgehackten Finger ins Haus geliefert?«, fragte Elli.

Sæther blickte sie verwirrt an. »Doch …«

»Dann würde ich sagen, dass ihr schon einen Höllenärger habt und gute Argumente dafür, dass wir von hier aus operieren.«

Die Tür zum Zimmer öffnete sich, und ein junger Mann tauchte auf. »Hallo«, sagte er atemlos.

»Du kommst auch immer dann zu spät, wenn es absolut nicht angebracht ist«, sagte Brodtkorb giftig.

Elli musterte Hellenes. Ihr ging auf, dass sie ihm schon einmal begegnet war. »Sie waren Journalist bei Aftenposten«, sagte sie.

Hellenes musterte sie einige Sekunden lang verwirrt, dann beruhigte sich seine hektische Miene. »Ja ... und Sie sind in Grønland, nicht wahr?«

Elli nickte. »Stimmt. Haben Sie noch immer dieses Journalistengen?«

»Das stirbt doch nie«, sagte er mit kessem Lachen.

»Und was sagen Sie dann zu etwas mehr Spannung im Alltag?«, fragte Elli.

Vor der norwegischen Botschaft stand ein rostiger, klappriger Nissan Urvan. Das heißt, er hielt für zehn, fünfzehn Minuten, dann hustete er sich weiter durch die Akii-Bua Road. Der Laderaum des Wagens hatte nur ein Fenster, in der Schiebetür auf der rechten Seite. Der Fahrer war allein im Führerhaus, auf der Ladefläche dagegen saßen mehrere.

Disciple zog Otto Kamperud an den Haaren hoch. Es tat schrecklich weh, aber Otto war so geschwächt und elend, dass dieser Schmerz nicht mehr ins Gewicht fiel.

Der Aufenthalt in dem verdreckten, stickigen Lagerraum hatte seinen Zustand nur noch verschlechtert. Er wurde immer wieder bewusstlos, und im wachen Zustand gelang es ihm kaum, Halluzinationen und Wirklichkeit zu trennen. In seinen klaren Momenten dachte er, dass er wohl kaum noch länger als einige Tage durchhalten könnte und dass sicher die ganze Hand amputiert werden müsste. Das Gewebe um die beiden Fingerstümpfe wurde jetzt schwarz.

Otto sah hoch über der Straße ein gepflegtes, prachtvolles Gebäude. Vor dem Eingang standen Wächter, und es gab eine große Rasenfläche zwischen dem Wächterhäuschen und einem mit Steinplatten belegten Vorplatz vor den großen viktorianischen Fenstern im Erdgeschoss. Otto glaubte, dieses Haus schon einmal gesehen zu haben, aber in seinem Nebel aus Schmerz und Zerrbildern konnte er es nicht unterbringen.

Für einen kurzen Augenblick registrierte er, dass sich Disciple an einer Digitalkamera zu schaffen machte. Einige kurze, blendende Lichtblitze verrieten ihm, dass er Fotos machte.

Dann wurde er wieder auf den Boden geschleudert.

Otto fuhr hoch. Er hatte keine Ahnung, wie lange er bewusstlos gewesen war. Es konnten zwei Sekunden, zwei Minuten oder zwei Tage vergangen sein. Dann ging ihm auf, dass er sich noch immer im Wagen befand.

Vermutlich Minuten.

Er bewegte den linken Arm. Der Schmerz war so entsetzlich, dass er schreien musste.

»Halt die Klappe«, hörte er Disciple durch den Motorenlärm rufen.

»Durst …«, stammelte Otto.

Disciple trat eine Wasserflasche zu ihm hinüber, weitere Hilfe gab es nicht. Mit großer Mühe konnte Otto sich aufsetzen, die Flasche in die linke Armbeuge bugsieren und mit der rechten Hand den Verschluss herunterdrehen. Das Wasser schmeckte grauenhaft, aber er brauchte Flüssigkeit. Er kam sich so dehydriert vor, dass er auch Pisse getrunken hätte.

Er drehte mit großer Mühe den Verschluss wieder auf die Flasche, danach sank er zu Boden. So wurde er hin und her geworfen, während seine Gedanken abermals zum Anfang des Projektes zurückwanderten. Es hatte so überzeugend gewirkt, so plausibel. Durch den Dialog zwischen dem Öl-für-Entwicklung-Programm von Norad und lokalen Kontakten beim Petroleum Exploration and Production Department in Uganda hatte sich ein möglicher Weg zur GFF aufgetan. Linnea Brodtkorb von der Botschaft hatte sich an Human Light und Otto gewandt und die Verhandlungsmöglichkeiten auf einem silbernen Tablett präsentiert.

Otto war verzweifelt. Im Nachhinein waren alle nur neue Versionen der alten Geschichte: Die reichen Länder plünderten Afrika mit Hilfe von korrupten Partnern, die ihrerseits ihre afrikanischen Brüder und Schwestern ausplünderten. Norwegen war keine Ausnahme.

O verdammt, was hatten sie ihn angeschissen. Ihn zur Marionette gemacht. Er war nicht besser als sein Vater und dessen Steuerflüchtlingsdasein mit dubiosen Geschäften auf Zypern.

Zypern. Er hasste sogar sein eigenes Heimatland.

Elli betrachtete die soeben eingelaufene Mitteilung von Nereng:

Fragen: 1) wer ist Croukamp 2) TIG 3) diese person?

Eine Bilddatei war beigefügt, die einen weißen Mann von Mitte vierzig zeigte. Dem Text am unteren Bildrand entnahm sie, dass das Foto von einer Überwachungskamera der Polizei in Lillestrøm stammte.

Sie rief nach Rutherford, der sich gerade einen Tee kochte. Er beendete seine Arbeit, kam zu ihr und sah sich kurz die Mitteilung an. Ihnen war ein kleiner Besprechungsraum der Botschaft zur Verfügung gestellt worden, den sie nun als Operationszentrale benutzen konnten.

»Dann haben wir eine Verbindung«, sagte Elli. »Kristoffersen, der die Informationen über die Entführung nicht weitergeleitet hat, steht in Kontakt zu Croukamp und der Terra Intervention Group. Das können wir ja wohl als interessant bezeichnen?«

Rutherford nickte.

»Kennst du den hier?«, fragte Elli und zeigte das von Nereng gesandte Bild. Rutherford schüttelte den Kopf. »Total unbekannt.«

Elli schickte Nereng eine Antwort und fasste kurz ihr Wissen über Croukamp und die TIG zusammen.

Elli starrte Croukamps Mobiltelefon an, ein Thuraya-Satellitentelefon, das auch das GSM-Netz benutzen konnte. Sie fischte die SIM-Karte heraus und schob sie in einen mit Mikkelsens Laptop verbundenen Kartenleser. Ein Programm im Laptop kopierte die SIM-Karte, und danach konnten sie alle dort gespeicherten Informationen samt Passwörtern lesen.

Elli steckte die SIM-Karte zurück in Croukamps Telefon und gab das Passwort ein. Nach einigen langen Sekunden akzeptierte das Telefon das Passwort, und das Display leuchtete auf.

Elli schaute sich sofort die Anrufliste an. Die zeigte nur fünf Gespräche.

»Er hat immer gelöscht«, sagte sie mit einem Blick auf die kurze Liste. »Aber die beiden Gespräche waren mit Norwegen. Ein Mobiltelefon und eins, das aussieht wie ein ausländisches GSM-Telefon, das sich gerade in Norwegen aufhält.«

»Und woher kommt das?«, fragte Rutherford.

Elli sah sich die Nummer an. »Vorwahl 0027«, sagte sie.

»Südafrika«, sagte Rutherford.

Das kann ja wohl kein Zufall sein, dachte Elli.

»TIG«, sagte sie voller Überzeugung.

Rutherford nickte. »Muss so sein. Croukamp hat einen Kollegen, der in Norwegen im Einsatz ist.«

»Diese Jungs wollen uns also daran hindern, uns Otto Kamperud zu holen, während sie zugleich in Oslo herumlungern«, sagte Elli. »Und da tauchen jetzt auch Tote auf.«

Sie schaute zu Rutherford hinüber. »Weißt du, was ich glaube?«

Rutherford schüttelte den Kopf. »Nein, aber ich würde es gern hören.«

»Es geht hier eigentlich gar nicht um die Entführung«, sagte Elli. »Dass es jetzt so hektisch wird, hat andere Gründe.«

»Na ja, was sind denn die häufigsten? Ehre, Macht und Religion«, meinte Rutherford.

Sie erwiderte seinen Blick. »Mit Ehre und Religion haben wir in Norwegen aufgehört.«

Kapitel 61

Seit Nereng und Skarpnes Gøril Hammersborg und ihre Lebensgefährtin Klara Berg ermordet aufgefunden hatten, waren fast achtundvierzig Stunden vergangen. In einem Mordfall ist das eine lange Zeit. Die Hauptspuren zeigen sich zumeist innerhalb der ersten zwei Tage. Zusammen mit Åbrekke aus dem Polizeibezirk Romerike hatte sich Nereng vor dem noch immer abgesperrten Haus von Hammersborg postiert. Die Herbstluft war so früh am Morgen kalt und klar, die Schatten waren hart.

Nereng suchte verzweifelt nach Zusammenhängen, fand aber keinen Anhaltspunkt. Was sie von Elli gehört hatten, hatte ihr ohnehin schon fragmentarisches Bild noch komplizierter gemacht. Aber eins schien festzustehen: Es gab eine Verbindung zwischen der Entführung, dem Mordfall und Nils Oscar Kristoffersens Investitionen. Und die TIG spielte auch eine Rolle, aber vermutlich handelte die in irgendeinem Auftrag, und er glaubte nicht, dass der Auftrag von Nils Oscar Kristoffersen stammen konnte. Der Mann war einfach nicht hart und smart genug, um das Gehirn hinter der ganzen Aktion sein zu können.

Nereng konzentrierte sich jetzt auf die nächstliegenden Aufgaben.

»Hier drinnen war alles sauber?«, fragte er.

»Wie in einem Labor«, erwiderte Åbrekke.

Die Spurensicherung hatte überaus gründliche Arbeit geleistet. Das Haus war auf den Kopf gestellt und nach Spuren durchkämmt worden. Dasselbe galt für Hammersborgs Auto. Alles, was sie hatten, waren einige Haare, aber keins davon war grau, wie Jackbergs Schopf auf den Fotos zu sein schien. Die Gründlichkeit der Kollegen aus Romerike war einfach keine Hilfe, wenn es nichts zu finden gab.

»Und auch keine Beobachtungen?«, fragte Skarpnes.

»Noch nicht«, antwortete Åbrekke. »Aber wir arbeiten jetzt in einem etwas weiteren Umkreis. In den Nachbarhäusern hier haben wir drei Zeugen, die gesehen haben, dass das Auto wegfuhr und dann zurückkam. Diese Beobachtungen sind übereinstimmend, und niemand hat gesehen, wer fuhr.«

»Gibt es hier draußen in der Provinz keine Kameras?«, fragte Nereng.

Åbrekke lächelte. »Bist du nicht selbst aus der Provinz? Aus Toten?«

»Nein, Dokka«, lachte Nereng. »Und da haben wir sogar Kameras.«

»Schon gut, schon gut …« Åbrekke winkte ab. »Wir haben drei lokalisiert. In einem KIWI-Supermarkt, einem Rimi-Supermarkt und an einer Tankstelle.«

»Wann werden die Aufnahmen analysiert?«, fragte Skarpnes.

»Jetzt gerade. Wir kriegen das Ergebnis heute Abend oder irgendwann morgen.«

Åbrekke schaute sich mit zusammengekniffenen Augen um, schien aber nichts Besonderes zu suchen oder zu wissen, wonach er suchen sollte. Nereng hielt das für eine passende Momentaufnahme aus dieser Ermittlung.

»Wir haben noch eine halbe Stunde bis zur Besprechung«, erinnerte sie Skarpnes, und er meinte damit die Koordinierungsbesprechung zwischen dem Polizeigebäude in Grønland, der Polizeistation in Lillestrøm und dem Nachrichtendienst.

Fünfzehn Minuten später aßen sie in der Kantine der Polizeistation in Lillestrøm rasch einen Bissen, dann begaben sie sich zur Besprechung. Fjeld war zugegen, dazu Polizeiinspektor Larsen, der Dienststellenleiter in Lillestrøm. Larsen war in vielerlei Hinsicht eine Kopie von Fjeld: groß, kurzgeschoren, solide norwegisch in seiner Erscheinung, mit scharfen blauen Augen und einem Snus-Konsum, den er auch mit über fünfzig nicht aufgeben konnte. Es wirkte verlockend, einen Witz über eine Hockeymannschaft zu reißen, aber Nereng widerstand dieser Versuchung.

»Danke, dass ihr gekommen seid«, sagte Larsen als Erstes. »Wir haben hier einen laufenden Fall, von dem sehr viel in unserem Bezirk vor sich geht, aber auch in anderen Bezirken und im Ausland. Bei dem Doppelmord brauchen wir eine koordinierte Ermittlung, und die Frage ist, ob wir die Kripo um Hilfe bitten sollen. Kommentare?«

Der Mann kam gleich zur Sache. Das gefiel Nereng.

»Wir brauchen Spezialkompetenz für IT«, sagte Nereng. »Bildsuche, Gesichterkennung. Können wir die Kripo nicht um Hilfe in diesen Bereichen bitten?«

Niemand schien Einwände zu haben. »Von mir aus«, sagte Larsen. »Außerdem müssen wir uns um SecureTrans kümmern – habt ihr da schon etwas unternommen?«

Fjeld nickte Nereng zu, und der meldete sich zu Wort.

»Wir haben mitgeteilt, dass wir ihre Computer durchsehen und feststellen wollen, wie die Dokumentation ins System gekommen ist, und wir wollen mit den zuständigen Leuten sprechen. Damit haben die keine Probleme, und wir können hin, sowie wir die Zeit finden.«

Sie verbrachten noch eine ganze Weile damit, über die Organisation der weiteren Ermittlungen zu diskutieren. Unter den besonderen Umständen und nicht zuletzt angesichts der vielen Verzweigungen der ohnehin schon überaus unübersichtlichen Entführungssache beschlossen sie, täglich um acht Uhr morgens ein weiteres Koordinierungsgespräch per Telefon abzuhalten.

Skarpnes, der inzwischen jeden Morgen im Polizeigebäude in Grønland erschien, saß zusammen mit Nereng in einem Spezialraum, wo es unter anderem einen Mac mit Bildbearbeitungsprogramm gab. Er schnitt eine Grimasse, während er den Tatortbericht überflog.

»Das ist ja alles nicht gerade überraschend«, war sein trockener Kommentar. »Aber es bestätigt meinen Haupteindruck, dass wir es mit Profis zu tun haben: als Mordtechnik ein Durchtrennen der Kehle von hinten, professionelle Unterlagenfälschung, keine Spuren. Jedenfalls keine, die wir bisher finden konnten.«

Nereng zeigte auf den Bildschirm. Einer der Techniker der Kripo, der über Photoshop-Kenntnisse verfügte, hatte an dem Bild der Person, die zusammen mit Hammersborg Ojore abgeholt hatte, gearbeitet und mehrere Versionen oder eher Nuancen erstellt. Es waren nur minimale Variationen, aber immerhin zeigten die neuen Phantomversionen jetzt zwei neue Gesichter.

»Es ist zum Haareraufen«, sagte Nereng. »Als ob wir einen Mann mit drei Gesichtern suchten.«

Die Motive wurden in das Programm zur Gesichtererkennung eingespeist, und Nereng und Skarpnes überprüften die Treffer, als das Programm Listen mit möglichen Funden lieferte. Nach ungefähr drei Stunden hatten sie zahlreiche Treffer in öffentlichen Registern überall in Europa, und nach einigem Aussieben blieben ihnen achtundsiebzig mögliche Personen. Nereng und Skarpnes gingen nun eine nach der anderen durch. Nach einer weiteren Stunde hatte Nereng genug. »Essen?«, fragte er. »Ich habe das Gefühl, dass ich mehrere tausend Bilder derselben drei Visagen angestarrt und doch keine richtig gesehen habe.«

Skarpnes lachte. »Ja, Zeit, dass wir was in den Magen bekommen.«

Sie gingen in die Kantine, deren Angebot ernährungswissenschaftlich korrekt, für Nerengs Geschmack aber langweilig war.

»Wo gibt's denn hier Chorizowürste?«, fragte er die Frau an der Essensausgabe. Die lächelte nachsichtig.

»Versuch mal diesen Tofusalat«, sagte Skarpnes, der sich seinen Teller an einer gutbestückten Salatbar mitten im Raum vollhäufte.

Nereng schüttelte den Kopf, griff aber zu. In der einen Schüssel war wenigstens eine Art Nudelsalat. Beim Essen sprach Nereng den Gedanken aus, der ihn verfolgte, seit das Bild des falschen Gefangenentransporteurs Jackberg aufgetaucht war.

»Den habe ich schon mal gesehen«, sagte Nereng plötzlich.

»Irgendwo. Auf einem Bild, glaube ich, aber ich kann ihn nicht einordnen. Das ist verdammt nervig.«

»Du vermischst da nicht die drei Varianten desselben Bildes?«

Nereng überlegte. »Nein. Es ist eins davon, das rechte in unserer Zusammenstellung.«

»Und du hast ihn vor kurzem gesehen?«, fragte Skarpnes.

Nereng schnitt eine Grimasse. »Ich glaube schon, aber ich kann unmöglich sicher sein. Ich habe den Eindruck, dass es ganz kurz im Vorüberfahren war … vielleicht jemand, an dem ich auf der Straße vorbeigekommen bin, in einem Laden, vielleicht in der Zeitung … weiß nicht. Aber *irgendetwas* habe ich jedenfalls gesehen.«

»Das Gefühl kenne ich. Wir können dich ja unter Hypnose befragen.«

Nereng hob die Augenbrauen. »Echt?«

Skarpnes lachte. »Nein.«

Nereng lachte ebenfalls.

Das Gespräch schweifte von den Ermittlungen ab, und Nereng merkte, dass er Skarpnes mochte, trotz der ganzen Geheimniskrämerei, mit der sie sich oben in Lutvann amüsierten.

»Diese Sicherheitsfirmen … auf die stoßen wir immer häufiger«, sagte Skarpnes.

»Ach? Wie meinst du das?«

»Von Blackwater haben doch alle gehört, oder was?«

Nereng nickte.

»Jetzt heißen die übrigens Xe.« Er sprach den Namen aus wie das englische Wort *see.* »Das ist im Prinzip eine Privatarmee, Söldner, mit Lizenz, von den USA aus zu operieren. Die übernehmen alle Arten von Aufträgen, auch für Polizei und Nachrichtendienste.«

»Hier auch?«

Skarpnes sah ihn einen Moment an, ehe er antwortete. »Ob Xe hier schon war, weiß ich nicht, aber wir sehen andere Arten solcher privaten professionellen Vertreter von vergleichbaren Firmen, die auch hierzulande auftauchen.«

»Im Auftrag anderer Staaten?«

»Ja, oder für große multinationale Konzerne mit dem Bedürfnis, sich sensible Informationen zu beschaffen.«

»Diese Jungs, die es auf Elli und Rutherford abgesehen haben, kommen von so einer Firma, sagt sie.«

»TIG«, sagte Skarpnes, der gerade an seinem Kaffee nippte. Dabei schwappte dieser über und landete auf seiner Hose.

Als er aufschaute, sah er nur noch, wie Nereng zur Tür stürzte.

»Komm!«, rief Nereng ihm zu.

Nereng hatte die überschaubare Website der Terra Intervention Group schon aufgerufen, als Skarpnes dazukam. Nereng zeigte auf den Bildschirm.

»Ich habe ihn gesehen, als ich nach der Terra Intervention Group gesucht habe«, sagte Nereng.

Er zeigte auf die Website, auf der mit knappen Worten berichtet wurde, dass sie alles und nichts konnten, sie aber mit Rücksicht auf die Kundschaft und die eigene Integrität nichts davon erzählen würden.

»Integrität, ja ...«, kommentierte Skarpnes.

»Informationsintegrität, Auftragsintegrität und Firmenintegrität«, zitierte Nereng von der Website.

»Mit anderen Worten: eine Verbrecherbande.«

Nereng nickte kurz. »Aber sieh mal hier«, sagte er und zeigte auf die Liste seiner vorher aufgerufenen Websites. »Ich habe in allerlei Berichten gesucht, unter anderem von NUPI, aber ich habe auch beim Verteidigungsministerium, dem Roten Kreuz, der Flüchtlingshilfe und noch anderen nachgesehen, die in Afrika aktiv sind, und schwupp, schon tauchten vier zusammenarbeitende Firmen auf.«

Nereng öffnete rasch hintereinander mehrere Websites.

»Hier haben wir eine Plattform für diese Leute«, sagte er und öffnete www.privatemilitary.org.

»Die kennen wir doch gut«, sagte Skarpnes trocken.

»Sicher, sicher ... hier finden wir ja alle die reizenden Menschen, die sich mit *risk management, intelligence, hostile environments* und ähnlichen Aufgaben amüsieren.«

»Und viele Nachrichtendienste heuern solche Leute für die dreckigeren Jobs an. Denk dran, dass Rutherford eigentlich auch so einer ist, nur eben ein Einmannbetrieb.«

So hatte Nereng das noch nicht gesehen, aber er musste zugeben, dass Skarpnes nicht unrecht hatte.

»Du bist da wirklich in einer schizophrenen Branche«, kommentierte Nereng.

»Stimmt. Und im Moment gehörst du ja wohl auch dazu, oder was?«

Nereng kniff die Augen zusammen. »Ja – ja ... zwei zu null für dich. Aber es geht mir darum, dass ich mich an unseren Freund Jackberg von einem Trainingsbild einer dieser Organisationen her erinnere.«

Er ging jetzt die Websites der FI Group durch. FI stand für *Foreign Intelligence, International Research and Projects Group, Olsen Security Solutions* und *Foreign Operations*, mit der passenden Abkürzung FOG. Nach kurzem Klicken auf Seiten mit mehr oder weniger identischem Inhalt fand Nereng das erwähnte Bild bei FOG.

»Da ist der Arsch!«, rief Nereng zufrieden.

Das Bild zeigte eine Trainingssituation, bei der ein Ausbilder in grauer Uniform und Schirmmütze sowie Pistole im Oberschenkelholster einer Gruppe von Rekruten vorführte, wie eine Festnahme stattzufinden hat. Bezeichnenderweise war der Markeur, an dem sie trainierten, ein dunkelhäutiger Afrikaner, während alle Kursteilnehmer weiß zu sein schienen.

Das Bild war in einem solchen Winkel aufgenommen, dass das Gesicht des falschen Gefangenentransporteurs Jackberg nicht deutlich zu sehen war. Aber Augen, Nase, Ohren und der graue Schopf waren unverkennbar.

Skarpnes beugte sich vor und klopfte Nereng auf die Schulter. »Unbedingt brillant, Mann.«

»*The FOG of War*«, sagte Nereng.

Skarpnes sah ihn verständnislos an.

»Ein Filmtitel. Eine Dokumentation über Robert McNamara. Ist mir einfach so eingefallen«, sagte Nereng, ohne den Bildschirm aus den Augen zu lassen. »Na, Jackberg, jetzt wissen wir, wo du arbeitest. Und damit bist du fällig.«

Kapitel 62

Das Frühstück in der Botschaft war überaus reichhaltig. Elli merkte, dass ihr Appetit zurückkehrte, sie fühlte sich wieder richtig gesund. In ihrem Kopf nahm zudem ein Plan zur Befreiung von Otto Kamperud Gestalt an, aber es gab noch immer einige Unklarheiten. Im Laufe dieses Tages müsste alles geregelt sein. Sie hatten kaum noch Zeit. Ein weiterer Finger, Zeh, beides oder Schlimmeres konnte jederzeit auftauchen.

Sie trank einen letzten Schluck Tee, dann begab sie sich auf die Terrasse der Botschaft. Sie war dort mit Celicia verabredet, die schon geduldig wartete.

»Hallo«, sagte Elli und setzte sich neben sie auf die Bank.

»Jetzt sind wir hier, in Kampala, wie abgemacht. Weißt du etwas, das uns helfen könnte, die Geisel zu finden?«

Celicia überlegte. Elli konnte keinerlei Anzeichen von Nervosität oder Unsicherheit erkennen.

»Ich war noch nie in Kampala, aber einer der Kommandanten, mit dem ich zusammenleben musste, hat damit geprahlt, dass er hier gewesen war. Dann verschwand er, vielleicht ist er hierher zurückgekehrt.«

»Hat er etwas darüber gesagt, wo genau in Kampala er gewesen ist?«

Celicia nickte vorsichtig. »Er hat etwas über Kibuye gesagt, dass sie da ein Haus hatten.«

Elli klickte sich rasch zur Satellitenfunktion des CryptoKid durch, und Kibuye entpuppte sich als Ortsteil von Kampala.

Die Gegend wies Lagerhäuser und Wohnhäuser auf, die durch ein gewaltiges Netz aus kleinen Wegen miteinander verbunden waren. Der Stadtteil schien wie ein Korallenriff herangewachsen zu sein, und entsprechend stand es um die Übersichtlichkeit. Nicht gerade ein Wunschszenario für eine Aktion.

»Hat er noch mehr über das Haus gesagt? Farbe, etwas, das in der Nähe liegt? Oder die Straße?«

Celicia zerbrach sich den Kopf. Nach einer ganzen Weile sagte sie: »Ein kleiner Wald. Er hat gesagt, dass das Haus so lag, dass er den kleinen Wald sehen konnte, und dass ihm der Busch fehlte.« Celicia blickte Elli in die Augen. »Wenn ihm das Leben im Busch bei der GFF gefehlt hat, muss es in dem Haus in Kampala schrecklich gewesen sein.«

Elli konnte ihr da nur zustimmen.

Sie redeten noch eine Weile darüber, welche Informationen Celicia wohl über den Verbleib der Geisel haben konnte, aber Elli konnte nicht mehr aus ihr herausholen. Endlich beschloss sie, zum nächsten Thema überzugehen.

»Weißt du etwas über die Briefumschläge? Befand sich Geld darin?«

Celicia sah sie eine Weile an, ehe sie antwortete. »Ich habe im Busch viele braune Umschläge mit Geld gesehen. Disciple hatte welche, und Angel auch, einer von Disciples Stellvertretern.«

»Aber weißt du, ob Disciple bei den Verhandlungen Umschläge erhalten hat?«, fragte Elli nach.

Celicia schien zu überlegen, jedenfalls saß sie lange mit nachdenklichem Gesicht da.

»Ich glaube …«, sagte sie und runzelte die Stirn. »Ich glaube, dass wir bei den Verhandlungen etwas bekommen haben.«

»Was denn? Was habt ihr bekommen?«, fragte Elli sofort. Sie bereute gleich danach, dass sie so ungeduldig war, aber dann ging ihr auf, dass sie Celicia damit nicht davon abgehalten hatte, mehr zu erzählen.

»Ich weiß es wirklich nicht«, sagte Celicia. »Es waren SIM-Karten, aber ich glaube, es war auch noch mehr. Die

Kommandanten haben nach den Treffen oft gefeiert, und sie haben über Waffen, Munition und Ausrüstung geredet.«

»Das war irgendeine Bezahlung?«, fragte Elli.

Celicia sah sie überrascht an. »Bezahlung … wofür denn? Weil jemand wollte, dass die GFF die Acholi abschlachten?«

Elli verstand ihre Überraschung. Es war eine absurde Vorstellung. »Nein, du hast recht«, sagte sie und lächelte freundlich.

Kampala war ein Rattennest, fand Croukamp, aber wie bei allen anderen Rattennestern von Stadt auf diesem Kontinent ging es darum, es mit seinen starken und seinen schwachen Seiten kennenzulernen. Wer alle Ecken und Nischen kannte, würde auch die hier verborgenen Vorteile nutzen können.

Einer davon war, dass Kampala überaus unübersichtlich war. Der Verkehr war chaotisch, das Straßennetz ein Wirrwarr, das Terrain uneben, und wer sich in diesem Sündenpfuhl auskannte, konnte sich eigentlich frei bewegen, ohne Probleme mit Polizei und anderen Behörden befürchten zu müssen.

Und natürlich brauchte man Kontakte.

Die Kontakte, die Croukamp diesmal aktivierte, gehörten beide der Polizei an. Der eine war ein nicht unwichtiger Offizier, der ihm schon einige Male behilflich gewesen war. Im Prinzip konnte dieser Mann so gut wie alles besorgen, wenn das Honorar nur hoch genug war. Die Europäer würden hier von Korruption sprechen. Croukamp betrachtete es als Pragmatismus.

Jetzt ging es darum, seinem eigenen Sohn die Würde zurückzugeben. Zum Glück stieß er bei seinem Kontakt auf pures Verständnis, denn der andere begriff sofort, dass hier Diskretion angesagt war. Bernhards Leichnam war bereits einen Tag später unterwegs nach Harare. Dort würden lokale Kontaktpersonen ihn in Empfang nehmen, zusammen mit Croukamps Frau. Das Gespräch mit ihr war kurz gewesen. Sie schien schon lange auf eine solche Nachricht gewartet zu haben.

Der andere Kontaktmann war ein Polizist in Kibuye. Er arbeitete auf einer kleinen Wache, die an die Kulisse in einem Laurel-und-Hardy-Film erinnerte. Sie bestand aus einem Dienstraum mit einem langen Tresen, gelegen in einem heruntergekommenen Lagerhaus, samt einer Arrestzelle mit Gitterfenster hinaus zum Hof. Croukamp fiel ein, dass er häufiger jüngere Frauen in dieser Zelle gesehen hatte. Die Polizei wurde schlecht bezahlt und nutzte ihre Stellung, so gut sie konnte, aus. Gratissex war immer eine willkommene Abwechslung.

Die Operationsfreiheit für das TIG-Team in Kibuye hatte fünfzig Dollar gekostet. Croukamp ging davon aus, dass der Auftrag im Laufe des Tages erledigt sein würde. Rein, raus, und diese verdammte Geisel wäre eliminiert. Das musste doch als Win-win-win-Situation bezeichnet werden können. Zwei Auftraggeber und er selbst würden davon profitieren. Seine Auftraggeber sicherten sich Einkünfte, und er selbst würde ein Honorar und eine Beteiligung an den künftigen Erträgen kassieren.

Croukamp sah sich seine beiden Männer an, die sich in einem Hinterhof mit drei Meter hohen Betonmauern niedergelassen hatten.

»Wir gehen morgen Abend rein«, sagte er und zeigte mit einem Bleistift auf das Haus, das auf dem Satellitenbild auf dem Klapptisch, um den sie saßen, mit einem roten Kreis gekennzeichnet war. »Wir brauchen Ruhe, damit wir wieder voll in Form sind, aber ansonsten gibt es keinen Grund zu warten.«

Die beiden nickten, und sie stießen zu Bernhards Ehren mit ihrem Nile Special an.

»Aber wir haben dann noch etwas zu erledigen«, fügte er hinzu, vor allem an sich selbst gerichtet, und ließ seine Gedanken um alles kreisen, was er mit der Norwegerin machen würde. Er konnte es kaum erwarten, sie in die Hände zu bekommen.

Weder Elli, Celicia noch irgendwer im Wachhäuschen unten an der Straße hatte registriert, wer das Päckchen abgeliefert hatte. Auf den Aufnahmen der Überwachungskamera sahen sie später, dass es von einem Radfahrer überreicht worden war, und der hatte eine Fahrradbrille getragen und sich ein Tuch über Mund und Nase gebunden. Verkehr und Luftverschmutzung ließen das durchaus plausibel erscheinen. Ihre einzigen Anhaltspunkte waren ein schwarzer Trainingsanzug Marke Puma und die Tatsache, dass der Mann schwarze krause Haare hatte. Mit anderen Worten, eine Beschreibung, die auf dreißig Prozent der Einwohner von Kampala zutraf.

Im Besprechungsraum saßen außer Elli und Rutherford Brodtkorb, Sæther, Hellenes und Mikkelsen. Alle musterten das Päckchen, das genauso aussah wie seine Vorgänger: braunes Packpapier, braunes Klebeband und ungefähr die gleiche Größe. Der Inhalt war diesmal jedoch ein etwas anderer. Die Entführer hatten neben einem weiteren Finger fünf Bilder beigelegt. Drei davon zeigten, wie Otto Kamperuds linker Zeigefinger mit einer Zange abgeschnitten wurde. Die beiden anderen zeigten Otto vor einem Autofenster, während im Hintergrund die norwegische Botschaft zu sehen war. Und im Karton lag außerdem ein Zettel:

SIX MORE TO GO …

»Das ist das erste Päckchen mit Bildern, oder?«, fragte Elli.

»Eine solche Eskalation bedeutet in der Regel, dass sie sich auf irgendeine Weise unter Druck gesetzt fühlen«, sagte Rutherford.

»Dass sie das Gefühl haben, dass wir ihnen auf der Spur sind?«, fragte Elli.

»Ja, oder dass die Geisel in so schlechter Verfassung ist, dass sie glauben, nicht mehr viel Zeit zu haben.«

»Sehr ermutigend, Ruth«, kommentierte Elli. »Sie sind jedenfalls sicher, dass wir sie nicht finden können, sonst hätten sie uns kein Bild der Geisel hier in der Stadt gezeigt.«

Rutherford nickte. »*Very cocky.*«

Elli überlegte. »Halten die Otto Kamperud noch immer für

einen Norweger? Hat er ihnen nicht gesagt, dass er Zypriot ist?«

»Was würdest du als Geisel machen?«, fragte Rutherford. »Wenn die Geiselnehmer alles darauf aufbauen, dass du Norweger bist, dann ist es doch eine verdammt schlechte Nachricht, wenn du dich als Zypriote entpuppst. An wen sollen die sich denn dann wenden?«

Elli nickte. »Eine Geisel ohne jemanden, den man erpressen kann, ist nichts wert«, sagte sie, führte ihren Zeigefinger an die Schläfe und deutete zusammen mit dem Daumen eine Pistole an.

Sæther räusperte sich lauthals. »Ihr Lieben … diese Situation wächst uns langsam über den Kopf, und ich verlange, dass wir jetzt die örtlichen Behörden einschalten. Das hier ist zu weit gegangen.«

Elli sah sie an. »Ich stimme sofort zu, dass die Sache zu weit gegangen ist, aber wir operieren jetzt schon seit weit über einer Woche hinter dem Rücken der ugandischen Behörden. Wenn die lokalen Behörden eingeschaltet werden sollen, dann müssen wir vorher verschwinden. Und dann vergeht Zeit, die wir nicht haben. Die Bilder zeigen doch, dass es Otto Kamperud sehr schlecht geht, in den Wunden an der linken Hand hat er Kalten Brand …« Elli nickte zu dem Bild hinüber, aber Sæther verzichtete darauf, genauer hinzusehen.

»Dass er überhaupt noch lebt, ist wirklich pures Glück.« Elli schaute zu Rutherford hinüber.

»Wir müssen ihn holen. Und zwar sofort!«, erklärte er energisch.

»Wie viel Zeit haben wir?«, fragte Sæther resigniert.

»Wir fangen sofort an«, sagte Elli. »Was die Befreiung angeht, so haben Rutherford und ich darüber gesprochen und sind zu dem Ergebnis gekommen, dass wir zwei oder noch besser drei Leute brauchen, zusätzlich zu denen, die wir von hier aktivieren können.«

Elli zeigte auf Mikkelsen. »Kannst du Leute von der FSK-Truppe in Somalia dazuholen?«

Mikkelsen zögerte. »Jetzt?«

Elli machte eine ungeduldige Handbewegung. »Gestern, verdammt!«

»Für das FSK ist doch das Verteidigungsministerium zuständig, und ich bin nicht befugt, mit deren Personal auf fremdem Boden eine Undercover-Aktion anzuordnen.«

Elli überlegte kurz. »Gib mir ein paar Minuten«, sagte sie und ging hinaus, setzte sich draußen auf den Rasen und rief Nereng an. Nach zwei Minuten kannte er die Details, und sie beschlossen, dass er innerhalb einer halben Stunde zurückrufen würde. Elli dagegen erfuhr von dem falschen Gefangenentransporteur Jackberg, der mit der Terra Intervention Group zusammenhing. Sie teilte Nerengs Einschätzung, dass Kristoffersen wohl kaum der Hauptakteur in dieser Affäre sei. Sie musste dennoch alle weiteren Überlegungen aufschieben, bis die dringlichsten Probleme hier unten gelöst waren, meinte sie. Das mit Otto Kamperud ging vor.

Nereng brauchte nur siebzehn Minuten, dann hatte Elli die benötigte Information erhalten und konnte allen im Besprechungsraum mitteilen, dass drei Angehörige des FSK sich für einen dreitägigen Ausflug nach Kampala einen Hubschrauber gemietet hatten. Sie konnten sie am folgenden Morgen erwarten. Elli schaute zu Rutherford hinüber. »Wir müssen planen.«

Kapitel 63

In Kibuye gab es zwei Bezirke, getrennt durch die Hanlon Road, die genug Bäume aufwiesen, um als Wald bezeichnet zu werden. Elli, Rutherford und Mikkelsen vertieften sich in die Satellitenkarte und stellten fest, dass etliche Wege in die kleinen Häuseransammlungen führten, die an die beiden Waldgebiete grenzten. Aller Wahrscheinlichkeit nach suchten sie ein Haus auf der Süd- und Westseite, durch die höhere Lage blicken die Häuser auf der Nord- und Ostseite über die Baumwipfel, und damit war es wahrscheinlich, dass der Wald von dort nicht so grün und einladend wirkte, wie Celicia ihn beschrieben hatte.

Das waren nicht viele Anhaltspunkte, aber sie mussten es versuchen. Otto Kamperuds Leben hing an einem seidenen Faden.

Sie suchten sich für die erste Rekognoszierung achtzehn Häuser aus. Erst am nächsten Tag würde ein Satellit diese Gegend überfliegen, deshalb mussten sie die erste Einschätzung auf Bodenniveau treffen. Mit etwas Hilfe würden sie bis zum Abend schon eine Menge schaffen können.

Elli stand aus dem Korbsessel im Garten hinter der Botschaft auf, ging zu einem Tisch mit Erfrischungen und holte drei Glas Limonade. Das war das Einzige, das bei dieser Hitze genießbar war, fand sie.

»*Ma'am*«, sagte hinter ihr eine dunkle Stimme, als sie sich eingeschenkt hatte.

Elli drehte sich um und blickte in die tiefbraunen Augen eines Wachmanns der Botschaft.

»Das ging aber schnell«, sagte sie lächelnd. »Wir brauchen ein paar Informationen und Hilfe.«

»Was wünschen Sie?«, fragte er mit konzentrierter und entschiedener Miene.

»Welche sind die meistbenutzten Botendienste in Kampala?«

Der Wächter überlegte. »Die lokalen. Da gibt es mehrere, aber Matama Express ist ein typisches Beispiel. Die gibt es auch in Kenia.«

»Und die beliefern die ganze Stadt, Privathäuser und Firmen?«

»Ja … abgesehen davon, dass sich hier nur sehr wenige Privatleute solche Dienste leisten können, liefern sie überall.«

Elli trat einen kleinen Schritt auf ihn zu. »Kennen Sie jemanden bei Matama Express?«

Einige kleine Furchen tauchten auf der Stirn des Wächters auf, während er in Gedanken versuchte, einen Kontakt zu Matama Express zu finden. »Nein … leider, da kenne ich niemanden. Aber vielleicht können die Kollegen helfen.« Er rief per Walkie-Talkie im Wachhäuschen an, danach in der Zentrale der Sicherheitsfirma. Er tauschte eine ganze Weile lang Informationen aus, zuerst auf Englisch, dann in einer afrikanischen Sprache, von der Elli kein Wort verstand. Sie setzte sich wieder zu Rutherford und Mikkelsen, aber kaum hatte sie das getan, stand der Wächter wieder vor ihr.

»*Ma'am*?«

»Haben Sie etwas herausgefunden?«

»Wir haben einen Kontakt. Den Schwager eines Kollegen.«

Elli wechselte einen raschen Blick mit Rutherford, der deutlich zeigte, dass er dasselbe gedacht hatte wie sie. »Können Sie ihn fragen, ob wir ihn und einen Wagen von Matama Express mieten können … sagen wir, für eine Woche? Ab sofort?«

Der Wächter musterte sie zwei Sekunden lang misstrauisch, dann drückte er abermals auf den Sprechknopf des Walkie-Talkies und leitete die Frage weiter. Die Rückmeldung erfolgte so rasch, dass Elli begriff, dass er direkten Kontakt mit dem betreffenden Schwager haben musste.

»Bezahlen Sie im Voraus?«

Elli zuckte mit den Schultern. »Wie viel? Wir brauchen den Wagen jetzt gleich.«

»Sie bezahlen im Voraus«, hörte sie den Wächter auf Englisch sagen.

Die Antwort folgte sofort. Ab zwei Uhr nachmittags würde ihnen ein Matama-Express-Wagen zur Verfügung stehen.

Es war keine Überraschung, dass Matama Express einen Toyota Hiace schickte. Sie hatten auch zwei Taxis gemietet, die zwei der Wächter fuhren. Auf diese Weise konnten sie das ganze Team transportieren und hatten noch Verstärkung, falls jemand ausgeschaltet würde.

Der Wagen von Matama Express wurde in Rekordzeit zu

einem einfachen, aber leistungsstarken Einsatzfahrzeug umfunktioniert: Kissen, auf denen man hinten sitzen konnte, abgeblendete Fenster im Laderaum, auf beiden Seiten draußen Minikameras mit Bildschirmen an den Deckenbügeln im Wageninneren und Ellis und Rutherfords Waffenarsenal.

Im Laderaum saßen Elli, Rutherford, Hellenes und Celicia. Mikkelsen blieb in der Botschaft und hielt den Kontakt per Mobiltelefon. Vorn saß der eine Wächter, John, diesmal in Uniform des Matama Express. Elli hatte Celicia eigentlich nicht mitnehmen wollen, aber nur Celicia würde außer Disciple noch jemanden von der GFF erkennen können, und Disciple würde sich wohl kaum aus dem Haus wagen.

Durch den Sonnenfilter, den sie über die Fensterscheibe zwischen Laderaum und Führerhaus geklebt hatten, konnte Elli John beobachten, der einen schmalen, staubigen Hof hochfuhr. Der Weg schien in einem kleinen Wendehammer zu enden. Das eine Taxi war ein Stück hinter ihnen und sollte sofort drehen, damit sie rasch die Flucht ergreifen konnten, wenn der Lieferwagen zusammenbrach oder sie aus irgendeinem anderen Grund nicht wegfahren konnten.

Elli nahm an, dass ihnen bis Einbruch der Dunkelheit noch anderthalb Stunden blieben. Sie hofften, das Haus noch bei Tageslicht zu finden und es danach über Nacht im Auge zu behalten, damit sie am nächsten Morgen, wenn die Verstärkung aus Kenia eintraf, alles im Griff hätten.

Das Vorgehen war einfach: Der Lieferwagen hielt vor jedem Haus, John sprang mit einem Paket heraus und erkundigte sich nach einem Namen, den es mit ziemlicher Sicherheit nirgendwo gab: Herr Corrado. Hellenes verfolgte alles auf dem Bildschirm, und Elli und Rutherford sahen aus dem Fenster.

Da die Straße geradezu dazu einlud, fuhr John bis zum Ende, drehte und erledigte die Stopps auf der Rückfahrt. Der erste Halt war ein kleines, heruntergekommenes hellblaues Haus. Es hatte Ausblick auf ein Waldstück, das jetzt hinter ihnen lag, aber einige Holzspielsachen auf dem Boden vor der

Haustür verrieten, dass hier wahrscheinlich eine Familie mit Kindern wohnte.

John klopfte an, und nach einer Weile erschien eine Frau mit zwei Kindern, die sich an ihren Rockzipfel klammerten. Die Frau wirkte ruhig, und auch die Kinder ließen sich nicht weiter von dem Besuch beirren, lösten sich vom Rock ihrer Mutter und liefen fröhlich ins Haus.

Hier wurde garantiert keine Geisel versteckt.

Das nächste Haus lag auf derselben Straßenseite und war von einer Mauer umgeben. Viele Häuser in Kibuye, wo es eine Mischung aus Wohnhäusern, Lagerschuppen, kleinen Werkstätten und Läden gab, hatten solche Mauern. John lebte sich rasch in seine Botenrolle ein und lief routiniert durch ein Stahltor in der Mauer. Er ließ das Tor hinter sich offen stehen, und er hatte das Auto bis zu einer Stelle gefahren, von der aus Elli die Tür des hinter der Mauer gelegenen Hauses sehen konnte.

John klopfte, wartete, klopfte wieder. Keine Reaktion.

Nach ungefähr einer Minute klopfte er ein weiteres Mal. Noch immer keine Antwort.

»Siehst du irgendein Lebenszeichen?«, fragte Elli durch die Ohrstöpsel des Funkgeräts, mit dem sie John ausgerüstet hatten.

»Nein … scheint alles tot zu sein.«

Elli musterte das Haus. Es wäre gut geeignet, um jemanden hier gefangen zu halten, aber da das Tor nicht abgeschlossen war, konnten sie es wohl von ihrer Liste streichen. So achtlos konnte einfach niemand sein.

»Wir machen weiter«, sagte sie.

Von seinem Beobachtungsposten im ersten Stock des alten Lagerhauses aus hatte Croukamp alles im Blick. Das Lagerhaus lag am Ende der Straße, in der sich der Lieferwagen mit dem Logo von Matama Express langsam voranbewegte, und das machte seine Arbeit einfacher, als er es vorher zu hoffen gewagt hatte. Jetzt wurden ihm Geisel und Norwegerin zusammen auf einem silbernen Tablett serviert. Zusammen mit zwei Kollegen war er dem Lieferwagen und den beiden Taxis auf ihrer systematischen Fahrt durch Gassen und enge Straßen gefolgt. Sie machten ihre Sache gründlich, das musste er ihnen lassen. Nichts war so gut wie ein Feind, der einem die Arbeit abnahm.

Croukamp hatte auch keinen Zweifel daran, dass das Haus mit der Geisel nun gefunden war. Bisher war das falsche Team von Matama Express von Haus zu Haus gefahren, in dieser Straße war nach drei Stopps jedoch plötzlich Schluss.

Die Geisel saß in einem heruntergekommenen Lagerhaus aus Beton mit Wellblechdach und einer grauen, mit Stacheldraht gekrönten Mauer. Es gab zwei Tore, die auf das Gelände führten, und er sah zwei Männer, die sich dort bewegten. Etwas hatte sie verraten, denn der Mann in der Botenuniform war nicht einmal hineingegangen, sondern hatte im Tor einfach kehrtgemacht und sich wieder ins Auto gesetzt.

Croukamp stellte sein Fernglas schärfer. Er sah nur den Fahrer und den Boten hinter der Windschutzscheibe des Lieferwagens.

Aber er war sicher, dass auch die Verrückte dort war. Das spürte er einfach.

»Das war einer der Kommandanten«, sagte Celicia. »Angel.«

»Bist du ganz sicher?«, fragte Elli und zeigte auf den Bildschirm.

»Ja«, sagte Celicia ruhig. »Er hat ein Gesicht, das man nicht vergisst«, fügte sie überraschend entschieden hinzu. »Wenn du einmal gesehen hast, wie jemand kleinen Kindern die Hände abhackt, Schwangeren den Bauch aufschlitzt und alte Männer mit einer Machete vergewaltigt und danach nur lacht, dann prägst du dir das Gesicht für den Rest deines Lebens ein. Glaub mir, ich würde das gern vergessen, aber das kann ich einfach nicht.«

Celicias Antwort kam so rasch, und ihre Mimik war so deutlich, dass Elli nicht daran zweifelte, dass sie diesen Kommandanten schon einmal gesehen hatte. Und es war absolut wahrscheinlich, dass er sich vor dem Haus hier aufhielt, weil sich darin die Geisel befand.

Elli ließ sich zurücksinken. Die Bewegungen des Lieferwagens ließen darauf schließen, dass sie jetzt auf eine breitere Straße abbogen, und das war ein gutes Gefühl. In der Gasse, wo das Haus lag, war ihr die Stille beängstigend erschienen.

Kapitel 64

Nereng und Skarpnes untersuchten jetzt alle öffentlichen Videoüberwachungssysteme. Sie kämmten Aufnahmen der letzten vierundzwanzig Stunden von Bushaltestellen und Bahnhöfen in Ostnorwegen durch. Auch Grenzübergänge, Flughäfen und Interpol waren alarmiert. Das Ergebnis war niederschmetternd.

Jetzt saßen sie in der Kripo-Abteilung für Datenkriminalität. Nereng hatte das Gefühl, dass ihm Sand durch die Finger rann. Die Osloer Polizei und der Polizeidistrikt Romerike hatten sich in Bezug auf Zusammenarbeit und Informationsaustausch geeinigt. Die Kripo lieferte Spezialisten, Außenministerium und Nachrichtendienst beteiligten sich an der Operation in Uganda. Viele hatten jetzt bei diesem Einsatz ihre Finger mit im Spiel.

Das machte Nereng zu schaffen. Er hatte irgendwie das Gefühl, dass der Fall ihm und Elli gehörte. Fjeld schien die Sache eher als notwendiges Übel zu betrachten, für das Romerike oder der Nachrichtendienst zuständig war.

»So ist das immer«, bot Skarpnes als Erklärung an.

In Romerike ließ sich eine Entwicklung erkennen. Einige der festgenommenen Drogenkuriere hatten nach zwei Wochen Untersuchungshaft nun endlich den Mund geöffnet, und alles ließ annehmen, dass Ojore die Wahrheit gesagt hatte. Aber diese Informationen brachten keinerlei Hinweise, die bei der Mordermittlung, Ojores Verschwinden oder dem Entführungsfall weitergeholfen hätten.

Die Türklinke hinter ihnen senkte sich, und Abteilungsleiter Fjeld trat ein.

»Irgendein Fortschritt?«, fragte er sofort. So war er eben, und meistens fand Nereng das gut so, aber jetzt hatte er das Gefühl, dass Fjeld ihnen noch zusätzlich Salz in die Wunde rieb.

»Wir machen weiter«, sagte er ein wenig resigniert. »Aber viele Hoffnungsschimmer gibt es wirklich nicht. Wir waren bei SecureTrans, und die konnten sofort mitteilen, dass bei ihnen von einer bisher nicht lokalisierbaren Quelle aus gehackt worden ist. Denen ist ganz einfach ein gefälschter Auftrag zur sofortigen Verlegung von Ojore Okello untergeschoben worden.«

»Und die Kripo hilft uns auch hier?«

»Ja, die Kollegen von der Datenkriminalität, aber große Hoffnungen mache ich mir nicht. Wenn sie etwas finden, dann sitzt am anderen Ende vermutlich nur ein weiterer Computer, den der Täter ebenfalls gehackt hat.«

»Der falsche Jackberg bleibt offenbar total in Deckung«, fügte Skarpnes hinzu. »Das ist wie aus dem Lehrbuch und zeigt nur noch einmal deutlich, dass er ein Profi ist.«

»Was glaubst du, für wen sie arbeiten?«

»Die TIG.«

Skarpnes erhob sich, ging zur Kaffeemaschine auf dem Gang und kehrte mit drei Tassen zurück.

»Und Kristoffersen?«, fragte Fjeld.

»Der wird rund um die Uhr überwacht«, sagte Nereng. »Im Moment ist Sigurdssønn dabei, und dann wechseln sich Leute von der Streife in drei Schichen ab. Skarpnes und ich schauen in regelmäßigen Abständen vorbei, aber es passiert nicht viel. Der ist die ganze Zeit entweder zu Hause oder im Büro. Abgesehen von den beiden Anrufen gleich nach seiner Entlassung gab es keine interessanten Telefongespräche oder E-Mails. Er hat sich auch nur mit Leuten getroffen, denen er ganz normal bei seiner Tätigkeit für Bifrost und Potentia Oil begegnet.«

»Was ist mit den Hinweisen in den Mobilfunkgesprächen?«

»Denen gehen wir jetzt wieder nach, die waren wegen der Morde in Skedsmo und der Suche nach dem falschen Jackberg in den Hintergrund geraten.«

Fjeld sah Nereng an, gerade lange genug, um diesem das Gefühl zu geben, Fjeld habe noch etwas auf dem Herzen. Danach wandte er sich an Skarpnes. »Wir brauchen Ergebnisse, Jungs. Ich stehe jetzt unter Druck von oben.«

Das Blau in Fjelds nordischen Augen wirkte plötzlich noch intensiver.

»Wer drückt?«, fragte Nereng.

»Der Dienststellenleiter.«

»Und wer drückt den?«

Fjeld hob die Hände. »Der Polizeipräsident, die Ministerien – ich weiß doch nicht, ob nicht sogar der Außenminister ihn angerufen hat.«

Nereng richtete sich auf. »Das Letzte, was wir jetzt brauchen, sind Druck und Drohungen. Das müssen die doch auch weiter oben im System kapieren.«

Fjeld zuckte mit den Schultern. »Ich spekuliere schon längst nicht mehr darüber, was die da oben sich so denken, aber mach dir klar, dass wir Ergebnisse liefern müssen. Und zwar ganz schön bald.« Er erhob sich, um klarzustellen, dass das Gespräch beendet war.

Als er draußen auf dem Gang außer Hörweite war, sah Nereng Skarpnes an. »Was denkst du über das Gespräch zwischen Croukamp und Kristoffersen? Ist es nicht seltsam, dass Croukamp nichts von der Entführung weiß?«

»Er muss es wissen«, sagte Skarpnes. »Solche Informationen sickern durch.«

»Aber warum behauptet er dann, es nicht zu wissen?«

Skarpnes dachte nach. »Oder du kannst fragen: Warum will Croukamp Kristoffersen nicht wissen lassen, was er weiß?«

Nerengs Telefon klingelte, als er sich gerade zum Essen hinsetzen wollte. Zenith reckte sich, nachdem er den Tag verdöst hatte, und stand mit erwartungsvollem Schwanzwedeln vor der Anrichte.

»Ich muss erst noch telefonieren«, sagte Nereng. Ihm war aufgefallen, dass der Hund bei den Telefonaten mit Elli reagiert hatte, offenbar hörte er also Ellis Stimme und erkannte sie.

»Nereng«, sagte er.

»Hier ist Skarpnes. Die Techniker sind bei den Telefongesprächen von Nils Oscar Kristoffersen und Dan Moen etwas weiter zurückgegangen.«

»Ja?«, fragte Nereng und ging ins Wohnzimmer, wo die GSM-Verbindung stärker war.

»Sie haben ein Gespräch mit einer ausländischen Nummer gefunden, die sich im Bereich eines GSM-Mastes in Skedsmo befand. Hattemakerlia liegt auch im Bereich dieses Mastes.«

Nereng schluckte. Endlich.

»Welche Nationalität hat diese ausländische Nummer?«

»Das ist ein Thuraya-Satellitentelefon, das sich dort ins GSM-Netz eingeklinkt hat, wo eine Verbindung möglich war.«

»Satellitentelefon ...«, sagte Nereng nachdenklich. »Wo war Dan Moens Telefon zum Zeitpunkt dieses Gesprächs?«

»Das ist die zweite interessante Nachricht. Er war im selben Bereich.«

»An genau derselben Stelle?«

»Sieht so aus.«

Jetzt hatten sie den Zusammenhang. Nereng war sich sicher.

»Ich komm zu euch, wenn ich mit Zenith eine Runde gelaufen bin«, kündigte Nereng an.

Er ging zurück in die Küche, um seine Mahlzeit zu beenden, aber dort fand er nur noch einen leeren Teller vor. Zenith leckte sich gerade die Schnauze.

»Hund – Mensch: eins zu null«, sagte Nereng zu sich selbst.

Zenith durchbohrte ihn mit einem erwartungsvollen Blick.

»Versprochen ist versprochen«, sagte Nereng. »Geiseln, Söldner, halbsmarte Kriminelle und Essen müssen warten.«

Den ganzen Weg die Treppen hinunter wedelte Zenith mit dem Schwanz.

Nereng und Zenith genossen es, in der herbstlichen Dunkelheit zu spazieren. Nereng, weil sie nun einen kleinen Durchbruch erzielt hatten, über den er an der frischen Luft nachdenken musste, Zenith, weil er endlich im Freien war und weil die millionenfachen Düfte der Stadt den phantastischen Geruchssinn eines erfahrenen Jagdhundes aufreizen konnten. Ein Hund in dieser Wohnung, eine Katze in jenem Gebüsch, ein Hamburgerpapier im Mülleimer, an dem sie soeben vorbeigekommen waren, ein scharfes pakistanisches Currygericht, das im dritten Stock in dem Block dort drüben zubereitet wurde.

Die kalte Luft schnitt ein wenig in Nerengs Nasenlöcher, und vor seinem keuchenden Mund bildete sich eine Andeutung von Frostrauch. Sein Gehirn sortierte im Rhythmus seiner Schritte die neuen Informationen. Die Route führte durch Vålerenga, Kampen und den Tøyenpark und fand ihren Abschluss im Botanischen Garten.

Die Verbindung zwischen der TIG und Dan Moen überraschte ihn, aber schon bald hatte er sich mit diesem Gedanken vertraut gemacht. Er nahm sie als Zeichen dafür, dass es in der Sache doch eine gewisse Logik gab. Was konnte Dan Moen am Mordtag mit dem falschen Gefangenentransporteur Jackberg zu tun gehabt haben? Konnte Dan Moen bei dem Doppelmord eine Rolle gespielt haben?

Nereng spürte auf dem letzten Hang im Botanischen Garten ein Reißen in seinen Oberschenkelmuskeln. Zenith trabte unangefochten neben ihm her.

»Was meinst du – wollen wir mal losziehen und bad guys fangen?«, fragte Nereng.

Zenith wedelte mit dem Schwanz.

Zum zweiten Mal an diesem Tag saßen Nereng, Fjeld und Skarpnes zusammen, diesmal in Lutvann. Außerdem hatte sich Åbrekke aus Romerike dazugesellt.

»Ist das nicht so ein Hund, wie Elli ihn hat?«, fragte Åbrekke, als er das neben einem der Überwachungsräume in Lutvann gelegene Besprechungszimmer betrat.

»Das ist Ellis Hund«, sagte Nereng.

Åbrekke nickte. »Natürlich. Über den sind ja weit über den Polizeidistrikt Oslo hinaus Gerüchte im Umlauf.«

Nereng lächelte. »Nicht zu Unrecht. Zenith hat in dem Trafficking-Fall, an dem Elli und ich voriges Jahr gearbeitet haben, ausgezeichnete Arbeit geleistet.«

Er merkte, dass Fjeld noch immer reagierte, wenn er den Fall erwähnte, bei dem der Täter mit Zeniths Hilfe ermittelt worden war. Der Mann saß jetzt wegen Serienmordes, Menschenhandels und sexuellen Verkehrs mit Minderjährigen.

»Na gut«, sagte Fjeld, etwas abrupt und laut. »Gehen wir die neuen Informationen durch, ja?«

Åbrekke hob eine Hand, und sofort richtete sich die ganze Aufmerksamkeit auf ihn.

»Ich kann mir sehr gut vorstellen, was Dan Moen an dem betreffenden Tag in der Gegend gemacht hat«, sagte er.

Nereng blickte ihn überrascht an. »Lass hören.«

Åbrekke schlug einen Ordner auf und nahm ein Bild heraus. Allem Anschein nach handelte es sich um den Ausdruck einer Videoaufnahme. »Dann habe ich das Vergnügen, euch ein Bild von Hammersborgs BMW vor einem KIWI-Laden an Skedsmokorset zu präsentieren. Auf dem Beifahrersitz der falsche Jackberg. Aber wer fährt denn wohl?«

Vier Augenpaare richteten sich auf das Bild, das keinen Zweifel ließ. Hinter dem Lenkrad saß Dan Moen.

Nereng schaute aufgeregt zu Skarpnes hinüber.

»Also …«, sagte Nereng nun und zog die Gesprächsliste heraus, die er bei seinem Eintreffen von Skarpnes erhalten hatte. »Ich glaube nicht, dass unser Freund Dan Moen sich da rausreden kann. Dem hängt die Hose mindestens bis auf die Knie.«

»Und sein Arsch hängt darüber«, meinte Åbrekke.

»Ja, verdammt«, stimmte Nereng zu. »Er spielt eine Rolle in dieser Sache. Beihilfe zum Mord. Dan Moens Meritenliste ist komplett.«

»Wie ist er in die Sache reingeraten?«, fragte Skarpnes. »Was hat er hier zu gewinnen? Freelance für die TIG?«

»Wir haben eine Verbindung zwischen Dan Moen und dem falschen Gefangenentransporteur«, sagte Nereng. »Jetzt können wir mit großer Wahrscheinlichkeit annehmen, dass er für die Terra Intervention Group arbeitet, die TIG. Das ist eine typische Sicherheitsfirma, von der Sorte, die ihre Einsatzkräfte an alle vermietet, die bezahlen, unter anderem Ölgesellschaften mit Bedarf an Sicherheit. Nils Oscar Kristoffersen, den wir vor einigen Tagen festgenommen hatten, weil er sein Wissen über die Entführung von Otto Kamperud nicht weitergereicht hat, steht in Verbindung mit einem gewissen Croukamp von der TIG. Auch dieser Croukamp ist an der Operation beteiligt, mit der Elli zu tun hat, aber wir wissen nicht so ganz, wie seine Rolle aussieht, und er hat kürzlich ein anderes Satellitentelefon angerufen, das sich in Norwegen befindet, aber in Südafrika registriert ist. Wir schneiden jetzt seine Gespräche mit.«

Nereng trank einen Schluck Kaffee.

»Kommt ihr noch alle mit?«

»So einigermaßen«, kommentierte Åbrekke.

»Die Potentia Oil sucht in Uganda Öl«, sagte Nereng jetzt. »Kristoffersen hängt da als Operationschef für die Suchgesellschaft Bifrost Oil Services mit drin. Die Ölbranche ist eine Kontraktorbranche, wo die Ölfirmen das Öl besitzen und vertreiben, alles andere jedoch wird outgesourcet. Die GFF, God's Freedom Fighters, die Otto Kamperud entführt haben, sind für Angriffe auf die Einrichtungen der Ölfirmen bekannt. Wir wissen aber nichts über solche Angriffe auf die von Potentia Oil.«

Er legte wieder eine Pause ein. Bisher hatte niemand eine Frage gestellt.

»Wenn wir zwei Wochen in der Zeit zurückgehen, dann

hängt alles mit der Verhaftung der Drogenliga zusammen, und mit Ojore Okello, dem ehemaligen GFF-Soldaten, von dem der Tipp über die Entführung stammte. Er verschwindet nach einer tollkühnen Aktion, bei der seine Verteidigerin offenbar zur Mitwirkung gezwungen worden ist. Hammersborg und ihre Lebensgefährtin werden danach ermordet.«

»Und die Verbindung zwischen allen Akteuren und Geschehnissen ist die TIG?«, fragte Fjeld.

»Jepp«, bestätigte Nereng.

Fjeld runzelte die Stirn. »Wo sitzt die TIG eigentlich?«

Nereng schaute zu Skarpnes hinüber. »Ja, das ist es eben …«, sagte er. »Hauptniederlassung in Johannesburg, aber es gibt Dependancen in Nigeria, Angola, Uganda, im Sudan und in Libyen.«

»Und der gemeinsame Nenner dieser Länder?«, fragte Fjeld. »Die sind doch offenbar sehr unterschiedlich?«

»Ach ja«, sagte Skarpnes.

Die anderen sahen ihn an.

»Öl«, sagte er trocken.

Nereng ließ einige Sekunden verstreichen, ehe er wieder das Wort ergriff. »Ich schlage vor, dass wir uns für Kristoffersen eine Durchsuchungserlaubnis besorgen, dass wir ihn wieder festnehmen und dass wir Dan Moen in U-Haft stecken.«

Kapitel 65

Als sie mit der Planung fertig waren, war es fast schon ein Uhr nachts. Rutherfords taktische Erfahrungen erwiesen sich als unschätzbar, und sie hatten nun einen Plan, der Otto Kamperud mit ziemlicher Sicherheit aus seiner Geiselhaft befreien würde. Sie hatten sich entschlossen, von zwei Seiten vorzugehen, und zwar mit einem winzigen Zeitunterschied zwischen den beiden Teams. Sie wollten ihre Aktion mitten in der Nacht durchführen, weil sie dann den Überraschungseffekt erzielen und mit ihren Nachtsichtbrillen einen entscheidenden Vorteil haben würden. Elli hoffte, dass das aus Mombasa anrückende Team ebenfalls entsprechend ausgerüstet sein würde.

Elli, Rutherford und Mikkelsen hatten die Planung übernommen. Mikkelsen hatte vor allem die Rolle des Advocatus Diaboli bei den verschiedenen Interventionsvorschlägen gespielt.

»Wollen wir uns zwei Stunden aufs Ohr legen, ehe wir Verstärkung holen?«, frage Elli, als sie zum dritten Mal den Plan auf mögliche Schwachstellen geprüft hatten.

»Gute Idee«, sagte Rutherford.

Mikkelsen gähnte, erhob sich und ging.

Elli zuckte mit den Schultern. »Gute Nacht«, rief sie ihm hinterher.

»Komischer Typ«, kommentierte Rutherford.

Elli hatte das auch schon gedacht. »Der ist sicher so ein Schreibtischspion.«

»Ja. Die gibt es in allen Organisationen. Ich bin schon Leuten von CIA und MI6 begegnet, die kaum ihr eigenes Körpergewicht tragen konnten, die aber über enormes strategisches und praktisches Gespür für jede Operation verfügten.«

Elli reckte sich. »Wir müssen mit dem Beobachtungsteam reden, ehe wir eine Pause machen können.«

Sie erhoben sich und gingen zu einem der Bildschirme in ihrer Operationszentrale. Ein dunkles Bild des Hauses, in dem Otto Kamperud gefangen gehalten wurde, zeigte, dass dort alles ruhig war.

Nachdem sie vor ungefähr sieben Stunden das Gebäude lokalisiert hatten, war Elli zusammen mit John und Hellenes mit dem einen Taxi in eine Seitenstraße gefahren, wo sie bald zwei Häuser mit Blick auf den Vorgarten des Hauses fanden, in dem Celicia den GFF-Kommandanten beobachtet hatte. Das eine war ein zweistöckiges Lagerhaus, dessen Wände bis auf einige kleine Lüftungsventile geschlossen waren. Mit anderen Worten, es war perfekt.

Mit einem Bohrer hatten sie vier kleine Löcher in der porösen Mauer angebracht, genug, um alle interessanten Winkel mit vier Fingerkameras zu bedecken, die sie durch das Loch schoben, bis die Kameras wie ein Teil der Mauer wirkten. An der verschmutzten Mauer war es unmöglich sie zu entdecken.

Elli hatte sie gegen neun Uhr abends verlassen, nachdem sie alle Kamerawinkel getestet und entschieden hatte, welche beiden sie aktivieren wollten. Hellenes war für Kameras und Sender zuständig, John hielt Wache. Das andere Taxi stand ungefähr dreihundert Meter entfernt, wo zwei weitere Angehörige des botschaftseigenen Wachkorps warteten.

»B2, hier ist B1«, sagte Elli.

B stand für »Boomslang«. Elli hatte der Operation diesen Namen gegeben.

»B2 antwortet«, sagte Hellenes.

»Irgendwelche Bewegungen?«

»Negativ.«

»Alles klar, gut. Wir ruhen uns jetzt drei Stunden aus, um uns auf morgen vorzubereiten. Alles okay?«

»Ja. Schlaft gut.«

Elli ging in das kleine Zimmer, in dem sie und Celicia schliefen. Sie legte sich, so leise sie konnte, auf die auf dem Boden liegende Matratze, um Celicia nicht zu wecken. Aber Celicia hatte nicht geschlafen.

»Beatrice«, hörte Elli sie flüstern. Sie benutzte noch immer Ellis Decknamen, obwohl sie ihren richtigen längst mitbekommen haben müsste.

»Hi«, antwortete Elli freundlich. »Müsstest du nicht schlafen? Du fährst doch morgen nach Hause …«

»Ja, aber da ist noch eine Sache …«

Elli wartete, aber es kam keine Fortsetzung. Sie stützte ihren Kopf auf den Arm, musterte Celicia eine Weile, und dann fiel ihr ein, warum diese vielleicht Hilfe brauchte, um weiterzureden.

»Woran denkst du jetzt?«

Es folgte eine weitere Pause, diesmal kürzer, und Celicia sprach diesmal ohne Hilfe weiter.

»Weißt du noch, dass ich erzählt habe, dass ich im Busch mit einem Kommandanten zusammenleben musste?«

»Ja«, sagte Elli. »Mit mehreren sogar, meintest du.«

»Genau. Es waren drei.«

Elli kämpfte gegen ihren Wunsch an, eine Frage zu stellen. Sie wusste, dass das, was Celicia auf dem Herzen hatte, sie sehr belastete. Celicias Geschichte, und auch Ojores, waren schrecklicher, als sie es sich vorstellen konnte. Aber Elli ließ Celicia selbst bestimmen, wann sie weiterreden wollte. Sie würde schließlich niemals mit einem Therapeuten reden können. Diese Möglichkeit war ihr hier nicht gegeben.

»Einer von ihnen ist gestorben«, sagte Celicia mit schwacher Stimme.

Elli überlegte kurz, ob das nun eine gute oder eine schlechte Nachricht war, aber Celicia lieferte die Erklärung, noch ehe Elli zu Ende gedacht hatte.

»An der großen Krankheit.«

»Der großen? Malaria?«

»Der anderen ...«

Langsam begriff Elli, wovon Celicia da redete.

»Das muss nicht bedeuten, dass du auch infiziert bist«, sagte sie ein wenig zu überzeugt. »Da spielen viele Faktoren eine Rolle ... es besteht kein Grund zu der Annahme, du seist infiziert, du zeigst doch keinerlei Symptome.«

Elli war plötzlich total erschöpft. Celicia war ein wunderbares Mädchen, das sicher noch etwas aus seinem Leben machen könnte, aber sie brauchte irgendeine Form von Rehabilitierung, wie immer die hier in Afrika auch aussehen mochte. Elli hatte schon überlegt, zu bitten, nein, zu verlangen, dass die Botschaft ihr einen Platz in einer der Einrichtungen besorgte, die die verschiedenen Nothilfeorganisationen von Gulu aus betrieben.

Aber sie hatte nur an Traumata und mentale Verarbeitungstaktiken gedacht. Nicht an HIV.

»Ich will den Test machen«, sagte Celicia.

Elli merkte, wie ihr das widerstrebte. Das Mädchen hatte keine Chance. Sollte sie damit denn auch noch die nächsten fünf, sieben, zehn Jahre leben, oder wie lange ihr nun auch bleiben mochte?

»Darum brauchst du dir jetzt keine Sorgen zu machen«, sagte Elli. Dabei klang sie fast flehend. Um wen ging es ihr hier eigentlich? Sich selbst? Wollte sie um ihretwillen die Gewissheit nicht haben?

Celicia sah sie an. Elli sah, dass das junge Mädchen wunderschöne Augen hatte. Trotz allem, was sie erlebt hatte, brannte in diesen Augen noch immer ein schwaches Feuer.

»Du willst das nicht wissen«, sagte Celicia niedergeschlagen. »Das kann ich verstehen. Aber ich will das. Du bist meine Freundin. Ich war mehrere Jahre im Busch, und ich weiß nicht, ob ich zu Hause in Gulu überhaupt noch Freunde habe. Bitte, begleite mich morgen zum Test.«

Elli sah das tapfere Mädchen an. Sie hatte keine Ahnung, was sie sagen sollte, deshalb nickte sie nur behutsam.

»Ich komme mit«, sagte Elli. Sie konnte die Vorstellung, deshalb abzulehnen, weil sie morgen eine Geiselnahme beenden mussten, nicht ertragen. Das mit den Prioritäten war eben auch relativ.

Dukkha.

Die Leiden nahmen nie ein Ende. Auch nicht die Fragen, die Elli nach den Ursachen der Leiden stellen wollte, oder genauer gesagt, nach dem Fehlen von Ursachen, und das verriet ihr, dass sie niemals eine richtige Buddhistin werden würde.

Der Hubschrauber, der in der Morgendämmerung in Entebbe landete, war eine Bell 412. Er war blau und grau lackiert und zeigte auf der Seite das Logo einer bekannten Reederei. Im Halbdunkel sah die ikonische Huey-Form aus wie eine riesige mechanische Libelle.

Um nicht mehr Aufsehen zu erregen als unbedingt nötig, warteten Elli und Rutherford auf dem Parkplatz. Die drei Passagiere hatten Papiere, die sie als Logistikexperten im Bereich der Ölgewinnung auswiesen und besagten, dass sie jetzt für die Firma, der der Hubschrauber gehörte, eine Untersuchung durchführen sollten.

Geschäftsverbindungen können erschreckend viel bewirken, dachte Elli.

Fünfzehn Minuten später begrüßte Elli Olav Nord, Per Jarlsberg und Knut Kallestad. Das waren wohl kaum ihre echten Namen. Elli staunte darüber, wie normal die Männer aussahen. Alle waren mittelgroß und normal gebaut. Nach einer kurzen Vorstellung fing Nord Ellis Blick auf.

»Wir reisen als Logistikexperten ein und aus und haben nur die Ausrüstung bei uns, die solche Personen eben besitzen.« Seine Stimme war kräftig.

Elli bestätigte, dass sie verstanden hatte, und führte die drei zu einem wartenden Minibus, den einer der Botschaftswächter fuhr. Kaum war der Bus losgefahren, fasste sie die Situation zusammen, bis zum letzten Bericht von Hellenes, der auf seinem Beobachtungsposten eine stoische Arbeitsmoral zeigte.

»Die Operation heißt B – das steht für ›Boomslang‹, und wir benutzen als Rufnamen B1 und weiter. Ihr seid B5, B6 und B7.«

Sie gerieten in den morgendlichen Stoßverkehr in Richtung Kampala, aber Elli konnte die Zeit nutzen, um eine detaillierte Darstellung des geplanten Einsatzes zu liefern und um die Ansichten der drei neuen Teamangehörigen zu bitten. Ihre Ansichten, zusammen mit Rutherfords, ließen sie sich sicher fühlen, dass es ein guter Plan sei.

»Wir haben also eine *wild card*«, sagte Elli abschließend.

»Die Terra Intervention Group«, meinte Nord.

»Stimmt.«

»Habt ihr irgendwas von denen gesehen?«

»Nein. Und das ist beunruhigend, denn sie waren bisher immer ziemlich deutlich zu sehen. Es kann fast wirken, als sollten wir glauben, dass sie das Interesse verloren haben.«

»Habt ihr überprüft, ob die euch beobachten?«, fragte Nord.

»Dazu hatten wir keine Zeit, und die Geisel Otto Kamperud ist jetzt in einer so schlechten Verfassung, dass jede Stunde zählt, wenn wir ihn noch lebend da rausholen wollen.«

»Hat die TIG Interesse an ihm?«

»Ja, der Kontakt zwischen Akteuren in Norwegen und TIG-Operateuren hier lässt annehmen, dass sie ihn finden und vielleicht unschädlich machen sollen.«

»Verdammt!«, sagte Nord.

»Was denn?«, fragte Elli.

»Die Gefahr ist ja groß, dass sich die TIG einmischt. Drei Interessenten in einer Aktion, das ist arg unübersichtlich und riskant.«

»Willkommen in Afrika«, sagte Rutherford.

In der Botschaft wurden sie von Brodtkorb und Botschafterin Sæther empfangen. Elli mochte Erstere nicht sonderlich, sie zeigte das, was Elli als totalen Mangel an Empathie auffasste. So wurde man wohl – oder das Außenministerium suchte sich Leute aus, die ohnehin schon so waren.

Sie wurden sofort ins Untergeschoss geführt, das Elli und Rutherford bereits in Beschlag genommen hatten. An dem einen Ende des größten Raumes war ein Frühstücksbuffet aufgebaut, das Blick auf die Terrasse vor der Botschaft bot. Die Vorhänge waren geschlossen, um keinen Einblick von der Straße her zu ermöglichen.

Elli bat Rutherford, den Plan noch einmal durchzugehen. Je mehr Beteiligte ihn korrekt vortrugen, desto sicherer waren sie, dass alle über jede Einzelheit informiert waren. Rutherford tat, wie ihm geheißen, und Elli stellte zufrieden fest, dass alles so war, wie sie es aufgefasst hatte.

Nord schien etwas sagen zu wollen, und Rutherford gab ihm ein Zeichen.

»Da sind noch zwei Dinge … wir haben keine Waffen, das wäre auf dem Flugplatz ein zu großes Risiko gewesen.«

Rutherford nickte kurz, um zu betonen, dass er den Ernst dieser Frage verstanden hatte.

»Elli hat eine Glock, ich habe eine Browning-Pistole, außerdem haben wir ein M4 und ein MC51. Ich habe einen lokalen Kontakt um zwei SA80 und eine L85 gebeten, die ich in einem Bereitschaftslager aufbewahre. Das sind Standardgewehre der britischen Armee – die sind euch doch sicher bekannt?«

Nord drehte sich zu Jarlsberg und Kallestad um, die bestätigten, dass sie mit diesen Waffen vertraut waren.

Elli erhob sich. »Während ihr Jungs hier das Spielzeug verteilt, muss ich mit Celicia kurz etwas erledigen.«

Rutherford sah aus wie ein Fragezeichen. »Jetzt?«

»Ja.«

»Bei allem Respekt, Chefin, aber das muss doch warten können? Wir müssen noch eine Menge planen.«

Rutherford war ein Mann weniger Worte, und er bewahrte einen kühlen Kopf, jetzt aber war in seiner festen Stimme die Frustration zu hören.

Elli trat einen Schritt vor, bis der Abstand zwischen ihnen nur noch einen halben Meter betrug. Mit leiser Stimme sagte sie: »Heute Nacht trennen sich möglicherweise unsere Wege. Für dieses Mal. Das gilt auch für Celicia, und sie hat mich inständig um Hilfe bei etwas gebeten, was ich ihr nicht abschlagen kann. Du kannst mich schwach nennen, du kannst mich ein Weichei nennen, egal was, aber das hier muss ich tun.«

Sie schaute kurz auf die Uhr. »Halb neun. In zwei oder höchstens drei Stunden bin ich zurück. Um zwölf findet hier eine Koordinierungsbesprechung statt.«

Rutherford hielt ihrem Blick stand. »Man könnte ja viel über dich sagen, Elli, aber als Weichei würde ich dich nicht bezeichnen.«

Elli nahm das Kompliment mit einem kurzen Nicken entgegen. Als sie hinausging, blickten die Neuankömmlinge verdutzt hinter ihr her.

»Haben wir hier noch alles unter Kontrolle?«, fragte Nord.

»Ja«, sagte Rutherford. »Haben wir, und falls es hier noch irgendwelche Zweifel gibt: Elli hat *Eier.*«

Die Klinik lag in einem besseren Viertel von Kampala. Auf der anderen Straßenseite gab es einen Golfplatz, der vor allem von Weißen aufgesucht wurde, aber es waren auch golfspielende Schwarze zu sehen.

Das Klinikgebäude machte einen nüchternen Eindruck, es hatte eine Specksteinfassade, Spiegelfolie an den Fenstern und einen großen Parkplatz für Sedans und SUVs vor einem gläsernen Eingangsbereich.

Das Taxi setzte Elli und Celicia gleich vor dem Eingang ab. Celicia wirkte klein und verletzlich, fand Elli. Obwohl sie wohl noch nie ein privates Krankenhaus betreten hatte, ließ Celicia sich nichts anmerken. Sie ging ruhig mit ihren leichten, eleganten Schritten auf die Tür zu.

Elli hielt die Tür für sie auf, ehe sie die Rezeption mit zwei Frauen in den meeresblauen Trachten der Klinik ansteuerten.

Die eine blickte Celicia kurz an, dann wandte sie sich Elli zu. »Womit kann ich behilflich sein?«

»Wir möchten einen HIV-Test durchführen lassen«, sagte Elli.

»Haben Sie einen Termin?«

»Nein, aber Sie werben doch damit, dass man den Test sozusagen im Vorbeigehen erledigen kann.«

»Das stimmt ...«, sagte die Frau nachdenklich und ließ dann auf ihrem Bildschirm eine Liste ablaufen.

»In zwanzig Minuten haben wir einen freien Laboranten.«

»Gut«, sagte Elli. »Den nehmen wir.«

Celicia schaute zu Elli auf und versuchte ein tapferes Lächeln aufzusetzen.

»Alles wird gutgehen«, sagte Elli und fühlte sich sofort elend. Sie konnte doch nicht wissen, ob es das würde. Sie wünschte es sich nur so sehr.

»Wir setzen uns solange nach draußen«, schlug sie vor.

Celicia folgte ihr, und sie setzten sich auf eine Bank mit Blick auf das Golfgelände.

Elli legte ihr den Arm um die Schultern. »Was möchtest du werden, Celicia?«

»Krankenschwester. Oder Ärztin.«

Elli lächelte. »Das sind beides schöne Berufe.«

»Aber ich muss ja erst zur Schule gehen«, sagte Celicia energisch.

»Stimmt. Das musst du.«

Sie schwiegen mehrere Minuten gemeinsam. Der Verkehr rauschte auf der Straße weiter unten als endloser, schmutziger Strom vorüber. Die Golfspieler schlenderten gelassen umher. Elli spürte, dass sie Celicia auf irgendeine Weise helfen wollte, aber sie wusste nicht, wie sie das praktisch bewerkstelligen konnte. Sie staunte darüber, wie ruhig Celicia angesichts des Tests wirkte, den sie jetzt bald machen würde.

Sie spürte jemanden hinter sich, drehte sich um und sah eine der Frauen aus der Rezeption, die einen Ordner in der Hand hielt.

»Das Labor ist jetzt frei«, sagte sie.

Die Frau führte sie durch die Rezeption und in ein kleines Sprechzimmer. »Setzen Sie sich dorthin«, sagte sie zu Celicia und zeigte auf eine Bank. Mit ruhigen Bewegungen folgte diese der Aufforderung. Elli ging zu ihr hinüber.

»Soll ich hierbleiben oder draußen warten?«

»Bleib hier.«

Die Labortür wurde geöffnet, und ein Mann in einem blauen Kittel kam herein. Ihm hing ein Stethoskop um den Hals, und auf seinem Namensschild stand »Christopher«.

»Celicia?«, fragte er und schaute zu Celicia hinüber.

Sie nickte.

Christopher setzte sich neben sie. »Wir machen nur eine Blutprobe, das ist alles. Das Ergebnis erfahren Sie dann nach ungefähr einer Viertelstunde.«

Celicia nickte wieder und hielt Christopher ihren linken Arm hin. Mit geübter Bewegung spannte er die Manschette um ihren Oberarm, klopfte vorsichtig in die Armbeuge, um die Ader auf der dunklen Haut besser sichtbar zu machen, dann stach er routiniert mit der Nadel zu. Er drückte ein Glasröhrchen darauf, das sich rasch mit Celicias Blut füllte.

Ellis Schultern zuckten. In diesem Röhrchen lag die Antwort, ob Celicia noch ein Leben vor sich hatte oder nicht.

Dann verschwand Christopher wieder im Labor. Durch die Glasscheibe konnte Elli sehen, dass er ein kleines Plastikgerät zur Hand nahm, das sie an einen Schwangerschaftstest erinnerte, den sie vor langer Zeit gemacht hatte.

»Wollen wir draußen warten?«, fragte Elli.

Celicia nickte, erhob sich und ging ruhig auf die Tür zu.

Sie setzten sich wieder auf die Bank und schauten auf den Verkehrsstrom, der im selben zähen Tempo vorüberfloss.

»Du wirst bestimmt eine gute Ärztin«, sagte Elli.

Celicia sah sie mit warmem Blick an und legte ihre Hand auf Ellis.

Elli kam sich überflüssig vor. Sie hätte laut schreien mögen. Es war doch nicht sie, die hier Unterstützung brauchte, aber dennoch konnte Celicia auf ihre schlichte, direkte Weise ihr Verständnis dafür vermitteln, dass diese Situation auch für Elli schwer war.

»Ich heiße eigentlich gar nicht Beatrice«, sagte Elli.

»Das weiß ich«, sagte Celicia.

Im Rauschen und im Staub der Straße genossen sie abermals das gemeinsame Schweigen. Bis es unterbrochen wurde.

»Celicia?«, fragte die Stimme hinter ihnen.

Die Frau von der Rezeption stand wieder mit ihrem Ordner vor ihnen.

Kapitel 66

Es war der erste Morgen dieses Herbstes mit einem Hauch von Reif auf den Autofenstern. Nils Oscar Kristoffersen ärgerte sich, weil er den Wagen am Vorabend nicht in die Garage gestellt hatte, aber er war müde und angetrunken nach Hause gekommen und direkt zu Bett gegangen. Er musste so viel bedenken, und er spürte, wie der Stress ihm zusetzte, nachdem Dan Moen ihn jetzt sozusagen jeden einzelnen Tag angerufen hatte. »Du brauchst mich wirklich nicht so zu bedrängen«, hatte Kristoffersen gesagt. »Ich werde doch bezahlen.«

Aber Dan Moen rief immer weiter an.

Cash is king.

»Verdammt«, rief Kristoffersen, als der Eisschaber abbrach.

Er ließ den Motor an, drehte die Heizung voll auf und ging zurück ins Haus.

»Julie Charlotte!«, rief er.

»Bin gleich da«, hörte er aus dem ersten Stock, dem Klang nach aus dem Badezimmer.

Zwei Minuten später stand seine Tochter im Flur. Kristoffersen verkniff sich einen Kommentar zu der engen Stretchhose und dem lockeren rosa Top im Stil der achtziger Jahre, das so geschnitten war, dass es jederzeit nach unten rutschen und aus mehreren Winkeln den Blick auf die Brüste ermöglichen würde.

Kristoffersens Frau, Thea Louise, kam aus dem Wohnzimmer, um sich von ihrer Tochter mit einem Kuss zu verabschieden, ohne ihren Gatten dabei auch nur des geringsten Blickes zu würdigen.

»Zieh dir eine Jacke an«, sagte Kristoffersen zu seiner Tochter, nachdem Thea Louise wieder im Wohnzimmer verschwunden war. Dann ging er zum Auto hinaus. Nach seiner Entlassung aus der Untersuchungshaft war er zu Hause nur auf wenig Verständnis gestoßen. Eher sogar auf Feindseligkeit. Nur auf Feindseligkeit, wenn er sich die Sache genauer überlegte.

Wenn das hier vorüber war, würde er sich überlegen, ob er nicht eine längere Zeit in Kampala verbringen wollte. Dort gab es doch gute Möglichkeiten für Männer mit Macht und Geld, und er verfügte über ausgezeichnete Beziehungen. Und außerdem über ein reiches Angebot an weiblicher Zerstreuung.

»Ich brauche fünfhundert.«

Kristoffersen fuhr zusammen. Er konnte sich nicht erinnern, dass er losgefahren war oder dass Julie Charlotte sich zu ihm ins Auto gesetzt hatte. Aber nun sah er, dass sie schon fast die Schule erreicht hatten.

»Jetzt?«

»Ja, jetzt. Wir müssen für den Theaterbesuch nächste Woche bezahlen.«

»Ich habe kein Bargeld … kannst du nicht die Kontonummer mitbringen, dann bezahle ich online.«

»Papa! Sag nicht, du hast schon wieder kein Geld! Neulich war das einfach sooooo … uäääääh! – soooo peinlich, als wir nach London fahren wollten. Am Ende musste *Mama* das erledigen!«

Sie sprach das Wort »Mama« mit einer Betonung aus, die deutlich zeigte, wie tief ihr Vater in ihren Augen gefallen war.

So viel zur Gleichberechtigung.

»Ich mach das schon, aber ich hab im Auto ja auch keine Scheißminibank, oder was?«

Er hörte, dass seine Stimme sich beinahe überschlug. Und er hatte vor den Ohren seiner Tochter geflucht.

An allem ist nur Dan Moen schuld, dachte er, als Julie Charlotte ohne einen Abschiedsgruß die Autotür zuknallte.

Auf dem Heimweg bemerkte Kristoffersen hinter sich einen dunkelblauen Mercedes-Geländewagen. Zuerst fragte er sich, wozu dieser so viele Antennen auf dem Dach hatte, und besonders neugierig wurde er, als der Wagen in seine eigene Straße abbog. Er wollte an diesem Tag zu Hause arbeiten. Noch immer hatte er das Gefühl, dass alle ihn anglotzten und seit der Untersuchungshaft hinter seinem Rücken über ihn redeten, obwohl er die Situation mit einem Versehen bei der Steuererklärung beschönigt hatte.

Er öffnete mit der Fernbedienung das Tor zu seiner Auffahrt, blinkte und fuhr routiniert zu seinem Haus hinauf. Die Überraschung war groß, als er nun sah, dass der dunkelblaue

Wagen mit dem Allradantrieb ihm gefolgt war und jetzt in der Auffahrt hielt.

Kristoffersen merkte, wie sich in seinem Körper ein unbehagliches Gefühl ausbreitete. Das ließ nicht nach, als er sah, wer aus dem Wagen stieg.

Nereng und Skarpnes verließen das leicht protzige Fahrzeug des Nachrichtendienstes und gingen direkt auf Kristoffersen zu. Nereng registrierte dessen ungesunde Gesichtsfarbe.

»Kristoffersen, wir wollten uns mal ein bisschen umsehen«, sagte Nereng und blieb dicht vor ihm stehen.

»Umsehen?«, fragte Kristoffersen mit Fistelstimme.

»Ja. Hausdurchsuchung nennen wir das.«

»Nein, also wissen Sie was … dazu brauchen Sie eine gerichtliche Genehmigung, und mein Anwalt …«

Nereng reichte ihm die Durchsuchungserlaubnis. »Ich schlage vor, Sie rufen Ihren Anwalt an, wenn Sie wollen, aber wir müssen jetzt rein, denn gleich kommt ein Team vom Polizeidistrikt Asker og Bærum, und die werden Ihr Haus nach allem möglichen Dreck durchkämmen.«

Nereng schob Kristoffersen sanft, aber entschieden auf das Haus zu. Als sie das Foyer betraten, stießen sie auf Thea Louise.

»Ich geh kurz weg«, sagte sie. »Dann könnt ihr in Ruhe eure Besprechung abhalten.«

Nereng hob eine Hand. »Ich muss Sie bitten zu bleiben«, sagte er energisch.

Thea Louise sah ihn erstaunt an. »Was?«

»Wir werden eine Hausdurchsuchung vornehmen, und deshalb dürfen Sie das Haus nicht ohne unsere Erlaubnis verlassen.«

»Hausdurchsuchung?«, fragte Thea Louise überrascht. »Nils Oscar, was soll das?«, fügte sie wütend hinzu.

Mit heftigen Bewegungen legte Thea Louise ihre Jacke wieder ab, machte auf dem Absatz kehrt und verschwand in einem Raum, der sich als die eleganteste Küche entpuppte, die Nereng jemals gesehen hatte.

»Ich sage nichts, solange mein Anwalt noch nicht hier ist«, erklärte Kristoffersen, als er ebenfalls in der Küche stand. Er hatte das Gefühl, seine Stimme jetzt etwas besser im Griff zu haben.

»Ihre Sache«, sagte der Polizist, der Nereng hieß. Kristoffersen registrierte einen leichten Akzent, der einer ländlichen Gegend zuzuordnen war.

»Dann fangen wir mal gleich an, und wir können dann mit Ihnen reden, wenn Ihr Anwalt sich eingefunden hat«, sagte der Polizist im arroganten Tonfall. Nachdem Nereng per Walkie-Talkie eine kurze Mitteilung gemacht hatte, kamen vier weitere Polizisten ins Haus. Sie stellten einige Metallkoffer ab und machten sich danach an ihre Arbeit.

»Das ist *mein* Haus!«, rief Kristoffersen frustriert. Er fühlte sich in die Enge getrieben und in seiner Privatsphäre verletzt. Er ging weiter ins Wohnzimmer, wo Thea Louise sich mit einem Buch auf eins der niedrigen Sofas gelegt hatte.

»Wie kannst du denn jetzt lesen?«, rief er.

Thea Louise legte mit betont langsamer Bewegung das Buch auf den Tisch neben dem Sofa, auf dem auch ihre Füße lagen. »Wenn das hier vorüber ist, Nils Oscar, kannst du dir eine neue Familie suchen. Und ein anderes Haus. In diesem hier werden nämlich meine Tochter Charlotte und ich wohnen.«

»Sie ist auch *meine* Tochter.«

Dazu sagte Thea Louise nichts.

»Nicht gerade Ihr Tag heute, was, Kristoffersen?«

Kristoffersen fuhr herum und schaute Nereng ins Gesicht.

»Sie verletzen meine Intimsphäre«, sagte Kristoffersen verbittert.

Nereng lächelte. »Daran sollten Sie sich lieber gleich gewöhnen. Wenn wir mit der Vernehmung loslegen, wird das erst richtig nah und kuschelig.«

Kristoffersen hasste Polizisten. Unterbezahlte Machtmenschen in Berufen mit geringem Status. Und vom Dorf kamen sie noch dazu, fast die ganze Bande.

Nach anderthalb Stunden landeten sie einen Treffer.

»Wir brauchen den Code für den Safe«, sagte Nereng zu Kristoffersen, der jetzt mit seinem Anwalt, Robert Jakhelln, in der Küche saß. Die beiden wurden von einem Polizisten aus Asker og Bærum beaufsichtigt, dem Nereng aufgetragen hatte, alles zu notieren, was hier gesagt wurde. Jakhelln hatte lauthals protestiert, aber Nereng hatte sich nicht beirren lassen. Kristoffersen sollte die ganze Zeit unter Aufsicht stehen.

»Safe?«, fragte Kristoffersen, anscheinend verwirrt.

»Spielen Sie, wie Sie wollen«, sagte Nereng ruhig. »Entweder Sie nennen mir jetzt den Code, oder wir öffnen ihn mit anderen Mitteln. Und dann sieht Ihr Schlafzimmer nicht mehr so hübsch aus. Aber das ist Ihnen ja vielleicht egal, da Sie ja doch nicht mehr dort schlafen werden.«

»Verdammt!«, schrie Kristoffersen und sprang auf. Seine Haare, die er mit viel Haarwachs zu einer gekonnten Schmalztolle zurechtgeschoben hatte, fielen ihm nun über Ohren und Augen. Dann sprang auch Jakhelln auf. Nereng registrierte, dass der Anwalt ziemlich groß war und dass er genau die gleiche schwedische Snobfrisur hatte wie Kristoffersen.

»Das ist Schikane!«, erklärte der Anwalt energisch.

Nereng ließ seinen Blick zwischen Kristoffersen und Jakhelln hin und her wandern. »Erinnert ihr euch an die Sesamstraße?«

Kristoffersen schaute verwirrt zu Jakhelln hinüber, aber auch der hatte die Anspielung nicht verstanden.

»Diese Fernsehserie? Was ist damit?«

»Ihr erinnert mich an das Krümelmonster«, sagte Nereng.

Jakhellns Wangen liefen rot an. »Mein Mandant – und ich auch – hat Anspruch auf korrekte, höfliche Behandlung. Es ist einfach unerhört, dass die Polizei meinen Mandanten – und mich – lächerlich macht.«

Nereng suchte Kristoffersens Blick und fixierte ihn. »Der Code?«

Kristoffersen hob verzweifelt die Hände und sah seinen Anwalt hilfesuchend an.

»Die haben einen Durchsuchungsbefehl«, sagte Jakhelln. »Die können ihn auch mit Gewalt öffnen, wenn sie wollen.«

Kristoffersen kniff die Augen zusammen.

»Dreizehn – siebenundzwanzig – neun – zwei.«

Kapitel 67

Nereng und Skarpnes sahen zu, wie der Kollege den Code eingab. Der Safe verbarg sich hinter einem Gemälde in dem riesigen Schlafzimmer. Nicht gerade originell, aber doch seltener, als viele denken. Nereng konnte sich nicht erinnern, bei seinen Ermittlungen schon einmal auf etwas Vergleichbares gestoßen zu sein. Und auch nicht auf so ein Schlafzimmer. Die Wände waren blau und weiß, die Tagesdecke war schlicht und einfach eine riesige US-Flagge, und auf den Kissen und Decken fanden sich Variationen dieses Musters.

Ein leises Signal verriet, dass das Schloss deaktiviert war, und die Safetür öffnete sich lautlos.

»Ei der Daus«, sagte Nereng und beugte sich vor, um sich den Inhalt genauer anzusehen.

»Rechner, Speichersticks und allerlei Ordner und Briefumschläge«, zählte Skarpnes auf, als er in das Safeinnere leuchtete.

»Kristoffersen ist sicher einer, der gern Ordnung hält«, sagte Nereng zufrieden. »Bestimmt finden wir da allerlei interessante Informationen.«

An sich hätte Kristoffersen zum Polizeigebäude von Asker og Bærum gebracht werden müssen. Aber im Hinblick auf die internationalen Aspekte des Falles und die Tatsache, dass mehrere der anderen Vergehen, die Kristoffersen vermutlich zur Last gelegt werden würden, in Oslo begangen worden waren, wurde Kristoffersen nach Grønland geschafft.

Nachdem die Formalitäten erledigt worden waren, brachten Nereng und ein Arrestangestellter Kristoffersen in eine Zelle.

»Sie kennen ja die Hausordnung«, sagte Nereng und spielte damit auf Kristoffersens vorherige Haftzeit an.

»Scheren Sie sich zum Teufel!«

Nereng sah ihn kurz an und gab dem Kollegen ein Zeichen, die Tür zu schließen.

»Bis morgen«, sagte Nereng in der Sekunde, als die Tür ins Schloss fiel.

Draußen wartete Jakhelln auf ihn.

»Kristoffersen hat nichts Strafbares begangen und steht zu keinerlei Vergehen in Beziehung, die eine solche Freiheitsberaubung gestatten«, erklärte er mit lauter Stimme. »Er ist ein respektierter, erfolgreicher Projektleiter bei einer der wichtigsten Firmen Norwegens. Ich werde euch die Hölle so heißmachen, wie ihr das noch nie erlebt habt.«

Nereng sah Jakhelln an und wusste nicht so recht, was er von dieser Aufführung halten sollte.

»Fertig?«, fragte er.

Jakhelln kniff die Augen zusammen. »Für den Moment, ja.«

»Gut. Dann schlafen Sie mal ein bisschen. In den nächsten Tagen müssen Sie in Hochform sein«, sagte Nereng lächelnd.

Jakhellns Mantel flatterte, als er auf dem Absatz kehrtmachte und verschwand.

Kapitel 68

Nach einem Briefing, bei dem Brodtkorb und Sæther die zur Verstärkung gekommenen Herren Olav Nord, Per Jarlsberg und Knut Kallestad kennenlernten und bei dem sie kurz in den von Elli und Rutherford entwickelten Plan eingeweiht wurden, war die Gruppe startbereit. Zum Team gehörten neben Elli und Rutherford nun auch Nord, Jarlsberg, Kallestad und Mikkelsen. Letzterer war zuständig für den Transport und die Kommunikation mit der Botschaft. In jedem der drei Autos saß ein Fahrer vom Wachpersonal der Botschaft. Hellenes musste gegen seinen Willen zusammen mit Brodtkorb in der Botschaft bleiben und für den Kontakt mit Norwegen sorgen, wo Nereng, Skarpnes und Fjeld von Lutvann aus die Operation verfolgten.

»Jetzt ist es fünf«, sagte Elli. »Ich schlage vor, dass alle ihre eigene Ausrüstung überprüfen und sich dann für acht Uhr bereitmachen. Unsere Operation startet um ein Uhr morgens. Fragen?«

Niemand hatte eine Frage.

»Dann will ich mich nur noch von Celicia verabschieden«, sagte Elli und ging hinaus.

Sie fand das Mädchen im Garten hinter dem Haus, wo sie mit ihrem neuangeschafften Rucksack saß.

Elli setzte sich neben sie ins Gras.

»Ich habe einen Wagen bestellt«, sagte sie. »Der kommt morgen früh und fährt zuerst nach Gulu und dann nach Kilak.«

Celicia nickte.

»Und jetzt möchte ich dir für alle Hilfe danken, nicht zuletzt nach dem Schlangenbiss. Ohne dich wäre ich jetzt nicht mehr am Leben.«

»Nein, ich muss dir danken«, wehrte Celicia ab. »Jetzt bin ich frei.«

Elli lächelte. »Du musst zur Schule gehen.« Sie zog einen Briefumschlag hervor und gab ihn Celicia. »Hier ist etwas Geld, damit du die Schulgebühren bezahlen kannst. Ich glaube, es müsste für einige Jahre reichen.«

Celicia bedankte sich und steckte den Umschlag in ihren Rucksack. Das Geld stammte aus Ellis aus Norwegen mitgebrachter Reisekasse. Wenn dieses Geld nicht als Honorar für Hilfe im Einsatz durchging, würde sie es eben selbst bezahlen. Sie stand auf. »Es wird heute Abend und heute Nacht hektisch zugehen, da sage ich lieber jetzt Lebewohl.« Sie fasste

Celicias Schultern. »Ich habe mich so über das Testergebnis gefreut.«

»Ich mich auch«, sagte Celicia.

Beide lachten herzlich.

»Okay – pass gut auf dich auf«, sagte Elli mahnend, aber mit einem Lächeln. Celicia nickte, lächelte ebenfalls, aber Elli konnte sehen, dass sie sich vor dem, was ihr jetzt bevorstand, fürchtete. Elli hoffte, dass Celicia wenigstens ihre Familie wiedersehen würde.

Skarpnes zeigte auf das Smartboard hinter sich. »Wir stehen jetzt über Satellit mit Elli, Rutherford und einer Kamera in Verbindung, die sie an einem Gebäude gegenüber dem angebracht haben, in dem sie Otto Kamperud vermuten.«

Nereng und Fjeld sahen sich die Bilder an. Sie erkannten die typischen Nachtkameraufnahmen, die sie bei diversen polizeilichen Aktionen gesehen hatten, aber es war etwas ganz anderes, wenn die Operation viele tausend Kilometer entfernt stattfand, in einem anderen Erdteil.

Nereng schaute wieder zu der digitalen Tafel. Die ganze Situation kam ihm vor wie ein amerikanischer Actionfilm, bei dem sie selbst die Hauptdarsteller waren. Die Kamera mit der Bezeichnung B1 fing jetzt an, sich durch einen Gang zu bewegen.

»Jetzt passiert etwas«, sagte er und zeigte auf das Bild.

Die anderen im Zimmer drehten sich ebenfalls zu der Tafel um und konnten jetzt deutlich sehen, dass B1 sich in einen Lieferwagen setzte, während B2 in ein Taxi stieg. Beide Wagen schienen lokale Fahrer zu haben, und sie konnten auf der Rückbank des Taxis zwei andere Personen mit nordischem Aussehen erahnen.

»Toi, toi, toi«, war Nerengs Kommentar zu den Bildern.

Claymore-Minen wirkten im Prinzip wie ein Schrotgewehr. Eine Ladung C-4-Plastiksprengstoff hinter ungefähr siebenhundert Stahlkugeln sorgte für einen heftigen Schrotschauer in einer Streuung von sechzig Grad. Alle in einem Umkreis von zwanzig, dreißig Metern um die Detonationsstelle würden ums Leben kommen.

Croukamp schob die Claymore-Mine durch ein Loch in der Mauer, die Otto Kamperuds Gefängnis umschloss. Nach Einbruch der Dunkelheit hatte er sich über das Nachbargrundstück geschlichen, eine kleine mechanische Werkstatt und zu seiner großen Freude einen dicken Spalt in der Mauer entdeckt. Er hatte nur einige Ziegelsteine herausstochern müssen, dann hatte er, was er brauchte.

Die Entfernung zum Tor, durch das seiner Berechnung nach die anderen hereinkommen würden, betrug etwa fünfundzwanzig Meter. Er überprüfte die Platzierung und die beiden kleinen Beine, auf der die Mine stand, dann zog er sich langsam zurück. Nach sieben oder acht Minuten hatte er seine Position im Lagerhaus wieder erreicht. Dort hatte er zudem ein Sako-TRG-Scharfschützengewehr mit Schalldämpfer und Nachtsichtfunktion.

Die restlichen drei Angehörigen seines Teams arbeiteten an zwei Fronten: Einer wartete in einem Auto am Flughafen von Entebbe, einer stand mit einem Land Cruiser auf einem Hinterhof vier Ecken weiter, ebenfalls hinter einer hohen Mauer, so dass er von draußen nicht zu sehen war. Croukamp rechnete nicht damit, dass der Mann in Entebbe in dieser Nacht viel zu tun haben würde.

Durch das Fernglas hatte er den ganzen Vordergarten und das Tor zum Haus im Blick. »Jetzt kannst du ruhig kommen, mein Mädel«, flüsterte er vor sich hin.

Elli saß im Lieferwagen von Matama Express. Es war 1.15 Uhr, und damit lagen sie fünf Minuten vor ihrem Zeitplan, als John in die Straße einbog, einige hundert Meter unterhalb des Hauses, in dem sie Otto vermuteten.

»B1 in Position«, gab sie über Funk durch.

Einige Sekunden später bestätigte Rutherford, B2, dass er

jetzt seine Stellung bezogen hatte, am anderen Ende eines Weges, der hinter den Häusern vorbeiführte. Um in den Hinterhof zu gelangen, mussten Rutherford, Nord und Kallestad ein angrenzendes Lagergelände durchqueren. Die Paletten, Stapel und Gegenstände, die sich hier befanden, lieferten gute Deckung. Außerdem hatten sie noch die Dunkelheit.

»B3 in Stellung.«

B3 war Mikkelsen, und er bestätigte mit dieser Mitteilung, dass er und der Fahrer des zweiten Taxis einen Block weiter oben in Fluchtrichtung bereitstanden, gleich bei ihrem stationären Videoposten. Elli gab dem Fahrer des Lieferwagens von Matama Express ein Zeichen zu wenden, damit auch dieses Auto jetzt in Fluchtrichtung stand. Dann sprangen sie und Jarlsberg hinaus und fingen an, sich rasch und leise die Straße hinaufzubewegen. Es gab keine Straßenlaternen, nur hier und da fiel Licht aus einem Wohnhaus oder aus einer Lampe über dem Eingang zu einer der vielen Werkstätten.

Die Bilder aus Ellis Nachtsichtkamera waren überraschend deutlich, obwohl Elli offenbar zusammen mit Jarlsberg die Straße sehr rasch hinauflief. Ellis Kamera blieb stehen und war lange auf ein doppeltes Tor in einer Mauer gerichtet. Es schien aus Holz zu sein und Rahmen und Riegel aus Metall aufzuweisen.

»Hier wären wir«, kommentierte Nereng.

Die anderen brummten und grummelten unverständliche Antworten auf diese Feststellung. Er beschloss, nicht mehr so viel zu reden.

»B2, Position?«, hörten sie im Stakkato aus den Lautsprechern. Aus einem unerfindlichen Grund wurden die Geräusche des Einsatzes später übertragen als die Bilder.

Dann bestätigte auch B2, dass sie in Position waren, und Ellis Kamera bewegte sich auf das Tor zu. Im rechten Teil des Bildes konnten sie sehen, dass Jarlsberg eine große Kneifzange bei sich hatte.

In der Botschaft saßen Hellenes und Botschafterin Sæther. Hellenes hatte eine direkte Verbindung nach Lutvann, aber die erschien zumeist als ironische Überflüssigkeit, da Lutvann die Ereignisse direkt über die Satellitenverbindung verfolgen konnte, während die Videofeeds, die in der Botschaft einliefen, mit einer Verspätung von mehreren Sekunden aus Lutvann kamen.

»Es gibt für alles ein erstes Mal«, sagte Sæther.

Hellenes lächelte. »Ja, das treibt den Puls ganz schön in die Höhe.«

Sæther schaute gleichsam tadelnd zu ihm hinüber, weil er die Vorschriften des Außenministeriums für den passenden Grad an Enthusiasmus missachtet hatte, aber dann lächelte sie. »Seh ich auch so.«

Hellenes' Mobiltelefon klingelte.

»Ja?«, fragte er aufgeregt.

»Brodtkorb, ich komme gleich … hab ein bisschen Probleme mit dem Magen …«

»Okay.«

»Brodtkorb?«, fragte Sæther sofort danach.

»Ja. Sie kommt. Magenprobleme.«

»Ganz schön schlechtes Timing.« Beide lachten, aber das Lachen klang nervös.

Kapitel 69

Otto hatte einen seiner wenigen lichten Momente. Er hatte sich schon längst damit abgefunden, dass er an einer Blutvergiftung oder einem Kaltem Brand sterben würde. Er hatte so entsetzliche Schmerzen, dass er sich eigentlich nur wünschte, bald erschossen zu werden.

»Wasser«, murmelte er flehend, aber Disciple und die beiden anderen Kommandanten drehten sich nicht einmal um. Sie rauchten, dem Geruch zufolge offenbar große Mengen Hasch, und ansonsten vertrieben sie sich die Zeit mit Reden. Bei zwei Gelegenheiten waren auch Frauen dabei gewesen. Otto erinnerte sich nur bruchstückhaft an das, was die Frauen der Reihe nach auf dem verdreckten Sofa mit den GFF-Soldaten unternommen hatten.

Denen war das offenbar scheißegal.

Elli schob vorsichtig die eine Torhälfte auf, während Jarlsberg ihr mit erhobener Waffe Deckung gab. Nun war das Haus dahinter zu sehen. Eine einsame, trübe Glühbirne beleuchtete Teile eines Laubengangs, der sich vor der Vorderseite des Hauses dahinzog. Die Birne warf einen vagen gelben Schein über den Boden, ansonsten waren Fenster und Hofplatz dunkel.

Elli ging drei Schritte an der geöffneten Tür entlang, ging in Stellung und gab Jarlsberg ein Zeichen, dass er sich nun in Bewegung setzen sollte.

Mit entschiedenen Bewegungen und weiterhin erhobener Waffe lief er über den Innenhof. Als er seine Position an der Mauer erreicht hatte, gab er Elli Deckung, worauf diese zur anderen Seite des Hofes lief.

Sie sollten diese Positionen halten, bis das Signal des anderen Teams erfolgte.

Croukamp betrachtete die beiden Gestalten am Tor. Zwei Baumstämme, ein wenig Laub und ein Strommast befanden sich in der Schussrichtung zwischen dem Tor und dem Haus, in dem die Geisel sich befand, aber es gab genug Stellen mit freiem Blick, so dass er mehrere Chancen bekommen würde, seine Sako zu benutzen. Außerdem hatte er ja die kleine Überraschung in der Mauer.

Er merkte, wie es ihm am ganzen Leib danach juckte, der Mörderin seines Sohnes eine Kugel durch den Kopf zu jagen, aber zuerst musste die Geisel eliminiert werden.

Danach würde er tun können, was er wollte.

Nereng starrte auf die Nachtbilder der Kamera B2, der von Rutherford. In den letzten drei, vier Minuten hatten sie das schrittweise Vorrücken von Rutherfords Team beobachten können, zuerst über das Lagergelände, dann mit einer mitgebrachten Leiter über die Mauer, und jetzt stand Rutherford zusammen mit Nord und Kallestad gleich hinter der Rückwand des Hauses. Nereng registrierte, dass Rutherford einen zylinderförmigen Gegenstand hervorzog.

Schockgranate, dachte er.

Rutherfords Team sollte den Lagerraum überwachen, indem sie eine Minikamera mit Nachtsicht durch eines der kleinen Fenster in der Rückwand schoben. Die Kamera konnte mit zwei Griffen am Ende eines langen elastischen Halses um 360 Grad gedreht werden.

»Objekt am Ziel, gegenüberliegende Mauer«, gab Rutherford über Funk durch. »Zwei Mann drei Uhr, zwei nach sieben Uhr.«

»Verstanden«, gab Elli zurück. »Wir sind so weit.«

Dreimaliges Knallen im Abstand von wenigen Sekunden sagte Elli, dass sie angefangen hatten. Rutherford und sein Team führten ihren Teil des Angriffes wie geplant aus. Aus dem Haus hörten sie zuerst ein lautes Scharren, umkippende Möbel, dann Stöhnen und Rufe. Elli verstand nichts von dem, was gesagt wurde, erkannte am Tonfall aber Acholi.

Jarlsberg hatte die Glühbirne zerbrochen, so dass der Laubengang jetzt im Dunkeln lag. Elli nahm Anlauf und trat die brüchige Holztür ein. Dahinter lief sie sofort nach rechts, Jarlsberg folgte ihr und ging nach links.

»Wir sind drin«, sagte sie per Funk.

Irgendwer schoss jetzt aus der linken Ecke des großen Lagerraumes. Jarlsberg reagierte sofort, lief hinüber und gab zwei Serien von Doppelschüssen ab. Sofort war Schluss mit den Schüssen aus der Ecke.

»Objekt neutralisiert«, teilte Jarlsberg mit.

Elli bewegte sich weiter nach rechts. Sie konnte sich gut hinter allerlei Holzkästen und alten Öltonnen verbergen, und mit ihrer Nachtsichtbrille hatte sie in dem dunklen Raum gute Sicht. Die Petroleumlampe, die die Geiselnehmer benutzt hatten, war entweder gelöscht oder von den Schockgranaten ausgeblasen worden.

Elli erreichte die rechte Wand des Lagerraumes und blickte zwischen den Kästen nach links. Etwa fünf Meter weiter sah sie ein abgenutztes Sofa. Davor stand eine Kiste, die als Tisch diente.

»Visuell«, sagte Jarlsberg.

Elli gefiel die Lage nicht. Wo blieben die anderen drei?

»Ruth: Anzahl sicher?«

Rutherford bestätigte.

»Verstärkung«, forderte Elli.

»Okay«, sagte Rutherford.

Elli hörte draußen keine Geräusche, aber nach nur wenigen Sekunden kam die Bestätigung per Funk.

»B5 in Position.«

Elli atmete tief durch, versuchte, Ruhe zu finden. Das gelang ihr nicht sonderlich gut, ihr Puls beschleunigte sich immer mehr.

»Bei drei«, sagte sie.

Die anderen bestätigten.

»Eins, zwei, drei.«

Zwei neue Schockgranaten wurden durch die Fenster geworfen. Gleich danach stürmten Elli und Jarlsberg auf die Person zu, die vor der hintersten Wand auf der Matratze lag. Sie kamen gleichzeitig dort an, und sogar durch die Nachtsichtbrille sah Elli, dass sie keine Sekunde zu früh waren. Otto Kamperud sah aus wie ein lebender Leichnam.

Dann fielen die Schüsse.

Otto Kamperud wurde von Schüssen geweckt. Von vielen Schüssen, registrierte er träge.

Eine Frau und ein Mann schleppten ihn davon, indem sie sich seine Arme um die Schultern legten.

Irgendwer schoss auf sie. Disciple? Nein, es musste eine der

Wachen sein. Der Mann fuhr zusammen, griff sich an den Oberschenkel, hinkte aber weiter.

Sie näherten sich der Tür, wo ein weiterer Mann mit einem Automatikgewehr stand.

Otto konnte gerade noch registrieren, dass der nach links schoss, ehe er wieder in der schwarzen bewusstlosen Finsternis verschwand.

Nord traf offenbar den, auf den er geschossen hatte, denn Elli bemerkte eine Pause zwischen den Schüssen von links. Sie war lang genug, um die Türöffnung zu erreichen. Allerdings war diese zu schmal, um sie und Jarlsberg gleichzeitig durchzulassen. Deshalb ließ sie zuerst Jarlsberg Otto Kamperud hinaus in den Laubengang schleppen.

Elli wollte hinterherlaufen, wurde aber daran gehindert, als ihr von hinten eine Messerklinge an den Hals gepresst wurde. Jemand packte sie an den Haaren und riss ihren Kopf nach hinten.

»*Quiet, girl*«, zischte eine unbekannte Stimme.

Dann wurde sie nach hinten und zurück in das dunkle Lagerhaus gezogen. Ehe ihr das Funkgerät und die Nachtsichtbrille abgerissen wurden, hörte sie im Ohrstöpsel, dass Nord und Kallestad die Geisel übernahmen, um Erste Hilfe zu leisten, und die kurze Mitteilung, dass sie vermisst werde.

Sie wagte nicht, etwas zu unternehmen, solange ihre Augen sich nicht an die Dunkelheit gewöhnt hatten. Widerstandslos folgte sie ihrem Angreifer weiter zurück in den Lagerraum.

»Wo zum Teufel sind die anderen?«, schrie Nereng, während er das Smartboard anstarrte, wo das Bild von B1 jetzt nur einen leeren Lagerraum, Holzkisten und allerlei Abfälle zeigte. Kurz zuvor hatten Nereng und die anderen sehen können, dass Elli zurück in den Raum gezerrt wurde und dass hinter ihr ein großes Messer aufgetaucht war.

»Was zur Hölle machen die anderen?«

Nereng schaute sich verzweifelt um, blickte aber nur in ratlose Gesichter. Im Grunde kannte er die Antwort ja. Die anderen konnten nichts machen. Jegliche Hilfe, und damit jegliche Lösung dieser Situation, befand sich außerhalb des Lagerhauses. Elli, dem Angreifer hilflos preisgegeben, befand sich im Inneren.

Kapitel 70

Elli arbeitete sich systematisch durch ihre Optionen. Sie hatte sehr wenig Zeit. Ihre Augen hatten sich einigermaßen an die Lichtverhältnisse gewöhnt, und sie gab sich alle Mühe, die Bewegungen ihres Angreifers zu verfolgen. Bei der kleinsten Unaufmerksamkeit, wenn der Druck der Messerklinge auf ihrem Hals nachließ, würde sie zuschlagen. Aber der Mann war stark und wirkte ungewöhnlich konzentriert. Der Angreifer drückte die Messerklinge unentwegt fest an Ellis Hals und zog mit gleichbleibender Kraft an ihren Haaren. Wenn sie auch nur eine plötzliche Bewegung machte, könnte er ihr die Kehle durchtrennen.

Was hatte er vor? Sie zu töten? Sich freizukaufen? Sie anstelle von Otto als Geisel zu nehmen?

Plötzlich zwang er sie zu Boden, bohrte ihr sein Knie in den Nacken und öffnete mit raschen Bewegungen eine Luke gleich neben ihr. Mit großer Kraft zwang er Elli einige provisorische Treppenstufen hinunter, die in einen engen Kellergang führten. Der Gang wurde von zwei Fackeln beleuchtet, weiter vorn konnte sie zwei Abzweigungen sehen.

Ein Tunnelsystem unter dem Grundstück. Daran hatten sie nicht gedacht, als sie ihren Plan entwickelt hatten.

Sie spürte, wie ihr Kopf an der Tunneldecke entlangschrammte. Sie gingen langsam weiter, und da der Tunnel nicht gerade verlief, konnte Elli nur fünf oder sechs Meter weit sehen. An einer Abzweigung wurde sie nach rechts und zu einem kleinen Vorrat an Konservendosen und Munition geführt.

Mit jedem Schritt überlegte Elli, ob sie einen Angriff riskieren sollte. Zugleich versuchte sie, sich ein Bild von ihrem Gegner zu machen. Er hatte eine schrille Stimme, war etwa zwei Zentimeter kleiner als sie. Seine Kleider, das riesige Messer, das er an ihre Kehle presste, oder der Mann selbst rochen nach Blut. Ihre Chance, einen erfolgreichen Angriff durchzuführen, lag bei kaum mehr als fünfundzwanzig Prozent. Sie wusste auch nicht, was sich am anderen Ende des Kellerganges befand, es konnten auch weitere Guerillasoldaten oder eine Hinrichtungsstätte sein, die der Irre hinter ihr benutzte. Sie erinnerte sich an Fragmente aus einem Buch, das sie über amerikanische Spezialsoldaten gelesen hatte, »Tunnel Rats«, die während des Krieges in Tunneln unter Saigon den Vietcong gejagt hatten. Es hatte hohe Verluste gegeben, und diese Soldaten waren auf Nah- und Messerkampf trainiert.

»Weiter«, drängte der Mann. »Du bist meine Lebensversicherung.«

Das hörte sie gern. Dann würde er sie ja wohl noch eine Weile brauchen. Aber Ellis Entschluss stand fest. Sie wollte hier unten nicht als Geisel enden, deshalb musste sie handeln.

Sie hustete. Hart, tief, sie ließ den Husten in ihrem ganzen Leib beben.

»Still«, fauchte der Mann hinter ihr.

»Mein Hals«, stammelte sie und räusperte sich heftig.

Er presste ihr noch immer das Messer an die Kehle.

Elli gab sich größere Mühe und verzerrte ihre Halsmuskulatur zu einem brennenden Husten- und Würgeanfall. Einen Moment lang hatte sie das Gefühl, dass die Klinge des Messers dabei in ihren Hals schnitt.

Der Mann hinter ihr blieb für einen kurzen Moment stehen. Der Druck auf Ellis Hals lockerte sich ein winziges bisschen.

Ellis Arme schossen nach oben, sie machte aus den Händen einen Haken und presste blitzschnell die Arme des Angreifers zur Seite. Sie befreite ihren Hals, warf sich nach vorn, rollte sich herum und stand gleich darauf im Tunnel ihrem Angreifer gegenüber. Sie sah, dass das Messer, das sie an ihrer Kehle gespürt hatte, kein Messer, sondern eine verdreckte Machete war und dass sie Disciple gegenüberstand. Er lächelte, fast ein wenig väterlich. »Womit willst du mich denn jetzt angreifen, meine Kleine?«

Disciple erhielt keine Antwort, und statt durch den Tunnel zu fliehen, ging Elli auf ihn zu. Er hob die Machete und kam ihr entgegen.

Elli berechnete die Entfernung, hob den rechten Arm und warf ihm eine Handvoll Sand, den sie bei ihrer Rolle auf dem Boden mitgerissen hatte, ins Gesicht. Die kleinen Sandkörner trafen Disciples Augen und klebten dann an der Schleimhaut des Augapfels. Er konnte nichts mehr sehen und rieb sich mit der einen Hand die Augen, während er mit der anderen wild mit der Machete herumfuchtelte.

Elli wich zurück, und nach vier, fünf Hieben wirkten die Machetenbewegungen langsamer und schwächer. Als er sie nach links schwang, wandte sie alle Kraft auf und presste den Arm mit der Machete an die Lehmwand. Dann schlug sie zu. Mehrmals, sie wusste, dass sie schlagen musste, bis er zu Boden ging. Nach fünf Schlägen gab Disciple auf. Elli war sicher, dass sie ihm Nase und Kiefer gebrochen hatte.

Sie wich instinktiv im Gang weiter zurück, um zu Atem zu kommen, und spürte, dass ihre Füße gegen etwas stießen – eine weitere provisorische Treppe. Sie stolperte fünf Stufen hinauf und stieß mit dem Kopf gegen etwas Hartes.

Noch eine Luke. Der Richtung und der Entfernung nach musste diese zwischen Hauswand und Mauer liegen.

Sie setzte alles auf eine Karte, stieß die Luke auf und hoffte zugleich, dass ihre Kollegen genau hinschauen würden, bevor sie schossen.

Elli befand sich hinter dem Haus zwischen Hauswand und Mauer. Als sie aus dem Loch stieg, hörte sie sofort auf ihrer linken Seite eine rasche Bewegung und warf sich in die Gegenrichtung.

Es war Rutherford. Er musste begriffen haben, was passierte, und hatte sich bereitgehalten.

»Schön, dich zu sehen«, sagte er.

Elli atmete erleichtert auf. Aber sie bekamen direkt neue Probleme.

Ein riesiger Mann ließ sich vom Dach fallen, rollte sich herum und legte eine AK-47 an. Elli warf sich zur Seite, sah, dass Rutherford auf den neuen Angreifer losging und dass sich die Männer dann über den Boden wälzten. Sie kam mühsam auf die Beine und sprang auf den Angreifer, der jetzt auf Rutherford lag.

Der Kerl hatte Rutherford die Hände um den Hals gelegt. Riesige Hände, konnte sie noch denken, ehe sie mit aller Kraft gegen seinen Kopf trat. Sein Schrei verriet ihr, dass sie getroffen hatte. Allerdings schien er ein zäher Brocken zu sein. Ein normaler Mensch hätte jetzt das Bewusstsein verloren, vielleicht würde er sogar gar nicht mehr aufstehen.

Der Mann mit der AK-47 schrie und wälzte sich auf dem Boden, während Rutherford sich zu Ellis Überraschung auf ihn warf und etwas in den kleinen Rucksack des Angreifers fallen ließ. Einen viereckigen Gegenstand, so groß wie ein Buch.

»Wir müssen hier raus!«, rief sie. Rutherford war wieder auf den Beinen.

Der Riese kroch wie besessen auf die Luke zu, aus der Elli gekommen war.

»Lass ihn doch«, brachte sie heraus. »Wir haben Otto.«

Sie waren schon viel zu lange hier, und es konnte nicht mehr lange dauern, bis ein großes Polizeiaufgebot anrückte. Und dann würden sie wirklich in der Klemme stecken.

Rutherford befahl per Funk, dass sie den Evakuierungsplan starten sollten, der darauf beruhte, dass der Lieferwagen vor das Tor kam, damit sie Otto Kamperud zusammen mit Elli und den übrigen Norwegern dort unterbringen konnten. Rutherford sollte mit einem ihrer Taxis folgen, und dann würden sie zu einem Treffpunkt im Süden von Entebbe fahren, wo der Hubschrauber sie in drei Stunden auflesen würde.

Sie liefen um das Gebäude und fanden Nord und Kallestad, die den Patienten zwischen sich hatten.

»Wird aber auch Zeit«, sagte Nord. »Kamperud ist hart an der Grenze, und Jarlsbergs Verletzung muss sofort genäht werden.«

Elli wusste darauf nicht sofort etwas zu sagen, und für einen kurzen Augenblick senkten sich Ruhe und Stille über den Platz vor dem Gebäude.

Sie spürte, dass etwas nicht stimmte.

Dann hörte sie den Schuss. Er traf Otto Kamperud in der Stirn.

Croukamp stellte zufrieden fest, dass er seinen Auftrag erfüllt hatte. Die Geisel war unschädlich gemacht, die Information gesichert. Und alles verlief nach Plan, denn jetzt hatten sie sich genau dort versammelt, wo die Claymore-Mine die größte Wirkung haben würde. Er brauchte jetzt nur noch auf den Knopf zu drücken.

Mit ruhigem Finger betätigte er den Fernauslöser. Die Mine ging sofort hoch, aber es war nur ein dumpfer Knall, und der kam von einer ganz anderen Stelle als dort, wo er die Mine angebracht hatte. Es klang, als hätte es eine Detonation unter der Erde gegeben.

Jemand hatte die Mine offenbar verlegt. Warum, würde er später feststellen müssen. Aber das wusste er: Bernhards Mörderin würde jetzt mit ihren Leuten Uganda verlassen und nach Norwegen zurückkehren.

Croukamp wollte Bernhard rächen. Und deshalb musste auch er nach Norwegen reisen.

Elli blickte zu dem Haus hinüber, von wo der Knall gekommen war, wo genau aber die Sprengladung hochgegangen war, konnte sie nicht erkennen.

»Claymore«, sagte Rutherford, als sie auf der Außenseite der Mauer in Deckung gingen. Otto Kamperuds Leichnam und die anderen waren schon im Wagen.

Der Gegenstand, den er Kommandant Angel in den Rucksack gesteckt hat, dachte Elli, als sie sich ins Auto fallen ließ.

»Hab ich am Zaun gefunden.«

»So was hat die GFF?«

»Sieht so aus«, sagte Rutherford.

Elli fühlte sich seltsam leer. Sie hoffte eigentlich, dass die Mine auch Disciple erwischt hatte, obwohl es kein guter Gedanke war, jemandem den Tod zu wünschen.

Aber bei Disciple machte sie eine Ausnahme.

Kapitel 71

Sie sahen die ersten Einsatzwagen der Polizei nur wenige Sekunden nachdem sie das Gelände, auf dem das Lagerhaus stand, verlassen hatten. Durch die Heckscheibe des Lieferwagens konnte Elli einen weiteren Einsatzwagen sehen, der sich aus der Gegenrichtung näherte. Sie waren nur um Haaresbreite entkommen.

Otto Kamperuds Leichnam lag auf der Ladefläche, und Elli, Nord, Jarlsberg und Kallestad hockten in unbequemer Haltung vor den Seitenwänden.

»Woher kam der Schuss?«, fragte Elli durch den Motorenlärm.

»Ich glaube, von Süden«, antwortete Nord. »Aber sicher bin ich nicht, ich habe so eine Andeutung eines gedämpften Schusses gehört. Wenn ich raten darf, dann hat jemand mit einem Scharfschützengewehr mit Schalldämpfer auf der Lauer gelegen. Und der Betreffende war vielleicht nur wenige hundert Meter von uns entfernt.«

Elli schlug die Hände vors Gesicht, kniff die Augen zusammen, versuchte, die Logik in allem zu sehen, fand aber keinen roten Faden.

»Wir haben nicht die geringste Chance, den Schützen zu finden, auch wenn ich mir das noch so sehr wünsche. Kampala ist jetzt zu gefährlich für uns, wir müssen uns an unseren Plan halten und machen, dass wir wegkommen. Aber eins weiß ich: Otto Kamperud wusste etwas, das andere uns unbedingt vorenthalten wollen.«

»Dann hast du wohl auch eine Vorstellung, wer der Schütze gewesen sein kann?«, fragte jetzt Nord.

»Die habe ich.«

Das Dröhnen des startenden Hubschraubers sagte dem Söldner der TIG, dass er das Spiel verloren hatte. Zwei Minuten später beobachtete er, ohne etwas unternehmen zu können, wie die Bell 412 in der Morgendämmerung von Entebbe losflug und gleich darauf Kurs nach Südosten aufnahm. Croukamp hatte nach der Operation in Kampala seine Instruktionen per Funk durchgegeben, aber die anderen hatten sich für die falsche Strategie entschieden. Natürlich hatten diese Norweger sich einen anderen Treffpunkt ausgesucht.

Staub und Kieselsteine wurden zu einer ungastlichen Wolke hochgewirbelt, als der Hubschrauber wie abgemacht auf der abgelegenen Landfläche landete. Elli, Nord, Jarlsberg und Kallestad trugen die Bahre, auf die sie Otto Kamperuds Leichnam gelegt hatten. Eine Decke, die sie über den Toten gebreitet hatten, gab diesem eine gewisse Würde. Die Bahre wurde quer hinter den Piloten gestellt, eine Minute später waren auch alle Taschen untergebracht.

Elli lief zu Rutherford, der gerade Waffen und andere Ausrüstungsgegenstände im Gepäckraum verstaute. Sie streckte die Hand aus. »Danke für die Zusammenarbeit.«

Rutherford lächelte. »Ebenfalls. Ein Vergnügen.« Er umarmte sie heftig, ehe er sie zum Hubschrauber begleitete. »Ich melde mich, wenn ich etwas weiß«, sagte er und winkte.

Elli winkte zurück, drehte sich um und sprang in den Hubschrauber. Sie waren in der Luft, noch ehe sie die Tür zugeschoben hatte.

Sie flogen über den Victoriasee und passierten kenianisches Territorium durch einen Luftkorridor, den Ölfirmen und andere Unternehmen regelmäßig nutzten. Der Flug sollte die drei Norweger zu einem Hafenstützpunkt in Mombasa bringen. Elli schrieb auf ihrem CryptoKid folgenden Bericht für zu Hause:

otto k tot, heckenschütze, möglicherweise von TIG, weiterer Mann verletzt, oberschenkel, unter kontrolle, team lt plan unterwegs nach mombasa. brauche rückkehr norw. asap. e

Sie drückte auf »Senden«, ließ sich zurücksinken und trank einen großen Schluck aus einer Wasserflasche. Dann schloss sie die Augen und versuchte, ein Ende dieses Auftrages vor sich zu sehen, aber sie hatte das Gefühl, dass der Einsatz ihr nichts anderes gebracht hatte als Blut an den Händen.

Nord tippte ihr auf die Schulter. Sie blickte ihn fragend an und hatte dabei offenbar genervt ausgesehen, denn Nord gestikulierte übertrieben freundlich, sie solle Kopfhörer aufsetzen.

»Tut mir leid … hier gibt es weitere Informationen«, sagte er über Intercom.

»Die Informationen nehmen kein Ende«, erwiderte Elli.

»Kamperud war für kurze Zeit bei Bewusstsein, als wir ihn behandelt haben. Er hat uns das hier gegeben«, sagte Nord und reichte ihr einen Zettel.

Der war mit einer Art Kohlestift mit der Hand beschrieben, vielleicht einfach mit einem rußigen Zweig. Die Handschrift war grob, Blockbuchstaben, von einem Mann, der eine wahre Hölle durchgemacht hatte, überlegte sie, ehe ihr langsam, aber sicher die Bedeutung dieses Zettels aufging.

»Ergibt das einen Sinn?«, fragte Nord neugierig.

Elli hörte, dass Nord etwas sagte, aber das vermischte sich

mit dem Dröhnen und dem Gefühl von Verwirrtheit, das man in einem Hubschrauber immer bekam. Sie starrte noch immer den Zettel an. Die von Otto hingekritzelte Mitteilung gab dem ganzen Einsatz eine neue Perspektive.

»*The package is delivered*«, sagte Croukamp ins Satellitentelefon.

»*Guaranteed?*«, fragte der Auftraggeber.

»Garantiert.«

»Und unsere neue Freundin?«

Auf dem Weg zu dem Auto auf dem Hinterhof, wo er während des Angriffs in Position gelegen hatte, schaute Croukamp zum Horizont hinüber, sah aber nichts. Er hörte auch keinen Hubschrauber. Sicher hatten sie schon längst Kenia erreicht. »Sie ist auf dem Heimweg«, flüsterte er fast.

»Das bedeutet also, dass das norwegische Team seinen Auftrag erweitert?«, fragte der Auftraggeber.

»Ja, aber sie müssen auf mich warten.« Seine Stimme war verbissen. »Ich brauche drei, vier Tage, dann bin ich vor Ort.«

Croukamp öffnete die Heckluke, hob den Koffer mit dem Scharfschützengewehr hoch, verstaute ihn mühsam auf dem Boden im Laderaum des Wagens mit dem Allradantrieb und knallte die Tür zu.

»Wie ist es in Oslo gelaufen?«

»Alles ging gut. Aus der Richtung hören wir nichts mehr.«

Nur noch die Polizistin, dann wäre das Gleichgewicht wiederhergestellt.

Kapitel 72

Zenith blickte eifrig über Voldsløkka.

»Bitte sehr«, sagte Elli.

Der Hund stürzte los und hinterließ im Raureif eine lange Spur.

»Das mit dem anderen Hund tut mir leid«, sagte Nereng zu Elli.

Sie war am Vorabend aus Uganda zurückgekehrt. Er hatte Zenith am frühen Morgen zu ihr gebracht und war mit zur Morgenrunde gekommen.

Elli warf ihm einen scharfen Blick zu.

»Hast du Zenith um Entschuldigung gebeten?«

»Natürlich«, sagte Nereng. »Und an dem Tag hat er abends Frikadellen bekommen.«

»Dann ist das sicher in Ordnung«, sagte Elli lächelnd.

Sie gingen ruhig durch die herbstgraue Landschaft, ohne etwas zu sagen. Nach einer ganzen Weile meinte Nereng: »Du warst viel in der Sonne, das kann ich deiner Haut ansehen.«

»Es hat viele Freiluftaktivitäten gegeben.«

Nereng lachte. »Dann erzähl endlich, Frau. Großer Gott – alle wollen doch wissen, wie der Einsatz lief.«

Elli ging einige Schritte weiter, ehe sie die Geschichte erzählte. Zuerst ein wenig zögernd, aber dann ging es wie von selbst. Nereng hörte aufmerksam zu und stellte nur wenige Fragen. Sie folgten dem Rundweg um Voldsløkka und gingen danach zurück zu Ellis Wohnung am Badebakken.

»Die Wunde auf deiner Wange stammt also vom Angriff durch die TIG?«, fragte er vor dem Block.

»Ja, vom ersten. Kommst du noch mit auf einen Tee?«, fragte sie.

»Gern«, sagte Nereng. »Du hast ja erst die Hälfte erzählt.«

Als sie den Tee gekocht hatte, setzte sie sich auf das Sofa. Neben ihr rollte sich Zenith zusammen und verbannte Nereng somit in den Sessel. Elli berichtete weiter von ihren Erlebnissen, Nereng kommentierte das Erzählte nur ein einziges Mal, und zwar, als sie berichtete, wie sie den Söldner erschossen hatte.

»Das war Notwehr«, sagte er voller Überzeugung. »Du darfst den Gedanken, was du hättest anders machen können, keinen Raum geben. In solchen Situationen hat man keine Wahl.«

Elli wusste, dass er ebenso über sich selbst redete. Bei einem

Einsatz ein Jahr zuvor hatte Nereng jemanden erschossen. Er sprach nie darüber.

Leise erzählte sie nun auch den Rest, bis zu dem Moment, als Otto Kamperud erschossen worden war.

»Aber den Schützen habt ihr nicht gesehen?«, fragte Nereng.

»Nein«, sagte Elli. »Der hatte sich gut versteckt.«

Sie trank ihren Becher leer und stellte ihn dann auf den Tisch.

Nereng sah sie an. Elli hat so viele Schichten, dachte er. Würde er wohl jemals richtig an sie herankommen?

»Was ist los?«, fragte Elli neckend und riss Nereng damit aus seinen Gedanken.

»Ich … ich bin stolz darauf, dein Partner zu sein«, rutschte es ihm heraus.

Elli lachte. »Reiß dich zusammen. Wir tun nur unsere Arbeit.«

Kapitel 73

Elli wusste nicht, womit sie rechnen sollte. Trauer, Wut, Frustration, Aggression – bei Lars Kamperud war jede Reaktion möglich. Dennoch hatte sie ihn unbedingt allein treffen wollen.

Der mächtige Mann empfing sie in einer Bibliothek im Osloer Büro von Kamperud Shipping. Die Wände waren von oben bis unten mit Bücherregalen bedeckt, es waren vor allem alte Bücher mit Lederrücken, in Vitrinen waren zudem maritime und militärische Sammlerstücke ausgestellt. Ein Ölgemälde eines Viermasters hing über einem Schieferkamin und vervollständigte die Stimmung in dem leicht pompösen Raum.

Elli und Kamperud saßen einander gegenüber auf Chesterfield-Sofas. Das glänzende Leder reflektierte die Flammen, die im Kamin tanzten.

»Ich habe es nicht geschafft«, sagte Elli.

In Kamperuds Gesicht sah Elli die Spuren von fünfzig Jahren im Geschäftsleben. Bei jedem Erfolg und jeder Niederlage hatte Kamperud einen Kampf ausgefochten, der in dem großen runden Gesicht seine Spuren hinterlassen hatte. Das hatten auch die zahllosen Glas Whisky. Aber die Trauer um seinen Sohn überlagerte alle alten Furchen in seinem Gesicht.

»Sie wissen, ich habe noch einen Sohn und eine Tochter«, sagte er. Seine Stimme war rau, aber nicht aggressiv. »Die werden mein Lebenswerk weiterführen.«

Auf dem Tisch vor ihnen stand eine Kristallkaraffe mit goldener Ware aus Schottland. Kamperud füllte zwei Gläser. Elli brachte es nicht übers Herz abzulehnen, bat aber um etwas Wasser. »Obwohl wir uns nicht so wahnsinnig nahe standen«, sagte Kamperud nun, »habe ich seine Entscheidungen immer respektiert. Im Grunde waren wir uns ziemlich ähnlich. Er kämpfte für seine Sache, und das tat er kompromisslos. Wir standen nur an entgegengesetzten Enden des Geldflusses.«

Elli nickte. Ihr lag eine Frage auf der Zunge, aber Kamperud kam ihr zuvor.

»Es ist mutig von Ihnen, mich hier zu treffen, ganz allein, von Angesicht zu Angesicht. Nur die wenigsten trauen sich ohne einen Anwalt hierher. Aber ich weiß ja, dass Sie auch Juristin sind – Sie sind eine kluge Frau, Rathke, das ist mir schon klar.«

Er trank einen ausgiebigen Schluck. In dem stillen Raum wirkten die Geräusche seines Adamsapfels, der sich bewegte, und das Feuerwasser, das sich karamellweich durch ihre Kehle bewegte, ungeheuer stark auf Elli.

»Was ist schiefgegangen?«, fragte er plötzlich. »Und erzählen Sie mir keinen Bullshit. Was ist *Ihre* Analyse?«

Elli ließ sich Zeit mit der Antwort. Sie hatte vor dieser Begegnung lange überlegt und war zu dem Schluss gekommen, dass sie anstandshalber offen sein müsste. Es kam ihr noch immer richtig vor, aber sie konnte nicht alles erzählen. Und die Information, über die sie jetzt verfügte, die Otto im Sterben weitergereicht hatte, durfte niemandem außer der Ermittlergruppe zu Ohren kommen. Denn nun war es eine Ermittlung. Der Auftrag des Nachrichtendienstes war beendet, als der Hubschrauber Uganda verlassen hatte.

Deshalb musste sie manches für sich behalten.

»Ganz ehrlich: Ich weiß nicht, was passiert ist.«

Das stimmte.

»Aber haben Sie nicht einmal einen Verdacht, wer da geschossen haben könnte?«

»Das ist alles nur Spekulation. Wir haben nichts gesehen, und in dieser Lage konnten wir den Schützen auch nicht verfolgen. Wir mussten da so schnell wie möglich weg.«

Kamperud nickte. »Ich verstehe … aber was sagen die Berichte aus Uganda?«

Elli legte ihm den Bericht des Außenministeriums vor, der ihr zugänglich gemacht worden war. Es war beschlossen worden, dass Lars Kamperud ihn lesen durfte, aber nur er, und nur lesen.

»Das ist der Bericht der Botschaft in Kampala über die Entwicklung der letzten Woche«, sagte Elli und erklärte ihm die Bedingungen. Der Bericht war kurz, zwei Seiten. Während Kamperud las, fasste Elli in Gedanken die Hauptpunkte zusammen. Es gab in solchen Situationen drei Möglichkeiten: Schweigen, volle diplomatische Konfrontation oder die Spindoctorvariante: selbst die Ehre in Anspruch nehmen. Die Ugander kannten die Akteure nicht, sie hatten nur einen vagen Verdacht. Das einzige Greifbare, das die ugandische Polizei in der Hand hatte, waren zwei Tote, die beide der GFF angehört hatten, sowie die Überreste eines Menschen unten im Tunnel. Und es gab keine Zeugen, die wirklich etwas gesehen hatten.

Und da konnten die Behörden auch gleich erzählen, dass bei einem Einsatz der Polizei drei Guerillasoldaten der GFF ums Leben gekommen waren, einer sogar der bekannte Kommandant Angel.

Elli hoffte, dass es damit ein Ende haben würde und dass die Wachleute von der Botschaft schweigen würden. In deren eigenem Interesse.

Dem Bericht zufolge stand auch fest, dass der Guerillaführer Disciple entkommen war. Aber das war ein anderer Fall, ein anderer Erdteil. Elli war wieder bei der Osloer Polizei, wo der Fall seine lokalen Verzweigungen hatte, die sie sich näher ansehen würde.

»Was steht jetzt nicht hier?«, fragte Lars Kamperud.

Elli begann zu verstehen, warum der Mann solchen Erfolg hatte.

»Der Bericht beschreibt den Schusswechsel nicht, aber wir, die vor Ort waren, waren ziemlich sicher, dass der Schuss von außen kam und dass es sich um ein Scharfschützengewehr mit Schalldämpfer handelte. Das Geschoss haben wir nicht, das hätte uns weitere Anhaltspunkte geben können. Aber da mit einem Scharfschützengewehr geschossen wurde, können wir annehmen, dass es jemand mit militärischem Hintergrund ist. Vielleicht haben die Ugander das Geschoss inzwischen gefunden, aber was immer sie machen, wir erfahren davon nichts.«

»Es war höchstwahrscheinlich die Guerilla?«

»Es können auch andere gewesen sein.«

Kamperuds Gesicht erstarrte. »Wer denn?«

Elli musterte ihn kurz, die Stimmung im Raum hatte sich ein wenig verändert. »Kennen Sie die Terra Intervention Group?«, fragte sie ganz offen.

Kamperud verzog keine Miene. »Wer ist das?«

»Eine Sicherheitsgesellschaft, die in Afrika operiert – unter anderem.«

»Die Terra Intervention Group? Nein, die ist mir total unbekannt.«

Für einen Moment ahnte Elli eine Unsicherheit bei ihm, die aber sofort verflog.

»Es kann auch die GFF gewesen sein«, log sie. »Es wäre möglich, dass der Schütze die drei Personen im Haus sichern sollte und dass er auf unsere Leute gezielt und Otto aus Versehen getroffen hat.«

Kamperud überlegte eine ganze Weile, während er an seinem Whisky nippte.

»Das wäre fast noch schlimmer«, sagte er schließlich, »wenn es ein zufälliger Irrtum gewesen wäre.«

Elli beugte sich behutsam vor, was sie jetzt sagen musste, war starker Tobak. »Ich habe ihn da unten gesehen, Kamperud. Habe ihn festgehalten, ihn gesehen, mit ihm gesprochen, und wir haben ihn rausgeholt.« Sie verstummte, sah, dass sie Kamperuds volle Aufmerksamkeit hatte. »Er hätte es nicht geschafft. Kalter Brand, Blutvergiftung – die Obduktion hat dasselbe ergeben: Nicht einmal die beste Intensivbehandlung auf der Welt hätte ihn in diesem Zustand noch retten können. Es war die Rede von Minuten, Stunden oder bestenfalls einem Tag oder zwei, aber Otto hätte nicht überlebt.«

Kamperud hielt ihrem Blick stand. Der entschlossene, harte Blick des *Riesen* war wieder da. Statt von Resignation oder Trauer berichteten seine Augen jetzt von Erleichterung.

»Ich möchte Ihnen allen eine Sondergratifikation zukommen lassen«, sagte er mechanisch. »Als Beweis meiner Dankbarkeit für das Risiko, dem Sie sich ausgesetzt haben, und für den geleisteten Einsatz.«

Nun lächelte Elli freundlich. »Das ist natürlich nett von Ihnen, aber so etwas dürfen wir nicht annehmen.«

Lars Kamperud musterte sie leicht verdutzt. »Das braucht doch niemand zu erfahren. Ich bestehe fast darauf, dass Sie es annehmen. Es wäre mir eine Freude.«

Ehe sie antworten konnte, hob er sein Glas an den Mund und trank aus. »Vielen Dank, Frau Rathke«, sagte er, als er es wegstellte. »Ich hoffe, unsere Wege kreuzen sich das nächste Mal unter angenehmeren Umständen.«

Elli erhob sich und nahm seine Hand. »Ich kann leider kein Geld annehmen«, wiederholte sie.

Auf dem Weg hinaus hörte sie ihn schluchzen.

Oslo hatte tief in seine Trickkiste gegriffen, und die Stadt bot seitlich fallenden Regen und zwei Grad über null. Elli fuhr mit der Straßenbahn zurück nach Grønland. Es war drei Uhr geworden, die Menschen um sie herum sahen aus wie immer an einem herbstlichen Nachmittag, ehe der Winter zur Tatsache wurde: mürrisch, in der Gewissheit, dass die Dunkelheit sie bald alle nach unten ziehen würde. Und noch immer hörte sie in Gedanken Lars Kamperud weinen.

Sie dachte zurück an den Moment, als Otto Kamperud erschossen worden war. Wer hatte geschossen?

Die Terra Intervention Group. Oder God's Freedom Fighters.

Andere Möglichkeiten sah sie nicht. Das Motiv der Guerillas könnte gewesen sein, Otto an der Weitergabe von Informationen über seine Geiselhaft zu hindern. Aber rein praktisch gesehen, schien das unwahrscheinlich. Warum hatten sie ihn dann nicht schon im Haus erschossen? Das wäre doch einfacher gewesen.

Was könnte das Motiv der TIG sein? Die arbeiteten im Auftrag von Bifrost. Theoretisch konnte Kristoffersen ihnen aufgetragen haben, die Geisel zu erschießen – aber warum?

Sonst hatte niemand einen Grund, seinen Tod zu wünschen. Otto stand mit seinen Halbgeschwistern in keinem Konflikt wegen des Erbes, und Elli war überzeugt davon, dass die Liebe des Vaters zu seinem Sohn echt war, wenn auch durch fünfzig Jahre zynischer Geschäftemacherei entstellt. Otto hatte bei seinem Tod keine Beziehung zu einer Frau gehabt, keine frühere Beziehung mit Kindern, die eine Erbstreitigkeit wahrscheinlich gemacht hätte.

Die TIG hatte in Uganda im Auftrag von Bifrost gehandelt. Nils Oscar Kristoffersen hatte ganz schön viel auf dem Gewissen.

Elli ging mit raschen Schritten von der Straßenbahnhaltestelle zum Polizeipräsidium, wo ihr Fahrrad stand. Nach kurzer Überlegung beschloss sie, nach Hause zu Zenith fahren.

Die Fahrt dorthin war genauso nass und kalt, wie Elli befürchtet hatte. Zenith begrüßte sie verschlafen, und sie stieg sofort unter die Dusche. Zehn Minuten später war sie aufgewärmt.

Sie zog viel benutzte Trainingskleidung an, setzte sich an

den Küchentisch und loggte sich mit dem iPad in die Online-Bank ein. Sie hatte das vage Gefühl, dass Lars Kamperud genau das tat, was er für gut befand, wenn es um Geld ging, und dieses Gefühl bestätigte sich, als sie ihren Kontostand sah. Das Guthaben auf ihrem Gehaltskonto war ein ganz anderes als das, woran sie gewöhnt war, um 250 000 höher, um genau zu sein. Eine stattliche Summe. Na, sie würde mit Fjeld darüber sprechen, wie sie die Rückzahlung durchführen sollte.

»Das wären ganz schön viele Fleischknochen gewesen«, sagte sie zu Zenith, aber er beachtete sie kaum.

Sie war seit drei Tagen wieder zu Hause, aber er war noch immer ein wenig beleidigt, strafte sie mit Liebesentzug, wenn der auch durch Leckerbissen und Fleischknochen schrittweise geringer wurde.

»Na gut, alles klar«, sagte sie, stand auf und legte sich zu einer ruhigen Meditationsrunde auf den Boden. Dazu hatte sie schon lange keine Zeit mehr gehabt. Das Gespräch mit Lars Kamperud verfolgte sie noch immer. Sie musste ihre Gedanken ordnen, ehe sie sich den Informationen widmete, die Otto auf seinen Zettel geschrieben hatte.

Kapitel 74

Am nächsten Morgen im Büro starrte Elli ungläubig auf die Mitschriften der früheren Vernehmungen von Nils Oscar Kristoffersen. *Vernehmungsversuche* wäre wohl eine passendere Bezeichnung gewesen.

»Ich habe ihn aus allen Winkeln angegriffen, aber er blieb einfach stumm wie ein Fisch. Nur seine Personalien hat er mir genannt. Nicht einmal zu den Telefongesprächen, die wir ihm vorgespielt haben, wollte er einen Kommentar abgeben.«

»Ist das nicht die typische Jakhelln-Technik?«, fragte Elli.

Nereng runzelte die Stirn. »Doch, Fjeld sieht das auch so.«

»Ich glaube, das ist ein gutes Zeichen«, sagte Elli.

Nereng sah sie fragend an.

»Jakhelln weiß, dass wir kompromittierendes Material haben«, argumentierte sie. »Deshalb versucht er, uns mürbe zu machen, um sich selbst derweil genug Informationen für ein Tauschgeschäft zu besorgen.«

Sie stand auf.

»Aber das wollen wir nicht«, sagte sie.

Elli und Nereng nahmen gegenüber von Kristoffersen und Jakhelln Platz. Es war Ellis erste Begegnung mit Nils Oscar Kristoffersen, aber sie musste zugeben, dass Nerengs Beschreibung von ihm und dem Anwalt als »Krümelmonster« zum Brüllen korrekt war. Dazu kamen ein rosa Hemd mit teurem Logo auf der Brust, ein flackernder Blick und Schweißringe unter den Armen. Fast fürchtete sie, dass er den Mund aufmachen würde.

Jakhelln seinerseits führte eine abgehackte, hektische Körpersprache.

»Haben Sie eine doppelte Vernehmung gebucht?«, fragte Elli, um ihm Stress zu machen.

Jakhelln fuhr zusammen, sein ergrauender Pony fiel ihm über die Hornbrille, aber er riss sich rasch wieder zusammen. »Könnten wir vielleicht anfangen?«, fragte er ungeduldig.

»Gern«, sagte Elli. Sie wandte sich an Kristoffersen. »Nett, Sie endlich kennenzulernen.«

Kristoffersen schaute verwirrt zu Jakhelln hinüber.

»Sparen Sie sich den Sarkasmus«, brummte der.

»Warum halten Sie Informationen zurück?«, fragte sie Kristoffersen.

»Das lässt sich nicht beweisen«, warf Jakhelln wütend dazwischen.

»Dazu kommen wir noch«, sagte Elli ruhig und wandte sich wieder an Kristoffersen.

Nils Oscar Kristoffersen starrte selbstsicher zurück. Gedrillt von Jakhelln, vermutete Elli.

»Ich weiß nicht, von welchen Informationen Sie da reden«, sagte er.

»Dann helfe ich gern ein bisschen nach«, sagte Elli. »Gefallen Ihnen Ihre Ausflüge nach Kampala? Sind die … nett?«

»Was zum Teufel ist das für ein Gesäusel?«, donnerte Jakhelln.

Elli drehte sich langsam zu ihm um. »Ich finde solche Touren nach Kampala wirklich spannend«, sagte sie lächelnd. »Deshalb wollte ich gern mehr erfahren.«

»Waren Sie nicht gerade erst da?«, fragte Kristoffersen.

»Ja, aber es gab kaum Sozialleben. Volles Programm.«

Er starrte vor sich hin. Er fühlte sich deutlich unwohl in seiner Haut, schwieg aber noch immer. Nach einigen Sekunden setzte er sich anders hin.

»Die Reisen nach Uganda waren von harter Arbeit für meinen Auftraggeber Bifrost Oil Services geprägt. In Kampala war ich vor allem auf der Durchreise und zu Besprechungen im Ministerium.«

»Mukabi?«, fragte Elli.

Es war völlig in Ordnung, sich mit Mukabi zu treffen, einer zentralen Gestalt in Ugandas frischem Ölabenteuer. Aber eine winzige Pause, ein kleines Zucken um die Augenwinkel, verriet ihr, dass sie auf der richtigen Spur war.

»Ja, unter anderem.«

»Schauen Sie her«, sagte sie nun und legte einige Unterlagen auf den Tisch. »Das sind Informationen, die Sie in Ihrem privaten Rechner gespeichert hatten.«

»Die sind nicht von meinem Rechner«, sagte Kristoffersen, ohne die Papiere auch nur anzusehen.

Elli lächelte.

Jakhelln schaute arrogant über seine Hornbrille. »Ist das alles, was ihr habt?«, fragte sein Blick.

»Nils Oscar«, sagte Elli. »Ich darf Sie doch so nennen?«

Kristoffersen winkte gereizt ab. »Whatever.«

»Es ist gefährlich, sich auf Technologie zu verlassen«, sagte nun Elli.

»Technologie – was hat das denn mit der Sache zu tun?«, fragte Kristoffersen.

Elli blätterte jetzt in den Unterlagen, ließ sich Zeit, legte sie Kristoffersen und Jakhelln in einer bestimmten Reihenfolge vor. »Das hier«, sagte sie und zeigte auf die Blätter auf der linken Seite, »ist ein Ausdruck des Boot-Verlaufes auf Ihrem Rechner. Da gibt es ein kleines Programm namens ›runbomb‹, das sich immer einschaltet, wenn Sie das Gerät hochfahren. Wissen Sie, was dann passiert?«

»Nein«, sagte Kristoffersen. Zu schnell.

»Dann lassen Sie es mich erklären«, sagte Elli. »Dieses kleine Programm löscht bestimmte Dateien, wenn man mehr als dreimal das falsche Passwort eingibt.«

»Ich weiß nichts von einem solchen Programm«, sagte Kristoffersen.

Elli musterte ihn, um Zeit zu schinden, bis er sich dann wieder anders setzte.

»Das ist seltsam, Nils Oscar, denn Sie haben es selbst installiert.«

»Ich habe die Adminrechte für meinen eigenen Rechner, aber sicher hat sich der IT-Verantwortliche in der Firma mit meiner ID eingeloggt und das installiert?«

»Sie wissen also nicht, welche Ordner dieses Programm löschen sollte?«

Kristoffersen schüttelte den Kopf.

»Dann werden wir das wohl nie erfahren?«, fragte Elli mit aufgesetzter Resignation.

Jakhelln beugte sich über den Tisch vor. »Rathke, das ist doch bloß eine Fortsetzung der Farce, die Ihr Kollege Nereng in Ihrer Abwesenheit aufgeführt hat. Ihr habt nichts. Nada. Schwarzes Loch. Ich warne euch – das hier sieht schon arg nach Schikane aus.«

Elli lächelte. »Es ist ja wirklich bedauerlich, dass Sie das so auffassen. Wir wollen doch nur Klarheit in einige Details bringen.«

»Ihr könnt Kristoffersen nicht festhalten, weil er angeblich

Information zurückgehalten hat, wenn ihr nicht sagen könnt, um was für Informationen es sich da handeln soll.«

Jakhelln machte Anstalten, sich zu erheben. »Dann wären wir hier ja wohl fertig«, sagte er.

Elli wechselte einen Blick mit Nereng.

»Vielleicht erzählst du ein bisschen über deinen Ausflug nach Kongsvinger«, sagte sie.

Jakhelln fuhr herum. Kristoffersen sah ihn an, und sein Blick war jetzt unruhig.

»Schauen Sie her«, sagte Nereng und drehte seinen Laptop zu den beiden um. Auf dem Bildschirm waren Kristoffersen und Mukabi zu sehen, zusammen mit drei gutgebauten, üppigen ugandischen Frauen, und alle waren überaus vertieft in phantasievolle Aktivitäten, die eindeutig als Gruppensex beschrieben werden konnten.

»Ja, also, in Kongsvinger«, sagte Nereng freundlich. »Die kennen sich da mit Festplatten verdammt gut aus.«

Kristoffersen ließ seinen Blick mechanisch zwischen Nerengs Rechner, der Dokumentation, die Elli und Nereng ihm präsentiert hatten, und Jakhelln hin und her wandern. Jakhelln zerbrach sich offenbar den Kopf nach einem Argument, um alles zurückzuweisen.

»Löschen und Löschen ist nicht immer dasselbe«, sagte Nereng. »Bei der Firma Ibas in Kongsvinger sind die echte Experten, von Weltklasse sogar, wenn es darum geht, Dateien auf beschädigten, gelöschten, neuformatierten und sonstigen Festplatten wiederherzustellen. Die Polizei arbeitet viel mit denen zusammen.«

Kristoffersen schluckte.

»Es gibt drei Möglichkeiten, Daten zu löschen«, erklärte Nereng jetzt. »Normales Löschen, also das Entfernen von Informationen aus dem Register des Operativsystems. Dann gibt es das Reformatieren, bei dem alle Programme neu installiert werden müssen. Und schließlich das Überschreiben von Dateien. Damit die Informationen nicht wiederhergestellt werden können, muss man zur dritten Methode greifen. Bei den beiden anderen liegen die Informationen weiter auf der Festplatte und können beispielsweise von Ibas rekonstruiert werden.«

Kristoffersen wechselte einen angespannten Blick mit Jakhelln.

»Und Sie hatten einen Durchsuchungsbefehl?«, fragte Jakhelln mit scharfer Stimme.

Panik.

»Den hatten wir«, sagte Nereng.

Elli beugte sich zu Kristoffersen vor. »Wir haben Belege, und zwar Ihre eigenen Belege für Ihre illegale Investition in Block 7 in der Heima-Provinz in Uganda. Sie haben uns freundlicherweise alle Kontonummern von Banken in Steueroasen gegeben, die Aufteilung der Beträge, wer eine Kommission erhalten hat und wie viel von dem Geld in Uganda gelandet ist. Sie haben uns auch ausführliche Belege dafür geliefert, dass es im Ministerium in Kampala bestechliche Beamte gibt. Mukabi erscheint als interessante Gestalt, nicht zuletzt im Licht der … äh … Privataufnahmen, die Sie hier in einem Ordner hatten.«

Kristoffersen schwieg, aber sein aschfahles Gesicht verriet, dass er sich über den Ernst der Lage im Klaren war.

»Verstoß gegen die Steuergesetze, Verstoß gegen die Korruptionsgesetze und Zurückhalten von Informationen. Letzteres ist hochinteressant, denn hier besteht eine direkte Verbindung zu dem Entführungsfall, und das ist schon schlimmer für Sie, Nils Oscar.« Sie maß ihn für einen Moment mit Blicken. »Haben Sie eigentlich schon einmal darüber nachgedacht, dass Ihre Initialen dieselben sind wie die Abkürzung für norwegische Kronen, NOK? Das passt doch gut, finden Sie nicht?«

Jakhelln bat um eine Pause.

»Abmachung«, sagte Elli kühl auf den Vorschlag, den Jakhelln nach der Pause vorbrachte. »Alle wollen heutzutage Abmachungen treffen. Basierend worauf?«

»Zusammenarbeit«, sagte Jakhelln.

»Aber wir haben doch alle Belege. Von Ihrem Mandanten.«

Jakhelln stieß aus fest zusammengekniffenen Lippen Luft aus.

»Haben Sie noch etwas zu sagen, Nils Oscar?«, fragte Elli. »Gibt es etwas, das wir wissen sollten, das wir aber nicht mitbekommen haben?«

Er schüttelte den Kopf.

»Auf Anhieb fällt mir nichts ein.«

Elli sah ihn lange an, vielleicht fünfzehn Sekunden. Eine kleine Ewigkeit, wenn man angestarrt wird. »Sicher?«

»Ja!«, antwortete er gereizt.

Elli blickte zu Jakhelln hinüber. »Das ist also der Mann, der zusammenarbeiten will?«

»Ich verstehe nicht …«, sagte Jakhelln verwirrt.

»Nereng«, sagte Elli.

»Wir wissen, dass Disciple Sie erpresst hat. Wie viel und warum?«, fragte er.

Kristoffersen sagte nichts.

»Das ist Ihre Chance. Ihre einzige«, sagte Nereng grimmig. »Wie viel?«

Kristoffersen seufzte resigniert. »Zehn Millionen Dollar. Disciple war es egal, ob ich, Lars Kamperud, Potentia Oil oder das Außenministerium bezahlte.«

Er wirkte erleichtert, als er das gesagt hatte.

Nereng ließ sich zurücksinken und fragte: »Das ist eine Information, die Sie uns bei der ersten Festnahme vorenthalten haben. Haben Sie dazu etwas zu sagen?«

Kristoffersen starrte die Tischplatte an.

»Mein Mandant steht in der letzten Zeit unter enormer Belastung, und da ist es nur menschlich …«

»Jakhelln, ersparen Sie uns das«, sagte Elli und machte eine abwehrende Handbewegung.

»Er hat gedroht, von meinen Investitionen zu erzählen, wenn ich nicht mitmache«, rief Kristoffersen. »Und die norwegischen Behörden zu informieren. Dann wäre alles zum Teufel gegangen!«

»Woher wusste er das?«, fragte Nereng.

Kristoffersen zeigte auf Nerengs Laptop. »Die Mädels. Eine hat geplappert«, fauchte er.

Elli wandte sich Jakhelln zu. »Wenn Ihr Mandant diese Information weitergereicht hätte, könnte Otto Kamperud noch am Leben sein. Lars Kamperud hätte problemlos zehn Millionen Dollar bezahlen können. Stattdessen hat Kristoffersen sich wie ein gieriges Schwein verhalten und Gruppensex mit lokalen Prostituierten arrangiert.«

Kristoffersen trank einen Schluck Wasser.

Elli suchte seinen Blick, aber er wich aus. »Haben Sie uns noch mehr zu erzählen? Tun Sie es jetzt, und sagen Sie alles. Absolut alles, was Sie wissen und was für die Entführungsgeschichte von Bedeutung sein kann.«

»Ich weiß nicht, was das sein soll …«

»Dann will ich Ihrem Gedächtnis auf die Sprünge helfen«, fiel Elli ihm ins Wort und legte eine Kopie des Zettels, den der sterbende Otto bekritzelt hatte, vor ihm auf den Tisch.

»Otto hat es gewusst«, sagte sie und sah Kristoffersen und Jakhelln an.

Die beiden betrachteten den Zettel, auf dem stand: *Gff hat über Western Union Geld bekommen, Ausbezahlungscodes gespeichert auf SIM-Karten in Umschlägen.*

»Über Western Union kann man Geld aus einem Land ins andere überweisen, und der Empfänger dort braucht einen Code, um das Geld abzuheben.«

Elli zeigte auf den Zettel. »Warum hat Bifrost der Guerilla Geld bezahlt?«

»Wir haben der Guerilla kein Geld bezahlt«, sagte Kristoffersen streitsüchtig. »Wir haben doch eine Sicherheitsgesellschaft angeheuert, um vor der Guerilla geschützt zu sein.«

Elli sah, dass Kristoffersens Mundwinkel unkontrolliert zuckten und seine Hände zitterten.

»Was ist Ihr großes Problem bei dieser Information, Kristoffersen?«, fragte sie.

Kristoffersen änderte seine Sitzhaltung.

»Haben Sie von diesen Zahlungen gewusst, Kristoffersen?«, drängte sie.

Er schüttelte den Kopf. »Nein, nein, nein … ich hatte keine Ahnung davon, dass sie Geld bekommen haben.«

»Was glauben Sie, wer bezahlt hat?«

Kristoffersen schwieg lange. Dabei sah er Jakhelln hilflos an. »Ich habe Angst um mein Leben«, stammelte er dann.

»Die Polizei muss für Zeugenschutz sorgen«, forderte Jakhelln.

»Das tun wir dann, wenn die Bedingungen erfüllt sind«, sagte Elli.

»Wir sind niemals angegriffen worden«, murmelte Kristoffersen.

»Angegriffen?«

»Die GFF hat niemals unsere Einrichtungen angegriffen. Ich glaube, so gut wie alle anderen in der Ölbranche hatten nicht so viel Glück.«

Kapitel 75

»Ojore Okello«, sagte Elli, als sie nach der Vernehmung mit dem Fahrstuhl nach oben fuhren.

Nereng runzelte die Stirn. »Ja, wie passt der ins Bild?«

Die Fahrstuhltür öffnete sich, und Elli und Nereng liefen durch den Gang.

»Willst du wissen, was ich glaube?«, fragte Elli.

»Wann hab ich das jemals nicht gewollt?«

Sie setzte sich an ihren Schreibtisch, Nereng blieb stehen.

»Wer hat ein Interesse daran, dass Bifrost in Ruhe arbeiten kann?«, fragte sie.

»Potentia.«

»Genau. Wenn Bifrost bei den Probebohrungen gestört wird, bedeutet das für Potentia einen Einkommensverlust.«

»Die Lösung bestand darin, die Guerilla zu bestechen. Über Western Union, so, dass die Überweisungen nicht aufgespürt werden konnten«, überlegte Nereng.

Elli nickte. »Die Informationen, die Otto uns im Sterben noch gegeben hat, besagen, dass die Codes, mit denen die GFF das Geld abheben konnte, auf den SIM-Karten gespeichert waren. Aber wer hat sie dort gespeichert, und wer hat sie zusammen mit den anderen SIM-Karten in die Umschläge gesteckt?«

»Otto?«

Elli überlegte. »Kann schon sein. Er kann damit zu tun gehabt haben, aber dieses Wissen hat er dann mit ins Grab genommen.«

Nereng schnappte sich einen Stuhl vom benachbarten Schreibtisch. »Zurück zu Ojore«, sagte er und setzte sich. »Was ist aus dem geworden?«

»Die Potentia Oil hatte sicher Angst, dass jemand von den Bestechungsgeldern erfahren könnte«, antwortete Elli. »Deshalb sollte die TIG dafür sorgen, dass nichts nach außen drang. Die Sicherheitsfirma hat ihre eigenen Überlegungen angestellt, Otto Kamperud war offenbar eine Bedrohung, weil er während der Geiselhaft irgendeine Information über die Überweisungen aufgeschnappt haben kann oder weil er daran beteiligt war. Auch Ojore kann etwas gewusst haben. Ich glaube, sie haben auch ihn ausgeschaltet.«

»Dann ist er also eher Opfer als Mörder?«

»Ja. Warum sollte er an einem Mord mitwirken? Er hatte die Möglichkeit, seine Strafe beträchtlich reduzieren zu lassen, und er war auf Wartestation, während die Aktion in Uganda lief. Er hatte nichts zu gewinnen, wenn er dabei mitmachte.«

»Was ist mit Geld?«

Elli überlegte. Nereng hatte nicht unrecht, aber sie fand es trotzdem nicht überzeugend. »Nein. Glaub mir. Ojore hätte das nicht getan. Er wollte doch aussteigen.«

Nereng runzelte die Stirn. »Aber woher können die TIG

oder die Potentia gewusst haben, dass Ojore mit uns gesprochen hat?«

»Gute Frage.«

Elli schaute auf die Uhr. Fünf vor eins. Der Tag war noch jung.

»Lass uns doch mal im Außenministerium vorbeischauen. Ich habe gehört, dass Brodtkorb, die Teamleiterin aus Kampala, zu Ottos Beerdigung will. Wir wollen uns anhören, was sie zu sagen hat.«

Linnea Brodtkorb sitze in einer Besprechung mit Ministerialrätin Schonwold, konnte die Dame an der Rezeption mitteilen, während sie Elli und Nereng mit einem herablassenden Blick maß. Elli sagte, sie wollten warten, bis Brodtkorb aus der Besprechung käme.

»Das kann lange dauern«, sagte die Rezeptionsdame.

Elli trommelte mit den Fingern auf dem Rezeptionstresen herum. »Wir sind an Warten gewöhnt. Aber sorgen Sie dafür, dass sie sofort informiert wird.«

Sie zog Nereng beiseite. »Eine Viertelstunde vielleicht, dann holen wir sie raus«, sagte Elli. »Wenn diese Person da ihren Job macht, dann schätze ich, dass Brodtkorb ziemlich bald hier sein wird.«

Sie blieben stehen und betrachteten schweigend eine Weile den Verkehr draußen. Ein Regierungsfahrzeug fuhr vor, und Außenminister Jonsrud stieg aus, gefolgt von zwei Leibwächtern. Elli grüßte den einen kurz, er hatte sie einmal bei einem Kurs unterrichtet. Jonsrud telefonierte und starrte gerade vor sich hin.

Es hat keinen Sinn, Leute zu grüßen, die dich nicht sehen.

»Frau Rathke?«

Elli drehte sich um. Vor ihr stand Linnea Brodtkorb, die die Hand ausstreckte. Sie lächelte und trug abermals ein Kostüm von der Sorte *female power suit.*

»Frau Brodtkorb«, sagte Elli, ebenfalls lächelnd, und schüttelte die Hand.

»Das war ja ganz schön heftig in Kampala«, meinte Brodtkorb, als sie ihre Gäste durch den Eingang und weiter durch das Ministerium führte. »Wirklich eine schreckliche Geschichte.«

Elli musste zustimmen, und auf dem Weg durch die vielen Gänge und Treppenhäuser des Ministeriums gingen sie noch einmal die Geschehnisse durch. Sie wurden in ein kleines Besprechungszimmer mit Platz für sechs Personen geführt.

»Wir setzen uns hierhin, und gleich werden Kaffee und Tee gebracht«, sagte Brodtkorb und zeigte auf den Tisch. »Also, wie kann ich Ihnen behilflich sein? Sind nach dem Einsatz in Uganda vielleicht noch praktische Dinge zu regeln?«

»Nein, das geht alles seinen Gang«, sagte Elli.

»Die Beerdigung ist übermorgen, ich werde zusammen mit dem Außenminister teilnehmen.«

»Dann sehen wir uns vielleicht«, sagte Elli und ließ ein wenig Zeit verstreichen, ehe sie hinzufügte: »Bei den Ermittlungen zur Entführung von Kamperud sind wir auf etwas anderes gestoßen.«

Linnea Brodtkorbs Augen weiteten sich ein wenig. »Etwas, das die Polizei angeht, meinen Sie?«

»Ja.«

»Aber war es denn nicht so, dass die Polizei hier nicht eingreifen durfte? Da es sich nicht um einen norwegischen Staatsbürger handelte?«

»Es gibt aber einen lokalen Bezug«, sagte Elli.

»Ach … na gut, aber wie können wir dabei denn behilflich sein?«

»Mit ein paar Hintergrundinformationen. Erstens wüsste ich gern, welche Verbindungen es auf persönlicher Ebene zwischen dem Außenministerium und den Kollegen in Uganda gibt.«

»Sie meinen, über offizielle diplomatische Kanäle hinaus?«

»Ja.«

»Es gibt mich«, sagte Brodtkorb. »Und das ist so ungefähr alles. Und es gibt die Berater für das Programm *Öl für Entwicklung*. Haben Sie davon gehört?«

Elli musste zugeben, dass sie außer dem Namen nicht viel wusste. Nereng war besser informiert.

»Ist es nicht so, dass Norwegen Entwicklungsländern bei der Verwaltung ihrer Ölgewinnung hilft?«, meinte er.

»Richtig. In Uganda ist die norwegische Teilnahme an der Ölgewinnung verbunden mit administrativer Hilfe beim Verfassen von Ugandas Ölgesetzgebung, damit der Staat den Hauptteil der Einnahmen behalten kann. Nach norwegischem Modell, obwohl es offiziell nicht so heißt, sonst machen die amerikanischen und britischen Ölfirmen Ärger.«

»Warum das?«

»Das norwegische Modell verringert den potentiellen Verdienst der Operateure.«

Elli lächelte. »Sind Sie Mukabi oft begegnet?«

»Ja, er ist eine zentrale Person. Natürlich haben wir Kontakt zu ihm.«

»Und worum geht es bei diesem Kontakt?«

»Es wird ein Plan zur Berichterstattung für unsere und deren Berater aufgestellt, wir tauschen Informationen aus, sie informieren uns sehr gern über ihre Fortschritte ...«, sie räusperte sich. »Joseph Mukabis Powerpoint-Präsentationen sind ... sehr lang. Oft fünfzig Darstellungen. Es erfordert eine Menge Energie, so eine Veranstaltung durchzuhalten.«

Elli konnte sich das lebhaft vorstellen.

»Bei einem solchen Dialog hat man dann sicher auch Zugang zu sensiblen Informationen?«, fragte Elli.

Brodtkorb lächelte vielsagend. »Wir geben uns natürlich alle Mühe, uns korrekt zu verhalten.«

»Natürlich. Aber rein theoretisch: Diese Informationen, die Sie durch das Programm *Öl für Entwicklung* erhalten, wer sonst könnte die interessant finden?«

Brodtkorb überlegte. »Für andere sind die wohl kaum sonderlich interessant. Es handelt sich um reine Verwaltungsdinge.«

»Na gut«, sagte Elli. »Dann haben wir noch eine Frage.«

»Ja?«

»Wissen Sie von irgendeiner Verbindung, dienstlich oder auf anderer Ebene, zwischen dem Außenministerium und der Potentia Oil?«

»Nein«, sagte Linnea Brodtkorb.

Das kam aber schnell, dachte Elli. »Dann danken wir für Ihre Hilfe und bedauern die Unterbrechung Ihrer Sitzung.«

»Keine Ursache«, sagte Brodtkorb und ging zurück zu ihrer Besprechung.

Kapitel 76

Der Suchbegriff »tax havens« erbrachte bei Google 12,5 Millionen Treffer. Trotz des langen, engagierten norwegischen Kampfes gegen Steueroasen gab es viele von ihnen, und große Wirtschaftssysteme wie die der USA, Großbritanniens, Chinas und Frankreichs schienen eine doppelte Beziehung zu diesen kleinen Nationen zu haben. Offiziell waren sie dagegen, aber in der Praxis kniffen sie beide Augen zu. Mehrere Steueroasen lagen sogar in diesen Staaten oder in ihrer unmittelbaren Nähe.

Nach einer längeren Schicht vor dem Bildschirm hatte Elli in Erfahrung gebracht, dass die Terra Intervention Group seinerzeit von einer Gruppe ehemaliger Militärs aus Südafrika gegründet worden war, um zunächst Wach- und Sicherheitsaufträge in Südafrika einzuholen.

Im Jahr 2006 war die Gesellschaft von einem multinationalen Investment-Fonds aufgekauft worden, von Eluvies, der von Luxemburg aus operierte. Zwei Artikel im Wall Street Journal deuteten an, dass Eluvies seine Investitionen weit ausstreute. Mit anderen Worten: eine Art Gemischtwarenladen.

Elli wählte die Nummer von Nereng, der noch immer damit beschäftigt war, den Mann, der bei dem falschen Gefangenentransport zusammen mit Dan Moen aktiv gewesen war, per Bildsuche ausfindig zu machen. Bisher kannten sie seinen Namen noch nicht.

»Jepp«, meldete er sich sofort.

»Was ist mit diesem System, das Skarpnes erwähnt hat – Eccolon?«

»Echelon.«

»Und das fischt alles Mögliche auf?«

»Wenn ich das richtig verstanden habe, so mehr oder weniger alles. Die Herausforderung besteht eigentlich darin, die richtige Information herauszufiltern, und nicht darin, die Informationen zugänglich zu machen.«

»Na gut … danke«, sagte Elli und legte auf.

Als Nächstes wählte sie die Nummer von Skarpnes, während ihr Gedanken darüber durch den Kopf wirbelten, dass alles, was man am Mobiltelefon sagte, in Mails oder SMS schrieb, irgendwo in den digitalen Wolken auf einem Server liegenblieb, so dass Echelon es aufspüren konnte. Russen, Israeli und Chinesen hatten sicher ebenfalls solche Systeme.

»Wie kann ich Operateurin Rathke behilflich sein?«

»Ich glaube, ich bleibe lieber bei der Polizei«, sagte sie munter. »Aber du kannst mir trotzdem helfen. Um diesem TIG-Mysterium auf den Grund gehen zu können, brauche ich noch mehr Informationen.«

»Und was glaubst du, was ich tun kann?«

»Na ja, ich weiß jetzt, wem die TIG gehört, und zwar einem Investment-Fonds in Luxemburg, Eluvies. Da ihr ja schon in die Sache verwickelt seid, wollte ich wissen, ob ihr irgendwas – E-Mails, Faxe, SMS – aus dem Echelon-System herausfischen könnt, was uns Rückschlüsse auf die Fondsinhaber erlaubt.«

»Hmmm … das kann ich versuchen. Es ist ein so seltener Name, dass es vielleicht nicht so schwierig ist, und das MI6 schuldet mir noch einen Gefallen.«

»Ich sehe schon ein, dass mich das was kosten wird«, sagte Elli ironisch, wenn auch mit einem ernsten Unterton.

»Nur, wenn wir Ergebnisse kriegen«, sagte Skarpnes.
Elli hoffte auf Ergebnisse.

Im Hotel in Oslo war Linnea Brodtkorb wieder ein ganz anderer Mensch. Die Wasserstrahlen der Dusche strömten warm und wohltuend über ihren Körper. Muskeln, Sehnen, Haut und Unterleib waren empfindlich und wunderbar benommen nach einer Begegnung mit ihrem Liebhaber. Sie blieb lange dort stehen.

»Ich muss weiter, Liebste.«

Linnea drehte sich um und sah, dass er im Badezimmer stand und sie anschaute.

»Na gut«, sagte sie.

Er blieb stehen, musterte ihren milchweißen Leib. »Ich kriege nie genug von dir«, sagte er mit warmer Stimme.

Sie lächelte.

»Kannst du mir ein letztes Mal helfen?«, fragte er flüsternd.

»Ja«, antwortete Linnea.

Kapitel 77

»Mülldeponie Bøler«, erklärte Åbrekke.

»Wann denn?«, fragte Nereng.

»Heute Nachmittag.«

»Na gut, wir sind unterwegs. Hast du Skarpnes Bescheid gesagt?«

»Nein ... macht er noch immer mit?«

»Pure Höflichkeit ... ich kann das machen.«

Zwanzig Minuten später bogen Elli und Nereng bei *Sharifs Reifencenter* ab und wurden von einem Kollegen aus Romerike empfangen. Die Umgebung der Mülldeponie war abgesperrt, sie mussten die dreihundert Meter zum Ablageplatz für organischen Abfall zu Fuß zurücklegen. Die Techniker durchsuchten gerade einen Haufen Zweige und Laub, ein Stück neben dem Laubhaufen stand ein Kipplaster, und vor diesem stand Åbrekke im Gespräch mit dem Fahrer.

Skarpnes stand auf der Kipprampe.

»Willkommen«, sagte er.

»Zu gütig«, antwortete Nereng ironisch.

»Wo wurde er gefunden?«, fragte Elli. »Wenn ich das richtig verstanden habe, lag er unter oder in diesem Haufen aus Gartenabfall. Der Kipper ist zugeschlagen, und der Fahrer hat die Sache gestoppt, als Arme und Beine zwischen den Gartenabfällen auftauchten. Aber es ist sicher Åbrekkes privilegiertes Vergnügen, seinen Kollegen vom Nachbarrevier die Details vorzutragen.«

Die Kipprampe, an die zwei Meter hoch, verschaffte ihnen eine Position mit einem gewissen Überblick. Der Leichnam und seine direkte Umgebung waren mit einem Zelt bedeckt. Elli und Nereng mussten brav abwarten, bis sie hinuntergebeten wurden.

Nach zehn Minuten war Åbrekke offenbar fertig, denn der Fahrer bewegte sich in Richtung der Einfahrt und der Baracken am Haupttor, während Åbrekke sich umdrehte und mit energischen Schritten auf sie zukam.

»Gehen wir runter«, sagte er, nachdem sie einander begrüßt hatten.

Der Leichnam lag würdelos, weggeworfen, teilweise auf und teilweise unter einem Haufen aus Tannenzweigen und fauligem Laub. Er sank bereits in sich zusammen, die Haut – das, was davon noch vorhanden war – hing mit glasigem Schimmer über den Knochen, darunter hatten Fliegenlarven ihre Kolonien gebildet. Dort und in den Körperöffnungen. Vor allem in dem klaffenden, grotesken Schnitt in dem aufgeschlitzten Hals.

»Ein bis zwei Wochen her der Todeszeitpunkt«, dachte Nereng laut.

»Seh ich auch so«, sagte Åbrekke.

Es bestand kein Zweifel daran, wer dort vor ihnen lag. Die Haut an den Unterarmen des Toten war einigermaßen unversehrt.

»Boomslang«, sagte Elli nachdenklich und zeigte auf die Narbe mit dem Schlangenmotiv.

Elli dachte an Achen, Ojores Mutter, die jetzt niemanden mehr hatte. Mann, zwei Söhne und eine Tochter, alle durch den bestialischen Konflikt in Zentralafrika von ihr gerissen.

Sie wusste auch, dass Achen sich an die Hoffnung klammerte, Ojore werde es zu etwas bringen, Wohlstand, Glück, ein würdevolles Leben.

Wer sollte Achen über Ojores Schicksal erzählen? *Wie* könnte man ihr davon erzählen?

Elli signalisierte, dass sie das Zelt verlassen wollte. Niemand widersprach. Der Gestank war unerträglich, sogar durch die Mundbinden.

»Es ist derselbe Täter«, sagte Nereng. Er ließ seinen Blick zwischen Åbrekke und Skarpnes hin und her wandern, und beide signalisierten, dass sie seine Meinung teilten.

»Die Kehle ist auf dieselbe Weise durchgetrennt worden. Absolut identisch«, erklärte Åbrekke.

»Ojore hatte wohl kaum mit dem Mord an Hammersborg und ihrer Partnerin zu tun«, sagte Elli.

Åbrekke sah sie neugierig an. »Wie kommst du darauf?«

»Er hätte nichts dadurch gewinnen können, die Abmachung über die Strafreduktion war ja schon geschlossen. Außerdem war er doch nicht im Auto, als die Aufnahme vor dem KIWI-Laden gemacht wurde.«

Åbrekke und Nereng nickten.

»Wie lautet deine Theorie?«, fragte Skarpnes.

Elli fasste rasch zusammen.

»Wir wissen, dass die GFF Geld bekommen haben«, fing sie an. »Und wir wissen, dass die norwegischen Öl-Akteure da unten Ruhe vor der Guerilla hatten. Wer also verdient daran?«

»Potentia«, antwortete Skarpnes.

»Ja. Und es wäre ein gewaltiger Skandal, wenn bekannt würde, dass eine norwegische Ölfirma einer der übelsten Guerillaorganisationen der Welt Geld bezahlt.«

Skarpnes nickte.

»Der Täter muss für die TIG arbeiten, und er hat Dan Moen als lokale Unterstützung in Norwegen angeheuert. Meine Theorie ist, dass sie von der Potentia einen Auftrag haben; sie sollen verhindern, dass Informationen über die Schutzgelder durchsickern. Ein Medienskandal würde den Ruin der Firma bedeuten.«

»Okay, weiter«, sagte Skarpnes.

»Ojore wusste von der Entführung und von der Verbindung nach Norwegen. Die TIG hat deshalb Ojore und Hammersborg ermordet, mit Hammersborgs Lebensgefährtin Klara als *Kollateralschaden*. Die Gefahr war groß, dass Otto von den SIM-Karten und den Überweisungen wissen konnte, und das tat er ja auch, weshalb die TIG auch ihn umgebracht hat. Und deshalb haben sie da unten Jagd auf uns gemacht, um zu verhindern, dass wir in Kontakt mit der GFF oder mit Otto kamen und dabei von den Überweisungen hörten.«

Elli sah Skarpnes an. »Was meinst du?«

»Dasselbe wie du.«

Sie holte tief Luft und warf einen Blick zurück auf das Zelt. Ihr war noch immer schlecht.

»Aber wir haben keine Beweise für die Verbindung zwischen der TIG und Potentia«, sagte Elli und begab sich zurück zum Auto.

Kapitel 78

»Wir wissen, wer er ist!«, sagte Nereng aufgeregt. Elli hatte soeben in der Kantine den ersten Mundvoll Joghurt zu sich genommen und schluckte eilig, während Nereng vor ihr von einem Fuß auf den anderen trat.

»Wer?«

»Der falsche Gefangenentransporteur. Wir haben am Ende dann auch in den Armee-Registern gesucht, und da tauchte er beim Telemark-Bataillon auf, 2006–2007. Øyvind Bakke, dreiundvierzig Jahre.«

»Wohnt?«

»Offiziell nicht mehr in Norwegen, aber wir haben uns noch eine wichtige Info gesichert: Er war früher bei Potentia für die Sicherheit zuständig.«

Elli sprang auf. Mittag essen konnte sie schließlich noch in ihrem nächsten Leben als Fliegenlarve.

»Und es kommt noch besser«, sagte jetzt Nereng.

Er lief vor ihr her die Treppe zu seinem Arbeitsplatz hoch, loggte sich ein und zeigte auf den Bildschirm.

»Sieh mal hier«, sagte er und betonte das »hier«. »Unser lieber Freund Dan Moen hat auch im Telemark-Bataillon gedient. Gleichzeitig. Moen hat seinen Abschied eingereicht, Bakke ist dortgeblieben.«

Elli versuchte, diese neuen Informationen zu sortieren. Øyvind Bakke konnte seine Kontakte aus seiner Zeit bei der Sicherheitsabteilung von Potentia genutzt haben, um der TIG Aufträge für seinen ehemaligen Arbeitgeber zu beschaffen, und er konnte bei Bedarf Dan Moen angeheuert haben.

Jetzt hatten sie die Verbindung.

Skarpnes meldete sich wundersamerweise bereits gegen Ende des Tages. Elli rechnete sich rasch aus, dass sie höchstens zwei Stunden für die Suche gebraucht haben konnten.

»Eluvies gehört einem weiteren Fonds«, teilte Skarpnes am Telefon mit.

»Verdammt«, rief Elli. »Da lassen sich sicher keine weiteren Informationen beschaffen.«

Skarpnes verstummte für einige schwerwiegende, leere Sekunden. Elli kamen diese wie eine Ewigkeit vor, und sie hatte das Gefühl, dass ihr Telefon die Energie aus ihr hinaus und in Skarpnes' schwarzes Loch saugte.

»Der Fonds heißt Fluo, und das ist ebenfalls Latein und bedeutet ungefähr das Gleiche wie Eluvies: fließen, strömen. Und das Witzige ist, dass auch dieser Fonds E-Mails verschickt.«

Elli spürte, wie in ihr ein kleiner Hoffnungsfunke aufglühte.

»Wenn du mich jetzt verarschst, wirst du das von hier bis nach Walhalla bereuen«, sagte sie.

»Verlegen Buddhistinnen sich neuerdings auf Drohungen?«

»Ich bin eine säkulare Bequemlichkeitsbuddhistin, genau wie ihr es mit der lutherischen Staatskirche haltet. Jetzt rück schon die Infos raus, du Sadist.«

Skarpnes lachte. »Na gut. Aber dann will ich auch was von dem Spaß haben. Wenn etwas passiert, sagst du sofort Bescheid.«

Dann kam er endlich zur Sache. »Erstens besitzt Eluvies eine Reihe weiterer Firmen, die scheinen ausschließlich nach Lukrativität zu investieren. Die TIG ist die einzige Sicherheitsfirma, ansonsten haben sie alles Mögliche, von Privatkliniken bis zu Autoreifenfabriken in China. Zweitens hat die TIG ihren Namen geändert, nachdem sie 2008 von Eluvies gekauft worden war. Vorher hießen sie Secureafric.«

»Und drittens?«

Skarpnes sagte es ihr, und alles ergab plötzlich einen Sinn.

Kapitel 79

Otto Kamperud wurde in Oslo auf dem Vestre Gravlund bestattet. Die Trauerfeier in der Friedhofskapelle begann um zehn Uhr.

Elli, Nereng, Skarpnes und Sigurdssønn hatten verabredet, ziemlich früh dort zu sein, eine Dreiviertelstunde vorher. Sigurdssønn und Skarpnes sollten als zufällige Friedhofsbesucher umherwandern, während Elli und Nereng an der Trauerfeier teilnahmen. Wer sich dazu einfand und wie diese Personen sich verhielten, konnte wertvolle Informationen für die Ermittlungen liefern.

Elli fuhr ihren eigenen Wagen. Auf dem Weg den Sørkedalsvei hinab sah sie die drei anderen in einem zivilen Kombiwagen in den Skøyenvei abbiegen. Noch drei Minuten, dann bin ich vor Ort, dachte sie, als die Ampel auf Rot umsprang. Zenith sah sie über den Sitzrücken hinweg fragend an.

»Rot, mein Junge«, sagte sie.

Sie nahm Zenith oft mit, wenn sie den Wagen am Straßenrand abstellen wollte. Sie brauchte dann den Autoalarm nicht zu aktivieren. Da sie ein schwarzes Kleid und eine schwarze Jacke trug, beschränkte sie den physischen Kontakt zu ihrem vierbeinigen Freund jedoch auf ein Minimum, weil sie keine hellbraunen Haare an der Kleidung haben wollte.

Grün.

Sie fuhr hinter den Kollegen her. Bei der Kreuzung am Monolittvei bog sie nach links ab, wo sie ein Fahrzeug der Telefongesellschaft Telenor umfahren musste. Einige Männer stellten gerade Sperrblöcke und ein Arbeitszelt auf.

Zenith erkannte den Weg und fing an, erwartungsvoll zu fiepen. Elli lachte. »Nein, wir gehen nicht auf die Hundewiese.«

Zenith legte den Kopf schräg.

»Na ja, vielleicht nach der Beerdigung.«

Sie stellte den Wagen um 9.18 Uhr ab. Skarpnes sah aus zusammengekniffenen Augen zuerst seine Uhr an, dann Elli.

»Entschuldige«, sagte Elli, ehe er etwas zu den drei Minuten Verspätung sagen konnte. »Und sei froh, dass ich angerufen habe.«

Skarpnes lachte.

»Wissen alle, was sie zu tun haben?«, fragte Elli, während sie hinten im Wagen für Zenith ein wenig Wasser in einen Napf goss und sich davon überzeugte, dass er genug Schatten hatte.

Alle nickten.

»Dann los.«

Sie gingen durch das Tor. Sigurdssønn und Skarpnes gingen in verschiedene Richtungen, Elli und Nereng begaben sich in die bereits halbvolle Kapelle. Sie setzten sich in die hinterste Reihe.

Elli erkannte Lars Kamperud auf der vordersten Bank, zusammen mit seinen beiden Kindern und einer ihr unbekannten Frau in schwarzer Kleidung und mit Schleier am Hut. Ottos Mutter, vermutete Elli.

In den hinteren Reihen sah sie einige Unbekannte in ihrem Alter, vermutlich Freunde von Otto. Auf der gegenüberliegenden Seite saßen zwei Afrikaner. Elli erkannte Zesiro Ochiengo, der Mann neben ihr war sicher der Gatte.

Nereng tippte Elli auf die Schulter und lenkte ihre Aufmerksamkeit auf Linnea Brodtkorb, die zusammen mit Hellenes und Schonwold vom Außenministerium hereinkam. Hellenes und Schonwold setzten sich auf die rechte Seite, Brodtkorb auf die linke.

Warum saß sie nicht zusammen mit ihren Kollegen?

Die Antwort erfolgte in Gestalt von Außenminister Jonsrud, der zuerst seinem Jugendfreund Lars Kamperud sein Beileid aussprach und dann nach hinten ging und sich neben Linnea Brodtkorb setzte. Jonsruds Leibwächter nahm in der Reihe dahinter Platz und nickte Nereng und Elli kurz zu. Er passte genau auf. Er war einer der Veteranen, ursprünglich aus Gjøvik, ein Mann, den Nereng flüchtig kannte. Sie würden ihn hinzuziehen, wenn es später etwas zu besprechen gab, beschloss Elli.

Danach füllte sich die Kapelle rasch, Elli erkannte auch die Anwälte Herrem und Seierstam aus der Kanzlei Wettre & Cherbourg.

Das leise, für Beerdigungen typische Stimmengewirr verstummte, als die Eingangstüren zur Kapelle laut hörbar zugeschlagen wurden. Im selben Moment schlüpfte ein letzter Gast auf einen freien Platz außen am Mittelgang, neben Linnea Brodtkorb.

Georg Bahrmann, Direktor von Potentia Oil.

Die Trauerfeier verlief wie erwartet: Ansprache, klassische Musik durch einen bekannten norwegischen Pianisten, hier und da ein Aufschluchzen bei Familie und Freunden. Der Sarg wurde vom Vater, der Mutter, den beiden Geschwistern und zwei Männern, die dem Alter nach wohl die Onkel waren, getragen. Es war ein strahlender klarer Herbsttag, und die scharfe Sonne schien durch die blattlosen Zweige der Bäume auf alle Anwesenden.

Die Grabstätte lag beim Monolittvei. Bis dahin war es ein längerer Weg. Elli sah sich unterwegs die Trauergäste an. Alle waren ernst, starrten zu Boden, unterwegs war noch immer vereinzeltes Schluchzen zu hören.

Als sie zu Linnea Brodtkorb hinüberlugte, bestätigte sich ihr Verdacht. Linneas Hand streifte vorsichtig Georg Bahrmanns Finger. Nur für einen kurzen Moment und überaus diskret, aber es war einwandfrei eine Berührung.

Georg Bahrmann, verheiratet mit einer bekannten Schauspielerin, hatte also ein Verhältnis mit der Ersten Botschaftssekretärin der norwegischen Botschaft in Kampala.

Elli überlegte: Mukabi – Brodtkorb – Bahrmann. Das war eine mögliche Verbindung.

Elli schaute sich weiter um, sie hatten den Monolittvei fast erreicht, es war nicht weit von der Stelle, wo sie dem Telenorfahrzeug ausgewichen war. Hier, neben Nereng ganz am Ende des Trauerzuges, konnte sie den Wagen nicht sehen.

Aber eigentlich hätte sie ihn sehen sollen, denn sie erkannte das Haus wieder, vor dem er vorhin noch gestanden hatte.

Und da kam ihr die Erkenntnis.

Drei Mann.

Croukamp, Øyvind Bakke und Dan Moen.

Sie waren hier.

Sie packte Nerengs Arm. »Sie sind hier«, sagte sie.

»Jetzt?«

Sie nickte. »Jan, hör gut zu, habt ihr auf dem Weg hierher einen Telenorwagen gesehen?«

Nereng überlegte.

»Ja, die waren da hinten beschäftigt«, sagte er und zeigte auf die Stelle, an der Elli dem Telenorwagen ausgewichen war.

»Genau. Das ist jetzt anderthalb Stunden her, und der Wagen ist nicht mehr da. Wenn die da buddeln müssten, würden sie das nicht so schnell schaffen. Sie müssen es sein. Croukamp, Bakke und Moen.«

»Du glaubst, sie werden auf dem Friedhof etwas versuchen?«

Elli nickte und hob das Handgelenk mit dem Mikrophon an den Mund.

»Seht ihr irgendwo den Telenorwagen?«

»Negativ«, antwortete Sigurdssønn. »Ich stehe am Haupteingang.«

»Ich sehe ihn«, schaltete sich Skarpnes ein.

»Wo?«

»Beim Krematorium, am Zaun, mit der Nase nach außen.«

»Sitzt jemand im Wagen?«

»Moment.«

Skarpnes brauchte zehn Sekunden, um nachzusehen.

»Negativ. Leeres Auto.«

»Was ist los?«

Diese Frage kam von Jonsruds Leibwächter.

»Wir wissen es nicht, aber wir glauben, dass hier eine Bedrohung vorliegt. Ich glaube, du solltest den Minister wegbringen, allerdings diskret, wenn das möglich ist«, sagte Elli bittend.

Der Leibwächter zögerte nicht lange, sondern trat neben Jonsrud, flüsterte ihm etwas ins Ohr, und danach steuerten sie sofort den nächstgelegenen Ausgang an. Gleichzeitig setzte sich vor dem Zaun die Regierungslimousine in Bewegung.

Elli atmete erleichtert auf, als sie den Wagen wegfahren sah.

Sie sah sich im Gehen um, sie und Nereng hielten sich un-

unterbrochen in Bewegung, um keine leichte Zielscheibe abzugeben. Die Trauergemeinde stand vierzig oder fünfzig Meter entfernt, der Pastor reichte dem ersten Trauergast die kleine Erdschaufel.

Der Friedhof wies eine Unmenge von Hecken, Bäumen und Büschen auf. Es war unmöglich, hier den Überblick zu bewahren.

Und Elli wusste, dass Croukamp ein guter Schütze war.

Aber würde er hier bei so vielen Menschen einen Versuch wagen? Vielleicht, wenn er das Gefühl hatte, nichts mehr zu verlieren zu haben. Wenn ihm nur noch die Rachsucht blieb.

»Irgendwelche Bewegungen?«

Weder Skarpnes noch Sigurdssønn hatten etwas gesehen.

»Wo würdest du dich verstecken?«, fragte Elli angespannt.

Nereng gab keine Antwort, sondern hielt sorgfältig Ausschau.

»Ziemlich stressig, das hier«, kommentierte er.

Elli ging hinter einem dicken Birkenstamm in die Hocke.

»Überleg doch mal!«, sagte sie laut. »Wo zum Teufel können die stecken?«

Sie spürte im ganzen Leib ein Zittern – zu wissen, dass vielleicht irgendwo auf dem Friedhof ein Scharfschütze auf der Lauer lag, der sie und vermutlich Nereng im Visier hatte, ließ sie einen fast lähmenden Stress verspüren.

Der Pastor beendete nun die Zeremonie am Grab, und die Trauergemeinde stimmte einen Choral an.

Die Trauergemeinde.

»Die sind bei der Trauergemeinde«, sagte sie fast zu laut über Funk.

»Hast du visuellen Kontakt?«, fragte Skarpnes.

»Nein, aber das ist das logischste Versteck. Sie brauchen nur schwarze Anzüge, dann können sie sich unter die Gäste mischen und sich an uns heranschleichen.«

Nach einigen Sekunden war Skarpnes wieder da.

»Das ist eine gute Theorie, Elli.«

»Siehst du sie?«

»Ich sehe jemanden, der Øyvind Bakke sein kann, beim Trauerzug, aber ich kann seine Identität nicht bestätigen.«

Elli merkte, wie ihr Puls sich beschleunigte. Jetzt keinen Fehler machen, dann wäre die Sache in wenigen Minuten über die Bühne.

»Okay … sie wissen nicht, wer du bist«, sagte sie zu Skarpnes. »Kannst du zwischen sie gelangen?«

»Ja.«

»Sigurdssønn?«

»Ich geh von der Gegenseite ran.«

Michael Croukamp zupfte Dan Moen am Ärmel des schwarzen Jacketts.

»Hast du sie gesehen?«

Bakke zeigte verstohlen in Ellis Richtung.

»Gut, dann haben wir alles im Griff.«

Jetzt knisterte es in Croukamps Ohrstöpsel.

»Bakke hier, ich muss raus. Sie schicken zwei Mann rein.«

Croukamp bestätigte. Sie hatten das Ziel lokalisiert und die Lage unter Kontrolle. Hier sollte es passieren, auf einem sonnigen Friedhof. Die Stimmung erinnerte ihn an die Beerdigung seines Sohnes Bernhard. Bald würde er die Gerechtigkeit wiederherstellen. Dass sie sich auf einem Friedhof aufhielten, verlieh der ganzen Sache einen Hauch von poetischer Stimmung. Croukamp schaute noch einmal zu Elisabeth Sunee Rathke hinüber, die halb versteckt zwischen den Bäumen stand.

Elli starrte die Trauergemeinde an. Nach dreißig Sekunden hatte sie Croukamp, Bakke oder Dan Moen noch immer nicht identifizieren können. Sie sah nur Brodtkorb und Bahrmann, die noch immer verdächtig dicht nebeneinandergingen.

Nereng hatte sich auf die andere Seite des Weges gestellt, neben einen hohen Grabstein. Er signalisierte, dass auch er niemanden entdeckt hatte.

Elli rief Skarpnes an. »Siehst du Bakke noch immer?«

»Negativ.«

Nahezu der ganze Trauerzug war jetzt an Elli und Nereng vorübergegangen. Auch Skarpnes und Sigurdssønn hatten sie passiert. Ganz hinten kamen der Pastor, Lars Kamperud, Ottos zwei Halbgeschwister und seine Mutter.

Die Trauergemeinde stob fächerartig auseinander. Kleine Gruppen führten leise Gespräche. Zwei Gäste gingen geradewegs zum Parkplatz.

Einige Vertreter eines renommierten Bestattungsunternehmens begannen mit den Vorbereitungen zur nächsten Beerdigung, mit Kränzen, Gestecken und anderen Requisiten.

War das hier ein falscher Alarm? Hatte sie die Situation vollständig falsch gedeutet?

Elli gab Nereng ein Zeichen weiterzugehen, als ein winziges, belangloses Detail die Situation auf den Kopf stellte.

Einer der Bestatter drehte sich um, um einen Kranz hochzuheben. Dazu musste er sich der Trauergemeinde zuwenden, und als er den Kranz hob, verharrte er ein oder vielleicht zwei Sekunden zu lange in dieser Stellung.

Er hielt Ausschau nach jemandem, und Elli erkannte ihn: Croukamp.

»Es sind die Bestatter«, meldete sie über Funk.

»Die beiden bei der Kapelle?«, fragte Nereng nach zwei Sekunden.

»Ja. Der eine ist Croukamp.«

»Jetzt sind es drei«, sagte Skarpnes.

Øyvind Bakke war soeben bei den beiden anderen aufgetaucht.

»Haben wir einen Plan?«, fragte Nereng.

Die verschiedenen Möglichkeiten wirbelten durch Ellis Kopf, und ehe sie sich für eine entschieden hatte, schloss sie sich aus einem Impuls heraus einer zufälligen Gruppe von Trauergästen an.

»Bleibt ganz dicht in der Nähe. Croukamp wird es bei mir versuchen. Behaltet die beiden anderen im Auge. Und Georg Bahrmann und Linnea Brodtkorb. Auch die werden wir festnehmen.«

In dem schwarzen wogenden Feld aus Trauergästen kämpfte Elli gegen das Prickeln in ihrem Körper an.

Fokus.

Zwischen schwarzen Jacken, Mänteln und Hüten behielt sie Croukamp im Auge, der noch immer mit Gestecken und Kränzen beschäftigt war. Sie gab sich alle Mühe, ein mildes Beerdigungslächeln zu zeigen, wenn sie dem Blick anderer Trauergäste begegnete.

Sie hörte hinter sich Linnea Brodtkorb. Vermutlich war auch Georg Bahrmann dort.

Der kräftige Stoß in den Rücken kam ganz plötzlich.

Brodtkorb? Bahrmann?

Elli verlor das Gleichgewicht und fiel seitlich gegen einen Trauergast. Der legte instinktiv den Arm um sie und musste dabei ihre Schutzweste und die Waffe unter ihrem linken Arm berührt haben.

»Polizei!«, flüsterte sie ihm ins Ohr, und der Mann erstarrte und ließ sie dann nur zu bereitwillig los.

Elli fand das Gleichgewicht wieder und hielt Ausschau nach Croukamp.

Aber weder der noch seine beiden Helfer waren zu sehen.

Croukamp sah, wie Elli aus dem Gleichgewicht geriet. Wie geplant. Er war an die vierzig Meter vom Trauerzug entfernt, aber nur zehn Meter weiter stand eine Hecke. Als Elli gestoßen wurde, lief er um die Hecke herum und folgte geduckt dem Weg hinter der Trauergemeinde, um sich der letzten Reihe anzuschließen. Zu seiner Zufriedenheit sah er, dass Øyvind Bakke etwas weiter vorn das Gleiche getan hatte. Dan Moen war nicht zu sehen, was bedeutete, dass er hinter dem Lenkrad des wartenden Wagens saß.

Croukamp war sieben Meter von seinem Ziel entfernt, und er sah, dass die Polizistin keine Ahnung hatte, wo er sich befand.

Er rückte zwei Reihen auf.

Noch fünf Meter.

Croukamp war nirgendwo zu sehen. Elli sah sich verzweifelt um, gleich vor ihr ging Skarpnes, einige Meter rechts Sigurdssønn. Nereng stand auf der Seite und hielt nach rechts und links Ausschau.

Was würde sie tun?

Der Trauerzug. Hinterhalt.

Sie trat einen langen Schritt vor und drehte sich gleichzeitig um.

Croukamps Arm jagte an ihrem Gesicht vorbei, und Elli konnte gerade noch in seiner Hand einen kleinen spitzen Gegenstand registrieren. Er traf den Mann, der in diesem Moment neben Elli ging.

Lars Kamperud.

Eine kleine Ampulle ragte aus dessen Schulter. Elli wusste, was das war: eine Spritze mit einer selbstinjizierenden Ampulle.

Croukamp sah, dass sein Versuch misslungen war. Dann stürzte Elli auf ihn zu. Er registrierte, dass sie so kontrolliert war, so zielgerichtet, dass ihr Gesicht beim Angriff eine Art Ruhe ausstrahlte. Croukamp tat das, worauf er trainiert war. Er führte die linke Hand blitzschnell zum Gesicht der Angreiferin, drei Finger zu einer Kralle gekrümmt, um sie in die Augen der Gegnerin bohren zu können, während er gleichzeitig nach dem Messer griff, das er sicherheitshalber im Gürtel stecken hatte.

Das war das Letzte, was er bewusst wahrnahm.

Elli sah die Hand wie eine Kralle auf sie zuschießen. Aber sie hatte damit gerechnet. Sie wehrte mit dem linken Arm ab und zielte zugleich mit aller Kraft mit ihrem Ellbogen auf Croukamps Gesicht. Mit dem Fuß schlug sie ihm die Beine weg und ließ ihn mit einem Schlag in die Nackenregion zu Boden gehen. Es waren drastische Maßnahmen, aber sie wusste, dass dieser Mann ihr keine zweite Chance geben würde. Er musste unschädlich gemacht werden.

Croukamp ging zu Boden und blieb bewegungslos auf dem Bauch liegen.

Elli registrierte langsam, dass die Menschen um sie herum schrien. Zugleich sah sie die Blutlache, die sich unter Croukamp ausbreitete.

Sie bückte sich, drehte ihn um und sah, dass seine Hand noch immer das Messer hielt, das sich auf seiner linken Seite zwischen seine Rippen gebohrt hatte. Das Blut schoss stoßweise aus der Wunde.

Croukamp war auf der Mordwaffe gelandet, die er Elli zugedacht hatte.

Georg Bahrmann und Linnea Brodtkorb wurden in getrennte Einsatzwagen geführt. Dasselbe geschah mit Dan Moen und Øyvind Bakke. Lars Kamperud war bereits in einem Rettungswagen weggebracht worden. Es ist eigentlich unglaublich, dachte Elli. Der prominente Ölmagnat Georg Bahrmann musste jetzt mit einer Anklage wegen Korruption und Anstiftung zum Mord rechnen. Linnea Brodtkorb, mit ihrer strahlenden Karriere beim Außenministerium, hatte sich, verblendet vor Liebe, in diese Verbrechen hineinziehen lassen. Im Gefängnis würden die beiden ihre Gesinnungsgenossen treffen. Wie Nils Oscar Kristoffersen und Dan Moen.

Kapitel 80

Außenminister Arnfinn Jonsrud blickte die Anwesenden in seinem Büro an: Elli, Fjeld, Nereng und Skarpnes.

»Wenn mir das jemand vor fünf, sechs Wochen erzählt hätte, als das alles angefangen hat, hätte ich es für Irrsinn und Spinnereien gehalten.«

Er legte eine Pause ein, dann schaute er allen der Reihe nach ins Gesicht, wie bei einem Toast auf einem Fest.

»Aber die Beweise, die Sie hier vorgelegt haben, kommen mir überwältigend vor. Ich finde es natürlich bedrückend, dass es in unserem eigenen Haus korrupte Elemente gibt, nicht zuletzt in Bereichen, in denen wir versuchen, ein Vorbild an Transparenz zu werden. Ganz zu schweigen davon, dass persönliche Freunde in die Sache verwickelt sind …«

Er ließ sich in seinen Sessel sinken, dann zeigte er auf Elli. »Aber nachdem das nun gesagt ist, muss ich Frau Rathke zu ihrer guten Arbeit gratulieren.«

Elli nickte vorsichtig.

»Darf ich eine Frage stellen?«

»Natürlich«, sagte Elli.

»Wieso ist Ihr Verdacht auf Brodtkorb gefallen?«

»Uns fehlte ein Stück im Puzzle … das Verhalten der TIG wirkte ein bisschen zu präzise, zu schnell. Sie konnten nur so gut informiert sein, wenn sie jemanden hatten, der am Prozess mitwirkte und sie fortlaufend über unseren Wissensstand informierte. Bei Ottos Beerdigung haben wir beobachtet, dass Brodtkorb und Bahrmann eine … enge Beziehung hatten. Und bei der Vernehmung haben sie beide nicht besonders lange dichtgehalten.«

Jonsrud sank auf seinem Sessel noch tiefer. »Die Zahlungen an die Guerilla – die liefen über einen Bezahlungsdienst, haben Sie gesagt?«

»Western Union. Bahrmann hat dafür gesorgt, dass hier in Oslo bei Western Union Geld eingezahlt wurde, dann speicherte er den Code, die die Empfänger brauchten, um in Kampala das Geld abzuheben, auf einer SIM-Karte. Seine Geliebte, Brodtkorb, steckte sie zusammen mit den anderen SIM-Karten in einen Umschlag. Das bedeutet auch, dass Otto Kamperud vollkommen unschuldig war.«

»Warum wollen Leute wie Bahrmann, Brodtkorb und Kamperud immer noch mehr?«, fragte Jonsrud resigniert. »Alle hatten doch einzigartige Stellungen inne. Bahrmann und Kamperud noch dazu mit solidem Einkommen.«

Niemand sagte etwas, alle sahen Elli an.

»Sie hatten sicher alle ihre Motive, glaube ich. Bahrmann wollte die Kontrolle über sein Lebenswerk behalten, Brodtkorb ihren Liebhaber zufriedenstellen, bei Kristoffersen war es Gier, bei Bakke Abenteuerlust, und Moen ist ein notorischer Krimineller und Geldeintreiber. Kamperud hat wohl juristisch gesehen nichts verbrochen, aber auch er hat ja einiges zu erklären.«

Sie suchte Jonsruds Blick. »Aber es gibt nur einen einzigen gemeinsamen Nenner.«

Er erwiderte ihren Blick einige Sekunden lang, aber unter diesen Umständen wirkte es wie eine Ewigkeit.

»Ich verstehe, worauf Sie hinauswollen«, sagte er.

Auf dem Rückweg zum Polizeigebäude merkte Elli, wie ihr Mobiltelefon in ihrer Tasche vibrierte. Es war eine SMS von Nereng.

sconi in der scheune in nittedal in elendem zustand aufgefunden. sofort eingeschläfert worden.

Warum legte jemand sich ein Tier zu?

Diese Frage konnte man auch bei etlichen Eltern stellen, wenn es um ihre Kinder ging.

Elli bog ab in den Bogstadvei in Richtung Majorstua.

Kapitel 81

Lars Kamperud brachte ein Lächeln zustande, als Elli sein Zimmer in der Privatklinik betrat, in die er nach kurzer Behandlung auf der Intensivstation des Rikshospitals gebracht worden war. Es war drei Tage her, seit die Giftdosis in seinem Arm gelandet war, er war noch immer stark geschwächt, aber es sah aus, als gehe er einer vollständigen Genesung entgegen.

»Mein Fett hat mich gerettet«, sagte er und schlug sich demonstrativ auf seinen umfangreichen Leib. »Wenn Sie diese Menge abgekriegt hätten, wäre Schluss gewesen.«

Das wusste Elli nur zu gut, aber sie machte gute Miene zum bösen Spiel. Was sie zu sagen hatte, war traurig genug. »Ich habe in diesem Fall schon meine Portion Gift abbekommen.«

Kamperud nickte. »Wie ist die neueste Entwicklung?«

Elli setzte sich neben das Bett. Sie wusste nicht so recht, wo sie anfangen sollte, fand es dann aber am sinnvollsten, gleich zur Sache zu kommen.

»Der Mann, der Ihnen das Gift verpasst hat, war einer der Gründer der Terra Intervention Group, TIG. Das sind die, die Otto erschossen haben. Vermutlich war es derselbe Mann, Michael Croukamp, aber das werden wir nie erfahren.«

Er nickte, und sie redete weiter.

»Bifrost hat für die Potentia Oil in Uganda Probebohrungen durchgeführt. Die TIG wurde von Bifrost mit einer Pro-forma-Abmachung angeheuert, um für Sicherheit zu sorgen, unter anderem vor Angriffen durch die Guerillaorganisation GFF, den God's Freedom Fighters.«

»Richtig«, warf Kamperud ein. »Mit denen hat Otto verhandelt.«

Elli nickte. »Aber in Wirklichkeit war das alles Spiegelfechterei, denn die Potentia Oil hat die GFF direkt dafür bezahlt, dass die Bohraktionen nicht gestört wurden. Human Lights Verhandlungen mit den GFF, die in Regie von Norad stattfanden, sollten nur den Schauplatz liefern, an dem das Geld bezahlt werden konnte. Otto hat bei seinen Gesprächsterminen, ohne es zu wissen, den Beweis dafür ausgehändigt, dass das Geld bezahlt worden war.«

Lars Kamperud runzelte besorgt die Stirn.

»Aber wer hat entschieden, Otto zu töten?«

»Möglicherweise Bahrmann, vielleicht auch die TIG. Der Befehlsverlauf ist ziemlich diffus, deshalb können wir dem kaum nachgehen. Das war sicher auch der Sinn der Sache. Unsere Vernehmungen von Nils Oscar Kristoffersen und Bahrmann lassen annehmen, dass die TIG bezahlt wurde, um

›Ordnung zu schaffen‹, und dass Potentia Oil als Auftraggeber so wenig wie möglich wissen wollte.«

»War dieser Kristoffersen mitschuldig an Ottos Tod?«

»Alle hier sind wohl auf irgendeiner Ebene schuldig«, sagte Elli und ließ ihren Blick zwei Sekunden lang auf Kamperud ruhen. »Aber Kristoffersen ist nicht direkt schuld an Ottos Tod. Er hat auf eigene Faust operiert, und dann haben Potentia Oil und Mukabi, der lokale Kontaktmann im Ministerium in Kampala, ihn als nützlichen Idioten eingesetzt. Sie dachten wohl, sie könnten ihn und Bifrost Oil Services als Schuldige vorschieben, falls etwas schiefginge.«

Lars Kamperud schüttelte nachdenklich den Kopf. »Was für ein Sumpf. Was für ein Teufelswerk.«

Elli dachte einen Moment, er werde in Tränen ausbrechen.

»Ja, das ist wohl ein bisschen, wie eine Reederei auf Zypern zu betreiben«, sagte sie unvermittelt.

»Wie meinen Sie das?«

»Wissen Sie, wem die TIG gehört?«, fragte Elli.

Ihr Tonfall war jetzt ganz anders.

»Nein?«

»Die gehört einem Investmentfonds in Luxemburg, Eluvies. Haben Sie davon schon mal gehört?«

Kamperud überlegte kurz, ehe er antwortete: »Nein.«

»Das ist ein Investmentfonds, der von Luxemburg aus operiert. Die Behörden da sind nämlich sehr zurückhaltend, wenn es um die Herausgabe von Informationen geht …«

Kamperud brachte sie mit einer abwehrenden Handbewegung zum Verstummen. »Bei allem Respekt, ich weiß, was eine Steueroase ist …«

Elli lächelte. »Ja, das kann ich mir denken. Denn Sie operieren von Zypern aus, wo Reedereien keine Steuern zahlen.«

Kamperuds Gesicht verfärbte sich ins Rötliche. »Was soll das heißen? Stehe ich hier unter Anklage? Mein Sohn ist tot, ich selbst bin dem Tod nur um Haaresbreite entronnen, und jetzt kommen Sie mir hier mit blödsinnigem norwegischen Gutmenschentum!«

Elli musterte ihn mit ruhigem Blick. »Eluvies in Luxemburg gehört einem anderen Investmentfonds, nämlich Fluo auf Cayman Island.«

Kamperud erstarrte.

»Sie wissen vielleicht selbst, wem Fluo gehört? Nämlich Ihrem eigenen Investmentfonds auf Zypern.«

Kamperud befeuchtete seine trockenen Lippen.

»Soweit wir jetzt wissen, investierten Sie über Fluo sogenannte Überschussliquidität aus der Reederei auf Zypern, Geld vielleicht aus« – sie zeichnete mit den Fingern Anführungszeichen in die Luft – »steuerfreien Transaktionen in anderen Ländern, durch allerlei Fondsstrukturen in Steueroasen.«

Kamperud setzte sich mit einiger Anstrengung im Bett auf. Die Graphen auf dem Herzmonitor beschleunigten ihre Frequenz.

»Wie können Sie es wagen!«, schrie er zornbebend.

Elli stand auf, während zugleich ein Arzt und zwei Krankenschwestern hereingestürzt kamen und verlangten, dass Elli sofort das Zimmer verließ.

»Raus mit der Schlampe!«, schrie Lars Kamperud.

Elli fing seinen Blick auf. »Ich geh ja schon … nur noch eine Frage, Kamperud – war die TIG eine gute Investition?«

Dann ging sie ruhig aus dem Zimmer.

Elli musterte ihre Mutter, Dee, und Zenith am Küchentisch in der Wohnung der Mutter. Dee hatte einen ihrer vielen anklagenden Blicke aufgesetzt, diesmal einen, in dem der vage Vorwurf der Verantwortungslosigkeit lag.

»Ich dachte, du hättest das jetzt hinter dir, Elli. Ich sehe dir an, dass es keine gute Reise für dich war.«

Da hatte sie ja recht, und Elli unterschlug ihrer Mutter wie so oft allerlei Auskünfte über ihre Arbeit. Das führte doch bloß zu Sorgen und Ermahnungen.

»Außerdem sagst du mir ja gar nicht alles«, sagte ihre Mutter jetzt.

Elli wollte widersprechen, aber ihre Mutter brachte sie mit einer abwehrenden Handbewegung zum Schweigen.

»Ich will das nicht hören.«

Elli senkte die Schulter und holte tief Luft. »Nur fünf Tage, Mama, dann bin ich wieder da. Das hier ist wichtig für mich.«

Noch eine abwehrende Handbewegung.

»Gut, zur Abwechslung mal einen Mann im Haus zu haben«, sagte Dee.

Elli lächelte.

»Gut, Mama.«

Zenith sah zuerst Elli an, dann Dee und schließlich den Kühlschrank.

Kapitel 82

Das Dorf hatte sich seit Jahrzehnten nicht verändert. Die Nachmittagssonne war dieselbe tiefstehende, orangefarbene. Die Strohhütten waren dieselben grauen runden.

Die Menschen dieselben wie einen Monat zuvor.

Achen sagte nichts, aber als sie Elli und Celicia auf dem Platz zwischen den Hütten stehen sah, verrieten ihre Augen, dass sie begriffen hatte. Es war ein Blick voller Schmerz, aber sogar in diesem Moment, als ihr aufging, dass sie alles verloren hatte, deuteten ihre Augen nicht einmal an, dass sie aufgeben wollte.

Schmerz, Trauer, die Frage, warum ihr das alles widerfahren war, das konnte Elli in Achens Gesicht lesen. Aber keine Resignation.

Bald hatten noch andere Frauen aus dem Dorf Ellis traurige Mitteilung verstanden, und langsam nahm eine Trauerzeremonie Gestalt an.

»Sie danken für die Zeit, die sie mit den Toten verleben durften«, übersetzte Celicia, als sie und Elli neben Achen und dem Dorfhäuptling saßen.

Viele der Dorfbewohner tanzten vor ihnen, und eine Zeitlang konzentrierten sich die Tanzenden auf Elli.

»Zum Dank, weil du die Last auf dich genommen hast, die Nachricht zu überbringen«, erklärte Celicia.

Die Zeremonie dauerte bis in den Abend, und am Ende wurden Elli und Celicia eingeladen, in Achens Hütte zu übernachten.

Zu ihrer Überraschung schlief Elli wie ein Stein.

Elli wurde davon geweckt, dass Achen und Celicia sich an der Feuerstätte mitten in der Hütte beschäftigten, sie bereiteten einen ortsüblichen Tee zu. Sie boten ihr sofort davon an, was Elli dankend entgegennahm. Der Tee schmeckte anders, fast ein bisschen bitter, und dabei hatten sie großzügig Zucker genommen.

Nach zwei Schlucken sagte Elli: »Ich habe einen Vorschlag.«

Achen und Celicia sahen sie fragend an.

»Nicht, weil ich mir etwas von euch wünschen dürfte, aber was ich auf dem Herzen habe, lässt sich eben nicht anders ausdrücken.«

»Erzähl«, bat Achen.

»Ich habe etwas Geld übrig. Ich würde damit gern ehemaligen Kindersoldaten der GFF helfen.«

Celicia lächelte. »Die brauchen aber viel.«

»Ja, das weiß ich, und es ist nur Kleingeld«, sagte Elli. »Aber ich möchte wissen, ob ihr das haben wollt.«

Celicia schaute zu Achen hinüber und übersetzte. Achen überlegte einige Sekunden. »Ich habe nicht einmal ein Bankkonto.«

Elli lachte.

»Das lässt sich doch einrichten.«

»Was sollen wir mit dem Geld machen?«, fragte Celicia.

»Was meinst du?«, gab Elli zurück.

Die beiden anderen diskutierten kurz, dann wandte Celicia sich wieder Elli zu. »Schule.«

»Alles klar«, sagte Elli. »Ich finde, das ist gut angelegtes

Geld. Ich habe in Norwegen eine Stiftung eingerichtet, und die soll den Schulbesuch ehemaliger GFF-Soldaten finanzieren.«

Sie redeten noch eine Weile über praktische Aspekte, und als Elli nachmittags von Rutherford abgeholt wurde, verabschiedete sie sich von Studienplanerin Achen und Geschäftsführerin Celicia. Sie wollten mit zehn Kindern anfangen und sich danach vergrößern, wenn die Stiftungsgelder durch Investitionen mehr einbrachten.

Danach fuhren Elli und Rutherford zurück nach Kampala. Celicia wollte noch einige Tage bei Achen bleiben. Sie wollten weiter über ihr Projekt nachdenken. Als Elli und Rutherford sich Kampala näherten, sagte er: »Als wir im vorigen Monat zusammengearbeitet haben, dachte ich, mir sei eine Frau begegnet, die man verstehen kann.«

Elli blickte ihn fragend an.

»Aber jetzt ist mir klar, dass ich noch immer nichts begriffen habe. Du verlierst hier unten fast das Leben, und dann gibst du das Geld her, das du für deinen Einsatz bekommen hast?«

»Blutgeld. Schlechtes Karma.«

Rutherford sah sie fragend an.

»Gierige, zynische Männer tun alles, was sie können, um das Geld weiter strömen zu lassen«, erklärte Elli. »Egal, welche Folgen das für andere hat. Und mit dem Geld wird auch das Gift verteilt.«

Rutherford schüttelte den Kopf. »Geld ist karmaneutral.«

Elli lächelte. »Aber nicht die, die das Geld annimmt. Sie wird zum Teil des Giftstroms.«

Nachwort des Autors

Diese Geschichte ist erfunden. Ich habe mir alle Mühe gegeben, die Handlung wirklichkeitsnah zu gestalten, aber wo die Geschichte es verlangte, habe ich mir Freiheiten erlaubt.

In diesem Zusammenhang möchte ich erwähnen, dass die God's Freedom Fighters eine fiktive Guerilla-Organisation sind, aber dass es in Afrika und anderen Erdteilen eine Reihe von Organisationen gibt, die Kindersoldaten einsetzen. Alle Schilderungen der Schicksale von Kindersoldaten und der Gewalttaten, die sie erleiden mussten, basieren auf von mir selbst durchgeführten Interviews. In ihrer ganzen Entsetzlichkeit wird hier die Wirklichkeit geschildert.

Echelon existiert. Alle Transaktionen werden irgendwo gespeichert, und Echelon kann die meisten aufschnappen. Das CryptoKid ist mein Phantasieprodukt, aber es würde mich sehr überraschen, wenn es nichts Entsprechendes gäbe.

Auch diesmal haben viele mit Hilfe und Anregungen beigetragen.

Zuerst geht mein Dank an meinen Lektor Per Bangsund, der leider viel zu früh von uns gegangen ist.

Dann hat eine Reihe von Personen in allerlei Behörden, Organisationen und Abteilungen mir mit Hintergrundinformationen über nachrichtendienstliche Operationen und »black ops« geholfen – Operationen, bei denen freie Mitarbeiter eingesetzt werden, so dass der Auftraggeber jegliche Verantwortung abstreiten kann, wenn etwas schiefgeht. Diese Personen möchten nicht namentlich erwähnt werden, aber ihr unschätzbarer Beitrag kann doch erwähnt werden: Danke!

Mikael und Maria Lindh haben medizinische Informationen beigesteuert, von Terje Bjøranger vom Polizeidistrikt Romerike kamen Auskünfte über polizeiliche Arbeit.

Dann möchte ich mein eifriges Korps von Testleserinnen und -lesern nennen, auf die ich immer hören werde. Tausend

Dank für hilfreiche Kommentare an Jan Henry Silvferberg Fosse, Kristin Grasmo, Karin Heimdal, Torstein Nybø und May Thingelstad.

Endlich ein großer und herzlicher Dank an meine Lebensgefährtin Tonje Bentzen, die es weiterhin mit einem Autor im Haus aushält und eine kluge und kritische Testleserin ist.